D1654390

ILKKA
REMES

HÖLLENSTURZ

Thriller

Aus dem Finnischen
von Stefan Moster

Deutscher Taschenbuch Verlag

Von Ilkka Remes
sind im Deutschen Taschenbuch Verlag erschienen:
Ewige Nacht (24498 und 20939)
Das Hiroshima-Tor (24535)

Zert.-Nr. GFA-COC-1298
www.fsc.org
© 1996 Forest Stewardship Council

Der Inhalt dieses Buches wurde auf einem nach den
Richtlinien des Forest Stewardship Council zertifizierten
Papier der Papierfabrik Munkedal gedruckt.

Deutsche Erstausgabe
November 2006
Deutscher Taschenbuch Verlag GmbH & Co. KG,
München
www.dtv.de

Titel der finnischen Originalausgabe:
›Nimessä ja veressä‹ (Werner Söderström, Helsinki 2005)

Umschlagkonzept: Balk & Brumshagen
Umschlaggestaltung: Stephanie Weischer unter Verwendung
eines Fotos von gettyimages / Robin Cracknell
Satz: Fotosatz Reinhard Amann, Aichstetten
Gesetzt aus der Aldus 10,75/13˙
Druck und Bindung: Kösel, Krugzell
Gedruckt auf säurefreiem, chlorfrei gebleichtem Papier
Printed in Germany
ISBN-13: 978-3-423-24572-2
ISBN-10: 3-423-24572-7

ERSTER TEIL

1

Vom windstillen Himmel schwebten die Schneeflocken auf den blutdurchtränkten Schlamm hinab. Karri hielt das Messer unsicher umklammert und setzte es am Rand der aufgeschnittenen Speiseröhre des Elchkalbs an. Er hatte das Gefühl, sich gleich übergeben zu müssen, aber er ließ sich nichts anmerken. Das Blut, das auf die Erde rann, sah in der zunehmenden Dämmerung fast schwarz aus.

»Du musst die Klinge am Brustbein entlangführen«, sagte Launo mit heiserer Stimme und zog nervös an seiner Zigarette. »Schnell.«

Das Gesicht des Fünfzigjährigen war vor Anstrengung dunkelrot, und seine Alkoholfahne roch man meterweit.

Er hatte den Hals von der Spitze des Brustbeins bis zur Kehle bereits aufgeschnitten, die großen Blutgefäße, die vom Herzen ausgingen, durchtrennt und dabei das Blut in eine Flasche gefüllt, um später daraus Pfannkuchen zu backen.

Nun zeigte er Karri, wie man die Haut aufschnitt: »Du musst den Dickdarm abtrennen. Aber pass auf, dass du das Bratfleisch nicht mit Scheiße versaust.«

Intuitiv sprachen sie leise. Der Darm in Karris Händen fühlte sich an wie warme Luftballons. Die Rolle des Lehrjungen gefiel ihm nicht, er war es gewohnt, selbst Anweisungen zu geben, nicht, sie zu befolgen. Die verkehrte Konstellation spiegelte sich auch in ihrer Ausrüstung wider: Karri trug wasserfeste Lederstiefel von *Parkano*, einen *GoreTex*-Anzug, der nicht raschelte, und eine Jagdmütze von *Halti*; Launo gewöhnliche *Nokia*-Gummistiefel, Lodenhosen, eine Jägerjacke und eine verschossene, orangefarbene Wollmütze. Kopfbedeckungen in leuchtenden Farben gehörten zur Hasenjagd, und auf der befanden sie sich offiziell. Die orangefarbenen Elchwesten hatten sie zu Hause gelassen.

Karri erschrak, als sich am Rande der Lichtung eine dunkle Gestalt näherte, aber es war nur Tomi in seinem Tarnanzug aus festem, grünem Stoff. Er hatte eine Grube ausgehoben, in der sie nun die inneren Organe und Gedärme verscharrten. Das Herz schob Launo in eine Plastiktüte.

»Tempo«, drängelte Tomi, als Launo einen Knoten in das dicke orangefarbene Nylonseil machte, das um den Hals des Kalbs geschlungen war.

Daran zogen sie den toten Körper durch das Preiselbeergestrüpp, das von einer dünnen Schneeschicht überzogen war.

»Wir lassen es hier liegen und holen das Auto«, flüsterte Tomi, als sie den Forstweg erreichten. Er war ein großgewachsener Mann und strotzte nach dem erfolgreichen Abschuss nur so vor Aggression.

»Auf keinen Fall«, schnaubte Launo, der einen Kopf kleiner war. »Was denkst du dir! Mit dem Wagen kommt mir keiner bis hierher.«

»Hört auf mit dem Gequatsche! Weiter!«, befahl Karri.

Launo räusperte sich geräuschvoll und spuckte aus. Sein fast kugelförmiger Kopf und das ungepflegte Bartbüschel am Kinn ließen ihn aussehen wie ein betrunkener Kobold. Karri fürchtete plötzlich, der kleine Mann könnte vor Anstrengung einen Herzinfarkt bekommen. Ihm fiel auf, dass Tomi zwar vor sich hin fluchte, aber darauf verzichtete, weiter mit Launo zu streiten. Normalerweise kümmerte sich Tomi nicht um die Meinung anderer, aber was die Wilderei betraf, war Launo Kohonen ein alter Fuchs, dessen Ratschläge man besser befolgte. Denn auf Wildern stand eine empfindliche Strafe. Karri gab sich Mühe, nicht an die strafrechtlichen Folgen zu denken.

Nachdem sie den Tierkörper hundert Meter vom Forstweg

weggeschafft hatten, war es bereits so dunkel, dass man ohne den schneeweißen Schleier über dem Gelände nichts mehr gesehen hätte. Im Wald war es still – fast so, als brächten die langsam herabschwebenden Flocken auch den geringsten Ton zum Schweigen.

Tomi ging den Wagen holen, und Launo zündete sich mit zittrigen Fingern eine Zigarette an. Im Licht des Feuerzeugs bemerkte Karri, dass Launos vorherige Röte einer unnatürlichen Blässe gewichen war.

»Alles in Ordnung?«, fragte Karri leise.

»Wieso?« Launo zog gierig an seiner Zigarette. »Ich hab bloß einen kleinen Kater.«

Launos heisere, atemlose Stimme klang in Karris Ohren nicht sonderlich überzeugend.

Tomis alter Landcruiser näherte sich ohne Licht. Die Männer luden das tote Tier in den mit Plastikfolie ausgelegten Kofferraum und fuhren los.

Der Schnee fiel nun dichter, die Scheibenwischer mussten dicke Flocken von der Windschutzscheibe schaufeln. Karri sah Tomi an, dass der die Herausforderung genoss, die ihm die schlechten Straßenverhältnisse boten. Tomi fuhr schnell und sicher, er hatte das Fahrzeug fest unter Kontrolle – so wie er immer alles unter Kontrolle haben wollte.

Tomi sah Karri durch den Spiegel an und tippte sich an die Wange.

»Was ist?«, wollte Karri wissen.

»Putz dir mal das Gesicht ab!«

Karri wischte sich über die Wange. Dort war etwas Klebriges. Er zog ein Papiertaschentuch heraus, spuckte hinein und rieb sich das Blut ab.

Sie kamen aus dem Wald heraus und bogen auf die unbefestigte Straße ab, die zwischen brachliegenden Feldern zum Akka-Moor führte. Nach einer kurzen Strecke bogen sie erneut ab, diesmal auf einen schmalen Feldweg, an dessen Ende eine verfallene Scheune hinter einem Wäldchen versteckt war.

Seit Jahr und Tag wurde darin Heu aufbewahrt, aber als Schlachtbank war sie ebenfalls gut geeignet.

Die Männer zerrten den Tierkörper zum Enthäuten auf das Holzgerüst, das sie auch bei der offiziellen Elchjagd mit der ganzen Jagdgemeinschaft benutzten. Aufmerksam verfolgte Karri, wie Launo mit sicherer Hand die Einschnitte über den Hufen setzte und das Tier enthäutete. Die Glatze, die Launos runden Kopf zierte, glänzte im Licht der zwei *Maglite*-Lampen, die auf dem Boden lagen. Nachdem die Haut abgezogen war, trennte Launo den Kopf vom Rumpf und schnitt die Lendenfilets von Darmbein und Roastbeef herunter.

»Verdammt …«, stieß er heiser aus und spuckte auf den Boden. Seine braunen Zahnstummel hoben sich krass vom kreidebleichen Gesicht ab.

»Hast du Schmerzen in der Brust?«, fragte Karri besorgt.

Launo hielt ihm mit seinen nikotingelben Fingern das Filet vor die Nase und flüsterte mit glänzenden Augen: »Wenn man das kurz in die gusseiserne Pfanne legt und einen Schuss Madeira dazugibt, dann hat auch der feine Herr aus dem Süden keinen Grund, sich zu beschweren. Verdammt. Und ein bisschen Rosmarin drüber.«

Karri fühlte sich unangenehm berührt. Meinte Launo ihn? Trotzdem musste er grinsen. Wie konnte ein langzeitarbeitsloser Alkoholiker so ein gnadenloser kulinarischer Snob sein?

Fein säuberlich schichtete Launo die Vorderkeulen, das Brustfleisch, die Rückenfilets, die Hinterkeulen und die Haxen aufeinander. Das noch warme, rote Fleisch schimmerte verheißungsvoll. Aber Karri war nicht wegen des Fleisches hier, und erst recht nicht wegen des Geldes. Er wollte Erfahrungen sammeln, er suchte nach der Herausforderung. Nach etwas, das den ständigen Adrenalinausstoß kompensierte, an den er sich an der Spitze seiner Firma gewöhnt hatte.

Plötzlich setzte sich Launo auf den Boden und lehnte sich an die Wand. Aus seinem Gesicht war noch die letzte Farbe gewichen.

»Was ist los?«, fragte Karri sofort.

»Schon gut.« Launo schloss kurz die Augen, dann öffnete er sie wieder und stand schwerfällig auf. »Ich geh ein bisschen Luft schnappen.«

Karri hielt die Scheunentür auf, und Launo trat an ihm vorbei ins Freie. Der Zustand und das Verhalten des Mannes beunruhigten Karri.

Fast auf der Stelle flog die Tür erneut auf.

Launo stand mit glasigem Blick und heftig atmend davor. »Kommt her!«, befahl er mit weißen Lippen.

Karri warf einen Blick auf Tomi, dessen Augen sich verengten. Waren sie überrascht worden?

Launo ging vor Karri zu dem Holzstapel, der an der Scheunenwand aufgeschichtet war. Große, schwere Schneeflocken segelten vom dunklen Himmel in den Lichtkegel der Taschenlampe. Auf dem Stapel lagen ein Meter lange, schon halb vermoderte Birkenscheite. Auf den untersten wuchsen Pilze. Der Stapel reichte bis zur Ecke der Scheune. Und dort deutete Launo mit zitterndem Finger hin.

Hinter den Holzscheiten blitzte ein Schuh auf.

Karri kniff die Augen zusammen. Launo spuckte zwanghaft aus.

Tomi zerrte ein Stück Holz zur Seite.

Unter den Birkenscheiten lag die Leiche. Man hatte der Frau in den Kopf geschossen, und es sah aus, als wäre sie erst wenige Stunden zuvor hier versteckt worden. Tomi musste an einem Baum Halt suchen.

Karri schloss die Augen. Es drehte ihm den Magen um.

Er kannte die Frau. Sie hieß Erja Yli-Honkila.

2

Von unten strahlte der Sand Wärme aus und von oben der Himmel, obwohl die Sonne schon fast bis zum Horizont gesunken war.

Saara hatte einen trockenen Mund, aber sie wollten nicht stehen bleiben, um etwas zu trinken, darin waren sie sich einig: der vor ihr gehende Luuk, Keith, der auf Malta geborene, bewaffnete Söldner, der sich wie viele seiner Kollegen seine Brötchen als Sicherheitsmann im Irak verdiente und hinter ihnen herging, und Saara selbst.

Sie beschleunigte ihren Schritt, ungeachtet des drückenden Rucksacks und der scheuernden rechten Sandale. Sie meinte, den Transportzylinder aus Aluminium, den sie im Rucksack trug, deutlich zu spüren – nicht so sehr sein Gewicht, sondern seine harten Konturen.

Der Himmel war wolkenlos, das Blau wurde von Sekunde zu Sekunde tiefer, und Venus oder Mars blitzten darin auf. Hinter den Hügeln und Schluchten färbte sich der Horizont beim Untergehen der Sonne purpurn. Die feindselige Gegend wirkte nun beinahe schön.

Die ersten schweren Bombardements des Irak-Krieges hatten sich genau auf diese Region an der jordanischen Grenze konzentriert. Die Vereinigten Staaten, Jordanien und Israel hatten nämlich befürchtet, der Irak hätte Lenkwaffen und ferngesteuerte Flugzeuge in den Höhlen und Schluchten versteckt, mit denen chemische oder biologische Waffen nach Jordanien und Israel hätten transportiert werden können.

Saara mochte die Sandalen nicht, die Karri ihr im Sommer

gekauft hatte. Es hatten die besten sein müssen, die man für Geld bekommen konnte. Sie wäre lieber bei ihren alten geblieben, aber sie wollte Karri nicht enttäuschen. Doch jetzt scheuerte der Riemen am rechten Schuh.

Luuk van Dijk, ein aufrechter, blonder Mann aus den Niederlanden, sah auf die Uhr und blieb stehen.

»Noch nicht«, sagte Keith, der die Absicht des Holländers erriet. »Erst nach der Grenze.«

Luuk reagierte nicht, sondern zog sein *Thuraya*-Satellitentelefon hervor und tippte eine Nummer ein.

Saara blieb unmittelbar neben Luuk stehen und wischte sich den Schweiß von der Stirn. Keith hielt sich abseits. Die Stimmung war gespannt.

»David?«, sagte Luuk ins Telefon. »Hier ist van Dijk. Ich habe versprochen anzurufen. Gibt es bei der Altersbestimmung von Probe JD44 schon Resultate?«

Saara merkte, wie sie die Fäuste ballte und die Fingernägel in die Handflächen drückte.

Unablässig fixierte sie Luuk. Der hielt das Satellitentelefon fest ans Ohr gedrückt, während er die Antwort abwartete.

»Wie sicher ist das Ergebnis?«, fragte er.

Saara las das Resultat an Luuks Miene ab.

Es war positiv. Die Ungewissheit hatte eine Ende.

Eine Mischung aus Trauer, Erleichterung und Freude erfasste Saara.

»Das muss unbedingt vertraulich bleiben«, ermahnte Luuk mit bebender Stimme. »Wir sind noch auf der irakischen Seite, erreichen aber noch heute Abend Amman. Von dort geht es morgen früh weiter.«

Luuk beendete das Gespräch. Alle schwiegen, sogar Keith. Der wusste von der ganzen Sache nichts, spürte aber, wie elektrisiert Luuk und Saara waren.

»Gehen wir«, sagte Luuk, bemüht um einen möglichst unbefangenen Tonfall.

Saara ging aufgewühlt weiter, dabei hielt sie krampfhaft die

Riemen ihres Rucksacks umklammert. Der jordanische Fahrer würde am Dorfrand in seinem alten Mercedes auf sie warten. Und vom Dorf waren es nur noch wenige Kilometer bis zur Grenze.

Eine Sternschnuppe leuchtete kurz am Firmament auf, sie erinnerte Saara an einen hastig abgeschossenen Pfeil. Gedankenverloren sah sie ihr nach, während sie die Tragegurte des schweren Rucksacks richtete.

»Träum nicht«, trieb Keith sie an.

Saara ging wieder schneller und versuchte an das Dorf und das Auto zu denken, das sie bald nach Jordanien bringen würde. Sie sah Luuk an, vermochte in dessen versteinertem Gesicht aber nichts mehr zu lesen. Nach dem Telefongespräch war die Stimmung noch angespannter als zuvor.

Am Wegrand zeichnete sich die Silhouette eines Fahrzeugs ab. Unmittelbar dahinter stieg das steinige Gelände jäh an, und über allem wölbte sich endlos der dunkelblaue Himmel. Die Scheinwerfer des Wagens waren eingeschaltet, und sofort beschleunigte das Trio intuitiv seine Schritte.

»Setzt euch nach hinten«, befahl Keith mit der Autorität des Sicherheitsmannes.

Wortlos befolgten Saara und Luuk die Anweisung. Keith selbst setzte sich auf den Beifahrersitz.

»*Salaam*«, grüßte der Fahrer.

»*Salaam aleikum*«, erwiderte Saara, während sie den Rucksack vom schweißnassen Rücken nahm. Sie setzte sich hinter den Fahrer und zog die lose in den Angeln hängende Tür zu. Den Rucksack hielt sie auf dem Schoß. Als sie im Dunkeln nach der Trinkflasche tastete, nutzte sie die Gelegenheit, um über den Aluminiumzylinder zu streichen, als wollte sie sich versichern, dass er sich nicht in Luft aufgelöst hatte.

Das Wasser ließ Saara an eine Oase denken – oder ans Paradies. Knurrend sprang der Motor des Wagens an.

Im selben Moment fiel ein Schuss.

Keith zuckte zusammen, und seinem Mund entfuhr ein

Schmerzensschrei. Saara umklammerte ihren Rucksack und duckte sich. Dabei kam ihr etwas Wasser in die falsche Kehle. Ihr Husten wurde von einem zweiten Schuss übertönt. Keith war getroffen worden, aber er feuerte zurück.

Draußen hörte man arabische Rufe.

»Luuk ...«, rief Saara, aber da wurde bereits die Tür aufgerissen. Starke Hände ergriffen sie und zerrten sie aus dem Wagen wie eine Puppe, obwohl sie sich mit aller Kraft zu wehren versuchte. Einen kurzen Moment lang sah sie den Fahrer blutüberströmt über dem Lenkrad hängen.

Ihr Schrei wurde von der Kapuze erstickt, die man ihr über den Kopf stülpte. Das Letzte, was Saara sah, war ein Mann, der sich ein Tuch um den Kopf geschlungen hatte. In den Schlitzen sah man seine Augen funkeln.

3

Die Frau in den schwarzen Kleidern hob weinend die Hände.

»*Vergebung für alle Sünden*«, rief der Prediger mit bebender Stimme vor der Gemeinde und deutete auf die Frau. »*Vergebung für alle Sünden …*«

Alle, die zum Sündenbekenntnis gekommen waren, hoben die Hände und standen auf. Einige trampelten mit den Füßen auf den lackierten Holzfußboden, andere weinten und schluchzten lautstark.

»*Vergebung für alle Sünden im Namen und im Blute Jesu*«, fuhr der Prediger fort, worauf er der Reihe nach mit der Hand auf jeden zeigte, der seine Sünden bekannte. Dann fügte er mit einer Stimme, die aus der Tiefe zu kommen schien, hinzu: »Auch ich bin versucht und gepeinigt worden. Darf auch ich hoffen, Vergebung für alle Sünden und Fehler meines Lebens zu erhalten?«

»Vergebung für alle Sünden«, murmelten die Zuhörer im Chor und wiesen dabei mit den Händen auf den Prediger. »Vergebung für alle Sünden im Namen und im Erlöserblute Jesu!«

Schließlich erscholl im Raum ein kraftvolles Lied, in das alle einstimmten.

»*Herr, schau auf unser Elend und habe Mitleid mit unserm Unglück groß. Denk auch an mich, der ich hier leide ohne Trost …*«

Von den zwanzig Personen war die Luft in der Bauernstube stickig geworden, aber schon bald nach dem Lied duftete es nach Kaffee und frischem Hefegebäck. Labkäse und Moltebeerenkonfitüre wurden serviert, die Löffel klimperten in den Tassen, und man plauderte. Im Licht der Hofbeleuchtung sah man vor dem Fenster die Schneeflocken fallen.

»Das hat mich aber sehr gefreut, die Saara nach langer Zeit mal wieder zu sehen«, sagte eine schlanke grauhaarige Frau zu Saara Vuorios Mutter. »Erja klagt immer, dass sie sich so selten sähen.«

»Ich sage ja immer zu Saara, sie soll doch mal zur Ruhe kommen und in ihrem Leben ein bisschen langsamer machen«, antwortete die etwas rundlichere Frau, die ihren Kaffee auf der Untertasse abkühlen ließ. Sie war schwarz gekleidet und trug ein besticktes Tuch über den Schultern. »Sie müsste langsam mal sesshaft werden. Und Kinder kriegen.«

Sie merkte, dass sie damit einen wunden Punkt getroffen hatte, denn Marjatta Yli-Honkilas Nichte Erja war noch nicht einmal verheiratet.

»Ach, ich denke noch so oft an die Schulzeit, als Saara und Erja bei uns am Küchentisch saßen und eifrig ihre Hausaufgaben machten«, sagte Marjatta beinahe verträumt.

Plötzlich kam Unruhe auf bei den Gemeindemitgliedern, die am Fenster saßen. Einige sahen neugierig in den Hof hinaus, wo sich der Lichtkegel eines Autos in den Tanz der Schneeflocken bohrte.

»Was ist denn los?«, fragte jemand, als das weißblaue Polizeifahrzeug neben den anderen Autos im Hof parkte.

»Polizei.«

Die Unterhaltung endete abrupt, man hörte nur noch das Rasseln der Standuhr.

Saaras Mutter konnte sich nicht beherrschen, sondern flüsterte der neben ihr sitzenden Marjatta ins Ohr: »Was, um Himmels willen, sucht die Staatsgewalt denn unter den Kindern Gottes?«

Sonst wagte niemand etwas zu sagen. Ein ernster Polizist betrat die Stube, grüßte und bat Marjatta Yli-Honkila, mit ihm in den Flur zu kommen. Marjatta stellte die Kaffeetasse so hastig und ungeschickt auf der Bank ab, dass es schepperte. Ansonsten herrschte Stille im Raum.

»Raimo, könntest du mit mir kommen?«, sagte Marjatta mit bebender Stimme zum Hausherrn. Der musste sie am Arm stützen, als sie den Raum verließen.

Die schweigende Gemeinde hielt den Blick unverwandt auf die weiß gestrichene Tür geheftet.

Kurz darauf ging sie auf. Der Hausherr kam herein, stand einen Augenblick reglos da, wandte sich dann an die Anwesenden und sagte: »Gott hat heute Abend eines seiner Kinder zu sich gerufen …« Seine Stimme war kurz davor zu brechen, aber dann wurde sie auf einmal wieder kräftiger. »Singen wir Lied Nummer 136, anlässlich des gewaltsamen Dahinscheidens von Erja Yli-Honkila …«

Aus dem Gemeindevolk erscholl ein einzelner, schriller Schrei: »Herr Jesus, steh uns bei!«

Dem Schrei folgte entsetztes Schluchzen und immer heftiger werdendes Gerede, das erst versiegte, als der Prediger das Lied anstimmte. Der Gesang begann zaghaft, wurde aber allmählich stärker, bis er schließlich heftig und schneller als üblich erklang:

»Dein Friedenswort ist meine Rast, o mein Jesus. Dort finde ich Glückseligkeit im Sehnen nach deiner Gnade …«

4

Karri Vuorio blickte auf die *Suunto*-Multifunktionsuhr an seinem Handgelenk und bemerkte, dass seine Hände zitterten. Es ging auf neun Uhr abends zu, und sein Blutzuckerspiegel fiel rapide ab. Seit dem belegten Brot zum Kaffee aus der Thermoskanne am Nachmittag hatte er nichts mehr gegessen.

Erja Yli-Honkila war eine Freundin von Saara aus Kindertagen gewesen. Saara hatte sich mit ihr und zwei anderen alten Freundinnen am Freitagabend vor ihrer Abreise nach Amman getroffen.

Nach dem Fund der Leiche hatte Karri vorgeschlagen, der Polizei die Wahrheit über die Wilderei zu sagen, aber Tomi und Launo hatten das hitzig zurückgewiesen. Vor allem Tomi war außer sich gewesen. Der Schock durch den Fund der Leiche hatte sich bei ihm in beängstigendem Zorn entladen.

Tomi hatte das Messer in das aufgehängte Elchkalb gerammt wie in einen vor ihm stehenden Menschen. »*Genau so …*«, hatte er gezischt, das Messer herausgezogen und mit einer abrupten Bewegung erneut hineingestoßen, »*… ergeht es demjenigen …*«, dritter Messerhieb, »*… der seine Schnauze …*«, vierter Hieb, »*… nicht halten kann.*«

Auf einmal war Launo in schallendes Gelächter ausgebrochen. Nach dem ersten Schrecken hatte er das Ganze merkwürdig kühl hingenommen. Karri war von Tomis Aggressivität bestürzt gewesen. Dieser hatte selbst bald begriffen, wie seltsam sein Verhalten wirken musste, und versucht, es mit einer Art von Humor zu überspielen, die aber eher das Gegenteil bewirkte. Tomi und Launo hatten Erja noch weniger gekannt als Karri.

Nachdem Tomi sich etwas beruhigt hatte, übernahm er gleich wieder das Kommando. Gemeinsam hatten sie die Überreste des Kalbs und die Tüten mit dem Fleisch zum Auto getragen und anschließend an der Schlachtbank in der alten Scheune ihre Spuren beseitigt. Aber natürlich würde die Polizei trotzdem merken, dass dort ein totes Tier zerlegt worden war. Tomi war nach Koskenperä gefahren, dort hatten sie die Reste des Tieres vergraben und das Fleisch versteckt, um es später zu holen. Anschließend waren sie zur Scheune zurückgekehrt.

Im Auto hatten sich Tomi und Launo eine Geschichte über Hasenjagd und eine Kaffeepause vor der Scheune ausgedacht. Karri war damit einverstanden: Wie unschuldig wirkte das bisschen illegale Jagd, verglichen mit dem schweren Verbrechen, das seine Schatten darüberwarf. Außerdem hatte er selbst auch keine Lust, wegen Wilderei angezeigt zu werden. Was ihn betraf, war es das letzte Mal gewesen. Er würde sich andere Beschäftigungen suchen, um sein Leben spannender zu gestalten. Dennoch quälte ihn die Frage, ob ein Diplom-Ingenieur, der seine Firma verkauft hatte, tatsächlich mit aller Gewalt nach einem neuen Lebensinhalt suchen musste.

Tomi hatte die Polizei angerufen und war sogleich aufgefordert worden, nichts anzufassen. Ein Polizist hatte die Waffen an sich genommen und die drei Männer aufs Revier gebracht. Dort waren sie »routinemäßig« auf Schmauchspuren untersucht worden. Dann hatten sie ihre Geschichte von der Hasenjagd und der Kaffeepause erzählt.

Die Polizei hatte Verständnis für ihre Erschütterung gezeigt, und Karri begriff, dass bestimmte Routinemaßnahmen bei ihnen durchgeführt werden mussten, auch wenn sie nicht des Mordes verdächtigt wurden. Dennoch hatte er sich auf dem Polizeirevier unwohl gefühlt.

Jetzt stand Karri unweit von Pudasjärvi auf einem dunklen

Waldweg und sog die kühle, feuchte Luft ein. Der Schnee lag mittlerweile fünf Zentimeter hoch. Tomi übergab einer großen, blonden Frau einen schwarzen Sack mit Elchfleisch.

Tuija Karam riss den Sack förmlich an sich und warf ihn in den Kofferraum ihres Kombis. Karri wäre gern nach Hause gefahren, aber Tomi und Launo hatten das Fleisch unverzüglich loswerden wollen. Karri wäre sogar bereit gewesen, es einfach im Wald liegen zu lassen.

»Und wenn die Polizei die Scheune genau untersucht?«, fragte Tuija leise. Sie schlug die Heckklappe des Audi zu und drehte sich um. Ein fordernder Blick lag in ihren Augen. Die ungleichmäßig geschnittenen, blonden Haare berührten ihre breiten Schultern.

»Na klar untersucht die Polizei die Scheune gründlich«, entgegnete Tomi ebenso leise und selbstsicher. »Dann finden sie heraus, dass dort ein Tier zerlegt worden ist. Aber da werden schließlich auch immer wieder welche mit Genehmigung zerhackt.«

»Die Polizei glaubt bestimmt nicht, dass der Mörder in der Scheune kampiert hat«, sagte Launo.

Karri und Tomi sahen sich überrascht an: Launo sprach zu Tuija. Normalerweise behandelten sich die beiden gegenseitig wie Luft. Einmal hatte Tomi versucht herauszubekommen, was sie entzweit hatte, aber Launo war der Frage ausgewichen.

»Und wer könnte der Mörder gewesen sein?«, fragte Tuija kalt.

Karri fühlte sich unwohl. Wie Launo und Tomi schien auch Tuija den Mord an Erja Yli-Honkila seltsam kühl hinzunehmen. Was waren das eigentlich für Menschen? Oder hielten sie nur ihre Gefühle bedeckt, wie es in diesem Landstrich üblich war?

Wobei Tomis erste Erschütterung allerdings sehr heftig ausgefallen war, das war Karri trotz seines eigenen Schocks aufgefallen. Das sollte einer verstehen.

»Ich kann mir schon vorstellen, *warum* jemand so eine wie die umbringen wollte«, flüsterte Tuija, »aber ich verstehe nicht, wer dazu tatsächlich fähig gewesen sein sollte.«

Karri schauderte. »Warum hätte jemand Erja etwas antun sollen? Hast du sie denn überhaupt gekannt?«

»Gut genug. Wenn auch nicht so gut wie deine Saara.«

Freundlich, aber energisch winkte Tuija ihrem Mann, der etwas abseits stand. Darauf setzte sich der gebürtige Libanese Rafiq Karam gehorsam auf den Beifahrersitz, wobei die schwere Goldkette an seinem Handgelenk klimperte. Der Mann mit dem dunklen Schnurrbart und den dunklen Augen war fünf Jahre jünger als seine Frau, einen Kopf kleiner als sie und immer adrett und modisch gekleidet. Er besaß ein Restaurant in der Ortsmitte, am Marktplatz. Dort bereitete er auch Wildgerichte zu, vor allem für Touristen.

Tuija setzte sich ans Steuer. »Müssen wir etwas dafür bezahlen?«, fragte sie bei offener Tür und mit einer Kopfbewegung zum Kofferraum.

Tomi warf einen Blick auf Launo und Karri und sagte, ohne deren Kommentare abzuwarten: »Nein. Diesmal nicht.«

Tuija zog die Tür zu, startete den Motor und fuhr in Richtung Pudasjärvi davon. Die Reifenspuren des Audi blieben im Schnee zurück wie eine Tätowierung.

»Bringt mich zu meinem Wagen«, sagte Karri ungeduldig.

»Nur keine Hektik. Alles zu seiner Zeit«, sagte Tomi unangenehm ruhig. Karri merkte, wie Launos Mundwinkel sich zu einem schwachen Grinsen verzogen. Die beiden wurden Karri von Minute zu Minute unsympathischer, und er bereute bereits, der Polizei nicht die Wahrheit gesagt zu haben. Aber dann wären die Waffen an den Staat gefallen, sie hätten Bußgelder aufgebrummt bekommen und einen Eintrag ins Strafregister kassiert. Und daran war auch Karri nicht sonderlich gelegen.

Die Männer stiegen in den Geländewagen. Karri musste an Tuijas unverhohlene Abneigung gegenüber Erja denken. Was er wusste, war lediglich, dass Tuija nie in religiösen Kreisen verkehrte.

»Wirst du deiner Frau das mit Yli-Honkila erzählen?«, fragte Tomi, als er den Motor anließ.

»Natürlich. Sie sind ... sie waren ... befreundet. Vor allem früher.«

»Aber von dem Elchkalb wirst du deiner Frau kein Wort sagen.« Das war mehr eine Feststellung als eine Frage von Launo, der in seinen Taschen nach Zigaretten suchte.

Im schwachen Lichtschein sah Karri dessen abweisenden Gesichtsausdruck, und die Härte darin ärgerte ihn. Es war, als sähe er Tomis Unfreundlichkeit und Kälte in potenzierter Form vor sich. Als würde Tomi die Fäden ziehen und Launo tanzen lassen wie eine Marionette.

»Ich weiß selbst, was ich Saara erzähle und was nicht.«

»Hoffentlich weißt du es«, sagte Tomi. »Die Frömmler können die Polizei nämlich nicht anlügen.«

»Saara gehört nicht zu den Laestadianern. Sie ist Theologin, spezialisiert auf Exegese, also auf die Auslegung der Bibel ...«

»Die kann man auslegen, wie man will«, warf Launo zwischen zwei Zügen an seiner Zigarette ein. »Hör zu, Tomi, wenn jemand weiß, wie man lügt, dann die Laestadianer. Es ist nämlich so, dass die Kinder Gottes hier nur zu ihrem Gott die Wahrheit sagen. Ansonsten verbreiten sie die tollsten Gerüchte, sogar übereinander. Und was uns Kinder der Welt betrifft – über uns reden sie, wie ihnen der Schnabel gewachsen ist.«

In Launos Stimme lag Bitterkeit, beinahe Hass. Karri wollte keinen Streit anfangen. Er wusste, dass Launo seit Jahren Reibereien mit frommen Mitgliedern der Laestadianer-Bewegung hatte. Ebenso Tuija.

»Die Polizei will uns noch einmal gründlich vernehmen«, sagte Tomi und beschleunigte in den sanften Kurven der unbefestigten Straße. »Einzeln. Wir bleiben Wort für Wort bei dem, was wir ihnen von Anfang an gesagt haben. Kapiert?«

Karri fing Tomis harten Blick im Rückspiegel auf. Tomi wollte seine Umgebung immer vollkommen unter Kontrolle haben, und seine Worte waren speziell an Karri gerichtet.

»Was gibt es daran nicht zu kapieren«, sagte Karri. »Aber gegenüber einem Mord wiegt Wilderei nicht viel.«

»Das eine hat mit dem anderen nichts zu tun. Es ist zu deinem eigenen Vorteil, wenn du kapierst, wo es langgeht.«

Tomis drohender Unterton gefiel Karri überhaupt nicht.

»So eine Bluttat ist für uns alle ein Schock«, sagte er ruhig. »Aber es gibt keinen Grund, seine Gefühle an den anderen auszulassen.«

»Gefühle? Was redest du da für einen Scheiß?«

Launo schob Karri die Schnapsflasche zu, die er zwischen den Sitzen gefunden hatte. »Jetzt mal ganz ruhig. Es gibt keinen Grund zur Panik. Hier, nimm ein paar Ohrentropfen.«

Karri schüttelte den Kopf. Das tat er bei solchen Gelegenheiten meistens, daher sorgte seine Ablehnung nicht für Verwunderung. Launo nahm einen ordentlichen Schluck.

Tomi sah ihn darauf verächtlich an. »Sachte, sachte – nicht dass du deswegen den Mund weiter aufreißt, als gut ist.«

»Bei wem soll ich schon den Mund aufmachen?«, fragte Launo trocken.

Tomi antwortete nicht. Launo lebte wie ein Eremit, er redete im Ort mit fast niemandem.

Der Wagen näherte sich der Ortschaft, deren Lichter im feuchtkalten Abenddunkel schimmerten. Tomi senkte die Geschwindigkeit vorschriftsgemäß. Die Straße war glatt. Beiderseits der Straße verliefen breite Rad- und Fußwege, und dahinter leuchteten Neonreklamen an kastenförmigen Geschäftsgebäuden: GENOSSENSCHAFTSBANK, HAUSHALTSWAREN, ALKO, S-MARKT, PIZZA-SERVICE, STAR-BURGER. Neben dem Verwaltungsgebäude befand sich das Polizeirevier, vor dem zwei neue Polizeifahrzeuge aufgetaucht waren – und ein Leichenwagen.

»Kühlen Kopf bewahren, Jungs, egal, was kommt«, flüsterte Launo wichtigtuerisch.

Vor einigen Stunden war Karri noch zufrieden gewesen, das Vertrauen der beiden Männer verdient zu haben. Jetzt graute es ihm vor seiner Schauspielerei. Warum musste er so tun, als käme er mit waschechten Bauerntrampeln zurecht? Stammte das Bedürfnis dazu noch aus der Kindheit? Sehnte er sich einfach danach, akzeptiert zu werden – egal von wem?

Sie fuhren am Hallenflohmarkt des Arbeitslosenvereins vorbei, an der Kirche und am Friedhof. Das Gotteshaus war um diese Zeit dunkel, aber vor dem großen, alten Holzhaus hundert Meter weiter stand ein Dutzend Autos. Alle Fenster der Friedensgemeinde, wo sich die Laestadianer versammelten, waren hell erleuchtet. Karri versuchte zu erkennen, ob das Auto seiner Schwiegermutter dort stand. Wahrscheinlich.

Er hatte den ganzen Abend das Handy ausgeschaltet gehabt, aus mehreren Gründen. Einer bestand darin, dass er das Klagen und Lamentieren von Saaras Mutter über Erjas Tod nicht hören wollte.

Sein neuer, dunkelgrüner Landrover stand vor dem Laden für Autozubehör, der in einem alten Viehstall aus Backstein untergebracht war. Tomi ließ Karri aussteigen und fuhr dann aus der Ortschaft hinaus, zu dem abgelegenen Haus, in dem Launo wohnte.

Karri stand neben seinem Wagen im Schnee und zitterte vor Kälte. Plötzlich fuhr ein Polizeiauto in hohem Tempo an ihm vorbei, mit Blaulicht, aber ohne Sirene. Es folgte ein zweiter Streifenwagen und dahinter ein Ford-Zivilwagen.

Was war jetzt los?

Karri begann, den Schnee von der Windschutzscheibe zu wischen. Ein weiteres Auto fuhr auf der Straße vorbei, aber langsamer. Der Leichenwagen.

5

Der Reifen drehte durch und wirbelte Sand auf. Daraufhin trat der Iraker mit dem Tuch um den Kopf noch heftiger aufs Gaspedal und kurbelte am Lenkrad des alten Lieferwagens. In der Dunkelheit änderten die Scheinwerfer die Richtung, und das Auto setzte sich in Bewegung.

Hinter ihm, fast unmittelbar an der Stoßstange, hing ein Mercedes-Kombi. Am Rand der Wüstenpiste erschrak ein Schakal und verschwand in der Finsternis. Die Autos wichen geschickt dem Überrest eines ausgebrannten Lkw aus und setzten die Fahrt in Richtung des Felsengebildes in der Ferne fort.

Die Reifen rumpelten in den Schlaglöchern, und die altersschwachen Stoßdämpfer wimmerten. Im Kofferraum des Kombis lag der maltesische Sicherheitsmann. Um dessen Arm war als Druckverband ein schmutziges Tuch geschlungen worden, das einer der Iraker nun noch fester zog. Die Kugel, die dem Sicherheitsmann die Schlagader am Handgelenk aufgerissen hatte, war seitlich im Brustkorb stecken geblieben, der mit einem anderen Stofffetzen verbunden war. Der zweite Entführte hatte eine Schusswunde an der Schulter.

Der Iraker rief dem Fahrer etwas zu. Der reagierte nicht, sondern sprach aufgeregt ins Funkgerät, während er das Auto in rasender Geschwindigkeit über die Sandpiste lenkte.

Im Laderaum des vorausfahrenden Lieferwagens lagen mit gefesselten Händen und mit schwarzen Hauben über dem Kopf ein Mann und eine Frau. Ihre Körper wurden im Takt der heftigen Lenkbewegungen hin und her geworfen. Man hatte ihnen eine Nylonschnur durch den Mund gezogen und am Hinterkopf verknotet, um sie am Sprechen zu hindern.

Saara war schweißgebadet. Das Auto fuhr in ein Schlagloch, und ihr Kopf prallte auf den Wagenboden. Sie fühlte sich wie ein Tier auf dem Weg zum Schlachthaus, versuchte aber ihr Entsetzen hinunterzuschlucken und zu verhindern, dass sie hysterisch wurde.

Sämtliche Schreckensszenarien waren wahr geworden. Saara hatte immer schon Angst davor gehabt, irgendwann zum Thema der Fernsehnachrichten zu werden: als sprechender Kopf, der um Gnade bettelte, aber schließlich doch vom Rumpf abgetrennt würde. Sie hatte immer versucht sich einzureden, dieses Schicksal könne nur andere ereilen. Menschen, die sie nicht kannte.

Aber jetzt …

Ich werde euch geben, was kein Auge gesehen und kein Ohr gehört hat, was keine Hand je berührt und kein Menschenherz ahnen kann …

Saara spürte eine feste Kraft in sich wachsen. Aufgrund der Angst und der unruhigen Fahrt hatte sie sich auf die Wolldecke übergeben, die im Wagen ausgebreitet war. Jetzt brachte sie der scharfe Geruch erneut zum Erbrechen, was wegen der Nylonschnur zusätzlich schmerzhaft war. Sie hatte Angst zu ersticken. Ihr Gesicht lag in dem Blut, das aus Luuks Schulter sickerte.

Als der Brechreiz nachließ, versuchte Saara den galligen Speichel, den sie noch im Mund hatte, zu schlucken, aber das war nicht möglich, weil die Schnur auf die Zunge drückte.

Hört diese Fahrt denn nie auf, dachte sie, obwohl sie noch nicht wusste, welcher Alptraum nach der Ankunft beginnen würde.

Bei allem Entsetzen fragte sich Saara aber auch, wo ihr Rucksack mit dem Aluminiumbehälter hingeraten war.

Warum gerade jetzt?, fragte sie sich.

Der Landrover wirbelte Schnee auf. Karri hielt das Lenkrad umklammert und senkte leicht die Geschwindigkeit, denn die Fernstraße, die nach Norden führte, war spiegelglatt. Er hatte das Handy noch immer nicht eingeschaltet, sondern war in Gedanken versunken. Die Erschütterung ließ nicht nach, im Gegenteil, sie wurde immer heftiger.

Warum hatte jemand einen Menschen wie Erja Yli-Honkila umgebracht? Einen rationalen Grund dafür konnte es nicht geben. Oder doch? Worauf hatte Tuija angespielt? Allerdings hasste diese Frau alle Laestadianer.

Mit Tomi und Launo hatte er nicht ernsthaft reden können. Seine Achtung vor den beiden Männern war vollkommen verschwunden. Sie waren unzivilisiert und gefühlsarm. Oder waren sie nur nicht fähig, die Situation verbal zu verarbeiten? Stellte er sich ungerechtfertigt über sie? Brauchte es nicht gerade eine gewisse Nervenstärke, Vitalität, Zähigkeit und Cleverness, um in diesen Wäldern am Ende der Welt, unter dem Druck der Naturgewalten überhaupt existieren zu können? Es war die gleiche Festigkeit, die er an Saara so schätzte.

Karri selbst stammte aus Sotkamo, das etwas weiter südlich lag. Seine Eltern waren ganz aus dem Süden Finnlands dort hingezogen, weil sein Vater eine Stelle als Arzt bekommen hatte.

Nun schaltete Karri sein Handy ein. Alle waren es gewohnt gewesen, dass er immer erreichbar war. Jetzt war das nicht mehr nötig. Es gab keine Kunden mehr, die in anderen Zeitzonen lebten und ihn zu allen Tages- und Nachtzeiten erreichen wollten.

Das Display teilte ihm mit, dass er eine Nachricht auf der Mailbox hatte. Die konnte noch nicht von Saara stammen, das wusste er.

Tatsächlich war die Nachricht von ihrer Mutter. Sie bat ihn, so schnell wie möglich zurückzurufen. Ihre Stimme war betont ruhig. Unheimlich ruhig.

Karri seufzte tief. Die Straße führte durch ein abgelegenes

Dorf. Nur in den Fenstern eines Hauses brannte Licht. Der größte Teil der Dorfbewohner war schon vor langer Zeit nach Südfinnland oder Schweden gezogen. Zuerst waren die Frauen gegangen, worauf nur ein paar Junggesellen im Dorf zurückgeblieben waren, die auf Kosten ihrer alten Mütter in den Hinterzimmern der kleinen Holzhäuser lebten. Manche lebten allein von Arbeitslosenunterstützung, manche verdienten sich durch Beerenpflücken und Jagen etwas hinzu. Und alle gingen natürlich angeln, um den Speisezettel zu bereichern.

Karri betrachtete die alten Häuschen, deren roter Anstrich bereits verblasste. Saara hatte erzählt, dass es noch in den sechziger Jahren rund um diese Häuser von Kindern gewimmelt habe. Die Männer hatten ihre Familien durch Viehzucht ernährt und im Winter als Holzfäller gearbeitet. Alle hatten gerade genug zu essen gehabt, aber dennoch war Sonntags die Dankesbotschaft der Zionslieder und Choräle erschollen.

Nach einigen Kilometern Fahrt durch den Wald bog Karri in eine Nebenstraße ab. Hier hatte es weniger geschneit. Nach weiteren fünf Kilometern zweigte ein Waldweg ab. Ein Fremder hätte kaum eine Fahrspur erkannt, aber Karri fuhr zügig und routiniert immer weiter in den Wald hinein.

Bei der Fahrt den steilen Koppelo-Hügel hinauf hielt er das Lenkrad besonders fest umklammert. Er hatte absichtlich eine Stelle auf dem Fahrweg in fast unpassierbarem Zustand belassen, sozusagen als Burggraben. Der Wagen neigte sich an dieser Stelle so jäh zur Seite, dass Saara Tage gebraucht hatte, bis sie sich traute, diese Strecke selbst zu fahren, obwohl sie es gewohnt war, sich im Gelände zu bewegen.

Karri wusste, dass er Saara von Erjas Tod erzählen musste. Aber er wusste nicht, wie er das über sich bringen sollte. Die beiden Frauen hatten sich seit ihrer Kindheit gekannt. Trotzdem: Hatte es damit wirklich Eile? Saara war am Samstagmorgen völlig aufgewühlt zu ihrer Reise aufgebrochen, sodass er sie jetzt nicht zusätzlich belasten wollte. Andererseits würde Saara ihm später Vorwürfe machen, weshalb er das Ganze schlicht und einfach hinter sich bringen musste. Und zwar bald.

Nach dem Hügel führte der Weg durch einen lichten Kiefernwald mit trockenem Boden und vielen Flechten. Hier war der Schnee zum größten Teil schon wieder geschmolzen. Zum Glück, dachte Karri. Mit dem Schnee würden auch die Spuren des Wilderns verschwinden.

Er bereute bereits, auch nur den Gedanken gehabt zu haben, der Polizei etwas von der Wilderei zu sagen. Tomi hatte Recht – das eine hatte mit dem anderen nichts zu tun. Es war sinnlos, sich unnötig eine blutige Nase zu holen.

Außerdem hatte Karri Verständnis für Tomi. Der war vor wenigen Jahren ebenfalls aus dem Süden in die Gegend gekommen, hatte mutig in ein Safari-Unternehmen investiert und auch gute Verträge mit ausländischen Reiseanbietern ausgehandelt. Für die Firma wäre es keine gute Reklame, wenn ihr Chef wegen Wilderei angezeigt würde. Das könnte unter Umständen sogar das ganze Unternehmen zu Fall bringen.

Trotz Löchern und Wurzeln erhöhte Karri die Geschwindigkeit. Anfangs waren sie selbstverständlich davon ausgegangen, dass eine ordentliche Zufahrt angelegt würde. Aber nachdem der Traktor im Sommer zig Fuhren Baumaterial herangeschafft hatte, war dadurch bereits eine Fahrspur entstanden. Im Winter würden sie ohnehin mit dem Motorschlitten fahren, was für einen Nutzen hätten sie dann von einer ordentlichen Zufahrt? Die hätte nur das Gefühl, inmitten der Wildnis zu leben, wieder zunichte gemacht.

Im Scheinwerferkegel tauchte das letzte Geländehindernis auf, ein schmaler Streifen Land zwischen den beiden Seen, so schmal, dass man ihn innerhalb von wenigen Stunden unter Wasser setzten konnte, wenn man wollte und ordentlich mit der Schaufel loslegte. Es hatte Karri schon immer gereizt, an einem abgeschiedenen, nahezu unzugänglichen Ort zu leben.

Die letzten wenigen hundert Meter folgte die Fahrspur dem Seeufer und führte dann den Hang hinauf, wo aus den grauen

Balken der ehemaligen Scheune eine Garage für den Wagen errichtet worden war. Durch den Bewegungsmelder ging die gedämpfte Außenbeleuchtung an. Müde stieg Karri aus dem Wagen. Während er auf das Haus zuging, sprangen nach und nach rechts und links des Pfades die Lichter an. Sie waren in ausgehöhlten Kiefernpfosten von einem halben Meter Höhe eingelassen.

Im Schein der Lichter sah man das große Haus, das sie auf den Namen *Riekonpesä* – Schneehuhnnest – getauft hatten. Es war eine Villa und zugleich ein Ökohaus, das Anleihen des traditionellen finnischen, romantischen Blockhauses mit der klaren Linienführung moderner Architektur verband. Und es stand an einer Stelle oberhalb des Sees, von der man ungehindert in alle Richtungen blicken konnte. Ein Bekannter von Saara, ein Architekt aus Oulu, hatte es entworfen. Wo er mit seinen Visionen über das Ziel hinausgeschossen war, hatten Karri und Saara um Vereinfachung gebeten. So hätte zum Beispiel ein Wintergarten zu viel Energie verbraucht. Am Seeufer hatten sie sich aber zusätzlich ein Saunagebäude errichten lassen, mit Rasendach und einem Panoramafenster, das eine ganze Wand einnahm.

Plötzlich blieb Karri stehen.

Ihm war, als hätte sich im Wald etwas bewegt. Intuitiv spannte er die Muskeln an.

Die Stille war vollkommen. Vielleicht war es ein Tier gewesen. Karri ging weiter. Jemand anders hätte die Stille womöglich als bedrohlich empfunden, aber für Karri war sie gleichbedeutend mit Sicherheit. Dieselbe Sicherheit hatte die Stille auch dem Elchkalb heute verheißen, als es am Waldrand stand. Sie hatten es erwischt, ohne es vorher treiben zu müssen, ohne dass sich in der Muskulatur des Tieres durch das Rennen Milchsäure gebildet hatte. Dann hätten sie Launo zufolge nämlich dunkles und geschmackloses »Stressfleisch« bekommen, auch »Teerfleisch« genannt, das nicht einmal durch Abhängen mürbe und durch keine Zubereitungsart wieder weich geworden wäre.

Sie waren gerade einen Forstweg entlanggefahren, als sie das Kalb sahen. Elche hatten keine Angst vor Autos, weshalb Tomi gewartet hatte, bis Launo und Karri ausgestiegen waren. Dann war er langsam weitergefahren. Launo hatte Karri ermuntert zu schießen, aber wegen der Entfernung und der Dämmerung hatte Karri das Launo überlassen. Es war schwer zu glauben, aber der Alkoholiker hatte aus mehr als hundert Metern Entfernung mit einem Schuss das Herz des Tieres getroffen. Und das mit einem altertümlichen Baikal-Stutzen, der, was die Genauigkeit betraf, einer wesentlich miserableren Kategorie angehörte als Karris Lincoln mit Aluminiumrahmen. Diese Kombinationswaffe aus Flinte und Gewehr war für die Wilderei perfekt: Die Flinte eignete sich zur Hasenjagd, aber mit dem Gewehr konnte man auch einen Elch erlegen.

Wieder kam Karri die tote Erja in den Sinn. Mit schnellen Schritten ging er die letzten Meter zum Haus.

Vor der Tür erstarrte er auf der Stelle und schaute auf die Steinfliesen.

Dort lag kein Schnee.

Der Pfad war von einer dünnen Schneeschicht überzogen, aber die Fliesen nicht. Das fiel Karri auf, denn er hatte sich bereits darauf eingestellt, den Schnee mit dem Besen, der an der Wand lehnte, wegzufegen.

Vielleicht hatten Wand und Vordach verhindert, dass Schnee vor die Haustür geweht worden war?

6

Hände griffen nach Saaras Achseln und zerrten sie von der Wolldecke, die nach Erbrochenem roch. Ihre Augen waren so fest verbunden, dass sie in allen Regenbogenfarben aufflammende Muster sah.

Trotz aller Angst war Saara erleichtert, dass die Autofahrt ein Ende hatte. Ihr Kopf schlug noch einmal schmerzhaft gegen den Pfosten der hinteren Wagentür, ihr entwich ein Stöhnen, das wegen der Nylonschnur in ihrem Mund zu einem animalischen Röcheln wurde.

Eine Männerstimme neben ihr sagte etwas auf Arabisch.

Der Griff um ihren Arm wurde noch fester und zwang sie zum Gehen, obwohl ihre zitternden Beine sie nicht einen Schritt tragen wollten.

Wenn zwei, die im selben Haus wohnen, sich miteinander versöhnen, können sie zum Berg sagen: »Begib dich an einen anderen Ort«, und er wird sich an einen anderen Ort begeben …

Saara spürte den Sand unter den Sohlen. Aus der festen Erde schöpfte sie etwas Kraft, obwohl sie so sehr schwitzte, dass sie Angst hatte, vor Flüssigkeitsmangel zusammenzubrechen, erst recht nachdem sie sich erbrochen hatte.

Sie wurde zwanzig, dreißig Meter weit geführt, dann hob man sie über eine Schwelle, wonach die Füße auf hartem Boden aufsetzten. Als Nächstes schleifte man sie eine steile Treppe hinunter. Die Geräusche der Schritte hallten immer stärker, und die Luft wurde kühler. Dann endete die Treppe, und der Mann, der Saara führte, blieb stehen.

Saara spürte, wie ihr an dem Nylonseil vorbei etwas Hartes, Rundes, Metallisches in den Mund geschoben wurde.

Der Lauf einer Waffe.

Karri nahm allen Mut zusammen und wählte Saaras Nummer. Er stand im hohen, atelierartigen Wohnzimmer, vor dessen Panoramafenster pechschwarze Finsternis herrschte. In diesen Breitengraden kam die Dunkelheit früh, zwischen November und Januar schon am frühen Nachmittag, und in den Stunden davor wurde es auch nicht richtig hell. Im Sommer schien die Sonne dafür rund um die Uhr durch die vielen Fenster ins Haus.

Saara meldete sich nicht, so wie Karri es angenommen hatte. Er war erleichtert. Es schien ihm unmöglich, von Erjas Tod zu berichten. Nach dem Gymnasium waren Saara und Erja eigene Wege gegangen, aber sie waren noch immer alte Freundinnen, die nicht voneinander loskamen, selbst wenn sie es gewollt hätten.

Seine Schwiegermutter mochte Karri auch jetzt nicht anrufen. Er ging ins Arbeitszimmer und schaltete den Computer ein. Die DSL-Verbindung lief über die Satellitenschüssel auf dem Dach. Anfangs hatte Karri geglaubt, nicht eine Woche ohne Internet auszukommen, aber mittlerweile brauchte er es fast nur noch, um seine Geldangelegenheiten und dergleichen zu regeln.

Auf der Homepage der Regionalzeitung ›Kaleva‹ wurde die Tragödie noch nicht erwähnt. Karri beschloss, noch einen Blick auf die Abschlusswerte der New Yorker Börse vom Freitag zu werfen. Er kümmerte sich zu wenig um seine Fonds, das wusste er, obwohl sie jetzt seine einzige Einnahmequelle bildeten. Irgendwann würde er vermutlich in die IT-Branche zurückkehren, dann aber in Oulu.

In seinem Banking-Programm war eine Routinemitteilung eingegangen. Als er sie genauer anschaute, erschrak er.

Sie haben unseren Service zuletzt am 6.11. um 20.43 Uhr in Anspruch genommen.

Karris Puls ging nun etwas schneller. Zu dem angegebenen Zeitpunkt am Freitag war er in Oulu gewesen und Saara mit ihren Freundinnen in der *Kaminstube*. Ansonsten hatte Karri das Wochenende hauptsächlich mit Saara verbracht und es vermieden, so kurz vor ihrer Reise am Bildschirm zu sitzen. Zumal Saara so aufgeregt und nervös gewesen war. Durch irgendetwas, das mit dem Nahen Osten zu tun hatte, war sie schon Wochen zuvor aus der Fassung geraten. Aber sie hatte nicht sagen wollen, was sie belastete. Sie hatte versprochen, es dann zu tun, wenn sie »sich sicher« sei.

Besorgt loggte sich Karri in das Programm ein. Alles war wie zuvor, die Anzahl der Aktien, der Kontostand. Bevor er Kunde geworden war, hatte er sich sorgfältig nach der Sicherheit des Programms erkundigt, er hatte sogar Oskari, der in Karris ehemaliger Firma für den Datenschutz zuständig gewesen war, nach dessen Meinung gefragt.

Jetzt hatte er wieder Anlass, Oskari anzurufen. Gleich am nächsten Morgen würde er das tun. Karri sah sich den Wert seines Portfolios an. Minus 0,121 Prozent. Da hatte er einen Grund für seine Faulheit in Fragen der Geldanlage: Schlechte Nachrichten deprimierten ihn jedesmal, auch wenn er wusste, dass man sich darüber nicht zu viele Gedanken machen durfte, denn interessant war allein die langfristige Entwicklung.

Unruhig schaltete Karri den Computer aus. Trotz Firewall und Sicherheitsprogrammen war jemand online in seine Privatsphäre eingedrungen.

In Gedanken versunken ging er im Haus umher und fand sich kurz darauf in Saaras Arbeitszimmer wieder. Im Schein der Halogenspots schimmerten die Wände aus alten Kiefernbalken in verschiedenen Tönen von Silbergrau. Einige Spots waren auf die Wand gerichtet, an der gerahmte Pergamentstücke und Teile von Papyrusrollen hingen. Ein kleines Fragment stammte aus Saaras aktuellem Forschungsobjekt, aus einem Oxyrhynchos-Papyrus. Auf dem großen Schreibtisch, dessen Platte aus Granit gemacht war, lagen die Papiere durcheinander, die Bücherregale waren ungeordnet. Das war ganz und gar nicht Saaras Art, ihren Arbeitsplatz so zu hinterlassen, schon gar nicht vor einer längeren Reise.

Karri suchte eines von Saaras alten Fotoalben heraus und blätterte darin, bis er Klassenfotos aus der Mittel- und Oberstufe fand.

Sein Blick fiel auf Erja, auf ein ernst und erwachsen wirkendes Mädchen mit Brille. Schon damals trug sie ein dunkelgraues, sackartiges Kleid, das eher einem Kittel glich. Das dicke schwarze Haar war vorne zum Pony geschnitten, es umgab das runde Gesicht wie ein schützender Helm. Saara wirkte auf den Fotos lockerer, aber auch sie lächelte nicht aus vollem Herzen. Anders als die Saara, die Karri in Helsinki im Paddelkurs kennen gelernt hatte. Er hatte an dem Kurs teilgenommen, um Paddeln zu lernen. Saara und ein paar andere Single-Frauen aber hatten dort einfach »anständige« Männer kennen lernen wollen, wie Karri im Nachhinein erfahren hatte.

Sein Blick fiel auf die Ausgabe der Zeitschrift ›Technik & Wirtschaft‹, in der er am Morgen an Saaras Tisch gelesen hatte. Er drehte die Zeitschrift um, sodass der runde Abdruck sichtbar wurde, den die Teetasse hinterlassen hatte.

Wieso hatte die Zeitschrift andersherum gelegen? Wie war das möglich? Er hatte sie nicht angefasst, nachdem er den Raum mit der Tasse in der Hand verlassen hatte.

Oder doch? Ohne dass es ihm bewusst war? Vielleicht.

Hartnäckig drängte sich ihm wieder die Behauptung des Computerprogramms in den Sinn, jemand habe es am Freitag benutzt.

Außerdem fielen ihm die schneefreien Fliesen vor der Haustür ein. Hatte sich jemand nicht online, sondern hier bei ihm zu Hause am Computer zu schaffen gemacht? Und dann die Fliesen gefegt, um seine Spuren zu verwischen?

Ein absurder Gedanke. Trotzdem blickte Karri unwillkürlich aus dem Fenster. Aber die dunkle Scheibe spiegelte nur sein eigenes Gesicht.

Als das Telefon klingelte, erschrak er. Er war sicher, seine Schwiegermutter wäre am Apparat, aber es war Launo Kohonen. Wie in der Gegend üblich nannte er nicht seinen Namen.

»Hat Tomi angerufen?«, wollte Launo wissen. Er klang erschöpft und ein wenig betrunken.

»Nein. Warum?«

»Er wird gleich anrufen. Aber lass dich nicht verrückt machen. Die Polizei interessiert sich heute Abend nicht für Wilderei, sondern nur für die Morde.«

»Für den Mord, meinst du«, korrigierte Karri.

»Für die Morde«, wiederholte Launo. »Hast du nicht gehört, dass sie ein zweites Opfer gefunden haben?«

Hinter den Bäumen schien helles Licht. Der Weg war mit einem blauweißen Kunststoffband abgesperrt. Es fasste ein Gebiet mit einem Durchmesser von dreißig, vierzig Metern ein. Auf dem Band stand in regelmäßigen Abständen POLIZEI.

Wo das Licht nicht hinfiel, betupften zarte Schneeflocken die Dunkelheit. Sie sahen aus wie kleine Engel. Der Schnee blieb an den Fichtenzweigen hängen und gefror.

Am Wegrand parkten zwei Ford Mondeo der Polizei, ein Zivilfahrzeug war rückwärts ein Stück in den Wald hineingefahren. Am Dach dieses Fahrzeugs waren die Scheinwerfer angebracht, die das Gelände erleuchteten. Im grellen Licht gingen die Leute von der Spurensicherung still ihrer Arbeit nach, sie machten Digital- und Videoaufnahmen, durchkämmten das Gelände, suchten nach Faserspuren auf der Haut des Opfers und entnahmen mit dem Faserband eine Probe, sobald sie etwas gefunden hatten. In regelmäßigen Abständen maßen sie rektal die Körpertemperatur des Opfers. Das war eine der Methoden, mit denen sie den Todeszeitpunkt bestimmten. Über die Hände der Leiche hatte man Plastikbeutel geschoben und zugeklebt, damit beim Abtransport keine Spuren von fremdem Hautgewebe verloren gingen.

Oberinspektor Ari Kekkonen von der Zweigstelle der Zentralkriminalpolizei in Oulu schob sich unter dem Absperrband durch, um zu der Redakteurin der Lokalzeitung zu gelangen, die mit Stift und Notizblock auf ihn wartete. Sie gaben sich die Hand.

»Wie ich schon am Telefon gesagt habe, kann ich Ihnen keine weiteren Informationen geben«, sagte er. »Rufen Sie morgen früh an und reden Sie mit dem Leiter der Ermittlungen.«

»Handelt es sich bei der Toten um Anne-Kristiina Salmi?«, fragte die Frau, wobei sie versuchte, ihrer etwas unsicheren Stimme den selbstbewussten Tonfall einer erfahreneren Journalistin zu verleihen. Ihr ungeschminktes, neugieriges Gesicht leuchtete im Widerschein des grellen Arbeitslichts der Spurensicherung.

»Wie gesagt, kein Kommentar.«

Plötzlich richtete Kekkonen den Blick auf die schwebenden Schneeflocken vor dem dunklen Hintergrund. Er sah Bewegung.

Jemand verbarg sich hinter den Bäumen.

Vor den verdutzten Augen der Redakteurin rannte Kekkonen los. Fast wäre er über eine Kiefernwurzel gestolpert, fand aber auf dem ebenen Grund mit den niedrigen Preiselbeersträuchern gerade noch das Gleichgewicht. Er riss die Taschenlampe vom Gürtel und richtete ihren hellen Lichtkegel in den Wald.

Zwischen den Bäumen bewegte sich etwas, das war sicher. Es war nicht nur eine Redensart, dass Verbrecher mitunter zum Tatort zurückkehrten, weshalb Kekkonen im Laufen seine Glock aus dem Pistolenhalfter zog.

»Stehen bleiben«, rief er außer Atem, obwohl die Gestalt, die er ausgemacht hatte, nicht einmal versuchte davonzulaufen.

»Wer sind Sie? Was, zum Teufel, treiben Sie sich hier herum?«

»Nix Besonderes … Ich war halt neugierig … Ich wohn gleich da drüben …«

»Name?«

»Kohonen, Launo.«

7

In der klaren, kaltblauen Morgendämmerung erstreckte sich der Wald so weit das Auge reichte. Auf den Kiefern und Fichten lag ein frischer, blütenweißer Schleier aus Schnee. Über Nacht war der Neuschnee auf der Straße gefroren, die daher jetzt schwarze, graue und weiße Farbtöne in allen Nuancen zeigte.

»Es ist 7.56 Uhr, bald Zeit für die Nachrichten in Radio Nordost. Zuvor aber noch ein bisschen Musik ...«

Kriminalkommissarin Johanna Vahtera saß in ihrer abgewetzten Wachsjacke im Auto und blickte durch die Windschutzscheibe auf die endlos wirkende Wildnis. Sie nahm die Puderdose aus ihrer Handtasche, ließ sie aufspringen und betrachtete mit dem Spiegel ihr linkes Auge. Es war gerötet und juckte. Darum hatte sie sich auch nicht geschminkt.

In der Landschaft rührte sich nichts. Der Anblick war wie auf einem Foto oder auf einer Kohlezeichnung. Das totale Gegenteil zum Verkehr in Helsinki, 700 Kilometer weiter südlich, den sie in aller Frühe hinter sich gelassen hatte, als sie mit dem Taxi zum Flughafen fuhr.

Die Atmosphäre der Umgebung wurde auch durch den Fahrer des Wagens vermittelt. Es war Ari Kekkonen von der Zentralkripo. Er hatte Johanna in Oulu am Flughafen abgeholt und ihr die Hintergründe der Ereignisse des Vortages und der vergangenen Nacht mitgeteilt. Früher war der Mann zwei Jahre Polizist in Pudasjärvi gewesen.

»Kein Wunder, dass in Pudasjärvi Aufregung herrscht«, sagte der pockennarbige, etwa fünfzigjährige Kekkonen ruhig.

»Es kursieren ziemlich wilde Gerüchte. Sowohl Yli-Honkila als auch Salmi waren aktive Laestadianerinnen.«

Johanna versuchte aus Kekkonens Tonfall dessen Einstellung zu der pietistischen Glaubensgemeinschaft herauszuhören, aber es gelang ihr nicht.

»Gibt es irgendetwas, weshalb sich die Morde mit religiösen Dingen in Verbindung bringen ließen?«, wollte Johanna wissen.

»Ich glaube nicht.«

»Dass die beiden zu den Laestadianern gehörten, hast du besonders hervorgehoben.«

»War keine Absicht.«

Kekkonen sprach jetzt so betont einsilbig, dass Johanna zu dem Schluss kam, es könne doch Berührungspunkte zwischen dem Mann und dem Glauben geben. In Gegenden wie dieser stand wohl jeder irgendwie in Beziehung zur Laestadianerbewegung. Johannas eigener Glaube war »der normale Glaube eines ganz normalen Menschen«, er beruhte auf den Abendgebeten, die sie als Kind gelernt hatte, auf dem »Vaterunser« und einigen anderen Bausteinen. Sie mied alles öffentlich Religiöse, aber sie hatte immerhin das Buch ›Alle kommen in den Himmel‹ von einem Pastor namens Antti Kylliäinen gelesen.

Aus der Ablage in der Mittelkonsole nahm Johanna die Plastikhülle mit den auf A4-Format vergrößerten Digitalaufnahmen der Spurensicherung. Im Radio sang ein junger Mann.

»Ich sehe dein Gesicht, deinen zarten Mund …«

Die vom Blitzlicht grell erleuchtete, blutüberströmte Leiche lag an der Wand einer Scheune im Schnee.

Erja Yli-Honkila. Die Schusswunde in der Stirn verriet die Todesursache. Weitere äußere Verletzungen waren nicht zu erkennen, abgesehen von einem leichten Hämatom um das linke Auge.

Auch Anne-Kristiina Salmi hatte man in den Kopf geschossen.

»Ich kenne keine Sehnsucht mehr … Ich kenne keine Sehnsucht mehr …«

Johanna warf einen Blick in ihr Notizbuch, in das sie die wichtigsten Einzelheiten über die beiden Toten geschrieben hatte. Erja Yli-Honkila, die zuerst aufgefunden wurde, war eine dreißig Jahre alte Grundschullehrerin gewesen. Unverheiratet, allein lebend.

Vier Jahre jünger als ich, aber in der gleichen Lage, dachte Johanna.

Yli-Honkilas Freundin Anne-Kristiina Salmi hatte in Helsinki an der Sibelius-Akademie studiert. Sie wollte Kantorin werden und war nur zu Besuch in ihrer Heimat gewesen.

Johanna rieb sich das juckende Auge und sah wieder auf die weite Waldlandschaft. Irgendwo hier gab es einen Menschen, der eiskalt zwei Frauen erschossen hatte. Saß er gerade in seiner Küche und trank Kaffee und hörte denselben Radiosender? Radio Nordost? Oder war er auf dem Weg zur Arbeit?

Johanna taufte den Täter auf den Namen »Ratte«. Sie wusste nicht, wie sie gerade darauf kam, aber er klang passend. Es war eine Angewohnheit von ihr, den Täter gleich zu Beginn der Ermittlungen zu benennen, ein Wort zu kreieren, hinter dem nach und nach aus kleinen Informationskörnern ein Mensch aus Fleisch und Blut Gestalt annahm.

Irgendwo war sie, die Ratte, und Johannas Aufgabe bestand darin, ihr eine Falle zu stellen.

Spät am Vorabend war Johanna wegen der Morde angerufen worden. Sie war gerade aus dem Kino gekommen, wohin sie Niklas gelockt hatte. Nikke war ein harmloser Kerl, IT-Spezialist der Polizeihochschule, frisch getrennt von seiner Lebensgefährtin. Es würde nichts zwischen ihnen passieren, Nikke war für Johannas Geschmack viel zu antriebslos, aber er war witzig, und Spaß gab es in ihrem Leben nicht allzu viel. Sie konnte allerdings nur hoffen, dass sich Nikke keine größeren Hoffnungen machte.

Gleich nach dem ersten Anruf war Johanna klar gewesen, dass es sich bei den Todesfällen in Pudasjärvi nicht um die üblichen Gewaltverbrechen handelte, die mit der Schnapsflasche in der einen und dem Messer in der anderen Hand verübt wurden. Vielmehr lagen hier Fälle vor, bei denen Johannas Erfahrung als Profilerin hilfreich sein konnte, dem Täter auf die Spur zu kommen. Das staatliche Kriminalamt KRP – die Zentralkripo – hatte den Fall übernommen und Johanna als Leiterin der Ermittlungen eingesetzt. Das hatte tiefe Genugtuung in ihr ausgelöst, denn die Wahl bestätigte aufs Neue ihren Status als führende Expertin in Sachen Kriminalpsychologie in ganz Finnland – neben ihrem Kollegen Himberg.

Es kribbelte ihr in den Fingern. Sie hatte das Gefühl, nur dann vollkommen lebendig zu sein, wenn sie bei der Arbeit mit großen Herausforderungen konfrontiert wurde. Ein wenig machte ihr das auch Sorgen, denn eigentlich müsste man sich auch in der Freizeit ganz und gar vital fühlen. In letzter Zeit war ihr das allerdings schwer gefallen.

Normalerweise fand die Arbeit einer Ermittlungsleiterin am Schreibtisch statt, aber in einem Fall wie diesem wollte Johanna unbedingt vor Ort dabei sein – schon allein, weil man mit weiteren Opfern rechnen musste.

Außerdem wollte Johanna auch dem Helsinkier Herbst entfliehen.

»Es ist acht Uhr. Nachrichten in Radio Nordost. Im Studio Jallu Mähönen …«

Am Straßenrand huschte ein Schild vorbei, das die Überschreitung einer Gemeindegrenze anzeigte, aber rechts und links der Straße breitete sich weiterhin niedriger, von Sümpfen durchsetzter Wald aus. In der Ferne erhoben sich bewaldete Hügel.

»Willkommen in Pudasjärvi«, sagte Kekkonen. »In einer der größten Städte der Welt.«

Johanna grinste, als sie begriff, was Kekkonen meinte.

»5 900 Quadratkilometer«, fügte er hinzu. »London hat nur 1600.«

»Und wie viele Einwohner?«

»Knapp 10 000. 1,7 Menschen pro Quadratkilometer. Wie man sieht. In London sind es 4 500.«

»Wann ist Pudasjärvi denn zur Stadt erhoben worden?«

»Anfang 2004.«

Warum bloß, dachte Johanna, behielt die Frage aber für sich. »Sieht nach einer ziemlich … naturnahen Stadt aus.«

»In Pudasjärvi ermittelt die Zentrale Kriminalpolizei im Mord an zwei jüngeren Frauen. Beide Opfer sind gestern aufgefunden worden. Aus ermittlungstaktischen Gründen macht die Polizei keine weiteren Angaben …«

Kekkonen bremste abrupt. Es dauerte einen Moment, bis Johanna den Grund dafür bemerkte: Ein halbes Dutzend Rentiere mit zotteligem Fell und prächtigen Geweihen tauchte mitten auf der Straße im Scheinwerferlicht auf.

»Sind wir so weit im Norden?«, fragte Johanna, als Kekkonen langsam an den Tieren vorbeifuhr.

»Für Touristen ist das hier schon Lappland. Weil es Fjälls gibt, die südlichsten Fjälls in Finnland. Diesen Winter kommen auch wieder flugzeugweise Engländer.«

Johanna spielte mit ihrem Notizbuch, während sie immer weiter in die Wildnis hineinfuhren. »Dieser Launo Kohonen, der die Leiche von der Yli-Honkila gefunden hat und später auch am Fundort der Leiche von Salmi aufgetaucht ist … Den möchte ich selbst vernehmen.«

»Die Männer, die die erste Tote gefunden haben, haben wir gestern Abend schon mal befragt. Sie kommen heute Morgen zur Zeugenvernehmung. Die Polizei in Pudasjärvi sagt, dieser Kohonen sei ein widersprüchlicher Typ, Gerüchten zufolge hat er Probleme mit der geistigen Gesundheit. Von Beruf Fleischermeister, aber langzeitarbeitslos.«

»Die Schlussfolgerungen ziehe ich lieber selbst. Wie haben die örtlichen Kollegen die ersten Maßnahmen durchgeführt?«

»Ziemlich vorbildlich. Der Polizeichef vom Amtsbezirk Pudasjärvi-Taivalkoski hat Erfahrung mit Kriminalfällen. Mikko Sumilo heißt er. Ziemlich kompromisslos. Ist vor zwei Jahren aus Kuusamo gekommen, war dort stellvertretender Polizeichef. Und davor war er lange bei der Kripo in Rovaniemi.«

»Inwiefern kompromisslos?«

»Na ja … fährt bei der Vergabe von Waffenscheinen einen ziemlich strikten Kurs. Und die Schwelle zum Einziehen der Scheine ist niedrig. Jede Menge Führerscheine werden zum Trocknen aufgehängt und so weiter. In Gegenden wie diesen darf man keinen Schlendrian einkehren lassen.«

»Ist er auch Laestadianer?«

Kekkonen nickte.

Johanna machte eine Pause, dann fragte sie: »Und du?«

Im selben Moment bereute sie ihre Frage. War das zu aufdringlich?

»Nein«, sagte Kekkonen. »Aber über diese Dinge sollte man hier nicht so genau Buch führen.«

»Ich habe keine Erfahrung mit religiösen Dingen. Sag Bescheid, wenn etwas auftaucht, was ich nicht einschätzen kann.«

In der Ansiedlung, die nun mitten im Wald zum Vorschein kam, schien die Zeit stehen geblieben zu sein, sie wirkte nach außen hin abgeschlossen, beruhigend und unberührt. Der Schnee, der in der Nacht gefallen war, war zum Teil geschmolzen, aber der bewölkte Himmel versprach Nachschub. Johannas Augen pickten einige Schilder von Geschäften heraus: ARJAS NATURPRODUKTE, BLUMEN UND GRABSCHMUCK LEMMETYINEN, FORSTVERBAND.

Ein alter Mann in langem, schwarzem Mantel schob sich auf einem mit Rädern ausgestatteten Tretschlitten über den Zebrastreifen, vorne schaukelte eine Plastiktüte vom *S-Markt*. Rechts stand ein Gebäude mit der Aufschrift HANKKIJA, dabei hatte Johanna geglaubt, diese Baufirma sei schon vor Jahren Pleite gegangen.

Kekkonen hielt an einer Kreuzung an, um einen mit Baumstämmen beladenen Lkw passieren zu lassen, und Johanna richtete den Blick auf das Schaufenster in einem Holzhaus. JAMPPAS JAGD UND WAFFEN warb auf einem selbstgemachten

Schild mit seinem Sortiment: SAKO-WAFFEN, GARMIN-GPS-GERÄTE, LOCKTIERE: TAUBE, ENTE (SCHWIMMEND, LANDEND), GANS, UHU, KRÄHE, SIEVI- UND PARKANO-STIEFEL, KÖDER.

Johanna kämpfte gegen das Gefühl von Unsicherheit an, das in ihr aufkommen wollte; was um Himmels willen hatte sie in diesem finsteren, beklemmend menschenleeren Winkel der Welt verloren? Sollte sie hier zur Anwendung bringen, was sie an sonnigen Tagen in Quantico, auf einem anderen Kontinent, auf einem anderen Planeten gelernt hatte? Sie hatte das Gefühl, als würden die Profiler-Theorien des FBI hier nicht greifen. Wie zum Hohn stieg Craigs Lächeln im Café von Quantico aus den Tiefen ihrer Erinnerung auf.

Sie schüttelte das sommerliche Bild ab und versuchte sich zu konzentrieren. Sie fuhren an *Irmelis Schönheitssalon* vorbei und hielten vor dem Amtsgebäude an. Vor dem Polizeirevier standen ein heruntergekommener Toyota-Geländewagen und ein funkelnagelneuer Landrover mit Vorderwinde. Johanna fragte sich, wer sich hier so etwas leisten konnte.

Neben der Tür trat ein Mann im alten Parka von einem Fuß auf den anderen, er hatte eine Fototasche umhängen und hielt eine Kamera in der Hand.

»Aha, allmählich kommen sie«, brummte Johanna.

Sie stieg aus und stellte fest, dass sie für den Schneematsch die falschen Schuhe gewählt hatte. Auch vom Stil her waren die spitzen roten Lederstiefeletten vielleicht nicht hundertprozentig passend.

Johanna kam sich vor wie in einem fremden Land. Aber die Ratte war höchstwahrscheinlich hier zu Hause.

Der dunkelgrüne, wegen des Staubs fast grau wirkende Range Rover alten Baujahrs fuhr mit hoher Geschwindigkeit durch das chaotische Verkehrsgewühl in Al-Karkh in Bagdad.

Die Straße war voller Schlaglöcher und Asphaltschäden. Um Heckenschützen das Leben schwer zu machen, waren Bäume und Sträucher am Straßenrand abgehackt worden. Noch immer glich die Gegend einem großen Militärlager: Stacheldraht auf Betonsperren, Panzerfahrzeuge, grüne *Portakabin*-Baracken. Vor einer der Baracken hielt gerade ein Hummer-Geländewagen. Ein schwarzer amerikanischer Soldat mit Helm auf dem Kopf und einer M 16 in der Hand sprang heraus.

An einer etwas ruhigeren Stelle erhöhte der Range Rover weiter das Tempo. Vor den Geschäften standen irakische Sicherheitsleute mit umgehängten Waffen. An den Häusern sah man die Narben des Krieges, manche hatten Löcher, von anderen waren nur noch Ruinen übrig.

Durch eine enge Zufahrt schlängelte sich der Range Rover in einen Innenhof. Beide Vordertüren gingen gleichzeitig auf, und zwei Männer in T-Shirt, Jeans und Windjacke sprangen heraus. Sonst hatten die beiden nichts gemeinsam. Churchill war wie sein berühmter Namensvetter dick, rotgesichtig und sommersprossig, Baron hingegen durchtrainiert und sonnengebräunt, er trug eine stromlinienförmige Sonnenbrille und am Handgelenk eine Taucheruhr von der Größe eines Eishockey-Pucks.

Die Männer gingen mit großen Schritten auf eine Tür zu, neben der ein schwer bewaffneter Wachmann in blauer *Kevlar*-Weste mit Keramikplatten auf der Brust stand.

»Hallo Mac«, sagte Churchill jovial zu dem Mann. »Wie geht's?«

»Alles okay. Und bei dir?«

»Kann nicht klagen. Außer dass …«

»Außer dass alles am Arsch ist«, ergänzte Baron. »Keith sitzt in der Scheiße. Hat am Abend ein Notsignal geschickt. Seitdem haben wir nichts mehr von ihm gehört.«

»Wo hat er den Auftrag gehabt?«

»Im Westen«, antwortete Churchill. »Die Kunden sind zwei Wissenschaftler, die er von Jordanien aus auf die irakische Seite gebracht hat. Wir warten auf Nachrichten aus Najaf von unserem Uday-Kontakt. Falls Keiths Gruppe entführt worden ist, bekommen wir auf diesem Weg Informationen.«

»Haltet mich auf dem Laufenden«, sagte der Wachmann.

Churchill folgte Baron in die Gasse, die sich an den Innenhof anschloss. Dort war früher ein Basar gewesen. Jetzt war in der schattigen Gasse keine Spur mehr von Menschengewimmel. Einige kleine Firmen hatten die Räumlichkeiten als Büros gemietet und kamen gemeinsam für die Bewachung und ähnliche Kosten auf.

Churchill zog die Schlüssel aus der Tasche. Seine helle Haut war rot gefleckt und schuppte sich, sie ertrug die Sonne des Nahen Ostens nicht.

An der Tür war mit Klebeband ein Zettel befestigt, auf dem Risk Management (UK) Ltd stand. Die Firma hatte ihren Hauptsitz in London und beschäftigte ehemalige Polizisten und Soldaten, die sie westlichen Unternehmen in Bagdad als Sicherheitsleute vermittelte. Außerdem bot sie VIP-Schutz in Moskauer Nachtclubs und auf den Straßen von Monaco an.

Die Männer gingen durch das als Büro fungierende Vorzimmer in Churchills Reich, dessen Stil und Atmosphäre sich stark von der Kargheit des Büros abhoben: schwere Vorhänge, die bis zum Boden reichten, ein schöner, abgenutzter Perserteppich, antike Möbel mit orientalischen Verzierungen und ein Regal voller Bücher. Auf dem Boden stand eine Wasserpfeife, und in einem Gestell unter dem Tisch lagen libanesische und italienische Weine.

Seufzend setzte sich Churchill auf den durchgesessenen Diwan und warf sich eine Handvoll Mandeln und Nüsse aus einer oxydierten Metallschale in den Mund.

»Das wird nicht einfach«, sagte er.

Baron nahm zwischen fast geschmolzenen Eiswürfeln eine Flasche Pepsi heraus. »Rufst du in London an?«

»Gleich.« Churchill strich sich über die geölten, an Stirn und Schläfen schon schütteren blonden Haare.

Baron trank einen Schluck und fragte leise: »Wie stehen unsere Chancen, Keith lebendig wiederzubekommen?«

»Schlecht. Aber das darf uns nicht entmutigen.«

Johanna sah Polizeichef Sumilo an, dass er ihrer Kompetenz nicht traute. Wenn es etwas gab, das ihr die Nackenhaare aufstellte, dann das, aber sie versuchte sich nicht provozieren zu lassen.

»Es gibt allen Grund, die Ermittlungen unauffällig durchzuführen«, sagte Sumilo in seinem Büro. »Die Drecksblätter …«

»Ich werde der Situation entsprechend vorgehen«, unterbrach ihn Johanna. »Und ich würde am liebsten sofort anfangen, wenn es recht ist.«

»Zum Hintergrund nur eines: Wir befinden uns hier in einem ziemlichen Umbruch«, fuhr Sumilo fort, ohne von Johannas Absicht aufzustehen Notiz zu nehmen. »Die Neuaufteilung der Amtsbezirke macht die Leute vorsichtig. In der Provinz Oulu gibt es derzeit elf Amtsbezirke, aber ihre Anzahl wird stark reduziert werden. Viele Arbeitsplätze stehen auf dem Spiel. Zurzeit sind wir dreißig Leute, sieben davon in Taivalkoski.«

Johanna stand auf. »Gut. Wo sitzt der Staatsanwalt?«

»In Kuusamo. Ich kann Ihnen das Haus zeigen und …«

»Danke, aber ich fange sofort mit der Arbeit an. Ich melde mich, sobald ich eine Frage habe.«

Sumilo führte sie zur Tür, als wäre er ihr Vormund. Auf dem Gang kam Johanna ein Mann entgegen, der etwas älter als der Polizeichef war. Sie hörte, wie er vor Sumilos Tür stehen blieb und »Gott zum Gruß« sagte. So begrüßten die Laestadianer nur ihresgleichen.

»Johanna«, rief Sumilo.

Johanna drehte sich um.

»Ich möchte Ihnen Paavo Helkovaara vorstellen. Er ist der Vorsitzende unserer Stadtverwaltung, unter anderem. Paavo, das ist Frau Vahtera, die Leiterin der Ermittlungen von der KRP.«

»Was für eine Überraschung! Ich hätte geglaubt, bei einem so brutalen Fall ermittelt ein robuster Mann und kein junges Fräulein«, sagte Helkovaara mit schmeichelndem Unterton, sich sehr wohl der darin enthaltenen Beleidigung bewusst.

»Freut mich, Sie kennen zu lernen«, sagte Johanna kühl und ließ die Männer stehen. Es war für sie nichts Neues, so abgewertet zu werden, und solange es sich nicht auf ihre Arbeit auswirkte, scherte sie sich nicht darum. Aber wehe, jemand behinderte die Aufklärung des Falles!

Das zweistöckige Polizeigebäude war seinerzeit für eine wesentlich größere Besetzung gebaut worden. Heute wurde die Polizeiarbeit von immer weniger Leuten geleistet. Johanna zog sich in das leer stehende Büro zurück, das jetzt für sie reserviert war, und schloss die Tür hinter sich.

Der Linoleumboden roch frisch gebohnert. Johanna setzte sich an den abgenutzten Schreibtisch, auf dem außer einem Computer nichts stand oder lag.

Nullpunkt. Tabula rasa. Alles offen.

Es konnte ein langes Ringen werden, aber Johanna war sich ihres Sieges sicher. In allem, was sie anfing, war sie kompromisslos. Im Lauf des Tages würden zwei KRP-Kollegen ihres Vertrauens von der Zentrale in Vantaa und aus der Zweigstelle in Oulu dazustoßen. Das endgültige Team sollte aus zehn Leuten bestehen, das wurde gerade geklärt.

Johanna nahm ihr uraltes, in Schweinsleder gebundenes Notizbuch aus der Tasche und ging damit einen Stock tiefer, wo die Personen warteten, die vernommen werden sollten.

8

Nervös saß Karri auf einem Plastikstuhl im düsteren Flur des Polizeipräsidiums und wartete. Er trug einen an den Ellbogen verstärkten Pullover mit Rollkragen, Trekkinghosen und robuste Wanderschuhe. Seine tiefe Gesichtsbräune stammte aus Vietnam. Dort war er vor wenigen Wochen alleine mit dem Rucksack in abgelegenen Gebieten unterwegs gewesen, während Saara sich beruflich in Syrien aufgehalten hatte.

Karris Bräune hielt dem Licht der Neonröhren stand, aber der blasse Launo wirkte umso ungewaschener und sehr betrunken. Es sah aus, als hätte er die ganze Nacht gesoffen, obwohl er keine Fahne hatte. Tomi hatte ihn mitgebracht. Karri spürte, dass die beiden eng zusammenhielten und ihn außen vor ließen.

Tomi saß in Boots, schwarzen Jeans und Bomberjacke da und betrachtete die Dessous-Reklame auf der Rückseite der Zeitung. Er grinste selbstbewusst. Hätte er sich die Mühe gemacht, sich die an den Spitzen gekräuselten Haare schneiden zu lassen, sähe er gar nicht schlecht aus.

Die Tür ging auf, und eine ungefähr 35-jährige Frau in Zivil trat auf den Flur. In ihren Mundwinkeln erschien ein kurzes Lächeln. Es spiegelte sich allerdings nicht in den Augen. Sie hatte halblanges Haar und blaugrüne Augen. Daraus blickte sie von einem Mann zum anderen und sagte kühl: »Guten Morgen. Kohonen, Launo.«

Launo rührte sich nicht, sondern starrte nur mit glasigen Augen vor sich hin. War er nun im Vollrausch oder nicht? Was hatte er genommen? Beruhigungsmittel?

»Ist hier ein Launo Kohonen?«, fragte die Frau ungeduldig.

Tomi richtete sich auf und versetzte Launo einen Stoß. »Aufwachen. Geh schon.«

Launo fuhr zusammen und stand unsicher auf. Karri bemerkte den scharfen Blick der Frau.

»Zur Vernehmung sollte man besser nüchtern kommen«, sagte sie schroff.

»Ich bin nüchtern«, entgegnete Launo träge. »Hab bloß nicht geschlafen.«

Die Frau hielt die Tür auf, bis Launo eingetreten war. Karri fiel auf, dass Tomi den Blick nicht von den langen Frauenbeinen in Jeans lösen konnte.

Auch Karri hatte verschwindend wenig geschlafen. Nicht nur der heimliche Benutzer des Computers, sondern auch Erja und Anne-Kristiina waren in seinem Kopf herumgespukt, Saara ebenso, aus irgendeinem Grund.

Die schlaflose Nacht und die Atmosphäre auf dem Polizeirevier verunsicherten ihn. Sollte er nicht doch von der Wilderei berichten?

»Ich weiß nicht, ob es klug ist …«, fing er flüsternd an.

»Ich warte auf einen Anruf vom Husky-Züchter«, unterbrach ihn Tomi in normaler Lautstärke, warf ihm aber einen drohenden Blick zu. »Wir müssen die Route für die Tour zum Syöte-Fjäll besprechen.«

Karri nickte. Er wollte bei der Vernehmung nicht unbedingt lügen, sondern hatte beschlossen, sich an der Wilderei vorbeizulavieren. Durch die Ritzen der Jalousie am Ende des Gangs sah man den Schein der Straßenlaterne inmitten des feuchtkalten, dunklen Morgens.

Karri hatte am Abend noch Saaras Computer unter die Lupe genommen und festgestellt, dass auch der angetastet worden war. Online? Allein der Gedanke, dass jemand den Weg zum Schneehuhnnest mitten im Wald gefunden haben sollte, war lächerlich. Trotzdem hatten Karri die umgedrehte Zeitschrift und der fehlende Schnee auf den Fliesen keine Ruhe gelassen.

Er hatte wenig und unruhig geschlafen, beim kleinsten Geräusch war er aufgewacht.

Am späten Abend hatte er mit seinem Vater und mit seiner Mutter telefoniert. Beide waren von den Todesnachrichten erschüttert gewesen. Mit seiner Schwiegermutter hatte er nur kurz gesprochen. Sie hatte lamentiert wie ein Prediger.

Tomi spielte mit seinem Handy. »Als hätte man nichts anderes zu tun«, brummte er.

Karri hörte die Anspannung unter dem Trotz heraus. Er wusste, dass Tomi eine Ladung launischer Touristen aus London in seinem Safari-Unternehmen erwartete. Nachdem er gemerkt hatte, dass Karri Erfahrungen in der freien Wirtschaft gemacht hatte, hatte Tomi ihm einiges über seine Firma erzählt. Vor gar nicht langer Zeit erst hatten sie einträchtig in der Sauna gesessen und sich neue Dienstleistungen ausgedacht, die Tomis *Nordic Safari GmbH* erlebnishungrigen Touristen und Belegschaften auf Motivationstour anbieten könnte.

»Es wird bestimmt nicht lange dauern«, sagte Karri und räusperte sich. Er hatte einen trockenen Mund. Die Atmosphäre des Polizeireviers machte ihn unruhig.

Wieder ging die Tür auf. Launo kam langsam heraus und setzte sich wieder auf seinen Platz. Karri sah, wie Tomi verstohlen in Launos teigiges Gesicht schaute, wo aber nicht mehr zu erkennen war als vor der Vernehmung.

»Vuorio, Karri«, sagte die Frau von der Tür aus.

Karri stand auf und trat in das spärlich möblierte Büro, wo ein Polizist an einem Computer saß.

»Setzen Sie sich«, sagte die Frau und schaltete das Aufnahmegerät auf dem Tisch ein. »Sie werden nun als Zeuge im Mordfall Erja Yli-Honkila vernommen. Ich bin Kommissarin Johanna Vahtera von der KRP. Oberwachtmeister Jari Levanto ist bei der Vernehmung anwesend. Gemäß den Bestimmungen des Ermittlungsgesetzes teile ich Ihnen mit, dass Sie als Zeuge die unbedingte Pflicht haben, bei der Wahrheit zu bleiben. Andernfalls können Ermittlungen wegen Falschaussage gegen Sie aufgenommen werden.«

Karri nickte und merkte, dass er mit einem Hautfitzelchen spielte, das sich am Rand des Nagelbetts gelöst hatte. Er gab sich Mühe, seine Hände ruhig zu halten.

»Erzählen Sie mir, wie Sie die Leiche gefunden haben!«

Karri räusperte sich leicht. »Ich war mit Stenlund und Kohonen bei der Jagd ...« Karri sprach ohne Pause weiter und hoffte aus tiefstem Herzen, nicht gefragt zu werden, *was* sie gejagt hatten. »Bei einer Scheune im Akka-Moor haben wir eine Pause gemacht. Da hat Kohonen gesehen, dass ein Fuß aus dem Holzstoß an der Wand ragte. Wir haben das Holz zur Seite geräumt, und dahinter kam die Leiche zum Vorschein.«

»Wie hat Kohonen auf den Fund reagiert?«

»War ziemlich erschüttert. So wie wir alle. Ich hatte Angst, dass er einen Herzinfarkt bekommt.«

»War er betrunken?«

»Jedenfalls nicht sonderlich.«

»Hat er sich vor dem Fund normal verhalten?«

»Meiner Meinung nach ja.«

»Könnte es sein, dass er unter dem Einfluss von Medikamenten stand? Reagierte er langsamer als sonst?«

Karri wunderte sich immer mehr über die Fragen. War Launo gerade in einer Art Medikamentenrausch gewesen? Am liebsten hätte Karri gesagt, dass es nicht gerade auf schwaches Reaktionsvermögen hindeutete, wenn man ein Elchkalb aus über hundert Meter Entfernung mit einem Blattschuss erlegte.

»Meiner Meinung nach hat er sich vollkommen normal verhalten. Und eine leichte Fahne gehört bei ihm zur Normalität.«

Johanna Vahtera sah ihn aufmerksam an. »Ich bitte Sie, mich anzurufen, wenn Ihnen noch etwas einfällt, über das Sie sprechen möchten.«

Plötzlich war ihr Tonfall menschlicher geworden. Das veranlasste Karri, sie genauer anzuschauen. Im Grunde hätte er sie ziemlich attraktiv gefunden, hätte die Begegnung unter anderen Umständen stattgefunden. Sie gab ihm ihre Visitenkarte.

»Launo Kohonen wurde nachts im Wald angetroffen, an der Stelle, wo Anne-Kristiina Salmi ermordet wurde. Die Spurensicherung ging dort ihrer Arbeit nach.«

Karri sah die Frau überrascht an. Sie wartete ab.

Karri wollte das Schweigen brechen und etwas sagen. Genau darauf, erkannte er, war Johanna Vahtera aus.

»Er wohnt in der Nähe«, sagte er schließlich. »Da waren bestimmt noch mehr Neugierige.«

»Wie gut kannten Sie die Opfer?«

»Sie waren beide Freundinnen meiner Frau. Seit Schulzeiten. Als wir noch in Helsinki wohnten, haben wir uns gelegentlich mit Anne-Kristiina getroffen. Sie studierte an der Sibelius-Akademie. Spielte bei unserer Hochzeit die Orgel. Saara glaubte, sie würde ihre alten Freundinnen öfter sehen, als wir hierher zogen, aber die Zeit vergeht so schnell. Wir hatten den großen Neubau. Und dann muss sie immer wieder beruflich ins Ausland. Erja war ein ganz anderer Typ als Saara ... Akzeptierte weder leichte Musik noch Fernsehen noch weibliche Pfarrer, eigentlich gar nichts. Ich glaube, gerade diese religiösen Dinge haben dafür gesorgt, dass sich meine Frau von ihren Freundinnen aus der Kindheit distanziert hat. Je intensiver sie sich als Wissenschaftlerin mit der Bibel beschäftigte, umso weniger war sie fähig, die Dinge so schwarzweiß zu sehen. Sie hat oft geklagt, Erja und Anne-Kristiina wären in ihrem Kindheitsglauben stecken geblieben.«

»Können Sie mir sagen, wer die Opfer besonders gut gekannt hat?«

»Ich weiß nicht. Am ehesten wohl Lea Alavuoti. Sie wohnt in Oulu.«

Die Frau notierte Leas Namen und Telefonnummer.

»Lea hat beide am Freitagabend gesehen. Auch meine Frau. Die alten Freundinnen aus dem Gymnasium haben sich getroffen.«

»Ich möchte auch mit Ihrer Frau sprechen.«

»Saara ist noch die ganze Woche auf Reisen. Aber man kann sie telefonisch erreichen.«

Johanna Vahtera schrieb Saaras Nummer auf und fragte dabei: »Ist sie ebenfalls Laestadianerin?«

»In ihrem Innersten bestimmt. Aber in den Augen der richtigen Laestadianer wohl kaum.«

»Gut. Wir haben Ihre Angaben und kommen auf Sie zurück, wenn sich etwas ergibt.«

Erleichtert stand Karri auf und ging zur Tür.

»Haben Sie ein paar Hasen erwischt?«, fragte Johanna Vahtera.

Karri hielt inne. »Nein«, sagte er.

Das war nicht gelogen.

Johanna mochte Karri Vuorio. Der Mann schien Lebenserfahrung zu haben, trotz seines Alters.

Sie bereitete sich darauf vor, Tomi Stenlund hereinzubitten. Eigentlich hätte sie längst bei der vereinbarten Besprechung mit dem Polizeichef sein müssen, aber Launo Kohonen hatte ihren Zeitplan durcheinander gebracht.

Kekkonen, der Kohonen in der Nacht am Tatort entdeckt hatte, hatte dessen Verhalten als so außergewöhnlich beschrieben, dass Johanna den Mann selbst hatte vernehmen wollen. In einem so kleinen Ort sprachen sich die Dinge schnell herum, und Kohonen hatte eigenen Aussagen zufolge spät am Abend beschlossen, sich den Krimi aus der Nähe anzuschauen, nachdem er per Urwaldradio vom Fund einer zweiten Leiche gehört hatte.

Bereits in der Nacht war Kohonen auf Vorstrafen und dergleichen abgeklopft worden. Es hatte sich nichts gefunden, aber das hieß noch gar nichts. Gerade ein Gewaltverbrechen konnte die erste Tat in der Karriere eines Kriminellen sein. Allerdings wäre es schon ein allzu glücklicher Zufall, wenn sie gleich auf den ersten Metern der Ermittlungen auf die Ratte gestoßen wären.

»Stenlund«, sagte Johanna in Richtung des letzten Wartenden. Der lange, gut aussehende Mann nickte und folgte ihr ins Vernehmungszimmer. Sofort machte sich im Raum ein starker Geruch nach Rasierwasser breit. An seiner rauen Haut war abzulesen, dass er sich viel im Freien aufhielt.

Rasch spulte Johanna dieselbe Routine ab wie bei den anderen beiden Männern. Anschließend stellte sie dieselben Fragen zu Launo Kohonen, die sie auch Karri Vuorio gestellt hatte.

Aus Stenlund war nichts Wesentliches herauszukriegen. Er kannte Kohonen seit fünf Jahren, hielt sich aber nicht für einen engeren Bekannten von ihm. Er machte den Eindruck eines ehrlichen Unternehmers, der half, so gut er konnte.

Zu Johannas Überraschung klopfte es an der Tür, und einer der Polizisten aus Pudasjärvi kam herein. Er ging zu Johanna, reichte ihr wortlos ein Blatt Papier und verschwand auf der Stelle wieder.

Johanna überflog die Angaben zu Tomi Stenlund, die sich in der Polizeidatenbank gefunden hatten. Beim Lesen achtete sie darauf, dass Stenlund, der ihr gegenüber saß, keine Veränderung ihres Gesichtsausdrucks bemerken konnte.

Tomi Jukka Matias Stenlund, geb. 26.4.1968 in Karjaa, war 1996 vom Amtsgericht Turku wegen schwerer Körperverletzung zu zwei Jahren Gefängnis verurteilt worden. Zwei Jahre zuvor hatte er wegen Körperverletzung eine Geldstrafe bekommen. Die Polizei verfügte über die Fingerabdrücke sowie über eine DNA-Probe von Stenlund.

Johanna legte das Blatt umgekehrt auf den Tisch und richtete den Blick wieder auf Stenlund.

»Na gut. Wir haben Ihre Angaben und kommen auf Sie zurück, wenn wir Fragen haben sollten«, sagte sie.

»Nur zu. Wann bekommen wir unsere Waffen zurück?«

»Wenn wir sie nicht mehr benötigen.«

Stenlund stand auf und war bereits an der Tür, als Johanna sagte: »Sie sind ein aufbrausender Mensch. Haben Sie mittlerweile gelernt, sich zu beherrschen?«

Johanna hatte gehofft, den Mann zu überraschen, musste aber feststellen, dass ihr das nicht gelungen war.

»Das habe ich. Ich gerate mit mir selbst nicht mehr in Schwierigkeiten«, sagte Stenlund ruhig und sah Johanna dabei ohne zu blinzeln gerade in die Augen. »Auch nicht mit anderen. Das sind alte Informationen, die Sie da haben. Ich habe reinen Tisch gemacht. Hier spricht sich alles schnell herum, und ich will schon wegen meiner Firma nicht in Schwierigkeiten kommen. Das Tourismusgeschäft basiert auf Vertrauen.«

»Wir wollen niemandem etwas verderben. Solange alle ehrlich zu uns sind.«

Stenlund schaute Johanna noch einen Moment in die Augen, dann nickte er und verließ den Raum.

Johanna war es nicht gelungen, ihn zu überrumpeln. Trotzdem hatte es sich gelohnt, seine Reaktion zu testen.

Hier hatte sie es eindeutig mit einem Mann zu tun, der nicht bei jeder Kleinigkeit zusammenzuckte.

9

Das Ruderboot trieb auf dem einsamen See, dessen Oberfläche umrahmt von den schmalen verschneiten Ufern rundum schwarz wirkte. Tief im Wald war der Schnee geschmolzen. Ein grauer Tag hüllte die stille Landschaft ein.

Der zwitschernde Klingelton des Handys sorgte für einen Riss in der friedlichen Natur. Die Stimme der Anruferin wurde weit über das unbewegte Wasser getragen.

Karri saß gebeugt auf der Ruderbank und hielt sich mit dem Angelhandschuh das Telefon ans Ohr. Er war niedergeschlagen vom Polizeirevier gekommen und hatte versucht, sein Gewissen zu beruhigen, indem er sich einredete, das Wildern habe mit den Mordermittlungen ja nichts zu tun.

Es war Lea Alavuoti, die ihn aus Oulu anrief, nachdem sie von der unfassbaren Tragödie gehört hatte. Sie klang leicht hysterisch. Lea war am Freitag mit ihren Freundinnen zusammen gewesen und in der Nacht zurück nach Oulu gefahren. Alles war gewesen wie immer, nichts hatte darauf hingedeutet, dass man Erja und Anne-Kristiina noch am selben Wochenende brutal ermordet auffinden würde. Karri hätte Lea gern getröstet und beruhigt, aber angesichts eines solchen sinnlosen Trauerspiels war das unmöglich. Saara wäre das vielleicht gelungen.

Lea und Saara hatten etwas gemeinsam. Sie waren rational, zielstrebig, beide auf ihre Art ziemlich weit entfernt von Erjas und Anne-Kristiinas religiösem Konservatismus. Trotzdem trafen sich die vier ab und zu. Karri hatte Saara gegenüber behauptet, das sei doch reine Nostalgie, eine Rückkehr in die Schulzeit, aber Saara hatte ihm nicht zugestimmt.

»Ich möchte mit Saara reden«, sagte Lea mit weinerlicher Stimme. »Wann kann ich sie erreichen?«

»Wahrscheinlich heute Abend.« Während er sprach, griff Karri nach einem Ruder und hob dessen Blatt aus dem Wasser. Tropfen fielen auf den Wasserspiegel, der in den kommenden Nächten gewiss zufrieren würde. »Auf der irakischen Seite gibt es kein Netz, aber in Jordanien schon.«

Luuk van Dijk besaß ein *Thuraya*-Satellitentelefon, aber sie hatten vereinbart, dass es nur in Notlagen benutzt werden sollte. Karri wollte Saara auf keinen Fall mit den Mordnachrichten schockieren.

»Ich komme heute nach Pudasjärvi«, sagte Lea. »Können wir uns morgen treffen?«

»Na klar. Und mach dich darauf gefasst, dass sich bald die Polizei mit dir in Verbindung setzt.«

Karri steckte das Handy ein und kümmerte sich wieder um das Einholen der Netze. Nachdem er in der Nacht schlecht geschlafen hatte, beruhigte es ihn, etwas mit den Händen zu tun, außerdem brachte es ihn auf andere Gedanken. Der Fang bestand aus ein paar Barschen, die er bewusstlos schlug und in den Eimer warf. Wenn er das nächste Mal käme, würde er durch das Eis stoßen müssen, um in Neptuns Reich vorzudringen.

Karri nahm noch einmal das Telefon zur Hand und wählte Saaras Nummer. Sie meldete sich noch immer nicht. Das beunruhigte ihn ein wenig, andererseits wurde dadurch die Mitteilung der erschütternden Nachricht aufgeschoben.

Gerade als er das Handy wieder einstecken wollte, klingelte es. Karri erkannte die Nummer nicht, sie kam aus dem Helsinkier Netz.

»Hier spricht Maj-Brit Husu von der Konsulatsabteilung des Außenministeriums, guten Morgen.«

Auf Anhieb begriff Karri nicht, was das Außenministerium von ihm wollen konnte.

Aber dann dämmerte es ihm, noch bevor die Frau weitersprach: »Sind Sie Saara Vuorios Ehemann?«

Karri räusperte sich reflexartig. »Ja.«

»Wir haben heute unangenehme Nachrichten erhalten.«

Die Worte der Frau erzeugten einen beinahe physischen Schmerz in Karris Ohr.

»Im Irak ist eine Gruppe von Ausländern entführt worden, zu der unseren Informationen nach auch Ihre Frau gehört.«

Karri umklammerte das Telefon so fest, dass er befürchtete, es würde jeden Moment zerspringen. Die Worte der Frau schienen über dem stillen See widerzuhallen, obwohl sie nur im Telefon und seinem Kopf tönten.

»Entführt? Was meinen Sie damit?«

»Wir haben keine Details – nur die Information aus Den Haag bekommen, vom niederländischen Außenministerium, weil einer der Entführten niederländischer Staatsbürger ist.«

»Luuk van Dijk«, sagte Karri automatisch.

»Kennen Sie ihn?«, fragte die Frau. Sie sprach aufgesetzt höflich, aber mit kühlem, offiziellem Unterton.

»Er ist ein Arbeitskollege meiner Frau. Haben die ... haben die Entführer Forderungen gestellt?«

»Wie gesagt, wir haben noch keine Details. Und was die Forderungen angeht, so wissen Sie sicherlich, wie damit umzugehen ist.«

Nun brachte ihr Tonfall Karri in Wallung. »Ich weiß es. Zumindest die Franzosen und Italiener haben ihre Geiseln freigekauft.«

»Es ist viel zu früh, über solche Dinge zu diskutieren. Warum war Ihre Frau im Irak unterwegs? Wusste sie nicht, dass die Sicherheitslage in dem Land nur die allernötigsten Reisen dorthin gestattet?«

Der vorwurfsvolle Unterton klang in Karris Ohren geradezu frech, und er konnte sich nur mit Mühe beherrschen. »Ich glaube nicht, dass es sonderlich fruchtbar ist, Entführten die Schuld für ihr Schicksal zu geben.«

»Niemand gibt irgendjemand die Schuld. Wo sind Sie? Wäre es Ihnen möglich, nach Helsinki zu kommen?«

»Ja. Aber das dauert ein bisschen. Ich bin zu Hause, in Pudasjärvi.«

»Es hat keine Eile. Ich fürchte, wir müssen uns auf quälende Tage und Wochen einstellen, das haben frühere Fälle gezeigt. Sie können mir Ihr Kommen unter dieser Nummer ankündigen. Und eines noch«, fügte die Frau hinzu. »Sie werden sicherlich verstehen, dass sich die Medien sofort und mit aller Macht auf diese Angelegenheit stürzen, sobald sie einen Hinweis auf die Entführung erhalten. Ich hoffe, Sie wissen sich jeden Kommentars zu enthalten und überlassen die Öffentlichkeitsarbeit uns. Wir verfügen über die Ressourcen und die Kompetenzen, mit den Medien so umzugehen, dass sie möglichst wenig Probleme bei der Abwicklung des Falles bereiten.«

»Das wollte ich gerade fragen. Wie werden Sie den Fall behandeln? Was haben Sie vor?«

»Alles Mögliche. Aber es ist zu früh, über Einzelheiten zu sprechen. Wir fangen nun an, mit Hilfe des irakischen Außenministeriums Informationen zu sammeln. Unsere Spezialisten für Afrika und den Nahen Osten werden sich mit vollem Einsatz damit befassen. Wir sind bereits in Kontakt mit der Finnischen Botschaft in Damaskus gewesen, die sich um den Fall kümmern wird. Wenn nötig, werden wir auch andere Institutionen um Mithilfe bitten.«

Karri fing an, mit mechanischen Bewegungen und kraftvollen Zügen zu rudern. Ab und zu blickte er über die Schulter zu dem neuen, massiven Steg, der Meter für Meter, Zug um Zug näher kam. Er atmete tief und gleichmäßig, betont rhythmisch, im Rudertakt. Er dachte nicht an das Telefonat, an die kalte Anruferin, nicht an Saara, sondern an die gleichmäßige Bewegung der Ruder, an ihr Knarren in den Dollen, an das näher rückende Ufer und an das Holzhaus oben auf der Anhöhe. Er verbannte all die Zeitungsbilder aus der Erinnerung, auf denen Europäer oder Amerikaner in gelb-orangefarbenen Umhängen auf der Erde knieten, mit Männern im Rücken, die sich bereit machten, ihnen die Köpfe abzuschlagen.

Der Bug des Bootes fuhr neben dem Steg knirschend auf Grund. Karri stand auf, stellte den Eimer mit den Fischen auf den Steg und sprang an Land. Mit einem energischen Ruck zog er das Boot weiter ans Ufer hinauf, nahm sich aber nicht die Zeit, das Seil um die dicke Erle zu binden, eilte mit großen Schritten zum Haus und marschierte, ohne die schmutzigen Stiefel auszuziehen, zu seinem Schreibtisch.

Sicherheitshalber wählte er die Nummer von van Dijks Satellitentelefon, aber es meldete sich niemand. Dann ging er ins Internet und las die Nachrichtenüberschriften bei CNN. Dort wurde die Entführung nicht erwähnt, auch nicht auf den Seiten der BBC.

Karri öffnete die Homepage von *Finnair* und verglich die Abflugzeiten von Oulu, Kuusamo und Rovaniemi nach Helsinki. Am schnellsten ging es über Oulu.

Auf einmal atmete er vollkommen ruhig aus und lehnte sich auf seinem Schreibtischstuhl zurück. Warum sollte er sich beeilen? Um so schnell wie möglich einen griesgrämigen Beamten im Außenministerium jammern zu hören, es gäbe keine Informationen?

10

In Oulu versuchte Lea Alavuoti auf dem Laptop an einer Zusammenfassung ihrer Dissertation in Biotechnologie zu schreiben. Die Konzentration erforderte große Anstrengungen, aber Lea zwang sich zur Arbeit. Nur so konnte sie Erja und Anne-Kristiina aus ihren Gedanken verbannen.

Lea hatte ihre langen Locken zu einem lockeren Pferdeschwanz zusammengebunden, der über den Kragen des alten Norwegerpullis auf ihre schmalen Schultern fiel. Immer wieder schweifte ihr Blick zum Fenster ab, wo sich im Schein der Tischlampe ihr blasses Gesicht spiegelte.

Plötzlich stand sie auf, zog die Ärmel des Pullovers hoch und marschierte in die Küche, um das Geschirr zu spülen. Hauptsache etwas tun. Bloß kein Stillstand.

Warum, um Gottes willen, hatte jemand von allen Menschen auf der Welt und speziell von allen, die in Pudasjärvi lebten, ausgerechnet Erja und Anne-Kristiina töten wollen? Das war doch völlig absurd.

Erja war vielleicht manchmal anstrengend und auch nicht sonderlich liebenswürdig, aber niemand brachte einen Menschen um, weil der verächtlich über Nichtgläubige sprach.

Das Gleiche galt für Anne-Kristiina. Auch sie konnte boshaft sein, aber nun wirklich nicht so gemein, dass jemand sie ernsthaft gehasst hätte. Anne-Kristiina hatte immer gewusst, dass sie die Blicke der Männer auf sich zog, bei den Gemeindeversammlungen ein bisschen verstohlen, in der Sibelius-Akademie dafür kaum verhüllt. Und sie war fähig, aus solchen Situationen alles herauszuholen. Sie hatte rot angelaufene

Männer dazu gebracht, mehr oder weniger gelungene Erklärungen zu stammeln, indem sie sie nach ihrem Verhältnis zu Jesus Christus befragte.

Lea wischte die Spüle trocken und stellte sich ans Fenster. Ein Hausbewohner tastete sich über den glatten Hof zu seinem Auto.

Sie musste wieder an Karris Anruf denken. Schon am Freitag hatte sie sich an Saaras Verhalten gestört. Zunächst war es schön gewesen, ihr Treffen, wie früher, an den Abenden nach den Gemeindeversammlungen. Aber Saara war nicht sie selbst gewesen. Sie hatte engagierter über die Bibel und Jesus geredet als je zuvor, mit seltsamer Intensität hatte sie sich an das Thema geklammert, dann wieder war ihr Ton eher kritisch-wissenschaftlich gewesen.

Auch Erja hatte komplizierter als sonst gewirkt, still und beinahe schreckhaft, aber auch besonders bissig. Und sie hatte Bier zu ihrer Pizza getrunken. Das hatte sie alle überrascht, aber niemand hatte etwas gesagt. Es war, als wäre Erjas zwiespältiger Charakter durch irgendetwas noch mehr gespalten gewesen. Nach außen hin war Erja immer schroff und aufbrausend gewesen, innerlich aber sensibel und verletzlich. Hatte von Himmelssehnsucht geredet und immer wieder für ihre Sünden um Vergebung gebeten. Bei den Gemeindeversammlungen hatte sie der Prediger so leicht in Aufruhr versetzt wie die alten Weiber, dann hatte sie nachts geschwitzt und die anderen aufgeweckt, in der Angst, ins Verderben zu stürzen, viele Male hatte sie ihr eigenes Begräbnis beweint und sich vorgestellt, was auf den Kranzschleifen stehen würde.

Auch an diesem Freitag war Erja schließlich in Tränen ausgebrochen und hatte Anne-Kristiina gebeten, sie von ihren Sünden freizusprechen. Anna-Kristiina war ebenfalls sentimentaler als sonst geworden, weshalb sie bald gemeinsam geweint hatten.

Zum Teil ließ sich Erjas Verhalten vielleicht damit erklären, dass ihre Mutter bei Erjas Geburt gestorben war. Dieses Thema war für sie tabu. Ihr Vater, ebenfalls Lehrer, war ein Laestadianer der konservativsten Sorte und hatte darum wahrscheinlich eine richtige Großfamilie im Auge gehabt, obwohl die Mutter eine Risikogebärende war, was gleich bei der ersten Geburt auch traurige Bestätigung fand. All das spiegelte sich bei Erja in einer alles überlagernden Gebärangst wider, die sie auch davon abgehalten hatte zu heiraten, denn als anständige Laestadianerin hätte sie keine Form der Empfängnisverhütung akzeptieren können.

Am Freitagabend hatte Lea den Eindruck gehabt, als lägen bei Erja und Saara Wunden offen, die sich aneinander rieben. Erja hatte nie verdaut, dass Saara sich für eine Laufbahn als Bibelforscherin entschieden hatte, was ohne eine kritische Sichtweise nicht denkbar war. Erja hatte nicht begreifen wollen, dass eine kritische Sicht auf die Bibel kein Zeichen für eschatologische Abtrünnigkeit war.

Lea selbst hatte mit diesen Fragen schon im Jahr ihres Abiturs gerungen. Sie hatte sich Fragen gestellt und angefangen nachzudenken – und war zu dem Ergebnis gekommen, dass man den Glauben nicht durch Denken ersetzen durfte. Sie hatte falsche Eingebungen gehabt, und die waren ihr verziehen worden. Aber was ihr dabei von der Gemeinde entgegenschlug, waren nicht Glaube und Kraft gewesen, sondern Angst und Beklemmung. Sie war im Begriff gewesen, sich von der Herde zu entfernen und zu verirren, weshalb der Prediger und vor allem Erja auf sie eingeredet hatten – ohne Erfolg.

Als Lea sich schließlich entschieden hatte, Biologie zu studieren, war von Erja geradezu eine Lawine auf sie herniedergebrochen. Erja wollte nicht verstehen, dass sich das Weltbild des Menschen seit biblischen Zeiten grundlegend geändert hatte. Das Fundament, auf dem die Botschaft des Neuen Testamentes beruhte, war schlicht und einfach weit in der Geschichte zurückgeblieben. Die Wissenschaft hatte so viele neue Dinge hervorgebracht, die wiederum Raum für neue Interpretationen boten. Lange war die Wissenschaft von der Kirche unterdrückt worden. Hatte jemand Forschungsergebnisse vorgetragen, die von der kirchlichen Lehre abwichen, hatte ihm das Todesurteil bevorgestanden.

Trotz der heute herrschenden wissenschaftlichen Freiheit hatte Lea über den wissenschaftlichen Fortschritt mehr nachdenken müssen als die meisten ihrer Kollegen. So verurteilte beispielsweise die katholische Kirche jede Form der Genmanipulation, der künstlichen Befruchtung, des Klonens, der Stammzellenforschung und vieles andere mehr. War der Glaube der Vernunft untergeordnet oder die Vernunft dem Glauben?

Lea wusste, dass auch Anne-Kristiina zu Beginn ihres Studiums in eine andere Richtung abzudriften drohte. Aber bei den Besuchen in ihrem Heimat-Zion hatte sie die Gnade der Rückkehr erfahren. Es lebte sich sicherer, wenn es etwas gab, wofür man lebte.

Saara hätte am Freitagabend gern über ein paar ihrer Probleme geredet, das war eindeutig gewesen. Sie hatte mit Erja unter vier Augen gesprochen und war früher als die anderen nach Hause gegangen, um ihre Sachen zu packen. Lea hatte Saara am nächsten Morgen noch einmal angerufen, aber da war sie schon auf dem Weg zum Flughafen gewesen und hatte nicht mehr auf die Themen des Vorabends zurückkommen wollen.

Das Läuten des Telefons ließ Lea aus ihren Gedanken hochfahren. Sie wischte sich die Tränen von der Wange und nahm ab. Die Anruferin stellte sich als Kommissarin Johanna Vahtera von der KRP vor und sprach ihr mit warmer Stimme ihr Beileid aus. Sie vereinbarten, sich gleich am nächsten Morgen um acht Uhr zu treffen.

Erja.

Johanna Vahtera betrachtete das Foto, auf dem nicht Erja Yli-Honkila zu sehen war, sondern Erja, die Abiturientin.

Erja trug eine dicke Brille. Sie hatte ein rundes Gesicht, das von dunklem, straff zusammengebundenem Haar eingefasst wurde. Kein Make-up, keine Ohrringe, kein Lächeln. Die Gesichtszüge an sich waren schön. Die weiße Studentenmütze saß korrekt auf dem Kopf, das Gesicht darunter war aber keineswegs ausdruckslos. Schon mit achtzehn Jahren wirkte die Frau ein bisschen wie vierzig und strahlte Ruhe und inneres Gleichgewicht aus. Genau das weckte Johannas Widerstand. Vielleicht weil sie selbst in dem Alter unsicher und ruhelos gewesen war. Sie hatte ihren eigenen – vielleicht etwas widersprüchlichen, aber zu ihr passenden – Stil erst als Erwachsene gefunden: die Kleidung lässig, ansonsten keine Kompromisse. Und von Ruhe noch immer keine Spur.

Johanna begriff, dass sie in jeder Hinsicht ihr Gegenteil vor sich hatte. Sie stand in Erjas Zweizimmerwohnung in der Kanervatie am Nordrand der Stadt, trug einen weißen Papieroverall, Gummihandschuhe, eine Haube aus Textilverbundstoff und Einweg-Überschuhe aus Plastik. Auf den Zweigen der kleinen Eberesche im Garten lag etwas Schnee, ebenso auf dem Rasen, an den sich dichter Fichtenwald anschloss.

In der Küche brummte der Gefrierschrank. Die Leute von der Spurensicherung hatten alles auf den Kopf gestellt, aber nichts Besonderes in der Wohnung gefunden. Sie meinten, Erja sei eindeutig keine von den Frauen gewesen, deren Kleiderschrank frappierende Überraschungen offenbarte.

Aber das war die Meinung der Spurensicherung. Johanna sah sich die Wohnung jetzt aus der Perspektive der taktischen Ermittlerin an. Sie wollte sich möglichst intensiv mit Erjas Zuhause vertraut machen, denn der beste Weg, einem Mörder auf die Spur zu kommen, führte über das Opfer. Erja würde ihr den Weg in die Welt der Ratte weisen. Bei neunzig Prozent aller Gewaltdelikte in Finnland kannten sich Täter und Opfer.

Aber dieser Doppelmord war alles andere als ein typisches finnisches Gewaltdelikt.

Hatte die Ratte Erja gekannt? Oder hatte sie sich blindlings oder nach genauer Überlegung ein unbekanntes Opfer ausgesucht?

Auf den Tischen, Griffen, Armlehnen, Türrahmen und anderen Flächen der etwa sechzig Quadratmeter großen Wohnung war der ziegelrote Ferrooxydstaub zu sehen, mit dem die Leute von der Spurensicherung die Fingerabdrücke sichtbar gemacht hatten. In Plastikbeuteln hatten sie Zahnbürste, Haarbürsten, Trinkgläser und Essbesteck mitgenommen, außerdem hatten sie Faserproben von der Couch, den Stühlen und vom Bett abgenommen.

Allen Spuren zufolge war Erja nicht zu Hause ermordet worden – trotzdem war es möglich, hier der Ratte auf die Spur zu kommen. Vielleicht hatte sie Erja besucht.

Johanna sah sich Erjas Bild noch einmal aus der Nähe an. Über der einfarbigen Bluse trug sie ein relativ großes Kreuz um den Hals.

Die Techniker, die Erjas Leiche untersucht hatten, hatten von einer Spur gesprochen, die wahrscheinlich durch das gewaltsame Abreißen einer Halskette entstanden war. Hatte es sich dabei um das Kreuz auf dem Foto gehandelt?

Am Hals von Anne-Kristiina hatte man eine ähnliche Spur gefunden.

Warum hatte die Ratte den Opfern die Halsketten heruntergerissen?

Johanna stellte das Abiturfoto aufs Regal zurück und las die Aufschriften der Buchrücken: ›Gottesfurcht gibt Sicherheit‹, ›Das große Handarbeitsbuch‹, ›Die Zeiten ändern sich – Gott bleibt‹, ›Gesunde Ernährung‹.

Die Wohnungseinrichtung war schnörkellos: Flickenteppiche auf dem Vinylboden, eine traditionelle Polstergarnitur, Textiltapete, auf dem Couchtisch die neueste Ausgabe der Lehrer-Zeitschrift. Einen Fernseher gab es nicht, wie in allen Wohnungen konservativer Laestadianer. Johanna hatte sich dazu mit den wichtigsten Informationen versorgt und zu ihrer Überraschung festgestellt, dass die größte Erweckungsbewegung der evangelisch-lutherischen Kirche 100 000 Mitglieder zählte.

Das Bettsofa war zusammengeklappt, aber auf dem Stuhl daneben lag zusätzliches Bettzeug, von dem auch Proben entnommen worden waren. Wie es aussah, hatte Anne-Kristiina in der Nacht vor dem Mord auf dem Sofa übernachtet und beabsichtigt, auch die folgende Nacht dort zu verbringen. Ihre Wohnung in Helsinki würde ebenfalls untersucht werden.

Über dem schmalen Bett im Schlafzimmer lag eine Patchworkdecke.

Auf dem Schreibtisch standen nur noch der Computerbildschirm und die Tastatur. Den Rechner selbst hatte das Team von der KRP vorhin mitgenommen. Auf dem Fußboden stand eine Nähmaschine.

Das Bücherregal neben dem Tisch war voller und wirkte weniger geordnet als das im Wohnzimmer: Ordner, Mappen, abgegriffene Schulbücher, Hefte und Fotokopien.

In der wenige hundert Meter entfernten Schule fand gerade eine Veranstaltung statt, in der Schülern und Personal Krisenhilfe angeboten wurde. Johanna beneidete die Kollegen nicht, die die Kinder über den gewaltsamen Tod ihrer Lehrerin informieren mussten. Zweifellos würde der Vorfall hier in religiösem Sinn behandelt werden. Warum nicht, Hauptsache, die Kinder erhielten irgendeine Form von Trost.

Johanna war Kindern gegenüber hilflos, sie wusste einfach nicht, auf welcher Ebene man sich Kindern im Grundschulalter nähern sollte. Ihre einzigen Erfahrungen beruhten auf dem Nachwuchs zweier Kommilitoninnen und ihrer Schwester. Denn vorläufig … nein, sie hatte endgültig beschlossen, innerhalb eines Jahres eine Familie zu gründen. Punkt.

Sie griff nach Erjas Taschenkalender auf dem Schreibtisch und blätterte in den Einträgen der letzten Wochen: Prüfungstage, Verabredungen, Konferenzen.

Sie überflog die sauber geschriebenen Namen auf den Adressseiten. Bis jetzt sagten sie ihr nichts.

Bei Saara Vuorio waren mehrere Adressen, auch ausländische, durchgestrichen.

Beim Buchstaben »S« blieb Johanna an dem untersten Eintrag hängen. Er war sehr sorgfältig mit *Tipp-Ex* unkenntlich gemacht. Auf keiner anderen Seite fand sich etwas Vergleichbares.

Johanna hielt die Seite gegen das Licht der Deckenlampe, aber die war nicht stark genug, um das Papier zu durchleuchten.

In der Diele versuchte es Johanna mit der *Maglite* aus dem Einsatzkoffer, aber auch deren Licht reichte nicht aus. Sie schob den Kalender in einen Plastikbeutel und legte ihn auf den Koffer.

Im Bad sah sich Johanna besonders interessiert den Wasserhahn auf der beigen Wandverkleidung aus Plastik an.

Denn das Einzige, was bislang nicht ins Bild passte, war das leichte Hämatom um Erjas Auge. Der Nachbarin zufolge hatte Erja es schon eine Woche vor dem Mord gehabt. Sie hatte behauptet, unter der Dusche ausgerutscht und gegen den Hahn geschlagen zu sein. Normalerweise sah man solche Verletzungen bei Opfern von häuslicher Gewalt, aber sie konnten natürlich auch durch Unfälle entstehen.

Johanna stellte sich unter die Dusche und probierte aus, ob es möglich wäre, mit der Augenpartie gegen den Hahn zu stoßen. Ja, das konnte gehen. Erja war entweder unter der Dusche ausgerutscht oder hatte genau getestet, ob die Wunde so hätte entstehen können. Beim Arzt war sie nicht gewesen, obwohl sie an dem Tag nicht zur Arbeit gegangen war.

Mit dem dunkelblauen Ford Focus, den man ihr zur Verfügung gestellt hatte, machte sich Johanna wieder auf den Weg. Am Mittag würde zum ersten Mal das Ermittlungsteam offiziell zusammenkommen, dann wären auch Leute aus Vantaa und Oulu dabei. Einige von ihnen waren bereits draußen unterwegs und befragten die Anwohner. Die Vorteile einer kleinen Gemeinde lagen auf der Hand: Die Leute kannten sich. Nicht zuletzt darauf gründete Johannas Hoffnung, den Fall schnell aufzuklären.

Beim Fahren ließ sie die Gedanken schweifen. Dass junge Frauen die Opfer waren, konnte im Prinzip auf einen sexuellen Hintergrund der Taten hindeuten. Möglicherweise erzählten die abgerissenen Kreuze auch ihre eigene Geschichte über die Motive des Mörders und die mit ihnen verbundenen Zwangsvorstellungen. Die wesentliche Frage war jedoch, ob man es hier mit einem Serienmörder zu tun hatte, der seiner eigenen, verqueren Logik folgte und jederzeit wieder zuschlagen konnte – oder mit einem Mörder, der aus Habgier, Eifersucht oder ähnlich Banalem getötet hatte und der nun versuchte, sein Motiv im Sumpf von Serienmördertheorien untergehen zu lassen.

Verwirrend war der geringe Zeitabstand zwischen den beiden Morden. Üblicherweise fingen Serienmörder in ziemlich großen Intervallen an und verringerten den Zeitabstand zwischen den Taten erst nach und nach. Andererseits konnte man sich schwer andere als zwanghafte Motive für einen Doppelmord an religiösen, etwa gleichaltrigen Frauen vorstellen.

Entschlossen umklammerte Johanna das Lenkrad noch fester als zuvor. Ganz gleich, wie die Motive der Ratte aussahen, früher oder später würde sie erwischt werden.

11

Je mehr Informationen Karri im Netz fand, umso näher rückte die Panik. Hastig eilten seine Finger bei der Internetrecherche nach früheren Entführungsfällen im Irak über die Tastatur. Versehentlich war er einem Link gefolgt, der zu einem Video führte, auf dem ein Engländer mit einem Messer hingerichtet wurde.

Karri schlug das Herz bis zum Hals. Vor dem Fenster lag schwarz und still der See, der Himmel war bewölkt.

Die Brutalität der Entführer kannte keine Grenzen. Er zwang sich, die Berichte über die Entführungsfälle genauer zu lesen. Ein ums andere Mal waren die Geiseln geknebelt und mit verbundenen Augen und Mund vor ihren Henkern auf die Knie gezwungen worden. Karri versuchte sich von den Grausamkeiten zu distanzieren und alles so rational wie möglich zu betrachten. Noch bestand eine Chance, noch standen alle Mittel zur Verfügung.

Die entscheidende Frage war die nach dem Motiv für die Entführung. Stand eine Gruppe Kleinkrimineller dahinter, die es auf Lösegeld abgesehen hatte, oder eine religiöse Gruppierung im Heiligen Krieg? Falls ein »höheres« Motiv als Geld vorlag, wäre es sehr schwer, die Geiseln freizubekommen.

Die Bereitschaft von Menschen, zur Verbreitung ihrer religiösen Überzeugung Gewalt einzusetzen, hatte Karri noch nie verstanden. In der Beziehung waren die Christen nicht besser als die anderen. Voller Entsetzen hatte er in Saaras Büchern von Scheiterhaufen, Inquisitionen und Kreuzzügen gelesen.

Die Unabhängigkeit von jeder kirchlichen Autorität war

Karri immer wichtig gewesen. Er hielt die Lehren Jesu für erdnah und nützlich, nicht aber die Kirche, die auf die Verbreitung dieser Lehren das Monopol beanspruchte. Das ganze Problem verdichtete sich in einer simplen Frage: Wo lag die Quelle religiöser Autorität? Was war wichtiger: die eigene Erfahrung oder das Schema der kirchlichen Rituale?

Karri beschloss, Frau Husu im Außenministerium anzurufen.

Nachdem er sich vorgestellt hatte, sagte er: »Bei unserem letzten Gespräch sagten Sie, Sie hätten die Nachricht über die Entführung vom niederländischen Außenministerium bekommen, weil eine der Geiseln Holländer sei. Dürfte ich die Telefonnummer der zuständigen Person beim Außenministerium der Niederlande haben?«

»Was wollen Sie damit?«, fragte die Frau beinahe ungehalten. »Wir kümmern uns um die Angelegenheit. Sie brauchen nichts … Sie *dürfen* nichts unternehmen.«

»Ich will hören, welche Maßnahmen Sie bislang ergriffen haben.«

Karri hörte selbst den unnachgiebigen und entschlossenen Klang seiner Stimme, es war derselbe Klang, der sich auch eingestellt hatte, wenn er die Zulieferer seiner Firma zum Schwitzen gebracht hatte, damit sie die Lieferzeiten einhielten. Nachdem er die Firma verkauft hatte, hatte er kein einziges Mal Zuflucht bei diesem Tonfall suchen müssen. Das ein oder andere Mal wäre es beim Bau des Schneehuhnnests vielleicht nötig gewesen, wenn ein Bauarbeiter mit dem Trinken gar nicht mehr aufhören wollte, aber da hatte Karri sich beherrscht, denn er hatte ja hinausgewollt aus der Mühle, aus der Sklaverei von Uhr und Kalender. Darum hatte er sich dem nordfinnischen, bisweilen afrikanisch anmutenden Zeitbegriff unterworfen und war in diesen Fällen eben für ein paar Tage angeln gegangen. Irgendwann war der Arbeiter dann wieder aufgetaucht, hatte seine Sache erledigt, und das Haus war »vor dem Schnee« fertig geworden, wie es der Bauunternehmer versprochen hatte.

»Ich verstehe, dass Sie Klarheit haben wollen«, fing die Husu scheinbar verständnisvoll an, aber ihr Ton wurde von Satz zu Satz schärfer. »Und Sie können sicher sein, dass wir im Außenministerium tun, was wie können. In einer solchen Situation sind Profis gefragt. Die Wartezeit ist lang, aber daran lässt sich nichts ändern.«

»Ich habe keine Zeit für solches Blabla. Geben Sie mir die Telefonnummer oder nicht?«

»Ich kann nicht einfach so persönliche Telefonnummern des holländischen Außenministeriums hergeben, schon gar nicht in einer so delikaten Angelegenheit ...«

Karri legte auf. Im selben Moment bereute er seine cholerische Reaktion, aber die Überheblichkeit der Frau war einfach zu viel gewesen.

Ohne zu zögern ging er in Saaras Arbeitszimmer und schaltete ihren Computer ein.

Etwas tun! Sich nicht hängen lassen!

Er hatte tatsächlich das Gefühl, dass ihn nur das Handeln aufrecht hielt. Er konnte nicht einen Moment mehr stillhalten und nur über diese entsetzliche Situation nachdenken.

Karri ging die Adressen in Saaras Computer durch, bis er fand, was er suchte: Luuk van Dijk, 63 Begoniastraat, Utrecht. Er notierte die Nummern von Festnetzanschluss und Mobiltelefon. Anfangs hatte Saara begeistert von dem holländischen Archäologen erzählt, aber das meiste war Karri zum einen Ohr hinein- und zum anderen hinausgegangen. In letzter Zeit hatte Saara aber so gut wie gar nicht mehr von Luuk gesprochen.

Karri zauderte kurz, dann griff er zum Telefon. Unter der Handynummer meldete sich niemand, wie zu erwarten gewesen war. Am Festnetz meldete sich eine Frau.

»Ich bin Cornelia, Luuks Frau«, sagte sie mit verweinter Stimme. »Ich hätte dich schon früher anrufen sollen ... Ich glaube, dass Luuk ein Verhältnis mit deiner Frau hat.«

Karri holte tief Luft und lachte gequält. »Ach?«

12

Johanna zog mechanisch die praktischen Winterschuhe finnischen Fabrikats an – in Gedanken war sie ganz bei der Ratte. Der Besitzer von *Nordost-Schuh* hatte einen bewundernden Blick auf ihre spitzen, roten Teufel geworfen, die auch in Johannas Augen sündhaft gut aussahen. Aber sie waren für dieses Wetter einfach nicht das Richtige.

Die Ratte hatte kein Gesicht, sie war nur eine dunkle Gestalt. Sie besaß einen Kopf, in dem sie den Plan für den Mord an zwei Menschen ausgebrütet hatte. Sie besaß Hände, mit denen sie eine Waffe gehalten und auf die Gesichter der Opfer gezielt hatte, Hände, die Erja und Anne-Kristiina die Kreuze vom Hals gerissen hatten, vor oder nach dem Mord.

Die Ratte war ein Mensch aus Fleisch und Blut, der fähig war zu töten.

Neben Johanna probierte eine schwangere Frau Schuhe an, ohne Eile und offenbar guter Dinge.

»Jere müsste auch neue bekommen«, sagte sie mit Blick auf die Kinderschuhe. »Die alten von Joonas passen ihm nicht mehr, die gehen wohl direkt an Oskari oder an Niilo.«

»Ich habe eine kleine Partie *Elefanten*-Schuhe bestellt, die kommen nächste Woche«, sagte der Ladenbesitzer. »Da könnten welche für Emilia dabei sein.«

Die Frau lachte kurz auf. »Ich verstehe nicht, wo Emilia gelernt hat, so wählerisch zu sein. Jenna sind alle Schuhe recht.«

Johanna stand auf. Ihr war schwindlig, sie hatte sechs Kindernamen gezählt. Sie betrachtete im Spiegel die vernünftigen Winterschuhe an ihren Füßen und mochte sie überhaupt nicht, aber jetzt war keine Zeit, sich über Stilfragen den Kopf zu zerbrechen.

Sie zahlte mit der Kreditkarte, verdrängte den Gedanken an die nächste Rechnung und verließ das Geschäft.

In der Tasche vibrierte das Handy. Sie sah auf das Display: Kupiainen von der technischen Ermittlung.

»Wegen des Namens in der Adressenliste«, sagte er. »War keine spezielle Laboruntersuchung nötig, es hat genügt …«

»Ja?« Johanna verbarg ihre Ungeduld nicht, damit Kupiainen gar nicht erst anfing, wie üblich einen Vortrag über seine technischen Maßnahmen zu halten.

»Dort steht Tomi Stenlund. Und eine GSM-Nummer.«

Das hatte nicht unbedingt etwas zu bedeuten, aber eines war nun klar: Stenlund hatte gelogen, als er behauptet hatte, keines der beiden Opfer gekannt zu haben.

»Okay. Ich komme.«

Johanna ging in ihren neuen Winterschuhen zum Polizeirevier. Die alten trug sie in einer Plastiktüte, und sie kam sich schon eine Idee vernünftiger und normaler vor als bei ihrer Ankunft in Pudasjärvi. Es waren kaum Leute unterwegs. Vor dem Büro eines Steuerberaters krächzte eine Krähe auf dem Dach eines alten bäuerlichen Speichergebäudes, das mitten in der Stadt vergessen worden war.

Irgendwo hier in der Gegend hielt sich auch die Ratte auf. Johanna beurteilte die Ratte auf der Basis dessen, was sie an der FBI-Akademie in Quantico gelernt hatte. Sie konnte nichts dafür, dass in ihr immer wieder das Wort Serienmörder aufstieg. Etwas an dem Wort passte allerdings nicht zu der hiesigen Umgebung. Die Finnen brachten andere Menschen meistens in betrunkenem Zustand um. Gewaltverbrechen mit psychotischem Hintergrund des Täters kamen selten vor. Vielleicht war Johanna deshalb so irritiert. Konnten die Verbrechen unter Umständen mit ekstatischer, beim Täter fehlgeleiteter Religiosität zu tun haben? Das war möglich, aber unwahrscheinlich.

Johanna fragte sich, warum ihr immer wieder die Ausbildung in den USA in den Sinn kam. Vielleicht war der Kontrast zu der jungen Kriminalpsychologin, die sie damals gewesen war, so groß, wenn sie an ihren jetzigen Alltag dachte: Zweizimmerwohnung mit 35 Quadratmetern und Balkon, lange, einsame Spaziergänge durch Helsinki, ewig Überstunden, um die immer zuerst diejenigen ohne Familie gebeten wurden. Und zu denen sie sich jedesmal bereitwillig meldete, denn sonst hatte sie eigentlich nichts zu tun …

Eine halbe Stunde später saß Johanna im Polizeirevier von Pudasjärvi am Kopfende einer langen Tafel, die aus zwei zusammengeschobenen Tischen bestand. Das Team, das sie zusammengestellt hatte, traf sich zum ersten Mal: aus Vantaa Taisto Kupiainen, der Spezialist für technische Ermittlungen und Verbindungsmann zum Labor, sowie Hedu Wikman und Lilja Vuokko. Aus Oulu waren Tuomo Kulha und Aki Jarva dabei.

Fünf erfahrene Mordermittler, mit denen sie früher schon zusammengearbeitet hatte. Am meisten mit Hedu Wikman und mit Lilja Vuokko, aber in mindestens zwei Fällen auch mit Kulha, der vor einiger Zeit von Helsinki nach Oulu gezogen war. Aki Jarva hatte sie kennen gelernt, als sie bei der KRP einen Profiler-Kurs geleitet hatte. Außerdem gehörten Kekkonen aus Oulu und der Polizist Pasi Lopponen aus Pudasjärvi zum Team. Die lokale Verstärkung war unerlässlich, ohne Kontaktmann zur Polizei vor Ort ging es nicht.

»Auf dem Waldweg, auf dem die Salmi ermordet wurde, haben wir eine Hülse gefunden«, sagte Kupiainen. »Von einem Gewehr, Kaliber 308. Nach der Spur des Schlagbolzens zu schließen war es eine andere Waffe als die des Trios, das die Leiche fand. Das Labor wird das noch genauer untersuchen. Die Kugel aus dem Opfer kriegen wir heute unters Mikroskop. Wer geht zur Obduktion?«

»Kekkonen ist schon unterwegs«, sagte Johanna. Erja war aus der Nähe erschossen worden, die Kugel war durch den Kopf gegangen, sie würde sich kaum finden lassen. Jedenfalls hatte man in der Scheune, die als Schlachtbank diente, nichts gefunden. »Hedu, du hast doch mit dem Gerichtsmediziner gesprochen …«

»Ja, er hat gleich einen Blick auf die Toten geworfen. Seiner Meinung nach sieht die Verletzung rund ums Auge von Yli-Honkila nach einer gewöhnlichen Prellung infolge eines Schlages aus. Aber theoretisch ist es natürlich möglich, dass der Wasserhahn in der Dusche so ein blaues Auge erzeugt. Vor allem wenn der Hahn schlecht gelaunt ist.«

Hedu hielt sich für witzig, und der Humor, den er pflegte, begrub oft vollständig seine messerscharfen Beobachtungen. Zur Tarnung trugen auch die unendliche Schmuddeligkeit seiner Erscheinung sowie sein schlechtes Benehmen bei. Hedus Kleider hätten eher zu einem Penner als zu einem Kriminaloberinspektor gepasst: ehemals »gute« schwarze Hosen, die an Hinterteil und Knien glänzten, dazu Turnschuhe und eine mehrere Nummern zu große Windjacke, die er immer anhatte, drinnen wie draußen.

Johanna berichtete von den Spuren, die der Riss an der Halskette verursacht hatte, und von einigen anderen Aspekten. Die Männer, die im Akka-Moor die Spurensicherung durchgeführt hatten, waren der Meinung, dass Erja an Ort und Stelle erschossen wurde, nahe der Scheune, irgendwann am frühen Samstagabend. Das hieß, dass sie lebend dort hingebracht worden war – wahrscheinlich bei Bewusstsein, denn Anzeichen von Betäubung oder Hinweise auf einen Schlag, durch den sie das Bewusstsein verloren hätte, waren an der Leiche nicht zu erkennen. Diese Information rückte die Ratte in ein neues, noch skrupelloseres Licht.

Anne-Kristiina hatte vor ihrem Tod noch Zeit gehabt, Lea Alavuoti anzurufen und sich zu wundern, warum Erja so lange beim Einkaufen war. Anne-Kristiina war am Samstag zwischen 18.20 und 18.25 Uhr auf dem Waldweg ermordet worden. Obwohl die Stelle abseits lag, befand sie sich doch nicht allzu weit von den nächsten Häusern entfernt, und drei Leute hatten angegeben, einen Schuss gehört zu haben. Darum war die Tatzeit auch so genau zu bestimmen.

Anne-Kristiinas Eltern waren vor einem Jahr in Rente gegangen und nach Oulu gezogen, und einer der Ermittler der KRP in Oulu hatte mit ihnen gesprochen. Anne-Kristiina war das jüngste von sechs Geschwistern gewesen, bis auf eines lebten alle in der Region Oulu und im südlichen Pohjanmaa.

Die Wahl der abgelegenen Scheune und des wenig benutzten Waldwegs als Tatorte deutete darauf hin, dass die Ratte ortsansässig war und sich auskannte. Das Abreißen der Kreuze bewies Verachtung gegenüber allem, wofür Erjas und Anne-Kristiinas Religiosität stand. Dass Erja ohne Spuren von Fesseln zum Tatort gebracht worden war, gab Grund zu der Annahme, dass die Ratte sichtbar bewaffnet, stark oder in mentaler Hinsicht dominant war.

Die Überlegungen eines Profilers gehörten eher in den Bereich der Kriminologie als der Psychologie. Manche hielten sie bloß für eine Form des aufgeklärten Ratens, aber Johannas Schultern trugen solche Verächtlichkeiten leicht. Entscheidend waren die Resultate. Ein gelungenes Persönlichkeitsprofil beschleunigte die Ermittlungen, indem es die Zahl der Verdächtigen reduzierte und die Polizei veranlasste, in der richtigen Richtung zu suchen.

Johanna verteilte die nächsten Aufgaben. Angehörige, Nachbarn und Arbeitskollegen mussten verhört werden. Vor allem Lilja Vuokko war geschickt im Umgang mit Menschen, trotz ihres Aussehens brachte sie die Leute zum Reden. Ihr blumiger Vorname stand im Kontrast zu ihren Stoppelhaaren und ihrem athletischen Körperbau. Sie war nicht verheiratet, würde wohl auch nie heiraten, sodass auch der Nachname Vuokko – Veilchen – sie bis ins Grab begleiten würde. Lilja trug ihren Namen mit granithartem Selbstbewusstsein, das nichts erschüttern konnte, am wenigsten das Bild von Weiblichkeit, das in Frauenzeitschriften propagiert wurde.

Vom Gericht war gleich am Morgen die Erlaubnis erteilt

worden, eine Liste mit den Telefonverbindungen der Opfer anzufordern. Erjas Telefonanbieter war *Sonera*, und Anne-Kristiina hatte einen Anschluss bei der Firma *Elisa*. Unter leichtem Druck waren beide bereit gewesen, die Angaben bis zum Nachmittag zusammenzustellen.

»Wo kann man hier was essen?«, wollte Johanna von Lopponen wissen.

»In der Nähe gibt es zwei Möglichkeiten«, sagte er. Lopponen war ein sehniger Typ mit dunklen Augenbrauen, den man sich bestens an einem Lagerfeuer in der Wildnis vorstellen konnte. Seine stechenden Augen schienen unablässig entfernte Gegenden zu durchkämmen, als rechnete er damit, dass jeden Moment ein Stück Wild auftauchte. Der herbe Eindruck wurde durch eine Narbe am Kinn verstärkt, die er immer wieder aus Gewohnheit mit der Hand berührte. »Das eine heißt *Oase*, das andere *Zum lappischen Herbst*. In den *Lappischen Herbst* gehen fast alle, die hier und in der Stadtverwaltung arbeiten. Und die von der Kirchengemeinde natürlich auch.«

»Mit anderen Worten: Der Besitzer ist Laestadianer?«

»Das Fräulein fängt allmählich an zu lernen«, sagte Lopponen und vermittelte den Eindruck, als wisse er genau, wie er Johanna provozieren konnte. »Aber dort gibt es nur Mittagessen. Die *Oase* hat auch abends geöffnet. Sie gehört einem Libanesen und seiner finnischen Frau und hat nur sporadisch Gäste. Zu Mittag essen dort diejenigen, die öffentlich ihre Unabhängigkeit von den Laestadianern demonstrieren wollen. Aber viele sind das nicht. Die meisten wollen ein gutes Verhältnis zu den ›wichtigen‹ Leuten vor Ort haben, auch wenn sie selbst nicht religiös sind. Es schadet ja schließlich nicht. Wenn man zum Beispiel mal von der Stadt ein Grundstück kaufen will oder sich um eine Stelle bewirbt oder so … Gehen wir essen?«

»Einverstanden«, sagte Johanna. »Später. Ihr wisst, was ihr zu tun habt, ich mache einen Besuch in der Schule. Wo ist die?«

Lopponen zeigte es ihr auf der Karte, die an der Wand hing.

»Ziemlich groß, nehme ich an, wenn man bedenkt, wie groß die Familien in dieser Gegend sind«, sagte Johanna. Sie wunderte sich noch immer darüber, wie munter die Mutter von sechs Kindern im Schuhgeschäft gewesen war und was für eine glatte Haut sie gehabt hatte. Wie war eine solche Frische nur möglich? Johannas beste Freundin Riitta hatte ein Schrei-Kind und sah aus wie ein Frontsoldat, der ums Überleben kämpfte.

»Nun mal nicht so voreilig mit den Schlussfolgerungen«, sagte Lopponen. »Nicht alle Bruten fallen hier so groß aus. Aber die Laestadianer treiben den Mittelwert nach oben. Die Familien Sumilo und Helkovaara halten allein schon eine Schulklasse am Leben.«

Johanna hielt Lopponens Worte für übertrieben, bis dieser fortfuhr: »Die erste Frau vom Helkovaara starb nach dem vierzehnten Kind, und bei der neuen ist gerade das siebte im Kommen. Aber der Paavo hat ja Geld genug für Brot.«

Johanna fragte sich, ob die Frau aus dem Schuhgeschäft die zweite Frau von diesem Paavo Helkovaara sein mochte. Sie wunderte sich über die Kinderzahl lediglich wegen der biologischen Leistung, ansonsten mussten die Leute schließlich selbst wissen, wie viele Kinder sie in die Welt setzten.

Kekkonen, Vuokko und Kulha machten sich unter Lopponens Führung auf den Weg, um mit Leuten zu sprechen, die die Opfer gekannt hatten, Hedu und Jarva konzentrierten sich auf die Analyse der technischen Ermittlungen. Die beiden bildeten ein äußerlich ungleiches Gespann; der kleine Aki Jarva mit seinen hohen Winterstiefeln und seinem sorgfältigen, beinahe stutzerhaften Stil war das genaue Gegenteil zu Hedus Penner-Look.

Polizeichef Sumilo kam nach der Besprechung zu Johanna und stellte Fragen, als spielte er in den Ermittlungen eine Rolle.

»Entschuldigung, ich habe es eilig«, sagte Johanna.

»Aus gutem Grund«, brummte Sumilo. Johanna ahnte

schon, dass ihr dieser Mann noch Schwierigkeiten bereiten würde.

Sie wählte Saara Vuorios Nummer. Saaras angenehme, sanfte aber selbstbewusste Stimme bat auf Englisch und Finnisch darum, eine Nachricht zu hinterlassen.

Johanna brach die Verbindung ab. Sie wollte keine Nachricht hinterlassen. Ob Saara durch ihren Mann überhaupt schon von den Morden erfahren hatte?

Als Nächstes rief sie Tomi Stenlund an. »Ich möchte mich noch einmal etwas ausführlicher mit Ihnen unterhalten«, sagte sie freundlich.

Am anderen Ende der Leitung war es einen Moment still. »Wann? Ich bin am Syöte-Fjäll und warte gerade …«

»Ich bin in einer Stunde bei Ihnen zu Hause.«

»Ich weiß nicht, ob ich das schaffe …«

»Das schaffen Sie schon. Bis dann.«

Johanna wollte Stenlunds Wohnung sehen. Im Moment gab es allen Grund, die klare Botschaft zu vermitteln, dass die Polizei ernsthaft bei der Sache war.

Vierhundert Meter von seinem Haus entfernt steckte Tomi Stenlund das Handy in die Tasche.

Das Gewehr schob er in einen schwarzen Müllsack, wickelte es darin ein und schloss die Arbeit mit Klebeband ab. Die Waffe gehörte zu seinen präzisesten Gewehren, sie durfte nicht durch Feuchtigkeit verdorben werden.

Tomi ging tiefer in den Wald hinein, der sich nicht im Geringsten in seiner Ruhe stören ließ. Als er die kleine Lichtung erreichte, die er ins Auge gefasst hatte, wählte Tomi an deren Rand eine Fichte mit dichtem Astwerk aus und schob die unteren Äste vorsichtig zur Seite.

Zum Glück herrschte noch kein Bodenfrost. Er grub eine tiefe, längliche Grube zwischen den Fichtenwurzeln, legte das eingewickelte Gewehr hinein und füllte danach die Grube wieder sorgfältig mit Erde.

13

Saaras Herz schlug schneller als je zuvor in ihrem ganzen Leben. Die Ärmelöffnung der gelb-orangefarbenen Plastikschürze fühlte sich auf der schweißnassen Haut kalt an, als sie mit der Hand hineinfuhr.

Sie atmete in heftigen, kurzen Zügen und glaubte, jeden Moment in Ohnmacht zu fallen. Sie sah, hörte und roch alles um sich herum, so genau wie in einem Zeitlupentraum, der sich immer realer in ihr Bewusstsein drängte. Vor ihren Augen blitzten Pressefotos von ähnlich gekleideten Gefangenen auf, die mit einer Kapuze über dem Kopf darauf warteten, dass man ihnen die Kehle durchschnitt.

Sie betete nicht. Sie glaubte nicht, dass Gott sie im Stich gelassen hatte. Sie musste nur warten. Aushalten und warten.

Ihre Geiselhaft dauerte noch nicht lange genug. Man würde sie noch nicht umbringen. Man wollte mit ihnen Propaganda machen, oder Dollars. Irgendwas. Man würde sie noch nicht umbringen.

Sie hatte Zeit. Zeit nachzudenken. Zeit sich zu erinnern. Pläne zu machen. Zu überlegen, wie sie im nächsten Herbst eine bessere Karottenernte bekämen.

Denn Saara hatte vor, nach Hause zurückzukehren. Zurück zu Karri.

Der Gedanke an Karri trieb ihr Tränen in die Augen. Währenddessen wurde ihre andere Hand durch das Ärmelloch der Plastikschürze geführt.

Ob er schon Bescheid wusste?

Wahrscheinlich. Sie vertraute Karri vollkommen. Er wüsste, was zu tun wäre. Und er würde es tun.

Saara war sicher, dass nichts auf der Welt Karri daran hindern konnte, sie zu suchen und nach Hause zu holen. Karri war für eine solche Aufgabe der beste Mann auf der Welt. Der hartnäckigste, intelligenteste und stärkste. Darum hatte sie ihn auch als Mann gewollt, ohne sich darum zu scheren, was die anderen sagten.

Ein Mann, der sich ein Tuch vors Gesicht gebunden hatte, packte Saara am Ellbogen und stieß sie unsanft vorwärts. Sie befanden sich in einem kellerartigen Raum mit Betonwänden und Betonboden. Seit sie in das Haus gebracht worden waren, hatte sie weder Luuk noch Keith zu Gesicht bekommen.

Der Mann setzte sie unter einer bloßen Glühbirne auf den Fußboden. Erst da bemerkte sie das Stativ mit der Videokamera. Sie sah aus wie die Kamera, die sich Karri im Frühling gekauft hatte, um die Bauarbeiten am Schneehuhnnest zu dokumentieren.

Saara biss sich auf die Lippen und starrte auf die schwarz glänzende Linse. Es war still. Der bewaffnete Mann, der sie hergebracht hatte, stand neben der Türöffnung.

Schaut auf ihn, der lebt, schaut so lange auf ihn, wie ihr selbst lebt, damit ihr nicht sterbt. Denn wenn ihr gestorben seid, könnt ihr ihn nicht sehen, selbst wenn ihr es wolltet …

Saara erschrak, als ein anderer Mann mit verhülltem Gesicht eintrat und sich vor ihr aufbaute. Eindeutig ein Anführer. Sicherlich hatte er eingesehen, dass Saara weder Engländerin noch Französin noch Italienerin war …

»Ich bin Finnin«, sagte sie auf Englisch und wiederholte den Satz auf Arabisch. Sie konnte nicht richtig Arabisch, nicht annähernd so gut wie Hebräisch, Aramäisch oder Koptisch. »Ich bin aus dem Norden, aus einem neutralen Land.«

Man sah von dem Mann nur die Augen, und aus denen war nicht zu schließen, ob er verstanden hatte oder überhaupt verstehen wollte, was Saara gesagt hatte. Er wandte sich an seinen

Untergebenen, äußerte wenige Worte, worauf der andere die Klinge eines großen Messers an Saaras Hals setzte.

»Du sprichst englisch in die Kamera. Du guckst in die Linse und appellierst an die Regierung deines Landes, dass sie unsere Forderungen erfüllen soll. Andernfalls wirst du getötet.«

Das Entsetzen lähmte Saaras Muskeln. Der Mann sprach englisch mit starkem Akzent.

Mit aller Willenskraft setzte Saara ihr Denken in Bewegung. Das kalte Metall der Messerklinge berührte ihre Haut. »Was sind eure Forderungen?«

»Das geht dich nichts an. Du appellierst einfach an deine Regierung. Sprich den Premierminister an. Wie heißt er?«

Saara wollte schon der tatsächliche Name Vanhanen über die Lippen kommen, aber dann überlegte sie eine Sekunde und sagte: »Piruvaara.«

Sie wartete die Reaktion des Mannes ab. Wusste er oder erkannte er, dass dies nicht der Name des Ministerpräsidenten, sondern eine Botschaft an Karri war? Vielleicht die letzte ...

Der Mann begab sich hinter die Kamera und setzte sie in Betrieb. »Fangen wir an.«

Das Messer hielten sie fest an ihren Hals gedrückt.

»*Wir sind entführt worden*«, fing sie auf Englisch an.

»Lauter«, befahl der Anführer.

Saara holte tief Luft. »*Wir sind entführt worden. Herr Piruvaara, ich appelliere an Sie, dass die finnische Regierung auf die Forderungen der Entführer eingeht ...*«

Unter düster-grauen Wolken hing die finnische Fahne auf Halbmast. Die Erde war fleckig von geschmolzenem Schnee und Matsch.

In der Grundschule war gerade große Pause. Die Kinder standen in kleinen Gruppen beieinander und wirkten kleinlaut und irritiert. Nur hier und da warfen die Wildesten mit Schneebällen. Hier im Nordosten sah man an keinem der

Schüler die übergroßen Jeans und Skaterschuhe, wie sie in Helsinki Standard waren.

Johanna begrüßte die Kinder im Vorübergehen und erhielt schüchterne, höfliche Reaktionen. Wenn sie als Lehrerin vor eine Klasse treten müsste, gäbe es keinen Zweifel, dass sie es lieber hier täte als in Helsinki. Die Kinder wirkten so vernünftig und aufrichtig. Oder waren sie nur verwirrt von den tragischen Vorfällen?

Das alte Schulgebäude aus Holz war sehr schön gelegen und so renoviert worden, dass man sich darin wohl fühlte.

Der Rektor, ein etwa 40-jähriger, dünner Mann mit Halbglatze, empfing Johanna im Flur und führte sie in sein Büro. Er wirkte gelassen und erinnerte sie ein bisschen an einen Pfarrer. Johanna fiel sogleich die Reihe mit den Bibeln und Andachtsbüchern im untersten Fach des Regals auf. Auch blieb ihr der missbilligende Ausdruck nicht verborgen, der über das Gesicht des Mannes huschte, als er Johanna verstohlen von Kopf bis Fuß musterte.

»Wir haben das Thema mit den Kindern bei der Morgenandacht und anschließend in den Klassen besprochen«, sagte der Rektor mit fester Stimme. Er wirkte etwas schüchtern, aber auch wie jemand, der bei jeder sich bietenden Gelegenheit Schwächere herumkommandierte. »Ich habe mich selbst um Erjas Klasse gekümmert, obwohl die Vertretung bereits da war. Die Kinder sind erschüttert, aber soweit ich sehe, hat ihnen das Reden etwas von ihrer Last genommen.«

Johanna nickte. »Ich möchte von Ihnen mehr über Erja erfahren. Was war sie für ein Mensch?«

Der Rektor setzte zu einer Lobrede an, der es weder an Pathos noch an Inbrunst fehlte. Danach war Erja Yli-Honkila als Mensch und als Lehrerin einfach vollkommen gewesen.

Und dennoch: Der Blick des Rektors und seine Körpersprache schrien geradezu heraus, dass er log.

Johanna war hellwach. »Gut«, sagte sie, schaute dem Mann in die Augen und fügte hinzu: »Hatte sie einen Freund?«

Der Rektor hielt dem Blick stand. »Über die Privatangelegenheiten unserer Lehrer weiß ich nichts«, sagte er entrüstet.

»Und was glauben Sie?«

»Ich mische mich in keiner Weise in das Privatleben meiner Lehrer ein.«

Johanna bohrte ihren Blick in die Scheinheiligkeit ihres Gegenübers. »Wir ermitteln in einem Mordfall. Ich nehme an, Sie sind sich dessen bewusst.«

»Ich bin nicht sicher«, antwortete der Rektor widerstrebend. »Aber meiner Auffassung nach war Erja eine Braut Gottes.«

Johanna stand auf. »Na also.«

Sie schwieg einige Sekunden, damit sich der Rektor entspannen konnte.

»Kennen Sie übrigens Tomi Stenlund?«, fragte sie dann und hielt den Blick auf das Gesicht des Rektors gerichtet.

Er sah sie an. Aufrichtige Überraschung leuchtete in seinem Gesicht auf.

»Nein. Ich habe in der Zeitung mal etwas über seine Firma gelesen. Warum?«

»Und Erjas Kollegen – wer von ihnen kannte Erja am besten?«

»Wir kannten sie alle durch und durch, schon seit Jahren.«

Aus dem beteuernden Unterton des Rektors hörte Johanna immer deutlicher etwas Falsches und Heuchlerisches heraus.

»Es gibt aber doch bestimmt Kolleginnen oder Kollegen, die ihr besonders nahe standen.«

»Vielleicht Raili … Raili Noronen. Ich werde sie aus dem Lehrerzimmer holen, dann können Sie sich in Ruhe mit ihr unterhalten.«

»Danke, ich gehe selbst hin.« Johanna wandte sich ab. »Am anderen Ende des Ganges, vor der Tür zum Sekretariat?«

Es läutete zum Ende der Pause, und durch die Tür strömten die Kinder herein. Sie waren in gedämpfter Stimmung und machten kaum Lärm.

Im Lehrerzimmer hielt sich ein halbes Dutzend Lehrer auf. Sie waren gerade im Begriff, in ihre Klassen zu gehen. Vor dem

Fenster stand ein kleiner Tisch mit weißer Tischdecke, darauf ein Foto von Erja und eine Kerze.

Johanna stellte sich kurz vor und fragte dann, wer von den Kollegen Erja persönlich gekannt habe, auch außerhalb der Schule. Es stellte sich heraus, dass keiner von den anderen Lehrern Erja je zu Hause besucht hatte.

Johanna versuchte vergeblich, noch etwas aus den Kollegen herauszubekommen, aber alle waren extrem zurückhaltend.

»Danke«, sagte sie schließlich kühl. »Ich muss jetzt gehen, aber falls Ihnen irgendetwas einfällt, das uns im Zusammenhang mit Erjas Tod weiterbringen könnte, dann möchte ich Sie bitten, mich anzurufen. Ich lasse meine Karte hier.«

Johanna befestigte ihre Visitenkarte mit einem Reißnagel am schwarzen Brett, neben dem Bestellcoupon für ein geistliches Buch. Im Raum herrschte drückende Stille. Johanna war schon an vielen Arbeitsplätzen gewesen, aber hier wollte sie so rasch wie möglich verschwinden: vermufft und argwöhnisch erschien ihr die Atmosphäre. Oder hatte das nur mit Erjas Tod zu tun?

Keiner der Lehrkräfte sah sie an, als sie an ihr vorübergingen, außer der jungen Frau, die als Letzte den Raum verließ. Die warf ihr einen raschen Blick zu, den Johanna sogleich aufnahm.

»Könnten Sie noch einen Moment bleiben?«, sagte sie zu der Frau und schloss dabei die Tür, ohne die Antwort abzuwarten.

Nervös richtete die Frau sich die rot gefärbten Haare.

Johanna schob ihr einen Stuhl hin. »Name?«

»Jenni Ahonen.«

»Wie lange haben Sie Erja gekannt?«

»Ich bin vor drei Jahren hierher gekommen.«

»Gefällt es Ihnen hier?«

Jenni lächelte. »Es geht. Die Kinder sind die Hauptsache, und die sind hier klasse. Nirgendwo sind mir bisher ruhigere und verantwortungsvollere Kinder begegnet.«

Die junge Frau wirkte intelligent und wortgewandt.

»Niemand von Ihnen hat Erja anscheinend besonders gut gekannt?«

»Sie war … etwas eigen. Ein bisschen Eremit.«

»Ist Ihnen in letzter Zeit eine Veränderung in ihrem Verhalten aufgefallen?«

Nachdenklich schaute Jenni auf Erjas Bild. Die Kerzenflamme spiegelte sich in ihren Brillengläsern.

»Ich weiß nicht. Ich glaube, sie hatte in den letzten Wochen Probleme. Sie war stiller als sonst. Weniger darauf aus, sich in die Angelegenheiten der anderen einzumischen. Aber vielleicht hat das mit dem … Aufstand zu tun.«

»Mit was für einem Aufstand?«

Jenni seufzte und dämpfte die Stimme, bis nur noch ein Flüstern zu hören war. »Ich weiß nicht, ob ich darüber reden darf. Es hat natürlich nichts mit dem Mord zu tun …«

»Sagen Sie es mir ruhig.«

»Einige Eltern haben sich über Erja beschwert und Unterschriften gesammelt. Aber nicht viele zusammenbekommen. Dem Großteil der Eltern gefiel Erjas strenger Stil ja gerade. Und dass sie die religiösen Dinge so überzeugend lehrte.«

»Die Trennungslinie lief also gemäß den religiösen Ansichten der Eltern?«

»Ich denke schon.«

Jenni nahm ein zusammengefaltetes Blatt Papier aus der Tasche. »Das haben Sie aber nicht von mir.«

Johanna schob den Zettel in ihre Tasche und schwieg einen Moment. Dann fragte sie: »Wissen Sie, ob Erja einen Freund hatte?«

»Erja? Das glaube ich nicht.«

Der Tonfall war vielsagend.

»Kennen Sie Tomi Stenlund?«, fühlte Johanna vorsichtig vor.

»Nein. Wer ist das?«

Die Lehrerin rutschte unruhig auf dem Stuhl hin und her.

»Unser Rektor mag es gar nicht, wenn die Lehrer zu spät in die Klassen kommen.«

»Zwei Dinge noch. Erja hatte sich vor ein, zwei Wochen am Auge verletzt. Wie ging sie hier in der Schule damit um?«

»Sie hat gesagt, sie sei unter der Dusche ausgerutscht. Wieso?«

»War diese Erklärung Ihrer Meinung nach glaubwürdig?«

Die Frau zuckte unsicher mit den Schultern.

»Trug Erja irgendeinen besonderen Halsschmuck?«

»Sie hatte ein Kreuz. Sie sagte, das habe sie sich als Mädchen zusammen mit ein paar engen Freundinnen angeschafft. Sie waren eine enge Gemeinschaft und nannten sich Schwestern Zions.«

»Gut. Gehen Sie nur. Wenn Ihnen noch etwas zu Erja einfällt, zögern Sie nicht, mich anzurufen.«

Jenni Ahonen stand rasch auf und schlüpfte zur Tür hinaus.

Johanna blickte auf die Uhr und trat nachdenklich auf den leeren Flur.

Plötzlich blieb sie stehen. Aus einer Klasse drang ein Kirchenlied auf den Flur. Durch den zögernden Gesang der Kinder dröhnte die starke, unerschütterliche Stimme eines Mannes, die Johanna als die Stimme des Rektors erkannte.

Sie verließ das Gebäude und sah zu ihrer Überraschung Hedu neben einem schmutzigen Toyota stehen. Er wartete, bis Johanna näher gekommen war.

»Ich hab beim Vorbeifahren deinen Wagen gesehen«, sagte er.

»Was Neues?«

»Wir haben gerade von *Sonera* die Telefonverbindungen von Erja Yli-Honkila bekommen. Ihr letztes Gespräch hat sie am Samstag mit Saara Vuorio geführt, um 16.21 Uhr. Dauer 32 Sekunden. Das vorletzte Gespräch endete fünf Stunden früher. Dieser Anruf ging an Anne-Kristiina Salmi. Dauer 2 Minuten.«

»Und?« Johanna sah den boshaft grinsenden Hedu an und

gab sich Mühe, über dessen absichtliche Verzögerung nicht in Rage zu geraten.

»Das drittletzte Gespräch war am Freitagnachmittag. Sie hat Tomi Stenlund angerufen. Dauer des Telefonats: 42 Minuten. Wir sollten uns vielleicht die Genehmigung holen, auch Stenlunds Telefonverbindungen anzufordern.«

14

Der raue Wind blies Lea vom offenen Meer her ins Gesicht. Sie stand am Fenster im zweiten Stock, zog den Rollkragen ihres Wollpullovers noch weiter hinauf und ließ die Kälte über ihr Gesicht fahren und alles Stickige aus dem Zimmer spülen.

Schließlich kehrte sie frierend zu dem Karton zurück, den sie aus der Kammer geholt hatte. Beklommen betrachtete sie die alten Briefe und die Fotos von Erja, Anne-Kristiina und Saara auf ihrem Bett.

Sie erinnerte sich an eine Diskussion, die sie zu dritt führten. Es ging um die Frage, was Sünde sei. Wo verlief die Grenze? Zum Beispiel in der Musik – gab die Tonart den Ausschlag, waren die Instrumente entscheidend oder der Text eines Liedes? Durfte man farblosen Nagellack benutzen? Oder ein Deo, wenn es nicht duftete? Die Haare durfte man nicht färben, aber durfte man sie toupieren?

Lea konnte nicht verhindern, dass ihr die Tränen kamen, als sie den vom 17. 8. 1994 datierten Brief las, den Erja ihr aus Kajaani geschickt hatte, im ersten Jahr ihres Studiums. Es war eine schmerzliche Mischung aus jugendlicher Unsicherheit und unerschütterlichem Glauben. Lea wusste am Ende nicht, ob sie über ihre verlorene Jugend oder über Erjas Schicksal weinte.

Erja hatte den Brief mit der letzten Strophe ihres Lieblingskirchenliedes beendet, das im Gesangbuch die Nummer 507 trug: »*Segne der Jugend Kräfte, die Gaben, die du schenkst. Die Liebe und das Herz du mit deinem Licht bedenkst. Hilf immer dir vertrauen, lenke all meine Tage, lass meine Jugend auf dich bauen.*«

Bei Lea war es mit dem Bauen der Jugend vorbei. Schon lange hatte sie das Gefühl, unter einer klassischen 30er-Krise zu leiden. Gern hätte sie mit Saara darüber gesprochen. Zu Saara hielt sie noch den engsten Kontakt, mit den meisten ehemaligen Schulfreundinnen hatte sie so gut wie nichts mehr zu tun.

Sie spielte mit dem Kreuz an ihrer Halskette. Sie trug es noch immer, als eine Art beruhigende Erinnerung an die profunden Dinge, auch wenn sie sich vom Weltbild der Schwestern Zions längst distanziert hatte.

Das Telefon klingelte. Am Apparat war Kommissarin Vahtera, die auch am Morgen schon angerufen hatte. Sie wollte über Tomi Stenlund sprechen, aber Lea kannte den Mann gar nicht.

Im Polizeirevier von Pudasjärvi legte Johanna den Hörer auf. Es wäre wichtig, Lea Alavuoti zu vernehmen, dachte sie.

Die Schwestern Zions.

Durch die Jalousien fiel der Blick auf finsteren Fichtenwald. Vor dem Revier hatten vorhin zwei Journalisten gelauert. Der eine war der Polizeireporter des Boulevardblattes ›Ilta-Sanomat‹, und Johanna kannte ihn recht gut. Trotzdem hatte sie keinen Kommentar abgegeben. Mit Interesse erwartete sie die Zeitungen von morgen, denn wahrscheinlich hatten die Journalisten im näheren Umfeld der Opfer auch Personen aufgestöbert, mit denen die Polizei noch nicht gesprochen hatte.

Johanna faltete das Blatt Papier auseinander, das ihr Jenni Ahonen im Lehrerzimmer zugeschoben hatte. Es handelte sich um eine Beschwerde über Erjas Lehrmethoden und ihren Religionsunterricht.

Besonders die Disziplinarmaßnahmen haben bei den Kindern Angst und Schrecken ausgelöst. Zum Beispiel musste ein Schüler zwischen Lehrern stehen, die ihn anschrien und ihm Vorwürfe machten, bis er in Tränen ausbrach. Mindestens zweimal hat Erja Yli-Honkila einem Schüler, der »hässlich gesprochen hatte«, für mehrere Minuten den Mund mit einem Klebeband zugeklebt.

Im Religionsunterricht hat Yli-Honkila das Eintreten für weibliche Pfarrer, die Ehescheidung, die Empfängnisverhütung sowie die Homosexualität als Sünde gebrandmarkt.

Als Methode zur Veranschaulichung von »Verderben und Finsternis« hat Yli-Honkila u. a. den Unterricht in einen dunklen Keller verlegt. Anschließend haben die Kinder zu Hause zwanghaft gebetet und gesagt, sie hätten Angst, in den Himmel zu kommen, weil »Verderben und Finsternis unmittelbar neben ihm liegen und man von dort immerfort Schmerz und Klage hört«.

Besonders die Ereignisse des Nachtunterrichts am 21.10. haben bei vielen Kindern Angstzustände ausgelöst …

Johannas Handy klingelte. Ein Redakteur von ›Iltalehti‹, des anderen Boulevardblatts, fragte nach Informationen, aber Johanna berief sich auf ermittlungstaktische Gründe und sagte nichts. Sie war den Umgang mit der Öffentlichkeit gewohnt, manchmal war es sogar sinnvoll, bei der Aufklärung bestimmter Fälle Informationen an die Öffentlichkeit dringen zu lassen. Aber jetzt, in der Anfangsphase der Ermittlungen, störten die Anrufe der Journalisten nur.

Der Beschwerdebrief über Erjas Lehrmethoden verlieh dem Fall eine neue Dimension, denn das Bild von Erja hatte dadurch überraschende neue Nuancen bekommen, und zwar düstere. Außerdem – und das war das Wichtigste – konnte das bedeuten, dass sich zwischen Erja und der Ratte ein dünner, schwarzer Faden entsponnen hatte.

Wenn jemand in der Schule das Opfer von Mobbing durch Mitschüler oder Lehrer wurde, konnte ihn das wesentlich stärker traumatisieren, als viele Leute es wahrhaben wollten. Es handelte sich dabei um eine brutale Form von seelischer und physischer Gewalt, die im schlimmsten Fall über Jahrzehnte hinweg psychische Probleme beim Opfer auslösen konnte. Zum Glück waren die finnischen Kultusbehörden nach einigen Gerichtsverfahren wachsam geworden.

Der Anruf des Redakteurs veranlasste Johanna, eine kurze Pressemitteilung zu schreiben und sie per E-Mail nach Vantaa zu schicken, wo man sie auf die Homepage der KRP stellen würde.

In Pudasjärvi sind die Ermittlungen in den beiden Mordfällen vom Wochenende eingeleitet worden. Die Polizei bittet die Bevölkerung um Informationen über sämtliche Beobachtungen, die zwischen Freitagabend und Sonntagmorgen in der Nähe der Tatorte gemacht worden sind und mit den Morden zu tun haben könnten.

Die Ermittlungen gehen in Zusammenarbeit zwischen der Zentralkriminalpolizei KRP, Stützpunkt Oulu, und mehreren anderen Behörden weiter. Weitere Informationen: Kriminalkommissarin Johanna Vahtera.

An sich war die Pressemitteilung überflüssig, denn alle Einwohner von Pudasjärvi wussten von den Ereignissen und würden sich gegebenenfalls ohnehin melden, aber irgendwie mussten die Zeilen ja gefüllt werden.

Johanna nahm einen Schokoriegel aus ihrer Handtasche und ging in den Konferenzraum des Präsidiums, der zur Kommandozentrale umfunktioniert worden war. Ihr stand das Profiler-Programm SEPRO auf ihrem Computer zur Verfügung, das sie aus den Staaten mitgebracht hatte und das dabei half, Daten im Zusammenhang mit Serienmorden auszuwerten. Aber bislang hatte sie das Programm nicht einmal gestartet. Es sah einfach nicht danach aus, als könnte es in diesem Fall von Nutzen sein.

Oberinspektor Aki Jarva saß am Telefon, die anderen waren unterwegs. Jarva trug einen scharf rasierten Schnurrbart und ein Bartbüschel am Kinn. Damit hätte er besser in eine Werbeagentur als in ein Polizeipräsidium gepasst. Ein Sakko, kragenlos und trendy, sowie ein schwarzer Rollkragenpulli komplettierten das Bild.

An dem großen Schwarzen Brett waren Bilder von Erjas und Anne-Kristiinas Leichen und den Fundorten befestigt. Letztere waren auch auf der Karte von Pudasjärvi an der Wand eingezeichnet. Auf dem Flipchart in der Ecke waren mit dickem Filzstift die Namen aller Mitglieder der Ermittlungskommission aufgeschrieben, denen jeweils eine Liste mit den Aufgaben des Tages folgte. Unersetzlich dabei war die Ortskenntnis von Pasi Lopponen.

»Ich habe einen alten Bekannten bei der Sicherheitspolizei in Oulu angerufen«, sagte Jarva, nachdem er sein Telefonat beendet hatte.

»Bei der SiPo? Warum?«

»Ich wollte wissen, ob sie etwas über den libanesischen Restaurantbesitzer haben.«

Die Mordopfer waren zuletzt lebend in der *Kaminstube* gesehen worden, die zum Restaurant *Oase* gehörte, sich aber etwas außerhalb des Ortes befand. Dort konnten Gäste in die Sauna gehen, im See schwimmen und vorab dorthin bestellte Speisen aus dem Restaurant zu sich nehmen. Trotzdem meinte Johanna bei Jarva eine Spur von Rassismus zu wittern. Bei Lopponen war ihr das Gleiche aufgefallen, und sie vermutete, dass Jarva von diesem auf die Idee gebracht worden war, den Hintergrund des Libanesen zu klären.

»Und? Hat sich etwas gefunden?«, fragte sie, während sie an ihrem Schreibtisch Platz nahm.

»Rafiq Karam ist von Stockholm nach Finnland gekommen und hat 2002 eine Aufenthaltsgenehmigung für Finnland erhalten. Zwei Jahre später hat er in Stockholm Tuija Hyppönen geheiratet, die den Namen ihres Mannes annahm.«

»Klingt nicht sonderlich dramatisch.«

»Nein. Aber die schwedische Sicherheitspolizei war 2002 wegen dieses Karams mit unserer SiPo in Kontakt.«

Johanna richtete sich auf. »Und warum?«

»Auf Bitten der Amerikaner haben sich die Schweden über Rafiq Karams Bruder Ibrahim, der in Hamburg wohnt, schlau gemacht. Dieser Ibrahim Karam hatte Verbindungen zu libanesischen und syrischen Extremistengruppen, möglicherweise sogar zu den Tätern des elften September. Es wurde vermutet, dass er sich ohne Erlaubnis in Stockholm aufgehalten hat.«

»Seid ihr auf irgendetwas gestoßen, das mit Rafiq zu tun hat?«

»Nein«, sagte Jarva und klang fast enttäuscht. »Aber jetzt ist das wenigstens abgeklärt.«

15

Anders als sonst vermochten die körperliche Arbeit und das Schwitzen Karris Nerven nicht zu beruhigen. Er stapelte die Holzscheite in einer Ecke des großen, dunklen Schuppens auf. Der hohe Holzverbrauch des Hauses hatte ihn überrascht, aber zum Glück war ja Holz genug vorhanden.

Cornelia van Dijks Äußerung über Saara und Luuk ließ ihm keine Ruhe, obwohl er nicht daran glaubte. Cornelia verfügte über keinen einzigen konkreten Beweis. Der Verdacht musste die fixe Idee einer eifersüchtigen Frau sein – nicht unverständlich, denn Saara war attraktiv und eine starke Persönlichkeit. Zusammen mit ihrer exotischen Herkunft aus dem hohen Norden hatte genau das Karri den Kopf verdreht. Plötzlich ließ der bloße Gedanke an die Nähe zwischen Luuk und Saara eine Welle der Eifersucht über Karri hinwegrauschen, obwohl es in der jetzigen Lage sinnvoll gewesen wäre, solche Gefühle zu meiden.

Das Telefon klingelte. Karri sah, dass der Anruf aus Holland kam, und meldete sich sofort.

»Hast du schon gehört?«, fragte Cornelia fast hysterisch. »Sie haben ein Videoband in Umlauf gebracht.«

»Hast du es gesehen?«, wollte Karri wissen. »Lief es über al-Dschasira?«

»Nein.« Cornelia nannte eine komplizierte Internetadresse, die Karri in den Erinnerungsspeicher seines Handys tippte.

»Der holländische Sicherheitsdienst hat mich angerufen«, sagte Cornelia. »Willst du wissen, was auf dem Band zu sehen ist?«

»Ich sehe es mir selbst an. Melde mich dann wieder bei dir.«

Karri steckte das Telefon ein, verließ den Schuppen und ging im Laufschritt auf das Haus zu. Nach wenigen Metern rannte er und ließ auch am steilen Hang nicht nach. Mit brennender Lunge und heftig pochendem Herzen stürzte er in sein Arbeitszimmer und an den Computer.

Einige Sekunden später starrte er auf eine arabische Internetseite. Am linken oberen Bildrand war ein unscharfes Videostandbild zu sehen. Es zeigte einen Mann, den Karri sofort erkannte. Luuk van Dijk.

Karri klickte die Aufnahme an. Nun lief ein Clip, auf dem man sah, wie dem kreidebleichen, halb bewusstlos wirkenden van Dijk ein Messer mit breiter Klinge an den Hals gesetzt wurde.

»*Wir haben eine Botschaft …*«, sagte der Mann auf Englisch. Der Bildausschnitt zeigte jetzt nur noch das Gesicht. Der Mann saß merkwürdig schief.

»*Wegen der Eindringlinge, die den Irak angriffen, haben viele Menschen ihr Zuhause oder nahe Angehörige verloren*«, sagte van Dijk. Man merkte, dass ihm die Worte in den Mund gelegt worden waren.

»*Am schlimmsten sind die irakischen Kinder dran, die von der neuen Regierung trotz anderslautender Versprechungen ihrem Schicksal überlassen werden … Herr Balkenend, ich appelliere an Sie, unverzüglich denjenigen Hilfe zukommen zu lassen, die sie hier dringend benötigen …*«

Da brach das Band ab. Balkenend war holländischer Premierminister.

Karri ballte die Fäuste, als er die nächste Aufnahme sah. Auf dem Bildschirm starrte ihn Saaras Gesicht an. Es leuchtete weiß vor einer Betonwand. Die Hand eines Mannes hielt Saara ein großes Messer an den Hals.

Karri musste für einen Moment die Augen schließen.

Saara sprach mit dünner, angespannter Stimme auf Englisch: »*Die Lage in den ländlichen Regionen des Irak ist schlecht ... Herr Premierminister Piruvaara, ich appelliere an Sie: Die finnische Regierung muss dazu beitragen, dass hier Schulen und Krankenhäuser eingerichtet werden ...«*

Karri traute seinen Ohren nicht. Piruvaara? Warum hatte sich Saara für den Ministerpräsidenten diesen Namen ausgedacht? Hatten die Entführer nichts bemerkt? Natürlich nicht, sie mussten keineswegs eine Vorstellung davon haben, wer der finnische Ministerpräsident war.

Karri ließ den Film erneut laufen. Er starrte auf das vor Angst gelähmte Gesicht seiner Frau und hörte auf das, was sie sagte.

Piruvaara.

Warum hatte Saara den Namen des Ministerpräsidenten verändert? Ihm fiel nur eine Erklärung ein: Saara wollte eine Botschaft übermitteln. Vermutlich einen Hinweis auf ihren Aufenthaltsort.

Piruvaara bedeutete »Teufelsberg«. Einen solchen Berg gab es – er lag in der Nähe eines Sees namens Kangasjärvi und war bekannt wegen einer gewölbeartigen Felsformation, der so genannten Teufelskirche. Von den Laestadianern, die dort bisweilen Versammlungen abhielten, wurde sie allerdings nicht so genannt. Karri war einmal dort gewesen, im vergangenen Herbst.

Er sah aus dem Fenster. Die Sicht ging ungehindert auf den See. Er verdrängte den Teufelsberg aus den Gedanken und versuchte die Situation im Ganzen zu bedenken. Es war klar, worauf die Entführer mit ihrem Video abzielten.

Lösegeld.

Diese Erkenntnis verschaffte Karri Erleichterung. Van Dijks Team wurde nicht der Spionage bezichtigt, und die Geiseln waren nicht einmal gezwungen worden, sich vor der Kamera politisch zu äußern.

Nach kurzem Zögern nahm Karri das Telefon und rief Frau Husu im Außenministerium an.

»Haben Sie das Video gesehen?«, fragte er.

»Woher wissen Sie von dem Video?«, fragte die Husu zurück.

Was war mit der Frau eigentlich los? Allmählich fragte sich Karri, ob er es mit einem Menschen oder mit einem Roboter zu tun hatte.

»Was spielt das für eine Rolle?«, ereiferte er sich. »Haben Sie es gesehen oder nicht?«

»Wir haben es gesehen. Ich wollte es Ihnen gerade mitteilen. Wir haben die Information aus Holland bekommen.«

»Ich zerbreche mir den Kopf darüber, was Saara mit *Piruvaara* sagen will.«

»Das ist mir auch aufgefallen. Vielleicht war sie in Panik oder unter dem Einfluss von Medikamenten und hat darum wirr geredet.«

»Nein. Das ist eine Botschaft. Das muss geklärt werden.«

»Das Außenministerium verfügt nicht über die Ressourcen …«

»Gewiss nicht«, unterbrach Karri die Frau. Er konnte sich nur mit großer Mühe beherrschen. Dieser Roboter! Er hatte daran gedacht, im Außenministerium um die Hilfe einer Person zu bitten, die Arabisch konnte, denn *Piruvaara* konnte die finnischsprachige Entsprechung eines irakischen Namens sein. Aber wie es aussah, war vom Ministerium in dieser Frage keine Hilfe zu erwarten.

»Kommen wir direkt zu den Fragen der Ressourcen«, sagte Karri. »Von welchen Summen ist hier wohl die Rede?«

»Verzeihung?«

»Mit einem Lösegeld welcher Größenordnung würden sich die Entführer zufrieden geben?«

Die Frau schwieg eine Weile. »Wie Sie sicherlich wissen, können wir uns nicht auf diesen Weg begeben. Niemand kann das. Die niederländische Regierung wird niemals …«

»Reden Sie keinen Unsinn! Italien hat seine Geiseln freigekauft, ebenso Frankreich und Japan.«

»Es ist viel zu früh, über solche Dinge …«

»Jetzt reicht's! Ich will mit dem Außenminister sprechen.«

»Das würde nichts nützen. Außerdem ist er auf Reisen. Sie müssen einsehen, dass sich jetzt Profis um den Fall kümmern. Wenn sich Laien einmischen, verursacht das nur Durcheinander. Verstehen Sie mich?«

»Wollen Sie damit etwa sagen, dass Sie sich selbst für professionell halten?« Karri versuchte erst gar nicht, seine Verachtung zu verbergen. »Ich habe Ihnen meine Mitarbeit angeboten, Sie haben abgelehnt. Also werde ich mich jetzt selbst um die Angelegenheit kümmern.«

Außer sich beendete Karri das Gespräch. Er musste sich setzen, um seinen Atem zu beruhigen. Vor Wut war er den Tränen nah. Wenn dies alles vorbei war, würde er dieser Frau im Ministerium die Meinung sagen. Von Angesicht zu Angesicht.

Dann kippte die Wut in Angst und Verzweiflung um. Mit Hilfe des Computers suchte er nach Namen von Personen und Institutionen, die bei früheren Entführungsfällen geholfen hatten, Einigung mit den Geiselnehmern zu erzielen.

Der Hinweis darauf, dass sich jemand an Saaras und seinem Computer zu schaffen gemacht hatte, war ihm den ganzen Tag nicht aus dem Kopf gegangen. Hätte er Johanna Vahtera etwas davon sagen sollen? Die Polizistin schien mit den Mordfällen voll ausgelastet zu sein.

Karris Blick fiel auf die Zeitschrift, die seiner Auffassung nach falsch herum auf dem Schreibtisch gelegen hatte. Warum hätte jemand seinem Haus einen Besuch abstatten sollen? Instinktiv blickte Karri sich um.

16

Johanna hatte alle Sinne geschärft. In dem ehemaligen Viehstall, der zum Büro umgebaut worden war, lag maskuliner Rasierwassergeruch in der Luft. Sie setzte sich auf das dicke Ledersofa und sah sich um, während Safari-Unternehmer Tomi Stenlund sein Telefonat beendete. Der Mann redete ein etwas ungelenkes, aber verständliches Englisch.

Scheinbar teilnahmslos saß Johanna da, doch sie beobachtete ihre Umgebung genau. Vor dem Mann auf dem Tisch lagen offenbar gelesene Nummern von ›Waffe & Wild‹, ›Welt der Technik‹, aber auch Boulevard-Erzeugnisse wie ›Schau hin‹ und ›Bitte lächeln‹. An der Natursteinmauer stand ein großer Breitbildfernseher mit separaten Lautsprechern, daneben ein Gestell mit DVDs: ›Full Metal Jacket‹, ›Black Hawk Down‹, ›Apocalypse Now‹. An der Wand hingen vergrößerte, gerahmte Fotos: ein Bär, aufrecht in der Morgensonne in einer Sumpflandschaft stehend, ein Fischadler, der vom Herbsthimmel der unbewegten Oberfläche eines Waldsees entgegenstürzte. Auf dem Kalender eines Herstellers für Motorschlitten stäubte der Schnee, während auf dem Poster einer Geländewagenfirma der Dreck spritzte.

Auf der gegenüberliegenden, weiß gestrichenen Wand prangten unter Spots die Köpfe von Tieren. Daneben hing das mehrere Jahre alte Werbeplakat eines englischen Reisebüros, auf dem für Flüge mit der Concorde ins exotische Lappland geworben wurde.

Um die Ankunft einer ausländischen Reisegruppe schien es auch bei dem Telefongespräch zu gehen. Stenlund sagte etwas von einem Husky-Gespann, dann beendete er das Telefonat.

Er stand auf und warf Johanna einen unfreundlichen, wachsamen Blick zu, der sie noch aufmerksamer werden ließ.

»Ich hab gemerkt, dass Sie sich das hier angeguckt haben«, sagte Stenlund mit einer Kopfbewegung in Richtung Werbeplakat und kam hinter dem Tisch hervor auf Johanna zu. »Eine von den Concordes hat ihren letzten Flug nach Rovaniemi gemacht, bevor sie auf Eis gelegt wurde.«

Der muskulöse Stenlund strotzte vor Testosteron und Selbstsicherheit. Aber Johanna spürte, dass die Fassade nicht ungebrochen war. Die soldatische Strenge wurde durch die zu langen Haare gemildert, die an den gekräuselten Spitzen heller geworden waren. Johanna konnte sich gut vorstellen, wie der Mann im Kraftraum Eisen stemmte.

»Das Geschäft scheint ja gut zu gehen«, sagte sie. Sie bemühte sich, ihrem Besuch einen möglichst inoffiziellen Anstrich zu geben. Kein Aufnahmegerät, keine Notizen.

»Wirkt vielleicht so, entspricht aber nicht der Realität. Jedenfalls noch nicht.«

»Keine Sorge, wir lassen nichts ans Finanzamt durchsickern«, sagte Johanna grinsend und setzte sofort nach: »Warum haben Sie übrigens heute Morgen gelogen, als Sie sagten, sie hätten Erja Yli-Honkila nur oberflächlich gekannt?« Bewusst hielt Johanna den Widerspruch zwischen ihrem leichten Tonfall und dem ernsten Inhalt ihrer Wort aufrecht.

»Wieso? Ich habe sie nicht besser gekannt.«

Nichts an der Miene oder der Körpersprache des Mannes deutete zunächst darauf hin, dass er log. Er saß gelassen da, die Hände auf den Oberschenkeln. Aber dann verriet eine kurze Bewegung zum Kinn seine Unsicherheit.

»Weshalb hatten Sie Streit?«, fragte Johanna.

»Was für einen Streit?«

»Ich rate Ihnen, ehrlich zu mir zu sein.« Aus Johannas

Stimme und Gesicht war nun jede Wärme gewichen. »Wann haben Sie sich zum letzten Mal getroffen?«

»Ich kann mich nicht genau erinnern. Vor ein paar Wochen.«

Der selbstverständliche Tonfall des Mannes überraschte Johanna. Sie hatte damit gerechnet, es sogar gehofft, dass Stenlund abstritt, das Opfer getroffen zu haben. Aber das wäre denn doch zu einfach gewesen. Er wusste, dass die Polizei Bescheid wusste, und gab nun wie selbstverständlich nach.

»Wie oft haben Sie Erja getroffen?«

»Ein paar Mal. Ich habe mir von ihr Übersetzungen für die deutsche Version meiner Homepage machen lassen.«

»War sie auch hier bei Ihnen?«

»Nein ... Doch«, korrigierte sich Stenlund. »Einmal. Sie brachte die Übersetzungen.«

Johanna war sicher, dass der Mann log.

»Warum hat Erja Sie am Freitag angerufen?«

»Hatte mit den Übersetzungen zu tun.«

»Es war ein langes Gespräch.«

»Es gab viel zu besprechen.« Stenlund sah Johanna ruhig in die Augen. »Sie hatte einige Ideen, was man alles auf der Homepage bringen könnte.«

Bislang hatte Johanna von Erja nicht den Eindruck gewonnen, sie könnte sich sonderlich für die Homepage-Gestaltung eines Safari-Unternehmens interessiert haben.

»Heute Morgen haben Sie keinen Grund gesehen, mir das zu erzählen?«

»Ich konnte ja nicht wissen, dass sich die Polizei für die Aktualisierung meiner Homepage interessiert. Wir haben die fremdsprachigen Texte ein bisschen verändert.«

Johanna hielt den Blick unverwandt auf das Gesicht des Mannes gerichtet. Besonders sympathisch war er ihr nicht gerade. »Wie viele Leute hier in der Gegend wissen, dass Sie wegen schwerer Körperverletzung an Ihrer ehemaligen Freundin zu einer Haftstrafe verurteilt wurden?«

Tomis Augen wurden schmal. »Niemand. Und ich hoffe, dass es dabei auch bleibt.« Plötzlich stellte sich bei ihm eine gewisse Demut ein, die man sich einen Moment zuvor noch nicht hätte vorstellen können.

»Hatten Sie eine Beziehung mit Erja Yli-Honkila?«

Stenlund lachte trocken auf. »Wir hatten ein paar Mal beruflich miteinander zu tun. Das kann man wohl kaum eine Beziehung nennen. Außerdem war die Frau nicht ganz mein Geschmack. Sie verstehen sicher, was ich meine?«

Der Tonfall und das schiefe Lächeln ließen Johanna sogar sehr gut verstehen, was er meinte. Die Antwort kam spontan und flüssig. Er war auf die Frage vorbereitet gewesen. Der Mann hatte damit gerechnet, dass das Thema irgendwann zur Sprache kommen würde.

»Und Ihre Meinungsverschiedenheit?«

»Ich habe doch schon gesagt, dass wir keinen Streit hatten. Falls Sie das meinen. Ich war mit ihrer Arbeit nicht zufrieden. Besser gesagt mit dem Zeitplan. Aber das hatte nichts mit Streit zu tun.«

Johanna sah, dass sie so nicht weiterkommen würde, darum beschloss sie, sich für dieses Mal mit Stenlunds Erklärung zufrieden zu geben.

»Ich komme auf das Thema noch mal zurück«, sagte sie und stand auf. »Sie waren auf der Hasenjagd. Dürfte ich Ihren Waffenschrank sehen?«

»Der steht hier«, sagte Stenlund und ging auf eine Tür im Vorraum zu.

Die Tür war dunkelbraun gebeizt, auf der Höhe des Schlosses hatte sie einen Sprung am Rand. Stenlund öffnete sie. Dahinter führte eine Treppe in den Keller. Die Wände waren dunkelgrau gestrichen. Stenlund grinste jungenhaft und ging die Treppe hinunter. Johanna fiel auf, dass die Augen des Mannes trotz des Grinsens seltsam ernst blieben.

Sie zögerte. Falls Stenlund die Ratte war, hatte Johanna allen Grund, vorsichtig zu sein, denn jetzt wusste er, dass er auf der

Liste stand. Aber Johanna hatte ihre Dienstwaffe bei sich und außerdem den Kollegen mitgeteilt, wohin sie ging.

»Hier ist keine Folterkammer«, sagte Stenlund von unten. Seine Stimme hallte hart und metallisch von den Betonwänden wider. Johanna stieg die Treppe hinab und gab sich selbst einen Punktabzug dafür, dass der Mann ihr kurzes Zögern bemerkt hatte.

Ans Ende der Treppe schloss sich ein kurzer Gang an, den Stenlund durch eine Tür betrat, ohne innen Licht zu machen.

Johanna blieb stehen. Sie konnte kaum etwas sehen. Die Luft war muffig und feucht und erinnerte an einen verlassenen Kartoffelkeller, in dem alles Mögliche vergammelte.

»Hier ist die Glühbirne durchgebrannt, ich nehme die Taschenlampe«, sagte Stenlund. Versuchte er, seine Angespanntheit mit einem möglichst gelangweilten Tonfall zu überspielen?

Im selben Moment ging eine Taschenlampe an, deren Lichtkegel sich zu einer Ecke des kühlen Kellerabteils vortastete. Dort stand ein massiver Waffenschrank. An der Wand daneben hingen Plakate, auf denen Jagdgewehre abgebildet waren wie wollüstige Frauenkörper.

Johanna war unbehaglich zumute, und sie wusste, dass man dieses Gefühl immer ernst nehmen sollte. Trotzdem mochte sie sich nichts anmerken lassen und ging auf den Waffenschrank zu.

Stenlund zog den Schlüsselbund aus der Tasche. Er wirkte kein bisschen widerspenstig, aber Johanna spürte seine Anspannung, als er die Metalltür aufschloss. Männer wie Stenlund lebten normalerweise auf, wenn sie ihre Waffensammlung zeigen durften. Falls sie nichts zu verbergen hatten. Im Schrank standen drei Gewehre millimetergerade ausgerichtet im Gestell, zwei Schrotflinten und eine Repetierbüchse.

»Die hier habe ich diesen Herbst am meisten benutzt«, sagte Stenlund und nahm eine der Waffen in die Hand. »Eine Tikka M65.«

»Gut. Stellen Sie sie zurück.«

Der Lichtkegel war auf den Schrank gerichtet, und Johanna konnte das Gesicht des Mannes nicht sehen. War die kaputte Glühbirne ein Trick, mit dem Ziel, etwas buchstäblich im Dunkeln zu lassen?

Johannas Kehle war trocken geworden. Sie gab einen zustimmenden Laut von sich und ging auf die Tür zu. Stenlund schloss den Schrank. Johanna tastete über die Wand, bis sie den Lichtschalter fand. Sie wollte ihn gerade betätigen, besann sich dann aber. Was, wenn das Licht anginge und etwas verriet, was der Mann zu vertuschen versucht hatte?

Sie nahm die Hand vom Schalter. Es war sinnlos, ein Risiko einzugehen, denn sie konnte jederzeit mit einem Kollegen wiederkommen oder, falls etwas Konkretes vorläge, eine Hausdurchsuchung vornehmen lassen.

Johanna trat durch die Tür. Aus dem Kellerabteil gegenüber fiel Licht in den Gang, sodass sie die Drückbank, die Stangen und die Eisen sah. Johanna hätte sich nicht gewundert, wenn sich in Stenlunds Schränken auch Hormone fänden.

Ohne sich weiter aufzuhalten stieg sie die Treppe hinauf, dem Tageslicht entgegen. Stenlund folgte ihr auf den Fersen.

Oben verließ Johanna sofort das Gebäude. Nach dem Keller war die Luft frisch, und das Licht wirkte heller, als es tatsächlich war. Immerhin reichte es aus, um die Gesichtszüge eines anderen Menschen lesen zu können.

»Wo ist Ihre Remington?«, fragte Johanna mit Blick auf Stenlund und schlang sich den Schal um den Hals.

»Entschuldigung?«

»Sie haben auch die Erlaubnis für eine Remington. Die war nicht im Schrank. Wo ist sie?«

Stenlund richtete sich unbewusst auf. In seinem Gesicht war nicht die geringste Veränderung zu verzeichnen, auch nicht in den Augen, aber Johanna spürte, dass er wachsam war.

»Die habe ich verliehen.«

»An wen?«

»An Launo Kohonen.«

»Er hat dafür keinen Waffenschein.«

»Ich wollte es ihm nicht abschlagen, als er mich darum bat. Er war zweimal damit auf dem Schießstand. Will sich auch so eine kaufen. Obwohl die teuer sind.«

»Ist Kohonen ein guter Schütze?«

»Wenn er nüchtern ist.«

»Haben Sie Waffen ohne Schein?«

Kurzes Zögern.

»Eine alte Parabellum. Erbstück von meinem Vater.«

»Sonst etwas?«

»Nein.«

Die Antwort kam ruhig und fest. Johanna glaubte dem Mann nicht. Er war ein sehr guter Lügner.

»Besorgen Sie sich einen Waffenschein für die Parabellum«, sagte sie und wandte sich ihrem Wagen zu.

»Ja, muss ich wohl.«

Hinter der Reihe mit den Motorschlitten rollte ein leerer, schicker Touristenbus mit getönten Scheiben auf den Hof.

»Ah, da ist er ja«, sagte Stenlund mehr zu sich selbst als zu Johanna.

Johanna ging zu ihrem Wagen und sah aus dem Augenwinkel, wie ein Mann aus dem Bus stieg und Stenlund die Hand gab.

Während sie fuhr, rief sie Kekkonen an. »Stenlund hat Kohonen eines seiner Gewehre geliehen. Geh sicherheitshalber nachfragen und sieh dir die Waffe an.«

Der Tatwaffe kam bei jeder Mordermittlung eine wesentliche Rolle zu. In Pudasjärvi – wie überhaupt in ganz Nordfinnland – mangelte es nicht an Schusswaffen. Jagdgewehre gab es fast in jedem Haus.

»Wir wollen gerade essen gehen, kommst du mit?«, fragte Kekkonen.

»Gern. Ich bin in ein paar Minuten bei euch.«

Johanna ließ noch einmal ihren Besuch bei Stenlund Revue

passieren. Sie dachte auch über ihre Angst im Keller nach. Hatte diese Angst einen berechtigten Grund? Ahnte sie, dass der Mann etwas zu verbergen hatte? Bei den Ermittlungen durften die Gefühle nicht die Oberhand gewinnen, aber es war dennoch klug, sie nicht zu ignorieren.

Auch bei Johannas Berufswahl hatte das Gefühl den Ausschlag gegeben. Ihre Eltern waren Akademiker und hatten sich gewundert, als ihre Tochter nach dem glänzend bestandenen Abitur ausgerechnet die Polizeischule besuchen wollte. Nach zwei Jahren war Johanna von dort nach Jyväskylä gegangen, um Kriminalpsychologie zu studieren und nebenbei in der Gefängnispsychiatrie zu arbeiten. Ihre Diplomarbeit hatte sie über die Anwendung von Profiler-Techniken bei der Verbrechensaufklärung geschrieben. Nach dem Abschluss war sie nach Helsinki zurückgekehrt, ins Gewaltdezernat der Kripo, von dort aber bald zum Nationalen Kriminalamt beziehungsweise zur Zentralkripo, kurz KRP, gewechselt.

Auf dem Weg zum Restaurant rief Johanna bei Karri Vuorio an, dem dritten in der Jagdgesellschaft, die Erjas Leiche gefunden hatte. Es war interessant, dass Erja ihr letztes Telefonat mit Saara Vuorio geführt hatte. Es wurde immer wichtiger, Saara zu vernehmen.

Am Morgen hatte Karri Vuorio von den drei Jägern am zuverlässigsten und normalsten gewirkt, aber jetzt klang auch er hektisch und angespannt, als Johanna ein Treffen vorschlug.

»Ich breche in Kürze zu einer Reise auf«, sagte er. »Ich habe heute Morgen schon alles gesagt, was ich weiß. Warum soll ich das noch einmal wiederkäuen?«

Der Ton des Mannes gefiel Johanna nicht.

»Wir werden das so lange wiederkäuen, bis wir den Mörder gefunden haben. Wann können Sie aufs Präsidium kommen?«

»Ich habe doch schon gesagt, dass ich keine Zeit habe.«

»Sie verstehen mich offenbar nicht. Ich will Sie sehen!«

Man hörte einen verärgerten Seufzer. »Ich wohne ziemlich

abgelegen. Aber in ungefähr einer Stunde muss ich in der Stadt sein, um etwas zu erledigen. Dann kann ich vorbeischauen.«

Johanna fragte sich, weshalb ein Kerl, der am Morgen noch so seriös gewirkt hatte, auf einmal so unfreundlich war.

17

Karri sah sich am Teufelsberg um und fragte sich, was diese Vahtera von ihm wollte. Sie hatte entschlossen geklungen. Hatte auch etwas Unheil Verkündendes in ihrer Stimme gelegen? War das mit der Wilderei herausgekommen? Egal. Das brachte ihn nicht aus der Fassung. Er würde das Bußgeld bezahlen und fertig. Aber warum sollte sich die Vahtera darum kümmern? Mit den Morden hatte das schließlich nichts zu tun.

Karri überlegte, ob er der Polizistin von dem ungebetenen Gast im Schneehuhnnest erzählen sollte. Was hatte es damit eigentlich auf sich? Was könnte er der Polizei sagen?

Auf den steilen Hängen des Berges wuchsen armdicke Nadelbäume. Die Natur bereitete sich auf die vollkommene Stille des Winters vor. Karri ging bis unmittelbar an den Anstieg heran und blickte in den Raum hinein, der sich zwischen zwei Felsen auftat. Diese gewölbeartige Felsenkirche war einmal ein wichtiger Ort für Saara, Erja, Lea und Anne-Kristiina gewesen. Damals war es nur ein Naturheiligtum gewesen, aber vor wenigen Jahren waren von den Laestadianern in Gemeinschaftsarbeit Bänke hingestellt und die drei größten Öffnungen in der oberen Wand mit Holz verkleidet worden. Mit Spendenmitteln hatte man Strom heraufgezogen, mit dem man ein Heißluftgebläse betreiben konnte. Im Sommer wurden hier im Schoß der Natur Gemeindeversammlungen und Konfirmationsgottesdienste abgehalten, und seit einigen Jahren wurde zu Weihnachten der Weg bis hierher geräumt. Karri erinnerte sich an die Fackeln und Kerzen bei der Weihnachtsfeier, von der er ein Foto in der Zeitung gesehen hatte. Naturnähe war in Mode.

Er ging auf dem leicht abschüssigen Steinboden weiter, vorbei an den aufgestapelten Bänken. Vorne war ein großes Kreuz aus zwei Birkenstämmen errichtet worden.

Karri fand an diesem Ort nichts, was Saaras Hinweis auf dem Videoband erklärt hätte. Saara war am Teufelsberg konfirmiert worden, aber Karri konnte sich nicht erinnern, dass sie bei ihrem Besuch hier darüber gesprochen hätten. Wahrscheinlich hatte das damit zu tun, dass Saara mit ihm so gut wie gar nicht über religiöse Dinge sprach.

Unruhig trat Karri wieder ins Freie und ging zu seinem Wagen. Er wartete auf einen Anruf aus Bagdad, nachdem er bei *RiskManagement* eine Bitte um Rückruf hinterlassen hatte. Luuk van Dijk hatte von dieser Firma einen Sicherheitsmann namens Keith engagiert.

Karri blieb neben seinem Wagen stehen und starrte mit glasigen Augen vor sich hin. Im Oktober war er mit Saara in einem nahe gelegenen Moor gewesen, um Moosbeeren zu sammeln. Das war seine Idee gewesen, er wollte, dass sie im Winter ihre eigenen Beeren hatten. Sie hatten das Auto am Teufelsberg abgestellt, und Saara hatte ihm die Felsenkirche gezeigt.

Er schloss die Augen und versuchte sich zu erinnern, worüber sie dabei gesprochen hatten. Plötzlich riss er die Augen auf.

Das Antiquitätengeschäft! In Pudasjärvi hatte ein Antiquitätengeschäft eröffnet, das sie vor der Fahrt ins Moor aufgesucht hatten. Dort hatten sie sich gefragt, ob der Laden von den Fjäll-Touristen am Leben gehalten würde, denn von den Ortsansässigen allein würde er kaum existieren können. Das Thema war Saara vertraut, denn sie hatte einmal davon geträumt, ein Antiquitätengeschäft in Helsinki zu eröffnen.

Sie hatte Antikläden in der ganzen Welt abgeklappert, vor allem im Nahen Osten. Wollte sie ihm mit ihrem Hinweis einen Ortsnamen mitteilen? Auf dem Weg zum Schneehuhnnest versuchte Karri sich so viel wie möglich von der Unterhaltung am Teufelsberg wieder ins Gedächtnis zu rufen. Saara hatte einige Beispiele genannt, bei denen es um historische

Gegenstände gegangen war und bei denen ein Antiquitätenhändler eine zentrale Rolle gespielt hatte. Dann war das Gespräch auf Nag Hammadi, auf Qumran und natürlich auf Oxyrhynchos gekommen. Darüber konnte Saara endlos reden.

Karri sah auf die Uhr. Das bevorstehende Treffen mit Johanna Vahtera bedrückte ihn. Er parkte den Wagen auf dem Stellplatz des Schneehuhnnests und blickte sich unwillkürlich um.

Vom See her wehte ein kalter Wind, und Karri stellte auf dem Weg zum Haus den Kragen auf. Der gesichtslose Eindringling ging ihm einfach nicht aus dem Sinn. Hätte die Benutzung des Computers vor dem Verkauf der Firma stattgefunden, wäre das gar nicht so verwunderlich gewesen. Der Wettbewerb war hart, der Einsatz hoch und die Spielregeln entsprechend. Industriespionage war an der Tagesordnung.

Aber wie konnte jemand glauben, jetzt noch etwas Wertvolles in seinem Computer zu finden? Von der Firma war nur noch der Kauferlös übrig, und der hatte sich zum großen Teil in die Holzbalken verwandelt, zwischen denen er wohnte.

Ob jemand versucht hatte, ihm Geld zu entwenden? Das war die wahrscheinlichste Variante.

Besorgt schloss Karri die Tür auf, zog Jacke und Stiefel aus und ging an den Computer. Gerade jetzt brauchte er jeden einzelnen Euro dringender als je zuvor.

Es war eine Enttäuschung für ihn gewesen, als er von Cornelia hören musste, dass sich das holländische Außenministerium hinsichtlich einer Lösegeldzahlung auf einer Linie mit dem finnischen bewegte. Jedenfalls offiziell. Immerhin wollte man die Sache »klären«.

Andererseits hatte Cornelias Haltung Karri ermutigt, denn sie sah die Dinge genau wie er selbst: Wenn die Regierungen nicht bereit waren, die Bedingungen der Entführer zu erfüllen, musste selbst gehandelt werden.

Karri loggte sich in das Aktienprogramm ein, gab die nötigen Angaben in die Verkaufsspalte ein und starrte schließlich auf den Button mit der Aufschrift VERKAUF AKZEPTIERT. Ohne weiter zu zögern klickte er das Feld an.

Mit einem Mausklick hatte er alle seine Aktien verkauft. Innerhalb weniger Tage würde das Geld verbucht werden, 90 000 Euro. Außerdem hatte er 54 000 Euro in einem Anlagefond und auf dem Girokonto ein paar tausend dazu.

Insgesamt ungefähr 150 000. Das reichte nicht als Lösegeld. Den Presseberichten zufolge hatten die Italiener ihre Staatsbürger für eine Million Euro aus den Fängen der Geiselnehmer gerettet. Das war Karris und Cornelias Ziel: eine Million Euro, um Saara und Luuk freizubekommen. Karri konzentrierte sich ausschließlich auf diesen Gedanken.

Cornelia hatte gesagt, sie sammle Geld bei reichen Verwandten. Karris Familie in Sotkamo verfügte über kein nennenswertes Vermögen. Sein Vater war nicht sonderlich sparsam, auf dem Haus, das er gebaut hatte, waren noch immer Schulden.

Saaras Mutter besaß einige Hektar Land, wovon auch das Grundstück für das Schneehuhnnest abgetrennt worden war. Wie viel Kredit konnte man dafür aufnehmen?

Und wenn die Iraker das Lösegeld nähmen, aber die Geiseln trotzdem nicht freiließen? Das waren Sorgen von morgen, jetzt kam es darauf an, alles für die Befreiung zu tun.

Karri sah sich auf dem Bildschirm seinen Kontostand an, in der Befürchtung, es könnte ein Trojaner in dem Programm installiert worden sein, über den sein Benutzercode geknackt werden konnte. Er musste den Rechner möglichst bald untersuchen lassen und wieder richtig sicher machen.

Er stellte fest, dass der Saldo seines Kontostands tausend Euro höher war, als er es in Erinnerung hatte, aber das war ein schwacher Trost. Er öffnete das Depositenkonto mit dem Anlagefonds, das er mit Saara zusammen hatte, um das Geld von dort aufs Girokonto zu transferieren.

Verdutzt blickte er auf den Saldo des Depositenkontos: 156,23 Euro.

Sein Herz krampfte sich zusammen.

Er sah sich den Kontoauszug an. Die 54000 Euro, die auf dem Konto Zinsen bringen sollten, waren am Freitag auf Saaras Girokonto überwiesen worden.

Hatte sich also doch jemand an seinen Konten zu schaffen gemacht? Das schien die einzig denkbare Alternative zu sein, denn Saara hatte nichts von einem Geldtransfer gesagt.

Karri öffnete Saaras Girokonto. Vom Depositenkonto war Geld eingetroffen – und am Freitag abgehoben worden. Am Tag vor Saaras Abreise.

Auf der Stelle griff Karri zum Telefon und rief die Bank an. Die Angestellte war erst bereit, ihm Auskunft zu geben, als Karri belegen konnte, dass auch er über eine Zugangsberechtigung für das Konto verfügte.

»Saara Vuorio hat das Geld persönlich abgehoben und damit einen ausländischen Scheck erworben.«

»Tatsächlich?«, stieß Karri verblüfft aus. Er bedankte sich knapp und legte auf.

Was zum Teufel hatte das zu bedeuten?

Ihm fiel nur eine Erklärung ein: Saara hatte das Geld für ihre Reise gebraucht. Aber eine solche Summe? Und ohne ihm etwas davon zu sagen?

Noch nervöser als zuvor konzentrierte Karri sich wieder darauf, das Lösegeld aufzutreiben. Er rief seine ehemaligen Geschäftspartner an, die durch den Verkauf der Firma ebenso viel bekommen hatten wie er. Er wollte nicht unbedingt Geld von ihnen – beide hatten den Erlös in andere Unternehmen gesteckt –, sondern hören, ob sie ihm einen Rat geben konnten.

Mikko war gerade irgendwo in Kalifornien, bei einem »äußerst viel versprechenden« Garagenhersteller, und Karri konnte nicht in Ruhe mit ihm reden. Jani wiederum war zu Hause in Helsinki, und er hatte Ideen, so wie Karri gehofft hatte. Jani war in ihrer gemeinsamen Firma für das Marketing zuständig gewesen und hatte mit geringem Budget und gesundem

Selbstvertrauen die reinsten Wunder zustande gebracht – und damit die größten Telefonanbieter der Welt als Kunden gewinnen können.

Jetzt äußerte Jani eine Idee, die Karri nur den Kopf schütteln ließ.

Aber es gab wenig Alternativen.

18

Johanna sah sich die Liste mit dem Inhalt von Erjas Computer an. Die Besprechung hatte gerade begonnen.

»So gut wie nichts, was von Bedeutung sein könnte«, sagte Hedu. Er war in EDV-Angelegenheiten der natürliche Verbindungsmann zum Labor, denn was er an Kleidern sparte, verschwendete er für Computer. Johanna hatte ihn in Verdacht, unter schwerer Internetabhängigkeit zu leiden, was seinen ohnehin dürftigen zwischenmenschlichen Beziehungen zusätzlich das Wasser abgrub.

»Word-Dokumente mit Klassenarbeiten und Rundschreiben an die Eltern und so etwas, außerdem Sachen, die mit der Bibel und Religion zu tun haben. Zwei Artikel für die Zeitung der Laestadianer.«

»Internet?«

»Hat vor allem das Banking-Programm benutzt. Die Geldangelegenheiten sehen wir uns noch näher an. Dazu Besuche auf den Seiten der Friedensgemeinde und Ähnliches. Hat aber auch die Seiten der Boulevardblätter und von ein, zwei Fernsehsendern angeklickt. Finnischer Mainstream.«

»Gibt es etwas, das sie speziell verfolgt haben könnte?«

Hedu klickte eine Weile mit der Maus, dann machte sich ein schiefes Grinsen auf seinen Lippen breit.

»Ja. Das Fräulein hat sich besonders für die Liebesabenteuer von Prinz Albert von Monaco interessiert … und, Moment, auch für die Eskapaden von Prinz William. Hier war sie über einen Link auf den Seiten eines britischen Sensationsblattes, und da … aha, da gibt es Farbfotos von William, wie er in einem Nachtclub vor spärlich bekleideten Frauen seine Show abzieht.«

Johanna richtete den Blick auf Jarvas schmales Gesicht. Beide schienen dasselbe zu denken. Einen Fernseher hatte sie also nicht, aber einen Internetanschluss, obwohl man damit an mehr sündhaftes Material herankam als per TV.

»Sie war auch auf unseren Seiten«, sagte Hedu.

»Auf unseren?«

»Polizei.«

»Bei den Strafanzeigen?«

Hedu nickte. »Hat aber keine aufgegeben. Nur geguckt.«

»Das könnte mit dem blauen Auge zu tun haben.«

»Wenn ihr mich fragt, dann geht die Verletzung auf eine urfinnische Faust zurück«, warf Vuokko ein. Sie trug eine Jacke mit Epauletten, in der sie noch machomäßiger aussah als sonst. »Und nicht auf einen dämlichen Wasserhahn.«

»Und wenn es ein motorisierter oder ferngesteuerter Hahn war?«, erkundigte sich Hedu.

»Bleiben wir beim Thema«, sagte Johanna streng. »Was ist mit den E-Mails?«

»Im Outlook Express ist nichts. Das ist nicht mal in Betrieb genommen worden. Auch keine Besuche bei den Anbietern anonymer E-Mail-Adressen wie *Suomi24*, *Hotmail* oder *Yahoo*. Sieht so aus, als wäre sie keine Mailerin gewesen. Vielleicht bevorzugt man hier noch das Telefon, oder man ruft durch den Wald zum nächsten Haus ...«

»Schon gut«, seufzte Johanna. Sie konnte Hedus Kalauer nicht immer ertragen. »Wann war Erja zum letzten Mal am Computer?«

Hedu schluckte seinen schlauen Kommentar und beantwortete die Frage. »Am Donnerstagabend. Hat bei *Google* etwas gesucht. Mit dem Suchwort ›Saara Vuorio‹. Und ›Luuk van Dijk‹. Und ›Oxyrhynchos‹.«

Johanna sah Hedu interessiert an. »Gib mir die Liste. Was ist mit Anne-Kristiinas Computer in Helsinki?«

»Sie hat keinen bei sich zu Hause. Es gibt auch keine Anzeichen für die Existenz eines Laptops. Vielleicht war sie in Glaubensfragen strikter als Erja. Für mich sieht es übrigens so aus, als wäre Erja gar nicht so engstirnig gewesen, wie es am Anfang aussah.«

Johanna wandte sich an Kulha. »Die Bankinformationen?«

»Beide hatten eine Karte von der Genossenschaftsbank und eine *Visa*-Karte. Anne-Kristiina zusätzlich *Diners Club*. Erja hat am Freitag um 14.43 Uhr am Automaten in der Stadtmitte 60 Euro abgehoben.«

Kulha reichte Johanna einen Computerausdruck.

Die Besprechung zog sich, lange Listen wurden durchgegangen. Vuokko und Lopponen hatten gute Arbeit beim Befragen der Einwohner von Pudasjärvi geleistet, sie waren bei der Friedensgemeinde der Laestadianer gewesen und zusätzlich in den Geschäften. Vuokko hatte auch von ihren Kollegen in Helsinki alle Informationen erbeten, die diese bei Anne-Kristiinas Studienkollegen und beim Personal der Sibelius-Akademie sowie bei Anne-Kristiinas weitläufiger Familie im Nordosten und im nördlichen Pohjanmaa gesammelt hatten. Alles, was an Material zu Anne-Kristiina zusammengetragen worden war, stützte den ersten Eindruck, den Johanna bereits durch Karri Vuorio bekommen hatte.

Nach der Besprechung ging Johanna in ihr Büro. Sie wollte für einen Moment ihre Gedanken von der Arbeit lösen und ihre privaten E-Mails lesen. Riitta lud sie ins Kino ein, und ihre Mutter fragte, ob Johanna Ende November für eine Woche mit ihr in den Süden fliegen wolle. Johanna hatte keine freien Tage mehr, außerdem wäre sie lieber in romantischerer Gesellschaft in Urlaub gefahren.

Aus einer spontanen Eingebung heraus öffnete sie die anonyme E-Mail-Adresse, die sie bei einem Service für Singles auf Partnersuche eingerichtet hatte. Auf ihre letzte Annonce waren dort vier Antworten eingegangen, von denen allerdings nicht eine auch nur annähernd interessant klang.

Das Lächerlichste war, dass sich Johanna unter anderen Umständen durchaus für einen Mann wie Tomi Stenlund hätte interessieren können. Sie ging auf die Homepage von dessen Safari-Firma. Dort posierte der Chef selbst auf einem Motorschlitten.

Johanna warf einen Blick auf die deutschsprachige Version und versuchte sich vorzustellen, wie Erja über deren Inhalt mit Stenlund verhandelte.

19

Karris Blick fiel auf die niedrigen Kellerfenster, deren Gitter weinrot gestrichen waren.

Er drückte den rechten Knopf des Türsummers. Auf dem kleinen Schild darüber stand: BEI GESCHLOSSENER TÜR DURCH KNOPFDRUCK TELEFONVERBINDUNG ZUR POLIZEI PUDASJÄRVI/POLIZEI OULU.

Das elektronische Schloss surrte, und Karri trat ein. Wenige Minuten später blickte er in einem kargen Raum auf eine Frau, die hinter dem Schreibtisch saß und wesentlich strenger und wachsamer wirkte als am Morgen. Tomi hatte das Gleiche gesagt, als er angerufen und ihn vor der Vahtera gewarnt hatte. Am liebsten hätte Karri weder mit dem Fund von Erjas Leiche zu tun gehabt noch mit der blöden Elchjagd – weshalb sie ja nur in der Scheune gewesen waren.

Beklommen spielte er mit dem Reißverschluss seiner Jacke. Draußen hatte er gerade noch mit dem Außenministerium und mit Cornelia van Dijk in Utrecht telefoniert. Er hatte wissen wollen, ob Luuk vor der Reise eine größere Geldsumme abgehoben hatte, aber Cornelia wusste davon nichts.

Karri konnte sich einfach nicht vorstellen, warum Saara eine so enorme Geldsumme mitgenommen haben sollte. Zugleich spürte er einen Stich der Verärgerung: Hatte Saara kein Vertrauen zu ihm? Und konnte er ihr noch vertrauen? Konnte das Geld etwas mit der Entführung zu tun haben? Oder mit Luuk? Was steckte nur hinter all dem?

Ein anderer seltsamer Aspekt war der Anruf eines Israelis, den Cornelia erhalten hatte. Der Mann hatte ihr die nötige

Summe für das Lösegeld angeboten und sich nach Luuks Arbeit erkundigt, aber Cornelia hatte sich auf kein Gespräch eingelassen. Sie wusste nichts von den beruflichen Dingen ihres Mannes.

»Hoffentlich dauert es nicht lange«, sagte Karri gereizt zu Johanna Vahtera. »Wie gesagt, ich habe wenig Zeit.«

»Darf ich fragen, warum Sie so in Eile sind?«

»Familiäre Angelegenheiten.«

»Es dauert nicht lange.«

Ihre Stimme klang nicht besonders Anteil nehmend. Sie schaltete das Aufnahmegerät ein, diktierte Datum, Uhrzeit und die Namen der Anwesenden. Karris Magen verkrampfte sich.

»Hat Stenlund je über Erja Yli-Honkila oder Anne-Kristiina Salmi gesprochen?«, fragte Johanna.

»Nein. Er kannte sie nicht.«

»Hat er das gesagt?«

Karri rutschte auf seinem Stuhl hin und her. »Ja.«

»Könnte Stenlund Ihrer Meinung nach zu einer Gewalttat fähig sein?«

Karri erschrak und war sicher, dass die Frau es bemerkte. Aber das war ihm jetzt egal. »Was meinen Sie mit Gewalttat? Sie wollen doch wohl nicht …«

»Beantworten Sie meine Frage!«

Karri sah vor seinem inneren Auge, wie Tomi mit verzerrtem Gesicht ein ums andere Mal das Messer in das tote Elchkalb rammte.

Ein kalter Schauer lief ihm über den Rücken.

»Tomi ist ein etwas kantiger Typ«, sagte er vorsichtig. »Er will seine Umgebung immer unter Kontrolle haben.«

Die Frau sah ihn schweigend an. Dann sagte sie: »Stenlund scheint ein passionierter Jäger zu sein. Sie offenbar auch?«

»Nicht besonders.« Karri fühlte sich immer unwohler. »Für mich ist es ein Hobby unter vielen.«

Johanna Vahtera blätterte in ihrem Notizbuch. »Ich habe versucht, Ihre Frau unter der Nummer, die Sie mit gegeben haben, zu erreichen.«

Karri schwieg einen Moment. »Ich habe heute Morgen erfahren …« Er musste sich konzentrieren, um die schrecklichste Sache seines Lebens deutlich hörbar aussprechen zu können: »… dass sie und ihr holländischer Kollege im Irak, unweit der jordanischen Grenze, entführt worden sind.«

Johanna sah ihn ungläubig an. Als sie schließlich etwas sagte, war ihre Miene sanfter geworden. »Warum ist Ihre Frau in den Irak gefahren?«

Karri seufzte. Einerseits wollte er nicht darüber sprechen, andererseits wurde ihm durch das Reden etwas leichter. Etwas an der Art und in dem Verhalten der Frau weckte sein Vertrauen – jedenfalls mehr als es bei der Vertreterin des Außenministeriums der Fall war.

»Das habe ich schon erzählt. Saara ist Wissenschaftlerin. Promovierte Bibel-Exegetin. Ihr Arbeitsfeld ist der Nahe Osten. Zuletzt war sie in Ägypten und Syrien. Und jetzt ist sie mit ihrem holländischen Kollegen in Jordanien gewesen«, sagte Karri. »Sie wollten jemanden auf der irakischen Seite treffen, wenige Kilometer von der Grenze Jordaniens entfernt … Es war alles in Ordnung, sie hatten die Genehmigungen aus Bagdad und einen Sicherheitsmann von einer britischen Firma. Das Risiko war angeblich gering.« Karris Stimme war nur noch ein Flüstern.

»Was ist passiert?«

»Ich weiß es nicht. Niemand weiß das genau. Der Sicherheitsmann hatte in seinem Satellitentelefon eine Alarmfunktion, die einen Notruf an seine Firma in Bagdad geschickt hat. Eine Frau vom finnischen Außenministerium hat mich angerufen und mir eindeutig zu verstehen gegeben, dass ich die Hände in den Schoß legen und warten soll, bis die Leiche nach Hause transportiert wird.«

»Ich empfehle Ihnen, sich auf das Auswärtige Amt zu verlassen, auch wenn sie sich dort nicht besonders effektiv gerieren. Die Geiselnahme von Jolo haben sie glänzend gehandhabt, falls Sie sich daran erinnern. Sie verfügen über erstaunliche Beziehungen. Offizielle und inoffizielle.«

Karri sagte nichts. Es ärgerte ihn, dass die Polizistin sich automatisch auf die Seite des Außenministeriums stellte. Die finnische Unterwürfigkeit gegenüber Vorgesetzten und Autoritäten hatte er noch nie ausstehen können.

»Da gibt es noch etwas Merkwürdiges. Jemand war ohne mein Wissen in unserem Haus. Hat in meinem Computer und dem meiner Frau herumgeschnüffelt.«

»... und die Rechner stehen lassen? Fehlt im Haus sonst etwas?«

»Mir ist nichts aufgefallen.«

Karri berichtete genauer von seiner Beobachtung.

»Haben Sie daran gedacht, Anzeige zu erstatten?«

»Ich weiß nicht, was das bringen sollte.«

»Denken Sie in Ruhe darüber nach. An Ihrer Stelle und unter den gegebenen Umständen würde ich das ernst nehmen. Teilen Sie mir sofort mit, wenn Ihnen noch etwas auffällt.«

Sie gab zu verstehen, dass das Gespräch beendet war, und Karri stand auf. Eine Frau mit Stoppelhaaren kam herein, als er den Raum verließ.

Johanna sah Vuokko an, die hinter sich die Tür schloss.

»Launo Kohonen sagt, das Gewehr, das er sich von Stenlund geliehen hat, sei verschwunden«, teilte Vuokko mit.

»Verschwunden?«

»Angeblich ist es ihm gestohlen worden.«

Johanna runzelte die Augenbrauen. »Klingt ja unheimlich glaubwürdig. Hat er das schon der Polizei gemeldet?«

»Nein. Er hat es erst jetzt bemerkt.«

»Mit anderen Worten, Stenlund hat es Kohonen nicht einmal geliehen.«

»Oder Kohonen lügt. Allerdings könnte es auch sein, dass ihm die Waffe wirklich gestohlen worden ist.«

Johanna überlegte einen Moment. »Stenlund könnte sein Gewehr auch verliehen und es sich dann selbst unbemerkt zurückgeholt haben.«

Es klopfte an der Tür, und Kupiainen trat ein.

»Störe ich?«, fragte er.

»Nein. Schieß los.«

»In der Wohnung der Yli-Honkila sind Fingerabdrücke von mindestens zwei fremden Personen«, sagte Kupiainen, ohne seinen Eifer ganz verbergen zu können. »Die einen gehören zu Anne-Kristiina Salmi, die dort übernachtet hat. Und die anderen zu Tomi Stenlund.«

In Johannas Mundwinkeln bildete sich ein überraschtes Lächeln. »Wo sind Stenlunds Abdrücke?«

»Am Küchenschrank. Unter der WC-Brille. Am Bettrand im Schlafzimmer. Unter anderem.«

»Nehmt Faserproben von Stenlunds Kleidern und schickt sie nach Vantaa. Schaffen sie es in dieselbe Maschine wie Erjas Proben?«

»Vielleicht. Wir versuchen es.«

Zum ersten Mal schimmerte vor Johannas Augen das mögliche Gesicht der Ratte auf, und für einen flüchtigen Moment erkannte sie darin die Züge von Tomi Stenlund.

20

Karri begleitete den Journalisten von ›Ilta-Sanomat‹ zum Auto und kehrte dann ins Haus zurück. Er hatte den Vorschlag seines früheren Geschäftspartners befolgt, obwohl es ihm widerwärtig erschien. Die Öffentlichkeit war der einzige Weg, eine Spendensammlung in Gang zu setzen.

Was hätte Saara sich von ihm gewünscht? Genau dieses. Entschlossen, analytisch, kühl und ruhig, die ganze Zeit ein klares Ziel vor Augen. Auf dieselbe Weise hatte Saara selbst immer gehandelt, ob es um ihre Promotion gegangen war oder um den Hausbau.

Vor dem Besuch des Journalisten war Karri bei Saaras Mutter gewesen, um mit ihr über Geld zu reden. Dabei hatte er auch nach dem Teufelsberg gefragt. Sie hatte ihm nichts Neues sagen können. Saaras Hinweis beschäftigte Karri immer mehr.

Er setzte sich an den Schreibtisch und nahm den Taschenrechner zur Hand. Das Wichtigste war, die Lösegeldsumme zusammenzubringen und Saara freizubekommen.

Plötzlich durchfuhr ihn ein kalter Schauer. Saara würde nicht unbedingt genauso denken. Er kannte seine Frau. Wenn sie die Chance hätte, als letzte Tat einen einzigen Hinweis zu geben, wofür würde sie sich dann entscheiden?

Saara würde keineswegs unbedingt als Erstes an ihre eigene Rettung denken. Sie würde an das denken, weswegen sie unterwegs war, wofür sie ihr gesamtes Erwachsenenleben lang gearbeitet hatte. Der Teufelsberg – »Piruvaara« – musste also nicht zwingend etwas mit ihrem Aufenthaltsort zu tun haben, sondern konnte sich auf etwas ganz anderes beziehen. Auf etwas, das sie für so wichtig hielt, dass sie es Karri auf jeden Fall wissen lassen wollte, auch wenn sie selber nicht mehr freikommen würde.

Es klopfte an der Haustür.

Karri erstarrte. Wer konnte das sein? Niemand kam hierher, ohne sich vorher angemeldet zu haben.

Er ging misstrauisch zur Tür, zögerte kurz und machte auf.

Draußen stand ein ausländisch wirkender Mann, der eine Lammfelljacke, Jeans und Trekkingstiefel trug. Karri hatte den Mann noch nie zuvor gesehen.

»Mr. Karri Vuorio?«, fragte der Ankömmling.

Karri nickte verblüfft. »Wer sind Sie?«, fragte er mit pochendem Herzen. Der Fremde war ungefähr vierzig Jahre alt, braungebrannt und hatte kurze, schwarze und gelockte Haare über einer hohen Stirn. Wie war er hierher gekommen? War er derjenige, der in den Computern geschnüffelt hatte?

»Mein Name ist Ezer Kaplan«, sagte der Mann auf Englisch. »Könnten wir hineingehen?«

Trotz der aufdringlichen Frage wirkte der Mann vorläufig ungefährlich. Karri registrierte den israelischen Namen. Das Aussehen wies in dieselbe Richtung. War derselbe Mann auch auf Cornelia zugegangen? Kaplan hatte rundliche Gesichtszüge und einen klaren Blick, er wirkte schnell und durchtrainiert.

»Worum geht es?« Karri konnte ein kleines Zittern in seiner Stimme nicht vermeiden.

»Um die Entführung Ihrer Frau.«

Karri war dermaßen überrascht, dass es dem Mann gelang, sich an ihm vorbei ins Haus zu schieben. Dann fasste Karri sich und lief dem Mann hinterher.

Er führte ihn ins Wohnzimmer und versuchte seine Selbstsicherheit wiederzugewinnen. »Haben Sie auch mit Cornelia van Dijk Kontakt aufgenommen?«

»Wir haben die Forschungsarbeiten von Luuk van Dijk und Ihrer Frau verfolgt. Ich vertrete eine israelische Stiftung, die es für wichtig hält, die beiden in Sicherheit zu bringen. Cornelia van Dijk scheint nicht zu begreifen, was für ihren Mann das Wichtigste ist, aber ich vertraue darauf, dass Sie im Zusammenhang mit Ihrer Frau nicht denselben Fehler machen.«

Unter Karris zunehmende Verblüffung mischte sich immer stärkere Neugier. Er würde den Mann nicht so strikt abweisen, wie Cornelia es getan hatte. Das konnte er sich einfach nicht leisten.

»Was wollen Sie denn zu ihrer Befreiung tun? Ich glaube nicht, dass ein israelischer Unterhändler bei den Irakern besonderes Vertrauen wecken kann.«

»Die Entführer wollen Geld. Das beschaffen wir Ihnen, damit Sie die Forderungen erfüllen können.«

Karri schluckte. »Und was wollen Sie als Gegenleistung?«

»Nichts. Nur die Freiheit Ihrer Frau.«

Die Situation war Karri nicht geheuer.

»Sie wollen die Freiheit meiner Frau. Was noch?«

»Nichts. Wir wollen, dass Ihre Frau freikommt, damit sie mit ihren Forschungen weitermachen kann.«

Karri sah dem Mann fest in die Augen. Eine Mischung aus Skepsis und schlimmen Vorahnungen machte sich in ihm breit. »Haben Sie früher Kontakt mit Saara und van Dijk gehabt? Wissen die beiden von dem Interesse der Stiftung an ihren Forschungen?«

Der Mann zögerte eine Sekunde. »Sie wollten keine Drittmittel-Finanzierung.«

Karri erinnerte sich an Saaras Klagen darüber, wie schwer es sei, Gelder für ihr Projekt aufzutreiben. Wenn der Israeli die Wahrheit sagte – warum hatte Saara dann nicht das Finanzierungsangebot der Stiftung angenommen?

Andererseits: War es richtig, über das Budget der Rettungsoperation nachzudenken, wenn man am Fenster eines brennenden Hochhauses stand?

»Ich werde das Sammeln des Lösegeldes nach meinem ursprünglichen Plan weiterbetreiben. Wenn Sie mir helfen wollen, können Sie das durch eine anonyme Spende tun. Zu Saaras und Luuks Forschungsarbeiten kann ich nichts sagen. Nur die beiden können entscheiden, wie sie damit weiter verfahren. Wollen Sie die Nummer des Spendenkontos?«

»Wir können Ihrer Frau konkreter helfen, wenn Sie mir erzählen, was sie vor ihrer Abreise in den Nahen Osten gesagt oder getan hat.«

Das gefiel Karri überhaupt nicht. Gerade hatte der Mann noch behauptet, er wolle ohne Gegenleistung helfen. Jetzt versuchte er, Informationen zu bekommen. Würde Saara wollen, dass Karri etwas an den Mann weitergab? Wohl kaum. Vor allem da sie schon einmal die angebotene finanzielle Unterstützung abgelehnt hatte.

Karri wollte seine Zweifel nicht offenbaren, sondern auf Zeit spielen. Wenigstens so lange, bis der Spendenaufruf an der Öffentlichkeit war.

Der Israeli erhob sich mit ernster Miene und reichte Karri einen Zettel mit seinem Namen und einer Telefonnummer.

»Wie sind Sie überhaupt hierher gekommen?«, fragte Karri.

»Mit dem Auto und zu Fuß.«

Karri war erleichtert, als der Mann sein Haus verließ. Was war hier eigentlich los? War es möglich, dass wegen eines solchen Falles ein Mann aus Israel bis hierher in die finnischen Wälder geschickt wurde?

Vom Stellplatz drang jetzt ein Motorengeräusch herauf. Karri rannte den Weg hinab, um zu sehen, mit was für einem Auto der Mann unterwegs war. Er sah gerade noch, dass es ein hellbrauner Volvo-Kombi war, Modell Cross Country, aber das Nummernschild konnte er nicht erkennen.

Karri ging ins Haus zurück. Er hatte immer stärker das Gefühl, dass Kaplan schon früher einmal als ungebetener Gast im Haus gewesen war.

Je mehr er über die Situation nachdachte, umso größer wurde die Bestürzung über die Wende, die der Fall genommen hatte. Hatte sich der Fund, den Saara mit ihrem Team gemacht hatte, als so bedeutsam erwiesen? Oder steckte etwas völlig anderes dahinter? Die Morde konnten jedenfalls nichts mit Saara zu tun haben. Oder etwa doch?

Der stille Wald rund um das Haus wirkte plötzlich bedrohlich. Das war ihm früher nie so gegangen. Karri nahm sein Telefon. Er wollte Cornelia in Holland anrufen, aber das musste jetzt warten. Zuerst suchte er im Speicher die Nummer von Johanna Vahtera und rief sie an.

Er erzählte ihr vom Besuch des Mannes aus Israel und buchstabierte dessen Namen und den der Stiftung. *The Holy Land Christian Foundation.*

»Ich werde eine Anfrage an die Sicherheitspolizei geben, die kümmern sich um so etwas. Klingt ziemlich außergewöhnlich. Gibt es etwas Neues von Ihrer Frau?«

»Nein. Ich habe gerade einen Flug mit der Morgenmaschine nach Amsterdam gebucht. Ich werde Cornelia van Dijk treffen.«

»Warum?«, fragte Johanna Vahtera unwirsch. »Ich habe immer stärker das Gefühl, dass es für Sie am besten wäre, hier zu bleiben und den Fall den Behörden zu überlassen.«

Karri ärgerte sich über die Bevormundung und den blinden Glauben an die Aktivitäten der Behörden.

»Was tut denn das Außenministerium für Saaras Befreiung? Nichts, außer die Angehörigen zu beschwichtigen. Ich will wissen, was die Israelis von Saara wollen. Und von Luuk. Schließlich könnte die Entführung doch etwas mit ihrer Forschungsarbeit zu tun haben.«

»Ich weiß nicht recht, ob es klug ist, sich im Ausland auf Alleingänge zu begeben …«

»Verschwenden wir keine Zeit.«

Johanna bat Karri, den Israeli zu beschreiben, und Karri versuchte sich so gut wie möglich zu erinnern.

»Wundern Sie sich nicht, wenn Sie morgen ›Ilta-Sanomat‹ lesen«, sagte er zum Schluss. »Ich habe ihnen ein Interview gegeben, in dem von Saaras Entführung die Rede ist.«

Die Polizistin klang überrascht. »Warum um Himmels willen?«

»Ich vertraue darauf, dass die finnischen Bürger nicht so passiv sind wie das Außenministerium. Die Finnen wollen nicht bei einer Hinrichtung zuschauen, wenn sie bei der Befreiung einer Landsmännin helfen können.«

»Was meinen Sie damit? Sind Sie sicher, dass die Öffentlichkeit der richtige Weg ist, diesen Fall zu klären?«

»Nein. Aber es ist die einzige Möglichkeit, an die Summe für das Lösegeld zu kommen.«

Karri wollte seine Unsicherheit herunterspielen, denn Reue war sinnlos. Was die Information der Öffentlichkeit an Nachteilen mit sich brachte, musste er in Kauf nehmen.

21

Johanna schob das Handy in die Tasche, während sie auf den Supermarkt in der Nähe der Polizeiwache zuging. Der Besuch des Israeli in Pudasjärvi kam ihr äußerst merkwürdig vor. Sie hatte gerade mit der SiPo darüber gesprochen, die sich um die Sache kümmern und auch Kontakt zum Außenministerium aufnehmen wollte. Der Nahe Osten ließ Johanna zwangsläufig an das denken, was Jarva über den Restaurantbesitzer Rafiq Karam und die Verbindungen von dessen Bruder zu extremistischen Gruppierungen im Libanon und in Syrien gesagt hatte.

Gegen Abend war es kälter geworden. Johanna erkannte auf dem Parkplatz des Supermarkts den Van des Polizeichefs, dem eine ungeschminkte, aber hübsche Frau entstieg. Frau Sumilo öffnete die Schiebetür und nahm ein Baby aus dem Kindersitz. Auf der anderen Seite stiegen ein etwa zehnjähriger Junge und ein etwas älteres Mädchen aus, das den Sitz nach vorne klappte und einem zweijährigen Kind in der dritten Bankreihe aus dem Kindersitz half. Neben diesem kam ein fünfjähriger Junge zum Vorschein. Vorne stieg ein ordentlich gekleideter Teenager aus, öffnete die Heckklappe und nahm einen Schwung Taschen heraus.

Neben dem Van parkte ein zweiter Wagen, der von einem jungen Burschen gefahren wurde, der offenbar gerade erst den Führerschein gemacht hatte. Von der Rückbank dieses Fahrzeugs krochen drei weitere Kinder. Die ganze elfköpfige Gruppe ging zielstrebig auf den Eingang zu. Zwei Kinder schnappten sich Einkaufswagen.

Nachdenklich folgte Johanna der Schar. Einerseits war sie

beinahe entsetzt, andererseits aber auch neidisch und neugierig. Was musste das für eine Gefühl sein, wenn man mit vierzig Mutter von zehn Kindern war? Oder auch nur eines Kindes?

In dem Supermarkt war es still, nur ein paar Rentner schoben ihre Einkaufswagen durch die Gänge. Johanna lud sich ihre Einkäufe auf den Arm: Mandarinen, zwei Bananen und eine Tafel Schokolade. Die Gesundheitsdiät eines City-Singles.

An der Kasse klingelte ihr Handy, als sie gerade zahlen wollte. Es war der Rechtsmediziner aus Oulu, der die Obduktion der beiden Opfer beendet hatte.

Mit einer Hand stopfte Johanna die Einkäufe in eine Plastiktüte und trat gespannt zur Seite. Pathologen begnügten sich normalerweise mit einem schriftlichen Bericht und riefen nicht an – außer sie hatten bei der Obduktion eine besondere Entdeckung gemacht.

»Wegen Erja Yli-Honkila«, sagte der Mediziner mit rasselnder Stimme. »Die Kugel ist durch die Stirn eingedrungen und hat das Gehirn durchschlagen. Der Tod ist unmittelbar eingetreten.«

»Und?«, fragte Johanna ungeduldig. Wegen dieser Erkenntnis hatte der Arzt sie wohl kaum angerufen.

»Im Blut keine Spuren von Alkohol, Medikamenten oder Drogen«, fuhr er fort.

Alles andere wäre auch eine ziemliche Überraschung gewesen, dachte Johanna.

»Wussten Sie, dass die Tote schwanger war?«

Das also war die Bombe, die der Mediziner platzen ließ. Um ein Haar wäre Johanna das Telefon aus der Hand gefallen.

»Schwanger?«

»Ungefähr in der vierten Woche.«

Ach, Erja.

»Bekommen Sie von dem Embryo eine DNA-Probe, mit der sich die Vaterschaft feststellen lässt?«

»Selbstverständlich.«

Mit neuer Energie kehrte Johanna zum Polizeirevier zurück.

Sie ging in ihr Büro und nahm eine Mappe aus der Hängeregistratur. Darauf stand mit schwarzem Filzstift: Erja Ylihonkila. Sie blätterte in den zahllosen Audrucken, Kopien und anderen Papieren, bis sie ein bestimmtes Blatt gefunden hatte.

Erja hatte auf ihrem Computer mehrere Suchbegriffe eingegeben. Johanna meinte sich zu erinnern, dass einer der Begriff Oxyrhynchos lautete, wovon auch Karri Vuorio schon gesprochen hatte. Und so war es tatsächlich.

Vielleicht hatte Erja nur herausfinden wollen, womit sich Saara beschäftigte.

Immer ungeduldiger sah Johanna dem für den nächsten Morgen anberaumten Gespräch mit Lea Alavuoti entgegen. Das Treffen der Schwestern Zions in alter Besetzung am vergangenen Freitagabend gehörte zu den Dingen, die Johanna am meisten interessierten.

Von dem Quartett waren zwei ermordet und eine entführt worden. Befand sich Lea Alavuoti etwa in Gefahr? Musste sie nicht unter Schutz gestellt werden?

Johanna ging wieder auf den Gang hinaus. Vuokko kam ihr in Epaulettenjacke und engen Jeans entgegen. Die Kleidung sollte ihre massive Erscheinung gar nicht verhüllen, sondern eher noch betonen.

Am Blick der Kollegin erkannte Johanna, dass etwas Interessantes aufgetaucht war. Sie gingen in die Kommandozentrale, wo Kulha gerade eine Apfeltasche aß.

Vuokko gab Johanna ein Fax und sagte: »In Vantaa sind sie die Tagebücher durchgegangen, die in Anne-Kristiinas Wohnung gefunden wurden. Viel banales Blabla, Männergeschichten und religiöse Überlegungen kreuz und quer durcheinander. Aber da gibt es eine Seite, die interessant für uns ist.«

Johanna las den am Rand markierten, mit deutlicher, schöner Handschrift geschriebenen Text, der laut Datum zwei Wochen zuvor ins Tagebuch eingetragen worden war:

E. hat angerufen und geweint. Das Schwein hat sie geschlagen. Ich befahl ihr, zur Polizei zu gehen, aber sie wurde wütend und legte auf. Sie tut mir Leid. Zum ersten Mal in ihrem Leben ist sie ernsthaft verliebt. Warum muss ausgerechnet ihr so ein Lump über den Weg laufen? Und warum hat sie mir nicht von Anfang an geglaubt? Ich habe sofort gesehen, dass er nicht der Mann ist, der zu E. passt. Er passt zu keiner. Er ist ein Stier, den man kastrieren müsste.

»Was sagt die Telefonliste zu diesem Datum?«, wollte Johanna von Vuokko wissen.

»Von Erjas Anschluss aus ist am 26.10. um 21.42 Uhr Anne-Kristiinas Anschluss angerufen worden. Dauer des Gesprächs 4 Minuten, 13 Sekunden.«

In dem Moment kam Aki Jarva herein und legte einen Stoß Papier auf dem Tisch ab. Er hatte seine modische Jacke ausgezogen und die Ärmel seines schwarzen Rollkragenpullis hochgekrempelt. »Die Telefonliste von Stenlund.«

Johanna schnappte sie sich und überflog die Zeilen. Es waren reichlich Anrufe verzeichnet, auch zu Nummern im Ausland. Ihr Blick blieb auf den Zeilen am unteren Rand des Blattes haften.

Von Stenlunds Anschluss war mindestens zwanzigmal die Nummer von Erja Yli-Honkila angerufen worden.

Johanna überlegte kurz.

»Holt Stenlund!«

22

Die Hitze und die weißen Tabletten hatten längst alle Lebenskraft aus Saaras Organismus vertrieben. Sie lag mit gefesselten Füßen und Händen auf einer schmutzigen Matratze. Sie konnte nicht schlafen und sich kaum wach halten, sie starrte immerzu auf die schwache Glühbirne an der Decke des kleinen Kellerraums.

Seine Jünger fragten ihn: »Wann kommen die Toten zur Ruhe? Wann ersteht die neue Welt?« Er antwortete ihnen: »Das, worauf ihr wartet, ist schon gekommen, aber ihr begreift es nicht.«

Saara war zu keinem Gedanken mehr fähig, nicht einmal an das, was sie und Luuk gefunden hatten, konnte sie denken … oder daran, was mit dem Aluminiumzylinder geschehen war, nachdem die Entführer offenbar gewusst hatten, wonach sie suchten.

Luuk lag auf der anderen Seite des Raumes an der Wand, ebenso zum Paket verschnürt, ebenso unfähig zu kommunizieren, obwohl sie vielleicht hätten flüstern können.

Keith lag in der Ecke. Um den blutigen Verband an seiner Hand kreisten Fliegen. Seine Hände waren nicht gefesselt, aber man hatte ihm einen Strick um die Knöchel geschlungen. Das war überflüssig. Selbst wenn man Keith auf die Straße gestellt hätte, wäre er nicht fähig gewesen zu gehen. Sein fiebriges Gesicht war bleich und starr, Saara war sich nicht einmal sicher, ob er noch atmete.

Johanna sah den Mann, der in dem kargen Vernehmungsraum vor ihr saß, nun mit anderen Augen. War das die Ratte?

Auf dem Tisch lief das Aufnahmegerät.

»Bei Autos und Frauen gilt für mich: möglichst wenig gebraucht«, sagte Stenlund und sah Johanna dabei spöttisch und herausfordernd an. Er trug einen grünen Overall, denn seine Kleider waren für die Faseruntersuchung konfisziert worden.

»Aber mit der Yli-Honkila ist es nicht weit gekommen«, sagte er auf einmal ernsthaft.

»Was hat Ihre Bekanntschaft beendet?«

»Das eben.«

»Dass Sie nicht weitergekommen sind?«

Stenlund nickte.

»Sie haben zu viel gewollt, und sie hat sich daraufhin nicht mehr mit Ihnen treffen wollen?«

»So ungefähr.«

»Und da haben Sie beschlossen, sie zu schlagen.«

Stenlund schüttelte den Kopf. »Ich hab sie nicht geschlagen.«

Der Mann hatte von Anfang an gelogen, in vielen Dingen, und erst aufgegeben, als sich das Lügen als zwecklos erwies.

»Sie haben gesagt, Erja habe Ihnen bei der Übersetzung der Firmen-Homepage geholfen. In Erjas Computer gibt es kein einziges Dokument, das damit zu tun hat. Auf Ihrem Computer ebenfalls nicht. Stattdessen haben Sie für die betreffende Arbeit ein Übersetzungsbüro in Oulu bezahlt.«

»Genau. Erja hat mir nur bei ein paar Aktualisierungen geholfen. Sie können doch nicht im Ernst …« Der Ärger stieg in dem Mann auf. »Verdammt noch mal, wenn ihr glaubt, ihr könnt aus mir einen Mörder machen, dann habt ihr euch getäuscht.«

Johanna antwortete bewusst nicht.

»Ein Waffenhändler in Seinäjoki hat Ihnen ein SAKO-Gewehr verkauft, für das sie keine Erlaubnis besitzen. Wo ist die Waffe?«

Stenlund verschränkte die Arme. »Ich hab sie vergraben. Ich kann euch die Stelle zeigen.«

»Warum vergraben?«

»Ich habe sie zum Wildern benutzt.«

»Wo ist die Remington, die Sie Kohonen geliehen haben?«

»Ich hab doch schon gesagt, dass ich das nicht weiß. Fragen Sie Launo!«

»Wäre es nicht klüger, dieses Versteckspiel zu beenden und stattdessen das Gewissen zu erleichtern? Warum haben Sie die werdende Mutter Ihres Kindes und damit auch Ihr eigenes Kind umgebracht? Wollte Erja Sie verlassen, nachdem Sie sie geschlagen haben?«

In Stenlunds Augen blitzte etwas auf, aber er beherrschte sich sofort wieder.

»Ich habe niemanden geschlagen und niemanden umgebracht. Und es bekommt auch niemand ein Kind von mir.«

»Erja war in der vierten Woche schwanger.«

»Aber nicht von mir.«

»Wir vergleichen gerade Ihre DNA mit der des Embryos. Das Ergebnis wird bald vorliegen.«

Es wurde still im Raum.

Schließlich schloss Stenlund die Augen und sank in sich zusammen. Von Pokerface und Coolness keine Spur mehr, vielmehr sah Stenlund aus, als würde er jeden Moment in Tränen ausbrechen. Oder er war ein extrem guter Schauspieler.

»Ich habe Erja nicht umgebracht«, flüsterte er heiser und richtete den Blick auf Johanna. »Ich wusste auch nicht, dass sie schwanger war.« Seine Stimme versagte.

Johanna hätte ihm gern geglaubt, so untröstlich wie der Mann aussah. Aber noch war sie nicht bereit aufzugeben, noch lange nicht.

»Wo sind die Halsketten?«, fragte sie, Stenlunds Augen fest im Blick.

»Wovon reden Sie?« Der Mann blickte gerade und scheinbar aufrichtig zurück.

»Wir kommen morgen früh darauf zurück«, sagte Johanna, stand auf und ließ Stenlund allein im Raum. Das Wartenlassen gehörte zu den klassischen Vernehmungstechniken. Hatte ein Mensch eine gewisse Zeit allein in der Zelle verbracht, steigerte das erwiesenermaßen seine Redebereitschaft.

Aber ein Geständnis würde nicht genügen. Sie mussten auch konkrete Beweise finden. Die Hausdurchsuchung bei Stenlund hatte bislang nichts ergeben.

Im Konferenzraum lief gedämpfte Tangomusik aus dem Radio, Kekkonen aß ein Sandwich, Kulha eine Tiefkühlpizza.

»Wie sieht's aus?«, fragte Kekkonen und wischte sich einen Krümel von der pockennarbigen Wange.

»Er darf über Nacht schmoren. Kann gut sein, dass Stenlund der Vater von Erjas Kind ist.«

»Das wird sich bald herausstellen«, sagte Kulha. »Es kann auch Nebenbuhler gegeben haben.«

»Das glaube ich nicht. Aber Erja hat uns schon so oft überrascht, dass man auch diese Möglichkeit nicht ausschließen darf. Eine merkwürdige Frau. Ich habe bis jetzt noch niemanden getroffen, der sie richtig gekannt hat.«

»Ein Journalist hat angerufen und nach dir gefragt«, sagte Kekkonen.

»Von mir aus.«

Der Gedanke an eine Pressemitteilung war freilich verlockend: *Fortschritte bei den Ermittlungen im Doppelmord von Pudasjärvi.* Aber dafür war es noch zu früh.

Sie gähnte. Stenlunds Festnahme hatte einiges an Anspannung und Druck gelöst, auch wenn der Mann erst am nächsten Tag endgültig in die Zange genommen würde. Man konnte ihn vierundzwanzig Stunden in Gewahrsam halten. Dann musste über eine Festnahme entschieden werden. Aber mit welcher Begründung? Wenn auf die Schnelle nichts zu finden war, musste eben Verdunklungsgefahr herhalten. Das würde als Voraussetzung für eine Festnahme genügen.

»Geh schlafen«, sagte Kulha, nachdem er sich Johannas Gähnen eine Weile angeschaut hatte.

»Ich kann es kaum erwarten, in meine Fünf-Sterne-Herberge zu kommen.«

Alle anderen waren in einem Hotel am Fjäll untergebracht, aber Johanna wollte so nah wie möglich am Tatort bleiben.

Sie stand auf und ging zur Karte von Pudasjärvi, die an der Wand hing. Noch immer beherrschte Stenlund ihre Gedanken.

Die Ratte war planmäßig, systematisch, zielstrebig und kontrolliert vorgegangen. Stenlund war genau so ein Typ.

Dennoch durften sie andere Spuren nicht vernachlässigen.

»Ich glaube, ich fahre bei Lea Alavuoti vorbei.«

Johanna suchte die Telefonnummer der Frau in ihrem Notizbuch. Während sie wählte, sagte sie zu ihren Kollegen: »Ich wollte eigentlich morgen früh mit ihr reden, aber jetzt möchte ich so rasch wie möglich mit Stenlund weitermachen. Und dafür brauchen wir möglichst viele Fakten.«

Lea meldete sich, und Johanna fragte, ob sie bei ihr vorbeikommen könne.

»Ich bin gerade auf dem Weg von Oulu nach Pudasjärvi«, sagte Lea. Sie nannte ihre Adresse in der Mäntytie. »Vielleicht könnten Sie in zwanzig Minuten kommen.«

Der Lichtkegel der Scheinwerfer strich über die Eternitverkleidung der Hauswand und hielt beim Holzschuppen inne. Lea machte den Motor aus, ließ aber das Licht brennen. Seit jeher hatte sie Angst vor der Dunkelheit.

Erschöpft stieg sie aus dem Wagen und atmete die kalte Luft ein. Sie war die Strecke zwischen Oulu und Pudasjärvi schon unzählige Male gefahren, aber gerade im Dunkeln war es jedesmal anstrengend.

Das Haus wirkte wie tot. Die Schneedecke davor war unberührt. Mit großen Schritten ging Lea auf die Eingangsstufen zu. Sie wollte so schnell wie möglich Licht machen.

Plötzlich blieb sie stehen und stutzte. Im Schnee auf der

Treppe waren Abdrücke. Jemand war hier gewesen, bevor es aufgehört hatte zu schneien.

Wer? Und warum?

Eino, der sich um das Haus kümmerte, hatte vor zwei Wochen in die Klinik gemusst, und sonst hatte hier niemand etwas verloren. Nachdem ihr Vater in Frührente gegangen war, waren Leas Eltern in ein Reihenhaus in Kuusamo gezogen. Sie waren seit zwei Monaten schon nicht mehr hier gewesen.

Im Licht der Autoscheinwerfer nahm Lea den Schlüssel aus der Tasche. Sie schloss auf und trat gegen die Tür, wie sie es gelernt hatte.

Schnell tastete sie über die kalte Wand nach dem Lichtschalter und knipste ihn an. Die Glühbirne im Windfang brannte, und Lea atmete erleichtert auf. Einmal war es ihr passiert, dass die Lichter nicht angingen, weil die Sicherung durchgebrannt war.

Lea ging zum Wagen zurück und machte dort die Scheinwerfer aus. Der erleuchtete Windfang ließ die Fenster der anderen Räume schwärzer als schwarz aussehen.

Auch im Haus konnte man den Mantel noch nicht ausziehen, denn die Temperatur betrug höchstens fünfzehn Grad. Lea ging von einem Zimmer ins andere und drehte die Thermostate an den Heizkörpern höher.

In ihrem Zimmer verharrte sie. Es sah fast genauso aus wie zu Gymnasialzeiten. Sie nahm das Fotoalbum aus dem Regal und suchte das Bild heraus, das sie vergangene Woche ihren Freundinnen gezeigt hatte. Darauf waren Erja, Saara, Anne-Kristiina und sie selbst bei einer Laestadianerversammlung zu sehen, in ihrem letzten gemeinsamen Sommer vor dem Abitur. Vier junge Frauen voller Energie, voller Hoffnung, mit Strenge und Eigensinn im Blick, aufrecht, fast ein bisschen herrisch. Damals hatte es noch keine Ungewissheiten gegeben, alles war eindeutig gewesen, die Mitmenschen waren entweder gut oder böse, entweder Gottes Kinder oder dem Untergang geweiht.

Vor ein paar Tagen hatten sie alle über Erjas riesige Brille und Anne-Kristiinas Pottdeckelhaarschnitt auf dem Foto gelacht.

Jetzt waren die beiden tot.

Warum hatte jemand sie töten wollen?

Lea setzte sich aufs Bett und faltete bedrückt die Hände. So hatte sie in diesem Zimmer hunderte, tausende Male gebetet, für alles Mögliche, für bessere Noten in Mathematik, um Gnade vom Sportlehrer.

Sie betrachtete sich selbst auf dem Foto. Durch die altmodische Frisur und das schlichte Sommerkleid sah sie viel älter aus, als sie damals war. Sie hatte das Gefühl, jetzt jünger zu wirken als vor zehn Jahren. Sie musste sich ein paar Tränen von der Wange wischen.

Dann horchte sie auf.

Ihr war, als hätte sie die Haustür gehört.

Sie sah auf die Uhr. Der Anruf von Johanna Vahtera lag erst zehn Minuten zurück. Aber vielleicht war sie zu früh dran.

Lea sprang auf und eilte ins Wohnzimmer. Die Zwischentür zum Flur war geschlossen. Sie stieß sie auf und ging in den Windfang, dessen Tür angelehnt war.

Der Windfang war leer. Wo war das Geräusch hergekommen. Oder hatte sie sich verhört?

Unwillkürlich fing sie an zu zittern. Obwohl die Polizistin bald kommen würde, schloss Lea die Haustür und zog die Türen im Flur fest zu, damit keine Wärme verloren ging. In der Küche riss sie sich ein Stück Haushaltspapier ab und schnäuzte sich.

Weinen half jetzt nicht. Sie musste der Polizei bei der Aufklärung der Morde helfen. Gern hätte sie Kaffee gekocht, aber ihr war klar, dass sie diese Nacht ohnehin nur schwer in den Schlaf finden würde, darum setzte sie Teewasser auf. Vielleicht würde die Vahtera eine Tasse trinken. Die Frau machte einen vernünftigen und sympathischen Eindruck.

Gerade als sie die Teebeutel aus dem Schrank nehmen

wollte, hörte Lea eine Bodendiele im Flur knarren. Obwohl sie das Geräusch kannte, klang es jetzt unheilvoll und bedrohlich.

Johanna Vahtera?

Eine Polizistin würde sich nicht verstecken.

Lea drehte sich zur Tür um. Der Schrei des Entsetzens blieb ihr in der Kehle stecken, als der Widerhall eines Schusses den Raum erfüllte und ein schneidender Schmerz ihre Gedanken auslöschte.

ZWEITER TEIL

23

Mülldeponie stand auf dem schiefen Wegweiser. Darunter war das Schild mit dem Straßennamen befestigt: Mäntytie. Die Abzweigung war ungefähr einen Kilometer von der Ortsmitte entfernt.

Johanna setzte den Blinker und bog ab. Entlang der Straße standen nur wenige Häuser. Einige davon sahen eher nach Gewerbehallen aus.

Durch den Wirbel der Schneeflocken im Scheinwerferlicht wurde Johanna leicht übel. Es war, als führe sie immer tiefer in ein Felsmassiv hinein. Ihr war klar, dass sie weiter musste, denn das Eindringen in diese kalte, fremde Umgebung war Voraussetzung für eine rasche Aufklärung der Morde. Aller Wahrscheinlichkeit nach wohnte die Ratte in der schwarzen Landschaft hier und sog ihre Lebenssäfte aus dieser kargen Erde.

Das Haus mit der Nummer 21 stand etwas abseits, im hinteren Teil eines verwucherten Grundstücks. Es war ein so genanntes Frontkämpferhaus, für Kriegsheimkehrer im Einheitsstil gebaut und mit Eternitplatten verkleidet.

In den Fenstern brannte Licht. Vor dem Haus stand ein Auto.

Johanna bog in die Zufahrt ein, hielt hinter dem alten Nissan an und stieg aus. Die Schneeflocken berührten ihr warmes Gesicht wie kalte, feuchte Federn. Das schwache Hoflicht unter der Dachrinne an einer Ecke des Hauses warf lange Schatten über den frischen Schnee. In den Fenstern regte sich nichts.

Während sie auf das Haus zuging, erkannte Johanna außer Lea Alavuotis Fußspuren die Abdrücke einer weiteren Person im Schnee. Vielleicht hatte sie doch ihren Freund mitgebracht?

Nach einigen weiteren Schritten sah Johanna, dass die eine Fußspur vom Haus wegführte.

Der Neuschnee knirschte unter den Füßen. Johanna machte die Haustür auf. Die Tür zwischen Windfang und Flur war geschlossen. Johanna klopfte energisch an.

Niemand antwortete.

Sie klopfte erneut und öffnete die Tür.

»Guten Abend«, sagte sie laut.

Für einen Moment blieb sie im Flur stehen. Der kühle, muffige Geruch eines alten Hauses drang ihr in die Nase. An der Wand hing der letztjährige Kalender von der Genossenschaftsbank, auf dem Fußboden lag eine blaue Windjacke.

Die vollkommene Stille ließ Johanna unruhig werden. Sie wurde von Sekunde zu Sekunde wachsamer. Durch die offene Tür blickte sie ins Wohnzimmer. Es war leer.

Dann ging sie zur nächsten Tür. Sie führte ins Schlafzimmer. Dort war ebenfalls niemand.

Sie kehrte ins Wohnzimmer zurück, dessen Hinterwand von einer Schrankwand mit Teakfurnier eingenommen wurde. Alte Schulbücher, die Sachbuchreihe ›Spectrum‹, ein siebenarmiger Leuchter, Souvenir aus Israel.

Polterte da etwas im ersten Stock? Johanna erschrak und ging intuitiv hinter der Tür in Deckung. Irgendetwas stimmte nicht.

Durch den Vorhang aus schmalen Plastikstreifen gelangte man wahrscheinlich in die Küche. Johanna warf einen Blick auf den Couchtisch mit der weißen Melaminplatte und registrierte eine Packung Taschentücher und die aktuelle Ausgabe der Regionalzeitung.

Eine plötzliche Anspannung umklammerte Johannas Schläfen. Sie richtete den Blick auf die Türöffnung mit dem Plastikvorhang und legte automatisch die Hand auf den Griff ihrer Glock-Dienstpistole.

Langsam ging sie zur Küche, die man auch direkt vom Flur aus betreten konnte.

Sie blieb vor dem Vorhang stehen, riss ihn mit einem Ruck zur Seite und holte tief Atem.

Vor ihr lag die Leiche einer Frau in einer Blutlache, die Schusswunde in der Stirn sah Johanna sofort.

Obwohl die Erschütterung und Enttäuschung sich sofort ihrer bemächtigten, zwang sie sich zu handeln. Mit den Fingern prüfte sie an der Wange oberhalb des hohen Rollkragens die Hauttemperatur der Frau. Es war die gleiche wie bei ihr selbst. Dann wollte sie den Puls fühlen, aber da bemerkte sie die kleine blutrote Blase, die zwischen den Lippen der Frau erschien, wie eine Seifenblase, die wuchs und platzte.

Das Adrenalin schoss nur so durch Johannas Adern. Diese Blase kam durch eine reflexartige Lungenbewegung zustande – das bedeutete, dass erst vor wenigen Augenblicken auf Lea geschossen worden war.

Johanna zog im Nu das Handy aus der Tasche und wählte 112.

»Kriminalkommissarin Vahtera, KRP. Bitte einen Krankenwagen an die Adresse Mäntytie 21, Pudasjärvi! 30-jährige Frau mit Schusswunde im Kopf. Krankenwagen mit Notarzt. Oder gibt es hier einen Rettungshubschrauber?«

»Ich schicke den Helikopter aus Oulu und einen Krankenwagen aus Pudasjärvi.«

»Beeilen Sie sich«, sagte Johanna noch und legte auf.

Das Herz schlug ihr bis zum Hals. Entweder war Stenlund der falsche Verdächtige, oder es gab zwei Täter. Die Vorgehensweise war die gleiche wie zuvor. Es musste derselbe Täter sein. Die Ratte.

Und womöglich befand sich die Ratte noch im Haus.

Auf einmal befiel Johanna die panikartige Gewissheit, dass jemand die Waffe auf sie richtete. Sie schnellte herum, aber da war niemand. Am liebsten wäre sie aus dem Haus gerannt.

Stattdessen stürzte sie in den Flur und sah noch einmal im Wohnzimmer nach, mit pochendem Herzen. Dann fiel ihr Blick auf eine andere Tür. War sie nicht gerade noch angelehnt gewesen? Wo führte sie hin?

Johanna erstarrte auf der Stelle. Hörte sie nicht von oben ein Geräusch? Oder bildete sie sich das nur ein?

Mit wenigen Sätzen war sie wieder im Flur, den Blick auf die angelehnte Tür gerichtet, hinter der die Treppe in den ersten Stock führte. Dann kehrte sie in die Küche zurück, beugte sich über Lea und sagte unmittelbar vor deren Gesicht:

»Es kommt gleich Hilfe ... Du wirst in die Klinik gebracht und sofort operiert.« Johanna konnte das atemlose Zittern in ihrer Stimme nicht unterdrücken.

Sie schaute genauer auf Leas Hinterkopf und stellte fest, dass die Kugel den Schädel durchdrungen hatte. Die junge Frau war nicht mehr zu retten.

Johanna sprang auf, rannte in den Flur und öffnete die Tür zum ersten Stock. Sie tastete nach dem altmodischen Lichtschalter, aber die Lampe oberhalb der Treppe ging nicht an. Langsam stieg Johanna ein paar Stufen in die kalte Dunkelheit hinauf, dann hielt sie inne und lauschte.

Der Druck der Stille wuchs von Sekunde zu Sekunde. Johanna zog eine stiftförmige Taschenlampe aus ihrer Wachsjacke und richtete den scharfen Lichtkegel nach oben. Sie leuchtete auf die Stufe, auf der sie stand, und machte einen Schritt rückwärts. Ein Abdruck von ihr blieb im Staub zurück. Die Ratte war nicht auf der Treppe gewesen.

Johanna ging wieder in die Küche. Sie sah sich die Sohlen von Leas Winterschuhen an, eilte aus dem Haus und schaute nach den Fußspuren im Schnee. Sie schneiten nach und nach zu. Johanna sah ihre eigenen Spuren und erkannte die zweiten Spuren als die von Lea.

Die dritten waren größer. Sie führten zum Haus hin und wieder vom Haus weg.

Die Spuren der Ratte.

Johanna rannte zum Wagen und nahm mit schnellen, entschlossenen Handgriffen eine größere Taschenlampe aus dem Handschuhfach.

Die Spuren der Ratte führten zur Straße. Sie waren deutlich

und unversehrt, aber es war eine Frage der Zeit, bis der Schnee sie bedeckt haben würde. Johanna riss sich den Schal vom Hals und breitete ihn über einen Fußabdruck, um ihn zu konservieren. Während sie den Spuren folgte, rief sie per Kurzwahltaste Kekkonen an.

»Auf Lea Alavuoti ist geschossen worden. In ihrem Elternhaus. Wahrscheinlich ist sie tot. Komm sofort her und alarmier sämtliche Leute, die du kriegen kannst. Das Gebiet muss abgeriegelt werden. Sag Sumilo Bescheid. Ich folge den Fußspuren des Täters.«

»Gut, ich bin unterwegs«, brummte Kekkonen.

Der Lichtkegel von Johannas Lampe bewegte sich über den Straßenrand, wo die Spuren noch immer zu erkennen waren. »Ein Krankenwagen und der Hubschrauber sind unterwegs«, fuhr sie außer Atem fort. »Wenn ich nicht rechtzeitig zurück sein sollte, sag Kupiainen, er soll von den Fußspuren Abdrücke machen und die Technik aus Oulu rufen.«

Johanna steckte das Handy ein und rannte weiter. Nachbarhäuser gab es nun keine mehr. Die Spuren auf der Straße waren noch zu erkennen, obwohl die Ratte in den Furchen von Autoreifen gelaufen war.

Johanna schaltete die Lampe aus und lief schneller. Seit Wochen war sie nicht joggen gewesen, beim Aerobic schon gar nicht, und das spürte sie jetzt in den Knochen. Hätte sie doch den Wagen nehmen und ab und zu anhalten sollen, um die Spuren zu überprüfen?

Sie kam an eine Kreuzung. Die tief hängenden Wolken reflektierten die Lichter der Ortsmitte von Pudasjärvi. Johanna blieb stehen und schaltete die Lampe ein. Sie beugte sich nach vorn und versuchte zu erkennen, welche Richtung die Ratte eingeschlagen hatte. Rechts. Weg von der Ortsmitte. Johanna rannte in die entsprechende Richtung, die Taschenlampe auf die Straße gerichtet.

Johanna konzentrierte sich auf die Fußspuren, die an der nächsten Kreuzung schon schwerer zu erkennen waren. Sie bog zuerst in eine Nebenstraße ein, die offenbar viel frequentiert worden war, konnte die Spuren, die sie suchte, dort aber nicht mehr ausmachen. Darum ging sie zurück und versuchte es in der anderen Richtung. Auch dort unterschieden sich die Spuren zunächst nicht von den vielen anderen Spuren im Schnee, es dauerte lange, bis Johanna wieder eine identifizieren konnte.

In der Ferne hinter ihr färbte das Signallicht des Krankenwagens den Schnee blau. Zum Glück hatten sie nicht die Sirene eingeschaltet. Je weniger Schaulustige, desto besser.

Von der Ortsmitte her kam ein Auto. Die hellen Scheinwerfer glitten über die schneebedeckten Bäume und trafen auf Johanna. Sie drehte sich um. Das Auto hielt an, es war ein Zivilfahrzeug der Polizei.

Johanna stieg auf der Beifahrerseite ein. Am Steuer saß Kekkonen, der gerade das Funkgerät in die Halterung steckte.

»Sumilo meint, es sei hoffnungslos, also sinnlos, den Tatort einzukreisen«, sagte Kekkonen und setzte den Wagen langsam in Bewegung.

Johanna wollte schon protestieren, doch dann wurde ihr klar, dass Sumilo Recht hatte. Leider. »Eine Hundestaffel muss aber auf jeden Fall her ... Stopp!«, sagte sie. »Dort zweigt eine Nebenstraße ab, ich sehe mir die Spuren an.«

Johanna stieg aus und betrachtete die Reifenspuren auf der Straße. Es war schwer, darunter Fußspuren zu erkennen.

Sie hockte sich hin, strahlte mit der Lampe eine Spur an und blies den frischen Schnee weg.

Dann stand sie auf und ging weiter, fand aber keine eindeutig erkennbaren Abdrücke mehr und kehrte zum Wagen zurück.

Kekkonen hatte inzwischen telefoniert. »Die Hundestaffel ist unterwegs.«

»Wohin führt diese Straße?«, fragte Johanna keuchend.

»Zum Schießstand.«

»Geht es von dort aus in eine andere Richtung weiter?«

»Zurück in die Ortsmitte. Die Straße macht eine Biegung und führt wieder zur Mäntytie.«

»Wir fahren weiter«, sagte Johanna. Am liebsten hätte sie laut geflucht. Sie war der Ratte so nahe gewesen! Sie hatte sie beinahe riechen können.

Kekkonen fuhr weiter.

»Kannst du jemanden an die Stelle schicken, wo die Straße von der Müllkippe mit der Straße zusammenläuft, die …«

»Es ist schon jemand auf dem Weg dorthin. Zum Schießstand ebenfalls.«

»Gut.« Johanna versuchte an den Spuren im Schnee zu erkennen, ob am Straßenrand ein Wagen geparkt hatte. Gleichzeitig setzte sie sich mit Polizeichef Sumilo in Verbindung, um weitere Leute zu bekommen.

»Es ist unmöglich, den Schützen zu erwischen, selbst mit zig Männern«, sagte Sumilo abweisend. »Er ist wahrscheinlich schon irgendwo in Sicherheit. In den Wald dürfte er kaum geflohen sein.«

Johanna wusste, dass der Polizeichef Recht hatte, auch wenn sie das nicht gerne zugab.

24

Karri stieg auf dem Stellplatz unterhalb des Schneehuhnnests aus dem Wagen und schlug die Tür zu. Er war schockiert. Seine Hand hielt noch immer das Telefon umklammert, durch das ihm Launo Kohonen gerade von Lea erzählt hatte.

Hinter den fallenden Flocken im Licht der Außenbeleuchtung lag der Wald in einer Finsternis, die auch der dünne Schneeschleier nicht erhellen konnte. Die vollkommene Stille wirkte noch beklemmender als am Tag.

Karri kam mit seinen Gedanken nicht von Launos Anruf los. Launo war außer Atem und schockiert gewesen. Gegenüber dem Mörder empfand Karri lähmenden Hass. Ihm kam in den Sinn, was Saara über die Kernbotschaft des Laestadianertums gesagt hatte, über die Vergebung: Wenn jemand sündigt, wird ihm so lange vergeben, wie er sündigt. Wurde auch einem Mörder vergeben?

Der Gedanke nahm konkrete Formen an, als Karri begriff, dass der Mörder jederzeit zur Friedensgemeinde gehen und sich vom Prediger von seinen Sünden freisprechen lassen konnte. Im Namen und im Blute Jesu.

Dafür war noch nicht einmal ein Prediger nötig. Jedes Kind Gottes konnte das übernehmen. Saara hatte erzählt, wie sie und ihre Freundinnen sich gegenseitig von ihren Sünden freigesprochen hatten. Aber es musste doch einen Unterschied machen, ob man Tanzmusik gehört oder einen Menschen getötet hatte?

Es fiel Karri schwer, sich Saara bei den Laestadianern vorzustellen, obwohl sie früher aktiv an den Gemeindeversammlungen teilgenommen hatte. Nach wie vor bildeten die Werte der

Laestadianer die Basis für Saaras Wertvorstellungen, aber ihr Glaube hing nicht mehr von äußeren Faktoren ab. Wie alles andere hatte auch das Laestadianertum zwei Seiten: Einerseits war es die vertraute, sichere Gemeinschaft als stützendes Netzwerk, andererseits bedeutete es strenge soziale Kontrolle, schwarze Listen und öffentliche Beichten.

Die Stellung der Frau bei den konservativen Laestadianern war eine Kröte, die Saara nicht schlucken konnte. Frauen durften nicht Pfarrer werden, sie gehörten in die Küche. Der Mann bestimmte über den Körper der Frau, selbst wenn sie nach einer jahrelangen, pausenlosen Folge von Geburten und Kinderpflege völlig am Ende war. Die Großfamilie war oberstes Gebot, auch wenn man gar nicht die Kraft und Fähigkeit dazu besaß.

Karri öffnete den schwergängigen Riegel der Schuppentür und nahm die Handlampe vom Nagel. Vor Launos Anruf hatte ihn ausschließlich der Israeli beschäftigt, jetzt kehrte er mit den Gedanken zu dem Mann zurück. War es ein Fehler gewesen, dessen Hilfsangebot abzulehnen? Schwächte er damit seine Chancen, Saara aus den Händen der Iraker zu befreien?

Karri ging den Pfad zum Haus hinauf. Johanna Vahtera hatte seinen Bericht über den Besuch des Israelis ernst genommen. Aus gutem Grund. Kein Ausländer schlug einfach so den Weg zum abgelegenen Schneehuhnnest ein. Nachdem er die Polizeiwache verlassen hatte, war Karri zum Essen in den *Lappischen Herbst* gegangen. Die *Oase* hatte er gemieden, um Tuija nicht sehen zu müssen – und um nur ja nicht mit der Wilderei in Verbindung gebracht zu werden.

Normalerweise reichte ihm die Außenbeleuchtung, aber jetzt ließ er zusätzlich das Licht der Handlampe über die Baumstämme streichen. Der frische Schnee war auf dem mit Fichtennadeln übersäten Pfad wässrig geworden.

Der Mord an Lea schien so unfassbar, dass Karri hoffte, es sei nur ein Gerücht. Aber Launos Stimme hatte nicht danach geklungen. Jede Leugnung wäre nur Selbstbetrug.

Karri ging zur Haustür und schloss rasch auf. Er machte Licht im Flur und schloss die Tür hinter sich wieder zu. Dann ging er in Saaras Arbeitszimmer. Alles war wie zuvor.

Oder nicht?

Er trat an den Tisch und blickte auf die Papierstapel. War etwas daran verändert worden? Der Computerbildschirm starrte ihn stumm an. Wonach hatte der Israeli gesucht?

Aus dem chaotischen Durcheinander von Ordnern, Mappen und Zetteln war unmöglich zu schließen, ob etwas fehlte. An den Buchrücken konnte man das gesamte Ideen-Spektrum ablesen, dem Saaras Auffassung von der Bibel entsprang. Es reichte von der kritischen liberalen Theologie bis hin zu fundamentalistischen Studien. In friedlicher Eintracht standen dort die Jahrbücher des Zentralverbandes der Friedensgemeinden neben den Studien hochrangiger Wissenschaftler wie Heikki Räsänen, Erik Wikström, Risto Uro, John Dominic Crossan, Elaine Pagels, Kari Kuula, Ismo Dunderberg, Wille Riekkinen. Auf einem Stapel lagen Ausgaben der ›Biblical Archaeology Review‹.

Karri ging zu seinem Computer und gab den Namen der israelischen Stiftung in eine Suchmaschine ein. *The Holy Land Christian Foundation.*

Als Suchergebnis erhielt er Seiten, auf denen die einzelnen Wörter zusammenhanglos auftauchten. Karri gab darauf noch den Namen des Mannes ein, obwohl er genau wusste, was passieren würde. Ezer Kaplans gab es seitenweise.

Karri lehnte sich zurück und holte tief Luft. Was konnte der Mann von Saara wollen? Zu ihren Forschungsgegenständen gehörten unter anderem Texte aus Oxyrhynchos, Qumran und Nag Hammadi. Hinter der scheinbar staubtrockenen Haarspalterei ihrer Untersuchungen steckten zum Teil sehr interessante Dinge. Zum Beispiel wurden die Handschriften von Oxyrhynchos vor gut hundert Jahren auf einer Müllhalde entdeckt, die von den Ägyptern vor zweitausend Jahren benutzt worden war. Mit Hilfe der neuen Technik hatte man erst jetzt die Texte einiger Papyrusrollen sichtbar machen können, weshalb das Team von Luuk van Dijk interessante Zeiten vor sich hatte. Die Textfunde von Nag Hammadi und Qumran wiederum waren ursprünglich in den vierziger Jahren gemacht worden, aber in beiden Fällen hatte es Jahre oder gar Jahrzehnte gedauert, bis das Material einer größeren Wissenschaftsgemeinde zugänglich gemacht werden konnte. Entsprechend wild waren die Gerüchte und Behauptungen über die Vertuschung von Erkenntnissen gewesen.

Karris Unwohlsein vertiefte sich. Der Besuch des Israeli war wie ein Traum. Konnte etwas, das mit Saaras Forschungsarbeit zu tun hatte, der Grund für die Entführung sein? Nur ungern gestand sich Karri ein, dass er nicht genau wusste, worum es diesmal bei der Exkursion ging. Aber ihm war doch die Vorstellung geblieben, dass Saara nach ihrer Rückkehr aus Syrien – und vor der Abreise nach Jordanien – gerade aus beruflichen Gründen ihre Freundinnen Lea, Erja und Anne-Kristiina treffen wollte. Ausgerechnet die alten Freundinnen, keine Kollegen, keinen von den zahlreichen Universitätsleuten und Forschern, die sie in den letzten Jahren überall auf der Welt kennen gelernt hatte.

Karri nahm die Visitenkarte von Johanna Vahtera, betrachtete sie eine Weile und wählte dann die Nummer darauf.

Die Frau wirkte hektisch, als sie sich meldete. »Stimmt es, dass Lea Alavuoti ermordet worden ist?«, wollte Karri wissen.

»Ich habe jetzt keine Zeit zu reden«, sagte Vahtera. »Ich rufe Sie später zurück.«

Im Hintergrund hörte Karri Männerstimmen. Es schnürte ihm die Kehle zu, als er sich vorstellte, wo Johanna Vahtera sich gerade befand: an dem Ort, an dem Lea umgebracht worden war.

Er legte das Handy zur Seite. Zum ersten Mal störte es ihn, dass keine Vorhänge vor den Fenstern hingen. Er kam sich vor wie in einem erleuchteten Schaufenster.

Rasch drehte er sich um und ging zu Saaras Schreibtisch. Er bückte sich, um das Netzkabel des Computers einzustecken.

Als er sich aufrichtete, sah er, dass eine Schreibtischschublade nicht ganz geschlossen war. Er zog sie komplett auf und wollte sie schon wieder zuschieben, da sah er in der Ablage für die Stifte die Halskette mit dem Kreuz.

Karri nahm das Kreuz in die Hand. Normalerweise trug Saara es immer – außer in den arabischen Ländern, denn sie wollte mit ihrem Glaubensbekenntnis niemanden provozieren.

Nachdenklich legte Karri den Anhänger in die Schublade zurück. Sein Blick fiel auf das eingerahmte, aramäisch beschriebene Stück einer Textrolle an der Wand. Es war nicht echt, sondern eine mittelalterliche Kopie, die Saara bei einem Antiquitätenhändler in Jerusalem gekauft hatte.

Der Antiquitätenhändler erinnerte Karri wieder an *Piruvaara,* den Teufelsberg. Ob jemand von denen, die am Freitag mit Saara über religiöse Angelegenheiten gesprochen hatten, den Hinweis auf dem Videoband deuten könnte?

Doch es war zu spät, sie danach zu fragen.

25

In ihren mit Plastikschutz versehenen Schuhen folgte Johanna dem Klebeband auf dem Fußboden. Die Spurensicherung hatte damit den Bereich markiert, den sie schon untersucht hatte. Was außerhalb lag, durfte noch nicht betreten werden.

Im Gehen rekonstruierte Johanna die Ereignisse. Es hatte aufgehört zu schneien, vor den Fenstern gähnte die Dunkelheit, und Johanna sah ihr Spiegelbild in den Scheiben. In ihrem Papieroverall sah sie aus wie ein Gespenst, zumal sie die Kapuze aufgezogen hatte, damit auch kein einziges Haar auf den Tatort fiel.

Hedu und Vuokko standen im Flur herum und unterhielten sich über ein Eishockey-Match vom Vorabend. In Johannas Ohren verwandelten sich ihre Worte in ein unbegreifliches Kauderwelsch. Der Schlafmangel verursachte ihr ein Dröhnen im Hinterkopf, und dass ein aufkeimender Migräneanfall jedesmal Kreissägemuster in ihr Blickfeld zeichnete, wenn sie in die Scheinwerfer der Spurensicherung sah, machte es nicht besser. Der Tatort wirkte durch das Licht wie ein irreales Studio – was in grellem Kontrast zur nasskalten Finsternis vor dem Haus stand.

Die Tote lag bereits im Leichensack mit Reißverschluss, bereit zum Abtransport ins rechtsmedizinische Institut in Oulu, wo die Obduktion vorgenommen wurde. Die zwei kriminaltechnischen Ermittler aus Oulu hatten zuvor zusammen mit Kupiainen, der in seinem Hotelzimmer alarmiert worden war, mit dem speziell dafür vorgesehenen Aluminiumknopf Schmauchspuren von der Haut der Toten entnommen, mit dem

Spezialtape Faserspuren gesichert, die Kleider des Opfers in Tüten verstaut sowie Hände und Kopf mit Plastikbeuteln verhüllt, damit keine Partikel verloren gingen. Johanna hatte ihnen ihre Beobachtungen in allen Einzelheiten mitgeteilt, um ein vorläufiges Bild davon zu vermitteln, was im Haus geschehen war.

Vorsichtig hatten die technischen Ermittler die Kugel aus der Küchenwand entfernt, wo sie stecken geblieben war, nachdem sie das Opfer durchdrungen hatte. Die dazugehörige Hülse hatte im Flur gelegen, in einer dunklen Ecke. Johanna fragte sich, warum der Täter die Hülse nicht mitgenommen hatte, obwohl er mit Sicherheit wusste, wie hilfreich sie war, um die Tatwaffe zu finden. Hatte er es so eilig gehabt? Auf dem Fußboden im Flur hatte auch eine Windjacke gelegen, die entweder von der Garderobe gefallen oder direkt auf den Boden geworfen worden war. Mittels elektrisch magnetisierter Plastikfolie hatte man darauf Fußabdrücke sichtbar machen können. Diese wiederum deuteten darauf hin, dass die Ratte bei ihrem Opfer am Küchentisch gewesen war, vermutlich nach dem Schuss. Am Hals der Toten waren Spuren von einer heruntergerissenen Halskette zu erkennen. Das passte ins Bild und war von Bedeutung, ganz gleich ob an der Kette ein Kreuz gehangen hatte oder nicht.

»Hedu, kümmere du dich gleich am Morgen um das Schuhwerk«, sagte Johanna. In der Praxis bedeutete das einen Vergleich der Fußspuren der Ratte mit dem Schuharchiv im Polizeicomputer. Dort waren über Jahre hinweg alle Modelle gespeichert worden, die Importeure und einheimische Hersteller der Polizei übergeben hatten. Die Abnutzung der Sohlen erfolgte individuell, weshalb ein Vergleich mit den Spuren am Tatort möglich war.

»Auf dem Küchenfußboden gestorbene Frau, Einschussloch in der Stirn und Austrittsöffnung am Hinterkopf, Schusswaffe nicht am Tatort«, diktierte einer der technischen Ermittler in sein Aufnahmegerät und machte gleichzeitig Fotos mit der

Digitalkamera. »Die Wohnung sauber, keine Spuren eines Kampfes oder eines Einbruchs, die Fenster unversehrt. Wahrscheinliche Schussrichtung von der Tür zum Flur her …«

Der andere Mann von der Spurensicherung machte Aufnahmen mit der Videokamera und sprach seine Kommentare in deren Mikrofon. Beide hielten allgemeine erste Beobachtungen fest. Später würde sich das Augenmerk auf die exakte Suche nach Fingerabdrücken, Kleinstpartikeln und DNA-Spuren richten.

In einem schwarzen Hartschalenkoffer im Flur lagen Plastikbeutel, die zum größten Teil Leas Kleidungsstücke enthielten. Ein Beutel weckte Johannas besonderes Interesse, es war der mit dem Mobiltelefon.

Die Ratte hatte die Leiche nicht bewegt, und Kampfspuren waren ebenfalls nicht zu sehen. Lea hatte also im Moment des Schusses am Küchentisch gestanden. Entweder hatte sie zuvor der Ratte die Tür geöffnet und also einen Menschen ins Haus gelassen, den sie kannte, oder aber der Täter war heimlich durch die unverschlossene Tür gekommen und hatte Lea in der Küche überrascht.

Hedu und Vuokko hantierten im Flur, Johanna hörte ihr übermüdetes Geplauder, gerade waren sie bei Tiger Woods und irgendeinem Ausgleich angekommen. Johanna fiel plötzlich ein, dass Golf Hedus große Leidenschaft war, aber von Vuokko hätte sie das nicht gedacht. Allerdings huschte ihr auch bei der Vorstellung von Hedu in seiner ewig gleichen Windjacke und seinen Terylenhosen auf dem Green zwischen lauter Herren in karierten Hosen ein kurzes Lächeln übers Gesicht.

»Hedu, geh doch schlafen«, sagte sie und kniff kurz die Augen zusammen. »Du, Vuokko, überbringst den Angehörigen die Todesnachricht.«

Johanna machte sich auf den Weg zur Polizeiwache. Die Aufregung, die durch die neue Situation in ihr ausgelöst worden war, wollte sich einfach nicht legen. Die Bemerkung von Karri Vuorio, die Morde könnten etwas mit den Forschungen seiner

Frau und dem Besuch des Israeli zu tun haben, war ihr anfangs wie blanke Fantasie vorgekommen, aber jetzt begann sie, ernsthaft darüber nachzudenken.

Am meisten beschäftigte sie die Tatsache, dass allen Opfern der Halsschmuck abgerissen worden war. War es möglich, dass auch Lea ein Kreuz getragen hatte, wie die anderen Schwestern Zions? Es musste kein direkter Zusammenhang zwischen den Morden und der Religion bestehen, aber ein religiöser Schatten schien über all den Vorfällen zu liegen.

In religiösen Dingen hatte sich Johanna nie eine besonders individuelle Meinung gebildet. Als Kind hatte sie jeden Abend ein Gebet gesprochen, und wenn sie es mal vergessen hatte, holte sie es am nächsten Tag nach, damit der liebe Gott ihr nicht böse war und sie weiterhin beschützte.

Das Gefährliche an der Religion waren die absoluten Wahrheiten, denn in der Welt war alles relativ. Anstatt Millionen von Menschen vor dem Aids-Tod zu retten, entschied sich der Papst lieber für die reine Lehre. Einst hatte die unfehlbare Kirche die These für Ketzerei gehalten, die Sonne würde von der Erde umkreist. – Wenn sich die Kirche schon in solchen Dingen irrte, wo konnte sie sich dann nicht sonst noch täuschen?

In ihrem Psychologiestudium war Johanna auch auf die Neurotheologie gestoßen, derzufolge die Neigung zu religiösen Erfahrungen ein im Menschen eingebautes biologisches Phänomen war, ein Produkt der Evolution: Wir wollen an etwas glauben. Warum – darauf gab es bislang keine erschöpfende Antwort. Aber man hatte damit eine Erklärung, warum es so eine riesige Menge an Glaubensrichtungen gab und warum sie alle ihre Anhänger hatten.

Johanna war zurückhaltend gegenüber der Methode der Gehirnforscher, das Verhalten des Menschen allein durch die elektrochemischen Vorgänge im Gehirn zu erklären. Manche erklärten auch Kriminalität auf diese Weise: Aggression und böse Taten rührten ausschließlich von Funktionsstörungen des

Gehirns her und ließen sich letzten Endes medikamentös behandeln.

Johanna mochte kein Gedankenmodell, das jegliche Moral und die Bedeutung des Gewissens leugnete. Dafür hatte sie zu viel Böses durch Menschenhand gesehen, zu viele Gewaltopfer und Gewalttäter. Ein Schuldiger gehörte ins Gefängnis und konnte nicht durch Medikamente »geheilt« werden.

Insofern hielt sie auch den Glauben ganz und gar nicht für eine biologische Notwendigkeit, die im Gehirn nistete. Aber wenn Gott die Welt und die Menschen erschaffen hatte, warum ließ er dann auch das Böse geschehen? Worin bestand der Sinn all des Leids?

Nach dem Tsunami in Asien hatten sich die Bischöfe und Pfarrer fragen lassen müssen, warum Gott so etwas Schreckliches zulassen konnte. Johanna hätte das jedesmal fragen können, wenn sie bei ihrer Arbeit einen ermordeten Menschen sah. Das Böse, die Gnade, Vergebung und andere religiöse Begriffe hatten im Polizeialltag eine wesentlich konkretere Bedeutung als in der Kirche und in Gemeindezirkeln, wo es angenehm nach Kaffee duftete, dachte Johanna.

Tötungsdelikte innerhalb der Familien, Angriffe mit dem Messer auf zufällig vorbeikommende Passanten und die blinde Gewalt jugendlicher Gangs spiegelten den rasch sich vollziehenden Niedergang des Wohlfahrtsstaates wider. In einem Ranking für wirtschaftliche Wettbewerbsfähigkeit glänzte Finnland mit einem Spitzenplatz, aber auf der anderen Seite nahm das Land auch eine Spitzenposition in der Gewaltstatistik ein. Eine wachsende Zahl von Außenseitern der Gesellschaft sah keine Notwendigkeit, die Kulisse des schönen »Volksheims« aufrechtzuerhalten. Dem Verfall der Moral begegnete Johanna bei ihrer Arbeit jeden Tag.

Sie fuhr zusammen, als sie merkte, wie weit sie in Gedanken abgeschweift war. Das konnte sie sich im Moment überhaupt nicht leisten.

26

Es war kälter geworden, und auf der Oberfläche des Sees hatte sich trotz des Windes eine papierdünne Eisschicht gebildet. Grünes Licht waberte unruhig in einem durchsichtigen Schleier über den Nachthimmel.

Im Fenster der Holzvilla oberhalb des Sees war die dunkle Silhouette eines Mannes zu erkennen. Karri hatte die Deckenlampe ausgeschaltet, um das Polarlicht am Himmel sehen zu können. In Gedanken versunken betrachtete er eine Weile das Naturspektakel, dann kehrte er an Saaras Computer zurück.

Er ging ihre E-Mails im Outlook-Express-Programm durch. Für den nächsten Morgen hatte er bereits seine Tasche gepackt, aber vor seiner Abreise nach Holland wollte er Saaras Computer so genau wie möglich unter die Lupe nehmen. Oder hatte der Israeli bereits bestimmte Dateien gelöscht?

Fast alle E-Mails hatten mit Publikationen, Vorlesungen und Seminaren zu tun. Einige persönliche Nachrichten waren darunter, aber etwas fehlte dennoch. Warum hatte es zwischen Saara und Luuk van Dijk keinen E-Mail-Verkehr gegeben? Cornelias Anspielung auf ein Verhältnis der beiden ließ Karri keine Ruhe.

Er ging dazu über, die Namen der Textdateien durchzugehen. Was an Saaras Arbeit hatte letztlich das Interesse der Israelis geweckt? War es ihr neuestes Projekt, die Deutung der Papyrusrolle von Oxyrhynchos, an die sie über van Dijk gekommen war? Die griechischen, lateinischen, hebräischen, aramäischen und koptischen Textrollen, die vor zweitausend Jahren auf der Müllkippe der Stadt Oxyrhynchos abgeladen worden waren, enthielten neben Steuerverzeichnissen, Quittungen und literarischen Texten Fragmente eines verloren gegangenen Evangeliums, das zur gleichen Zeit geschrieben worden war wie die ältesten Schriften des Neuen Testaments. In letzter Zeit war es möglich geworden, die Texte der Schriftrollen durch neue digitale Multispektraltechnik sichtbar zu machen. Van Dijk, ein Archäologe, der an den Universitäten Oxford und Utrecht eine imposante Karriere gemacht hatte, war vor knapp einem Jahr auf Saara zugekommen, um sie zu bitten, sich an der Übersetzung jener Texte zu beteiligen, die in engem Zusammenhang mit der Bibel standen. Der Gedanke schien nahe liegend, dass die gerade erst erschlossenen Evangeliumstexte von Oxyrhynchos etwas durch und durch Umwälzendes enthielten.

Ein Teil der neueren Dokumente befasste sich auch mit den Kodizes von Nag Hammadi. Das wunderte Karri, denn der Fund von Nag Hammadi hatte kaum Neues gebracht.

Das Telefon klingelte.

Johanna Vahtera bedauerte den Zeitpunkt ihres Anrufs, kam aber gleich zur Sache: »Ich möchte wissen, woher Sie von Leas Tod erfahren haben.«

»Launo Kohonen hat mich angerufen. Haben Sie Stenlund schon freigelassen?«

»Könnten Sie in Ihrem Handy nachsehen, wann genau Kohonen Sie angerufen hat?«

Karri sah im Menü unter EMPFANGENE ANRUFE nach.

»Um 20.57 Uhr«, sagte er.

»Danke.« Nun klang Vahteras Stimme schon wieder etwas freundlicher. »Haben Sie immer noch vor, nach Holland zu fliegen?«

»Ja. Morgen früh um sechs ab Oulu.«

»Dann bleibt Ihnen nicht viel Schlaf.«

»Ich könnte sowieso nicht schlafen.«

»Guten Flug.«

Karri bedankte sich und legte auf.

Spätestens jetzt müsste die Polizei Tomi Stenlund freilassen. Karri merkte, dass er über Tomis Unschuld mehr erleichtert war, als er erwartet hatte. In seinem Innern hatte ein kleiner Zweifel genagt: Irgendwie hatte er Tomi doch als Täter verdächtigt. Unerträglich, dass Leas Tod nötig war, um Tomis Unschuld zu beweisen.

Karri kochte sich in der Küche einen Tee und bestrich ein paar Scheiben Knäckebrot mit Butter. Die aß er vor dem Computer, wobei er weitere Dokumente öffnete, die mit den alten, in Nag Hammadi gefundenen Texten zu tun hatten. Allein der Name Nag Hammadi weckte Karris Unwillen. Denn Saaras Versuch, wissenschaftliche Dinge in die Diskussion der einfachen Leute einzubringen, hatte ihm schon eine Menge Ärger bereitet. Die konservativen kirchlichen Kreise in Finnland hatten für wissenschaftliche Bibelforschung nicht viel übrig und das hatten sie Saara auch unmissverständlich wissen lassen.

Der Teufelsberg-Hinweis veranlasste Karri zu der Überlegung, ob es dabei um etwas gehen konnte, das mit Nag Hammadi zu tun hatte. Die Antiquitätenhändler und der schwarze Antikmarkt hatten 1945 bei dem Fund von Nag Hammadi in Oberägypten eine nicht unwesentliche Rolle gespielt. Die besonderen Umstände des Fundes hatten auch Karri interessiert, obwohl er ansonsten nicht allzu vertraut mit der Arbeit seiner Frau war.

Er öffnete ein weiteres Dokument. Es befasste sich mit der größten Sensation des Fundes von Nag Hammadi, mit einer koptischen Übersetzung des Thomasevangeliums, von dem zuvor nur kurze Fragmente bekannt gewesen waren. Das Thomasevangelium wich in Form und Inhalt von den Evangelien ab, die für das Neue Testament ausgewählt worden waren. Es begann mit einem eindrucksvollen Satz, bei dem das Herz des Wissenschaftlers, der ihn entdeckt hatte, gewiss einen Sprung gemacht hatte: *Dies sind die Worte, die der lebendige Jesus sprach und die Didymus Judas Thomas aufgeschrieben hat.*

Die Fortsetzung war ausgesprochen geradlinig. Fast jeder kurze Abschnitt fing auf die gleiche Weise an: *Jesus sagte …* Darauf folgte ein direktes Zitat.

Es war kein Wunder, dass die Kirche das Thomasevangelium nicht akzeptierte: In dem Text wurde ein Jesus zitiert, der sagte, jeder Mensch stehe in direkter Verbindung zu Christus – ohne Kirche. Tatsächlich hatte die Kirche den Text zusammen mit anderen als Irrlehre deklarierten Schriften vernichten lassen. Ein Teil der heutigen Wissenschaftler glaubte indes, dass in dem Thomasevangelium Erkenntnisse über Jesus enthalten seien, die unabhängig waren von den vier Evangelien des Neuen Testaments. Andere wiederum gingen davon aus, dass der Text des Thomasevangeliums lediglich auf der Grundlage der anderen vier Evangelien kompiliert worden sei.

Karri schloss nachdenklich das Dokument. Die Untersuchung umstrittener Schriften war Saaras Leidenschaft. Für sie – wie für viele andere Wissenschaftler – repräsentierte der christliche Glaube nicht die einzige Wahrheit. Das galt auch für die Bibel, denn sie war eine von der Kirche ausgewählte und modifizierte Textsammlung, die für kirchliche Zwecke geschaffen worden war. Die gesamte Institution Kirche war aus praktischen Gründen entstanden, weil die urchristliche Bewegung eine Organisation und Hierarchie entwickeln musste, um überleben und stärker werden zu können. Diese Tendenz wurde nicht nur im Thomasevangelium, sondern auch bei Matthäus und Johannes im Neuen Testament kritisiert; die christliche Führung hätte sich nicht auf den übergeordneten Status einiger Weniger und auf äußere Ehrentitel gründen dürfen.

Saara war der gleichen Ansicht, das war Karri nur allzu klar geworden. Alle Kritik hatte jedoch nichts genützt, und die Kirche hatte sich, von den Umständen gezwungen, zu einer formalen Hierarchie unter bischöflicher Führung entwickelt. Nur so hatte eine ideologische Anarchie vermieden werden können. Und vor allem: Nur dank ihrer Zentralgewalt hatte die Kirche ihren Mitgliedern Schutz bieten und die Mittel sammeln können, mit denen sie den Kern des christlichen Glaubens erfüllte und sich um die Kranken, Benachteiligten und Bedürftigen kümmerte.

Karri hatte Saara oft die Kirche der Gegenwart kritisieren hören, besonders die katholische, aber auch die evangelisch-lutherische Finnlands. Zwar leisteten die Gemeinden wertvolle und unersetzliche soziale Arbeit unter den Menschen, aber beteiligten sie sich wirklich ausreichend an der Unterstützung der Benachteiligten? Halfen sie dort, wo die Hilfe am dringendsten gebraucht wurde, oder pflegten sie letztlich doch nur die graue Theorie und sahen zu, dass sie die Kirchensteuern Gewinn bringend anlegten? Jedesmal wenn Karri und Saara irgendwo in Finnland an einem kirchlichen Verwaltungspalast vorbeifuhren, kam Saara auf das Thema zu sprechen.

Karri brachte die Dateien in chronologische Ordnung und ließ dann den Curser über die Liste gleiten.

Da klopfte es an der Haustür.

Karri erschrak. Er hatte absichtlich keine Klingel installieren lassen, denn das war ihm hier überflüssig erschienen.

Gespannt stand er auf und ging zur Tür.

Dort stand Ezer Kaplan.

Mit pochendem Herzen starrte Karri ihn an. »Was wollen Sie?«

»Ich habe bereits gesagt, was ich will. Ich will Ihnen helfen. Ich will Ihre Frau freibekommen. Und Luuk van Dijk. Ich werde zu seiner Frau nach Holland fahren.«

Karri sah dem Mann in die Augen. Sie wichen seinem Blick nicht aus.

»Es geht also um das Material von Oxyrhynchos?«

»Ich möchte Sie bitten, mit mir zu kommen«, fuhr Kaplan fort. »In Oulu wartet ein Learjet auf uns.«

Mit Müh und Not hielt Karri seine Verblüffung unter Kontrolle. Ein Learjet? Der Mann hatte seine Bemerkung über Oxyrhynchos weder bestätigt noch bestritten. Karri zwang sich zu einem neutralen Gesichtsausdruck und überlegte kurz. »Danke. Ich fliege ebenfalls nach Holland, aber allein.«

»Wie Sie wollen. Unser Flug wäre der schnellste. Und außerdem kostenlos.«

»Ich habe mein Ticket schon bezahlt.«

Der Mann zog einen gepolsterten Umschlag aus der Innentasche seiner Jacke und reichte ihn Karri. »Hier sind 250 000 Dollar in bar. Um die Sicherheit Ihrer Frau und Luuk van Dijks hat sich in Bagdad ein Mitarbeiter der Firma *RiskManagement* gekümmert. Teilen Sie den Leuten dieser Firma mit, dass Sie in der Lage sind, das Lösegeld zu zahlen. Dann können sie versuchen, über örtliche Verbindungsleute Kontakt zu den Entführern aufzunehmen.«

Karri hielt den Umschlag in der Hand. Er brachte kein Wort über die Lippen.

»Wahrscheinlich wird das Geld die Lage entspannen«, sagte Kaplan leise.

Karri überlegte wieder. Er wollte in der Sache so schnell wie möglich vorankommen, jede Minute kam ihm wie eine sinnlose Verzögerung vor. »Wann geht Ihr Flug?«

»Sobald wir in der Maschine sind.«

Karri rang mit sich. Kaplan war auf dem Weg zu Cornelia van Dijk und er ebenfalls. Warum sollten sie nicht zusammen fliegen? Bei der Gelegenheit könnte er Kaplan eventuell weitere Informationen entlocken.

»Ich hole meine Tasche«, sagte Karri.

Kaplan nickte.

Karri hätte gern rasch Johanna Vahtera angerufen, aber dafür war auch später noch Zeit.

Aus einer Eingebung heraus ging er kurz in Saaras Arbeitszimmer. Er nahm die Kette mit dem Kreuz aus der Schreibtischschublade und steckte sie ein.

27

Auf dem Foto war zu erkennen, dass die Frau in einer Art Kellerraum kniete. Hinter ihr stand ein maskierter Mann und hielt ihr den Lauf seiner Waffe an den Kopf.

Dieses Bild stand Saara unscharf vor Augen und wollte nicht verschwinden, so sehr sie auch versuchte, an etwas anderes zu denken. Sie lag gefesselt in ihrem eigenen Schmutz. Sie schwitzte, und sie hatte Durst. Die Wirkung der Betäubungstablette hatte nachgelassen.

Sie konnte sich gut an die Hinrichtungsfotos von Margaret Hassan erinnern, zu gut, denn die Zeitungen und Fernsehkanäle in England waren voll davon gewesen, als sie im November 2004 bei Luuk in Oxford gewesen war. Die geborene Irin und Mitarbeiterin der Hilfsorganisation *Care* hatte zig Jahre lang armen Irakern geholfen. Im Oktober war sie entführt und vier Wochen später hingerichtet worden. Ihr irakischer Mann hätte sich das Hinrichtungsvideo im Büro des Fernsehsenders al-Dschasira anschauen sollen, aber er hatte sich geweigert, weshalb ein Bruder von Margaret Hassan dort gewesen war.

Saara dachte an Karri, wie er ein Video mit ihrer Hinrichtung ansehen musste.

Die Tür ging auf. Saara öffnete die Augen ein wenig. Einer der maskierten Geiselnehmer kam herein. Jetzt schon?, dachte Saara verzweifelt. Aber der Mann hielt keine Waffe in der Hand, sondern dasselbe Medikamentenröhrchen wie zuvor.

Die nächtliche Straße war leer. Kaplans Kollege, der sich als Reuven Sherf vorgestellt hatte, steuerte sicher und mit hohem Tempo die Geländeversion des großen Volvo-Kombi. An dem Aufkleber auf der Windschutzscheibe hatte Karri erkannt, dass es sich um einen Mietwagen handelte.

Es war halb drei nachts. Sie fuhren gerade an Oulunsalo vorbei, bis zum Flughafen Oulu waren es nur noch wenige Kilometer. Zu Beginn der Fahrt hatte Karri noch versucht Fragen zu stellen, aber Kaplan hatte ihm deutlich zu verstehen gegeben, dass er mit keinen weiteren Erklärungen rechnen konnte.

Durch die Stille herrschte eine gespannte Atmosphäre. Auf der Zufahrt zum Flugplatz wuchs Karris Nervosität. Er saß auf dem Rücksitz und hatte seine Reisetasche neben sich. Sie enthielt das Geld, das ihm Kaplan gegeben hatte. Er hatte die Bündel nicht gezählt, zweifelte aber nicht daran, dass die Summe stimmte.

Jetzt half kein Wenn und Aber, doch Karri konnte den Gedanken nicht unterdrücken, dass vierzehn Monate früher das Geld kein Problem gewesen wäre.

Er erinnerte sich noch lebhaft an das Gefühl beim Anblick von 900 000 Euro auf seinem Kontoauszug. Nach Steuern war das ein Klacks, im Vergleich zu dem, was andere beim Verkauf ihrer Firma erzielten, aber Karri hatte es genügt. Am selben Abend war er nach Jerusalem geflogen, wo Saara sich damals aufgehalten hatte. Für einige Nächte waren sie von ihrem Untermietzimmer ins *Renaissance* gezogen und hatten zum ersten Mal in ihrem Leben das Gefühl genossen, sich keine Gedanken darüber machen zu müssen, was wie viel kostete.

Karri hatte Saara damals zu Ausgrabungen begleitet. Nach ihrer Rückkehr nach Finnland war er müde und frustriert gewesen, anders, als er sich das zuvor vorgestellt hatte, fühlte er sich kein bisschen glücklicher. Sogar eine leichte Depression plagte ihn. Er war nicht fähig, den Kontakt zu den alten Freunden zu pflegen, sich in Form zu halten oder irgendetwas zu tun, obwohl er endlich über genug Zeit verfügte.

Dann hatte ihn Panik befallen: Würde er den Verkauf der Firma bereuen? Die Firma, die er mit gewaltigem Einsatz selbst aufgebaut hatte? Vielleicht brauchte er bloß Urlaub und könnte sich anschließend wieder ins Getümmel stürzen und sich von Adrenalinausschüttungen antreiben lassen. Aber jetzt gab es keine Firma mehr, in die er zurückkehren konnte. Da hätte er schon ein neues Unternehmen gründen müssen.

Karri spürte das zwingende Bedürfnis, wenigstens etwas über die Absichten der beiden schweigsamen Israelis in Erfahrung zu bringen. »Was werden Sie tun, wenn wir erfahren, dass *RiskManagement* einem Kontakt mit den Entführern noch nicht näher gekommen ist?«, fragte er so entschlossen wie möglich.

»Wir handeln der Lage entsprechend«, antwortete Kaplan einsilbig auf dem Beifahrersitz.

»Und wenn sie Kontakt aufgenommen haben, aber eine Lösegeldzahlung nicht genug ist? Wenn es gar nicht um Geld geht, sondern um etwas anderes?«

»In diesem Fall brauchen wir ein Wunder. Und das kann uns nur Yehidat Mishtara Meyuhedet beschaffen. Die Polizeisondereinheit Yamam. Das ist auf dem ganzen Planeten die effektivste Truppe, um Ihre Frau zu retten. Nicht Delta von den Amerikanern. Nicht der britische SAS. Nicht die deutsche GSG-9. Sondern Yamam.« Kaplans Stimme klang nun kühler als zuvor.

»Ich habe noch nie davon gehört.«

»Eine wirklich effektive Einheit macht kein Aufhebens um sich. Sie erledigt ihren Auftrag und verschwindet.«

»Was …«

»Keine Fragen zu diesem Thema«, sagte Kaplan. »Überhaupt keine Fragen. Jetzt ist nicht die Zeit.«

Kaplans Stil wurde zusehends kühler. Oder bildete sich Karri das nur ein?

Was er sich allerdings nicht einbildete, war, dass Kaplan mit allen Mitteln in den Angelegenheiten von Saara wühlen wollte. Und in denen von van Dijk.

Karri ärgerte sich, dass Saara ihm nichts davon erzählt hatte, wenn sie tatsächlich etwas Bedeutsames in den Papyrusrollen von Oxyrhynchos gefunden hatte. Kaplan wusste mehr, weigerte sich aber, etwas preiszugeben.

Als ihm Saaras sonderbares Verhalten nach der Syrienreise vor einigen Wochen aufgefallen war, hatte Karri sie gefragt, was passiert sei, aber Saara hatte geschwiegen. Die aktuelle Reise war eindeutig eine Fortsetzung der Syrien-Exkursion. Etwas Bemerkenswertes war im Gange.

Reuven überholte einen Lieferwagen, und Karri zerbrach sich weiter den Kopf. Saara hatte mit ihren alten Laestadianerfreundinnen »auf andere Gedanken« kommen wollen. Karri hätte die Freundinnen nach Saaras neuesten Entdeckungen fragen können.

Er hätte sie fragen können, wenn sie noch am Leben gewesen wären.

Erja. Anne-Kristiina. Und jetzt Lea.

Alle drei waren ermordet worden.

Alle drei Frauen hatte Saara vor ihrer Abreise getroffen.

28

Die Israelis saßen schweigend auf den Vordersitzen. Karri spürte die Erschütterung in seinem Inneren rumoren. Hatte jemand Erja, Anne-Kristiina und Lea umbringen wollen, weil Saara ihnen etwas Bestimmtes erzählt hatte?

Der Gedanke schien so absurd, so weit hergeholt und größenwahnsinnig, dass Karri ihn sofort wieder abgeschüttelt hätte – wenn Kaplan nicht bei ihm im Schneehuhnnest aufgetaucht wäre.

Das Auto näherte sich dem Flughafen. Karri versuchte sich zu sammeln. Ihm fiel absolut nichts ein, was für einen Zusammenhang zwischen den Morden in Pudasjärvi, Saaras Arbeit und der Entführung gesprochen hätte. Aber das Fehlen von konkreten Beweisen schloss einen Zusammenhang nicht gänzlich aus.

Waren die Morde etwa von den Israelis veranlasst worden? Wollten sie etwas von Saara … Wäre Saara ebenfalls ermordet worden, wenn sie hier gewesen wäre? Hatte die Entführung Saara aus der Reichweite der Israelis gebracht? Wollte Ezer Kaplan sie deshalb aus den Fängen der Iraker befreien?

Der Mord an Lea sowie Tomis Unschuld stützten diese Theorie. Und der endgültige Beweis dafür wäre erbracht, wenn die Israelis Karri umbrachten. Schließlich hätte Saara auch ihm von bestimmten Dingen erzählen können.

Er betrachtete das Wageninnere und die Hinterköpfe der vor ihm sitzenden Männer mit neuen Augen. Über den Kofferraum war eine Abdeckung gezogen. Was befand sich darunter? Das Gewehr, mit dem Lea vor wenigen Stunden erschossen worden war? Das Gewehr, mit dem sie ihn erschießen würden, nachdem er geholfen hätte, wichtige Informationen aus Cornelia van Dijk herauszuholen?

Karri wollte auf der Stelle fort, raus aus dem Auto. Kaum hatte der Fahrer auf dem Parkplatz der Autovermietung angehalten, nahm Karri seine Tasche und stieg aus. Mit pochendem Herzen fixierte er Kaplan. »Was wollen Sie wirklich?«

Kaplan sah Karri an. Er bemerkte dessen zunehmendes Misstrauen.

»Ich habe bereits gesagt, was ich will. Ich will Ihnen helfen.« Er lud zwei große, abgenutzte *Rimowa*-Koffer aus dem Kofferraum und stellte sie auf den Boden. »Ich will Ihre Frau freibekommen.«

Karri sah dem Israeli in die Augen. Er hielt seinem Blick stand.

»Sie haben drei Freundinnen meiner Frau getötet«, sagte Karri.

Kaplan zeigte keine Reaktion. »Ich weiß nicht, wovon Sie reden.«

Karri wandte den Blick keine Sekunde von Kaplans Augen ab.

»Und Ihre Yamam-Einheit hat nicht vor, meine Frau zu befreien, sondern sie zu ermorden.«

Noch immer verzog Kaplan keine Miene. »Warum sollten wir Ihre Frau töten?«

»Damit sie nicht über ihre gemeinsame Forschungsarbeit mit van Dijk spricht. Sie haben in unserem Haus geschnüffelt und in unseren Computern gewühlt.«

Der Mann sah Karri mit großen dunklen Augen an. »Sie leiden unter Paranoia. Wir wollen Ihre Frau retten. Kommen Sie zur Vernunft!«

Kaplan machte einen Schritt auf Karri zu und legte ihm freundlich die Hand auf die Schulter. Karri hatte sich an die südländische Art der Berührung nie gewöhnen können, trotzdem gelang es ihm jetzt, nicht zusammenzuzucken. Er wollte dem Mann seine Angst nicht zeigen.

Er zwang sich zu einem kurzen, trockenen Lachen. »Vielleicht bin ich ein bisschen müde. Da gehen schon mal die Gedanken mit einem durch.«

»Ich verstehe Sie vollkommen«, sagte Kaplan.

Karri hörte die Erleichterung in Kaplans Stimme. Aber das beruhigte ihn selbst keineswegs.

Er ging neben Kaplan auf das Terminal zu. Als er den Schritt verlangsamte, tat der andere es ihm gleich.

Karris Herz hämmerte. Das Angebot, mit den Israelis zu fliegen, interessierte ihn nun überhaupt nicht mehr.

Der Eingang zum Terminal kam näher. Karri fasste einen Entschluss.

Etwas tun. Sich nicht hängen lassen.

Er ging vor Kaplan durch die Tür. Im selben Moment fuhr er herum und rannte wieder hinaus. Er rannte so schnell er nur konnte. Ohne sich umzublicken, bog er um eine Ecke, stolperte und fing sich gerade noch, lief an einer Mauer entlang, bis er außer Atem den Parkplatz für das Flughafenpersonal erreichte.

Auf den ersten Blick schien ihm niemand gefolgt zu sein. Er ging auf die gegenüberliegende Seite des Parkplatzes und behielt dabei das Terminal im Auge. Er wusste nicht, ob Kaplan ihm folgte, auch nicht, ob der überhaupt vorhatte, ihn gewaltsam mit ins Flugzeug zu nehmen, aber er wollte kein Risiko eingehen.

Karri näherte sich wieder der Wand des Terminals und blieb an einer Ecke stehen, wo sich an die Mauer ein Drahtzaun anschloss. Durch den Zaun blickte er auf das Flugfeld und sah zu seiner Erleichterung Kaplan auf einen weißen Learjet zugehen.

»Wo wollten Sie denn so plötzlich hin?«, fragte hinter ihm eine männliche Stimme auf Englisch.

Karri fuhr herum und sah Kaplans Kollegen vor sich, beide Hände in die Seiten gestemmt. Reuven Sherf war außer Atem.

»Was wollt ihr von mir?«, fragte Karri mit bebender Stimme.

»Das wissen Sie doch«, sagte der Mann mit einem Tonfall, der Karri fast beleidigte. »Wir haben uns nur gefragt, wohin Sie verschwunden sind und warum«, fuhr Sherf fort. »Die Maschine wartet.«

Karri überlegte einen Moment. »Ich dachte, ich nehme vielleicht doch lieber die Linienmaschine. Fliegen Sie nur mit Ihrer eigenen.«

Der Israeli sah ihn einen Moment an, dann sagte er: »Das müssen Sie selbst wissen«, drehte sich abrupt um und ging auf den Eingang des Terminals zu.

Karri atmete durch. Er hätte die Reaktion der Israelis auf seine Flucht gern als Beweis für ihre Unschuld gedeutet, aber das wäre zu einfach gewesen. Er kam sich eher wie der Hase bei einem Windhundrennen vor, den man absichtlich laufen ließ und nie einholte.

Karri zog das Handy aus der Tasche und wählte Johanna Vahteras Nummer. Es klingelte nur zweimal, da meldete sich die Frau mit verschlafener Stimme.

»Entschuldigung, dass ich Sie wecke«, sagte Karri leise. »Aber ich möchte Ihnen mitteilen, dass mir unser Freund Ezer Kaplan 250000 Dollar in bar für das Lösegeld gebracht hat. Außerdem bot er mir an, mit ihm nach Holland zu van Dijks Frau zu fliegen. Ich bin jetzt auf dem Flughafen Oulu.«

»Was reden Sie da, Mann?«

»Ich habe kapiert, worum es geht ...«, Karri suchte nach Worten. »Saara, Lea, Erja und Anne-Kristiina haben sich am Freitagabend in der *Kaminstube* getroffen. Wie auch aus dem Interesse der Israelis hervorgeht, ist Saara an irgendeinem bedeutenden Fund dran. Sie hat nicht näher mit mir darüber gesprochen, aber womöglich hat sie es mit ihren religiösen Freundinnen getan. Die jetzt auf Kaplans Veranlassung alle tot sind.«

Am anderen Ende der Leitung war es eine Weile still. Reuven Sherf ging über das Flugfeld auf den Learjet zu.

»Ihre Theorie überzeugt mich nicht«, sagte Johanna Vahtera. »Aber könnten Sie nachher aufs Präsidium kommen?«

»Ich habe doch gesagt, dass ich nach Holland fliege. Nicht mit Kaplan, sondern mit SAS. Abflug 5.45 Uhr.«

Karri wollte nichts von seiner »Flucht« sagen, auch nichts von der Reaktion der Israelis darauf, denn das schien seine Theorie zu schwächen, die er selbst für bombensicher hielt.

»Welchen Fund hat Ihre Frau denn gemacht?«, fragte Vahtera. »Handelt es sich um einen Gegenstand?«

»Saara ist Expertin für Texte aus der biblischen Zeit. Sie war gerade erst in Syrien. Dort muss sie etwas Bedeutsames im Visier gehabt haben, darum ist sie so bald erneut zu einer Reise aufgebrochen. Als ich sie fragte, was denn so wichtig sei, sagte sie, das würde sie mir erst verraten, wenn bei dem Fund die Radiokohlenstoff-Datierung zur Feststellung des Alters gemacht worden sei. Sie hatte ihren Kollegen offenbar versprochen, vorläufig über die Sache zu schweigen. So habe ich es jedenfalls verstanden.«

»Hat sie etwas von der Rolle der Israelis erwähnt?«

»Nein. Aber das hat noch nichts zu sagen. Sie hat vor ihrer Abreise ohnehin ziemlich geheimnisvoll getan. Auf jeden Fall ist Saara jetzt die Hauptsache.« Karris Blick folgte dem Learjet, der sich auf dem Flugfeld in Bewegung setzte. »Ich hatte die Vorstellung, dass sie das Ganze mit ihren Freundinnen besprechen wollte. Lea, Erja, Anne-Kristiina und sie waren langjährige Freundinnen. Früher standen sie sich sicherlich auch näher …«

»Sie meinen, die Israelis hätten den Verdacht, Saara könnte ihren Freundinnen etwas von ihrem Fund erzählt haben … worauf die Israelis sie ermordeten?«

»Ich weiß, das klingt jetzt weit hergeholt. Aber Kaplan hat sehr deutlich gemacht, dass sie Saara genau wegen dieses Fundes aus den Händen der Iraker befreien wollen. So viel steht fest. Falls Geld nichts nützt, wollen sie eine Eingreiftruppe namens Yamam einsetzen.«

»Aber wäre Saara denn in den Händen der Israelis in Sicherheit, wo die doch ihre Freundinnen ermordet haben?«

»Darauf will ich ja gerade hinaus. Saara muss ohne deren Hilfe nach Hause geholt werden. Aber das Geld der Israelis werde ich einsetzen, solange sich unsere Regierung nicht dafür interessiert, eine finnische Staatsbürgerin zu retten. Ich werde jetzt Cornelia und die Sicherheitsfirma in Bagdad anrufen. Und Sie sollten bei Ihren Ermittlungen Kaplan nicht außer Acht lassen«, sagte er, frustriert von Vahteras Skepsis. Die würde jedoch bald verfliegen, da war er sich sicher.

»Eines noch«, sagte Vahtera. »Wenn Ihre Theorie stimmt, hätten die Israelis dann nicht auch Sie zum Schweigen bringen müssen? Wenn sie davon ausgehen, dass Ihre Frau ihren Freundinnen wichtige Informationen gegeben hat, dann doch sicherlich auch Ihnen, ihrem Ehemann?«

»Vielleicht.« Karri wusste, dass das stimmte und seine Theorie zum Wackeln brachte.

Seine Theorie würde erst in dem Moment bestätigt, in dem die Israelis ihn erschossen.

29

Der Uhr nach war es Morgen, aber das merkte man in dem großen, kahlen Raum auf der Polizeiwache von Pudasjärvi nicht. Vor den breiten Fenstern waren die Jalousien heruntergelassen – davor herrschte noch pure Finsternis.

An der Wand waren Bilder des jüngsten Opfers aufgetaucht: die tote Lea, aufgenommen im Schein des grellen Blitzlichts auf dem Fußboden ihrer engen Küche.

Johanna richtete den Blick wieder auf die Kaffeetasse, die vor ihr stand. Die Müdigkeit steckte ihr in den Knochen, aber sie fühlte sich trotzdem überraschend munter. Zum Glück waren die drohenden Kopfschmerzen verschwunden, bevor sie richtig eingesetzt hatten. In dieser Situation konnte sie sich solche Handicaps nicht leisten.

Die Ratte war ihr aus den Händen geglitten. Aber nicht lange.

Grundlose Zuversicht, wurde sie von ihrer eigenen Vernunft korrigiert. In Wahrheit hatte die Ratte sie zum Narren gehalten.

Und weil sie, Johanna Vahtera, gegen die Ratte nicht angekommen war, lag jetzt Lea Alavuoti im Kühlraum des gerichtsmedizinischen Instituts.

Vor dem Polizeigebäude hatten noch eifrigere Journalisten als zuvor gewartet, aber Johanna hatte geschwiegen. Innerlich hatte sie bereits eine Pressemitteilung über die Festnahme »eines 37-jährigen Mannes«, sprich Stenlunds entworfen gehabt, aber jetzt würde sie wohl einen völlig anderen Text schreiben müssen.

»Drittes Opfer in der Mordserie von Pudasjärvi«, zog sie in

Erwägung, bis ihr einfiel, dass »Mordserie« zu sehr an »Serienmörder« erinnerte. Und dieses Wort wollte sie, warum auch immer, vermeiden.

Konnte die Theorie von Karri Vuorio womöglich doch ein Fünkchen Wahrheit enthalten? Natürlich handelten auch Israelis schon mal skrupellos, wenn sie glaubten, es sei zum Wohle ihrer Nation unumgänglich, aber andererseits erschien es unglaubwürdig, dass die wissenschaftlichen Funde von Saara Vuorio und ihren Kollegen einen solchen Apparat in Gang gesetzt hätten.

Andererseits konnte der Mann, der bei Karri Vuorio aufgetaucht war, kein Fantasieprodukt sein. Etwas durch und durch Seltsames ging hier vor sich, daran bestand kein Zweifel. Darum gab es allen Grund, auch in diese Richtung zu ermitteln.

»Ein Männermodell namens *Ruska* aus der Schuhfabrik *Vääksy*«, sagte Kulha zu der schwarzweißen Schuhsohlendarstellung, die er vor sich hatte. »Hergestellt 1999–2003. Nächste Verkaufsstellen Oulu, Kuusamo, Posio und Rovaniemi.«

Kulha befestigte das Foto eines Schuhpaares an der Tafel. Johanna sah es sich interessiert an.

»Liegt schon etwas über die Fußspuren des Schützen vor?«, fragte sie.

»Das Labor stellt gerade ein Modell her und versucht, das Körpergewicht und Ähnliches desjenigen herauszufinden, der die Abdrücke hinterlassen hat«, sagte Kupiainen. »Soweit ich sehe, handelt es sich ungefähr um Schuhgröße 41. Relativ abgetreten. Dem Schrittmuster nach hat ein mittelgroßer oder auch etwas größerer Mann die Schuhe getragen. Normaler Schritt. Aber das wird im Labor noch genauer analysiert.«

»Die Waffe?«

»Dieselbe wie vorher. Gewehr Kaliber 308. Das Labor teilt uns heute noch die Ergebnisse der Kugel- und Hülsenanalyse mit.«

»Und Leas Telefon?«, wandte sich Johanna an Hedu, der sich in seiner ewigen Jacke verkrochen hatte.

»Die genauen Verbindungsdaten bekommen wir vom Telefonanbieter *Elisa* innerhalb weniger Stunden. Das letzte Gespräch, dessen Nummer im Apparat und auf der SIM-Karte zurückgeblieben ist, ging gestern Abend gegen neun an den Bruder des Opfers nach Taivalkoski. Das letzte eingegangene Gespräch stammt von dir.«

Johanna nickte. Ein sinnloser, unnützer Gedanke plagte sie hartnäckig: Hätte sie sich früher auf den Weg zu Lea gemacht …

»Im Handy waren elf SMS gespeichert«, fuhr Hedu fort. »Gespeicherte Telefonnummern gibt es an die zwanzig. Ein halbes Dutzend davon allein von den Geschwistern. Andere Namen, die wir kennen, sind E. Yli-Honkila, A.-K. Salmi und S. Vuorio. Eine genaue Analyse und ein Cross-check werden heute gemacht.«

Johanna sah ihr Team ernst an und richtete sich dabei unwillkürlich auf. »Ich habe eine neue Ermittlungslinie eröffnet. Eine ziemlich außergewöhnliche. Sie hat mit Saara Vuorio zu tun, die im Irak entführt worden ist. Ein Israeli ist bei ihrem Mann in Pudasjärvi gewesen.«

Alle um den Tisch Versammelten hörten interessiert zu.

Johanna wollte weiterreden, da klopfte es kurz an der Tür. Im selben Moment ging sie auf, und Polizeichef Sumilo kam herein und warf beide Boulevardzeitungen auf den Tisch. »Jetzt geht es los. Sie sind nur ein kleines Stück hinten dran. Aber zwei Leichen haben es schon bis in die Schlagzeilen geschafft.«

Der Polizeichef entfernte sich ebenso schnell, wie er gekommen war, und hinterließ Schweigen.

Johanna schob die Ausgabe von ›Iltalehti‹ zur Seite. Auf dem Titelblatt prangte ein Foto von der Stelle, an der die Leiche von Anne-Kristiina gefunden worden war. SERIENMÖRDER UNTERWEGS?, fragte die Überschrift.

Was mochte erst in der Zeitung von morgen stehen?

Johanna griff nach ›Ilta-Sanomat‹ und hielt dem Team die Titelseite hin.

Finnin im Irak entführt, hieß es dort in großen Lettern. Ein stark vergrößertes, grobkörniges Foto zog alle Aufmerksamkeit auf sich. Es zeigte eine Frau, die einen orangefarbenen Plastikumhang trug und auf dem Boden kniete. Sie blickte direkt in die Kamera. Jemand drückte ein Messer gegen ihren Hals.

Im Lauf des Jahres hatte Johanna ähnliche Bilder von Engländern, Italienern, Franzosen und anderen entführten Ausländern gesehen, aber das vertraut anmutende Gesicht der blonden Finnin machte ihr eine Gänsehaut.

»Das ist Saara Vuorio, die seit einiger Zeit in Pudasjärvi wohnt.« Johanna räusperte sich und gab sich Mühe, ihre Stimme stabil zu halten. »Der Israeli, der bei Karri Vuorio war, will helfen, sie freizubekommen. Behauptet er. Wir werden in den Mordfällen auch in diese Richtung ermitteln. Allerdings ist bei diesem Entwicklungsstrang die Sicherheitspolizei mit dabei.«

Das Team schaute Johanna bestürzt an.

30

Cornelia van Dijk lenkte die selbst bemalte Ente vom Flughafen Schiphol in Richtung Utrecht. Neben der Straße pflügte ein Bauer ein riesiges Feld, und am halb bewölkten Himmel vollführten Vögel Sturzflüge.

Karri saß müde auf dem Beifahrersitz, sein Nachtschlaf hatte sich auf die zwei Stunden in der Maschine beschränkt. Auf der schmalen Rückbank neben seiner Reisetasche lag ein Stapel holländischer Zeitungen, deren Titelseiten Bilder von Luuk van Dijk zierten. Karri ahnte, dass Saaras Entführung auf ›Ilta-Sanomat‹ ebenso prominent dokumentiert war, aber die Zeitung war nicht mehr vor dem Abflug der SAS-Maschine in Oulu gewesen.

Er hätte gern mit Cornelia über deren Anspielung auf ein Verhältnis zwischen Saara und Luuk gesprochen, zunächst jedoch erzählte er ihr von den Ereignissen der vergangenen Nacht.

»Als Kaplan mich anrief, ahnte ich, dass da etwas faul war«, sagte Cornelia. »Ich habe so meine Probleme mit der Haltung der Israelis, obwohl meine eigene Familie zum großen Teil jüdisch ist.«

In der kurzen Zeit hatte sie Karri bereits über ihren familiären Hintergrund und ihren Beruf ins Bild gesetzt. Ihr Vater stammte aus einem alten Geschlecht von Reedern und hatte das Kapital, das durch den Kolonialhandel zusammengekommen war, so gut angelegt, dass ein Bruchteil davon genügte, um ein gesichertes Leben zu garantieren. Cornelia selbst hatte sich für die Bildende Kunst als Beruf entschieden – aber auf ihrem Gebiet noch nicht den Durchbruch geschafft.

»Vielleicht war es unvorsichtig von dir, dich mit den Israelis einzulassen«, sagte Cornelia.

Karri kam sich in der Tat idiotisch vor, weil er Kaplan nicht gleich zurückgewiesen hatte. Dennoch reizte ihn auch Cornelias besserwisserische und misstrauische Haltung, denn in einer Notsituation sollten sie doch möglichst flexibel denken.

»Haben sie wirklich gesagt, sie würden hierher kommen?«, fragte Cornelia und klang dabei nicht sonderlich besorgt.

»Zumindest haben sie mir angeboten, mich mitzunehmen.«

»Hast du die Briten in Bagdad angerufen?«

»Zuletzt habe ich es beim Umsteigen in Stockholm versucht, aber dort ging wieder nur der Anrufbeantworter dran.«

Cornelia war eine schöne Frau, etwas älter als Karri. Sie trug weinrote Samthosen und eine Wildlederjacke mit Fransen. Ein dunkelgrünes Seidentuch, das sie unter die langen, blonden Haare gebunden hatte, verstärkte den leicht hippieartigen Eindruck. Ihre jugendliche Lässigkeit wurde von Lachfalten in den Augenwinkeln in der Balance gehalten und von einem Parfum, das sie sich mit dem Budget einer Studentin nicht hätte leisten können.

Karri zog sein Handy aus der Tasche und wählte die Nummer von *RiskManagement*. Jetzt meldete sich Churchill. Karri erzählte ihm kurz von dem Besuch des Israeli, von dem Lösegeld und von den Morden an Saaras Freundinnen.

»Das mit Kaplan klingt nach Mossad«, sagte Churchill. »Sie wollen etwas haben, das sich im Besitz Ihrer Frau befindet. Einen Gegenstand oder Informationen. Oder etwas noch Wertvolleres, falls die Morde in Finnland tatsächlich auf das Konto der Israelis gehen sollten.«

»Ihr Leben?«

Der Brite seufzte. »Wenn man es für nötig gehalten hat, die Freundinnen Ihrer Frau in Finnland zum Schweigen zu bringen, weil man vermutete, Ihre Frau könnte ihnen etwas gesagt haben, dann ist es natürlich denkbar, dass man auch sie selbst zum Schweigen bringen will. Vielleicht will man sich nicht darauf verlassen, dass die Iraker ihre Geiseln töten.«

Karri schloss die Augen. Der Profi war in seinen Schlussfolgerungen zum gleichen Ergebnis gekommen wie er selbst.

»Aber das ist so lange reine Spekulation, bis geklärt ist, wer die Morde in Finnland begangen hat«, sagte Churchill mit einem Hauch von Trost in seiner nüchternen Stimme. »Vorläufig wissen wir nur, dass ein Israeli helfen will, Ihre Frau freizubekommen. Was danach passiert, ist zunächst nicht relevant.«

»Es könnte bald relevant werden«, sagte Karri. »Kaplan hat mir empfohlen, mich, wenn nötig, auf Yamam zu verlassen, die angeblich effektivste Sondereinheit des gesamten Planeten.«

»Ach ja? Das zeigt, dass Kaplan vom Mossad kommt. Oder aber er will den Anschein erwecken, ein Mann des Mossad zu sein. Aber wir sind schneller. Wann …«

»Was meinen Sie damit? Was heißt ›schneller‹? Haben die Israelis vor, sich Saara auf eigene Faust zu nähern?«

»Das wissen wir nicht. Aber es ist selbstverständlich möglich. Wann und wie werden Sie das Geld hierher bringen?«

»Ich kann jederzeit von Amsterdam nach Amman fliegen.«

»Wir haben ein Büro in Amman, dort wird man Ihnen helfen.«

Churchill nannte eine Telefonnummer, und Karri beendete das Gespräch. Allerlei widersprüchliche Gedanken schwirrten ihm durch den Kopf.

Nach und nach wurden die von Kanälen durchzogenen Felder seltener und machten Platz für Laubwälder, in die immer wieder prächtige Häuser eingebettet waren. Bei einem Teil der Buchen und Ahornbäume hatten sich die Blätter rötlich gefärbt.

Karris Telefon klingelte. Er schaute aufs Display und erkannte die Nummer seiner Schwiegermutter. ›Ilta-Sanomat‹ war in Pudasjärvi an den Kiosken und vor den Supermarktkassen aufgetaucht. Karri steckte das Handy ein, ohne sich zu melden. Er hatte Verständnis für die Erschütterung seiner Schwiegermutter, aber er wollte ihr nicht verraten, dass er in Holland war, und erst recht nicht, dass er demnächst nach Amman weiterfliegen würde.

Bald würde im Saal der Friedensgemeinde nicht nur für Saara, sondern auch für ihn gebetet werden. Und endlich hatte auch Karri einmal das Gefühl, Hilfe durch Gebete zu brauchen. War es demnach so, dass er sich nicht nach Hilfe von oben sehnte, wenn es ihm gut ging, sondern immer nur dann, wenn es schwierig wurde?

Das Handy klingelte erneut, aber auch jetzt ging Karri nicht dran – diesmal, weil ihm die Nummer unbekannt war. Wahrscheinlich ein Journalist. Vorläufig interessierte sich Karri nur für Anrufe vom Außenministerium und von Johanna Vahtera.

Cornelia bog in Richtung Utrecht ab, auf eine Straße, die in einen herbstlichen Wald eintauchte.

Dann platzte es schließlich doch aus Karri heraus: »Du hast am Telefon behauptet, es gäbe konkrete Anhaltspunkte, dass Luuk und Saara ein Verhältnis haben. Warum vermutest du das?«

»Das habe ich doch schon gesagt. Mein Gefühl verrät mir das. Die Art, wie Luuk über Saara redet. Glaubst du es immer noch nicht?«

»Ich weiß nicht«, entgegnete Karri unsicher. »Hat Luuk übrigens in letzter Zeit größere finanzielle Transaktionen getätigt?«

»Nein. Wieso?«

Karri wollte ihr nicht sagen, dass Saara eine große Summe vom Konto abgehoben hatte, obwohl es ihn beschäftigte.

Die gut 60-jährige Frau begrüßte Johanna, indem sie ihre Hand mit beiden Händen ergriff und drückte.

Marjatta Yli-Honkilas Hände waren heiß und trocken, ihre aufrechte Haltung strahlte fast unnatürliche Ruhe aus angesichts dessen, was ihrer Nichte zugestoßen war.

»Sie leisten anspruchsvolle Arbeit, um dem Wirken des Satans auf die Spur zu kommen«, sagte sie und sah Johanna dabei fest in die Augen.

»Ich weiß nicht, ob der Satan so etwas veranlasst … Meistens ist es wohl der Mensch selbst.«

»Erja war ganz und gar ein Kind Gottes. Und Anne-Kristiina ebenfalls.«

Johanna sah sich in dem sorgfältig gepflegten Einfamilienhaus aus den siebziger Jahren um, wo die Frau allein wohnte. Auf einem kleinen Tisch lag eine weiße Decke, darauf stand ein gerahmtes Abiturfoto, vor dem eine weiße Kerze brannte.

Johanna war irritiert über die Wendung, die die Ermittlungen genommen hatten. Sie wusste noch immer nicht, was sie von Karri Vuorios Worten über Ezer Kaplan halten sollte. War es möglich, dass die Ratte aus Israel kam? Eigentlich müsste Johanna die Zügel straff halten, aber im Moment schien ihr alles aus den Händen zu gleiten. Der Schlüssel lag bei den Opfern, bei etwas, das mit ihnen zu tun hatte. Anne-Kristiina, Lea und Erja mussten im Brennpunkt bleiben.

Johanna bat Erjas Tante, ihr Fotos zu zeigen, das war ein probates Mittel, das Gespräch zu eröffnen. Ihr Blick fiel auf ein Foto mit einem alten Schulhaus aus Holz. Davor standen Kinder mit Fäustlingen und dampfendem Atem, den Blick auf die finnische Fahne geheftet, die gerade gehisst wurde. Schneebedeckte Bäume fassten den Hof ein wie eine Mauer, die sie vor der bösen Welt abschirmte.

»Alpo war ein vollkommener Lehrer. Solche wie ihn gibt es heute nicht mehr. Außer Erja natürlich. Sie war ein Ebenbild ihres Vaters.«

Johanna sagte nichts. Alpo Yli-Honkila stand aufrecht und ernst mit der Bibel in der Hand da. Bei näherer Betrachtung veränderten die starre Haltung und die ängstlichen Blicke der Kinder die Atmosphäre des Bildes. Es bestand kein Zweifel, dass die Schüler in dieser Schule in der Zucht des Herrn gewesen waren.

»Alpos plötzlicher Tod war für alle ein schwerer Schlag«, sagte die Frau. »Vor allem natürlich für Erja.«

»Wie ist er denn gestorben?«

»Ertrunken. Obwohl er ein guter Schwimmer war. Man vermutet, dass er einen Herzanfall bekam. Die Arbeit eines Lehrers ist furchtbar belastend, gerade für einen gewissenhaften und besorgten Menschen wie Alpo. Von einigen Schülern wusste auch Erja schauderhafte Geschichten zu erzählen. Dabei glaube ich, dass sie über die schlimmsten Dinge nicht einmal gesprochen hat. Sie wollte die anderen immer vor dem Übelsten schützen, obwohl gerade das für sie selbst zur Last wurde.«

»Was meinen Sie mit schlimmen Dingen?«

»In der Schrift heißt es: Wenn dich die linke Hand verleitet, hacke sie ab.«

Die Art der Frau ärgerte Johanna, aber sie zwang sich zu einem warmen und vertrauensvollen Tonfall. »Sie sind ein scharfsichtiger Mensch. Ich stelle Ihnen jetzt eine sehr wichtige Frage: Können Sie sich vorstellen, was der Grund für die Morde gewesen sein könnte? Fällt Ihnen jemand ein, der sich den Mord an Erja hätte zuschulden kommen lassen können?«

Die Frau sah ihr fest in die Augen. »Ich dachte schon, Sie würden mich das gar nicht fragen.«

Johanna spürte aus Marjatta Yli-Honkila eine reine Kraft hervorquellen, als diese ohne Zögern sagte: »Den Schuldigen muss man nicht lange suchen. Der Satan wohnt in unserer Nähe. Unter uns.«

Obwohl sie das Gefühl hatte, auf dünnem Eis zu gehen, sagte Johanna ruhig: »Wenn der Satan hinter der Tat steckt, haben Sie dann eine Vorstellung davon, durch wen er sie hätte ausführen lassen können?«

Marjattas Blick ging immer tiefer. Am liebsten hätte Johanna sich abgewandt, aber sie zwang sich, in die dunklen, stechenden Augen mit den schweren Lidern zu sehen.

»Der Satan kann jede Gestalt annehmen, die ihm gefällt, aber die Wege des Herrn sind unerforschlich.«

»Sprechen Sie offen. Ist es möglich, dass die Ratte … Verzeihung … dass der Täter noch ein viertes Mal zuschlägt?«

»Ich wusste es«, flüsterte die Frau. »Ich wusste es damals schon. In ihm wohnte die fleischliche Begierde. In ihm verbarg sich der Geist des Satans, und jetzt hat er die Macht übernommen.«

»Von wem sprechen Sie?«, fragte Johanna ebenso leise, aber mit etwas strengerem Tonfall.

Die Frau schloss die Augen und schwankte leicht. »Im Namen und im Blute Jesu …«, flüsterte sie. »Ich hoffe, mir wird vergeben werden, so wie der Herr all denen vergibt, die gegen ihn gesündigt haben …«

Johanna wusste nicht weiter. Ihr Blick ging zum Fenster, vor dem das Dunkel schon etwas nachgelassen hatte. Weiße Bandagen aus Schnee leuchteten an den Ästen der Kiefern.

Die Frau sah sie schweigend an. Vor dem Abiturfoto flatterte die Kerzenflamme, obwohl Johanna keinen Luftzug verspürte.

»Ich werde das niemandem außer Ihnen sagen, hier und jetzt«, flüsterte Marjatta Yli-Honkila. »Nicht auf dem Polizeirevier, nicht vor Gericht, nirgendwo.«

Ihr Blick schien sich tief in Johannas Kopf hineinzubohren, während sie sich darauf vorbereitete, den Namen des Schuldigen zu nennen.

»Ja?« Johanna musste ihre trockenen Lippen befeuchten.

31

Karri tippte mit nervösen Fingern: *www.iltasanomat.fi.*

Cornelia sah ihm über die Schulter. Der Laptop stand in einem Wohnschiff, das in einer Reihe anderer Kähne in einem Kanal am Südrand von Utrecht trieb. Durch das schmale Fenster am oberen Rand der Kajüte sah man ein Hinterrad der Ente und die Reihe reich verzierter Stadthäuser auf der anderen Straßenseite.

Das Wohnschiff war unter Bohemiens einst eine bevorzugte Wohnform gewesen, aber heute war es nicht mehr sonderlich billig. Karri fragte sich, ob das Dümpeln in dem muffig riechenden Kanal Cornelias Art war zu demonstrieren, dass sie sich aus dem Reichtum ihrer Familie nichts machte. Ihren Worten hatte er entnommen, dass der Landsitz der Familie in der Nähe von Gouda von Größe und Aussehen her in etwa Olavinlinna entsprach, der größten Burg Finnlands.

Ab und zu warf Karri einen Blick aus dem Fenster. Waren die Israelis schon auf dem Weg hierher? Würden sie versuchen, ihr Geld zurückzubekommen? Das schien nicht vernünftig, falls ihre Absicht tatsächlich darin bestand, Saara aus den Händen der Entführer zu befreien. Was danach geschähe, war eine andere Sache. Dennoch horchte Karri jedesmal auf, wenn sich auf dem Kai Schritte näherten. Er hatte die Lüftungsklappe geöffnet, um besser hören zu können.

»Kannst du mir das übersetzen?«, fragte Cornelia hinter ihm. Ihr edles Parfum hinterließ eine zarte Spur in der Luft, als sie sich dicht über Karris Schulter beugte. Karri spürte die Röte an seinem Hals aufsteigen.

Auf dem Bildschirm tauchte die Titelseite der Zeitung auf, die von einem einzigen Wort dominiert wurde, Weiß auf Schwarz. ENTFÜHRT.

Karri fing gar nicht erst an, die kostenlose Kurzfassung des dazugehörigen Artikels zu lesen, sondern gab gleich die Nummer seiner Kreditkarte ein, um den einen Euro zu bezahlen, für den man den gesamten Inhalt des Blattes herunterladen konnte.

Kurz darauf sah er vor sich das grobkörnige, aus dem Internet kopierte Foto von Saara.

Cornelia legte ihm die Hand auf die Schulter. Das tröstete ihn ein wenig.

Mit einem Klick öffnete Karri die erste Doppelseite, die große Bilder enthielt, aber wenig Text. Auf einer Aufnahme war er selbst vor dem Haus zu sehen. Auf einem anderen Bild stand die braun gebrannte Saara mit ärmellosem Hemd und einem Hut gegen die Hitze in Israel am Ufer des Toten Meeres.

Auf einer Landkarte war dicht an der jordanisch-irakischen Grenze ein rotes Kreuz eingezeichnet, auf der irakischen Seite.

FINNIN IM IRAK ENTFÜHRT, lautete die Schlagzeile.

Cornelia drängte nicht mehr auf die Übersetzung, sondern ließ Karri den Artikel in Ruhe lesen. Sie ging inzwischen in die Küche, um Frühstück zu machen. Der zwölf Meter lange und fünf Meter breite Kahn bot Platz für eine Wohnung normaler Größe. Luuks Arbeitszimmer war mit Büchern und Gegenständen größtenteils ägyptischer Herkunft gefüllt.

Karri zwang sich, den Text auf dem Bildschirm zu überfliegen. Er spürte, wie er rot wurde, als er an die Stelle kam, an der von ihm selbst die Rede war: *Karri Vuorio, der Ehemann, spricht offen über die Situation. Er steht in Kontakt mit der Frau des entführten Holländers und beklagt sich über die Passivität des finnischen Außenministeriums. »Es ist klar, dass die Entführer Geld wollen. Ich werde alles tun, um das Lösegeld aufzutreiben. Vor dem Hintergrund früherer internationaler Fälle sieht es so aus, dass bis zu einer halben Million Euro nötig sein werden.«*

Am Schluss des Artikels wurde die Nummer des Spendenkontos genannt, die Karri dem Journalisten mitgeteilt hatte. In der rechten unteren Ecke der Doppelseite berichtete ein kleiner Zusatzartikel über den Mord an zwei finnischen Geschäftsleuten im Irak im Jahr 2004 sowie über Entführungen Dutzender von Journalisten und Mitarbeitern von Hilfsorganisationen.

In einem weiteren Kasten wurde kurz von der Geiselnahme berichtet, die 2000 auf der Insel Jolo stattgefunden hatte und bei der die finnischen Staatsbürger Seppo Fränti und Risto Vahanen monatelang von der islamistischen, vor allem aber räuberischen Bande Abu Sayyaf gefangen gehalten worden waren.

Cornelia stellte das Frühstückstablett mit Tee, Toast und Aufschnitt auf den Tisch.

»Ich werde bald auf die Bank gehen, um die finanziellen Dinge zu regeln«, sagte sie. »Ich will, dass alles bereit ist, wenn das Lösegeld gebraucht wird. Am Geld darf es nicht scheitern.«

Nachdenklich betrachtete Karri die ägyptischen Gegenstände an der Wand. »Du hast gesagt, die Kollegen, die mit Luuk das Oxyrhynchos-Material erforschten, hätten keine Hinweise darauf gegeben, dass Luuk bei seiner Arbeit vor einem außerordentlichen Durchbruch stand. Aber gibt es auf seinem Forschungsgebiet auch etwas, das mit Israel zu tun hat?«

Cornelia setzte sich neben Karri, so dicht, dass sie ihn fast berührte.

»Seine Kollegen haben eine genaue Vorstellung von Luuks Arbeiten, weil ein Artikel von ihm in der Publikationsreihe der *Egypt Exploration Society* erscheinen wird. Aber darin geht es, soweit ich weiß, nicht um Israel.«

Karri trank einen Schluck Tee. »Mir ist aufgefallen, dass in Saaras Computer keine einzige E-Mail von Luuk gespeichert ist. Das finde ich seltsam. Sie müssten doch einen intensiven E-Mail-Austausch gehabt haben.«

»Was ist daran seltsam?« Cornelias Miene verdüsterte sich. »Sie führen doch keinen Briefwechsel, den jeder sehen kann, der den Computer einschaltet. So wie du.«

Was Cornelia da sagte, zog den Knoten in Karris Magen weiter zu, obwohl er nicht daran glaubte, dass Saara ihn betrogen hatte. »Ich will jetzt nicht über Beziehungskisten diskutieren«, sagte Karri matt. »Außerdem können sie auch berufliche Gründe dafür gehabt haben, geheim zu kommunizieren.«

»Ich habe mindestens eine E-Mail von Saara zu Gesicht bekommen. Sie wurde letzte Woche abgeschickt.«

Cornelia streckte sich nach der Tastatur, dabei berührte ihr Arm Karris Schulter, und Karri wich etwas zur Seite. Er konnte den Gedanken nicht verdrängen, was für ein enges Team Saara und Luuk bei ihren Forschungen gewesen sein mussten, speziell wenn sie sich inmitten einer fremden Kultur bewegt hatten.

»Hier«, sagte Cornelia. Ihre Haare strichen über Karris Wange.

Karri las die E-Mail. Sie war wenige Sätze lang, und es war darin nur die Rede von einem David, der angerufen und mitgeteilt habe, die Datierung sei am Wochenende fertig.

»Was für eine Datierung?«, fragte Karri, erleichtert, dass in der Nachricht nichts Persönliches enthalten war.

Vor allem interessierte er sich allerdings für die E-Mail-Adresse, von der Saara die Nachricht geschickt hatte: *saara_schneehuhnnest@yahoo.com*. Diese Adresse kannte Karri nicht.

Das erklärte alles. Saara hatte für den Austausch mit Luuk einen Anbieter anonymer E-Mail-Adressen benutzt. Warum?

»Ich muss jetzt zur Bank«, sagte Cornelia. »Ich habe provisorisch vereinbart, dass die Lösegeldsumme auf ein bestimmtes Konto transferiert wird, von wo aus sie bei Bedarf schnell weitergeleitet werden kann.«

Cornelia ging an Deck des Kahns, und Karri öffnete die E-Mail-Website von Yahoo. Vor ihm erschienen zwei leere Felder: Benutzerkennwort und Passwort.

Als Benutzerkennwort gab er zweimal den Nachnamen ein: *vuoriovuorio*. Das war ihr Standardkennwort, zuletzt hatten sie es bei einem Hotmail-Account benutzt, den sie wegen des Hausbaus eingerichtet hatten.

Fehlte nur noch das Passwort. Er und Saara hatten eine gemeinsame Geheimzahl für Pin-Codes und Bankkarte. Die gab er ein: 2749.

Falsches Passwort, teilte das Programm mit.

Karri schrieb zwei Nullen dahinter, denn bei manchen Codes brauchte man mindestens sechs Stellen.

Falsches Passwort, weiterhin.

Karris Handy klingelte.

»Neuigkeiten von Kaplan«, sagte Johanna Vahtera in Pudasjärvi. »Nur zu Ihrer Information. Der Learjet der Israelis ist nicht nach Amsterdam abgefertigt worden, sondern nach Amman.«

Hatte Churchill recht? Versuchten die Israelis vor ihnen bei den Entführern zu sein? Voller Panik sprang Karri auf.

»Ich fliege noch heute nach Amman weiter«, sagte er.

»Vergessen Sie's. Sie …«

»Geben Sie sich keine Mühe«, unterbrach Karri die Anruferin.

32

Johanna bog in die Seitenstraße ab und fuhr auf das Grundstück von Launo Kohonen. Sie schloss die Wagentür und betrachtete das Haus am Waldrand. Bis in die Ortsmitte von Pudasjärvi war es nicht einmal ein Kilometer, aber man hatte das Gefühl, mitten in der Wildnis zu sein. Pasi Lopponen, der Polizist aus Pudasjärvi, wusste, welche Gerüchte im Ort kursierten, und er kannte die meisten Leute, die hier lebten. Kohonen kannte er jedoch nicht.

Johanna war gespannt, obwohl sie Marjatta Yli-Honkilas Verdacht mit Zurückhaltung zur Kenntnis genommen hatte. Trotzdem wollte sie die Sache auf der Stelle klären. Das übrige Team ging vereinbarungsgemäß den jeweiligen Ermittlungen nach.

Es war mittlerweile so weit hell geworden, wie es in dieser Jahreszeit eben möglich war. Eine bleigraue Wolkendecke sorgte für gleichmäßiges Licht, das von der dünnen Schneedecke reflektiert wurde. Diese hüllte gnädig das alte Bettgestell ein, das vor dem Haus zwischen hohen trockenen Halmen stand. Vor dem Nebengebäude, das Vorratsraum, Holzschuppen und Plumpsklo umfasste, parkte ein Lada Niva, der schon vor zwanzig Jahren seine besten Tage hinter sich gehabt hatte. Der kleine Geländewagen war rundum verrostet, sogar das Nummernschild war von Rost zerfressen.

Johanna ging noch immer das Telefongespräch mit Karri Vuorio im Kopf herum. Der Mann riskierte zu viel. Der vor Gewalt überschäumende Hexenkessel im Nahen Osten war nicht der richtige Ort für Amateure. Nicht einmal für Profis.

Neben dem Haus begann das Waldstück, durch den der Fußweg führte, an dem Anne-Kristiina Salmi tot aufgefunden worden war. Deutlich kam Johanna Kohonens Gefasel am Fundort der Leiche in den Sinn. Und später hatte er sich zufällig gerade die Beine vertreten und dabei den Krankenwagen zu Leas Elternhaus fahren gesehen. Dann hatte er Stenlund am Telefon davon berichtet. Und Vuorio hatte er ebenfalls angerufen.

Vorsichtig ging Johanna auf das Haus zu. Es war ein kleines Holzhaus, der Anstrich war in schlechtem Zustand, überhaupt wirkte es verwahrlost. Nicht alle Fenster hatten Vorhänge. Nirgendwo brannte Licht.

Zögernd hielt Johanna inne. Was, wenn Marjatta Yli-Honkila Recht hatte? Wenn die Ratte in diesem Haus lebte?

Dann war Johanna gerade dabei, sich unnötig in Gefahr zu begeben. Mit einem Mann, der kaltblütig drei Frauen ermordet hatte, war nicht zu spaßen. Sie hätte Kohonen aufs Präsidium bestellen können, aber sie wollte ihn bei sich zu Hause sehen, in seiner eigenen Umgebung. Die sagte manchmal mehr als die Person, mit der man sprach.

Johanna klopfte laut. Drinnen rührte sich nichts. Sie wollte gerade noch einmal klopfen, als es doch im Flur polterte und die Tür quietschend aufging.

»Was ist?«, fragte Kohonen vorsichtig. Der nach Schweiß riechende, rundgesichtige Mann mit den roten Wangen trug ein kariertes Flanellhemd und *Terylen*-Hosen. »Ich hab doch schon alles ...«

»Ich möchte noch ein paar Dinge überprüfen. Können wir reingehen?«

Kohonen wich zurück, und Johanna trat durch den Windfang in einen mit dunkelbraunen Fingerpaneelen verkleideten Flur, den eine Deckenlampe mit Plastikschirm erleuchtete. Ein bittersüßlicher Geruch stieg Johanna in die Nase, dessen Ursprung neben der Tür stand: ein Eimer, mehrere Zentimeter hoch mit Urin gefüllt, auf dem Kartoffelschalen schwammen.

Kohonen wollte Johanna ins Wohnzimmer lotsen, aber sie

blieb an der Küchentür stehen. Überraschenderweise war die Küche sauber. Die altmodische Spüle blinkte zwischen den hellgrün gestrichenen Schränken, und an der Wand hingen genau ausgerichtet Pfannen, Töpfe und Kasserollen. Das Gewürzregal war zehnmal vielfältiger als bei Johanna zu Hause. Neben der Tür stand eine alte Holzkiste, und die Hinterwand wurde von einer funkelnagelneuen Kühl-Gefrierkombination beherrscht.

Johanna ging weiter in das enge Wohnzimmer, wo kalter Rauch sich mit einem abstoßenden chemischen, medikamentenartigen Geruch mischte. Ihr war unbehaglich zumute, als Kohonen die Tür hinter sich schloss und auf die senfgelbe Kunstledercouch aus den siebziger Jahren deutete.

»Was wollen Sie?«, fragte der Mann.

»Ein paar Auskünfte nur.«

Johanna legte sich eine Taktik zurecht. Marjatta Yli-Honkila hatte erzählt, Kohonen habe früher mal nebenbei als Hausmeister der Friedensgemeinde gearbeitet. Hauptberuflich war er Metzger im örtlichen Supermarkt gewesen. Der Mann war nicht »echt« religiös, hatte aber hin und wieder die Veranstaltungen der Laestadianer besucht, vor allem wohl wegen seines Jobs. Überraschenderweise war ihm aber dann auf beiden Arbeitsstellen gekündigt worden.

Kohonen war im Ferienzentrum der Laestadianer beim Spannen erwischt worden. Er hatte heimlich junge Frauen in der Sauna beobachtet. Bis ihn Erja, Anne-Kristiina und andere hinter der Sauna entdeckt und sich gefragt hatten, was er da eigentlich verloren hatte. An der Hinterwand der Sauna hatten die Mädchen eine Leiter stehen sehen. Die waren sie aus Neugier hinaufgestiegen, und da hatten sie im Dach ein Loch entdeckt, durch das man genau auf die Pritschen sehen konnte.

»Um der Mädchen willen« war das Ganze damals verschwiegen worden. Aber der Leiter des Supermarkts hatte Kohonen daraufhin gefeuert, weil er es sich mit den Laestadianern nicht verderben wollte. Seitdem war Kohonen arbeitslos, seit nunmehr dreizehn Jahren schon. Laut Marjatta Yli-Honkila hatte er Probleme mit der psychischen Gesundheit gehabt und auch entsprechende Medikamente bekommen. Einmal hatte er im betrunkenen Zustand blindlings im Wald um sich geschossen und deswegen eine Vorladung von der Polizei bekommen. Jarva hatte das bei einem Kollegen, der damals in Pudasjärvi gearbeitet hatte, überprüft. Unterlagen über den Vorfall existierten allerdings keine.

»Ich werde Ihnen auch Fingerabdrücke abnehmen«, sagte Johanna.

Kohonen lachte auf. »Mir? Warum das denn? Ich werde doch wohl nicht verdächtigt?«

»Reine Routine. Außerdem funktioniert das ja auch umgekehrt. Aufgrund der Fingerabdrücke können Sie aus dem Kreis der in Frage kommenden Täter ausgeschlossen werden«, sagte Johanna lächelnd und mit einem Zwinkern.

Kohonens Anspannung ließ sichtlich nach. »Na, von mir aus.«

Johanna nahm aus ihrem Koffer das große Stempelkissen und die Formulare, auf denen die Abdrücke gemacht wurden. Finger für Finger führte sie Kohonen die Hand. Die Hände des Mannes waren schweißig und kühl.

»Sie haben gestern gesagt, sie hätten die Opfer nicht gekannt«, sagte Johanna ruhig. Sie spürte, wie Kohonens Hand sich ganz leicht anspannte.

»Was heißt gekannt.« Der Mann sprach mit gesenkter, heiserer Stimme und hustete. »Ja, ich hab sie vom Sehen gekannt. Das ist ein kleines Dorf, diese Stadt. Aber ich verkehre, wie man so sagt, nicht in denselben Kreisen.«

Johanna versuchte die Situation einzuschätzen. Wie viel Druck konnte sie ausüben?

»Sie sind zurzeit arbeitslos?«, fragte sie, als sie zum Schluss den Abdruck der Handfläche nahm.

»*Auch* zurzeit.«

»Was haben Sie davor gemacht?«

»Ich war Metzger.«

»Warum haben Sie Ihren Arbeitsplatz verloren?«

Ein Anflug von Verbitterung huschte über sein Gesicht. »Meine Visage hat dem Ladenbesitzer nicht mehr gefallen. Dabei waren die Kunden zufrieden. Kein einziges Wort der Beschwerde in zwölf Jahren.«

Johanna erwartete, dass Kohonen weiterredete, aber er starrte nur noch vor sich hin. Er hatte eine Langsamkeit an sich, die Johanna vermuten ließ, dass er unter dem Einfluss sedierender Medikamente stand.

Sie packte die Formulare und das Stempelkissen in den Koffer. »Sie waren nebenbei Hausmeister im Ferienzentrum der Laestadianer.«

Kohonens Blick richtete sich auf sie. »Na und? Sind Sie auch schon den Klatschweibern im Dorf in die Hände geraten?«

»Klatsch interessiert mich nicht. Erzählen Sie mir die Tatsachen!«

Kohonen zeigte nun eine neue Wachsamkeit. »Sie haben aus mir einen sexverrückten Spanner gemacht. Einen verfluchten Fanatiker. Haben behauptet, ich hätte ein Loch ins Dach gemacht. Das war eine Lüge.«

Johanna verabscheute den Mann, ließ aber nicht zu, dass ihre Gefühle ihr Denken beeinträchtigten. Kohonens Gesichtsausdruck war nicht überzeugend, aber Johanna konnte allein daran nicht entscheiden, ob der Mann log oder nicht.

»An der Auseinandersetzung damals waren auch Erja Yli-Honkila und Anne-Kristiina Salmi beteiligt. Und Lea Alavuoti.«

»Versuchen diese Frömmler aus mir einen Mörder zu machen? Wissen Sie was, jemand hat Ihnen da Scheiße zu fressen gegeben! Wegen der alten Geschichte soll ich die drei umgebracht haben?«, lachte Kohonen krampfhaft und bitter. »Ich hätte allerdings manchmal Lust dazu gehabt, mein Leben ist seitdem nämlich ziemlich den Bach runtergegangen.«

Johanna gefiel überhaupt nicht, was sie da hörte. Solche Bemerkungen klangen nicht gut.

»Mit wem haben Sie gesprochen?«, zischte Kohonen auf einmal. »Mit Marjatta Yli-Honkila?«

»Für mich ist wichtig zu wissen, was wahr ist und was nicht. Es ist zu Ihrem eigenen Vorteil, wenn Sie mir alles von Anfang an ehrlich erzählen. Was haben Sie zwischen Samstagmorgen und Sonntagnachmittag gemacht?«

Kohonen wurde ernst. »Das gibt's doch nicht, verdammt nochmal«, sagte er leise. »Verdächtigt ihr mich tatsächlich? Ja, seid ihr denn verrückt?«

»Wir sammeln Erkenntnisse. Also. Wo waren Sie?«

»Wo ich war?« Kohonen lachte noch bitterer als zuvor. »Hier natürlich. Zu Hause. Wo denn sonst?«

»Waren Sie vor dreizehn Jahren auf dem Saunadach, wie es behauptet wird?«

»Muss das jetzt auch wiedergekäut werden?« Kohonen zog eine Schachtel Zigaretten hervor. »Zweimal war ich dort. Aber nicht, als sie Krach geschlagen haben. Da war im Hauptgebäude eine Sicherung durchgebrannt, und die musste ich auswechseln. Der Kasten ist an der Rückwand des Saunagebäudes. Jedenfalls war es damals so.«

Johanna versuchte sich ein Bild von Kohonen zu machen, aber das war nicht leicht. Einerseits sah sie vor sich einen ausgestoßenen, armen Kerl, der unfair behandelt worden war, andererseits einen offensichtlich mental instabilen und verbitterten Mann, der trank.

»Wie konnte es sein, dass Sie Sonntagnacht zum Fundort von Anne-Kristiina Salmis Leiche kamen?«

»Das habe ich gestern schon gesagt. Ich habe mir die Beine vertreten und habe die Polizeiautos und den Leichenwagen gesehen.«

Churchill schlürfte seinen Morgentee in dem orientalisch eingerichteten, leicht schäbigen Hinterzimmer des Büros von *RiskManagement*. Karri Vuorios Anruf hatte ihn nachdenklich gemacht.

Was führten die Israelis im Schilde? Das Aushändigen von Bargeld für eine Lösegeldzahlung – das klang extrem seltsam. Und spätestens das Gerede über den Einsatz von Yamam zeigte, dass sie es ernst meinten.

Churchill legte ›Miracle Drug‹ von U2 auf, weil der energische, aber beruhigende Sound zu seiner Stimmung passte. Teppiche, Tapeten, Kissen und Diwane dämpften die Akustik des Raums.

Er hatte das einzige Bild von Keith, das er besaß, auf den Tisch gestellt. Es war ein Foto aus ›Newsweek‹. Es illustrierte eine Reportage über Sicherheitsleute, die in Bagdad im Einsatz waren. Wie viele andere Medienhäuser, gehörte auch ›Newsweek‹ zu den Kunden von *RiskManagement.*

Auf dem Foto stand Keith scheinbar gelassen neben einem Kamerateam des ZDF. Und jetzt lag er irgendwo als Gefangener von Banditen im West-Irak.

Churchill setzte sich in den Sessel neben dem Bücherregal. In dem Regal standen alte, in Leder gebundene Werke über die großartige Geschichte des Irak, die Churchill faszinierte, aber auch traurig machte. Euphrat und Tigris, die Wiege der Zivilisation. Mesopotamien. Der Turm von Babel. Das Paradies. Alles entsprang hier. Die Sumerer und Babylonier waren als Erste auf die Idee gekommen, einen Kreis in 360 Grad zu unterteilen und einen Tag in 24 Stunden.

Churchill überdachte die Lage. Die Entführten waren eine Finnin, ein Holländer und ein Malteser. Alle stammten aus Ländern, die über keine besonderen politischen oder sonstigen Hebel zur Befreiung ihrer Bürger verfügten. Die meisten alliierten Staaten unterstützten die Haltung der Vereinigten Staaten: Mit Entführern wird nicht verhandelt, und Lösegelder werden nicht bezahlt. Trotzdem versuchten die Regierungen nicht, private Verhandlungen zu verhindern. So hatte zum Beispiel die türkische Regierung ihren Segen gegeben, als der Türkische Lastkraftwagenverband für die Freilassung von einigen seiner Mitglieder im Irak gesorgt hatte.

RiskManagement hatte sich bislang um vier Entführungsfälle gekümmert. Der letzte war der schwierigste gewesen. Ein Jordanier, der als Buchhalter bei einer amerikanischen Transportfirma arbeitete, war in seiner Wohnung in Bagdad entführt worden. Gefordert wurden 500 000 Dollar Lösegeld innerhalb von 72 Stunden. Es hatte Churchill das Herz gebrochen, mit anzuschauen, wie die Frau und die Kinder der Geisel geweint und angstvoll den Ablauf des Ultimatums verfolgt hatten.

Ein diplomatischer Beauftragter Jordaniens in Bagdad hatte den Angehörigen des Entführten geraten: Versucht eine Lösegeldsumme auszuhandeln, die ihr bezahlen könnt. Die Haltung der jordanischen Regierung war eindeutig: Sie war nicht bereit, mit Terroristen zu verhandeln, hinderte die Familie aber nicht, sich mit den Entführern auf ein Geschäft einzulassen. Auf diese Weise war mindestens ein halbes Dutzend Jordanier freigekommen.

Churchill berichtete Baron von dem Anruf des Finnen. Aus der Sicht von *RiskManagement* war das israelische Geld ein ausschließlich positiver Aspekt, denn davon würde eventuell auch Keith profitieren.

Sorgen machte ihm allerdings die Erwähnung der Spezialeinheit Yamam.

33

Timo Nortamo öffnete das Fenster, damit der Lackgeruch abziehen konnte. Nachdem er viele Abendstunden damit verbracht hatte, die Türrahmen abzuschmirgeln, war er am Vorabend endlich dazu gekommen, sie neu zu streichen. Hinter dem Grundstück rumpelte ein Zug vorbei, aber mittlerweile hatte Timo sich an den periodisch wiederkehrenden Lärm gewöhnt. Es schien gar nicht mehr notwendig, Doppelfenster zur Lärmisolation anzuschaffen.

Draußen hatte es aufgeklart, an diesem Dienstag kam endlich die Sonne heraus, nachdem es in Brüssel seit einer Woche nur bewölkt und regnerisch gewesen war. Timo hatte beschlossen, sich den Vormittag freizunehmen, da er noch reichlich Überstunden abzufeiern hatte. Der Umzug und die Renovierung des Hauses hatten ihn auf Trab gehalten, und an seinem Arbeitsplatz, zu dem er nach einer zwischenzeitlichen Kündigung unter dubiosen Umständen wieder zurückgekehrt war, wurde er ohnehin gefordert.

Timos Handy klingelte.

»Välimäki hier, hallo. Wie geht's?«

»Ich frühstücke gerade«, antwortete Timo seinem ehemaligen Kollegen von der finnischen Sicherheitspolizei. »Und in Helsinki?«

»Könntest du mich mal zurückrufen, wenn du an der Werkbank stehst? Die Zentralkripo braucht ein paar Infos aus Nahost.«

»Worum geht es?«

»Um einen Israeli und eine israelische Stiftung.«

»Ich melde mich in einer Stunde.«

Timo stellte den Werkzeugkasten zur Seite und ging in die Küche, um den letzten Schluck Kaffee, der in der Kanne zurückgeblieben war, zu trinken. Aaro, sein 14-jähriger Sohn, war bereits auf dem Weg zur Schule. Durch die Renovierung herrschte im Haus ein ziemliches Chaos. Das wäre allerdings auch ohne Renovierung der Fall gewesen, denn Timo und Aaro hatten keine Lust, allzu penibel Ordnung zu halten – im Gegensatz zu Timos Frau Soile, die während der Woche am CERN in Genf arbeitete. Soile hatte das Verhältnis, das sie mit einem Arbeitskollegen dort gehabt hatte, beendet und sich mit Timo ausgesprochen. Nach langen Gesprächen war ihre Ehe wieder auf einem besseren Weg, aber an der räumlichen Distanz änderte sich vorläufig nichts, denn Soiles Arbeit in der Schweiz befand sich gerade mal wieder in einer besonders wichtigen Phase.

Timo zog sich die Jacke über und fuhr mit der Straßenbahn zu seinem Arbeitsplatz in der Rue Adolphe Buy, wo die Agence pour la lutte contre le Terrorisme, Extrémisme et Radicalisme, kurz TERA, in einem trostlosen Bürogebäude ihr Hauptquartier hatte. In der TERA waren die Sicherheitsdienste aller EU-Mitgliedsstaaten vertreten. Die zentrale Aufgabe der Institution bestand darin, die nationalen Polizeiorganisationen bei der effektiveren Gestaltung des Informationsflusses zu unterstützen.

Timo ging in sein Büro im zweiten Stock und schaltete den Computer ein. Seiner Gewohnheit entsprechend warf er als Erstes einen Blick auf die Internetseiten der finnischen Boulevardzeitungen.

Die Meldung über die Entführung einer Finnin im Irak veranlasste ihn, den ganzen Artikel zu lesen, der allerdings nicht sonderlich viel Informationen hergab. Auf einem Foto sah man den Ehemann der Entführten vor einer prächtigen Holzvilla stehen.

Timo rieb mit dem Daumen über den Stumpf seines fehlenden kleinen Fingers. Er wunderte sich, dass sich das Außenministerium noch nicht mit ihm in Verbindung gesetzt hatte. Begriff man dort nicht, dass man in solchen Fällen gerade die TERA informieren sollte? Die italienischen Vertreter von TERA waren kürzlich erst bei der zur Befreiung zweier italienischer Journalisten durchgeführten Operation dabei gewesen.

Timo rief auf der Stelle mit dem internen Telefon seinen holländischen Kollegen Wim Putmans an und fragte ihn, was er von der Entführung Luuk van Dijks wusste.

»Ich wollte gerade zu dir kommen«, sagte Putmans. »Ich bin von Den Haag gebrieft worden und habe mir ein vorläufiges Bild über den Fall verschafft. Ich erledige noch ein paar Telefonate, dann komme ich.«

Timo rief Välimäki in Helsinki an, der als Kontaktmann der finnischen Sicherheitspolizei zur TERA fungierte.

»Ich habe in der Zeitung gelesen, dass eine Finnin im Irak entführt worden ist«, sagte Timo. »Kümmert ihr euch um den Fall? Hast du mich deswegen vorhin angerufen?«

»Eigentlich liegt der Fall nicht bei uns.«

»Was meinst du damit?«

»Das Außenministerium hat keinen Kontakt aufgenommen. Das ist praktisch über Umwege zu uns durchgedrungen. In Pudasjärvi wütet ein Killer. Hinter dem ist Johanna Vahtera von der Zentralkripo her.«

»Das habe ich im Internet gesehen. Zwei Frauen erschossen.«

»Drei. Die Letzte hat es nur noch nicht bis in die Zeitung geschafft. Die Tatzeit war zu spät am Abend. Dreimal derselbe Täter, wie es aussieht.«

Das erklärte, dass Johanna Vahtera vor Ort war, dachte Timo. In seinen Jahren bei der Zentralkripo hatte er ein paarmal mit der Frau zu tun gehabt. Sie war damals die erste Finnin gewesen, die in der Abteilung für Verhaltensforschung des FBI in Quantico einen Kurs absolviert hatte. Sie war eine starke Persönlichkeit und spaltete die Meinungen innerhalb der Polizei, aber Timo hatte noch keine Gelegenheit gehabt, sich über sie ein eigenes Urteil zu bilden.

»Johanna Vahtera hat uns heute früh angerufen«, sagte Välimäki. »Sie meint, theoretisch könnte die Entführung mit den Morden in Pudasjärvi in Zusammenhang stehen. Sie ist auf einen Israeli gestoßen, der dem Ehemann der Entführten Geld angeboten hat, damit dieser seine Frau aus den Händen der Entführer befreien kann. Aber ruf Vahtera selbst an. Ihr habt doch Kontakte nach Israel.«

Timos Interesse war geweckt, und er ließ sich von Välimäki die Nummer von Johanna Vahtera geben.

Am Gate 62 des Flughafens Amsterdam Schiphol drängten sich die Reisenden in einer unförmigen Schlange.

»Ihr *Turkish-Airways*-Flug 1954 nach Istanbul ist jetzt zum Einsteigen bereit«, klang es aus den Lautsprechern.

Nervös spielte Karri mit der Boardingcard. Die schnellste Verbindung nach Amman ging über Istanbul. Cornelia hatte vorgehabt, mitzukommen, aber Karri hatte das nicht für klug gehalten. Ihr Vorschlag war auch nicht völlig ernst gemeint gewesen. Cornelia war keine Frau, die im Nahen Osten zurechtkommen würde. Im Gegensatz zu Saara.

Karri wusste selbst nicht, was er in Amman mehr tun konnte, als auf Nachrichten von *RiskManagement* zu warten. Aber er wollte kein Stück hinter den Israelis zurückbleiben, die sich Saara näherten.

Langsam rückte die Schlange auf den Eingang zu. Karri spürte den mit Geldscheinen gefüllten Brustbeutel unter seinem Hemd. Er hatte das Geld, das er von Kaplan bekommen hatte, geteilt. Einen Teil in den Brustbeutel, den Rest in eine Gürteltasche, zwei Portemonnaies und einen Briefumschlag. Cornelia war zur Bank gegangen, um das Lösegeld zu beschaffen. Sie hatte wenigstens etwas, auf das sie zurückgreifen konnte. Holland war seit Jahrhunderten ein reiches Land, und die Kapitalmassen, die von Generation zu Generation weitervererbt wurden, waren immer größer geworden. Finnland hingegen war noch vor fünfzig Jahren ein bettelarmer

Agrarstaat gewesen – genau genommen ein Entwicklungsland.

Saaras geheime E-Mail-Adresse ließ Karri keine Ruhe. Er zerbrach sich den Kopf, wie das Passwort dafür lauten könnte. Bevor er gegangen war, hatte er Cornelia noch einmal nach Belegen für ihren Verdacht über ein Verhältnis zwischen Saara und Luuk gefragt, aber bislang gab es einfach keine.

34

Johanna stand vom Schreibtisch auf, um zu einer Besprechung des Ermittlungsteams zu gehen, als Timo Nortamo noch einmal aus Brüssel anrief. Diesmal klang er ein wenig aufgeregt. Im Gespräch zuvor hatte Johanna ihm von dem Israeli in Pudasjärvi berichtet.

»Unser Nahost-Desk hält deine Anmerkungen zu Ezer Kaplan für interessant«, sagte Timo. »Ich habe gerade mit Spitzenvertretern von SiPo und Außenministerium gesprochen. Das Ministerium hat die SiPo um Amtshilfe gebeten. Und die SiPo wiederum stützt sich in solchen Fällen auf uns.«

Johanna runzelte die Augenbrauen. »Was für Erkenntnisse gibt es?«

»Eine Stiftung namens *The Holy Land Christian Foundation* existiert. Sie wird allerdings nicht öffentlich tätig. Unserem Israel-Experten zufolge gehört die Stiftung zu den Deckorganisationen des Mossad. Ich weiß nicht, womit Saara Vuorio zu tun gehabt hat oder woran sie vielleicht unwissentlich beteiligt war, aber das starke Interesse des Mossad an ihrer Person ist ziemlich … außergewöhnlich.«

»Noch etwas anderes«, sagte Johanna schnell. »Könntest du mal in euren Dateien wühlen. Die letzte Person, die die ermordeten Frauen lebendig gesehen hat, ist ein Libanese namens Rafiq Karam. Er betreibt in Pudasjärvi ein Restauraunt. Ist von Stockholm nach Finnland gekommen. Sein Bruder Ibrahim, der in Hamburg lebt, steht unter Beobachtung. Er wird verdächtigt, Verbindungen zu Terrorgruppen zu haben.«

Timo fragte ein paar zusätzliche Angaben ab, dann legte

Johanna das Telefon aus der Hand. Die Teambesprechung hatte bereits angefangen. Sie stand auf und ging in den Konferenzraum.

Auf dem Flur kam ihr Polizeichef Sumilo entgegen. Johanna wäre gern an ihm vorbeigegangen, aber Sumilo blieb stehen.

»Fortschritte?«

»Langsame«, antwortete Johanna, ohne stehen zu bleiben. Sie war unfreundlich, das wusste sie, aber das war Sumilo auch. Selbstverständlich hätte Johanna ihn um Hilfe gebeten, wenn Ortskenntnisse gefragt waren, aber Lopponen kannte sein Revier besser als Sumilo, der erst vor kurzer Zeit nach Pudasjärvi gekommen war.

Jarva, Vuokko, Kupiainen, Kulha, Hedu und Lopponen saßen mit Kaffeebechern in der Hand am Tisch. Johanna schloss die Tür hinter sich und überlegte, was sie sagen sollte. Sie goss sich Kaffee ein und hörte mit einem Ohr, worüber sich Jarva und Vuokko unterhielten. Vuokko war bei der Friedensgemeinde gewesen und hatte mit Laestadianern gesprochen, die Erja gekannt hatten.

»Am Schwarzen Brett hing ein Zettel: *Die Mittwochsversammlung wird zum Gedenken an Erja, Anne-Kristiina und Lea am Teufelsberg abgehalten – an dem Ort, der ihnen so viel bedeutet hat. Kerzen mitbringen!*«

»Am Teufelsberg?« Johanna fiel ein, was Vuorio von dem Hinweis seiner Frau auf dem Video gesagt hatte. Sie nahm einen Schluck Kaffee und beschloss, mit Vuorio darüber zu reden. »Neuigkeiten?«

Kupiainen hob leicht die Hand. »Auf der Straße, die zur Mülldeponie führt, haben wir Reifenspuren gefunden, die dem Reifenprofil von Kohonens Wagen entsprechen. Auch die Spurweite stimmt mit dem Lada Niva überein.«

Johanna nickte. »Er ist die Strecke gefahren, wie viele andere auch. Aber das ist trotzdem eine interessante Information. Interessanter jedenfalls, als wenn es keine Spuren gegeben hätte. Lilja und Pasi, versucht jemanden aufzutreiben, der mehr über

Launo Kohonen weiß. Jetzt, da Stenlund sauber ist, beschäftigt mich noch mehr das Gewehr, das er Kohonen geliehen hat. Wir haben einen Mann, der unter gewissen psychischen Problemen leidet, der gut schießen und mit Waffen umgehen kann. Und der eine persönliche Rechnung mit den Ermordeten offen hatte. Okay, das Motiv ist schwach, aber man darf nicht vergessen, was für Ausmaße alte Verbitterungen mit der Zeit annehmen können. Und Persönlichkeitsstörungen in Kombination mit Rauschmitteln können durchaus zu extremen Handlungen führen.«

Johanna hätte gern die ärztlichen Gutachten über Kohonen gesehen, aber im Moment war es nicht möglich, daranzukommen. Patientenakten wurden der Polizei erst übergeben, wenn der ernsthafte Verdacht eines Gewaltverbrechens vorlag. Und davon konnte vorläufig noch nicht die Rede sein.

»Sobald wir im Zusammenhang mit Kohonen auch nur das Geringste finden, fordern wir die Patientenakten an«, sagte Johanna. »Sonst noch was?«

»Der Nachbar von Rafiq Karam hat angerufen«, sagte Vuokko. »Sehr vorsichtig. Will anonym bleiben …«

»Er heißt Ylikoskelo. Ist ein bisschen komisch«, kommentierte Lopponen. »Nimmt es aber genau. Ich würde ihn für einen ziemlich zuverlässigen Zeugen halten. Macht nicht grundlos die Pferde scheu.«

»Dieser Nachbar hat also in der Nacht von Freitag auf Samstag nicht schlafen können. Wegen Bauchschmerzen. Durch das Fenster hat er gesehen, wie Karam um 3.30 Uhr mit dem Auto nach Hause kam. Normalerweise kommt das Ehepaar gemeinsam kurz nach Mitternacht aus dem Lokal zurück. Es schließt um zehn.«

Johanna drehte den Stift zwischen den Fingern. »Sie hatten am Freitagabend die Frauen in der *Kaminstube*. Vielleicht hatten sie dadurch zusätzliche Arbeit.«

»Ich glaube nicht, dass vier Esserinnen ein außergewöhnliches Chaos hinterlassen haben.«

Johanna war der gleichen Meinung.

»Was noch?«, fragte sie und sah ihre Leute der Reihe nach an.

»Der Bolzenabdruck auf der Hülse beweist, dass Alavuoti mit derselben Waffe erschossen wurde wie Salmi.«

Johanna nickte. »Ich habe auch eine Neuigkeit. Es sieht so aus, als handelt es sich bei unserem israelischen Besucher Ezer Kaplan um einen Mossad-Mitarbeiter. Die TERA in Brüssel ist deshalb jetzt eingeschaltet worden.«

Es wurde still am Tisch. Vuokko und Hedu sahen einander fast begeistert an.

»Aber keine Pferde scheu machen!«, ermahnte Johanna, Lopponen zitierend. »Vorerst soll sich das nicht auf unsere Arbeit auswirken. Wir machen weiter wie bisher, verstärken aber die Ermittlungen in die israelische Richtung. Das machen wir unauffällig, damit uns da nichts in die Quere kommt.«

Johanna warf einen Blick auf das Blatt Papier, das sie vor sich hatte. »Kaplan war mit einem Volvo XC 70 unterwegs, den ein anderer Mann fuhr. Irgendwo müssen die beiden übernachtet haben. Tuomo und Aki, erkundigt euch mal bei den Hotels und Pensionen und den Autovermietungen hier in der Gegend, in Oulu und in Kuusamo. Kupiainen fährt zur Villa von Vuorio und sieht sich die Fußspuren des Mannes an. Zwar wird er kaum die ganze Zeit dieselben Schuhe tragen, aber wir müssen dennoch versuchen, so viel wie möglich über ihn in Erfahrung zu bringen. Auch die anderen behalten diese Linie im Auge. Ich werde mit Rafiq Karam reden. Bei der Gelegenheit sehe ich mir auch gleich die *Kaminstube* an.«

Der staubige alte Range Rover hielt in Al-Rasafahi in Bagdad an einer roten Ampel an. Zwei kleine Jungen, die an der Kreuzung Dienst schoben, nahmen ihre Tätigkeit auf, die an die Box eines Formel-1-Rennstalls erinnerte. Einer ging auf die Knie, um mit einem kleinen Gerät den Reifendruck zu messen, der andere machte die Windschutzscheibe sauber. Die Jungen waren schmutzig und eifrig und ihrer Arbeit noch nicht überdrüssig.

»Ich habe meine Meinung bereits gesagt«, sagte Baron, der am Steuer saß und das Tun der Jungen genau beobachtete. »Ich finde, man hätte dem Finnen klipp und klar sagen sollen: Bleib zu Hause.«

»Den hätte man schon fesseln müssen«, entgegnete Churchill und trommelte mit seinen dicken Fingern auf der Türverkleidung. Der vom Tigris her wehende Wind wirbelte Straßenstaub auf. Der eine Junge rieb hingebungsvoll mit seinem feuchten, schmutzigen Lappen über die Windschutzscheibe.

Die Ampel sprang um. Der Junge streckte seine schwarze Hand aus. Churchill reckte sich, um ihm einen Hundert-Dinar-Schein zu geben, dessen Gegenwert wenige Cent betrug.

Zwischen qualmenden, scheppernden Autos fuhren sie weiter. Im Fußraum des Range Rover lagen Sandsäcke, obwohl die auch nicht sonderlich viel nützten, wenn der Wagen über eine Mine fuhr.

»Außerdem«, fuhr Churchill fort, »bringt der Finne Geld mit. Und das werden wir bald brauchen, falls Uday Recht hat.«

»Es gefällt mir überhaupt nicht, dass Israel das Lösegeld offeriert. Da ist irgendein Hund begraben.«

»Der Meinung bin ich auch. Aber wir sollten uns alle Karten anschauen.«

Ein verbeulter Cadillac kam vor ihnen ins Stottern und blieb stehen, sprang aber bald wieder an. Es waren viele Leute auf der Straße, und der Handel in der Stadt florierte. Eine verschleierte Frau nahm den Stapel weißer Haushaltsgeräte vor einem Geschäft in Augenschein. Vor dem Teehaus nebenan standen Männer in kleinen Gruppen zusammen.

»Du glaubst also tatsächlich, dass es Uday gelungen ist, Kontakt aufzunehmen?«, fragte Baron.

»Er hätte mich wohl kaum angelogen. Was hätte er davon? Uday tut nur, was ihm nützt.«

Der Iraker namens Uday hatte auch bei der Entführung des Buchhalters als Kontaktmann fungiert, und darum hatte Churchill nun erstmals vage Hoffnung.

35

In der Zentrale der TERA ging Timo über den Flur zu seinem Büro. Er hatte sich gerade mit dem holländischen Vertreter Wim Putmans ausgetauscht. Die niederländische Regierung verfolgte die gleiche Linie wie Finnland: Auf die Lösegeldforderungen der Entführer wird offiziell nicht eingegangen, aber zugleich wird alles unternommen, was man für die Freilassung der Geiseln tun kann. Dazu gehörte auch die Klärung der Frage, ob der Fall mit Zustimmung der Angehörigen durch die verdeckte Zahlung eines Lösegelds gelöst werden konnte.

Bei seinen Nachforschungen in Richtung Mossad hatte Timo auch den TERA-Verbindungsmann der Vereinigten Staaten angesprochen, aber die USA waren gegenüber Europäern sehr geizig mit Informationen über den Mossad. Viele Europäer sahen die Rolle Israels im Nahost-Konflikt deutlich kritischer als die Amerikaner.

Zusammen mit Putmans hatte Timo sich das Video der Geiselnehmer angeschaut. Der Piruvaara-Hinweis hatte ihn veranlasst, Karri Vuorios Nummer zu wählen, aber dieser hatte sich nicht gemeldet.

In seinem Büro setzte sich Timo an den Schreibtisch und loggte sich über zwei Passwörter in das TERA-Informationssystem ein. Er tippte den Namen Rafiq Karam in die interne Suchfunktion. Es gab keine eigene Datei zu dem Namen, aber er war in der Datei über Ibrahim Karam, den Bruder, enthalten.

Über Ibrahim gab es einen langen und genauen Bericht. Für

ein Gerichtsverfahren wegen Beteiligung an Terrorakten lagen allerdings noch nicht genug Beweise vor.

Gefährlicher wirkte ein Mann namens Hamid al-Huss, mit dem Ibrahim angeblich in Kontakt stand. Timo öffnete die al-Huss-Datei.

Hamid al-Huss, geb. vermutl. 1973, lebt in Beirut/Damaskus/Hamburg/Lyon? War als junger Mann Aktivist bei Asbat al-Ansari und später bei Abu al-Mujahidin …

Timo wurde aufmerksam. Asbat al-Ansari war eine kleine libanesische Gruppierung, die einen üblen Ruf und Verbindungen zu extremen Palästinensern hatte, vor allem zur Hamas, die für ihre Selbstmordattentate berüchtigt war.

Festgenommen am 12.3.2002 in Hamburg unter dem Verdacht, mit al-Qaida vernetzt zu sein. Stichhaltige Beweise gegen Hamid al-Huss liegen nicht vor, aber er wurde mehrfach vom BfV observiert.

Timo richtete sich auf. Die islamistischen Terroristen verfügten über ein effektives und stabiles Kontaktnetz in Deutschland. Etwa dreihundert aktive Terroristen waren, versprengt in kleine Grüppchen, im Land aktiv. Spätestens seit den Londoner Anschlägen war klar, dass ganz Europa in wesentlich größerem Ausmaß von Terroranschlägen bedroht war, als man bis dahin geglaubt hatte. Der Kontinent diente nicht mehr bloß dem Rückzug, der Logistik und der Versorgung, wie es früher der Fall gewesen war. Und es war bekannt, dass Terroristen und Anwerber sich auch in Skandinavien aufhielten, versteckten, bewegten.

Timo rief bei der SiPo an und fragte, ob der in Pudasjärvi lebende Libanese registriert war.

Nein.

Das machte Rafiq eher noch interessanter. War es möglich, dass der libanesische Restaurantbesitzer über seinen Bruder in Verbindung mit terroristischen Vereinigungen stand?

Natürlich war das möglich. Die Mitglieder terroristischer Zellen konnten unter Umständen jahrelang als »Schläfer« an einem sicheren Ort ruhen, ehe sie sich von dort aus in Bewegung setzten, wenn neue, den Nachrichtendiensten unbekannte Gesichter gebraucht wurden.

Unter dem Vordach des Imbisshäuschens aus runden Holzbalken, das an einer Ecke des Marktplatzes stand, biss Johanna in eine Fleischpirogge. So etwas hatte sie nicht mehr gegessen, seit sie im Streifendienst, den sie vor Jahren in Helsinki hatte verrichten müssen, mit den Imbissen der Hauptstadt Bekanntschaft geschlossen hatte. Die im heißen Fett schwimmend gebackene Fleischpirogge war für Frauen über dreißig eine verbotene Frucht, dachte Johanna und garnierte ihren kalorienreichen Leckerbissen genüsslich mit noch mehr Ketchup.

Wenige Meter weiter verschlang ein junger Mopedfahrer eine Portion Bratkartoffeln mit Wurst. Beim Essen blickte Johanna über den menschenleeren Platz, auf den Schneeregen, der vom dunkelgrauen Himmel fiel. Sie fühlte sich apathisch. Allein der Gedanke, die Ratte könnte hier irgendwo in diesem Moment ihr Leben weiterführen, gab ihr etwas Energie.

Aus irgendeinem Grund war es schwer, sich so einen bis ins Mark bösen Menschen ausgerechnet hier vorzustellen, inmitten unberührter Natur und »reiner« Menschen. Ihr fiel ein, wie Kekkonen das Laestadianertum beschrieben hatte, wo auch Laien sich gegenseitig die Sünden vergeben konnten. Das klang an sich nicht schlecht, denn damit war bestimmt eine gewisse therapeutische Wirkung verbunden. Vielleicht lag hier ein Grund für die gewisse Heiterkeit der Laestadianer.

Allerdings schien die erdnahe Einstellung zu Sünde und Buße weit weg von den traditionellen Lehren der Kirche zu sein. Johanna musste an das Plakat mit dem mittelalterlichen Gemälde von Hieronymus Bosch denken, das an ihrer Wand hing. Das Bild mit dem Titel ›Garten der Lüste‹ stellte Paradies und Hölle dar. Im Mittelalter musste man sich den Weg in den Himmel durch ein tugendhaftes Leben erwerben. Der größte Teil der Menschen war dazu nicht imstande, sondern landete nach dem Jüngsten Gericht in der Hölle.

Boschs Gemälde war meilenweit vom zeitgenössischen lutherischen Protestantismus entfernt, in dem immer mehr die Auffassung herrschte, man käme automatisch in den Himmel. Johanna hielt diesen Gedanken zumindest aus Polizeiperspektive für gefährlich. Wenn beim Jüngsten Gericht alle gleich dastanden, wurde der Begriff der Verantwortung automatisch brüchig … Aber das passte natürlich zur lutherischen Sozialdemokratie, die in Skandinavien herrschte. Was für einen Ausschlag gaben die Taten des Menschen noch, wenn alle aus reiner Gnade gerettet wurden? Dann käme die Ratte mit ihren Opfern in ein und denselben Himmel. Und wer würde dann überhaupt noch in der Hölle landen?

Alles in allem gab es für die gewaltige Popularität und Ausbreitung des Christentums eine aus psychologischer Sicht einfache Erklärung: Es entsprach der tiefsten Angst und der größten Hoffnung des Menschen – der Todesangst und dem Traum vom Leben nach dem Tod. Johanna merkte, wie sie zynisch wurde, und das gefiel ihr überhaupt nicht.

Durch ein metallisches Scheppern kam sie wieder zu sich. Der Junge hatte seinen Pappteller in den Mülleimer geworfen und schwang sich auf sein Moped. Johannas Telefon klingelte. Mit der halb gegessenen Fleischpirogge in der Hand angelte sie nach dem Handy in ihrer Tasche.

Es war Nortamo aus Brüssel, und er kam sofort zur Sache.

»Du hast dich nach dem libanesischen Restaurantbesitzer erkundigt. Wir haben nichts über ihn, aber dafür umso mehr über seinen Bruder.«

Interessiert hörte sich Johanna an, was Nortamo über die terroristischen Kontakte von Ibrahim Karam zu sagen hatte. Die Informationen waren genauer als diejenigen, die sie aus Schweden bekommen hatte.

»Bist du sicher, dass Rafiq Karam nichts mit dem Israeli zu tun hat?«, fragte Nortamo.

»Ich glaube nicht, dass es da einen Zusammenhang gibt. Aber die SiPo wird natürlich ihr Augenmerk auf Karam richten.«

»Ich habe versucht, Karri Vuorio zu erreichen, aber er meldet sich nicht.«

»Er sitzt in der Maschine nach Amman. Schick ihm eine SMS und bitte ihn, dich anzurufen.«

Johanna steckte das Handy wieder ein und aß weiter. Die Informationen aus Brüssel bestärkten sie in ihrem Misstrauen gegenüber Rafiq Karam. Ein netter, sympathischer Mann. Genau so hatten die Nachbarn auch die Täter der Bombenattentate von London beschrieben. Das galt überhaupt oft für Kriminelle – das tadellose Benehmen eines Menschen war keine Garantie für seine Unschuld, oft war eher das Gegenteil der Fall.

Auch der Ratte würde man nicht ansehen, was sie in den letzten Tagen drei Menschen angetan hatte. Trotzdem musste man vorsichtig sein mit seinen Vorurteilen.

Johanna aß die Pirogge auf. Es kam ihr absurd vor, dass ein Ort wie Pudasjärvi der Schnittpunkt der jüdischen, christlichen und islamischen Welt sein sollte.

Statt zur Polizeiwache zurückzukehren, machte sich Johanna auf den Weg zum Restaurant *Oase*. Ihr fiel der ziemlich neue Audi-Kombi auf, der vor dem Haus geparkt war.

Das Lokal war hübsch eingerichtet, aber es saß kein einziger Gast darin. Die Tischdecken waren gemangelt, Erikasträuße leuchteten so stark violett, als wären sie gerade erst im Wald gepflückt worden. Auf gebeizten Regalbrettern waren arabische Gegenstände drapiert: blinkende Kupfertöpfe, mit Mosaiken verzierte Dosen und eine große Wasserpfeife. Im Hintergrund lief leise finnische Popmusik.

Johanna schmunzelte bei dem Gedanken an eine libanesische Oase inmitten einer von Stechmücken terrorisierten nordfinnischen Wald- und Moorlandschaft. Sie überflog die Speisekarte, die mit Kreide auf eine schwarze Tafel geschrieben worden war. Was wohl die an Rentiergeschnetzeltes gewöhnte örtliche Bevölkerung von Speisen wie Hummus, Kibbeh und Falafel hielt? Andererseits war die Pizzaauswahl beeindruckend.

Aus der Küche kam eine hoch gewachsene blonde Frau. Sie sah etwas grobschlächtig aus, machte aber zugleich einen gepflegten, durchaus wohlhabenden und fleißigen Eindruck. Eine typische Unternehmerin. Es handelte sich offenbar um Tuija Karam, Rafiqs Frau.

Johanna stellte sich vor und sagte: »Ich würde gern mit Rafiq Karam sprechen.«

»Ach ja? Worüber denn?«

»Über Freitagabend. Ist er da?«

»Ich war am Freitag auch hier. Was wollen Sie wissen?«

»Ist Rafiq in der Küche?«, fragte Johanna und ging auf die Tür zu.

Tuija stellte sich ihr ruhig und entschlossen in den Weg. »Moment. Ich hole ihn. Setzen Sie sich bitte.«

Sie verschwand in der Küche. Dann geschah nichts. Johanna wollte schon wieder aufstehen und nachsehen, als ein Araber hereingeeilt kam. Johanna musterte den Mann, der die Opfer zuletzt lebend gesehen hatte – von Saara Vuorio abgesehen.

Rafiq Karam setzte sich ihr gegenüber. Der kleine, fast schmächtige Libanese trug ein blütenweißes Hemd und ein schwarzes Sakko mit modisch geschnittenem Revers. Die obersten Hemdknöpfe waren offen und zeigten Brusthaare und eine Goldkette. An den Fingern glänzten Ringe, und seine Uhr schien direkt aus einem Modejournal zu stammen. Dennoch hatte Rafiq nichts oberflächlich Schmeichlerisches an sich, sondern strahlte echte Wärme aus. Von außen betrachtet brachte man das Ehepaar nicht unbedingt auf den ersten Blick zusammen. Johanna spürte einen leichten Stich von Neid, obwohl Rafiq überhaupt nicht ihrem Männergeschmack entsprach.

Sie erkundigte sich nach den Ereignissen am Freitagabend, und Rafiq antwortete zurückhaltend, aber freundlich. Er hatte in der *Kaminstube* die Sauna geheizt und den Frauen um sieben Uhr Pizza gebracht. Alle vier waren zuvor schon eingetroffen. Dann war Rafiq die zwei Kilometer zur *Oase* zurückgefahren und hatte, wie vereinbart, erst um elf wieder die *Kaminstube* aufgesucht. Da war Saara schon weg gewesen, und Erja und Anne-Kristiina wollten mit Lea in deren Auto aufbrechen. Rafiq hatte das Geschirr in die Maschine gestellt, die Türen abgeschlossen und war wieder ins Restaurant gefahren.

Er sprach mit trauriger, Anteil nehmender Stimme. Der ruhige Blick seiner dunklen Augen verstärkte diesen Eindruck noch. Johanna wunderte sich nicht, warum sich Frauen in Rafiqs Gesellschaft wohl fühlten.

Am anderen Ende des Raums deckte Tuija die Tische. Johanna registrierte aber, dass die Frau bei aller Geschäftigkeit ihren Mann im Auge behielt. Sie bewachte ihn wie eine Mutter ihren minderjährigen Sohn.

Nachdem der Freitagabend abgehandelt war, fragte Johanna: »Inwieweit hatten Sie in letzter Zeit mit Ihrer Familie zu tun?«

»Ziemlich wenig«, antwortete Rafiq.

Johanna wartete auf die Fortsetzung, aber er schwieg. Das Thema gefiel dem Mann offensichtlich nicht.

»Fahren Sie oft nach Stockholm?«

»Zuletzt war ich vor einem Jahr dort.«

»Haben Sie Geschwister außerhalb von Stockholm?«

Johanna merkte, wie Rafiqs dunkler Blick wachsamer wurde.

»Meine Schwester wohnt in Göteborg. Mein älterer Bruder in Frankreich und mein jüngerer Bruder in Deutschland.«

»Wo in Deutschland?«

»In Hamburg.«

»Waren Ihre Geschwister schon mal hier bei Ihnen zu Besuch?«

Johanna registrierte, dass Rafiq gern gewusst hätte, warum sie plötzlich Fragen nach seiner Familie stellte.

»Nein. Von meiner Familie war noch niemand hier.«

»Und von Ihren Freunden?«

Rafiq lächelte. »Sie finden es hier kalt und finster. Sie fragen sich, warum ich hierher gezogen bin. Bis sie Tuija sehen.«

Johanna zwang sich zu einem Lächeln und nickte. Sie überlegte, was Rafiq außer den blonden Haaren noch an seiner Frau fand. Johanna hielt sie nicht für besonders gut aussehend, außerdem wirkte sie ziemlich kühl. Hatte nicht irgendein Amerikaner mal behauptet, die Araber wüssten stämmige Frauen zu schätzen?

Rafiqs Handy klingelte, aber er war so höflich, nicht darauf zu reagieren. Johanna bedankte sich und bat ihn, Tuija zu holen, die inzwischen wieder in der Küche verschwunden war. Auf dem Weg in die Küche meldete sich Rafiq am Handy, das die ganze Zeit beharrlich geklingelt hatte.

Die SiPo sollte mit Rafiq weitermachen, falls sie es für nötig hielt, dachte Johanna. Der Mann gehörte in deren Revier.

Der kühle Eindruck, den die Ehefrau von Anfang an gemacht hatte, bestätigte sich im Gespräch. Obwohl Tuija im selben Alter war wie die Mordopfer, behauptete sie, die Frauen nicht richtig gekannt zu haben.

»Ich habe mich nie mit den Frömmlern abgegeben. Im Gegenteil, ich habe einen möglichst weiten Bogen um sie gemacht. Ich kann diesen religiösen Fanatismus hier nicht ausstehen.«

In ihrer Stimme lag fast so etwas wie Ekel.

»Wie ist Ihre Haltung zum Glauben im Allgemeinen?«, wollte Johanna wissen.

»Wenn Sie damit meinen, dass Rafiq Moslem ist, dann kann ich nur sagen, dass mich nichts weniger interessiert. Das ist meine ehrliche Meinung.«

Tuija sprach mit Nachdruck, und das wunderte Johanna nicht, denn in dieser Gegend gab es garantiert Vorurteile gegenüber Rafiq.

»Ihr Mann praktiziert seinen Glauben nicht aktiv?«

»Nein. Und weiter? Was interessieren Sie sich überhaupt für Rafiq und seine Religion? Versuchen Sie religiöse Motive für die Morde zu finden?« Tuija lachte bitter auf. *»Moslem nimmt Glaubenskrieg in Pudasjärvi auf, tötet drei Christen.«*

Johanna reagierte nicht auf den Ausbruch, sondern ließ die Frau weiterreden.

»Versuchen Sie im Dorf neue Gerüchte in die Welt zu setzen? *Hast du schon gehört? Die Polizei war in der* Oase. *Das hätte man sich ja denken können, dass dieser Kanake …* Sie haben schon mehr als einmal versucht, uns auseinander zu bringen. Vergebens. Das geht manchen in diesem Dorf gewaltig auf den Keks.«

»Gerüchte interessieren mich nicht, glauben Sie mir. Mich interessiert nur, möglichst viele Informationen zu bekommen, die mir helfen, den Täter zu finden.«

Tuijas Lippen verzogen sich zu einem schiefen, spöttischen Grinsen. »Sie können es sich leisten, sich nichts aus Gerüchten zu machen. Sie müssen ja nicht hier leben.«

Musst du es denn, hätte Johanna gern gefragt. Könntest du nicht mit Rafiq einfach anderswo hingehen? Oder hast du Angst, dass die Verlockungen der Welt dir deinen Mann wegnehmen? Hier hast du alles besser unter Kontrolle.

»Wer von den Frauen hat für Freitagabend die *Kaminstube* reserviert?«

»Saara Vuorio.«

»Wann hat sie reserviert?«

»Das dürfte am Mittwoch gewesen sein.«

»Kamen die Frauen manchmal zum Essen hier her?«

Tuija lachte auf. »Warum sollten sie? Essen kriegt man doch auch im Supermarkt. So denken die Leute hier. Im Restaurant kommt man womöglich noch auf sündige Abwege.«

»Sie sind vorher nie hier gewesen?«

»Ein oder zwei Mal. Die Vuorio hat ihre alten Klassenkameradinnen versammelt, um anzugeben, dass sie ihren Doktor gemacht hat und wieder hier und da Vorträge hält.«

»Waren Sie nicht in Saaras, Erjas und Anne-Kristiinas Klasse?«

»Leider. Und mir fehlt ihre Gesellschaft wirklich nicht. Aber hier kann man es sich nicht leisten, Gäste abzuweisen.«

»Die Morde scheinen Sie nicht sonderlich erschüttert zu haben.«

»Die Morde sind schrecklich, aber ich kann nicht behaupten, mit den Opfern ein besonders enges Verhältnis gehabt zu haben. Punkt.«

Johanna nickte. Allmählich gefiel ihr die Ehrlichkeit der Frau, auch wenn es ihr an Feingefühl mangelte. Sie hatten wohl etwas gemeinsam, auch wenn Johanna dieser Gedanke nicht allzu sehr behagte.

»Ich möchte die *Kaminstube* sehen. Könnten Sie oder Ihr Mann in einer Stunde dort sein?«

Tuija nickte.

Johanna bedankte sich und ging. Das Ergebnis ihres Besuchs überraschte sie: Rafiq Karam interessierte sie doch mehr, als sie zuvor erwartet hatte.

36

In der Ankunftshalle des Königin-Alia-Flughafens, gut dreißig Kilometer außerhalb von Amman, schlug Karri der Lärm der Menschenmasse entgegen. An einem Schalter erwarb er ein Visum. Abholer hoben Schilder in die Höhe und hielten nach den Passagieren Ausschau, die durch die Zollkontrolle gingen.

Beunruhigt und auf der Hut ließ Karri den Blick über die Gesichter wandern. Auch Kaplan war in Amman, und der Ausgang der Ankunftshalle war der Ort, den jeder, der mit dem Flugzeug ankam, passieren musste.

Der Lärm in der Halle war stark, in der Luft lagen fremde Gerüche, ein bittersüßer Cocktail aus Rasierwasser, Zigaretten und Zigarren. Karri wollte so schnell wie möglich an einen Computer, um die möglichen Passwörter für Saaras E-Mail-Account auszuprobieren, die ihm während des Flugs eingefallen waren.

Ein ordentlich gekleideter, freundlich aussehender Mann hielt ihn höflich an. Karri erschrak, als er angesprochen wurde, aber der Mann bot ihm nur ein Zimmer an.

Karri lehnte unfreundlicher als beabsichtigt ab und ging auf den Ausgang zu, vor dem sich der Taxistand befinden sollte. Er hatte die Adresse des *RiskManagement*-Büros in Amman, die er von Churchill bekommen hatte, auf einen Zettel geschrieben.

Im Gehen blickte Karri verstohlen auf die Gesichter der Menschen ringsum: Männer mit dunklen Augen, schwarzen Augenbrauen, schwarzen Schnurrbärten und verschleierte Frauen. Er kannte das Gefühl der Bedrohlichkeit und Fremdheit von früheren Reisen in den Nahen Osten, aber diesmal war es von der Intensität her eine völlig andere Kategorie.

Intuitiv hielt er bei dem Gedanken an das viele Bargeld den Griff seiner Tasche fester umklammert. Die Summe war gewaltig, und doch würde er wahrscheinlich noch mehr Geld benötigen. Was er auf dem Konto hatte, konnte er über *Western Union* nach Amman transferieren, da es in der Stadt eine Filiale gab. Für den Transfer von Cornelias Geld war derselbe Weg vereinbart worden.

Als er die ungeordnete, lärmende Menschenschlange vor dem Taxistand erreicht hatte, klingelte Karris Telefon. Johanna Vahtera fragte, ob er gut angekommen sei, und kam dann direkt zur Sache. In dem Lärm konnte Karri ihre Stimme kaum hören.

»Wir haben eine interessante Beobachtung vom Samstagabend hereinbekommen«, sagte Vahtera. »Ein Ausländer, dessen Beschreibung auf Ihren Israeli passt, fuhr bei Kätökangas mit einem Volvo XC 70 in den Graben. Hatte offenbar keine Erfahrung mit Straßenglätte. Ein Landwirt, der in der Nähe wohnt, half ihm wieder auf die Straße.«

Karri schluckte. In Richtung Kätökangas lagen auch das Akka-Moor und die Scheune, wo sie Erja tot aufgefunden hatten.

»Was Sie mir über Saara und den Israeli erzählt haben, interessiert mich«, fuhr Vahtera fort. »Der einzige gemeinsame Nenner auf den Telefonlisten der Opfer ist Saara.«

»Ich habe Ihnen meine Sicht der Dinge schon gesagt. Gut, wenn Sie nun auch anfangen, sich ernsthaft dafür zu interessieren.« Langsam kroch die Menschenschlange voran, Karri mitten darin. Während er telefonierte, beobachtete er die paarweise patrouillierenden Sicherheitsleute mit kugelsicherer Weste und schussbereiter Maschinenpistole.

»Nur keine überstürzte Begeisterung, diese Ermittlungslinie ist erst im Werden. Wir ermitteln auch in andere Richtungen. Noch etwas anderes. In diesem Brei wird von nun an noch jemand mitrühren. Ein finnischer Beamter aus Brüssel, der auf internationale Polizeikooperation spezialisiert ist. Er heißt Timo Nortamo.«

»Wir brauchen keine Beamten, sondern Taten!«

»Man kann von Nortamo halten, was man will, aber der Inbegriff eines Beamten ist er nicht, das werden Sie bald merken. Er ist auf Bitte des Außenministeriums und der Sicherheitspolizei beteiligt. Sie glauben nur, es würde nichts für Ihre Frau getan. Aber Sie können davon ausgehen, dass eine Menge Leute an der Sache dran sind. Das wird bloß nicht an die große Glocke gehängt, um den Erfolg nicht zu gefährden.«

Karri verstand Vahteras Anspielung auf sein Interview mit ›Ilta-Sanomat‹.

»Nortamo ist ein ehemaliger Mitarbeiter von Zentralkripo und SiPo, er war mit internationalem Auftrag in Russland, jetzt arbeitet er in Brüssel. Wenn Ihnen jemand in dieser Angelegenheit helfen kann, dann Timo Nortamo. Eines noch. Kennen Sie Rafiq Karam?«

»Ich bin ihm mal begegnet. Sympathischer Typ, obwohl er aussieht wie eine wandelnde Modepuppe. Warum?«

»Wie gut kennen Sie ihn?«

»Ich habe mich ein paarmal oberflächlich mit ihm unterhalten.«

»Wo?«

»In seinem Restaurant. Das heißt, eigentlich wird es wohl mehr von seiner Frau betrieben. Ich war einmal mit Saara und ihren alten Klassenkameradinnen dort essen, und dabei entspann sich eine interessante Diskussion über das Verhältnis von Islam und Christentum. Sogar ich habe zugehört.«

»Die Frauen hier sollen ganz begeistert von Rafiq sein.«

»Kann auch sein, dass sich Rafiq für die weibliche Schönheit finnischer Art interessiert, aber da bleibt es beim Interesse. Tuija ist ziemlich eifersüchtig. Vergöttert ihren Mann und hütet ihn wie ihren Augapfel.«

»Klingt ja nett. Gut. Rufen Sie bitte sofort Nortamo in Brüssel an. Hier ist die Nummer.«

Mit dem Telefon am Ohr stand Timo am Fenster seines Büros bei der TERA. Karri Vuorio klang müde und angespannt. Im Hintergrund hörte man arabische Rufe und Geräusche von Fahrzeugen.

Timo fragte ein paar Basisinformationen ab, die sich auf Saara bezogen, aber auch auf *Piruvaara,* den Teufelsberg. Vuorio wirkte sehr misstrauisch.

»Laut unseren Israel-Experten gehört die Stiftung zu den Deckorganisationen des Mossad«, sagte Timo.

»Und für welche Maßnahmen könnte der Mossad sie in diesem Fall benutzen?«

»Das klären wir gerade. Bei TERA gibt es Verbindungsbeamte zu FBI und CIA. Die haben wir über die Lage informiert. Sie verfügen über beste Kontakte nach Tel Aviv.«

»Ist es klug, dass die Information über das israelische Interesse und damit über Saaras Arbeit auch zu den Amerikanern durchdringt?« Vuorio war gezwungen, über den Lärm im Hintergrund hinwegzuschreien.

»Die Amerikaner arbeiten ständig mit dem Mossad zusammen. Ich weiß nicht, in was Ihre Frau hineingeraten ist, aber das Auftauchen des Mossad ist sehr ernst zu nehmen.«

»Wie lautet Ihre Theorie?«, fragte Vuorio zögernd. »Zu meiner Theorie passt das alles perfekt. Leider.«

»Ich habe noch kein richtiges Gesamtbild, von einer Theorie ganz zu schweigen. Darum spreche ich ja auch mit Ihnen. Ich komme morgen nach Amman. Mit dem holländischen Vertreter habe ich vereinbart, dass ich die Verhandlungen übernehme, falls es gelingt, Kontakt zu den Entführern aufzunehmen.«

Vuorio gab ihm Churchills Telefonnummer. Für einen Moment überlagerte der Lärm des Flughafens Karris Stimme, und er musste eine Pause machen. »Fragen Sie Churchill von *Risk-Management* nach weiteren Informationen«, sagte Karri. »Wissen Sie etwas über die Firma?«

»Sie gehört zur mittleren Kategorie, nicht Spitze, aber ganz anständig«, sagte Timo. Die Skala auf diesem Sektor war breit. Auf ein und demselben Markt tummelten sich unprätentiöse, professionelle Spitzenfirmen wie *Control Risks*, die unter anderem britische Diplomaten schützte, aber auch Firmen im Stil von *Custer's Battles* aus den USA, die bis an die Zähne bewaffnete Rambos anheuerten. Problematisch dabei war, dass sich die Mitarbeiter von privaten Sicherheitsfirmen nicht einmal der militärischen Disziplin verpflichtet fühlen mussten.

»Und Yamam?«, fragte Vuorio, als wollte er Timo testen.

»Yamam ist eine enorm effektive israelische Spezialeinheit, ins Leben gerufen für den Kampf gegen den Terrorismus und für geheime Operationen. Eine knallharte Truppe, die Elite der Elite. Extrem professionell und skrupellos. Hat auch schon gezielte Tötungen und Rettungsoperationen durchgeführt.«

»Ezer Kaplan hat Yamam zur Befreiung von Saara angeboten.«

Das nahm Timo mit Überraschung zur Kenntnis.

»Bei *RiskManagement* vermuten sie, die Israelis könnten aus dem ein oder anderen Grund versuchen, die Geiseln zu … neutralisieren«, sagte Vuorio heiser.

»Bei den Erkenntnissen, die ich habe, kann ich dazu nicht Stellung nehmen. Ich weiß nur, dass Yamam ein Werkzeug für schmutzige Operationen ist. Aber es kommt auf den Blickwinkel an, was eine schmutzige und was eine saubere Aktion ist.«

»Das wird sich bald herausstellen. Ich steige jetzt in ein Taxi, ich muss aufhören. Wann ist Ihre Maschine morgen in Amman?«

»Um 17.35 Uhr. Ich rufe Sie an, sobald ich etwas Neues erfahre.«

Timo legte das Telefon aus der Hand und wandte sich wieder den Papieren zu, die er vor Vuorios Anruf studiert hatte. Sie enthielten Informationen von Timos Kollegen, der beim Nahost-Desk arbeitete.

Die Situation stellte sich als sehr außergewöhnlich dar. Der Mossad war als einer der härtesten staatlichen Geheimdienste der Welt bekannt. Die 1951 gegründete Behörde für Nachrichtendienst und Sonderaufgaben war von der Anzahl ihrer Mitarbeiter her klein, bediente sich aber mit Erfolg überall in der Welt freiwilliger Helfer und ihrer Firmen sowie israelischer Organisationen von der Fluggesellschaft *El Al* bis zu Industriebetrieben. Der Mossad verfügte über Fantasie und Kompetenz und hielt sich wie die meisten Geheimdienste an keinerlei internationale Spielregeln.

Die Beispiele für die Effizienz des Mossad waren zahlreich.

Und jetzt hatte der Mossad also Leute nach Finnland geschickt. Nach Pudasjärvi.

Warum, zum Teufel?

Timo wandte sich dem Computer zu und suchte nach weiteren Informationen zu *RiskManagement* und diesem Churchill, den Vuorio erwähnt hatte. Timo wusste, dass er einen Auftrag erhalten hatte, der in einer Tragödie enden würde, wenn er nicht mit äußerster Vorsicht und Präzision vorging.

37

Johanna sah sich an dem Ort um, wo die drei Opfer das letzte Mal zusammen gewesen waren.

Ein leiser, kalter Wind bewegte das trockene Schilf und die Weiden am Ufer. Der See hieß Haakanajärvi, er war von einer dünnen Eisschicht überzogen und tiefschwarz. Am Himmel hatten sich bleigraue Wolken zusammengezogen. Die so genannte *Kaminstube* war ein braun gestrichenes Holzgebäude mit Sauna und stand unmittelbar am Seeufer.

»Die Leute in dieser Gegend haben keine Verwendung für so etwas, weil sie alle ihre eigene Sauna haben«, sagte Tuija Karam mit bitterem Unterton. »Ein paarmal haben sich in letzter Zeit Sportler hier getroffen. Aber die großen Firmenveranstaltungen und so weiter finden alle am Fjäll statt. Um hier Leute herzubekommen, müsste man schon in Laestadianerkreisen verkehren.«

Johanna und Tuija gingen nebeneinander den Fußweg hinunter, Rafiq folgte ihnen schweigend. In seinem schwarzen halblangen Mantel hätte er besser nach Helsinki gepasst.

»Aber die Frauen, die sich am Freitag hier trafen, waren doch mehr oder weniger Laestadianer, oder?«, fragte Johanna.

»Kann man so sagen. Aber das war eine Ausnahme. Vielleicht kamen sie aus Mitleid. Um etwas gut zu machen.«

»Wie bitte?«

»Ach, nichts.« Tuija lachte kurz auf, wieder ziemlich bitter. »Alle vier waren in der Schule mir gegenüber richtige Hyänen. Als Erwachsene hätten sie sich eigentlich dafür schämen müssen.«

Johanna konnte sich vorstellen, was Tuija meinte. Wenn Erjas Unterrichtsmethoden in der Schule als reife, erwachsene Frau so waren, wie es berichtet wurde, was für ein Ungeheuer musste sie dann erst als Halbwüchsige auf dem Schulhof gewesen sein.

Johanna folgte Tuija die Holztreppe zur Veranda hinauf, wo man durch ein großes Fenster ins Innere des Saunahäuschens sehen konnte.

Tuija schloss die Tür auf. »Sehen Sie sich in aller Ruhe um. Ich bringe inzwischen etwas am Steg in Ordnung.«

Johanna trat in die halbdunkle Diele. Dort führte eine Tür zum Umkleideraum, Waschraum und zur Sauna, eine andere in das geräumige Kaminzimmer.

In der Sauna waren die Fenster weit oben eingebaut, sodass man nur mit Hilfe einer Leiter hereingucken konnte. Johanna ging wieder auf die Veranda hinaus und sah Tuija eine morsche Ecke des Stegs anheben und einen Stein darunterschieben. Für die breitschultrige, muskulöse Frau war das kein Problem. Der deutlich feingliedrigere Rafiq stand wenige Meter daneben und rauchte eine Zigarette, den Kopf leicht zurückgelegt, und betrachtete den Himmel.

Johanna betrat das Kaminzimmer: eine große, aus Natursteinen gemauerte Feuerstelle, ein massiver Tisch mit Bänken, alles aus Rundbalken gezimmert, an den Wänden Rentierfelle und -geweihe sowie weiterer Lappland-Kitsch, auf dem Dielenboden saubere Flickenteppiche. In der Ecke stand noch eine Gruppe Plüschsessel vor einem Regal mit fein säuberlich eingeordneten Büchern, Zeitschriften und Videokassetten.

Eine Tür führte in eine moderne Küche, in der es eine offensichtlich neue Spülmaschine, eine Großküchenmikrowelle und eine Kühl-Gefrierkombination gab.

Johanna blickte durch das große Fenster über die Veranda hinweg auf den See. Die Frauen hatten am Freitag hier in dem erleuchteten Kaminzimmer wie im Schaufenster gesessen, vielleicht vor den Augen der draußen im Dunkeln lauernden Ratte.

Johannas Augen fingen Rafiqs Blick vom Ufer her auf. Der Mann wandte sich ruhig seiner Frau zu, die vom Steg auf ihn zukam.

Rafiq verheimlichte etwas. Aber was? Und warum?

Johanna ging nach draußen und ging die Treppe hinunter zu Tuija.

»Ihr Mann hat gegen acht Uhr Pizza hierher gebracht. Und um elf hat er dann abgesperrt. Stimmt das?«

»Ja.«

»Danach sind Sie direkt nach Hause gefahren?«

Tuija nickte ungeduldig.

»War Rafiq in der Nacht noch einmal weg?«

Tuijas Blick wurde schärfer. »Wieso? Natürlich nicht.«

»Haben Sie fest geschlafen? Ist es denkbar, dass Ihr Mann nachts das Haus verlässt und nach einiger Zeit wiederkommt, ohne dass Sie es merken würden?«

»Alles ist möglich. Aber wo hätte er sein sollen? Außer ... Moment mal. Wir reden ja über die Nacht von Freitag auf Samstag. Eines habe ich ganz vergessen. Ich dachte nämlich, ich hätte irrtümlich die Friteuse im Lokal angelassen, und Rafiq ist hingefahren, um nachzusehen.«

»Um welche Zeit?«

»Es muss so zwischen drei und vier gewesen sein.«

Johanna versuchte zu spüren, ob die Frau log oder die Wahrheit sagte. Warum hatte sie sich nicht gleich an den Vorfall erinnert? Hatte sie eine Notlüge erfunden, nachdem sie bemerkt hatte, dass Johanna über Rafiqs nächtlichen Ausflug Bescheid wusste?

»Warten Sie hier«, sagte Johanna. »Ich wechsle schnell ein paar Worte mit Ihrem Mann.«

Sie ging zu Rafiq und sah ihm fest in die Augen. »Sie haben gesagt, Sie seien am Freitagabend gegen elf hier gewesen, um aufzuräumen, nachdem die Gäste gegangen waren.«

»Ja, so ist es.« Rafiqs Finnisch war nahezu fehlerfrei, nur ein kleiner Akzent gab seinen Worten eine leicht lustige Note. Es klang, als würde ein finnischer Schauspieler einen Ausländer parodieren.

»Und Sie können sich nach wie vor nicht daran erinnern, hier andere Leute oder Spuren anderer Leute gesehen zu haben?«

»Nein.«

»Anschließend haben Sie Ihre Frau im Restaurant abgeholt und sind nach Hause gefahren?«

»Genau so war es.«

»Haben Sie in der Nacht das Haus noch einmal verlassen?«

Johanna behielt Rafiqs Gesicht mit den dunklen Augen fest im Blick. »Ja. Meine Frau hat mich geweckt, weil sie glaubte, sie hätte vergessen, die Friteuse auszuschalten. Ich hätte lieber weitergeschlafen, aber wegen der Brandgefahr bin ich hin, um nachzusehen.«

»War sie ausgeschaltet?«

»Ja. Die Fahrt war umsonst gewesen.« Auf Rafiqs Gesicht machte sich ein scheues Lächeln breit, das allerdings nicht die Augen erreichte. Dass er angespannt war, hatte an sich nichts zu bedeuten, die wenigsten Menschen waren fähig, gelassen und natürlich zu bleiben, wenn sie von der Kriminalpolizei befragt wurden.

»Wo waren Sie am Sonntagabend zwischen acht und zehn?«

»Zur Zeit des dritten Mordes war ich bei der Arbeit. Im Restaurant. Mehrere Leute haben mich dort gesehen.«

Rafiqs Bereitwilligkeit amüsierte Johanna. Sie überlegte, ob sie ihn zum Verhör laden sollte. Aber mit welcher Begründung?

»Eine Frage noch. Besitzen Sie eine Waffe?«

Rafiq schüttelte den Kopf. »Ich mag keine Waffen. Sie richten zu viel Schlechtes an.«

»Aber Ihre Frau besitzt ein Elchgewehr.«

»Tuija ist eine Ureinwohnerin.« Rafiq lächelte. »Sie muss ab und zu in den Wald und wilde Tiere jagen.«

Johanna nickte Rafiq zu und winkte der weiter weg stehenden Tuija. Dann ging sie den Fußweg hinauf, der zu dem allein stehenden alten Haus führte, zu dem die Sauna am Seeufer einst gehört hatte. Es wurde einigermaßen in Schuss gehalten, denn die Gäste der *Kaminstube* parkten davor ihre Autos und gingen von dort aus zum See hinunter.

Es roch nach Schnee. Johanna machte die Tür ihres Ford Focus auf. Ihr Blick fiel auf den Audi des Ehepaars Karam. Das Geschäft schien sich zu rentieren, auch wenn sich Tuija beklagt hatte. Der Wagen war mindestens 30 000 Euro wert.

Nach dem kalten Wind vom See war es im Auto warm und heimelig. Johanna ließ den Motor an und fuhr auf dem mit Gras bewachsenen Weg zurück zur Puolangantie, die in die Stadt führte.

Tuija und Rafiq gingen den Fußweg von der *Kaminstube* hinauf, nachdem die Rücklichter von Johanna Vahteras Wagen verschwunden waren.

»Woher wusste sie, dass ich Freitagnacht noch einmal weg war?«, fragte Rafiq und zog seinen Mantelkragen weiter nach oben.

»Woher auch immer.« Tuija machte ein verärgertes und zugleich besorgtes Gesicht. »Vielleicht war einer von den Nachbarn schon wach.«

»Warum schnüffelt die Vahtera mir nach?«

»Was glaubst du wohl, wer in der Gerüchteküche schon längst als Mörder bezeichnet wird?«

»Und wenn die Polizei auf die Idee kommt, ernsthaft überall herumzuschnüffeln?«, fragte Rafiq nervös. »Ich rufe Hamid an und warne ihn.«

»Das tust du nicht. Wer weiß, ob die nicht dein Telefon abhören. Es gibt nichts zu warnen. Alles ist gut, Rafiq. Die Mordermittlungen haben damit nichts zu tun.«

Rafiq seufzte. »Du bist dir immer bei allem so sicher.«

Tuija legte den Arm um Rafiq und drückte ihn. »Diesmal bin ich mir sicher. Wir machen nichts rückgängig.«

38

Das Büro von *RiskManagement* in Amman befand sich in einem Backsteingebäude mit Flachdach am westlichen Rand der Stadt, in Jebel al-Jofeh, unweit der Abu-Darwish-Moschee. Die Stadt war auf Hügeln errichtet. Karri hatte versucht, während der Fahrt auf dem Stadtplan die Route des Taxis nachzuvollziehen, aber das hatte sich als hoffnungslos erwiesen. Ein Teil der Straßenschilder war zwar außer arabisch auch englisch, aber dafür fehlten andere Schilder ganz.

Neben Karri erzeugte eine mobile Klimaanlage dubiose Geräusche. Auf dem Tisch lagen englische Zeitungen. Ein jordanischer Mitarbeiter hatte erklärt, Harry Waters sei in der Stadt und komme bald zurück. Der breitschultrige Jordanier in den sandfarbenen Hosen und dem weißen Hemd wirkte mit seinem dunklen Blick eindrucksvoll bis Furcht erregend, war aber sehr freundlich. In Karris Augen sahen alle Araber gefährlich aus. Es störte ihn, dass er nicht fähig war, die Codes der arabischen Kultur zu lesen. Wegen seiner eigenen Unfähigkeit machten so viele Dinge in der arabischen Welt auf ihn einen bedrohlichen Eindruck. Die karge, militärisch anmutende Einrichtung der Büroräume minderte dieses Gefühl nicht gerade.

Karri nahm einen Schluck von dem kühlen Getränk, das ihm der Mann gebracht hatte, und sah sich die Liste der während des Flugs eingegangenen Anrufe an. Die meisten waren von Journalisten gekommen, und Karri hatte weder Zeit noch Lust, zurückzurufen.

Eine Bitte um Rückruf stammte vom Oberinspektor der Provinzialverwaltung. Karri wählte sofort die Nummer.

»Es geht um die Geldsammlung, die Sie laut Presseinformationen eingeleitet haben«, sagte eine trockene Stimme. »Sie sind sich doch der Tatsache bewusst, dass Sie dafür zuerst eine Sammelerlaubnis beantragen müssen?«

Karri beherrschte sich. »Ich hatte keine Zeit, an so etwas zu denken.«

»Wir müssen Ihnen leider mitteilen, dass Ihre Sammelmaßnahme illegal ist. Ich bitte Sie …«

»Entschuldigung, ich bin im Ausland und habe wenig Zeit. Ich melde mich später noch einmal bei Ihnen.«

Karri brach das Gespräch ab. Er war weder wütend noch erschrocken, das Anliegen des Mannes war ihm einfach vollkommen egal.

Mit der gleichen Gelassenheit begegnete Saara den konservativen Kreisen, die immer mal wieder einen Angriff auf die Bibelforscher starteten. Allerdings war Saara selbst auch bisweilen kritisch gegenüber liberalen Theologen. Sie hatte Karri von dem amerikanischen Bischof Spong erzählt, der an einem exegetischen Wissenschaftsforum an der Universität Helsinki teilgenommen hatte. Spong zufolge beruhten die alten Überzeugungen des christlichen Glaubens auf dem Weltbild der damaligen Zeit. Auch die meisten Christen akzeptierten heute, dass die Evolutionstheorie die Idee eines ursprünglichen Paradieses ausschloss. Bischof Spong aber ging noch weiter, indem er folgerte, aus diesem Grund habe es auch keinen Sündenfall gegeben, weshalb der Sühnetod Jesu gar nicht nötig sei.

Das war für Saara zu viel gewesen. Sie mochte nicht einmal die Ansicht einiger finnischer Bischöfe, wonach die Kirche das Recht haben sollte, über ihre Botschaft unabhängig von der Bibel zu bestimmen.

Aber Saara war mit Bischof Spong sogar einer Meinung, dass die Botschaft der Nächstenliebe und der sozialen Verantwortung nach dem Beispiel Jesu im Zentrum des christlichen Glaubens stehen sollte. Und diese Kernbotschaft war nicht an ihre Entstehungszeit gebunden. Sie blieb, wie sie war, auch wenn einige Wissenschaftler die Ansicht vertraten, der Geschichte von der jungfräulichen Geburt Jesu und seiner leiblichen Auferstehung werde es mit der Zeit nicht anders ergehen als dem buchstabengetreuen Verständnis der Schöpfungsgeschichte. Noch vor hundertfünfzig Jahren hatten viele Adam und Eva für Menschen gehalten, die wirklich existiert hatten.

Karri bat den *RiskManagement*-Mitarbeiter um die Erlaubnis, das Internet benutzen zu dürfen. Zuversichtlich öffnete er die E-Mail-Seite von *Yahoo*, gab das Benutzerwort ein, das er und Saara üblicherweise benutzten und schrieb in das Feld für das Passwort, was ihm in der Maschine eingefallen war: *Piruvaara*.

Der Browser-Balken im Adressfenster wuchs, gleichzeitig wurden Karris Herzschläge schneller. Diesmal wurde das Passwort nicht abgelehnt. Stattdessen kam eine neue Seite.

Welcome Saara, you have (0) new messages.

Karri starrte auf die Liste der gelesenen Nachrichten. Fast alle hatten den selben Absender: *Luuk68@hotmail.com*.

Er öffnete die zuletzt eingetroffene Mail von Luuk: RiskManagement *ok, 450 Dollar am Tag, holen uns in Amman ab. Ich bringe einen Aluminiumzylinder für den Transport mit. Die Altersbestimmung läuft, ist spätestens am Sonntag fertig. Bin optimistisch – für Dienstag habe ich einen Flug von Schiphol nach Oulu gebucht. Rückflug offen. Luuk.*

Karri las die Mail noch einmal und spürte einen Kloß im Hals. Warum hatte Luuk nach Oulu kommen wollen? Saara hatte nichts davon gesagt. Cornelias Vermutung kam ihm wieder in den Sinn. Allerdings konnte die Reise nach Oulu natürlich auch mit ihren Forschungen zu tun haben.

Eines wurde durch die Mail auf jeden Fall bestätigt. Auf Luuks und Saaras Reise war es nicht um die Papyrusrollen von Oxyrhynchos gegangen, denn die befanden sich in Oxford, und ihr Alter war längst bestimmt worden.

Karri wollte sich gerade weitere Mails anschauen, da betrat ein Mann mit lockigen Haaren und kleinem Kinn den Raum.

Harry Waters, der Chef des *RiskManagement*-Büros in Amman, stellte sich vor und nahm ein Foto vom Schreibtisch, das er Karri zeigte. Man sah einen sympathischen Mann in der Wüste vor einem Kamel stehen.

»Keith«, sagte Waters schwach. »Wir werden ihn mit allen Mitteln befreien. Und Ihre Frau ebenfalls.«

Die Stimme des Mannes klang in Karris Ohren überzeugend.

»Haben Sie das Geld?«, fragte Waters unverblümt. Der Araber stand am Kopiergerät, verfolgte aber eindeutig, was Karri und Waters sprachen.

»Bei mir habe ich die Hälfte von dem, was wir zusammenhaben«, antwortete Karri etwas unsicher, mit leiser Stimme. Woher sollte er wissen, dass er diesen Männern trauen konnte? »Die andere Hälfte kommt bei Bedarf morgen über *Western Union* aus Holland.«

»Wo übernachten Sie?«

»Ich habe ein Zimmer im Hotel *Romero* reserviert.«

Dreihundert Meter vom *RiskManagement*-Büro entfernt parkte in der Sha'ban-Straße ein staubiger Renault-Lieferwagen, dessen Seite ein stilisierter Falke und ein Firmenname in arabischer Schrift zierten. Auf der Fahrerseite war das Fenster offen. Im Führerhaus saßen zwei Männer, lasen Zeitung und aßen dabei. Weder im Aussehen noch in der Kleidung fielen die beiden im Straßenbild von Amman auf: Bart, dunkle Augen, graue Jacke, schwarze Haare.

Nur ein genauer Blick aus unmittelbarer Nähe hätte offenbart, dass der Mann auf dem Beifahrersitz einen Knopf im Ohr trug, von dem ein hautfarbenes Kabel ausging und unter der schwarzen Perücke verschwand. Bräunungscreme, gefärbte Kontaktlinsen und angeklebte Augenbrauen und Bartteile komplettierten die Verkleidung, die Ezer Kaplan benutzte. Der neben ihm sitzende Mossad-Agent gehörte zur Neviot-Gruppe, die zur Stelle war, wenn es darum ging, in Gebäude einzudringen und Abhörvorrichtungen zu installieren – und zwar ohne Spuren zu hinterlassen.

Auch Kaplan hatte mit solchen Dingen Erfahrung. Zuletzt war er in die Holzvilla der Vuorios in Finnland eingedrungen, aber *RiskManagement* war selbst auf dem Sicherheitssektor tätig und daher ein anspruchsvolles Objekt. Darum hatte Neviot das übernommen.

Das Abhören übernahm Kaplan selbst. Ein Marats, ein Fachmann im Abhören, wäre dann geholt worden, wenn im Objekt eine Sprache gesprochen worden wäre, die Kaplan nicht verstand.

Kaplan war zufrieden, aber nervös. Die verdeckte Arbeit tief in arabischem Gebiet enthielt immer Risiken, obwohl er fließend Arabisch sprach und seine Deck-Geschichte von LAP gemacht worden war, von Lohamah Psichlogit, der Abteilung für psychologische Kriegsführung beim Mossad.

Das Auto war bei dieser Operation das wichtigste Detail, es war ein echter Lieferwagen von einer in Amman ansässigen Lieferfirma. Ein arabischer Kontaktmann hatte es beschafft. Beim Mordanschlag auf den Hamas-Führer Abdullah Kawasme im Sommer 2003 hatte Yamam einen Renault-Lieferwagen mit *Pampers*-Reklame verwendet, und die Yamam-Leute hatten sich mit Jeans und Windjacken als normale Westbank-Palästinenser verkleidet.

Mit Bleistift hatte Kaplan an den Rand der Zeitung den Namen von Karri Vuorios Unterkunft notiert: HOTEL ROMERO.

Johanna bereitete sich auf einen langen Abend vor, als sie im Kiosk ihre Einkäufe bezahlte: Lakritz und Schokolade. Draußen riss sie auf der Stelle die Lakritztüte auf und warf sich eine Hand voll in den Mund. Zufrieden kaute sie die zähe Masse und ging am Busbahnhof vorbei auf das Polizeirevier zu. Kalter Schneeregen fiel vom düsteren Himmel. Der Logik nach hätte es eigentlich richtiger Schnee sein müssen.

Johanna glaubte nicht, dass Rafiq Kontakt zu einer terroristischen Organisation hatte, und erst recht nicht, dass er fähig wäre, kaltblütig drei Menschen zu ermorden. Zumal es aussichtslos schien, ein vernünftiges Motiv zu finden. Falls Rafiq aber doch irgendwelche zwielichtigen Geschäfte laufen hatte, dann wusste Tuija nichts davon. Oder sie war eine außergewöhnlich gute Lügnerin.

In der Ehe der beiden gab es ein Missverhältnis, aber Johanna war sich noch nicht darüber im Klaren, worin es bestand. Einen besonders fleißigen Eindruck hatte Rafiq jedenfalls nicht gemacht, alles schien auf den Schultern seiner Frau zu ruhen. Andererseits sah es so aus, als wollte Tuija es ihrem Mann so angenehm wie möglich machen. Sie verwöhnte ihren Schatz nach Kräften.

Johanna würde nicht so ein Maskottchen als Mann haben wollen, und schon gar nicht würde sie sich zur Dienerin machen lassen. Außerdem hatte Rafiq eine Art von Leichtfertigkeit und Geschmeidigkeit an sich, die Johanna an Männern nicht ertragen konnte. Natürlich war auch Craig höflich gewesen, wegen der guten Erziehung, die er im alten Süden erhalten hatte, aber erst seine kantige Entschlossenheit hatte ihn für Johanna interessant gemacht.

Von Craig gingen Johannas Gedanken zu Antti, ihrem Exmann, über, zu dem robusten Arbeiter, der seine akademische Psychologin mit dem gesunden Menschenverstand vertraut gemacht hatte. Wo er jetzt wohl wohnte und seine Reparaturwerkstatt betrieb? Niemand war perfekt, und den idealen Partner gab es nicht. Blieben deshalb so viele Leute in Johannas Alter Single, weil sie überzogene Ansprüche stellten? Johanna war schon das Wort »Single« verhasst.

In das traditionelle Muster würde sie sich jedenfalls nicht zwängen lassen, da war sie stur. Viele Männer machten am Anfang auf Gleichberechtigung, wenn man aber nur ein bisschen an der Fassade kratzte, erwiesen sie sich als die gleichen stinkfaulen Chauvinisten, wie es ihre Väter waren. Vielleicht lag darin ein Grund, warum ihre Beziehungen immer rasch scheiterten – womöglich witterten die Männer Johannas Einstellung.

Auf der Wache ging Johanna direkt in den Konferenzraum. Die Hälfte des Teams war anwesend.

»Ein seltsames Paar«, sagte Vuokko im Hinblick auf das Ehepaar Karam. »Alle wissen, wer sie sind, aber keiner scheint sie näher zu kennen. Der Friseur, der seinen Salon im selben Gebäude hat, kennt die beiden seit vier Jahren, sagt aber, sie seien ihm als Menschen fremd geblieben. Die wenige Freizeit, die ihnen als Unternehmer bleibt, verbringen sie am liebsten zu zweit.«

»Das ist heutzutage wohl nicht sonderlich selten«, sagte Kulha.

»Auch nicht, dass Rafiq und Tuija Gefallen an materiellem Wohlstand finden«, fuhr Vuokko fort.

»Sie waren die ersten in Pudasjärvi, die einen Plasma-Fernseher hatten«, ergänzte Polizist Lopponen. »Und wegen Rafiqs Vorliebe für anständige Tonwiedergabe musste der Besitzer von *Pudas-Elektro* per Sonderbestellung Lautsprecher ordern.«

»Aber Rafiq ist aus Sicht der hiesigen Leute okay?«, wollte Johanna wissen. »Während die Pizzeria eines Türken, die es früher mal gab, beschmiert wurde.«

»Er hat noch nie Probleme gemacht. Aber am Anfang war man natürlich ein bisschen skeptisch.«

»Alle sind sich darin einig, dass es für Tuija Ehrensache ist, die Ehe nach außen hin wie das Paradies darzustellen«, sagte Vuokko. »Mit aller Gewalt will sie die Leute enttäuschen, die sich von Anfang an sicher waren, dass Rafiq nach ein paar Monaten wieder verschwindet. Aber Rafiq ist nicht verschwunden, und Tuija ist darauf unendlich stolz.«

»Sie scheinen erstaunlich viel Geld zu haben, wenn man bedenkt, wie wenig Leute in der *Oase* essen«, merkte Hedu an.

Johanna nickte. »Geh diesem Aspekt mal ein bisschen genauer nach! Gibt es was Neues im Fall Lea Alavuoti?«

»Ihre Verbindungsdaten sind gerade gekommen«, sagte Hedu und reichte Johanna mehrere Blätter, auf denen die Anrufzeiten und die Dauer der Telefonate aufgelistet waren. »Auf den ersten Blick nichts Besonderes. Die Anrufe gingen an Erja, Anne-Kistiina und Saara Vuorio. An Saara mehr als an die anderen.«

»Ich habe mit zwei Zeugen gesprochen, die Kohonen auf dem Schießstand gesehen haben«, sagte Kekkonen dazwischen. »Sie sagen, Launo Kohonen sei ein sehr guter Schütze. Ein stiller Typ, sei in letzter Zeit hauptsächlich mit Stenlund zusammen gewesen. Davor habe er sich mit kaum jemandem abgegeben. Einsamer Wolf.«

Lopponen räusperte sich leicht und sagte: »Nach inoffiziellen Angaben von der Rentenkasse ist Kohonen gar nicht langzeitarbeitslos, sondern bezieht Berufsunfähigkeitsrente – aus Gründen, die mit seiner psychischen Gesundheit zu tun haben. Aber trotzdem ...«

»... nichts überstürzen«, vervollständigte Johanna seufzend den Satz. »Stattdessen werden wir versuchen, diesen Launo Kohonen noch ein bisschen genauer kennen zu lernen.«

Johanna konnte sich für Kohonen nicht besonders begeistern, aber das behielt sie lieber für sich.

39

FINLAND. NATURALLY.

Auf der Titelseite der Hochglanzbroschüre atmete die Stille der nordischen Wildnis. George Wells, der Chef der Londoner Filiale von *Texas Berkshire Corporation* lehnte sich auf seinem Stuhl zurück und sah sich die Bilder von Motorschlittensafaris, Rentieren und Lagerfeuern im verschneiten Wald an. Seine Sekretärin hatte die Reise für zwanzig Personen gebucht, nachdem der Sicherheitschef in der Zentrale in New York grünes Licht gegeben hatte.

Die Reisebestimmungen waren strikt, vor allem für die obersten Führungskräfte, aber Finnland gehörte zur niedrigsten Risikokategorie. Wells wollte genau dorthin. In Finnland gab es keine Angst vor Terrorismus, Tsunamis, Erdbeben, Infektionskrankheiten und Kriminalität gegen Touristen.

Eine völlig andere Frage war es, ob es dort überhaupt etwas Interessantes gab. Aber zumindest ein Bekannter von Wells hatte letztes Jahr vor Weihnachten dort einen Tag lang mit seiner Familie die Zeit ganz ordentlich herumgebracht.

Dadurch war Wells auf die Idee zu dem Trip in diese exotische Umgebung gekommen. Dort würden alle wenigstens für einen Moment den Stress, den sie in ihrem Job hatten, vergessen. Er blickte aus dem Fenster im 25. Stock auf die Londoner Docklands. Es nieselte, und Wells wäre selbst in seinem Nadelstreifenanzug gern in die finnische Schneelandschaft eingetaucht, die in dem Prospekt präsentiert wurde. Die Reisenden auf den Fotos trugen allerdings wärmende Overalls und sonstiges Zubehör, das von dem Safari-Unternehmen vor Ort zur Verfügung gestellt wurde. Ein Foto zeigte den Repräsentanten von *Nordic Safari* neben einem Schlittenhundegespann. Bei Bedarf organisierten sie sogar Rentierschlittensafaris, aber Wells schätzte, dass der größte Teil der Führungsgruppe lieber auf Motorschlitten stieg.

Ein Punkt bereitete Wells noch Kopfzerbrechen. Er brauchte unbedingt eine zuverlässige Telefonverbindung. Ob es im finnischen Wald ein funktionierendes Mobilfunknetz gab?

Wells drückte die Ruftaste und sagte zu seiner Sekretärin: »Linda, könnten Sie noch einmal überprüfen, ob die Telefone in der Gegend von Finnland funktionieren, in die wir fahren?«

Tomi sah auf dem Display, dass der Anruf aus dem Ausland kam. Er nannte darum deutlich und freundlich seinen Namen, während er den Land Cruiser am Backsteingebäude der Versicherung vorbei auf den Parkplatz vor dem Restaurant *Oase* lenkte.

Der Anruf kam von der amerikanischen Firma, die am Donnerstag eintreffen sollte. Sie wollten wissen, ob ihre Handys auch in den finnischen Wäldern funktionieren würden.

»Absolut, wir haben hier einen äußerst zuverlässigen Anbieter«, sagte Tomi in steifem Englisch. Er hatte längst gelernt, in jedem Satz positive Aussagen unterzubringen. Das sorgte beim Kunden für Vertrauen. »Ich spreche jetzt auch mit dem Handy, und die Verbindung ist hier jedenfalls gut.«

»Hier auch. Prima!«, antwortete die Frau. »Haben Sie schon viel Schnee?«

Tomi blickte durch die Windschutzscheibe auf verregnetes, deprimierendes Grau. Hier und da lagen noch Placken von Schneematsch auf der Straße. »Wir haben heute einen großartigen Wintertag – Schnee und genau die richtigen Minusgrade. Und in London?«

»Grau und regnerisch«, lachte die Frau.

Tomi betete innerlich, es würde klares Winterwetter herrschen, wenn die Maschine aus London landete und die Amerikaner ausstiegen. Falls die Wettervorhersage ausnahmsweise einmal stimmte, war das durchaus möglich.

Er beantwortete noch zwei weitere organisatorische Fragen, dann steckte er das Handy ein und stieg aus dem Wagen. Er stellte den Kragen auf und zog die Mütze mit dem *Nordic-Safari*-Aufdruck in die Stirn, um sich vor dem kalten Wind zu schützen.

Aus der Tür des Friseurs nebenan kam eine Frau mittleren Alters und starrte Tomi neugierig und argwöhnisch an. Die Nachricht über seine Festnahme hatte sich natürlich wie ein Lauffeuer verbreitet – zum Glück auch die Nachricht über seine Freilassung. Aber wussten jetzt auch alle über seine alte Haftstrafe Bescheid? Hatten sie gehört, dass er Erja im Zorn ein blaues Auge geschlagen hatte?

Missmutig riss Tomi die Tür zur *Oase* auf. Diesmal machte das Lokal seinem Namen tatsächlich alle Ehre. Es war warm, es duftete, und die Beleuchtung war gedämpft.

»Tag, die Herrschaften«, rief Tomi.

»Tomi, schön, dich zu sehen!«, sagte Rafiq, der im makellos weißen Hemd und in dunklen Hosen durch die Schwingtür aus der Küche kam. »Das war hässlich, was sie mit dir gemacht haben.«

Tomi hatte eigentlich nicht die Nerven, sich Rafiqs schmeichlerisches Gerede anzuhören, aber er wollte es sich mit dem Libanesen nicht verderben. Wenn er wollte, konnte Rafiq nämlich erstklassige Wildgerichte zubereiten, die Tomis ausländische Gäste zu schätzen wussten. Was Tuija kochte, war eher finnische Hausmannskost.

»Ist Tuija da?«

»In der Küche. Die Spülmaschine ist kaputt.«

Tomi ging in die Küche, wo Tuija versuchte, die Spülmaschine zu reparieren.

»Macht sie schon wieder Zicken?«, fragte Tomi und hoffte, Tuija würde nicht auf seine Festnahme zu sprechen kommen.

»Ja.« Sie stand auf. Wie üblich sah sie ernst und müde aus.

»Muss den Mechaniker holen. Könntest du einen Vorschuss zahlen? Ich glaube nicht, dass der Mechaniker kommt, wenn er nicht bar bezahlt wird. Auch für das letzte Mal.«

Tomi war über die Vorschussforderung nicht begeistert. Tuijas Art, mit Geld umzugehen, ging ihm auf die Nerven. Gerade erst hatte sie Rafiq einen Laptop zum Spielen gekauft, und jetzt war für die Reparatur der Spülmaschine kein Geld mehr da. Aber die ausländischen Kunden, vor allem die, die jetzt kamen, waren Gold wert. Da musste alles stimmen, speziell der Service. Launo würde sich am Lagerfeuer im Wald um den Räuberbraten und den gegrillten Lachs kümmern, für das Mittagessen sollten jedoch die Karams verantwortlich sein. Auf dem Speiseplan standen Kartoffelpuffer mit Rogen und Crème fraîche, gepökeltes Ren mit Moosbeerensirup, Elchbraten und mit Pinienkernen gefülltes Schneehuhn, und als Nachtisch Lappenkäse mit Sanddorngelee. Ein solches Menü würde sogar Monsieur Chirac nicht verschmähen.

»Wie viel?«

»Sagen wir fünfhundert.«

»Vierhundert. Ich bringe das Geld gegen Abend vorbei.«

Tomi wandte sich um und wollte die Küche wieder verlassen. Rafiq stand an der Tür.

»Bleibt es bei dem vereinbarten Zeitplan?«, fragte er. »Du fährst mit dem Bus um zwei hier ab?«

»Spätestens um zwei. Hängt von den Straßenverhältnissen ab. Die Snacks für die Busfahrt bringt ihr um eins, wie abgemacht. Und keine Minute später.«

»Genau um eins«, bestätigte Rafiq und lächelte. »Keine Minute später.«

40

Karri vermied es, den Arabern in die Augen zu sehen, die den schmalen, gut beleuchteten Gehsteig bevölkerten. Der Verkehrslärm und die Hitze plagten seinen schwitzenden, müden Körper. Im Straßengewimmel sah man viele sorgfältig frisierte Köpfe, scharfe Bügelfalten, frisch gebügelte Hemden und polierte Schuhe.

Luuks angekündigte Reise nach Oulu beschäftigte Karri. Womöglich hatte sie gar keine beruflichen Gründe. War es Saaras Absicht gewesen, Karri den Besuch zu verheimlichen?

Die Vernunft schob die eifersüchtigen Überlegungen beiseite. Saara war eine Wissenschaftlerin aus Fleisch und Blut, keine einzige E-Mail hatte bislang darauf hingedeutet, dass ihr Verhältnis zu Luuk über die bloße Kollegialität hinausging. Vielleicht hatte Cornelia die Dinge einfach nicht aus dem Blickwinkel des Wissenschaftlers deuten können und sah als Künstlerin alles viel emotionaler. Dennoch hatte Karri das Gefühl, als wäre die Beweislast auf ihn übergegangen: Er wollte Beweise dafür finden, dass Saara und Luuk kein Verhältnis hatten.

Aus Versehen stieß er eine verschleierte Frau an, von der man nur ein ärgerlich blickendes dunkles Augenpaar sah. Im selben Moment packte der bärtige Mann, der neben der Frau ging, Karri abrupt am Arm und sagte sehr schnell, sehr laut und sehr bedrohlich etwas.

Karri bat unwillkürlich auf Englisch um Entschuldigung, obwohl er nicht wusste, ob es klug war, überhaupt zu reagieren. Der Mann ließ noch ein paar Worte folgen, aber dann ließ er Karris Arm los. Rasch ging Karri weiter. Er hielt die neueste Ausgabe der ›Jordan Times‹ in der Hand, die er an einem Kiosk gekauft hatte, während er darauf wartete, an den Computer zu können. Der Lärm eines Hubschraubers übertönte den Straßenverkehr. Unruhig blickte sich Karri um, bis er über dem Antennenwald auf den Dächern einen Militärhubschrauber erkannte. Gleich daneben ragten die beleuchteten Minarette einer Moschee auf.

Karris Blick fiel auf die kugelsichere Weste, den Helm und die schwere Bewaffnung des Sicherheitsmannes vor dem Hotel *Romero*. Wenn es in Amman, der friedlichsten Hauptstadt des Nahen Ostens, so etwas gab, wie musste die Lage dann erst im Nachbarland Irak sein? Karri passierte den Sicherheitsmann und verschwand durch die Glastür im Hotel.

»Mister, der Computer ist jetzt frei«, sagte der schnurrbärtige Rezeptionist, und Karri begab sich direkt vor den abgenutzten *Dell*-Rechner in einer Ecke der Hotelhalle, die mit einem niedrigen Paravent abgetrennt war.

Er wischte sich den Schweiß von der Stirn, öffnete Saaras E-Mail-Seite und loggte sich mit dem Passwort *Piruvaara* ein. Er überflog die Überschriften und die Absender der eingetroffenen Nachrichten. Eine von ihnen weckte seine Aufmerksamkeit. Die Mail kam von Birgitta Högfors. Sie hatte mit Saara studiert und über die so genannten Schriftrollen von Qumran promoviert.

Neugierig las Karri die Mail, denn eigentlich war das Verhältnis zwischen Saara und Birgitta immer distanziert, kühl und konfliktträchtig gewesen. Das hatte scheinbar fachliche Gründe, aber Karri hielt einen simpleren Grund für wahrscheinlicher: Neid. Die Rollen von Qumran bildeten den Schwerpunkt des Instituts für Exegese, das zur theologischen Fakultät der Universität Helsinki gehörte und von der Finnischen Akademie zur Spitzenforschungsstelle auserkoren worden war. Birgitta wiederum war der Star des Instituts – eine Position, die Saara selbstverständlich für sich beanspruchte.

Zwei ehrgeizige und begabte Wissenschaftlerinnen passten einfach nicht an ein Institut.

Birgittas Mail war kurz und prägnant:

Saara,

ich weiß nicht, was du vorhast, aber Hasan hat nichts mit Q zu tun. Wie kommst du auf so etwas? Im DSS-Seminar vor zwei Jahren wurden die Thesen von Magen und Peleg behandelt, und ich bin eigentlich davon ausgegangen, dass alle begriffen haben, wie unmöglich sie sind. Ganz zu schweigen davon, dass der Bericht von de Vaux irgendetwas hiermit zu tun haben könnte.

B.

Der kühle Ton der Mail passte gut zum Verhältnis der beiden Frauen. Mit »Q« war vermutlich Qumran gemeint.

Plötzlich hatte Karri das Gefühl, als würde ihn jemand ansehen.

Er hob den Kopf und blickte über den Rand des Paravents. Eine jüngere, nicht arabisch aussehende Frau trat ungeduldig von einem Bein aufs andere und lächelte gequält. »Dauert es noch lange?«

»Ich weiß es nicht«, sagte Karri zerstreut. Mit fast hypnotischer Melodie drang das Gebet aus den Lautsprechern der nahe gelegenen Moschee herüber.

Er richtete den Blick wieder auf den Bildschirm. An die Mail schloss sich die Frage von Saara an, auf die Birgitta geantwortet hatte:

Hallo Birgitta,

wie läuft es in Princeton? Hoffentlich fühlst du dich wohl, ich habe jedenfalls nur positive Erinnerungen an meinen Aufenthalt dort.

Ich komme direkt zur Sache. Es geht um etwas, das mit Qumran zu tun hat, und dabei möchte ich mich auf deine

Kompetenz stützen. Wäre es aus deiner Sicht möglich, dass Ariel Hasan in Wirklichkeit von Anfang an bei Qumran mit dabei war? Ich will damit sagen, dass z. B. der fehlende Bericht von de Vaux irgendwie mit den Thesen von Magen und Peleg in Zusammenhang stehen könnte. Wenn du Zeit hast, würde ich einen kurzen Kommentar deinerseits sehr zu schätzen wissen.

Gruß, Saara.

Nachdem er Saaras Mail gelesen hatte, wunderte sich Karri immer mehr über Birgittas unwirsche Antwort. Freilich las er aus Saaras freundlichen Worten nicht nur Eile, sondern auch ein ziemliches Selbstbewusstsein heraus, das nur mühsam kaschiert war. Konnte der Mailwechsel mit Saaras Fund zu tun haben, für den sich nun die Israelis interessierten? Qumran wiederum hatte nämlich mit Israel zu tun …

Karris Müdigkeit verflüchtigte sich. Hier im Nahen Osten hatte er das Gefühl, den Antworten auf seine Fragen immer näher zu kommen.

Timo Nortamo stand in seinem Büro in der Rue Adolphe Buy und telefonierte mit Churchill, den er endlich an die Strippe bekommen hatte.

»Mr. Vuorio hat Ihnen ja schon von mir erzählt«, sagte er. »Wie ist die Lage?«

»In einer Stunde weiß ich mehr. Ich treffe mich mit einem Iraker, über den wir vielleicht Kontakt mit den Entführern aufnehmen können.«

»Gut. Versuchen Sie den Kontakt herzustellen, aber beginnen Sie noch nicht zu verhandeln.«

Dem folgenden Schweigen entnahm Timo, dass seine Antwort nicht auf Gefallen stieß.

»Einer unserer Mitarbeiter ist entführt worden«, sagte Churchill betont ruhig. »Wir betreiben aktiv seine Freilassung.«

»Das verstehe ich. Aber wir wollen bei dem Prozess dabei

sein. Rufen Sie mich sofort an, wenn Sie wissen, ob Ihr Kontakt über Vollmachten verfügt.«

Unruhig beendete Timo das Gespräch. Die Handlungsbefugnisse mussten unter allen Beteiligten geklärt werden, damit es nicht chaotisch wurde. Für ihn klang es so, als wollte *Risk-Management* allzu sehr die Initiative ergreifen. Das war an sich verständlich, aber nicht unbedingt vernünftig. Es durfte nicht zu einem Kompetenzgerangel kommen. Sie mussten unbedingt verhindern, das Kind mit dem Bade auszuschütten.

Nervös blickte Rafiq Karam auf der dunklen Landstraße in den Rückspiegel, aber es folgte ihm niemand. Die Temperatur war unter Null gefallen und die Feuchtigkeit auf der Straße gefroren. Er fuhr vorsichtig, vermied schnelle Überholmanöver. Im Lauf der Jahre hatte er sich allmählich an das Fahren auf glatten Straßen gewöhnt.

An die Dunkelheit hatte er sich allerdings noch immer nicht gewöhnen können. Im Oktober, November bemächtigte sie sich der Gegend, wenn nach klaren Herbsttagen und -nächten die Blätter von den Bäumen gefallen waren. Morgens wurde es immer später hell, und schon am Nachmittag saugte die schwarze, feuchte Erde alles Licht auf. Die Gäste, die zum Mittagessen kamen, waren dann blass und wortkarg, aber am Abend konnten laute, aggressive Männer das Lokal bevölkern. Dann zog sich Rafiq in die Küche zurück, obwohl die Bestellungen eher auf flüssige Produkte gerichtet waren. Tuija wiederum kam mit solchen Gästen gut zurecht, sie klopfte die gleichen Sprüche und ließ auch mal einen Fluch hören, wenn es sein musste, weil die Männer zu sehr in Fahrt kamen.

Rafiq bog in die unbefestigte Straße ein, die zum Haakana-See führte. Am Ende der Straße stand das Haus, in dem Tuija früher gewohnt hatte und zu dem die *Kaminstube* gehörte. Beide Gebäude waren dunkel.

Rafiq betätigte zweimal die Lichthupe, bevor er den Motor ausmachte und ausstieg.

Er knipste die Taschenlampe an und richtete den Lichtkegel auf sein Gesicht, während er auf das Haus zuging. In der anderen Hand trug er eine schwarze Stofftasche. Er ging am Haus vorbei zu dem uralten Holzschuppen.

Dessen Tür war von innen verriegelt. Rafiq blieb davor stehen und sagte leise einen arabischen Satz.

Innen hörte man ein Geräusch, dann ging die Tür gerade so weit auf, dass Rafiq hineinschlüpfen konnte.

Hamid stand ernst in dem Schuppen, dessen kleines Fenster mit einem schwarzen Stück Stoff verhüllt war. Auf einer Bank stand ein Radio, in dem gerade die Nachrichten von ›BBC World Service‹ liefen.

Ohne ein Wort zu sagen, nahm Rafiq Brot und andere Lebensmittel aus der Tasche. Auf dem schmutzigen Fußboden lag ein Schlafsack.

»Warst du auch vorsichtig?«, fragte Hamid al-Huss, hob eine Ecke des Vorhangstoffs an und spähte nach draußen. Er sah Rafiq ähnlich, war aber größer und wirkte strenger und härter.

»Niemand ist mir gefolgt. Warum auch?«

Hamid verstaute die Lebensmittel in einem schwarzen Plastiksack, den er, wenn nötig, mitnehmen konnte. Ursprünglich hatte Hamid in der Dachkammer des alten Hauses übernachtet, aber nach dem Besuch der Polizei in der *Kaminstube* war er in den Schuppen umgezogen.

»Tomi Stenlund ist freigelassen worden«, sagte Rafiq.

»Wann?« In Hamids Stimme klang Erleichterung durch.

»Heute.«

»Das heißt, wir machen weiter wie geplant.«

41

Blutüberströmte Leiber lagen kreuz und quer durcheinander, Helfer kamen mit Bahren angerannt, aus der Ruine des Gebäudes, das durch die Bombe zerstört worden war, stieg Rauch auf. Karri starrte auf den Fernsehschirm, ohne zu verstehen, was der arabische Nachrichtensprecher sagte oder was die von rechts nach links über den unteren Bildrand laufenden, Unheil verkündenden Schriftzeichen bedeuteten. Der Fernseher war in einer Ecke der Eingangshalle des Hotels *Romero* an der Wand angebracht und auf volle Lautstärke gedreht, obwohl niemand zuhörte.

Karri setzte sich wieder an den Computer. Der Abend hatte das Gewimmel auf der Straße vor dem Hotel nicht weniger werden lassen. Karri hatte mit Waters in einem Restaurant um die Ecke gegessen. Es gab keine Neuigkeiten aus Bagdad. In allen Einzelheiten hatte Karri Waters seine Theorie über die Israelis dargelegt. Aber was wollten sie von Saara? Was hatte sie entdeckt?

Das große Fenster in seinem Rücken störte Karri. Die verblasste Jalousie war zwar heruntergelassen, aber sie hatte breite Ritzen. Karri versuchte sie zu schließen, doch der Mechanismus war kaputt. Vor dem Fenster standen zwei Araber und unterhielten sich.

Karri loggte sich erneut in Saaras E-Mail-Account ein und zuckte zusammen.

Welcome Saara, you have (1) new messages.

Die neue Mail war gerade erst eingetroffen. Der Absender lautete *chaim.finkelstein@jewishlibrary.co.uk*.

Ungeduldig öffnete Karri die Nachricht. Ein Mitarbeiter der jüdischen Bibliothek in London teilte höflich mit, dass Ariel Hasans Buch ›Mein Leben für das Heilige Land‹, nach dem sich Saara erkundigt hatte, nicht greifbar sei.

Der letzte Satz sprang Karri besonders ins Auge: *Sie haben Recht, das Buch ist nicht einmal in der Sammlung der hebräischen Bibliothek von Jerusalem zu bekommen, und ich fürchte, man kann es nirgends finden. Soweit ich weiß, ist das Buch komplett unzugänglich gemacht worden.*

Auch Finkelsteins Nachricht hatte durch den Verweis auf Hasan mit den Textrollen von Qumran und nicht mit Oxyrhynchos zu tun. Warum liefen beide Qumran-Mails über den geheimen *Yahoo*-Account und nicht über Saaras normales E-Mail-Programm?

Karri notierte sich die Schlüsselbegriffe. Als er sich über die Schulter zur Straße umblickte, sah ihn einer der Araber ungeniert vom Fenster her an. Ein unangenehmes Gefühl überkam Karri. Aber der Mann sprach mit dem anderen Araber weiter, wandte diesem auch den Blick zu und lachte.

Karri drehte sich wieder zum Computer um. Im Fernsehen liefen noch immer die Nachrichten in Form eines Stroms von Bildern der Gewalt.

Zum Glück wartete niemand auf den Computer. Rasch öffnete Karri ältere Mails. Von deren Inhalt verstand er wenig, aber sie hatten alle das gleiche Thema: Qumran. Saara hatte immer ein wenig abfällig über die Schriftrollen von Qumran gesprochen, obwohl es sich dabei um einen der bedeutsamsten archäologischen Funde des 20. Jahrhunderts handelte. Die Rollen stammten zum Teil aus der Zeit der Entstehung des Christentums, aber die Texte enthielten keinen einzigen direkten oder indirekten Hinweis auf Jesus. Das war aus Saaras Sicht ein klarer Mangel, denn was sie suchte, waren gerade konkrete Beweise für die historische Existenz Jesu.

Vorläufig gab es die nicht, denn die Evangelien waren auf der Grundlage von Überlieferungen frühestens 40 bis 70 Jahre nach

Jesu Tod erstellt worden, und später waren daran zahlreiche Ergänzungen und Veränderungen vorgenommen worden. Genau genommen wusste man von den Verfassern der nach Matthäus, Markus, Lukas und Johannes benannten Texte nichts.

Das hatte Saara schon als Kind gestört, und Karri hatte sie oft darüber sprechen hören. Das Allerwichtigste an allen alten Textfunden war für Saara dementsprechend auch, dass sie eine bedeutsame Tatsache unter Beweis stellten: Es war möglich, bislang unbekannte Texte aus der Ursprungszeit des Christentums zu finden. Die Funde von Oxyrhynchos, Nag Hammadi, Qumran und weitere Textfunde hätten durchaus konkrete Beweise für das Wirken Jesu bringen *können.*

Unweigerlich kam Karri die Frage in den Sinn, ob Saara jetzt an so einem Fund dran war. Und ob hier der Grund für das Engagement der Israelis lag.

Darum weckte besonders ein Aspekt in Saaras und Birgittas Mailwechsel Karris Interesse: Der Fund von Qumran war speziell für die Juden und für Israel wichtig, geradezu eine Sensation gewesen, denn die Rollen enthielten unter anderem das älteste Bibelmanuskript, das Buch Jesaja, das tausend Jahre älter war als die zuvor bekannten Handschriften.

Karri drehte sich erneut zum Fenster um. Nun stand dort niemand mehr. Aus irgendeinem Grund fand er das erst recht Besorgnis erregend.

Er ordnete Saaras E-Mail-Briefkasten nach dem Alphabet und prüfte, ob weitere Mails an oder von Birgitta da waren. Nichts. Das steigerte die Relevanz der einen Nachricht, vor allem weil sie erst vor gut einem Monat geschrieben worden war.

Karri machte sich Notizen dazu und unterstrich die erwähnten Namen. Dann verließ er *Yahoo,* um ein paar Suchen zu Qumran vorzunehmen. Gleich beim ersten Link erschien auch Birgittas Name:

Schatz aus Israel im finnischen Wissenschaftszentrum Heureka zu sehen

Unermesslich wertvolle, über 2000 Jahre alte Pergamentschrift, die so genannte Qumran-Rolle, erstmals einem großen Publikum in Skandinavien zugänglich

Die Schriftrolle vom Ufer des Toten Meeres ist eine Leihgabe aus Jerusalem, wo sie in einem speziellen, für Schriftrollenfunde erbauten und streng bewachten Museum aufbewahrt wird. Mit der Rolle ist der Chefkurator des Museums, Hava Katzman, nach Finnland gekommen.

»Der hebräische Text auf dem Pergament ist Bestandteil des Regelwerks für die jüdische Gemeinschaft, also der Gesellschaftsregeln«, erklärt Dr. Birgitta Högfors, eine Finnin, die zu den führenden Qumran-Forschern zählt.

Von Freitag an wird die Rolle bis Ende November im Wissenschaftszentrum Heureka ausgestellt …

Nun nahm sich das Interesse der Israelis überhaupt nicht mehr sonderbar aus. Karri öffnete weitere Seiten, die mit Qumran zu tun hatten, es gab endlos viele davon.

Je mehr er der Sache auf den Grund ging, umso interessanter wurde es. Qumran stand für zweierlei: für die Ruinen einer alten Ansiedlung und für die Schriftrollen, die in einer Höhle in der Nähe jener Siedlung gefunden worden waren. Theologen, Archäologen und Historiker stritten sich nach wie vor über Qumran, darüber, wer dort gewohnt hatte, wie das Verhältnis der Bewohner zu den Rollen einzuschätzen sei und so weiter.

Die ersten Rollen hatte durch Zufall ein Beduinenjunge in der trockenen, heißen Wüste drei Kilometer südlich von Khirbet Qumran entdeckt, als er im Jahr 1947 seine verirrte Ziege suchte. Die Stelle lag auf einer schmalen Kalksteinuferböschung des Toten Meeres, etwa zehn Kilometer von Jericho entfernt. Der Junge hatte Steine in die Höhle geworfen und gehört, wie ein Stein beim Aufprall ein anderes Geräusch erzeugte als die anderen. In der Höhle fand sich dann ein Krug, der Lederrollen enthielt. Sie wurden an einen Antiquitätenhändler in Jerusalem verkauft, und der verkaufte sie an einen Professor für Hebräisch an der Universität Jerusalem weiter.

Karri sprang vor allem ins Auge, dass ein Antiquitätenhändler involviert gewesen war. Schließlich waren die Rollen beim Erzbischof von Syrien gelandet, der sie zur Erforschung nach Amerika geschickt hatte. 1950 war die Entstehungszeit der Rollen per C14-Methode auf das Jahr 30 nach Christus festgelegt worden. Bis 1956 fand man in dem Gebiet insgesamt elf Höhlen und hunderte von Handschriften. Die örtliche Bevölkerung hatte inzwischen den finanziellen Wert der Rollen begriffen und sie in kleinen Stücken an Wissenschaftler verkauft.

Als sich bestätigt hatte, dass die Rollen ungefähr aus der Lebenszeit Jesu stammten, hatte das für großen Aufruhr gesorgt. Es begann der Streit darüber, wer das Recht hatte, die Texte zu untersuchen und zu veröffentlichen. Die Qumran-Forschungen wurden von dem katholischen Geistlichen Roland de Vaux geleitet. Eine internationale Forschergruppe nahm die Arbeit auf und stellte bald fest, dass sie weit umfangreicher sein würde, als ursprünglich angenommen. Bald wurde ein Teil der Rollen in Form wissenschaftlicher Ausgaben publiziert, aber ein Teil blieb für Jahrzehnte in den Schränken der Forscher verschlossen.

Durch die Verzögerung entstanden Gerüchte. Unter anderem wurde behauptet, die katholische Kirche würde die Veröffentlichung der Texte zu verhindern versuchen, weil sie bewiesen, dass die kirchliche Auffassung des Christentums und dessen Entstehung falsch sei. Die Wahrheit war viel blasser als die Verschwörungstheorien. Die Gründe waren praktischer und menschlicher Natur und hatten mit dem wissenschaftlichen Alltag zu tun. Erst in den neunziger Jahren des 20. Jahrhunderts wurden sämtliche Handschriftenarchive für den wissenschaftlichen Gebrauch geöffnet. Die ursprünglichen archäologischen Grabungsprotokolle zu den Ruinen von Qumran aus der Hand des 1971 gestorbenen de Vaux waren hingegen nach wie vor unveröffentlicht.

Karri holte sich einen Kaffee vom Automaten und wunderte sich, wie wenig Betrieb in der Hotelhalle herrschte. Der Fernseher dröhnte über leeren Sesseln. Der Rezeptionist erledigte Papierkram und warf dazwischen immer wieder einen neugierigen Blick auf Karri.

Die Leere hatte etwas Unnatürliches und Bedrückendes. Als Karri mit dem Kaffe zum Computer zurückkehrte, bemerkte er eine männliche Gestalt, die draußen vor dem Fenster zur Seite trat.

Er setzte sich vor den Bildschirm und ging weiter die Qumran-Verweise durch. Hin und wieder blieb sein Blick an dem Namen hängen, den er schon kannte: Birgitta Högfors. Die zielstrebige Birgitta hatte zahlreiche Verbindungen zu internationalen Wissenschaftskreisen geknüpft und aus dem Archiv des Jerusalemer Rockefeller-Museums unveröffentlichtes Qumran-Material erhalten. Außerdem hatte sie sich mit den Fragmenten der Originalhandschrift vertraut machen dürfen.

Durch Qumran stand Birgitta in Kontakt mit Wissenschaftlern in Israel, und auf diesbezügliche Informationen war Saara in ihrer Nachricht ganz offenbar aus gewesen.

Das Puzzle vor Karris Augen setzte sich nun in Teilen zusammen. Die Entdeckung der ersten Schriftrollen fiel in die Zeit der Staatsgründung Israels, als die UNO Palästina in arabische und israelische Sektoren teilte. Darum besaßen die Rollen für die Israelis fast die Bedeutung von Reliquien und wurden dementsprechend in einem eigens für sie gebauten Museum aufbewahrt.

Eine der Handschriften, eine als Tempelrolle bezeichnete, acht Meter lange Lederrolle, hatte Israel 1967 während des Sechs-Tage-Krieges, als Israel Ost-Jerusalem und die Westbank besetzte, mit Hilfe einer Operation des Militärgeheimdienstes in seinen Besitz gebracht.

Karri zweifelte nun kein bisschen mehr daran, dass Ezer

Kaplan in die Morde in Pudasjärvi verwickelt war. Und alles schien irgendwie mit Qumran in Verbindung zu stehen. Die Schriftrollen von Qumran waren zu einem Symbol der Identität Israels geworden. Dieses Symbol bot einen Anknüpfungspunkt zwischen dem neuen Staat und jener Zeit vor zweitausend Jahren, als die Juden zuletzt das Land besiedelt hatten. Der Fund war eine internationale Sensation gewesen und gab dem neu gegründeten Staat die ersehnte psychologische Unterstützung und Legitimation.

Karri nahm einen Schluck Kaffee, der mittlerweile kalt geworden war. Den E-Mails zufolge war Ariel Hasan in Saaras Augen eine Art Schlüsselfigur, darum nahm Karri eine Recherche zu dem Namen vor und bekam dabei prompt zu viele Treffer. Er grenzte die Suche mit dem Begriff »Qumran« ein, aber diese Kombination brachte kein einziges Ergebnis. »Ariel Hasan« und »Archäologie« hingegen förderte ein halbes Dutzend Links zu Tage, von denen Karri den ersten öffnete:

Für die **archäologischen** Aktivitäten Israels ist *Israel Antiquities Authority*, das Israelische Museumsamt, zuständig. Es erteilt u. a. Grabungsgenehmigungen und überwacht die weiteren wissenschaftlichen Maßnahmen.

Die Archäologie des Heiligen Landes und die Geschichte der Region im Ganzen sind von besonderer Bedeutung. Von der Geburtsstunde des Staates Israel an widmete man sich diesen Themen mit ausgesprochener Sorgfalt. Zu den Gründern des Museumsamtes im Jahr 1948 zählten u. a. Moshe Sharon, **Ariel Hasan** und Amichai Kochav …

Als Nächstes suchte Karri Informationen zu den Namen Magen und Peleg. Eine unzählige Menge von Seiten wurde aufgeführt. Die Doktoren Itzhak Magen und Yuval Peleg waren israelische Archäologen, die zehn Jahre lang die Ruinen von Qumran rund um den Fundort der Schriftrollen erforscht hatten.

Karri war klar, dass er als Laie bei dem Thema nur mühsam

weiterkommen würde. Die einzige Abkürzungsmöglichkeit bestand darin, eine Person zu kontaktieren, die sich in dem Themenfeld sehr gut auskannte. Er öffnete noch einmal Birgittas Mail und notierte sich die am Ende genannte Telefonnummer in Princeton. Anschließend ging er durch die leere Hotelhalle zum Lift. In seinem Zimmer im zweiten Stock nahm er das Telefon aus der Tasche und rief Birgitta an, aber unter der Nummer meldete sich niemand.

In der Hotelhalle setzte sich inzwischen ein Mann an den Computer, nachdem er zehn Dinar an den Rezeptionisten für die Benutzung des Internets bezahlt hatte, da er kein Hotelgast war.

Er schob einen fingergroßen Memory-Stick in den USB-Anschluss. Darauf übertrug er aus dem Arbeitsspeicher die Internetadressen, die kurz zuvor mit dem Browser aufgesucht worden waren.

42

Eine warme Nacht umfing die Stadt Petah Tiqva nordöstlich von Tel Aviv. Ursprünglich war sie die erste jüdische Siedlung in Palästina gewesen, 1878 gegründet, doch mittlerweile war das ehemalige Dorf zu einer Stadt von 150 000 Einwohnern angewachsen.

Der hebräische Name Petah Tiqva bedeutete »Tor der Hoffnung« – ein treffender Name für ein Gemeinwesen, das sich auf einem dafür wenig geeigneten Gebiet der Landwirtschaft verschrieben hatte.

Es war auch der passende Name für einen Ort, an dem die Sondereinheit *Yehidad Mishtara Meyuhedet,* kurz Yamam, ihr operatives Hauptquartier unterhielt. Yamam stand ein Gebäudekomplex aus weißem Backstein am westlichen Rand der Stadt zur Verfügung, in der Nähe des Denkmalbogens, der zu Ehren von Baron Edmond de Rothschild errichtet worden war. Ohne dessen finanzielle Unterstützung hätte Petah Tiqva die Schwierigkeiten der Anfangsjahre womöglich nicht überstanden.

Im Lagerraum des Yamam-Hauptquartiers stand ein Mann mit schmalem Gesicht und Bürstenhaarschnitt mit einem Laserpointer in der Hand vor einer Karte der Grenzregion von Irak und Jordanien.

»Das Gelände ist schwierig für uns, es stehen uns nicht genügend HUMINTs und SIGINTs darüber zur Verfügung«, sagte der Dienst habende Einsatzleiter. HUMINT stand für Human Intelligence – für Informationen, die von Menschen gesammelt worden waren. Mit SIGINT waren elektronische Signalermittlungen gemeint. »Wir sind auf die Erkenntnisse von *RiskManagement* angewiesen. Mr. Vuorio wird von Kaplan observiert.«

Am Tisch saßen vier Männer, von denen drei die Dienstkleidung der Grenzpolizei trugen, allerdings ohne Abzeichen, nur einer trug Sakko und Krawatte.

»Wir bringen eine Gruppe in Amman in Bereitschaft. Komplette Ziviltarnung. Volle Interventionsausrüstung.«

Die Vorhänge bewegten sich im heißen Wind aus der Wüste. Oliver Churchill, der Chef des Bagdad-Büros von *RiskManagement*, aß sein Fischgericht mit den Fingern. Er brach ein Stück Brot ab und tunkte es in die Sauce. Diese Art zu essen half ihm, die Anspannung unter Kontrolle zu halten. Ihm gegenüber am Tisch saß Baron. Beide behielten die Tür im Auge, durch die jeden Moment Uday hereinkommen sollte.

Das Restaurant *Hashem* war derzeit eine der wenigen Oasen in Bagdad, die Churchill kannte, weshalb er alle Verabredungen wenn möglich dorthin verlegte. Das Lokal befand sich im Innenhof eines Betonkomplexes, umgeben von Palmen, Büschen und Blumen.

»Der heute in Amman eingetroffene Ehemann der Entführten ist davon überzeugt, dass die Israelis die drei Freundinnen seiner Frau umgebracht haben«, sagte Churchill. »Er glaubt auch, dass Yamam eher eine Gefahr als eine Hilfe für die Geiseln darstellt.«

Baron wischte sich die Finger an der weißen Stoffserviette ab. »Warum, um Himmels willen, sollte Israel das Risiko einer Aktion auf irakischem Boden eingehen? Ich glaube das nicht.«

»Mr. Vuorio meint, der Grund müsse in der wissenschaftlichen Arbeit der Entführten liegen. Der Holländer ist Archäologe, die Finnin Bibelforscherin.«

»Es ist sonnenklar, dass weder Yamam noch irgendeine andere israelische oder ausländische Truppe an dieser Operation beteiligt werden darf. Ich gebe das Leben von Keith nicht in die Hände anderer Leute …«

Plötzlich machte Baron eine Kopfbewegung in Richtung Tür. Dort stand Uday, ein 50-jähriger, schlanker Iraker mit kohlrabenschwarzem Haar, Augenbrauen und Schnurrbart. Er trug Polyesterhosen, ein hellgrünes Hemd und polierte Schuhe. Meistens war er als »Checker« für ausländische Journalisten tätig, das hieß, er regelte mit seiner Ortskenntnis praktische Dinge für sie.

Churchill winkte, und Uday bemerkte die beiden Männer. Mit höflichem Lächeln kam er an den Tisch, aber als er sich setzte, machte er einen angespannten Eindruck. Leise sagte er: »Ich habe Kontakt zu einem Mittelsmann der Entführer.«

Karri lag in seinem Hotelzimmer in Amman im Bett und versuchte zu schlafen, aber es wollte ihm nicht gelingen. Immer wieder glaubte er, auf dem Flur dubiose Geräusche zu hören. Im Zimmer war es heiß, und von der Straße drang Verkehrslärm herauf.

Seine Gedanken kreisten um das Verhalten von Birgitta Högfors. Er hatte die Frau schließlich erreicht und ihr am Telefon die Situation geschildert.

Sie war erschüttert gewesen, hatte aber trotzdem eher unfreundlich gewirkt. Sie hatte gefragt, warum Saara auf die irakische Seite »vorgedrungen« sei. Karris Frage nach Saaras Mail hatte sie unbeantwortet gelassen. »Solche Dinge kann ein Laie nicht verstehen«, hatte sie nur gesagt.

Danach hatte Karri bei zwei ehemaligen Kollegen von Saara am Institut für Exegese in Helsinki angerufen, aber die wussten ebenfalls nichts über Saaras aktuelle Projekte. Dennoch war Karri durch die Gespräche auf die ein oder andere Idee gekommen. Außerdem hatte er den Grund für Birgittas abweisendes Verhalten entdeckt.

Er drehte sich ein paarmal im Bett hin und her, dann knipste er die Leselampe an und stand auf. Eigentlich hatte er sich vorgenommen, erst am nächsten Morgen Cornelia in Utrecht anzurufen, aber jetzt beschloss er, es auf der Stelle zu tun.

Cornelia klang munter und angesichts der Umstände ruhig. Karri nahm seine Notizen vom Nachttisch und erzählte, ohne sich über die Telefonrechnung Gedanken zu machen, über seine Internetrecherchen, bis er schließlich zur Sache kam.

»Diese Birgitta Högfors hält an der traditionellen Auffassung fest, dass die Qumran-Schriften von den Essenern, einer asketischen, jüdischen Sekte, die in dem Gebäudekomplex Qumran gelebt hatte, verfasst worden seien. Das ist die Ansicht, die bereits Roland de Vaux, der in den fünfziger Jahren als erster die Ruinen untersucht hat, vertrat. Derselbe Typ, den Saara in ihrer Mail an Birgitta erwähnt.«

»Und du glaubst, in der Richtung könnte etwas von wesentlicher Bedeutung liegen?« In Cornelias Stimme klang Skepsis durch.

»Ich glaube gar nichts. Aber die Publikationsgeschichte der Textrollen und der Ausgrabungen von Qumran beinhaltet sonderbare Züge. De Vaux hat zum Beispiel bis zu seinem Tod keinen endgültigen Grabungsbericht veröffentlicht, und noch immer ist der Wissenschaft nicht das ganze Material zugänglich.«

Während er sprach, ging Karri zu dem Sessel in der Zimmerecke. Es ärgerte ihn, dass Cornelia die Bedeutung seiner Erkenntnisse nicht zu begreifen schien.

»In den neunziger Jahren wurde immer stärker die Auffassung vertreten, dass die Schriftrollen, die in der Nähe der Ruinen von Qumran gefunden wurden, gar nicht von den Bewohnern Qumrans geschrieben worden seien. Diese Auffassung, die Birgittas These widerspricht, erhielt im Sommer 2004 wesentlichen Nachdruck, als die Archäologen Yuval Peleg und Itzhak Magen, die Saara in ihrer Mail ebenfalls erwähnt, ihre zehnjährige Forschungsarbeit beendeten.«

»Was haben die beiden denn entdeckt?« Jetzt wurde Cornelia aufmerksam.

»Sie meinen, in Qumran habe es unter anderem Schmuck mit Edelsteinen, Parfumflaschen, Kämme und weitere Gegenstände gegeben, die auf keinen Fall den bettelarmen Essäern gehört haben konnten. Diese Dinge bewiesen, dass die Ruinen keiner armen Sekte gehört hatten, sondern einer anderen Gemeinschaft. Laut Peleg und Magen konnte dies bei den ersten Ausgrabungen unter de Vaux nicht verborgen geblieben sein.«

Karri sprach mit ruhiger Stimme und zeichnete dabei kleine Quadrate an den Rand seines Notizzettels.

»De Vaux musste bewusst seine Augen vor Hinweisen verschlossen haben, die von seiner Auffassung abwichen. Es kann sein, dass hier einer der Gründe liegt, warum de Vaux keinen Grabungsbericht oder andere grundlegende Dokumente veröffentlicht hat, sondern sich darauf beschränkte, den Eindruck zu vermitteln, die Ruinen von Qumran und die in der Nähe gefundenen Schriftrollen gehörten zusammen. Insofern ist es kein Wunder, wenn Birgitta, die sich de Vaux verbunden fühlt, nicht will, dass in der Sache weiter herumgestochert wird.«

»Und Luuk und Saara haben genau das getan?«

»So sieht es jedenfalls aufgrund der E-Mails aus.«

»Und weiter? Das kann doch nichts mit der Entführung zu tun haben?«

»Bestimmt nicht. Aber es gibt Anhaltspunkte dafür, wie man dem israelischen Hilfsangebot gegenüberstehen sollte. Weil sie in Bezug auf Qumran so ein starkes Interesse haben, muss man mit ihnen sehr vorsichtig sein.«

Nach dem Gespräch legte sich Karri wieder aufs Bett, aber in dem Moment klingelte sein Handy.

Der Anruf kam von Baron aus Bagdad.

»Wir haben den starken Verdacht, dass sich der Aufenthaltsort der Entführten im Dorf Al-Ghirbati befindet.«

Karri streckte sich nach seinem Stift. Baron buchstabierte den Dorfnamen, und Karri notierte ihn.

»Gehen Sie morgen früh zu Waters ins Büro.«

»Ich könnte nach Bagdad kommen …«

»Nein, bleiben Sie, wo Sie sind. Von Amman aus ist es kürzer nach Al-Ghirbati. Und sicherer. Wir reden morgen früh.«

»Warten Sie. Was …«

»Ich kann jetzt nicht länger reden. Ich rufe Sie morgen früh an.«

Nach dem Gespräch war Karri außer sich. Er suchte in seiner Tasche nach der Landkarte. Al-Ghirbati fand sich unmittelbar an der Grenze zwischen Irak und Jordanien. Schon auf der Karte machte die Gegend einen feindseligen Eindruck.

Karri merkte, dass er inständig auf Timo Nortamo wartete, der am Morgen aus Brüssel eintreffen würde.

43

Tomi Stenlund stieg vor Launo Kohonens Haus aus dem Geländewagen. Der Morgen war nasskalt und windig, Tomi zog sich seine gefütterte Wintermütze tiefer ins Gesicht. Am Vortag hatte er die Motorschlitten gewartet und außerdem drei Stunden am Fjäll gesessen, wo die Reiseunternehmer von Südlappland, Kuusamo und Nordostfinnland, speziell die für die Veranstaltungsprogramme zuständigen Personen, diverse gemeinschaftliche Marketingprojekte durchgegangen waren.

Mit forschen Schritten ging Tomi auf die Eingangstreppe zu. Der Wind wirbelte Schnee auf. Tomi schlug mit der Faust gegen die Haustür und riss sie auf, ohne eine Antwort abzuwarten. Er ging durch den Flur zur Wohnzimmertür. Launo lag in Unterwäsche auf der Couch.

»Guten Morgen«, sagte Tomi laut.

Launo setzte sich auf. Sein Gesicht war aufgedunsen.

»Verflucht … Ich hab dem Weibsstück von der Polizei die ganze Zeit gesagt, dass du unschuldig bist … Jetzt müssen sie's glauben.«

Tomi nahm ein Bündel Kleider vom Sessel und warf sie Launo zu. Dann setzte er sich, ohne Jacke oder Mütze abzulegen. »Reiß dich für den Rest der Woche zusammen! Der Lachs kann sich nämlich nicht selbst grillen.«

»Mach du dir um meinen Zustand bloß keine Sorgen. Oder hab ich jemals was nicht gemacht, was vereinbart war? Hä?«

»Wo ist meine Remington?«

»Hab ich doch schon gesagt.« Allmählich kam Leben in Launo, und er zog umständlich seine Hose an.

Unvermittelt sprang Tomi auf und schüttelte ihn.

»Red keinen Scheiß! Der Polizei kannst du sagen, was du willst, aber mir sagst du die Wahrheit! Ich will meine Remington wiederhaben. Wo ist sie?«

»Ich weiß es nicht. Ich weiß es nicht, verdammt, glaub's mir endlich! Ich hab sie in den Waffenschrank gestellt, aber da ist sie nicht mehr.«

Tomi warf Launo auf die Couch wie eine Flickenpuppe. »War der Schrank abgeschlossen?«

»Daran kann ich mich nicht erinnern ...«

»Also nein. Man sollte solchen Pfuschern wie dir überhaupt keine Waffe in die Hand geben.«

»Ich zahl dir die Flinte. Hör jetzt auf. Haben die Bullen einen Grund, anzunehmen, dass die Remington mit den Morden zu tun hat?«

»Glaub ich nicht. Aber ich will sie zurückhaben, und zwar *jetzt.*«

Tomi bückte sich und sah unter der Couch nach. »Du hast sie in deinem Schnaps- und Medikamentenrausch selbst irgendwo hingelegt und weißt nicht mehr, wo.«

»Hältst du mich jetzt auch schon für durchgedreht?«, fragte Launo und zog den Gürtel zu.

Tomi öffnete eine Tür des Wohnzimmerschranks. Pornovideos und -magazine fielen heraus.

»Hast du gehört?« Launos Stimme stieg zu einem heiseren Falsett an.

Tomi ging ins kalte Schlafzimmer, sah dort unter dem Bett nach und wühlte im Kleiderschrank. Er zog die breite untere Kommodenschublade so heftig auf, das sie auf den Boden krachte. Er fluchte, setzte die Schublade aber wieder ein.

Gerade als er sie zuschieben wollte, fiel sein Blick auf etwas Glänzendes am hinteren Rand der Lade. Tomi streckte die Hand danach aus, hielt aber abrupt in der Bewegung inne.

Was da schimmerte, war eine dünne Kette mit silbernem Anhänger: einem Kreuz.

Und dann erkannte er in dem Bündel aus silbernen Kettchen ein zweites Kreuz. Und ein drittes.

Tomi sah zur Tür. Er hörte, wie im Flur ein Flüssigkeitsstrahl rappelnd in einen Eimer traf.

Rasch schloss Tomi die Schublade und stand auf. Waren das die Halsketten, die Johanna Vahtera gemeint hatte?

Er ging durchs Wohnzimmer in den Flur, wo Launo sich vor dem Pisseimer den Reißverschluss hochzog.

Tomi zwang sich zu einem ruhigen Gesichtsausdruck. »Na gut. Wenn die Büchse nicht auftaucht, zahlst du sie eben.«

»Na klar, Mann, das hab ich doch gerade gesagt.«

Tomi ging zur Haustür.

»Warte, ich koch uns einen Kaffee«, sagte Launo. »Reden wir über den Lachs und den Räuberbraten. Zum Glück hat jemand die dritte Frömmlerin nachts kaltgemacht, damit sie dich freilassen konnten. Stell dir vor, die Amis kommen, und du sitzt im Bau und drehst Däumchen!«

»Ich muss Holz zur Feuerstelle bringen. Ich komm später noch mal vorbei.«

»Ich dachte, ich könnte zu dem Räuberbraten gedünstete Steckrüben machen. Wenn man die lang genug ziehen lässt, kriegen sie genau die richtige Süße. Bisschen Basilikum dazu. Nein, Thymian! Ja, Thymian, Mensch, das macht sich gut mit Steckrüben ... Das könnte den Ausländern gefallen, das ist nicht zu exotisch.«

»Ja, gut. Wir reden später drüber. Ich muss jetzt los.«

Tomi ging hinaus und schloss die Tür hinter sich. In seinem Kopf gingen die Gedanken kreuz und quer durcheinander. Der Wind ließ die angelehnte Schuppentür knarren.

Tomi eilte zu seinem Wagen und fuhr in Richtung Ortsmitte davon. Er versuchte seine Gedanken zu ordnen, aber das war nicht so einfach.

Vor der Polizeiwache standen viele Autos. Er fuhr direkt neben den Eingang, obwohl dort kein offizieller Parkplatz war, sprang aus dem Wagen und wäre fast mit einem Polizisten zusammengestoßen, der gerade das Gebäude verließ.

»Da darf man nicht parken«, fing der Polizist an, aber Tomi ließ ihn einfach stehen und ging in das Gebäude hinein.

»Ist Frau Vahtera hier?«, fragte er die Polizistin, die an der Pforte saß.

»Worum geht es?«

»Ich will mit der Vahtera sprechen. Sofort.«

»Sie ist in einer Besprechung …«

»Nehmen Sie den Hörer in die Hand, und sagen Sie ihr, dass Stenlund ihr was Wichtiges zu sagen hat! Oder geben Sie mir den Hörer!«

Die Polizistin musterte Tomi, griff zögernd zum Telefon und blickte auf die Liste mit den Nummern.

»Hier ist Tomi Stenlund und behauptet, er hätte …«

Tomi griff durch die Luke nach dem Telefon, aber da sagte der Polizist, dem er draußen begegnet war, laut hinter ihm: »He, Stenlund, nimm die Finger weg! Was ist hier eigentlich los?«

Die Frau legte auf. »Frau Vahtera kommt. Setzen Sie sich da drüben hin und warten Sie.«

Tomi richtete sich auf, dann setzte er sich steif auf die mit schwarzem Kunstleder bezogene Bank.

Er konnte kaum verschnaufen, als Johanna Vahtera auch schon den Gang entlangkam.

»Was gibt's?«

Tomi stand auf. »Gehen wir irgendwohin.«

Vahteras Gesichtsausdruck war neugierig, als sie auf eine der Türen im Gang wies.

Tomi betrat den Raum, und Vahtera schloss die Tür hinter sich.

»Es geht um die Halsketten«, sagte Tomi. »Um die Kreuze.«

Die Polizistin sah ihn aufmerksam an.

Johanna saß neben Kekkonen im Wagen und starrte vor sich hin.

Stenlunds Antwort auf die Frage nach Launo Kohonens Schützenkunst ging ihr nicht aus dem Sinn: *Wenn er nüchtern ist, schießt er wirklich gut.* Aber es war nicht auszuschließen, dass Kohonen auch dann schießen konnte, wenn er nicht nüchtern war …

Es hatte angefangen zu schneien, und durch den Wind wurde daraus rasch ein Schneegestöber. Die kleinen Flocken wirbelten im Scheinwerferlicht. Durch die Wolken war es noch düsterer geworden. Vor Kohonens Haus regte sich nichts. Der Lada Niva, der aussah wie ein großes, käferartiges Insekt, stand neben dem Schuppen. War Launo an Stenlunds Verhalten etwas aufgefallen? Oder war alles falscher Alarm … Letzteres schien wahrscheinlicher.

Trotzdem stand hier immerhin die Hausdurchsuchung bei einem Mordverdächtigen bevor, darum trug Johanna unter ihrer Jacke eine kugelsichere Weste und im Schulterholster ihre Glock-Dienstpistole.

Kekkonen hielt hinter dem Lada an, und Johanna stieg langsam aus. Kekkonen zog sich die Hosen hoch und folgte ihr.

Etwas an dem Anblick des Grundstücks erinnerte Johanna an den Film ›Acht Todeskugeln‹, der von einer Bluttat im Finnland der sechziger Jahre handelte. Darin erschießt ein Kleinbauer, der sich in die Enge gedrängt fühlt, vier Polizisten.

Als hätte er Johannas Gedanken gelesen, sagte Kekkonen leise: »Besser, wir sind vorsichtig.«

Johanna ging zur Haustür voran und klopfte. Keine Reaktion.

Sie öffnete die Tür. Diesmal lag im Flur ein Duft nach Olivenöl, Knoblauch und Kräutern. Beim Eintreten blickte Johanna unwillkürlich nach dem Eimer, den sie beim letzten Mal gesehen hatte, aber der war weg. Aus dem Wohnzimmer klang gedämpft die Stimme des Sängers Mikko Alatalo: *»Es sehnt sich der Mensch …«*

Johanna ging zur Küche, wo man es in der Bratpfanne zischen hörte. Sie klopfte an die angelehnte Küchentür. Nach wenigen Sekunden ging sie auf.

Vor Johanna stand Kohonen. Er hatte sich eine weiße Schürze umgebunden und hielt ein großes Fleischmesser in der Hand. Auf dem Herd dampfte es aus Töpfen, in denen sich das Licht der röchelnden Dunstabzugshaube spiegelte. Auf der Arbeitsplatte lagen in sauberen Häufchen klein geschnittene Karotten, Lauch und Paprika.

»Noch einmal guten Tag«, sagte Johanna, den Blick fest auf das gerötete, aufgedunsene Gesicht des Mannes gerichtet.

»Tag«, sagte Kohonen unsicher. »Was ist los?«

»Beim Kochen?«

Er nickte. »Ich probier ein neues Rezept für Stenlunds Amis aus. Steckrübenragout. Mit Thymian.«

Johanna streckte die Hand aus. »Würden Sie mir bitte das Messer geben.«

Verdutzt gab Kohonen es ihr. Johanna reichte es an den hinter ihr stehenden Kekkonen weiter.

»Könnten Sie bitte den Herd ausschalten und zusehen, dass auch sonst nichts mehr an ist«, sagte Johanna. »Wir nehmen Sie mit, unter dem Verdacht, Erja Yli-Honkila, Anne-Kristiina Salmi und Lea Alavuoti ermordet zu haben.«

Kohonen starrte Johanna entgeistert an.

44

Karri bestrich im Frühstücksraum des Hotels *Romero* gerade seinen Toast mit Honig, als Tomi anrief. Er fragte, wie es gehe, doch seine Stimme verriet, dass er aufgeregt war.

»Ich habe bei Launo drei silberne Kreuze gefunden«, sagte er. »Den Schmuck von Erja, Anne-Kristiina und Lea, den ihnen der Mörder vom Hals gerissen hat.«

Karri konnte nicht fassen, was er da hörte. »Bei Launo?«

»Ich hab nach meiner Remington gesucht und den Schmuck in der Kommode entdeckt. In allen Kreuzen war dasselbe Datum eingraviert. Launo wird jetzt verhört, und sie machen eine Hausdurchsuchung bei ihm. Und zwar verdammt gründlich«, berichtete Tomi heiser.

»Glaubst du, Launo könnte drei Menschen umbringen?«

»Am Anfang hab ich es nicht geglaubt. Aber denk doch mal nach. Was hat er über die Ermordeten gesagt? Und wie er sich bei der Scheune benommen hat!«

Falls Launo Kohonen der Täter war, waren die Israelis unschuldig.

Der Gedanke war Schwindel erregend.

Wenn sich nämlich nachweisen ließ, das Launo der Mörder war, korrespondierte das israelische Hilfsangebot exakt mit Ezer Kaplans Worten. Karri ärgerte sich, den Mann so schroff zurückgewiesen zu haben.

Johanna steckte in Papieroverall, Schuhbezügen und Kopfhaube. Sie sah sich in Launo Kohonens Wohnzimmer um und sah es nun mit ganz anderen Augen. Sie musste sich Mühe geben, ihre Hoffnungen im Zaum zu halten. Zuerst musste untersucht werden, wie der Schmuck zu Kohonen gelangt war. Außerdem musste die Wohnung gründlich auf den Kopf gestellt werden. Die Spurensicherer aus Oulu waren erneut auf dem Weg nach Pudasjärvi.

Es klopfte energisch an der Tür, und Kekkonens rotes Gesicht schob sich durch den Türspalt. »Kommst du mal kurz.«

Johanna folgte ihm in den Flur nach draußen. Sie sah, wie aufgeregt ihr Kollege war, und wusste gleich, dass er etwas Wichtiges entdeckt haben musste. Sie zog die Schutzhüllen von den Schuhen und legte sie auf ihre Tasche, die neben der Tür stand.

Ihr Puls beschleunigte sich unweigerlich, als sie Kekkonen zum Schuppen folgte.

Kekkonen knipste die Handlampe an, obwohl im Schuppen eine matte Lampe unter einem kugelförmigen Milchglasschirm brannte.

Johanna schob sich hinter ihrem Kollegen zwischen einem verstaubten Moped und anderem Gerümpel zur hinteren Wand vor, von der eine Tür zum Plumpsklo führte. An der Wand hingen Sense, Spaten und weiteres Werkzeug an Nägeln.

Kekkonen deutete auf eine Holzkiste. »Stell dich auf die Kiste!«

Von dort aus sah sie, dass der Verschlag mit dem Plumpsklo niedriger war als der übrige Schuppen, sodass unter der Decke Stauraum entstand. Kekkonen reichte Johanna die Lampe: In dem Zwischenraum lag ebenfalls Gerümpel.

»Du musst das Brett ganz außen ein Stück anheben«, sagte Kekkonen.

Johanna nahm es hoch und stellte sich auf die Zehenspitzen. In einer schmalen, länglichen Rinne lag ein schmaler, langer Gegenstand.

»Remington, Kaliber 308«, sagte Kekkonen.

Bei allen drei Morden war ein Gewehr mit Kaliber 308 benutzt worden.

Johanna stieg von der Kiste. »Wie hast du das gefunden?«

»Ich habe am Staub gesehen, dass jemand die Stelle angefasst hatte.«

»Hol Kupiainen her!«

Aus der Waffe musste jetzt alles herausgeholt werden: Fingerabdrücke, eventuell DNA-Spuren, Textilfasern.

Die Züge der Ratte nahmen Gestalt an. Die Ratte hatte das runde, gerötete Gesicht von Launo Armas Kohonen.

Jedes vierte Fahrzeug in Amman schien ein Taxi zu sein. Karri saß in einem davon, auf dem Weg zum Büro von *RiskManagement*. Vor dem offenen Seitenfenster tobte das Verkehrschaos. Der Taxifahrer fuhr zügig und unter fleißigem Gebrauch der Hupe.

Nach Tomis Anruf hatte Karri versucht, Johanna Vahtera zu erreichen, aber sie hatte sich nicht gemeldet. Jetzt klingelte sein Handy, und auf dem Display stand VAHTERA.

Ihre Stimme klang resolut und präzise. »Hat Ihnen Kohonen letzte Woche erzählt, ihm sei ein Gewehr gestohlen worden?«

»Ja.« Was Karri hingegen nicht erwähnte, war, dass Tomi zu Launo gesagt hatte, er solle darüber schweigen. Karri war derselben Meinung gewesen. Denn mit der Waffe war ohne Erlaubnis ein Elch geschossen worden.

»Stimmt es wirklich, dass Launo der Mörder ist?«, fragte Karri.

»Was wissen Sie denn davon?«, fragte Vahtera barsch.

»Stenlund hat mich angerufen. Ich habe dann gleich versucht Sie zu erreichen. Ich muss wissen, ob der Mörder gefasst ist oder nicht.«

»Ich kann Ihnen aus ermittlungstaktischen Gründen nichts sagen, ich muss jetzt aufhören ...«

»Warten Sie!«, rief Karri verzweifelt. »Ich muss wissen, ob Kohonen der Täter ist. Das hat unmittelbare Auswirkungen darauf, wie ich mich den Israelis gegenüber verhalte. Es geht um Saaras Leben!«

Vahtera schwieg eine Weile, dann sagte sie mit leiser, monotoner Stimme: »Kohonen ist festgenommen worden, und ich habe vor, einen Haftbefehl gegen ihn zu beantragen. In seinem Schuppen haben wir das Gewehr gefunden, das er sich von Stenlund geliehen hat. Es trägt seine Fingerabdrücke. Im Labor werden Probeschüsse gemacht, dann sieht man, ob es sich um die Mordwaffe handelt. Im Wald hinter Kohonens Grundstück haben wir Schuhe gefunden, deren Sohlenprofil den Spuren am Tatort entsprechen. Reicht das?«

»Das reicht. Danke«, sagte Karri und beendete das Gespräch. Der Taxifahrer wich mit einer abrupten Lenkbewegung einem Lieferwagen aus, der aus einer Seitenstraße kam.

Launo war der Mörder, nicht die Israelis. Kaplan hatte die Wahrheit gesagt.

Das änderte die Lage für Karri grundlegend. Stimmte es also, dass die Israelis Saara wegen ihres Fundes tatsächlich in Sicherheit bringen wollten?

Karri lächelte. Jetzt würde ihm die effektivste Eingreiftruppe der Welt zu Hilfe kommen.

Die Karte war auf einem kleinen, runden Kupfertisch mit symmetrischen Verzierungen ausgebreitet. Im Hinterzimmer von *RiskManagement* in Bagdad herrschte eine angespannte, erwartungsvolle Atmosphäre.

Churchill saß in einem Sessel, über dem ein mit Gold besticktes Tuch lag, und hielt den Telefonhörer ans Ohr. Uday hielt, was er versprach. Er hatte seine Beziehungen spielen lassen und Kontakt zu jemandem bekommen, der wiederum mit den Entführern in Verbindung stand.

Churchill telefonierte noch eine Weile mit Uday, dann legte er auf. Er erhob sich aus dem Sessel und beugte sich über die Karte. Baron hatte mit Kugelschreiber schon ein Kreuz bei Al-Ghirbati im Westen des Irak, unmittelbar an der jordanischen Grenze, gemacht.

»500 000 Dollar«, sagte Churchill leise. »Für alle drei.«

»Ist Keith am Leben?«

»Sie behaupten, es gehe allen gut. Ich habe einen Fragetest vorgeschlagen, aber dazu sind sie nicht bereit.«

Barons Miene wurde noch ernster. »Dann ist mindestens einer tot. Wahrscheinlich Keith.«

»Wir haben keine Zeit für Spekulationen. Besorg Tickets für die Maschine nach Amman.«

Die Straßenverbindung von Bagdad zur jordanischen Grenze war erstens zu langsam und zweitens wegen Heckenschützen zu gefährlich, weshalb sie mit der alten Fokker der *Royal Jordanian* nach Amman fliegen und von dort nach Al-Ghirbati weiter mussten.

Churchill nahm sein abgewetztes Boardcase und gab Baron ein anderes.

»Pack hier ein, was du brauchst. In deine Bude schaffst du es nicht mehr.«

Churchill legte in seine Tasche zuunterst eine blaue *Kevlar-Weste*. Waffen konnte er in der Maschine allerdings nicht transportieren.

»Ruf Harry in Amman an«, sagte er. »Wir brauchen Waffen.«

Die Männer packten ihre Koffer. Während Baron mit Harry Waters in Amman telefonierte, öffnete Churchill das Gefrierfach des Kühlschranks und zog eine Drei-Liter-Eiscreme-Packung heraus. Aus der Geldkassette darin entnahm Churchill zweihundert Dollar und verstaute sie in seiner Gürteltasche.

Beide Männer gingen durch die ehemalige Basargasse zu dem Auto, das im Innenhof geparkt war. Churchill überlegte, was es bedeutete, dass sich der eventuelle Aufenthaltsort der Entführten in Al-Ghirbati befand. Von Bagdad aus betrachtet war der westliche Irak nichts als abseitige, erbärmliche Wüste, in deren Höhlen und Schluchten es leicht war, Geiseln zu verstecken. Umso schwerer war es, sie in solchem Gelände aus den Händen der Entführer zu befreien, weshalb es ganz besonders auf die Verhandlungen ankam.

Churchill war in einer vergleichbaren Situation gewesen, als die Eltern eines 24-jährigen entführten Japaners *RiskManagement* beauftragt hatten, ihnen zu helfen. Damals hatte sich die Lage jedoch als aussichtslos erwiesen, weil es sich bei den Geiselnehmern um die fanatische Gruppierung Al-Sarkawi gehandelt hatte. Dem Japaner war mit einem Dolch der Hals durchgeschnitten worden, und die Entführer hatten im Internet mitgeteilt, es sei das Los von Ausländern, die in den Irak kämen, »mit den Kreuzrittern in der Hölle der Mujahedin zu ertrinken«.

Die Wortwahl hatte Churchill wieder einmal gezeigt, wie in dieser Gegend die Geschichte in der Gegenwart atmete. Mit Mujahedin waren islamische Glaubenskrieger gemeint, und die Kreuzritter verwiesen auf den von Papst Urban II. im Jahr 1095 verkündeten Kreuzzug zur Befreiung von Jerusalem. In dessen Folge war es zu blinder Gewalt und unendlichem Leid gekommen, neben dem die heutigen gewalttätigen Auseinandersetzungen in der Region sich wie Kinderspiele ausnahmen.

In Petah Tiqva in Israel war es heiß an diesem sonnigen Vormittag. Im Besprechungsraum des operativen Hauptquartiers von *Yehidat Mishtara Meyuhedet* summte gedämpft die Klimaanlage.

Ein Yamam-Mitarbeiter las den Bericht vor, den Ezer Kaplan aus Amman geschickt hatte.

»Laut den Informationen, die *RiskManagement* an Mr. Vuorio gegeben hat, werden die Geiseln in dem Dorf Al-Ghirbati an der jordanisch-irakischen Grenze festgehalten«, sagte der Yamam-Mitarbeiter zu dem Vertreter des Mossad. »Aber wir kennen das betreffende Haus nicht, und es zu finden, wird uns ohne Kontaktmann vor Ort kaum gelingen. Hier stoßen wir also auf ein Hindernis.«

»Verlegt die Gruppe getarnt von Amman nach Al-Ghirbati«, sagte der Mann vom Mossad.

45

Johanna war im Polizeigebäude von Pudasjärvi gerade auf dem Weg zum Vernehmungsraum, als Kupiainen sie im Laufschritt auf dem Gang einholte.

»Vornamo aus dem Labor hat angerufen«, sagte er. »Das Gewehr ist die Mordwaffe.«

Johanna blieb stehen. Sie war eher überrascht als erleichtert oder gar siegesfreudig.

»Kein Zweifel möglich?«

»Nein.«

Johanna seufzte. Die Anspannung und die angestaute Müdigkeit machten sie schwach und gereizt. Sie empfand nicht die geringste Freude über den Erfolg, sondern nur eine gewisse Erleichterung darüber, dass ein Verbrechen aufgeklärt worden war.

Sie öffnete die Tür zum Vernehmungsraum, wo Launo Kohonen bereits auf sie wartete. Er wirkte nervös.

Johanna ging zum Tisch und setzte sich.

Kohonen schaute sie an, offenbar merkte er ihr an, dass es etwas Neues gab.

Johanna schaltete das Aufnahmegerät ein und sagte: »Es ist der 10. November, 12.45 Uhr. Anwesend sind der unter Verdacht stehende Launo Kohonen und Kriminalkommissarin Johanna Vahtera.«

Johanna ließ einen Moment die Stille wirken, wodurch der Mann ihr gegenüber noch unruhiger wurde. Dann sagte sie: »Wir haben das Gewehr gefunden.«

Kohonens rote Lider blinzelten. »Wo denn? Wer hat es geklaut?«

»Es hat keinen Sinn mehr, hier etwas vorzuspielen. Es ist besser für Sie, wenn Sie jetzt alles herauslassen.«

Kohonen lachte verkrampft auf. »Etwas vorspielen? Wovon reden Sie? Mir ist letzte Woche das Gewehr geklaut worden. Das habe ich auch Tomi und Karri erzählt …«

»Das Gewehr ist gefunden worden, wie gesagt. Vergeuden Sie keine Zeit mehr für Ausreden. Das Labor hat die nötigen ballistischen Tests durchgeführt, es handelte sich um die Mordwaffe. Darauf sind die Fingerabdrücke von zwei Personen: von Stenlund, der zum Zeitpunkt des Mordes an Lea hier gesessen hat. Und von Ihnen.«

Alle Farbe wich aus Kohonens Gesicht. Er sprang von seinem Stuhl auf. »Was soll der Scheiß? Ich hab keine Ahnung, wer das Gewehr geklaut hat und warum, ich …«

»Setzen Sie sich.«

»Verdammte Scheiße! Ich hab sie nicht erschossen, ich …«

»Setzen Sie sich und beruhigen Sie sich!«, sagte Johanna mit Nachdruck.

Kohonen setzte sich, fuhr aber mit gleicher Erregung fort: »Hier verarscht euch jemand auf meine Kosten. Und zwar schwer. Die Flinte ist mir geklaut worden, und ich weiß davon nichts!«

»Warum haben Sie den Diebstahl nicht bei der Polizei gemeldet?«

»Das hätte ich tun sollen. Aber mit diesen Dingen muss man vorsichtig sein. Da kann es schnell passieren, dass mein Waffenschein nicht erneuert wird.«

»Ist das der einzige Grund?«

»Verdammter Mist.« Kohonen strich sich über die Bartstoppeln und seufzte. »Ich hab damit ohne Erlaubnis Elche geschossen. Ich wollte aus dem Verschwinden der Büchse keine große Nummer machen, damit die Leute im Dorf nicht anfangen zu tuscheln. Das können sie hier nämlich.«

»Sie streiten also ab, sich des Mordes an Yli-Honkila, Salmi und Alavuoti schuldig gemacht zu haben?«

»Verdammt nochmal, na klar streite ich das ab! Ich hab sie nämlich nicht umgebracht!«

»Jemand hat das Gewehr gestohlen, die Morde begangen und die Waffe in Ihrem Schuppen versteckt, um Ihnen die Schuld in die Schuhe zu schieben?«

»Genau. So muss es gewesen sein.«

Johanna konnte nicht verhindern, dass sich ihre Lippen zu einem Grinsen verzogen. »Sie sind in meiner Laufbahn nicht der erste Verdächtige, der behauptet, er habe zur Tatzeit nicht gewusst, wo sich die Mordwaffe befindet. Ich werde Haftbefehl gegen Sie beantragen.«

Johanna stand auf, verließ den Raum und ging in ihr Büro. Sie überlegte, was sie ihren Vorgesetzten und den Medien mitteilen sollte. *Zentralkripo hält Morde von Pudasjärvi für geklärt. Die polizeilichen Ermittlungen haben ergeben, dass es sich bei dem Täter aller Wahrscheinlichkeit nach um einen 51-jährigen Mann handelt. Gegen ihn ist Haftbefehl beantragt worden …*

Der Fall schien klar, aber etwas an Kohonens Verhalten störte Johanna. War es denkbar, dass seine Behauptung, jemand wolle ihm die Schuld in die Schuhe schieben, stimmte? Diese Variante wurde durch nichts gestützt – außer durch Kohonens eigene Worte. Er hatte die Schmuckstücke natürlich mit Handschuhen anfassen können, aber wenn er mit ihnen so vorsichtig umgegangen war, warum sollte er es dann bei der Waffe nicht genauso getan haben?

Außerdem fehlte etwas Wichtiges: ein ordentliches Motiv.

Aus altem Groll, Verbitterung und aufgrund einer labilen psychischen Gesundheit könnte man ein Motiv ableiten, aber damit war Johanna nicht zufrieden. In Ermangelung eines Besseren musste es dennoch genügen.

Das Resultat ihrer Überlegungen war klar: Kohonen musste inhaftiert werden, dennoch musste man der theoretischen Möglichkeit einer inszenierten Schuld ebenso nachgehen. Hatte der Mörder die Hülsen absichtlich am Tatort liegen lassen, damit die Mordwaffe zweifelsfrei identifiziert werden konnte? Johanna hatte im Labor darum gebeten, an der Waffe auch noch Faser- und DNA-Tests vorzunehmen, sicherheitshalber. Sie wollte in diesem Fall nichts außer Acht lassen, denn sie musste sich eingestehen, dass Kohonens Verhalten überzeugend war.

Die endgültige Einschätzung der Behauptung, die Waffe sei entwendet worden, würde das Gericht treffen müssen, aber Johanna musste dafür alle nötigen Fakten liefern.

Um einem anderen die Schuld in die Schuhe zu schieben, bedurfte es eines ganz anderen Charakters als beim bloßen Mord. Eine solche Inszenierung verlangte eine extrem ausgeprägte Planmäßigkeit, Fantasie und Intelligenz.

Johanna sah sich ihre alten Schemata an.

Am ehesten richtete sich ihre Aufmerksamkeit auf Rafiq Karam. Die Verbindung über dessen Bruder zu muslimischen Terroristen war ihr allzu weit hergeholt vorgekommen, aber wofür waren die Operationen von extremen Gruppierungen wie al-Qaida denn bekannt? Für Planmäßigkeit, Fantasie und Präzision.

Die Opfer hatten sich zum letzten Mal an einem Ort getroffen, der sich im Besitz von Rafiq befand. Rafiq war nachweislich in der Nacht von Freitag auf Samstag unterwegs gewesen.

Und das Motiv?

Unweigerlich kam Johanna die sture Behauptung Karri Vuorios in den Sinn, die Israelis seien in die Morde verwickelt. Rafiq wiederum verkörperte die Gegenseite Israels im Nahen Osten. Über Rafiqs Bruder bestand ein Link zu islamistischen Terroristen.

Diese Gedankenkette ließ Johanna aufschrecken. Getrennt voneinander waren Mossad und Araber Lichtjahre von Pudasjärvi entfernt. Aber zusammen genommen änderte sich das Bild.

Es ändert sich insofern, als es sehr interessant und zugleich sehr gefährlich wurde.

Falls der Mossad an Saara interessiert war, würde sich dann auch bei ihr eine Verbindung zu den Arabern finden lassen? Saara war über Jahre hinweg oft an den Brandherden des Nahen Ostens unterwegs gewesen, zuletzt in Syrien. War sie ohne ihr Wissen oder auch wissentlich an etwas Brisantem beteiligt, für das sich sowohl Israel als auch die Araber interessierten?

Aus dieser Perspektive gerieten die Ereignisse von Freitagabend in ein völlig neues Licht. Karri mochte Recht damit haben, dass die Morde an Erja, Anne-Kristiina und Lea mit Saara zu tun hatten – aber der Grund musste nicht automatisch bei Saaras Rolle als Wissenschaftlerin liegen. Wo aber dann?

Johanna zog sich die Jacke über und ging in die Eingangshalle hinaus. Solange die Beweise darauf hindeuteten, dass Kohonen die Ratte war, war dieser für Johanna die Ratte. Aber es musste in alle Richtungen sorgfältig weiterermittelt werden. Und das bedeutete unter anderem auch in Richtung Rafiq.

Draußen war Wind aufgekommen, dadurch war es weiter abgekühlt. Johanna fragte sich, wie es in dieser Gegend eigentlich mitten im Winter war: eisiger Wind und dreißig Grad unter Null? Schlotternd sog sie die reine Luft ein und ging zu ihrem Wagen.

Auf der Fernstraße in Richtung Kuusamo fuhr kein einziges Fahrzeug. Die Touristensaison war schon lange vorbei, auf die kurze Herbstsaison folgte eine lange Periode des Stillstands, die die Reiseunternehmer zu verkürzen versuchten, indem sie die Hänge der Fjälls mit Schnee-Kanonen beschneiten.

Die Autoheizung kam bei den kurzen Strecken nicht in Gang. Ein kalter Luftzug drang aus dem Gebläse, und Johanna schaltete es gleich wieder aus. Im Vergleich zu dieser Gegend war die finnische Südküste die reinste Riviera, dachte sie. Ihr fiel die zehn Jahre zurückliegende Reise nach Nizza ein, und um ein Haar hätte sie deswegen die Abzweigung zu Stenlund übersehen.

Sie trat auf die Bremse und bog auf das Grundstück ein. Stenlund trug einen Arbeitsoverall und betankte gerade die Motorschlitten. Am Rand des Grundstücks stand ein neuer Reisebus.

»Es geht nur um eine Kleinigkeit«, sagte Johanna.

»Das will ich hoffen. Wegen Ihnen habe ich im Bau gesessen und …«

»Hat Kohonen Ihnen gesagt, dass ihm letzte Woche das Gewehr, das Sie ihm geliehen hatten, abhanden gekommen ist?«

Tomi füllte Benzin in den Tank eines roten Motorschlittens. Johanna sah, dass er sich die Antwort überlegte. Oder konzentrierte er sich nur, damit kein Treibstoff daneben ging?

»Ja, hat er. Und weiter?«

»Es geht schneller, wenn ich die Fragen stelle und Sie antworten. Was hat er gesagt?«

Tomi nahm den Kanister vom Einfüllstutzen. »Er hat gesagt, die Remington sei ihm gestohlen worden.«

»Ist so etwas nicht ziemlich ungewöhnlich?«

»Doch, schon.«

»Warum hat er der Polizei nichts davon gesagt?«

»Woher soll ich das wissen?«

»Haben Sie ihn aufgefordert, es zu melden?«

»Weiß ich nicht mehr. Ich glaub nicht.«

»Warum nicht?«

»Können Sie sich noch an alles erinnern, was vor einer Woche aus Ihrem Mund gekommen ist?« Stenlund stellte den Kanister ab und richtete sich auf. »Haben Sie übrigens schon mal daran gedacht, dass Launo die Halsketten auch irgendwo gefunden haben könnte?«

»Selbstverständlich. Wir ziehen alles in Betracht.«

»Ich müsste mal mit Launo reden«, sagte Stenlund. »Wenigstens am Telefon.«

»Warum? Das geht auf gar keinen Fall.«

Stenlund strich sich über das Kinn, das am Morgen unrasiert geblieben war. »Launo sollte sich bei der Schlittensafari am Lagerfeuer um den Räuberbraten und den gegrillten Lachs für die Amis kümmern. Jetzt müssen die Karams das übernehmen. Aber Launo kennt da ein paar Tricks beim Würzen. Die muss er Tuija verraten, auch wenn sie noch so verfeindet sind.«

Johanna schnaubte empört. »Das kann doch nicht Ihr Ernst sein«, sagte sie emotionaler als sie es beabsichtigt hatte. »Wir ermitteln hier in einem dreifachen Mord, und Sie fragen nach kulinarischen Finessen?«

Stenlund schien das tatsächlich unangenehm zu sein. »Na, dann eben nicht. Ich fahr zu Tuija.«

Johanna wollte gehen, blieb aber noch einmal stehen. »Verfeindet, haben Sie gesagt. Das ist schon einmal zur Sprache gekommen. Warum haben Kohonen und Tuija so ein schlechtes Verhältnis?«

»Sie haben kein schlechtes Verhältnis, sie haben gar keins. Weder ein gutes noch ein schlechtes. Sie sind Luft füreinander.«

»Okay. Versuchen Sie eine andere Würzmischung zu finden«, sagte Johanna. Sie wollte ihre unwirsche Reaktion von eben wieder gutmachen, denn in gewisser Weise hatte sie Verständnis für Stenlund. Wenn man in diesen Breitengraden rentabel wirtschaften wollte, mussten die Kunden zufrieden sein.

Saara schreckte auf, als jemand ihr Kinn ergriff und ihr gewaltsam den Mund öffnete.

Sie wehrte sich, aber der maskierte Entführer war stark. Die schmutzigen Hände des Mannes schoben ihr eine Tablette in den Mund.

Wer mir nahe ist, der ist dem Feuer nah. Wer fern von mir ist, ist fern vom Reich …

Diesmal schluckte Saara die Tablette sofort. Beim letzten Mal war es ihr gelungen, sie auszuspucken, aber die neue war ihr wesentlich grober verabreicht worden.

Sie registrierte, dass Luuk nicht mehr im Raum war. Diese Beobachtung konnte ihr betäubtes Gemüt nicht erschüttern, sie lebte nur im gegenwärtigen Augenblick, und zu diesem gehörte es nun, den Kopf auf die schmutzige Wolldecke zu legen und die Augen zu schließen.

46

Unruhig und frustriert saß Karri im Büro von *RiskManagement* in Amman. Er studierte die Landkarte, auf der er zusammen mit dem jordanischen Mitarbeiter der Firma die Route vom Flughafen zur irakischen Grenze eingezeichnet hatte.

Harry Waters war nach Al-Ghirbati aufgebrochen und hatte sich strikt geweigert, Karri mitzunehmen. Churchill und Baron waren von Bagdad nach Amman geflogen und vom Flughafen direkt nach Al-Ghirbati weitergefahren, um sich ein Bild von der Lage zu machen.

Timo Nortamos Maschine würde in drei Stunden landen, und Karri würde am Flughafen warten. Er merkte, dass er Vertrauen zu dem Finnen hatte – obwohl der Beamter war –, mehr als zu den Briten. Bei *Avis* am Flughafen hatte er bereits einen Wagen gemietet. Damit würden sie zur Grenze fahren und sich mit den Leuten von *RiskManagement* treffen.

Die Klimaanlage funktionierte nicht richtig, und Karri war heiß. Ihm fiel die Fahrradtour ein, die er mit Saara in Israel unternommen hatte. Verschwitzt, aber zufrieden waren sie auf den mit Bündeln beladenen, im Hotel geliehenen Rädern um den See Genezareth herumgefahren. Die Tour hatte nur 60 Kilometer betragen, aber der See lag in einem Graben 200 Meter unterhalb des Meeresspiegels, und das Klima hatte Karri zugesetzt. Damals hatte er in seiner Firma noch lange Arbeitstage geschoben und die fünf Tage Urlaub nur gemacht, weil Saara ihn dazu gezwungen hatte.

Über den See war eine Formation von F-16-Kampfjets hinweggedonnert, und überall hatte man Patrouillenfahrzeuge mit schweren MGs in Schrittgeschwindigkeit vorwärtskriechen und Autos überprüfen sehen. Saara hatte Karri nie religiöse Themen aufgedrängt, aber auf jener Fahrradtour war es nur natürlich gewesen, darüber zu reden, wie die Landschaft im Norden Israels vor 2000 Jahren ausgesehen hatte, als Jesus von Nazareth am Ufer eben dieses Sees gewirkt hatte. Hier hatte er Lahme geheilt, mit Petrus seinen berühmten Fischfang gemacht, und hier war er über das Wasser gegangen.

Karri hatte Saara gefragt, ob sie an die Wundertaten Jesu glaube, und sie hatte geantwortet, sie wisse es nicht. Nach all dem, was sie schon seit der Schulzeit immer wieder im Kopf hin und her gewälzt hatte, von ihrer wissenschaftlichen Arbeit ganz zu schweigen, hatte sie nur diese Antwort parat gehabt: sie wisse es nicht. Es war ihr ergangen wie vielen anderen auch: Je mehr sie den Dingen auf den Grund gegangen war, umso unsicherer war sie geworden. Millionen Menschen auf der Welt lasen das Neue Testament, aber die wenigsten wussten, wie es entstanden war, wer darüber entschieden hatte, welche Texte darin aufgenommen wurden und aus welchen Gründen.

Auch für Karri war die Entstehungsgeschichte des Neuen Testaments überraschend gewesen. Viele Christen hatten in den ersten Jahrzehnten des Christentums behauptet, ursprüngliche Apostel Jesu zu sein. Hunderte von Jüngern hatten um die Wette beteuert, die wahren Lehren Jesu zu unterrichten. Jahrzehntelang wurden die Worte Jesu in mündlicher Überlieferung weitergegeben und erst dann niedergeschrieben. Den Urchristen standen Dutzende von konkurrierenden Evangelien zur Verfügung, von denen dann vier im Gelehrtenstreit als Sieger hervorgingen.

Saara hielt es für ignorant, jene Texte, die nicht Eingang ins Neue Testament gefunden hatten, als »falsch« zu bezeichnen, nur weil sie wegen Zwistigkeiten von Schriftgelehrten nicht aufgenommen worden waren. Immer wieder waren von Kirchenmännern, die sich selbst zu »Verkündern der wahren

Lehre« erklärt hatten, konkurrierende Auffassungen als Irrglauben verurteilt worden, den es mit allen Mitteln zu ersticken, zu zerstören und zu vergessen galt.

Johanna schälte in ihrem Büro eine halb reife, harte Banane. Ein Gedanke ließ sie nicht los, der die Morde von Pudasjärvi über Saara und die Israelis mit Rafiq und islamistischen Terroristen in Verbindung brachte. Der Zusammenhang wirkte dünn, war aber durchaus nicht komplett abwegig.

Gerade eben war Johanna bei dem alten Ehepaar, das in der Nachbarschaft der Karams wohnte, gewesen. Der Mann hatte präzisiert, was er zuvor bereits über seinen libanesischen Nachbarn und dessen Ausflug in der Nacht von Freitag auf Samstag gesagt hatte.

»Ich habe nicht gesagt, dass Rafiq nach Hause kam. Ich habe gesagt, dass ich bemerkte, wie sein Auto angefahren kam. Ich habe nicht gesehen, wer es fuhr. Oder ob beide darin saßen.«

Die Frau wiederum hatte erzählt, Tuija habe als Kind schon ihre Eltern und ihren Bruder bei einem Unfall verloren. Daraufhin sei sie nach Pudasjärvi zu ihrem Onkel gekommen. Diesen Mann namens Eevert hatte die alte Frau gut gekannt: »Ein außergewöhnlich guter Mensch, dafür dass er Kommunist war. Hat alles für die arme Tuija getan.«

Johanna hatte die Frau auch nach Launo Kohonen gefragt, aber den kannte sie nicht näher. Sie wusste allerdings, dass er und Tuija nichts miteinander zu tun haben wollten.

Hedu betrat Johannas Büro mit einigen DIN-A4-Blättern in der Hand.

»Warum sind die in Finnland immer so hart?«, fragte Hedu wie nebenbei.

»Was? Die Gewalttaten?«

»Nein, die Bananen. Mit den Birnen und Avocados ist es genauso. Die werden in viel zu hartem Zustand verkauft, weil keiner nach reifen Früchten verlangt.«

Johanna musste lachen. Sie konnte offenbar nur noch an die

Ermittlungen denken. So etwas verengte das Blickfeld. Vielleicht wäre es besser, wenn sie wie Hedu zwischendurch auch mal locker sein könnte. Aber schon richtete sich ihr Blick auf die Papiere in Hedus Hand.

Er gab sie ihr. »Rafiq Karams Verbindungsdaten.«

Interessiert nahm Johanna die Blätter an sich und überflog die Nummern, die Rafiq angerufen hatte. Keine Auslandsgespräche. Auch sonst insgesamt nicht viele Telefonate.

Johanna richtete ihr Augenmerk auf die neuesten Daten. Es war nichts Besonderes darunter. Aber wenn da ein Anruf von gestern, 17 Uhr 48 schon verzeichnet war, müsste eigentlich auch das Gespräch aufgeführt sein, das Rafiq bekam, als Johanna ihn in der *Oase* aufgesucht hatte. Zwischen drei und vier Uhr war das gewesen.

Zu der Zeit wies die Liste aber kein Gespräch auf. Nein. Dabei hatte Johanna mit eigenen Augen gesehen, wie Rafiq mit seinem Handy telefonierte. Allerdings konnte es auch das Handy seiner Frau gewesen sein. Oder aber Rafiq besaß noch einen anderen Apparat.

»Hast du überprüft, ob er noch einen Anschluss auf den Namen des Restaurants hat?«

»Jedenfalls keinen mit Vertrag.«

Johanna hätte wetten können, dass Rafiq einen Prepaid-Anschluss hatte, für den sich nirgendwo ein Beleg finden würde. Man würde ihm nur auf die Spur kommen, wenn man Zugriff auf das Telefon selbst und die darin enthaltene SIM-Karte hätte. Wenn Rafiq aber einen Prepaid-Anschluss hatte, ergab sich daraus eine interessante Frage: Warum hatte er sich so einen zugelegt, wo er doch schon einen normalen Handy-Vertrag hatte? Prepaid-Anschlüsse waren teuer.

»Sieht so aus, als müsste ich zur Abwechslung mal in der *Oase* zu Mittag essen«, sagte Johanna.

Zehn Minuten später studierte sie bereits in dem leeren Restaurant die Speisekarte. Darauf waren maßvolle libanesische Einflüsse zu erkennen, *Meza* als Vorspeise, Lamm, Pitabrot.

Mit höflich zurückhaltendem Lächeln erwartete Rafiq, der an diesem Tag eine schwarze Hose, ein weißes Hemd und einen hellgelben Markenpullunder trug, die Bestellung.

Anfangs hatte Johanna das Lächeln gefallen, aber jetzt wirkte es künstlich und falsch auf sie. Hatte sich das Lächeln verändert oder ihre Wahrnehmung?

Sie hätte gerne gewusst, ob Tuija über die terroristischen Kontakte des Bruders ihres Mannes im Bilde war. War sie womöglich nur zur Frau genommen worden, um eine Kulisse zu schaffen und ein abgelegenes, sicheres Versteck im Norden zu haben? Oder war Rafiq doch nur ein ganz normaler Immigrant?

»Was empfehlen Sie mir?«, fragte Johanna.

»*Kibbeh tarablousieh.* Lammklößchen.« Rafiqs Stimme schnurrte tief, und sein Akzent klang lustig. »Bei uns im Libanon werden sie mit Pinienkernen und Olivenöl gemacht.«

»Klingt gut«, sagte Johanna und gab die Speisekarte zurück.

Rafiq schrieb lächelnd die Bestellung auf.

»Wie gut kennen Sie Saara Vuorio?«, fragte Johanna und sah Rafiq dabei ins Gesicht.

Die Augen des Mannes blieben auf den Block gerichtet, und das Lächeln wich nicht von seinen Lippen. »Vom Sehen. Sie hat hier gegessen. Warum?«

Johanna versuchte an Rafiqs Gesicht abzulesen, ob er noch mehr über Saara wusste, aber es gelang ihr nicht. »Ein schrecklicher Fall, das mit ihrer Entführung.«

»Ich kann die Iraker nicht verstehen«, kommentierte Rafiq knapp und ging in Richtung Küche.

»Entschuldigung«, rief ihm Johanna nach. »Eines noch.«

Rafiq drehte sich um und sah Johanna fragend an.

»Ich habe mein Telefon vergessen, müsste aber dringend zwei kurze Telefonate erledigen. Dürfte ich ich mir das mal kurz ausleihen?«, fragte sie mit einer Kopfbewegung zu dem Handy-Etui an Rafiqs Gürtel.

Sie registrierte den Hauch eines Zögerns an der Miene des Mannes, der aber im Nu verflogen war.

»Selbstverständlich«, sagte Rafiq und gab ihr das Telefon.

»Schreiben Sie es auf die Rechnung«, sagte Johanna und fing langsam an, eine Nummer einzutippen.

Rafiq stand noch einen Moment neben ihr, merkte dann aber, dass er nicht mithören konnte, und ging widerstrebend zur Küche.

»Ich bin's«, sagte Johanna leise zu Hedu. »Siehst du die Nummer auf dem Display?«

»Nein.«

»Finde heraus, von welcher Nummer dieses Gespräch kommt.«

»Okay.«

Johanna unterbrach die Verbindung, wandte der Küche noch mehr den Rücken zu und sah sich im Menü die Liste der empfangenen Anrufe an. An dritter Stelle erschien eine ausländische Nummer. Von derselben Nummer war auch dreimal zuvor schon ein Anruf gekommen.

Johanna vermutete, dass Rafiq sie beobachtete, und versuchte den Anschein zu erwecken, als wählte sie eine Nummer. Sie schob eine Hand in ihre Handtasche und zog Notizbuch und Stift heraus, während sie sich innerlich den Anfang der ausländischen Nummer vorsagte.

Dann legte sie das Handy ans Ohr, tat so, als spräche sie mit jemandem und schrieb dabei die Ziffern auf, die sie sich gemerkt hatte.

Sie schaute zur Küche, aus der gerade Rafiq herauskam. Er warf ihr einen Blick zu.

Johanna änderte ihre Haltung und führte das Telefon ans andere Ohr, wobei sie die letzten Ziffern der ausländischen Nummer auf dem Display erfasste. Sie schrieb sie auf, sprach noch eine Weile ins stumme Telefon und beendete dann ihr Scheingespräch.

Mehr konnte sie nicht riskieren, ohne sich zu verraten.

»Danke«, sagte sie laut zu Rafiq, der herbeieilte, um das Handy in Empfang zu nehmen.

»Bitte, keine Ursache«, sagte er mit seinem rührenden Akzent. »Das Essen ist gleich fertig.«

»Könnte ich vielleicht mal ganz kurz mit Tuija reden?«, fragte Johanna möglichst inoffiziell und freundlich.

»Ja, sicher. Ich sag ihr Bescheid.«

Rafiq verschwand in der Küche. Johanna fragte sich, ob er wohl gemerkt hatte, dass sie zweimal ins Telefon gesprochen hatte. Die Anrufliste im Menü würde nur ein Gespräch anzeigen.

47

Rafiq trat neben Tuija an den Herd und nahm ihr den Pfannenheber aus der Hand. »Sie will mit dir reden«, flüsterte er.

»Schon wieder? Was will sie denn?«

Rafiq legte den Pfannenheber auf den Tisch und sah auf sein Handy.

»Warte«, sagte er zu Tuija.

Er holte die Liste mit den gewählten Nummern aufs Display. Vor vier Minuten war telefoniert worden. Sicherheitshalber schrieb sich Rafiq die Nummer auf.

»Was tust du da?«, fragte Tuija.

Rafiq antwortete nicht, sondern sah wieder aufs Display. Den vorletzten Anruf hatte er selbst vor einer Stunde geführt. Die Frau hatte also nur einmal telefoniert und das zweite Gespräch lediglich vorgetäuscht.

Nervös sah sich Rafiq die genaueren Angaben zu dem Gespräch der Polizistin an. Es hatte nur sechs Sekunden gedauert. Sie hatte aber viel länger gesprochen, sich sogar Notizen dabei gemacht.

»Scheiße«, flüsterte Rafiq.

»Was ist passiert?«, wollte Tuija wissen.

»Ich weiß nicht. Vielleicht nichts. Sei vorsichtig mit ihr. Ich weiß nicht, was sie von uns will. Irgendwas hat sie im Sinn.«

»Brat die hier zu Ende und bring ihr das Essen!«

Rafiq sah seine Frau an, die zur Spüle ging und den Wasserhahn aufdrehte. Sie ließ kaltes Wasser über ihre Hände laufen und tätschelte sich das Gesicht.

Rafiq legte die Lammklößchen auf einen Teller und gab

einen Schlag Reis und Salat hinzu. Über das Fleisch streute er etwas Thymian, dann nahm er den Teller in die Hand.

»Was ist eigentlich los mit dir?«, flüsterte er der blassen Tuija zu.

»Ich komme.«

Johanna blätterte in der Zeitung ›Kaleva‹. Sie erschien in Oulu und war in der Region das maßgebliche Blatt. Über die Morde in Pudasjärvi wurde dort einigermaßen sachlich berichtet. Aus der Entführung von Saara Vuorio versuchte man dagegen mehr herauszuholen.

Höflich lächelnd brachte Rafiq das Essen. »Tuija kommt sofort.«

Er ging wieder in die Küche. Johanna aß mit Appetit die ausgezeichnete Mahlzeit und blätterte weiter in der Zeitung. Rafiq blieb in der Küche.

»Sie wollten mich sprechen«, sagte Tuija auf einmal hinter Johanna.

Johanna faltete die Zeitung zusammen und sah, dass Rafiq wieder aufgetaucht war, um am Serviertisch Bestecke zu sortieren. Tuija setzte sich.

»Stenlund hat sich Sorgen gemacht, ob Sie den Räuberbraten für die Touristen hinbekommen«, sagte Johanna lächelnd.

Tuija ließ sich von dem Lächeln nicht anstecken. »Was redet der Kerl für einen Blödsinn. Wir haben schon ganz andere Sachen gemacht.«

»Ist Kohonen auf Räuberbraten spezialisiert?«

»Er tut so, als ob.«

»Kennen Sie ihn gut?«, fragte Johanna und schob sich die letzten Reste ihres Essens mit der Gabel in den Mund.

»Einigermaßen.«

Frau Karam war eindeutig nicht in Plauderlaune, aber das konnte Johanna nicht erschüttern.

»Sie haben als Kind in derselben Gegend gewohnt?«

Tuija nickte.

Johanna registrierte etwas Ausweichendes im Blick der Frau. »Hat Ihnen Kohonen etwas getan?«, fragte sie direkt.

»Mir?«

Tuijas Überraschung wirkte echt.

»Ich meine damals, in Ihrer Kindheit oder Jugend.«

»Mir hat er nichts getan. Wieso?«

»Soweit ich verstanden habe, ist Ihr Verhältnis zu ihm gestört.«

»Ich habe ihn nie gemocht. Aber ich habe auch viele andere nicht gemocht. Genau genommen gibt es hier ziemlich viele Leute, die ich nicht mag.«

Johanna wiederum mochte Tuijas Tonfall nicht, auch nicht ihren Gesichtsausdruck oder besser die Ausdruckslosigkeit ihres Gesichts.

»Gibt es einen bestimmten Grund für das schlechte Verhältnis zwischen Ihnen und Kohonen?«

»Nein. Das habe ich doch gerade gesagt.«

»Soweit ich weiß, gehören Sie und Kohonen zu den Nicht-Gläubigen hier.«

»Und weiter? Nicht alle in Pudasjärvi sind Laestadianer.«

»Haben Sie vielleicht den Glauben Ihres Mannes angenommen? Ist er Schiit oder Sunnit?«

Die Provokation schien zu wirken. Tuija richtete sich auf, und in ihren Augen blitzte Verärgerung auf.

»Wieso gehört mein Glaube hierher? Aber wenn Sie es wirklich wissen wollen, kann ich Ihnen sagen, dass ich mich zu keiner Religion bekenne. Und am allerwenigsten rechne ich mich zum Neuheidentum.«

Johanna sah Tuija an, dass diese ihre Bemerkung gleich erläutern würde, darum sah sie die Frau nur fragend an.

»Ich bezeichne die Christen als Neuheiden. Und wissen Sie, warum?«

Johanna schüttelte den Kopf.

»Weil das Christentum voller Entlehnungen aus alten Mythen ist. Alle Wissenschaftler wissen das. Auch Saara. Aber den Laien gegenüber wird das lieber verschwiegen. Aus bestimmtem Grund.«

Johanna kam nicht dazu, eine Zwischenfrage zu stellen, weil Tuija sogleich weiterredete: »Sagen Sie mir, von wem ich jetzt spreche. Sein Vater ist Gott und seine Mutter eine Sterbliche, die jungfräulich geboren hat ... er ist am 25. Dezember geboren ... seine Geburt wurde von den Sternen angekündigt ...«

Tuijas Sprechrhythmus wurde schneller, ihre Stimme dabei aber leiser. »... er ist ein stiller Mann mit langen Haaren und Bart ... er hat zwölf Jünger ... er verwandelt Wasser in Wein und erweckt Tote zum Leben ... triumphierend reitet er auf einem Esel in die Stadt, und die Menschen schwenken Palmzweige zu seiner Ehre ...«

Während sie sprach, fixierte Tuija Johanna intensiver als während des gesamten Gesprächs zuvor.

»... er stirbt am Kreuz, um die Sünden der ganzen Welt zu sühnen ... drei Frauen, die ihm nachgefolgt sind, finden sein Grab leer ... er ist am dritten Tage auferstanden von den Toten ... seine Nachfolger feiern seine Auferstehung, indem sie Wein und Brot zu sich nehmen, welche seine Seele und seinen Leib darstellen.«

Tuija verstummte, dann fragte sie barsch: »Wen habe ich beschrieben? Ich habe Osiris und Dionysus und Mitra und andere Gestalten aus heidnischen Mythen beschrieben, die schon hunderte von Jahren vor Christi Geburt existiert haben. Und wissen Sie, wie die frühen Christen diese unangenehmen Übereinstimmungen mit den alten Mythen erklärten?«

Johanna saß still da und überließ Tuija den Genuss der Antwort, denn einen Genuss schien sie eindeutig zu verspüren.

»Den Kirchenvätern zufolge hat der Teufel den christlichen Glauben vorab nachgeahmt, um die Menschen in die Irre zu führen! Eine gute Erklärung, nicht wahr? Auch Krishna, Horus und Bacchus sind zur Wintersonnenwende geboren worden. Und gekreuzigt worden sind Krishna in Indien, Tammuz in Syrien, Jao in Nepal und unzählige andere. Aber uns wird natürlich beigebracht, dass unser Gott und unser Jesus die einzig Richtigen sind. Und in dieser Stadt hier wird keine andere Auffassung toleriert.«

»Sie haben sich mit diesen Dingen intensiv auseinandergesetzt.«

Tuijas Gesichtsausdruck war plötzlich beklommen und triumphierend zugleich. »Ich habe das alles von meinem Pflegevater und aus dessen Büchern gelernt. Raten Sie mal, ob man sich mit diesem Wissen und meinem Mundwerk bei Lehrern beliebt macht, die Laestadianer sind!«

»War Alpo Yli-Honkila einer Ihrer Lehrer?«

Tuija nickte. »Ein totaler Sadist«, flüsterte sie. »Hoffentlich ist seine Tochter nicht in die Fußstapfen ihres Vaters getreten. Falls ja, kann ich nur sagen: arme Schüler.«

Nun sah Tuija ungeduldig auf die Uhr. »Noch etwas? Ich habe zu tun.«

Johanna überlegte kurz. »Nein. Für dieses Mal nicht.«

Kaum war die Tür hinter Johanna Vahtera zugefallen, eilte Rafiq auf Tuija zu.

»Was wollte sie?«, fragte er.

»Die alte Leier. Warum das Verhältnis zu Launo gestört ist. Ob er mir was angetan hat und so weiter.«

»Was hast du geantwortet?«

»Die Wahrheit. Dass Launo mir nichts angetan hat.«

Rafiq sah Tuija nachdenklich mit seinen dunklen Augen an und strich über seinen Goldring. »Ist das wahr?«

»Mir hat Launo nichts getan. Ilona hat er etwas angetan.«

Rafiq schien sich für Ilona nicht zu interessieren, er seufzte und trat unruhig von einem Bein aufs andere. »Die Vahtera hat mein Handy gar nicht gebraucht. Das war ein Trick. Sie hat im Menü nach etwas gesucht.«

»Das glaube ich nicht. Mach dich nicht verrückt!«

Tuija fing an zu spülen. Allein der Gedanke an Ilona trieb ihr die Tränen in die Augen. Noch immer. Eevert hatte die junge

Spitzhündin gleich gekauft, als Tuija nach Pudasjärvi gezogen war. Er hatte das bestimmt nicht im Voraus kalkuliert gehabt, aber es war eine kluge Anschaffung gewesen. Tuija hatte die Hündin Ilona getauft – auch das im Nachhinein betrachtet eine kluge Wahl. Der Name erinnerte an »ilo«, das finnische Wort für Freude. Und Freude, Glück und inneren Frieden hatte ihr das Tier tatsächlich gebracht. Von ihrer unermesslichen Trauer und Sehnsucht hatte die Hündin sie nicht befreien können, aber sie hatte Tuija als Gegengewicht Freundschaft und unbeschreibliche Wärme geschenkt.

Sie waren unerzertrennlich gewesen. Wenn Tuija von der Schule nach Hause gekommen war, war Ilona ihr schon auf der Straße entgegen gelaufen. Wenn es in der Schule besonders schwierig gewesen war, wie fast jeden Tag, hatte Tuija den Kopf in Ilonas Fell vergraben und geweint. Dann hatte Ilona ihr die Tränen abgeleckt, und sie hatten so lange gespielt, wie es die Hausarbeit zuließ.

Die Hausarbeit war immer mehr geworden, je schwächer Eeverts Gesundheitszustand geworden war. Tuija hatte Holz gehackt, eingeheizt, Wasser geholt, die Wäsche gewaschen, Essen gekocht und zwischendurch ihre Hausaufgaben erledigt.

Zum Glück war sie sehr klug gewesen und hatte nur einen Blick in die Schulbücher werfen müssen, aber manchmal blieben die Hausaufgaben auch unerledigt. Daraufhin hatte sie der Lehrer jedesmal vor der ganzen Klasse bloßgestellt, vor allem wenn es um Religion gegangen war. Die bedeutete für Alpo Yli-Honkila – und auch für viele Schüler – Leib und Leben.

Tuija bereute, dass sie sich dazu hatte hinreißen lassen, Johanna Vahtera eine Predigt über das Heidentum zu halten, aber das Thema hatte ihr immer nahe gestanden. Eevert hatte keiner Kirche angehört, das hatte auch der Lehrer gewusst. Und der hatte, im Gegensatz zu Gott, keine Gnade gekannt, sondern seine ganze Energie, seine Boshaftigkeit und seinen Erfindungsreichtum eingesetzt, um Tuija zu demütigen. Denn

Tuija hatte nicht wie einige ihrer Klassenkameradinnen das kleine fromme Mädchen spielen mögen.

Ihr widerborstiges Verhalten in der Schule war jedoch das Resultat dieser ganzen Anspannung gewesen, und zu Hause war dann alles aus ihr herausgebrochen, in Form von Tränen auf Ilonas Fell. Ihren Onkel Eevert hatte Tuija mit ihren Sorgen nicht belasten wollen, denn der hatte an seinem eigenen Los genug zu tragen. Sein größtes Problem war die Gesundheit gewesen, aber auch Geldsorgen hatten ihn fortwährend geplagt.

Im dritten Frühjahr hatte Ilona Junge erwartet, und Tuija hatte den Welpen eine alte Wanne als Nest hergerichtet. Sie hatte eine Wolldecke aus dem Schuppen darin ausgebreitet und in der Schule gebangt, weil sie Angst hatte, dass bei der Geburt der Jungen etwas schief gehen könnte.

Dann war einer der schrecklichsten Tage ihres Lebens gekommen. Der Tag vor dem Umzug nach Pudasjärvi war natürlich eigentlich der schrecklichste gewesen, aber mittlerweile drängte er sich – anders als während der ersten zehn Jahre danach – nicht mehr jeden Tag und jede Nacht in Tuijas Bewusstsein.

An die letzten Stunden im Leben von Ilona hingegen erinnerte sie sich noch immer vollkommen klar. Als sie von der Schule nach Hause gekommen war, hatte die Hündin sie nicht begrüßt. Mit klopfendem Herzen war Tuija ins Haus gerannt, sicher, dass Ilona gerade ihre Jungen warf oder es schon hinter sich hatte. Aber sie hatte Ilona nirgends finden können.

Auch Eevert hatte die Hündin seit vielen Stunden nicht mehr gesehen. Tuija hatte sich auf die Suche gemacht, denn womöglich hatte sich die Hündin zum Werfen einen versteckten Platz gesucht. Tuija war über einen Kilometer weit zum Nachbarn gerannt. Doch auch dort hatte man nicht gewusst, wo Ilona war.

Schließlich hatte Tuija vor der Tür des allein lebenden Kohonen gestanden, den alle für ein bisschen sonderbar hielten. Dieser war zunächst aggressiv und böse gewesen, fast so, als wäre er betrunken, dabei hatte er gar nicht nach Alkohol gerochen.

»Dein Hund ist zur falschen Zeit am falschen Ort gewesen, genau wie ich«, hatte er Tuija mit stechendem Blick erklärt.

»Was meinst du damit?«, hatte Tuija ängstlich gefragt.

»Verzieh dich! Er war ja auch schon alt.«

»Wovon redest du?«, hatte Tuija hysterisch geschrien. »Ilona ist nicht alt ... Sie erwartet Junge. Wo ist sie?«

»Hör auf zu schreien, Mädchen! Geh nach Hause.«

Das hatte Launo Kohonen gesagt. Mit müder und ernster Stimme. Hör auf zu schreien, Mädchen. Geh nach Hause.

Tuija hatte Ilona tot im Wald gefunden, unweit von Launos Haus. Die Hündin war erschossen worden.

Danach war Tuija endgültig allein gewesen, hatte nach der Schule kein Fell mehr für ihre Tränen. Vor dem Lehrer und den Mitschülern hatte sie nie geweint. Kein einziges Mal.

Tuija zupfte einen Fussel von Rafiqs Ärmel und nahm ihren Mann in den Arm. Bei Rafiq fühlte sie sich gewärmt und geborgen.

48

Johanna ging zu Fuß vom Restaurant zur Polizeiwache zurück. Der kalte Wind biss ihr in Nase und Wangen. Dass sich Tuija so ereifert hatte und in eine Predigt über religiöse Fragen ausgebrochen war, hatte Johanna überrascht. Aber immerhin hatte sie dadurch begriffen, dass Tuija sich nicht so leicht zum Islam bekehren lassen würde.

Freilich wirkte Rafiq ohnehin ungefährlich und in dieser Umgebung sogar fast Mitleid erregend. Johanna war klar geworden, dass Tuijas Loyalität ihm gegenüber nicht so leicht brechen würde. Sie hätte das Paar gern einmal zu Hause gesehen und gewusst, was Rafiq in seiner Freizeit machte, ob er Hobbys hatte, was er las.

Auf einmal ging ihr auf, dass sie in gewisser Weise ja schon einmal bei ihnen zu Hause gewesen war. In ihrem Wochenendhaus.

Sie benutzten die *Kaminstube* als Ferienhäuschen. Sie vermieteten es, sooft wie möglich, und in der übrigen Zeit nutzten sie es selbst. Darum stand das Bettsofa darin, darum waren Bücher, Zeitschriften und Kassetten im Regal. Normale Urlauber hätten die sicherlich nicht vermisst.

Johanna rief sich in Erinnerung, was sie im Regal gesehen hatte. An einzelne Zeitschriften oder Bücher konnte sie sich nicht mehr erinnern, aber die selbst aufgenommenen VHS-Kassetten waren ihr aufgefallen. Rafiq arbeitete jeden Abend, weshalb er das Fernsehprogramm nur verfolgen konnte, wenn er es aufzeichnete.

Erst jetzt verstand Johanna, warum sie den Kassetten überhaupt Beachtung geschenkt hatte: weil auf mindestens drei davon zu lesen war: ›CSI – Den Tätern auf der Spur‹. Das war eine Serie, die pedantisch die technischen Ermittlungen bei Kriminalfällen zeigte. Hunderttausende Finnen sahen sich Krimiserien an und zeichneten sie sicherlich auch auf. Daran war nichts Außergewöhnliches.

Aber wenn – *wenn* – jemand die Absicht haben sollte, einen Mord zu begehen und ihn so zu inszenieren, dass der Verdacht auf einen anderen fiel, dann gab es kein besseres Lehrmaterial als eine Serie wie ›CSI‹, in der eine Unmenge authentischen Detailwissens über Fingerabdrücke, Feinstaub, DNA- und Faseranalyse ausgebreitet wurde.

Im Polizeigebäude stieß Johanna auf Hedu, der ihr sogleich ein Blatt Papier reichte, auf dem eine Ziffernfolge stand.

»Du hast mich von dieser Nummer aus angerufen«, sagte er. »Es ist eine Prepaid-Nummer von *Sonera*, der Kunde ist nicht registriert.«

Johanna schlug ihr kleines Notizbuch auf und zeigte Hedu die Nummer, die sie von Rafiqs Handy abgeschrieben hatte. »Klär dazu alles ab, was möglich ist!«

Hedu notierte sich die Nummer. »Ein deutscher Anbieter. Das kann eine Weile dauern.«

»Ich wette, das ist auch eine Prepaid-Nummer«, sagte Johanna. »Für die Verbrechensermittlungen sind Handys eine echte Plage. Sogar die IMEI-Herstellerkennung kann man mit einem speziellen Programm im Internet austauschen.«

Den nächsten Zettel bekam sie von Vuokko. »Du hast nach Leuten gefragt, die Tuija kennen. Hier ist die Nummer von einer Frau, die mit ihr in die Schule ging.«

Johanna rief die Frau sofort an. Sie hieß Kirsi Vuolle und war mit Tuija, Erja, Anne-Kristiina, Lea und Saara in einer Klasse gewesen, nach dem Abitur aber nach Kuusamo umgezogen, wo sie nach wie vor lebte.

»Tuijas Onkel war ein Provinzkommunist vom alten Schlag«, sagte sie. »Ein außergewöhnlicher Mensch, hat bestimmt die gesamte Bibliothek von Pudasjärvi durchgelesen. Totaler Atheist. Die Laestadianer regten sich über ihn auf und verabscheuten ihn. Aber Tuija hat alles, was er gesagt hat, aufgesaugt wie ein Schwamm. Vorbehaltlos. Es wundert mich überhaupt nicht, dass der ein oder andere Lehrer sie nicht in seiner Klasse ertragen konnte.«

»Alpo Yli-Honkila?«

»Das dürfte der Schlimmste gewesen sein.«

»Was meinen Sie damit?«

»Er hatte Tuija auf dem Kieker. Die arme Kleine. Arm allerdings nicht in dem Sinn, dass sie nicht versucht hätte, sich zu wehren. Tuija sagte zum Beispiel immer, Jesus sei eine erfundene Figur. Was meinen Sie, wie das dem Lehrer an die Nerven ging.«

»Und wie ging Tuija mit den Züchtigungen um?«

»Nach außen hin ließ sie sich nichts anmerken. Obwohl die ganze Klasse lachte, wenn der Lehrer Tuija demütigte. Einmal tat es ihr aber richtig weh, daran erinnere ich mich noch gut. Sie wurde bleich und marschierte aus der Klasse. Aber geweint hat sie nicht. Sie hat nie geweint.«

»Was war da geschehen?«

»Der Lehrer war vollkommen außer sich über etwas, das Tuija gesagt hatte. Und sagte daraufhin etwas, das sich auf den Tod von Tuijas Familie bezog. Etwas über Sünde und Sühne und so etwas. Ich weiß es nicht mehr genau, aber Tuija nahm sich das mit Sicherheit schwer zu Herzen.«

»Kein Wunder«, sagte Johanna. Nach allem, was sie gehört hatte, konnte sie sich vorstellen, wie gemein Alpo Yli-Honkila seine Worte zu setzen verstanden hatte.

Sie sprachen noch einige Minuten weiter, aber Johannas Bild von Tuija veränderte sich durch das Telefonat nicht wesentlich.

Es klopfte an der Tür, und Polizeichef Sumilo kam herein. »Störe ich?« Ohne eine Antwort abzuwarten, fuhr er fort: »Die Leute sind nach wie vor unruhig. Man müsste den Gerüchten die Flügel stutzen. Was wir brauchen, ist eine klare Pressemitteilung, dass der Schuldige gefasst ist. Dass es keine weiteren Opfer geben wird.«

»Ist denn der Schuldige gefasst?« Johanna konnte eine gewisse Schärfe im Ton nicht vermeiden.

»Was meinen Sie damit?« Auch Sumilo versuchte gar nicht erst, seinen Ärger zu verbergen. »Sagen Sie mir, was Sie vorhaben, und hören Sie auf, Versteck zu spielen! Soweit ich verstanden habe, sind die Indizien gegen Kohonen lückenlos.«

»Das sind sie auch. Aber das macht ihn noch nicht zum Mörder«, sagte Johanna. Einerseits war das genau ihre Meinung, andererseits befürchtete sie, immer schon aus Prinzip anderer Meinung zu sein als Sumilo, egal worum es ging. Der Mann war ihr nahezu unerträglich. Johanna missbilligte den amateurhaften Eifer, mit dem er Kohonen zum Schuldigen machen wollte.

»Was soll das Getue?«

Johanna seufzte tief. »Kohonen hat die Mordwaffe in den Händen gehalten, ja. Und der Mörder hat Schuhe von Kohonen getragen, die wir auf Kohonens Grundstück gefunden haben.«

»Und in denen waren Fasern von Strümpfen, die bei Kohonen gefunden worden sind.«

»Es ist möglich, dass Kohonen die Waffe entwendet worden ist, wie er behauptet. Und dann wieder bei ihm versteckt wurde. Das Gleiche gilt für die Halsketten. Und für die Schuhe.«

»Das kann nicht Ihr Ernst sein«, schnaubte Sumilo. »Geben Sie eine Pressemitteilung heraus, dass Kohonen festgenommen worden ist. Mit solchen Dingen soll man nicht scherzen.«

»Die Pressemitteilung geht raus, wenn es an der Zeit ist. Spätestens morgen.«

Wieder klopfte es. Hedu kam herein, im üblichen Outfit. Er sah aus wie ein Penner, der gerade unter einem Busch hervorgekrochen ist. »Tschuldigung«, sagte er und wollte schon wieder gehen, als er den Polizeichef sah.

»Nur herein.«

Zum Glück stand Sumilo auf und verschwand, allerdings nicht ohne zuvor Hedu einen missbilligenden Blick zugeworfen zu haben.

Nachdem die Tür hinter Sumilo ins Schloss gefallen war, sagte Hedu: »Eine Zwischeninformation.«

»Schieß los.«

»Rafiq Karam ist von einem Prepaid-Anschluss des deutschen Anbieters *T-Mobile* angerufen worden. Weiter kommt man ohne gerichtliche Genehmigung nicht.«

Johanna überlegte kurz. »Dann besorgen wir uns die Genehmigung. Auch für den Festnetzanschluss.«

»Auf welcher Grundlage?«

»Rafiq Karam steht unter dem Verdacht, an drei Morden beteiligt gewesen zu sein.«

»Bis du dir sicher?«

»Nein. Aber besser, wir klären das jetzt gründlich.«

Hedu nickte zögernd und ging.

Johanna lehnte sich auf ihrem Stuhl zurück und sah auf die Uhr. Sie wusste, sie würde die theoretische Verbindungslinie Saara – Israel – islamistische Terroristen – Rafiq mit der Sicherheitspolizei durchgehen müssen. Aber dafür war es noch zu früh.

Warum hätte Rafiq die Frauen umbringen sollen? Wie hing die Anwesenheit der Israelis in Pudasjärvi wegen Saara mit Rafiq und den Morden zusammen? Hing es überhaupt damit zusammen?

Johanna hätte gern Timo Nortamo angerufen, aber der saß gerade im Flugzeug nach Amman.

Falls Rafiq aus irgendeinem Grund die Morde begangen hatte und sicherstellen wollte, nicht überführt zu werden, musste er dafür sorgen, dass ein anderer als der Schuldige dastand. Wen hätte er sich ausgesucht?

Und falls Tuija an der Inszenierung beteiligt gewesen war, auf wen wäre ihre Wahl gefallen? Wen hielt Tuija für einen so großen Feind, dass sie ihn schuldlos ins Gefängnis bringen würde?

Das Verhältnis zwischen Kohonen und Tuija verlangte nach Klärung, auch wenn dieser Ermittlungsstrang vorläufig aus reiner Spekulation bestand.

Johanna brauchte jemanden, mit dem sie sich unterhalten konnte. In der Kantine fand sie Vuokko, die gerade Salzgurken und *Rieska,* das in der Gegend übliche Gerstenbrot, aß. Johanna erläuterte ihr die These, Rafiq könnte Kohonen die Schuld in die Schuhe geschoben haben, um die Ermittlungen zu beenden.

»Rafiq musste den passenden Schuldigen finden«, erklärte sie. »Am liebsten einen, der den Knast sogar verdient hätte. Mit seiner Frau hat er überlegt, wer das sein könnte. Und da sind sie auf Kohonen gekommen. Wer weiß, was Kohonen vor vielen Jahren Tuija angetan hat. Und nun bot sich die Gelegenheit, den Übeltäter hinter Gitter zu bringen.«

Vuokko wirkte skeptisch. »Das würde bedeuten, dass Tuija sich über die Taten ihres Mannes im Klaren ist. Vergiss nicht, dass es sich bei den Ermordeten um Tuijas ehemalige Klassenkameradinnen handelt.«

»Ich habe den Eindruck, dass Tuija nicht zu den Menschen gehört, die lange trauern. Außerdem hatte sie als Kind nicht viel mit den anderen zu tun.«

»Ohne die Verbindungsdaten und eine Hausdurchsuchung bekommen wir über Rafiq nicht mehr heraus.«

»Nein, noch keine Hausdurchsuchung. Damit würden wir uns verraten. Aber in den Telefoninformationen könnte etwas stecken. Gibt es denn wirklich niemanden, der mehr über Kohonen und Tuija weiß?«

»Wir setzen die Befragungen fort. Vielleicht finden wir noch jemanden.«

49

Für Karri sah Timo Nortamo aus wie ein typischer finnischer Ingenieur, obwohl er seit Jahren im Ausland lebte. Sie standen in der Empfangshalle des Flughafens Amman in der Nähe des Mietwagenschalters. Das Auto war noch nicht bereit, sie mussten warten.

Karri berichtete von den Ereignissen der letzten Tage. Es bereitete ihm Schwierigkeiten, seine Stimme neutral zu halten, als er von Saaras unerklärlicher Maßnahme erzählte, 54000 Euro abzuheben.

Nortamo sagte, er sei vor seiner Abreise aus Brüssel in Kontakt mit der Sicherheitspolizei in Helsinki gewesen. Es waren Nachforschungen angestellt worden, die ergaben, dass die Maschine einer Frankfurter Geschäftsfluggesellschaft am Donnerstagabend »Diplomaten« für die Israelische Botschaft in Finnland eingeflogen habe.

»Kaplan hätte es also leicht bis Freitag nach Pudasjärvi schaffen können«, sagte Karri.

»Wo waren Sie und Ihre Frau am Freitag? Ich meine tagsüber. Könnte es sein, dass jemand zu der Zeit in Ihrem Haus und Ihren Computern gestöbert hat?«

»Wir waren fast den ganzen Tag zu Hause. Am Vormittag war ich einkaufen. Und Saara fuhr gegen Abend zu dem Treffen mit ihren Freundinnen.«

»Meiner Auffassung nach sollten wir die Israelis jetzt erst mal außer Acht lassen und unsere Energie auf die Befreiung Ihrer Frau richten«, sagte Nortamo.

Karri musterte ihn streng. »Gut. Machen Sie das auch dem

Außenministerium klar, bestimmt brauchen wir irgendwann ganz konkret dessen Hilfe.«

»Ich verstehe Ihre Skepsis gegenüber dem Ministerium. Sie ist nicht unbegründet, das AA hat seine Stärken nicht gerade im Krisenmanagement. Aber spätestens seit der Tsunami-Katastrophe wissen sie, dass sie Hilfe in Anspruch nehmen müssen, wenn sie etwas nicht selbst regeln können.«

Karri sah zu den Leuten hinüber, die hinter dem Schalter der Autovermietung herumwuselten.

»Sie haben nicht sonderlich viel Vertrauen«, sagte Nortamo zu Karri.

»Warum sollte ich Ihnen mehr trauen als anderen Bürokraten, die nichts anderes können, als um Geduld zu bitten?«

Nortamo seufzte. »Ich werde Ihnen am besten mal ein bisschen was erklären. Mein Arbeitgeber in Brüssel ist TERA, eine Polizeieinheit der EU, die gezielt Aufträge der Mitgliedsstaaten erfüllt, die mit Terrorismus und organisiertem Verbrechen zu tun haben. Wir waren an der Aufklärung von fünf Entführungen von EU-Bürgern im Irak beteiligt. In vier Fällen wurden die Geiseln freigelassen. Wir können über TERA speziell die Erfahrungen und Kontakte des italienischen und französischen Nachrichtendienstes nutzen. Und wie Sie vielleicht wissen, hat zum Beispiel im Fall Pari und Torretta die italienische Regierung nichts an die Entführer gezahlt, aber die Iraker haben trotzdem ihr Lösegeld bekommen. Es ist also alles möglich, auch dann, wenn wir beteiligt sind.«

Karri stellte überrascht fest, dass ihn Nortamos Ausführungen deutlich beruhigten. Vielleicht sollte er ihm vertrauen.

»Warum hat das Außenministerium nicht von Anfang an gesagt, dass TERA zur Verfügung steht?«, wollte Karri wissen. »Lernen die das denn nie? Wir haben Zeit verloren ...«

»Saara ist die erste finnische Staatsbürgerin, die im Irak entführt worden ist«, sagte Nortamo ruhig. »Das Ministerium hat die Prozedur nicht gekannt. Wir haben uns aus eigener Initiative eingeschaltet. Außerdem geht es bei diesen Dingen nicht um Stunden oder Tage, sondern normalerweise um Wochen, manchmal sogar um Monate. Es ist noch nichts verloren.«

»Mr. Vuorio«, sagte plötzlich eine Stimme hinter Karri.

Dieser drehte sich überrascht um.

»Schön, Sie zu sehen«, sagte Ezer Kaplan mit gesenkter Stimme.

Karri warf einen Blick auf Nortamo, der den Blick ausdruckslos erwiderte.

»Timo Nortamo, TERA, Brüssel«, sagte er kühl zu dem Israeli. »Was wollt ihr beim Mossad von uns?«

Karri konnte Nortamos unspektakulären, aber effektiven Stil nur bewundern.

Der Israeli würdigte Nortamo keines Blickes, sondern hielt die Augen weiterhin fest auf Karri gerichtet. Dem war sichtlich unangenehm zumute. Er blickte erneut auf Nortamo, der nun einen Schritt auf Kaplan zuging.

»Ich übernehme jetzt die Verantwortung«, sagte Timo Nortamo unmissverständlich.

Kaplan löste den Blick noch immer nicht von Karri. »Mr. Vuorio, ich kann mir nicht vorstellen, dass Sie das Leben Ihrer Frau in die Hände anderer Leute legen. Seien Sie sich im Voraus darüber im Klaren, was für Entscheidungen Sie treffen wollen, wenn es ernst wird. Wenn Entscheidungen gefordert sind, bleibt nämlich nicht viel Zeit.«

»Er hat seine Entscheidung getroffen«, sagte Nortamo. »Lassen Sie uns in Ruhe.«

»Wo halten die Iraker Saara fest?«, fragte der Israeli Karri, ohne sich um Nortamo zu kümmern.

»Kommen Sie, wir gehen«, sagte Nortamo auf Finnisch.

»Wollen Sie, dass Ihre Frau am Leben bleibt?«, fragte Kaplan noch fordernder.

Karri sah Nortamo Hilfe suchend an. Dieser ergriff leicht Karris Arm, um ihn wegzuziehen.

Karri blieb stehen. »Ich weiß nicht, ob es in diesem Stadium klug ist, Hilfe abzulehnen, wenn …«

»Seien Sie nicht so blöd«, unterbrach ihn Nortamo barsch und packte ihn fester am Arm. »Wir gehen jetzt. Wie Sie schon gehört haben, ist mir vom Außenministerium, der SiPo und der Zentralkripo der Auftrag erteilt worden, mich um Saaras Befreiung zu kümmern.«

Karri gefiel Nortamos Verhalten plötzlich gar nicht mehr. Es konnte in dieser Sache nicht genug Hilfe geben. Er riss sich los und ging ein paar Schritte zurück.

»Sagen Sie mir offen, was Sie vorhaben«, wandte er sich an den Israeli.

Nortamo blieb etwas abseits stehen, ohne eine Miene zu verziehen.

»Wir versuchen sicherzustellen, dass Ihre Frau gesund und unbeschadet nach Finnland zurückkehrt. Aber das kann nicht gelingen, wenn wir nicht zu ihr vorstoßen.«

»Und danach? Sie interessieren sich für ihre Forschungen, was wollen Sie …«

»Wir wollen mit ihr reden und ihr erneut eine Finanzierung anbieten. Aber sie und Luuk van Dijk können selbstverständlich vollkommen selbstständig entscheiden, ob sie für unseren Vorschlag Interesse aufbringen wollen.«

Karri wägte die Lage ab. Die Israelis hatten in Pudasjärvi niemanden umgebracht. Sie interessierten sich für etwas, das mit Saaras Forschungen zu tun hatte, aber was war jetzt wichtiger? Die Bibelforschung oder Saaras Leben? War es nicht das Klügste, wenn Saara nach ihrer Freilassung selbst entschied, wie sie mit der Initiative der Israelis umging?

Nortamo ergriff wieder Karris Ellbogen und fing auf Finnisch an: »Karri, es ist am klügsten, wenn Sie …«

»Sie wollen entscheiden, was am klügsten ist?«

»Ja, genau, ich. Wir verfahren nach dem ursprünglichen Plan und lösen die Situation zusammen mit *RiskManagement*.«

Wieder entriss Karri sich dem Griff und schaute Nortamo in die Augen. »Halt doch einfach mal einen Moment das Maul und hör auf, den Boss zu markieren! Die Geisel ist meine Frau, nicht deine! Die Entscheidungen treffe ich, nicht du! Und jetzt entscheide ich, die Hilfe von Spezialisten nicht abzulehnen. Du weißt selbst verdammt gut, wer im Ernstfall die bessere Truppe ist: die Israelis oder eine kleine britische Sicherheitsfirma?«

Karri wandte Nortamo den Rücken zu und sagte auf Englisch zu Kaplan: »Die Geiseln werden unseren Informationen nach in dem Dorf Al-Ghirbati in der Nähe der Grenze festgehalten.«

»Genauer.«

»In einem Haus im Dorf. Mehr weiß ich nicht.«

»Sagen Sie sofort Bescheid, wenn Sie etwas Genaueres wissen. Hier ist die Nummer. Es freut mich, dass Ihnen etwas an Ihrer Frau liegt und dass Sie Ihren eigenen Kopf zu gebrauchen wissen.«

Karri nahm den Zettel mit der Nummer und ging erleichtert zu Nortamo, der kochend vor Wut das Formular der Autovermietung ausfüllte.

»Wir schließen nichts aus«, sagte Karri. »Ich will, dass uns alle Mittel zur Verfügung stehen. Ohne die Scheinheiligkeit der Regierung, die einfach sagt, auf die Forderungen von Terroristen werde nicht eingegangen.«

»Du willst grenzenlose Mittel zur Befreiung deiner Frau?«

Karri nickte.

»Du willst, dass weder die Gesetze Finnlands noch eines anderen Staates einschränken, was zur Befreiung deiner Frau im Irak unternommen werden darf?«

Karri nickte wieder, mit leichter Verzögerung.

»In dem Fall bist du allein. Ohne mich. Wir haben bestimmte Rahmenbedingungen, die wir nicht überschreiten. Gäbe es die nicht, würde die totale Anarchie herrschen.«

Karri starrte vor sich hin.

»Du glaubst doch nicht im Ernst, gesetzliche Organisationen würden illegal handeln«, fuhr Nortamo fort. »Beim Mossad weiß ich es nicht. Das ist ein Geheimdienst. Der erkennt nur an, was die Regierung oder der Premierminister sagt. Nicht, was du sagst. Genauso wenig können wir bei TERA unser Handeln nach deinen Wünschen richten. Bis zu einem bestimmten Punkt können wir auf deine Meinung hören, aber die Verantwortung und die Entscheidungsgewalt liegt bei uns. Wenn du alle Freiheiten willst, bist du allein. Dann kannst du uns nicht mehr zu Hilfe rufen. Es geht nicht, dass du dir die Rosinen aus dem Kuchen pickst.«

Karri schwieg.

Nortamo gab dem Angestellten der Autovermietung seine Kreditkarte und beendete den Papierkrieg.

»Und warum bist du jetzt plötzlich so sauer?«, fragte Karri. »Weil ich bereit war, mit Kaplan zu reden?«

»Nein, weil du mir diktieren willst, was ich tun soll und was nicht. Wenn ich diesen Fall übernehme, tue ich das mit den Methoden, die ich für die besten halte. Nicht mit denen, die du für klug hältst. Das ist eine Frage des Vertrauens. Der Kompetenz. Es geht darum, wer von uns über die besseren Voraussetzungen verfügt, Entscheidungen zu treffen.«

Karri schwieg eine Weile. »Also gut. Du entscheidest.« Er zog ein Foto von Saara aus seinem Portemonnaie. »Und du bist dafür verantwortlich, dass sie auf ihren eigenen Füßen nach Hause kommt – und nicht in einem Zinksarg.«

Ezer Kaplan sah den beiden Finnen nach. Dann machte er sich auf den Weg und zog im Gehen das Telefon aus der Tasche.

»Sie werden in einem Haus in Al-Ghirbati festgehalten«, sagte Kaplan. »Der Ehemann ist zur Kooperation bereit, aber der TERA-Mitarbeiter will ihn von uns fern halten.«

»Okay. Yamam wird versuchen, den genauen Aufenthaltsort der Geiseln ausfindig zu machen, aber das ist nicht einfach.«

Kaplan steckte das Handy ein und eilte zum Ausgang des Terminals. Solche Operationen wurden immer komplizierter, je mehr sie sich verzögerten, darum gab es allen Grund, möglichst rasch zu einem Entschluss zu kommen. Immerhin war man hier schon auf fast vertrautem Terrain. Finnland war für Kaplan ein Horror gewesen: unfassbare Sprache, dunkel, kalt, Schnee.

Er war am Dienstag vergangener Woche mit der Leitung der Feldoperation beauftragt worden. Das Gespann van Dijk/ Vuorio war dem Geheimnis von Qumran auf die Spur gekommen, und Kaplans Aufgabe bestand darin, dafür zu sorgen, dass durch die beiden kein konkretes Beweismaterial an die Öffentlichkeit gelangte. Am Donnerstag war er nach Finnland geflogen. Er hatte vorgehabt, sich zuerst Saara Vuorio und erst dann Luuk van Dijk zu nähern, denn van Dijk hatte in vielen Zusammenhängen wenig schmeichelhafte Kommentare über Israel von sich gegeben. Saara Vuorio hatte diese Angewohnheit nicht, im Gegenteil.

Kaplan hatte mit Saara Vuorio nicht telefonisch ein Treffen vereinbaren wollen, denn Anrufe hinterließen immer Spuren. Stattdessen hatte er die Frau nach einigen Stunden der Beobachtung abgepasst, als sie gerade in der Ortsmitte von Pudasjärvi ihren Geländewagen tankte. Wie zu erwarten gewesen war, hatte sie Kaplans Vorschlag zurückgewiesen. Ihr selbstbewusstes Auftreten hatte eindeutig verraten, dass sie bald einen Trumpf in Händen halten würde.

Damit war Kaplan sofort klar gewesen, wie ernst die Lage bereits war. Er hatte sich in der Villa und in den Computern der Vuorios umgesehen. Dann war die Frau abgereist, und Kaplan hatte begriffen, dass die Reise mit Qumran zu tun hatte. Die endgültige Bestätigung hatte die Nachricht von der Entführung gebracht: Das Gespann war dabei gewesen, Dokumente aus dem Irak zu holen.

Es war eine echte Herausforderung gewesen, in Finnland wenigstens einigermaßen geheim und ohne Spuren zu hinterlassen zu operieren. In einigen praktischen Dingen hatte Kaplan Hilfe von den Mossad-Beamten der Israelischen Botschaft in Helsinki erhalten, aber das Hauptquartier in Petah

Tiqva hatte nur ein Minimum an Informationen nach Helsinki geben wollen – es war schließlich schon riskant genug, dass K3 Bescheid wusste.

Kaplan war in Amman in einer guten Position. Der inoffizielle Chef von K3 legte das Telefon auf den Tisch, nachdem er das Gespräch mit Petah Tiqva beendet hatte. Er trug den Decknamen »Hirte«, was gut zu seiner Aufgabe bei K3 passte. Vor allem aber lag in dem Namen ein warmer, biblischer Geist, der ihn ständig an die elementarsten Fragen erinnerte.

»Hirte« machte sich Sorgen. Der Mossad hat seine eigenen Interessen, aber K3 ebenfalls. Er war also auch darauf vorbereitet, dass das Interesse des Mossad früher erlahmte als das von K3.

»Hirte« saß bei sich zu Hause im kühlen, stillen Arbeitszimmer, denn K3 verfügte nicht über ein offizielles Hauptquartier, Büro oder Kontor. Das war auch gar nicht möglich, denn es handelte sich eher um ein geistiges als um ein physisches Organ.

»Hirte« nahm die schwere, in Leder gebundene Bibel aus dem Regal, in die zahlreiche Lesezeichen eingelegt waren.

50

Johanna ging im Polizeirevier von Pudasjärvi die Kellertreppe hinunter. Es war höchste Zeit, um noch einmal mit Launo Kohonen zu reden.

Eine Mordinszenierung auf seine Kosten durch Rafiq oder einen anderen schien seltsam, aber theoretisch möglich. Für so etwas brauchte man allerdings erlesene, extrem professionelle Fertigkeiten. Und in dieser Hinsicht kamen bislang bestenfalls Rafiq Karam und die Israelis in Frage.

Durch Rafiqs Frau existierte wenigstens in der Theorie auch ein Grund dafür, warum ausgerechnet Launo Kohonen als Opfer der Inszenierung ausgesucht worden war.

Aber wenn Tuija diesen Launo so sehr hasste, dann sollte man doch annehmen, dass der wenigstens eine Vorstellung davon besaß, woher das kam.

Johanna blieb vor der grau gestrichenen Metalltür stehen, klopfte laut an und sah durch die Luke.

Kohonen setzte sich auf dem Bett auf.

»Und?«, fragte Johanna.

»Was ›und‹?«

»Sie wissen genau, was ich meine. Das Reden wird Sie erleichtern. Sie sehen müde aus.«

»Ich brauche Schlaftabletten. Seit dreizehn Jahren schlafe ich schlecht. Seit ich arbeitslos geworden bin.«

»Sie meinen, seit Sie berufsunfähig sind.«

»Von mir aus. Das ist dasselbe.«

Johanna schloss auf, trat in die Zelle und musterte Kohonen von der Tür aus. Wenn er so auf dem Bettrand saß, sah er kleiner aus als sonst. Aber er saß aufrecht da, mit geradem Rücken, und er sah Johanna forschend an.

»Haben Sie das Gefühl, auch andere Medikamente zu brauchen?«, fragte Johanna.

»Ich will keine Medikamente. Ich will einen klaren Kopf behalten, bis ich freigelassen werde.«

In Haft wirkte Kohonen tatsächlich klarer, als er es bei sich zu Hause gewesen war.

»Ich hab nachgedacht«, sagte er.

»Gut.«

»Tomis Gewehr ist mir wahrscheinlich am Freitagabend geklaut worden, als ich bei ihm war. Die Winterschuhe ebenso.«

Johanna gab sich Mühe, gelangweilt zu wirken. »Lohnt es sich wirklich, auf so etwas Zeit zu verschwenden?«

Kohonen reagierte nicht auf ihren Kommentar. »Wahrscheinlich sind sie Sonntagnacht zurückgebracht worden. Als ich an der Stelle war, wo die Salmi ermordet wurde, und mich gewundert hab. Ebenso die Halsketten.«

Es kehrte Stille ein.

»Gibt es was Neues?«, wollte Kohonen schließlich wissen.

Johanna setzte sich und sagte kalt: »Ich stelle hier die Fragen.«

Kohonen versuchte nicht, ihrem Blick auszuweichen.

»Tuija Karam hasst Sie. Warum?«

Kohonen schien von der Frage überrascht. »Woher soll ich das wissen?«

»Für mich ist dieser Fall bald beendet. Ich werde dann meine Sachen packen. Dem Richter werden die Beweise genügen, die wir bereits haben. Morgen kommt der Staatsanwalt aus Kuusamo. Sie haben jetzt die letzte Chance, vernünftig auf meine Fragen zu antworten.« Johanna machte eine kurze Pause, dann ging sie zum Angriff über: »Was haben Sie Tuija vor vielen Jahren angetan?«

In Kohonens Gesicht blitzte Zorn auf. »Ich habe Tuija nichts getan, das habe ich doch gesagt! Aber ihrem Hund habe ich sozusagen was getan, falls das hier irgendwie von Bedeutung ist.«

»Was haben Sie ihrem Hund getan?«

Er seufzte. »Damals sah es bei mir rabenschwarz aus. Ich war gefeuert worden, und mein Schädel war auch nicht im besten Zustand. Hat sich immer erst nach einer Flasche Schnaps beruhigt. Das Mädchen hat den Kadaver aus dem Wald geholt und mit Eevert im Garten begraben. Ein elendes Gespann war das.«

»Und danach?«

»Nichts. Seitdem bin ich Luft für sie. Ich versteh nicht, warum sie das so ernst genommen hat. War doch bloß eine Spitztöle.«

Johanna stellte sich das 14-jährige, einsame Mädchen vor, wie es seinen Hund beerdigte. Sie erinnerte sich lebhaft an ihren eigenen Hund Saku, und schon flammte der Hass gegen Kohonen in ihr auf.

»Dass Sie den Hund erschossen haben, hat ihr Verhältnis endgültig zerstört?«, fragte sie mit so ausgeglichener Stimme, wie es ihr nur möglich war.

»Danach hat sie kein Wort mehr mit mir gesprochen. Hat mich nicht mal gesehen. Hat sogar verhindert, dass ich zu Eeverts Beerdigung komme.«

»Und wie sind Sie mit ihr umgegangen?«

»Ganz normal. Ein paar Mal hab ich sogar versucht, mit ihr zu reden. Bis …«

Er verstummte.

»Bis was?«

Kohonen schwieg eine Weile. »Ich habe keine Beweise. Aber ich bin mir sicher.«

»Worüber?«

Er seufzte und starrte in die Ferne. Dann räusperte er sich und erzählte: »Es gibt keine Beweise dafür. Aber jedenfalls brannte das Speichergebäude, das ich gebaut hatte, ab. Was heißt gebaut, ich hatte es nur zusammengesetzt, die Balken hab ich aus dem Dorf Törmänsuu geholt. Ein alter, schöner Speicher aus dem 18. Jahrhundert. Wertvoll. Und dann, an Mittsommer, als ich mit meinem Vetter beim Fischen war, ist er von selbst abgebrannt. Und später kam eine Postkarte.«

»Was für eine Postkarte?«

»Mit der Handschrift einer Frau. Es stand drauf: ›Ohne Ilona kein Speicher.‹ Sonst nichts. Keine Unterschrift.«

»Haben Sie die Karte noch?«

»Natürlich nicht. Die hab ich sofort verbrannt.«

Kohonen hatte gesagt, was er sagen wollte. Johanna schloss die Metalltür hinter sich, ging in ihr Büro hinauf und rief Stenlund an.

»Ich hätte ein paar Fragen zu Rafiq«, sagte sie zu dem Mann, der es hörbar eilig hatte.

»Ich mach gerade das originale Lappenzelt für die Amis fertig …«

»Es dauert nur wenige Sekunden. Sie haben irgendwann gesagt, dass Rafiq mal mit Tuija am Schießstand gewesen ist. Wann war das?«

»Gleich nachdem ich hierher gezogen bin. Es dürfte das erste Mal gewesen sein, dass ich sie getroffen habe.«

»Hat Rafiq auch geschossen?«

»Ja. Und zwar gut.«

»Und danach? Haben Sie die beiden noch mal auf dem Schießstand gesehen?«

»Für so etwas hat Tuija keine Zeit. Wenn jemand ein Workaholic ist, dann sie.«

Johanna beendete das Gespräch und holte sich einen Kaffee. Auf dem Gang kam ihr Kulha entgegen.

»Die Firma *Restaurant Oase*, Pudasjärvi, hat beim Bezirksfinanzamt Oulu Schulden von über 50 000 Euro. Die gehen in die Zwangsvollstreckung«, sagte Kulha. »Außerdem hat Tuija Karam unbezahlte Raten beim Autohaus *Laakkonen*, beim *Elektro-Gigant*-Markt in Oulu und offene Kreditkartenrechnungen von insgesamt 28 000 Euro. Die Immobilie, die sie geerbt hat, wird Anfang Dezember zwangsversteigert. Das ist das Haus, zu dem die *Kaminstube* gehört. Das Restaurant ist gepachtet. Die Miete für die Wohnung ist seit drei Monaten nicht bezahlt.«

»Das ist ja ... Erstaunlich, wie die beiden die Fassade aufrechterhalten«, sagte Johanna.

»Schulden bis über beide Ohren«, konstatierte Kulha. »Was machen wir damit?«

Johanna dachte einen Moment nach.

»Vorläufig nichts. Wir müssen uns zuerst fragen, was das bedeutet. Ob es überhaupt etwas bedeutet.«

Nachdem sie in der Küche die Kaffeemaschine eingeschaltet hatte, schnitt sich Johanna ein Stück Hefezopf ab. Der Lebensstandard der Karams war also auf Sand gebaut. Auf Flugsand, um genau zu sein. Was Restaurant und *Kaminstube* einbrachten, reichte nicht annähernd für die Ansprüche des Ehepaars.

Hedu ging auf dem Gang vorbei, als er aber Johanna in der Küche sah, kam er herein.

»Ich hab was Neues zu dem deutschen Anschluss, den Rafiq angerufen hat«, sagte er.

Neugierig legte Johanna das Messer aus der Hand. »So schnell?«

Hedu nickte. »Die Informationen kommen nicht vom Telefonanbieter, sondern von der deutschen Polizei. Und vom Nachrichtendienst. Die haben denselben Anschluss im Zusammenhang mit Terrorismusverdacht unter Beobachtung.«

Johanna war zum zweiten Mal innerhalb kurzer Zeit überrascht. Hedu genoss das sichtlich, aber das gönnte Johanna ihm gern.

»Was glauben sie, wer den Anschluss benutzt?«

»Ibrahim Karam.«

Diese Information konnte man so und so nehmen: Es war nur natürlich, dass die Brüder Kontakt zueinander hielten. Andererseits weckte es natürlich Zweifel, wenn Rafiq in so engem

Kontakt zu seinem Bruder stand, dessen terroristische Verbindungen bekannt waren.

Tuija wusste die Wahrheit über ihren Mann, das war sicher, angesichts der Symbiose, in der die beiden zu leben schienen.

»Hier ist eine Liste der Teilnehmer, die von Rafiq Karams finnischem Anschluss aus angerufen worden sind«, sagte Hedu und reichte Johanna einige Fotokopien. »Nichts Außergewöhnliches. Außer einem interessanten Namen …«

Johanna sah sich die Liste an. Eine Person, die Rafiq sehr oft angerufen hatte, war rot unterstrichen: Saara Vuorio.

DRITTER TEIL

51

Timo behielt die Umgebung im Auge und blickte immer wieder in den Rückspiegel. Er hätte sehr gern eine Waffe bei sich gehabt, obwohl er wusste, dass sie unter den gegebenen Umständen kaum mehr als psychologischen Schutz geboten hätte. Jetzt waren Vorsicht und gesunder Menschenverstand gefragt.

Der Peugeot, den er am Flughafen Amman gemietet hatte, gehorchte seinen nervösen Lenkbewegungen. Am tiefblauen Himmel hing ein fahler Halbmond, in dessen Licht sich beiderseits der Straße die scharfen Umrisse von Felsen abzeichneten. Die Hügel von Amman hatten sie hinter sich gelassen. Die Stadt war jung und vom Straßenbild her nichtssagender als Damaskus oder Beirut. Im Jahr 1948, als der Staat Israel gegründet wurde, flohen so viele Palästinenser in die Stadt, dass sich die Einwohnerzahl von Amman innerhalb von zwei Wochen verdoppelte.

Ein Anruf vom Flughafen aus hatte bestätigt, dass Männer von *RiskManagement* schon an der Grenze und in Al-Ghirbati waren. Timo warf einen kurzen Blick auf Karri, der neben ihm saß. Dessen Verhalten am Flughafen hatte Timo schwere Sorgen gemacht. Noch immer war Karri angespannt und trotzig, nach außen hin wirkte er aber müde, blass und verschwitzt. Die Situation war schon für einen Profi belastend und anstrengend, für einen Laien natürlich umso mehr. Sie hatten ihren Konflikt beigelegt, aber sie wussten beide, dass der Friede nur bis zur nächsten Krise halten würde.

Die Wüste vor der Grenze zum Irak war die am spärlichsten besiedelte Region Jordaniens. Die Erde dieser bei aller Kargheit schönen Landschaft schimmerte durch den Mineralgehalt rötlich, und das Mondlicht hob die roten Töne noch stärker hervor. Durch die Klimaanlage blieb es im Wagen kühl, trotzdem schwitzte Timo. Es herrschte nur wenig Verkehr, aber einige Autos waren doch unterwegs. Zum Glück. Je mehr Menschen, desto besser.

»Hier irgendwo liegen sie«, sagte Karri so überraschend, dass Timo erschrak. »In der Trockenheit, in der Hitze.«

»Was liegt da?«

»Die Beweise, nach denen Saara sucht. Sie will etwas Konkretes finden. Etwas, das ein für allemal und unbestreitbar die Ereignisse des Neuen Testaments als historische Wahrheit beweist.«

»Ich dachte, die sei schon bewiesen worden.«

»Über Jesus gibt es praktisch keine historischen Dokumente. Nur die Evangelien. Und die wurden nicht zu seinen Lebzeiten geschrieben, sondern mindestens einige Jahrzehnte nach seinem Tod. Sie enthalten kein einziges wörtliches Zitat von Jesus. Alles ist durch wer weiß wie viele Münder gegangen. Über die Widersprüche in den Evangelien sind regalweise Bücher geschrieben worden.«

»Du hast in Holland gesagt, der Fund von Qumran hätte nichts mit dem Christentum, sondern mit dem Judentum zu tun. Und die Schriftrollen würden nichts Umwälzendes enthalten.«

Karri seufzte schwer und rieb sich mit den Handflächen das Gesicht. »Sie sind historisch echt, sie hätten alles Mögliche enthalten *können*. Sogar zeitgenössische Schilderungen von Jesus. Für die Juden war schon der Fund an sich historisch bedeutsam. Die Schriftrollen sind ihnen geradezu heilig. Und gefunden wurden sie zu der Zeit, als die Gründung des Staates Israel bevorstand. Sie bestätigten die Verbindung der Juden zum Westufer des Toten Meeres, denn dort wurden die Rollen gefunden.«

Es wurde still im Wagen.

»Wir kommen gleich nach Muqat«, sagte Timo schließlich. »Laut Reiseführer gibt es dort ein paar anständige Übernachtungsmöglichkeiten. Wie wär's, wenn du bis morgen früh bleiben würdest? Ich fahre inzwischen zu den Jungs von *Risk-Management* und mache mir ein Bild von der Lage. Dann rufe ich dich an und sage dir genau, wie es aussieht. Wenn nötig, kann ich dich holen, von Muqat sind es nicht mehr als 60 Kilometer bis zur Grenze.«

Karri schwieg und starrte durch die Windschutzscheibe.

Nervös wartete Timo auf eine Reaktion.

»Das dachte ich mir«, sagte Karri endlich gepresst. »Zuerst drängst du dich hier rein, und dann versuchst du, mich loszuwerden. Aber rate mal, wer von uns am Wegrand stehen bleibt, wenn nur einer weiterkommt?«

Diese Frage verlangte nicht nach einer Antwort. Timo bereute zutiefst, sich darauf eingelassen zu haben, einen Amateur mitzunehmen. Bei einer Aufgabe, wo ein Menschenleben von einer einzigen Fingerbewegung am Abzug abhängen konnte, gab es kein größeres Sicherheitsrisiko als einen nervösen Laien.

Vor der Fahrt hatten sie vereinbart, dass Timo die Entscheidungen traf, aber jetzt war diese Abmachung nur noch Makulatur. Timo begriff, dass er zwischen zwei Fronten verhandeln musste – zwischen den Entführern und Karri Vuorio. Und er war nicht sicher, welche der beiden Parteien den explosiveren Sprengstoff barg.

Karris Herz hämmerte, obwohl er sich alle Mühe gab, ruhig zu bleiben. Wollte Timo Nortamo ihn ins Abseits drängen?

Das würde ihm auf keinen Fall gelingen. Wenn Timo allein weitermachen wollte, würde er den ersten Schritt über Karris Leiche machen müssen. Buchstäblich.

»Vielleicht sollten wir beide in Muqat übernachten«, sagte Timo. »Es kommt nicht auf ein paar Stunden an. Baron ist vor Ort und hat die Situation im Auge. In der Nacht agiert es sich immer schlechter als am Tag. Die Risiken sind ohnehin groß genug.«

»Dann ist es also besser, wenn du in Muqat bleibst«, stellte Karri so nüchtern wie möglich fest und starrte weiterhin stur vor sich hin. »Ich fahre zu Baron nach Al-Ghirbati weiter. Niemand weiß, ob es auf Stunden oder Tage ankommt. Und wenn das niemand weiß, muss man die schlimmste Variante zur Handlungsgrundlage machen.«

Plötzlich trat Timo abrupt auf die Bremse. Beide Männer wurden in ihren Gurten nach vorn geschleudert. Auf der Straße lag ein graues Bündel im Mondlicht. Aus der Nähe erkannten sie, dass es ein gerade erst überfahrenes Schaf war. Timo fuhr um den Kadaver herum. Im Rückspiegel sah Karri, wie von einem Beduinenlager in der Nähe ein Mann im langen Kaftan angerannt kam und seinen Stock schwenkte.

»Gut, reden wir offen, wenn du unbedingt willst«, sagte Timo. »Für mich sieht es so aus, als wärst du nicht fähig, deine Nerven unter Kontrolle zu halten. Und darunter wird außer dir und mir vor allem deine Frau leiden.«

»Ich denke einzig und allein daran, Saara in Sicherheit zu bringen. Ich vertraue deiner Kompetenz, aber ich will selbst sehen, was passiert. Dein Heldentum will ich gar nicht ankratzen.«

Timo lachte gezwungen und spöttisch. »Nur ein totaler Laie kann so etwas Idiotisches von sich geben.«

Wieder kehrte Stille zwischen den beiden Männern ein. Karri bereute seine Worte nicht. Timo strahlte ein starkes Selbstbewusstsein aus, das zeitweise fast überheblich wirkte. Karri hoffte inständig, dass auch etwas dahintersteckte.

Er sah, dass Timo auf die Lichter eines Fahrzeugs aufmerksam wurde, das sich mit hoher Geschwindigkeit von hinten näherte. Es war ein Geländewagen, der sie mit geringem Abstand und so schnell wie ein Zug überholte. Durch den Luftdruck geriet der Peugeot ins Schwanken.

»Ich verstehe, dass du dich auf die Israelis stützen willst, wenn es eng wird«, sagte Timo etwas versöhnlicher. »Aber ich möchte unter keinen Umständen eine Situation haben, in der Gewalt notwendig wird.«

»Dann sind wir vollkommen auf einer Linie.«

Karri wusste, dass er dringend Schlaf brauchte, aber er wollte nicht die Augen zumachen, solange Timo fuhr. Das Gelände beiderseits der Straße wurde hügeliger, die Straße schlängelte sich zeitweise zwischen fünf Meter hohen, scharf gezackten Felsformationen hindurch. Sie erinnerten an braunrote Stoßzähne, die aus dem Sand wuchsen.

Das Satellitentelefon, das auf dem Armaturenbrett lag, klingelte. Karri meldete sich gespannt. Die Anruferin war Johanna Vahtera. Sie erkundigte sich nach der Lage und kam, wie es ihre Art war, schnell zur Sache.

»Können Sie mir sagen, warum Rafiq Karam auffallend oft Ihre Frau angerufen hat?«

Karri war verdutzt. »Wieso?«

»Rafiqs Verbindungsdaten weisen mindestens zehn Anrufe auf der Nummer Ihrer Frau auf. Wissen Sie, worum es dabei gegangen sein könnte?«

»Keine Ahnung.« Karri spürte, wie seine Wangen heiß wurden.

»Wissen Sie, ob sich die beiden getroffen haben?«

»Natürlich haben sie sich getroffen.«

»Ich meine unter vier Augen.«

»Ich weiß nicht, worauf Sie hinauswollen …« Karri hustete. »Vielleicht im Supermarkt oder irgendwo. Sind Sie sich bei der Nummer sicher? Warum sollte Rafiq Saara angerufen haben?«

»Das will ich ja gerade von Ihnen hören.«

»Ich habe keine Ahnung.«

»Ich hätte da eine Theorie. Sie stimmt im Prinzip mit Ihrer These überein, dass Erja, Anne-Kristiina und Lea ermordet wurden, weil sie am Freitag durch Saara etwas erfuhren, das sie nicht wissen sollten. Könnte es sein, dass es dabei nicht um Saaras Forschungen ging, sondern um etwas, das mit dem arabisch-israelischen Konflikt zu tun hat? Rafiqs Bruder Ibrahim hat Kontakte zu Mitgliedern von islamistischen Gruppierungen. Wir ermitteln nun ernsthaft, inwieweit Rafiq mit den Morden zu tun haben könnte.«

Karri spürte, wie sich ihm die Kehle zuschnürte. »Saara hat sich nie an irgendwelchen politischen Aktionen beteiligt. Allein der Gedanke ist vollkommen lächerlich. Ihre Leidenschaft richtet sich ausschließlich auf die Bibelforschung.«

»Sie wissen genau, dass man im Nahen Osten die Religion nicht von der Politik trennen kann. Vielleicht ist Saara bei ihrer Syrienreise in etwas hineingeraten, das mit dem Verhältnis zwischen Israel und den Arabern zu tun hat? Melden Sie sich bei mir, wenn ihnen zu Rafiq etwas einfällt!«

Karri murmelte etwas, dann ließ er bestürzt das Telefon in den Schoß sinken. Ihm kamen Erinnerungsfragmente von Saara in den Sinn, einzelne Verhaltensweisen, auch Sätze, die ihm bis eben noch unzusammenhängend und bedeutungslos erschienen waren. Bemerkungen wie »Rafiqs Heimat« und »Rafiqs Volk«, die Erwähnung, Rafiq im Geschäft getroffen zu haben, auch die Aussage, es sei bewundernswert, wie er sich den nordischen Verhältnissen angepasst habe.

Womöglich ging es gar nicht um Politik, sondern um etwas viel Persönlicheres? Zuerst Luuk und dann Rafiq … Karri wehrte sich gegen die Vorstellung von einer Beziehung zwischen Saara und Rafiq. Er musste es tun. Jetzt war es wichtiger, sich auf die wesentlichen Dinge zu konzentrieren. Für die Telefonate zwischen Rafiq und Saara gab es sicherlich einen anderen Grund.

Churchill las in einer zwei Tage alten Ausgabe der ›International Herald Tribune‹. Er saß in der Stadt Al-Ghirbati, die eigentlich nur ein Dorf war: ein paar Dutzend Häuser aus grauem Beton, eine kleine Moschee mit blauer Kuppel, ein Straßencafé mit weißen Plastikstühlen und Coca-Cola-Kühlschrank im Schatten zweier staubiger Palmen.

Die beste Art, sich die Zeit zu vertreiben, war Lesen. In seinem Beruf musste Churchill oft warten, Stunden, Tage, mitunter sogar Wochen.

Er saß im Inneren des Cafés allein unter einer Neonröhre am Tisch, vor sich ein Glas Minzetee und ein Teller mit den Resten seiner Mahlzeit. Das gegrillte Lamm war gut gewesen, das *Tabouleh,* der Salat aus Weizenschrot, erstklassig. Seine Skepsis gegenüber dem Dorflokal war umsonst gewesen. An zwei anderen Tischen saßen Einheimische, die eine Zigarette nach der anderen rauchten und auf einem Schwarzweißfernseher verfolgten, wie eine stark geschminkte Frau sang und dabei ihren Schal schwenkte. Churchill hatte sich in einem Zimmer über dem Café einquartiert. Andere Übernachtungsmöglichkeiten gab es in dem Dorf nicht.

Eine einsame braune Ziege lief über den Dorfplatz und zog einen Strick hinter sich her. Churchill sah auf die Uhr. Der Unterhändler sollte in einer Viertelstunde zurückkommen.

Sobald Churchill aufhörte zu lesen, wurde die Spannung wieder übermächtig. Es gab keine Garantie dafür, dass der Unterhändler zurückkam. Und was geschehen würde, falls er zurückkehrte, war ebenso unklar.

Baron und Harry Waters warteten draußen im Wagen, sicherheitshalber.

Sechshundert Meter von dem Café entfernt, am Rand des Dorfes, stand der bärtige Unterhändler in seiner Lederweste und wusste nicht, dass er in drei Sekunden sterben würde.

Ein als Iraker getarnter Mann von Yamam mit dem Codenamen R205 drückte ruhig den Abzug seiner schallgedämpften Pistole, nachdem ihm Kaplan über Kopfhörer den Befehl dazu erteilt hatte. Es galt, das Vertrauen zwischen der örtlichen Bevölkerung und *RiskManagement* zu brechen.

52

Hamid al-Huss zog seine Beretta aus der Tasche und drückte sich im leeren Haus von Tuijas Pflegevater in Pudasjärvi dichter an die Wand. Draußen hatten sich Wolken vor den Mond geschoben, der Wind pfiff um die Hausecken.

Noch einmal wurde in der rhythmischen Folge an die Tür geklopft, die Hamid aufschrecken ließ, denn dieses Klopfzeichen war ausschließlich für Notsituationen vorgesehen.

Hamid stieß die Tür auf, und Rafiq huschte herein. Er war außer Atem.

»Was ist?«, fragte Hamid auf Arabisch, während er die Tür schloss. Er knipste die Taschenlampe an, deren Glas zum größten Teil mit einem Spezialband verklebt war.

»Die Polizei war wieder da«, sagte Rafiq nahezu panisch. »Dieselbe Frau. Hat mein Telefon geliehen und irgendwo angerufen. Und so getan, als würde sie noch mal telefonieren. Ich glaube, sie hat im Menü etwas gesucht.«

»Du Trottel«, zischte Hamid. »Welche Nummer hat sie angerufen?«

»Steht nicht im Telefonbuch.«

»Hast du dir schon einen neuen Anschluss besorgt?«

Rafiq nickte. Hamid überlegte, ob er auch bei seinem Handy die SIM-Karte wechseln sollte. Er hatte stets Ersatz dabei, beschloss aber, sich das für später aufzusparen.

»Warum ist dir die Polizei auf den Fersen?«, fragte er.

»Ich weiß es nicht. Wegen der Morde wahrscheinlich. Immer noch. Was sollen wir tun?«

Hamid dachte nach. »Nichts. Sie sind zu spät dran.«

Der Wind ließ einige Schneeflocken fliegen, als Johanna an Tuijas und Rafiqs Tür läutete. Das Backsteinhaus mit Flachdach, in dem die Karams wohnten, war in den siebziger Jahren zwischen einigen Kiefern auf einem Hanggrundstück errichtet worden. In den Holzkästen neben der Tür waren einmal Blumen gewesen, jetzt ragten im Licht der Hoflampe nur noch tote Stengel aus der Erde.

Johanna war zur *Oase* gefahren, aber dort hing ein Zettel an der Tür: WEGEN KRANKHEIT SCHLIESSEN WIR HEUTE UM 17.00 UHR. AUCH MORGEN, DONNERSTAG, STEHEN WIR NICHT ZUR VERFÜGUNG.

Auch hier, in der Privatwohnung, machte niemand auf. Was war passiert? In dem kleinen Holzhaus der Nachbarn, in dem Johanna an diesem Tag schon einmal gewesen war, war ebenfalls alles still.

Johanna läutete erneut.

Jetzt ging hinter dem kupferfarbenen, schmalen Glas in der Haustür Licht an, die Tür wurde aufgeschlossen und einen Spalt weit geöffnet. Tuijas Gesicht erschien. Es sah nicht krank aus, höchstens ein wenig blasser als sonst.

»Ich bin's noch mal«, sagte Johanna. »Ich habe den Zettel am Restaurant gesehen. Sind Sie krank? Oder Rafiq?«

»Ich hab was mit dem Magen. Da bleibt das Lokal besser zu.«

»Ist Rafiq zu Hause?«

»Er ist unterwegs. Warum?«

»Eigentlich wollte ich auch mit Ihnen sprechen. Darf ich reinkommen?«

»Wenn Sie keine Angst haben, sich anzustecken. Es geht mir ziemlich schlecht.«

Johanna verstand den Hinweis, blieb aber hartnäckig. »Einen kleinen Augenblick nur.«

Schließlich ließ Tuija sie herein, und Johanna machte die Hautür hinter sich zu. Tuija ging vom Windfang in eine geräumige und stilvoll möblierte Diele, stemmte die Hände in die Hüften und machte keine Anstalten, Johanna ins Wohnzimmer zu bitten. Rundum waren alle Zimmertüren geschlossen.

»Erzählen Sie mir von Ilona«, bat Johanna.

Tuija verzog keine Miene, nur ihr Blick wurde eine Spur härter. »Von Ilona?«

»Ja.«

Jetzt begann die Ausdruckslosigkeit in ihrem Gesicht zu bröckeln. »Was soll ich von Ilona erzählen? Ilona ist tot und begraben.«

Johanna hörte das Beben in der Stimme, weshalb sie den Druck sogleich verstärkte. »Erzählen Sie mir einfach etwas von ihr«, sagte sie. »Was für eine Rasse war sie?«

»Finnenspitz. Das heißt eigentlich Mischling.«

»Sirupbraun?«

»Ziemlich hell. Am Bauch.« Tuija lachte fast schüchtern auf. »Sie mochte es, wenn man sie am Bauch kraulte.«

»Ich hatte als Kind einen Golden Retriever«, sagte Johanna. »Er hieß Saku.«

Tuija nickte zerstreut.

»Saku wurde von einem Auto überfahren«, log Johanna.

Tuija warf ihr einen kurzen Blick zu.

»Was wollen Sie eigentlich?«, fragte sie unwirsch, als sei sie aus einem Zustand der Verzauberung aufgewacht.

»Ich will nur wissen, was mit Ilona passiert ist.«

Tuija zögerte einen winzigen Moment mit der Antwort.

»Kohonen hat sie umgebracht. Sie erwartete Junge ... Launo Kohonen hat sie erschossen ...« Tuija brach die Stimme, und sie räusperte sich. »Es wundert mich nicht, dass er für drei Morde verantwortlich ist. Dieser Rohling.«

»Was glauben Sie, warum hat er Ihren Hund getötet?«

»Woher soll ich das wissen?«, fragte Tuija wütend zurück. »Fragen Sie ihn selbst, wenn es Sie interessiert. Er weiß, wie das ist, wenn man tötet.«

»Könnten wir uns einen Moment setzen?«

»Nein. Ich muss auf die Toilette.«

Tuija sah blass und verschwitzt aus.

»Gehen Sie nur, ich warte.«

»Entschuldigung, aber ich möchte meine Krankheit gern in Ruhe auskurieren.«

Johanna hätte sich gern im Haus umgesehen, aber wenn sie auf Teufel komm raus dabliebe, würde das zu viel Misstrauen wecken.

»Eine Frage noch«, sagte sie. »Wie gut ist Rafiq mit Saara Vuorio bekannt?«

Tuija schien verdutzt. »Rafiq kennt sie nicht besser als andere sporadische Gäste auch. Wieso?«

»Das wär's vorerst. Gute Besserung«, sagte Johanna und ging.

Tuija blieb missmutig und argwöhnisch in der Diele stehen. Die Frage nach Saara hatte eindeutig ihre Eifersucht geweckt.

Etwas an Tuija löste bei Johanna Sympathie, ja sogar Mitgefühl aus. Aber etwas anderes wiederum ließ sie auf der Hut sein. Was immer Rafiq auch trieb, es war ihm mit Sicherheit gelungen, Tuija zu überreden, mitzumachen.

Timo hielt das Lenkrad fest umklammert. Inmitten der Dunkelheit leuchtete plötzlich grelles Licht, gegen das sich die Scheinwerferkegel des Peugeot bleich und dürftig ausnahmen.

»Was ist das?«, fragte Karri.

»Die Grenze, würde ich mal schwer vermuten.« Timo fand selbst, dass er einen unnötig bissigen Unterton hatte, darum atmete er tief durch und versuchte sich zu beruhigen.

Auf beiden Seiten der Straße war eine Batterie von Scheinwerfern an hohen Masten befestigt. In dem hellen Licht badeten Militärfahrzeuge, Schlagbäume, Zäune, Stacheldrahtrollen und Betonhindernisse.

Timo drosselte die Geschwindigkeit. Karri hielt nervös die Reisedokumente in der Hand.

»Was machen wir, wenn *RiskManagement* gar nicht hier ist?«, fragte er.

Timo antwortete nicht, sondern sah sich suchend um, während er das Tempo jetzt auf Schrittgeschwindigkeit reduzierte.

Auf der jordanischen Seite waren viele Männer und viel Eisen zu sehen, aber jenseits der Grenze, auf irakischem Boden, schien es mindestens die doppelte Menge von allem zu geben. Der Grenzübergang lag zwar mitten in der Wüste, aber an der Hauptschlagader Amman – Bagdad. Bis Bagdad waren es 500 Kilometer.

»Vielleicht sind sie da drüben«, sagte Karri.

Timo blickte nach rechts. Auf einem Parkplatz standen ein halbes Dutzend Lkws und einige kleinere Fahrzeuge. Timo setzte den Blinker und fuhr hinüber.

Etwas abseits, im Sand, leuchtete die Flamme eines Gaskochers. Davor saßen und standen Lkw- und Pkw-Fahrer, zum Teil mit den Händen in den Hosentaschen, zum Teil mit einer Teetasse oder einem Teller in der Hand. Vier Männer hatten sich um eine Wasserpfeife geschart und sogen durch einen langen Schlauch den Rauch aus dem bauchigen Gefäß. Ein Stück starken türkischen Tabaks schwelte auf der glimmenden Kohle.

Timo ließ den Wagen langsam auf die kleineren Fahrzeuge zurollen. Ganz außen stand ein Defender-Geländewagen. Ein westlich aussehender Mann stieg aus und schaute direkt auf den Peugeot.

»Harry Waters«, sagte Karri.

Timo hielt neben dem staubigen Geländewagen an. An dessen Front war ein massives Metallgitter angebracht, und auf dem Dach wippte eine Peitschenantenne. Timo stieg aus. Nach dem klimatisierten Wageninneren wirkte die Luft brütend heiß.

»Gut. Sie haben es geschafft«, sagte Waters.

Karri stellte die beiden Männer einander vor.

»Laden Sie Ihre Sachen in den Geländewagen, wir fahren mit einem Auto weiter«, sagte Waters. Das war so mit Churchill abgesprochen. Es bedeutete ein gewisses Risiko, den Peugeot an der Grenzstation stehen zu lassen, aber ein Diebstahl würde von der Versicherung der Autovermietung gedeckt sein.

Timo und Karri luden ihre Taschen in den Geländewagen, dessen Innenausstattung von militärischer Kargheit war. Auf dem Boden lagen Sandsäcke, für den Fall einer Minenexplosion.

»Hat es Kontakt zu den Entführern gegeben?«, fragte Timo, als Waters losfuhr.

»Noch nicht. Churchill wartet noch auf den Unterhändler. Geben Sie mir Ihre Papiere.«

Timo reichte ihm die Pässe. Waters fuhr in einem Bogen um die Lkws herum, die im Konvoi zwischen Bagdad und Amman verkehrten, und dann auf die erleuchteten Stacheldraht- und Betonhindernisse zu.

Vor einem Schlagbaum hielten sie an. Ein Zöllner in Uniform trat an den Wagen und ließ sich von Waters die Papiere geben, neben ihm ein schwer bewaffneter Soldat mit Helm.

Der Zöllner sah die Papiere durch und gab sie zurück. Sofort ging der Schlagbaum hoch.

»Haben Sie etwas vom Mossad gehört?«, fragte Waters.

»Ja«, beeilte sich Karri zu antworten, bevor Timo den Mund aufmachen konnte.

»Sie haben auf dem Flughafen in Amman ihre Hilfe angeboten«, fuhr Karri ruhig fort. »Die Situation in Finnland hat sich so entwickelt, dass die Israelis nicht mehr unter Mordverdacht stehen. Für uns ist es gut zu wissen, dass wir, wenn nötig, die Hilfe des Mossad bekommen können.«

Timo schwieg. Es hatte keinen Sinn, jetzt einen Konflikt zu provozieren.

»Auf den Mossad würde ich mich kein bisschen verlassen«, sagte Waters.

Karri seufzte tief und umfasste Saaras Kreuzanhänger in der Hosentasche.

Johanna hatte die Füße auf den Schreibtisch gelegt und die Arme im Nacken verschränkt. Auf ihren Unterlagen stand ein Becher mit kaltem Kaffee. Außer dem Diensthabenden waren alle gegangen. Johanna fühlte sich in ihrer Unterkunft nicht wohl, es genügte ihr, wenn sie zum Schlafen hinging. Und vor ein Uhr würde sie ohnehin keinen Schlaf finden.

Der Wind war stärker geworden, vor dem Fenster fiel der Schnee jetzt dichter. Johanna starrte auf das Flipchart, auf das sie vorhin die Namen der Opfer und Tatverdächtigen geschrieben und ein Schema mit sich überkreuzenden Linien in unterschiedlichen Farben gezeichnet hatte.

Dann las sie noch einmal die Mitteilung durch, die sie an den Informationsdienst von Sicherheitspolizei und Zentralkripo schicken wollte. Diese Abteilung kümmerte sich unter anderem um den Kontakt zu ausländischen Polizeiorganisationen, und deren Hilfe brauchte Johanna jetzt, da Nortamo im Nahen Osten war. Sie versuchte so viel wie möglich über Rafiqs Bruder Ibrahim Karam in Erfahrung zu bringen.

Außderdem interessierte sie sich zusehends mehr für Saara Vuorio. Karri glaubte aufrichtig an seine Frau, aber war es dennoch möglich, dass sie in etwas verstrickt war, weshalb die Israelis sie suchten und die Araber sich rücksichtslos einmischten?

Möglich war das durchaus. Alles war möglich.

Johanna selbst hatte keinerlei emotionalen Bezug zum Nahost-Konflikt. Sie war von den Selbstmordattentaten der Palästinenser in Israel ebenso entsetzt wie vom rigorosen Vorgehen der Israelis in den besetzten Gebieten.

Sie beschloss, am nächsten Morgen ohne die Karams zur *Kaminstube* zu fahren. Dann streckte sie sich und nahm die Liste mit Saara Vuorios Verbindungsdaten zur Hand. Es war eine aufgeschlüsselte Liste, hinter den Nummern standen die Namen des jeweiligen Gesprächspartners. Ende letzter Woche hatte sie mit allen Schwestern Zions sowie mit Luuk van Dijk, *Finnair, Royal Jordanien Airways,* einem Hotel in Amman, Birgitta Högfors und ihrer Mutter Kontakt gehabt.

Das letzte Gespräch war am Samstagabend von Karri gekommen. Darauf folgte nur noch Leere.

Johanna runzelte die Stirn. Die Liste enthielt keine Gespräche am Samstagnachmittag. Sie holte Erjas Anrufliste hervor, der zu entnehmen war, dass sie Saara am Samstag um 16 Uhr 21 angerufen hatte.

Johanna wählte Hedus Nummer und teilte ihm ihre Beobachtung mit.

»Ich wette, die Erklärung ist ganz simpel«, sagte der schläfrig klingende Hedu. »Saaras Handy hatte entweder keinen Empfang oder war ausgeschaltet, und der Anruf ging an die Mailbox. Soweit ich mich erinnere, dauerte Erjas Anruf ungefähr eine halbe Minute, das heißt, sie hat eine Nachricht hinterlassen.«

»Verdammt«, sagte Johanna mit Blick auf die Uhr. »Besorg dir gleich morgen früh bei *Sonera* diese Nachricht. Am liebsten würde ich sie mir auf der Stelle anhören.«

»Wenn Karri Vuorio den Code vom Anrufbeantworter seiner Frau kennt, kriegst du die Nachricht sofort.«

53

Auf der irakischen Seite hatte der Wüstenwind den Sand zu keilförmigen Dünen zwischen Hügeln und Schluchten aufgeschüttet. Vom Beifahrersitz aus blickte Timo auf die Wüstenlandschaft im Mondschein, hörte dabei aber aufmerksam Karris Telefongespräch zu.

»Der Code des Anrufbeantworters lautet 2749«, sagte Karri. »Warum? Hat das auch mit Rafiq zu tun?«

Timo nahm an, dass die Antwort Nein war, denn Karri sagte: »Gut.«

Karri gab Timo das Telefon zurück.

Die Information über den Kontakt zwischen Saara und Rafiq machte Timo Sorgen. Karri hatte darüber nicht reden wollen, das Thema belastete ihn ungeheuer.

Waters fuhr zügig. Inzwischen hatten sie die Lage besprochen, und es hatte sich gezeigt, dass Waters keine neuen Erkenntnisse hatte.

»Wir sind gleich da«, sagte er jetzt und verringerte das Tempo. Auf dem glatten, neuen Asphalt glitt der Wagen fast lautlos dahin. An der Straßenböschung waren kleine Erhebungen zu erkennen, von denen man schwer sagen konnte, ob sie durch die Natur oder von Menschenhand geformt worden waren. Die Straße wurde gerade, und am Ende sah man Lichter und die Umrisse von Gebäuden. Al-Ghirbati.

Inmitten der dunklen, bläulich und rot schimmernden Wüstenlandschaft ragten Häuser auf, vor denen mattes elektrisches Licht brannte und Autos standen. Die Häuser waren grau, auf ihren Dächern wuchs ein Antennenwald. Stromkabel verliefen wie unförmige Bündel schwarzer Schlangen von einem Haus zum anderen. Vor den Fenstern waren keine Vorhänge, man sah Licht und Bewegung darin.

»Wir werden beobachtet«, sagte Karri auf dem Rücksitz.

»Nur zu«, brummte Waters.

Er bog in eine Seitenstraße ein und bald darauf in einen Hof, in dem drei Autos standen.

Aus einem Passat-Kombi stieg ein kräftiger Mann mit kurzen Haaren.

»Das ist Baron aus unserem Büro in Bagdad«, sagte Waters, während er den Wagen parkte.

Sie stiegen aus. Die Nacht war warm, eine Geruchsmischung aus Gewürzen, bitterem Tabak und Essen lag in der Luft. In der Ferne lief rhythmische arabische Musik aus einem Radio oder Kassettenrecorder. Der Sänger zog alle Wörter in die Länge und wiederholte ständig den immer gleichen Refrain.

Waters stellte die Männer einander kurz vor und fragte Baron: »Wie sieht's aus?«

»Der Unterhändler hätte vor einer halben Stunde hier sein sollen. Churchill hat durch Uday von dem Haus erfahren, in dem sie festgehalten werden oder festgehalten worden sind.«

Die Tür des Cafés ging auf, und ein rundlicher Mann mit spärlichem, blondem Haar trat heraus. Er stellte sich Timo und Karri als Chef des Büros in Bagdad vor. Alle redeten leise, obwohl sonst niemand im Hof war.

»Wieviel haben Sie dabei?«, fragte Churchill.

»250 000 Dollar«, sagte Karri. Churchill sah ganz anders aus, als er ihn sich am Telefon vorgestellt hatte. Der Mann wirkte genusssüchtig, man konnte sich schwer vorstellen, dass er fähig sein sollte, harte Entscheidungen zu treffen und grobe Kerle zu befehligen.

»Wenn der Unterhändler kommt – wie erfahren wir, dass die Geiseln noch am Leben sind?«, fragte Timo.

»Per Telefon. Wir haben vereinbart ...«

In geringer Entfernung fiel ein Schuss und hallte lange in der Dunkelheit nach.

Noch bevor der Schall über der Wüste verklungen war, hatte Baron eine MP 5 mit kurzem Lauf in der Hand.

»In den Wagen!«, befahl Churchill.

Es folgte ein zweiter Schuss, dann ein dritter und ein vierter.

Timo stieß Karri ins Auto, weil der nicht schnell genug reagierte. Baron setzte sich hinters Steuer, beugte sich nach vorn und nahm etwas aus dem Fußraum. Mit der anderen Hand schlug er die Fahrertür zu. Timo nahm eine Browning-Pistole in Empfang.

Karri war kreidebleich. »Was ist das? Wer hat da geschossen?«

In unregelmäßigen Abständen fielen weitere Schüsse.

»Ich weiß es nicht«, sagte Baron und ließ den Motor an. Auch der Geländewagen neben ihnen wurde gestartet, aber noch fuhren sie nicht los.

Baron schob einen Finger in den Kragen und zog etwas heraus. Ein Mikrofon, wie Timo feststellte.

»Die Zwei ist bereit. Fahren wir?«

Churchills Antwort ging in Barons Kopfhörer, wurde aber sogleich allen Insassen klar, denn der Wagen setzte sich in Bewegung.

»Wohin fahren wir?«, fragte Karri. »Wir können doch nicht einfach verschwinden, jetzt, da wir wissen, wo die Geiseln sind!«

Timo merkte, dass der Rückschlag, anders als er geglaubt hatte, Karris Beharrlichkeit nur steigerte.

»Wir können nicht riskieren, unter Feuer genommen zu werden«, sagte Baron ruhig, während er den Wagen mit energischen, aber gleichmäßigen Bewegungen steuerte. »Wir klären zuerst ab, was da vor sich geht.«

Die Ortschaft wirkte jetzt wie ausgestorben, obwohl nach wie vor die Lichter brannten. Noch immer hörte man einzelne Schüsse in der Nähe.

»Fahren wir zu dem Haus?«, fragte Karri.

»Still!«, befahl Baron und legte eine Hand aufs Ohr.

Churchills Geländewagen war nicht mehr zu sehen.

Auf der rechten Seite bemerkte Timo eine zwischen zwei Häusern langsam vorankommende Prozession, bestehend aus einem Pick-up, neben dem Männer mit Waffen hergingen und ab und zu in die Luft schossen.

»Was tun die da?«, wollte Timo wissen.

»Keine Ahnung«, sagte Baron. »Besser, wir legen keine allzu große Neugier an den Tag.«

Baron ließ den Passat in Schrittgeschwindigkeit zum Dorfplatz rollen. Der Pick-up und sein Gefolge hielten in einer Gasse vor dem Platz an. Baron fuhr langsam weiter.

Zwischen den brüllenden Männern war im Schein einer Taschenlampe kurz die Ladefläche des Toyota-Pick-up zu sehen. Darauf lag ein blutüberströmter Mann mit schwarzem Bart und Lederweste.

Die Iraker drängten sich in einer dichten Mauer vor der Ladefläche des Fahrzeugs. Sie stießen aufgebrachte Rufe aus und schossen in die Luft, diskutierten heftig und fuchtelten dabei mit den Händen. Die Stimmung war bedrohlich.

»Was geht hier eigentlich vor?«, fragte Timo mit unverhohlener Besorgnis. »Was ist das für eine Leiche dort auf dem Wagen?«

»Hoffentlich nicht unser Unterhändler. Aber ganz gleich, wer es ist, wir gehören im Moment nicht gerade zu den beliebtesten Personen in dieser Gegend«, sagte Baron und ließ den Passat langsam in eine schmale Straße rollen. Kurz darauf war die trauernde, erregte Menge nicht mehr zu sehen.

»Wir können nicht einfach wieder abhauen, nachdem wir so weit gekommen sind.« Karri war schweißgebadet und wirkte trotz aller Verzweiflung entschlossen.

Timo sagte mit fast warmem Unterton: »Wir erreichen nichts, wenn wir unser Leben aufs Spiel setzen. Wenn man uns lyncht, hat auch Saara keine Chance davonzukommen.«

»Die Zwei ruft. Welche Richtung?«, sagte Baron ins Mikrofon.

Unmittelbar in ihrer Nähe wurde mit einem Sturmgewehr eine kurze Serie in die Luft geschossen. Karri biss die Zähne zusammen. War das der Alltag im Nahen Osten? Dunkelheit, Schreie, sinnlose Schüsse in den Sternenhimmel? Alles wirkte auf ihn unberechenbar und anarchisch.

Vor dem Passat tat sich nun eine breite Straße auf. Baron beschleunigte aber nicht, sondern fuhr ruhig zu dem Haus weiter, in dem Udays Informationen nach die Geiseln festgehalten wurden.

Plötzlich kam hinter einem kastenförmigen Gebäude ein Pkw hervor, schmutzig und verbeult, und versperrte ihnen den Weg.

Baron musste anhalten. Blitzschnell nahm er die Pistole in die Hand und sagte ins Mikrofon: »Die Zwei wird von einem Fiat Croma zum Halten gezwungen.«

Auf der Beifahrerseite des Fiat stieg ein Iraker aus und hob eine Hand, wie zum Zeichen des Friedens. Wie es aussah, trug er keine Waffe.

»Schauen wir mal, was er will«, sagte Timo und hielt die Pistole, die er von Baron bekommen hatte, zwischen den Knien versteckt.

Baron kurbelte mit einer Hand das Fenster herunter und ließ die andere mit der Waffe seitlich im Schatten.

Der schnurrbärtige Araber trat ans Fenster. Das Licht einer Straßenlampe und die Scheinwerfer der Autos reichten aus, um den Mann deutlich erkennen zu können. Er trug die gleichen Kleider wie die Lkw-Fahrer an der Grenze: staubige dunkle Hosen und ein Polyester-Hemd mit aufgekrempelten Ärmeln.

Baron fragte ihn etwas auf Arabisch, der andere antwortete. Dann richtete der Mann den Blick auf Karri.

»Er behauptet, er habe Ihnen etwas zu sagen«, dolmetschte Baron.

»Willkommen in Al-Ghirbati«, sagte der Mann auf Englisch.

»Lassen Sie sich von meiner Maskerade nicht irritieren, Karri.«

Erst jetzt erkannte Karri Ezer Kaplan.

»Hören Sie genau zu«, fuhr Kaplan mit gesenkter Stimme fort. »Irgendetwas ist schief gegangen. Vielleicht hat einer der Entführer versucht, sich quer zu stellen. Sie haben vor, die Geiseln zu töten. Wir haben nur wenig Zeit, um das Haus zu stürmen und die Geiseln zu befreien. Eine Gruppe des Yamam steht bereit. Sechs Mann.«

Timo versuchte die Situation abzuwägen, die viel zu wirr war, um vernünftig analysiert werden zu können.

»Vielleicht hat er Recht«, sagte Karri zu ihm.

»Nein«, gab Timo strikt zurück. »Gewalt ist der letzte Strohhalm. Wir versuchen zuerst zu verhandeln.«

»Die Überraschung ist unser wichtigster Trumpf«, sagte Kaplan. »Wenn wir anfangen zu verhandeln, geht dieser Vorteil verloren.

»Waffen sind das letzte Mittel«, sagte Timo mit Nachdruck.

»Aber wenn es keine Alternative gibt?« Karri verlor eindeutig die Geduld.

»Vor uns liegt die letzte Chance, buchstäblich«, stimmte Kaplan zu. »Die Zeit wird knapp. Sie haben gesehen und gehört, wie hier die Stimmung ist. Die Entführer machen sich bereit, Ihre Frau zu töten.«

»Es kann sein, dass er Recht hat«, sagte Karri und sah Timo flehend an.

Timo legte die Pistole aus der Hand, machte die Tür auf und stieg aus. »Ich versuche Kontakt zu bekommen.«

»Darüber muss ich zuerst mit Churchill reden«, sagte Baron, der die Diskussion verfolgt hatte.

»Dann aber schnell«, drängte Timo. »Kommen Sie nach.«

Ohne eine Antwort abzuwarten, ging Timo auf das Haus zu.

»Sie machen alles kaputt«, zischte der Israeli.

Timo blickte sich um und sah, dass Karri aus dem Wagen stieg und ihm folgte.

»Sie gefährden Ihr Leben und das der Geiseln ebenfalls«, fuhr Kaplan fort. Er gab dem Fahrer des Fiat Croma ein Zeichen und folgte den beiden Finnen.

Ezer Kaplan drückte im Gehen auf einen Schalter am Gürtel und sagte in das Mikrofon, das er mit einem Pflaster unter dem Kragen befestigt hatte: »Fertig! In Angriffsposition.«

Die Finnen waren aus seinem Blickfeld verschwunden. Ihre Hartnäckigkeit hatte ihn überrascht.

Das Haus stand zweihundert Meter entfernt am Rand der Ortschaft. Von der Straße nach Bagdad hörte man noch immer vereinzelte Schüsse erregter Dorfbewohner. Genau damit hatte Kaplan gerechnet. Der Tod des Unterhändlers hatte die Leute unruhig gemacht.

Die Risiken der getarnt durchgeführten Aktion waren groß, aber das war für Kaplan nicht neu. Während seiner Mossad-Laufbahn war er bei zahlreichen geheimen Zugriffen dabei gewesen. Für ihn und Yamam war ein Vorgehen auf arabischem Boden allerdings wesentlich schwieriger als für die Briten von *RiskManagement*, die auf die Hilfe von lokalen Kontaktpersonen zurückgreifen konnten.

Kaplan näherte sich der Gasse, an deren Ende sich das Haus befinden musste, wie aus dem Verhalten der Finnen und Engländer zu schließen war. Der Lieferwagen von Yamam nahm gerade seinen vorab vereinbarten Platz in Zone zwei ein – der Wartezone. Von dort war der Übergang in Zone eins und in Angriffsbereitschaft innerhalb weniger Sekunden möglich. Das Vordringen in das Objekt in Zone null würde nicht länger dauern als einen Augenaufschlag. Der Lieferwagen war ein alter Hiace mit dem verblassten Bild eines Wasserhahns und dem arabischen Namen einer Installationsfirma auf der Seite.

Kaplan blieb an der Ecke stehen, an einer Stelle, von der aus er das Haus am Ende der Gasse sehen konnte. Einer der Finnen ging langsam darauf zu.

Kaplan konnte sich nur mit Mühe beherrschen, den Yamam-

Leuten das Kommando zum Angriff zu geben. Der Befehl aus Petah Tiqva war jedoch eindeutig gewesen: Sie sollten sich den Geiseln erst nähern, wenn die Situation ohne jeden Zweifel in die Sackgasse geraten war. Die Rolle von Yamam sollte den Briten und den Finnen nicht unnötig verraten werden. Sie würden die Lage bis zum Schluss unübersichtlich halten. Das Optimum wäre, wenn die Entführer für die Mörder der Geiseln gehalten würden, und nicht Yamam.

54

Johanna war bis ins Mark erschüttert.

Sie saß in ihrem Büro vor dem digitalen Aufnahmegerät. Ein ums andere Mal hatte sie die Nachricht auf Saaras Mailbox abgehört. In ihrem Beruf waren ihr schon viele Telefonate und Aufzeichnungen zu Ohren gekommen, aber noch nie etwas so Entsetzliches. Kupiainen saß ihr schweigend gegenüber.

Draußen blies der Wind leichte Schneeflocken durch die menschenleeren Straßen von Pudasjärvi. Niemand war unterwegs, der Kiosk war seit neun Uhr geschlossen, der Imbiss am Markt seit elf.

Kupiainen war zu Johanna aufs Revier gekommen und hatte die Nachricht auf einem kleinen MP3-Gerät aufgenommen. Am nächsten Tag würde das Labor eine eigene Aufnahme machen, direkt von den Computern des Telefonanbieters *Sonera*.

Noch einmal schaltete Johanna das Aufnahmegerät ein. Die Stimme kam wie von fern, als hätte das Telefon in einer Tasche gesteckt. Laut Kupiainen war es wahrscheinlich auch genau so gewesen.

Die Nachricht begann mitten im Satz, genauer gesagt mitten im Lied. Eine Frauenstimme sang: »*... bald wird ins schwarze Grab mein armer Leib gelegt ...*«

An dieser Stelle stöhnte die Frau vernehmlich, als hätte jemand sie geschlagen, fuhr aber fort: »*... und von allen Fesseln befreit meine teure Seele ...*«

Ende der Nachricht.

Das Kirchenlied hatte einen langsamen Takt und die Stimme

einen Klang, von dem Johanna eine Gänsehaut bekam. Sie wusste nicht genau, ob es Erjas Stimme war, nahm es aber an.

Erschüttert starrte Johanna auf das Aufnahmegerät. »Kannst du da auf Anhieb etwas herausholen?«

Kupiainen seufzte. Er wirkte grau und war sichtlich in schlechter Verfassung. »Vermutlich ist die Verbindung aus Versehen zustande gekommen. Weil das vorige Gespräch an Saara ging, nehme ich an, dass die Taste für die Rufwiederholung gedrückt worden ist. Der Anruf kommt aus einem fahrenden Auto. Man hört ganz leicht das Blinkerrelais.«

»Aus was für einem Auto?«

»Dem gedämpften Motorgeräusch und dem Blinkergeräusch nach ist es eher neu. Das Labor wird das genauer sagen können.«

Johanna überlegte kurz. »Könnte es ein Lada Niva sein?«

»Nein. Eher nicht. Wie gesagt, das Labor kann das genauer sagen.«

»Eher ein neuerer Audi?«

Kupiainen zuckte mit den Schultern.

»Danke, Taisto. Geh schlafen. Wir kommen morgen früh darauf zurück.«

Kupiainen stand müde auf und nahm seine Jacke von der Stuhllehne. »Soll ich dich mitnehmen? Du solltest vielleicht auch zwischendurch mal schlafen.«

»Ich gehe zu Fuß. Ich brauche ein bisschen Sauerstoff.«

Nachdem sie wieder allein war, drückte Johanna die Play-Taste und schloss die Augen. »*... bald wird ins schwarze Grab mein armer Leib gelegt, und von allen Fesseln befreit meine teure Seele ...*«

Hatte Erja das Lied gesungen, während die Ratte sie zur Schlachtbank führte? Warum? Aus eigenem Antrieb oder gezwungenermaßen? Das schmerzhafte Stöhnen zwischendurch deutete darauf hin, dass Erja die Nachricht nicht nur vor sich hingesungen hatte, und dass sie nicht dazu gezwungen worden war. Im Gegenteil. Sie hatte die Ratte gezwungen, zuzuhören.

Kupiainen war der Meinung, die Nachricht könne nicht aus einem Lada Niva gekommen sein. Falls Erja demnach im Auto der Ratte zum Tatort gebracht worden war und falls Launo Kohonen kein anderes Fahrzeug als sein eigener Lada zur Verfügung gestanden hatte, war Launo Kohonen nicht die Ratte. Johanna stellte fest, dass sie dieser Gedanke keinesfalls überraschte.

Sie suchte erneut die Nummer von Timo Nortamos Satellitentelefon heraus.

Vor den Geschäften der kurzen Basargasse von Al-Ghirbati waren die Metallrollläden heruntergelassen. Timo ging mit langsamen Schritten auf das zweistöckige Gebäude aus Hohlblocksteinen am Ende der Gasse zu. Mit pochendem Herzen hob er schon kurz nach der Mitte der Gasse die Hände. Sein Hemd war nass vom Schweiß. Die Nacht hatte die Hitze, die tagsüber von der Erde und den Häusern aufgesaugt worden war, nicht vertreiben können.

Mit ruhigen Schritten ging er weiter. Das Gebäude wirkte verlassen. Die Fensterläden waren geschlossen, nirgendwo sickerte Licht durch. Timo passierte den einzigen Laternenmast in der Gasse und ging nun noch langsamer. Eine Katze schoss hinter einer vollen Mülltonne hervor und rannte davon. Konnte es sein, dass sie einfach auf ihn schossen? Ohne Vorwarnung?

In dem Moment erscholl ein arabischer Ruf. Eine tiefe Männerstimme sagte etwas im Befehlston. Dann rief die Stimme: »*Stopp!*«

Timo blieb stehen.

»Ich will reden«, sagte er, ohne die Stimme zu erheben, denn in der stillen Gasse trug sie leicht. »Ihr habt etwas, das ich will. Und ich habe etwas, das ihr wollt.«

»Wir haben die Hand zur Verhandlung ausgestreckt, aber ihr habt sie abgeschnitten.« Die Stimme hallte in der Gasse wider, sie war schwer zu lokalisieren.

Der Schuss überraschte ihn, obwohl Timo die ganze Zeit darauf gewartet hatte. Er glaubte zu spüren, wie der Luftzug der Kugel sein Ohr und seine Wange streifte. Sofort schnellte er herum und rannte gebückt hinter einem Haus in Deckung.

Karri war mit wenigen Sätzen bei ihm. »Bist du in Ordnung?«

»Was hat er gemeint?«, fragte Timo keuchend. »Hast du gehört? *Wir haben die Hand zur Verhandlung ausgestreckt, aber ihr habt sie abgeschnitten.*«

»Ich weiß nicht«, flüsterte Karri. Seine Haut schimmerte im schwachen Licht vor Schweiß. »Was sollen wir tun? Warten und es noch einmal versuchen?«

Sie verstummten, als in der Nähe ein Fahrzeug hielt. Die Geräusche hallten in den labyrinthischen Gassen wider, es war kaum auszumachen, woher sie kamen.

Nun hörten sie Schritte von der Seite. Ezer Kaplan mit seinem künstlichen Schnurrbart blickte todernst.

»Wollen Sie, dass Ihre Frau in den Händen dieser ballernden Idioten stirbt?«, fragte er aggressiv. »Yamam ist bereit. Die Zeit läuft ab.«

Aus einer Nebengasse waren Schritte zu hören, schwerere als zuvor. Ein rundlicher Mann trat zu ihnen. Er musterte Kaplan und stellte sich vor: »Churchill, *RiskManagement*, Bagdad. Was wollen Sie?«

»Aufgrund von HUMINT ist klar, dass die Entführer ihre Gefangenen hinrichten wollen. Wir haben vor, sie zu retten. Yamam ist in unmittelbarer Sturmbereitschaft. Blendgranaten und Gas, zwei plus zwei Mann durch die Tür, zwei sichern an den Fenstern. Der Schockeffekt ist entscheidend. Wir gehen davon aus, dass wir sie ohne einen Schuss herausbekommen. Es wird eine Sache von Sekunden sein.«

Pulsierende Stille lag zwischen den Männern.

Timo sah Karri an, der kreidebleich den Kopf schüttelte.

Churchill strich sich die Haare zurück und fragte: »Worauf beruht die HUMINT-Auffassung?«

»Auf örtlichen Kontakten«, log Kaplan. »Aber was spielt das für eine Rolle? Jetzt ist keine Zeit für Analysen.«

»Was für örtliche Kontakte?«, fragte Churchill trocken und fügte gleich hinzu: »Das ist Scheißdreck, was Sie da reden.«

Timos Satellitentelefon piepste. Er antwortete leise: »Hallo.«

»Vahtera. Wie geht's, kannst du reden?«

»Nein. Sag schnell!«

»Es sieht so aus, als ob der Täter nicht Launo Kohonen wäre«, sagte Johannas müde Stimme deutlich. »Ich dachte, das solltest du wissen, für den Fall, dass die Israelis noch einmal Kontakt aufnehmen. Ich habe gedacht, bei Rafiq ließe sich etwas finden …«

»Alles klar«, sagte Timo nur und brach das Gespräch ab. Seine Gedanken schossen unruhig hin und her. »Das war Vahtera«, sagte er auf Finnisch zu Karri. »Kohonen ist nicht der Mörder.«

Auf Karris Gesicht machte sich Bestürzung breit. Jetzt war der Täter wieder unbekannt.

Es könnte also auch der Israeli gewesen sein, der vor ihm stand.

Diese Erkenntnis rückte die Situation in ein völlig neues Licht. Hier konnte auch die Erklärung liegen für die ausgestreckte irakische Hand, die abgeschnitten worden war …

Für einen Moment fixierten sich Timo und Karri gegenseitig.

»Es wird keinen Angriff geben«, sagte Karri auf Englisch zu Kaplan und ging auf das Haus zu, bevor ihn einer der anderen daran hindern konnte.

Im fensterlosen Laderaum des Lieferwagens knackte es im Ohrhörer von Reuven Sherf, dem Anführer der Yamam-Gruppe.

»*Okay. Den Wagen in Position!*«, befahl Kaplans Stimme.

Sherf klopfte gegen die Wand zur Fahrerkabine. Die Motordrehzahl nahm zu, und das Auto setzte sich in Bewegung. In der Dunkelheit des Laderaums sprangen rote, faseroptische Lichter hin und her, während die Männer letzte Vorbereitungen trafen. Die einen setzten sich den stoßfesten Augen- und Atemschutz auf, der verhinderte, dass Gas in die Atemorgane und auf die Schleimhäute der Augen gelangte. Andere überprüften ihre Waffen, die Uzi-Mini-MPs, die über der Brust hingen, und die Pistolen von Glock und Sig Sauer in den Holstern am Oberschenkel. Alle waren über Funk miteinander verbunden.

Karri hob die Hände und ging auf das Haus am Ende der Gasse zu. Die Lichter eines von hinten schnell heranfahrenden Autos warfen seinen Schatten lang und gespenstisch auf die Metallrollläden. Im Licht des Fahrzeugs erkannte Karri die arabischen Schilder über den Läden, eines zeigte das Bild eines Huhns und das Messer eines Schlächters.

Karri blickte sich um und sah, wie Timo mit einem Satz vor das heranfahrende Auto sprang. Der Wagen hielt an.

»Ich bin der finnische Ehemann der Entführten«, rief Karri, und seine Worte hallten in der Gasse wider. »Ich habe Bargeld bei mir. Ich will verhandeln. Ich weiß nicht, was ihr mit der abgeschnittenen Hand meint. Ich will nur, dass meine Frau in Sicherheit ist.«

Ezer Kaplan starrte auf Karri Vuorio, der sich rufend dem Haus näherte. Der andere Finne stand mitten in der Gasse und hinderte das Fahrzeug von Yamam an der Weiterfahrt.

»*Was machen wir?*«, fragte Sherf per Funk.

Kaplan wägte die Lage ab. Die Vorgabe aus Petah Tiqva lautete, die Situation unbedingt so aufzulösen, dass nichts auf einen gezielt durchgeführten Zugriff hinwies. Ein Angriff würde sie verraten, darum sollte nur im Notfall zugeschlagen werden.

Die gleiche Vorsicht hatte von Anfang an für die gesamte

Operation gegolten. Auch als Karri Vuorio auf dem Flughafen Oulu zu fliehen versucht hatte, war eine Entscheidung zu treffen gewesen: den Mann gewaltsam in die Maschine setzen und sich damit verraten oder den Finnen auf eigene Faust weitermachen lassen und die eigene Vertrauenswürdigkeit wahren.

Alles in allem ärgerte sich Kaplan darüber, dass es ihnen nicht gelungen war, über Cornelia van Dijk einen Zugang zu den Forschungen ihres Mannes zu finden. Karri hatte anfangs kooperationsbereit gewirkt, aber dann hatte irgendetwas sein Misstrauen geweckt. Und jetzt sah es so aus, als würde die zunehmende Beharrlichkeit des Finnen die Situation in die Länge ziehen. Und damit war sie immer schwerer zu kontrollieren.

Der warme Nachtwind aus der Wüste blies Karri ins verschwitzte Gesicht. Er ging weiter die Gasse voran und sah an den Schatten vor sich, dass Timo sich unruhig vor dem im Leerlauf Gas gebenden Yamam-Auto hin und her bewegte.

Das Haus am Ende der Gasse stand stumm und schwarz da, aber Karri war sicher, dass man von dort aus jeden seiner Schritte genau verfolgte. Das Gebäude glich einer kleinen, aus grauem Stein gemauerten Festung. Im Erdgeschoss gab es keine Fenster, nur eine Tür aus Metall. Im ersten Stock waren zwei Fenster mit geschlossenen Läden, eine schiefe Mauer verbarg offenbar eine Art Terrasse. Auf der Mauer standen zwei runde Tonkrüge, aus denen Efeu herabhing.

»*Weg mit dem Auto!*«, rief jemand in undeutlichem Englisch aus dem Haus.

Karri schöpfte ein wenig Hoffnung: Anstatt zu schießen, redeten sie mit ihm.

Er blickte sich um und sah, dass nun auch Baron neben Timo vor dem Fahrzeug auf der Gasse stand.

»*Sofort das Auto weg, oder wir erschießen die Gefangenen!*«, wurde nervös durch die Ritzen eines der Fensterläden gerufen.

Karri blieb stehen. Er zweifelte nicht an der Ernsthaftigkeit der Drohung. Erneut blickte er sich um, dabei hörte er, wie die Drehzahl des Motors sich erhöhte. Hinten am Auto gingen die hellen Keile der Rückfahrleuchten an.

Karri richtete den Blick wieder auf das Haus und meinte zu erkennen, dass sich einer der Fensterläden leicht bewegte. Er trat einen weiteren Schritt näher.

Auf einmal schwoll das Motorengeräusch hinter ihm zu einem Lärm an, der die gesamte Gasse ausfüllte, und Karris Schatten geriet heftig ins Schwanken. Karri blickte hinter sich, er sah das Auto beschleunigen und direkt auf sich zukommen. Timo und Baron hatten ausweichen müssen. Auch Karri wollte sich schon intuitiv zur Seite werfen, aber er zwang sich, stehen zu bleiben. Die Entführer mussten sehen und begreifen, dass er mit dieser aggressiven Vorgehensweise von Yamam nichts zu tun hatte.

Das Auto kam immer näher. Karri hatte sich damit abgefunden, jeden Moment überfahren zu werden, doch bevor sein Selbsterhaltungstrieb greifen konnte und den Befehl zum Ausweichen gab, bremste das Auto im letzten Augenblick. Er stürzte zu Boden, und als der Wagen zum Stehen kam, lag das linke Bein unter der Stoßstange.

»Du sturer Idiot!«, rief Kaplan irgendwoher. »Du gefährdest nur das Leben deiner Frau!«

Karri zog das Bein unter dem Auto hervor und rappelte sich auf.

»Verschwindet!«, schrie er. »Sie sind bereit zu verhandeln!«

Er starrte den Fahrer des Lieferwagens an und sah, wie sich dessen Lippen bewegten.

Es verging eine Sekunde. Eine zweite.

Der Motor jaulte erneut auf, und das Auto fuhr rückwärts.

Karri richtete sich erleichtert auf, denn das Auto hielt an. Gegen die blendenden Scheinwerfer versuchte er zu erkennen, was sich tat. Im selben Moment kam das Auto aber schon wieder auf ihn zu.

Karri warf sich zur Seite und drückte sich eng an die Hauswand. Diesmal hätte der Wagen nicht rechtzeitig angehalten.

Dann wurde Karri von grellem Licht geblendet, und eine Explosion schlug ihm schmerzhaft aufs Trommelfell. Mehrere Sekunden lang sah und hörte er nichts. Dann hämmerten weitere Detonationen in seinen Ohren.

»Diese Scheißkerle«, sagte jemand unmittelbar neben ihm.

Timo zog Karri auf die Seite, obwohl der sich wehrte. Er blickte auf das Gebäude, in das die Israelis eingedrungen waren. Die gesprengte Metalltür hing in den Angeln. Es drang kein Laut aus dem Haus, keine Schüsse, keine Schreie. Nur Rauch schwebte langsam unter der Straßenlampe empor.

Sherf, der Anführer der Yamam-Einheit, sah sich um. Der starke Lichtstrahl seiner Halogenlampe sprang über die gemauerten Wände und den Betonfußboden des fensterlosen Kellerraums.

Auf dem Boden lagen zwei Leichen. Daneben Haufen von Wolldecken, Lebensmittelverpackungen, Pappbechern und anderem Abfall. Zum Schlafen hatten ein paar zerfetzte Schaumgummimatratzen gedient. In der Ecke stank ein Toiletteneimer.

Sherf rannte die schmale Treppe nach oben in die Wohnräume und sah sich auf der Dachterrasse um. Aus einem der Zimmer kam einer seiner Leute auf ihn zu. Er hielt einen Aluminiumzylinder mit einem Durchmesser von etwa fünf Zentimetern in der Hand.

Sherf nahm den Zylinder an sich und verbarg ihn unter seiner Jacke.

Karri schlug das Herz bis zum Hals. Er riss sich von Timo los und ging auf das Gebäude zu.

»Gehen Sie nicht hinein«, rief Baron aus einiger Entfernung. »Diese Kerle machen, was *sie* wollen. Nicht das, was *wir* wollen.«

Karri ging weiter. Er hörte den Widerhall seiner eigenen Schritte.

Die gesprengte Haustür schwang auf, und einer der Israelis kam eilig heraus, in einer seltsamen Mischung aus Kommandoausrüstung und Zivilkleidung. Es folgte ein zweiter, dann ein dritter und schließlich der Rest.

»Was habt ihr getan ...«, lag es Karri auf der Zunge, aber seine Stimme versagte, und er ging weiter auf die Tür zu. Die Männer schenkten ihm keinerlei Beachtung, sondern huschten an ihm vorbei und sprangen in den Lieferwagen.

Baron rannte mit der Pistole in der Hand an Karri vorbei und trat als Erster durch die Tür.

Timo packte Karri energisch am Arm. »Bleib stehen! Es ist zu deinem Besten.«

Karri wollte sich losreißen, aber Timo hielt ihn fest. »Wir warten ab. Baron sieht nach, was los ist.«

Karris wilde Augen folgten dem Lieferwagen, der in der Gasse zurückstieß. »Ihr Killer!«, schrie er. »Ihr verdammten Arschlöcher! Kaplan, komm raus!«

»Beruhige dich«, befahl Timo scharf.

Karri versuchte sich erneut zu befreien, aber damit hatte Timo gerechnet.

»Kommt her!«, rief Baron nun von innen. »Schnell!«

Timo ließ Karri los, und dieser rannte zum Haus, das Schlimmste befürchtend. In der Tür blieb er stehen, bis der Lichtkegel von Timos Lampe über die Wände strich.

»Nach unten«, rief Barons Stimme aus dem Keller.

Karri folgte Timo die Betontreppe in den Keller hinab. Dort hockte Baron vor einer blutüberströmten Leiche auf dem Fußboden.

Es war Luuk. Im selben Moment fiel Karris Blick auf die leblose Gestalt in der Ecke: wahrscheinlich Keith.

»Sie sind tot«, sagte Baron heiser.

»Wo ist Saara?«, fragte Karri panisch.

»Die Entführer haben noch rechtzeitig durch den Hinterausgang verschwinden können«, sagte Baron und eilte die Treppe hinauf.

Karri rannte ihm hinterher. Er war vollkommen außer sich. Baron leuchtete über die Wände der Wohnräume, die irgendwann vor langer Zeit weiß gekalkt worden waren. In einem Raum standen lediglich ein paar Stühle, das Zimmer daneben war leer. Von dort ging ein Fenster mit offen stehenden Läden in den Hinterhof.

Die Männer gingen in den ersten Stock, der ebenfalls leer war.

»Wo sind sie?«, keuchte Karri. »Wo haben sie Saara hingebracht?«

»Vielleicht war von Anfang an nur ein Teil der Geiseln hier, und vielleicht auch nur einer der Entführer, mit dem Auftrag zu verhandeln«, sagte Baron. »Er ist geflohen, als er die Situation erkannt hat. Vielleicht durch das Fenster zum Hinterhof.«

»Warum sind die Israelis abgehauen?«, wollte Karri jetzt wissen. »Sie sind doch weg?«

»Sie wissen jetzt wenigstens, dass sie uns nichts mehr vormachen können«, sagte Timo. »Wenn sie sich wieder einmischen wollen, werden sie das nicht tun können, ohne uns aus dem Weg zu räumen, das haben sie kapiert.«

»Raus hier!«, befahl Churchill von draußen. »Wir kriegen gleich Gesellschaft ...«

Die Männer verließen das Gebäude. Auf der Gasse hatten sich bereits Dorfbewohner versammelt und tuschelten.

»Im Haus liegen die Leichen von Keith und van Dijk«, sagte Baron gezwungen ruhig.

Churchill konnte seine Gefühle nicht so gut verbergen. »Keith ... Wie ...?«

»Er war schon länger tot. Hat eine Wunde am Arm, sonst keine Spuren.«

»Eine unversorgte Wunde?«

Baron nickte.

»Harry passt auf die Autos auf«, sagte Churchill. »Wir fahren ein Stück weg und überdenken die Lage.«

Einer der Iraker, ein Mann, der sich ein Tuch vor das Gesicht gebunden hatte, trat unmittelbar vor Churchill und sagte in schwachem Englisch: »Sie wollen 300 000 Dollar.«

Die Atmosphäre war sofort elektrisiert. Karri warf einen Blick auf Timo.

»Die Entführer sind nicht blind«, sagte Timo schnell. »Sie haben gesehen, was passiert ist. Sie wollen ihr Geld.«

Ein Schwall fiebriger Energie spülte die Irritation und die Verzweiflung in Karri hinweg.

»Das sind Gangster«, sagte Churchill. »Wir haben keine Garantie dafür, dass die Geisel noch lebt.«

»Alles ist möglich«, sagte Timo. »Im Haus waren keine Entführer mehr, sie haben sich kurz vor dem Angriff aus dem Staub gemacht. Wir wissen nicht, wann sie Saara fortgeschafft haben und warum. Sicher ist nur: Sie versuchen ihre Ware so lange zu schützen, wie sie glauben, Geld dafür bekommen zu können.«

»Vergeuden wir keine Zeit, zahlen wir ihnen, was sie verlangen«, sagte Karri schnell. »Wo ist das Risiko? Dass ich das Lösegeld zahle, obwohl Saara schon tot ist? Das Risiko gehe ich ein.« Er wandte sich Churchill zu. »Sagen Sie ihm, dass wir 250 000 haben. Die übrigen 50 000 bekommen wir morgen aus Amman.«

Churchill trat selbstbewusst auf den Iraker zu. »200 000«, sagte er.

»250 000 ist ihr letztes Wort«, entgegnete der Mann.

Churchill tat so, als würde er einen Moment überlegen. »Also gut. Aber wir brauchen eine Garantie dafür, dass die Geisel lebt.« Er drehte sich zu Karri um: »Denken Sie sich eine Frage aus, die nur Ihre Frau beantworten kann. Niemand sonst.«

Der Iraker schüttelte den Kopf. »Die Frau ist betäubt, aber am Leben.«

»Wir müssen Beweise haben …«

»Nein«, unterbrach Karri. »Keine Zeit verschwenden.«

»Wir können nicht ...«

Timo brachte Churchill mit einer kleinen Handbewegung zum Schweigen und sagte: »Wir tun das, was Mr. Vuorio in diesem Fall für sinnvoll hält.«

Churchill musterte Timo und Karri eine Weile unzufrieden, dann wandte er sich wieder an den Iraker. Er hielt ihm ein Kuvert hin. »Hier ist die Hälfte des Geldes. Die andere Hälfte bekommt ihr, wenn die Frau bei uns ist. Lebendig.«

Der Iraker nahm das Kuvert und schaute hinein.

»Kommt in einer Viertelstunde mit dem Auto an diesen Ort«, sagte er und reichte Churchill einen Zettel, auf den mit Bleistift eine Karte gezeichnet worden war.

Yamam verfügte über pneumatische Zangen, die dazu bestimmt waren, fingerdicken Eisendraht zu zerschneiden. Damit ließ sich der mit einem Schloss versehene Kopf des Aluminiumzylinders problemlos öffnen.

Im Laderaum des Lieferwagens reichte Reuven Sherf den Zylinder an Kaplan weiter. Die Männer um sie herum zogen unterdessen während der Fahrt ihre Kommandoausrüstung aus.

Kaplan schob einen Finger in den Zylinder und zog vorsichtig einen zusammengerollten Bogen Seidenpapier heraus. Er war gefaltet und schützte ein Stück alten, vergilbten Papiers im Format zehn mal fünfzehn Zentimeter: einen gedruckten Kaufvertrag in hebräischer Sprache mit einigen leeren Zeilen, die von Hand ausgefüllt worden waren. Am unteren Rand waren Datum und Unterschrift zu erkennen.

Kaplan zeigte Sherf das Stück Papier. Dann zog er ein Formular aus der Tasche, in dessen oberster Zeile stand: *»Hiermit bestätige ich, Folgendes gesehen zu haben ...«*

Sherf las beide Papiere durch und unterschrieb anschließend das Formular. Dann gab er beides an Kaplan zurück. Dieser faltete die Bestätigung zusammen und steckte sie in die Tasche.

Den alten Kaufvertrag zerknüllte er langsam und entschlossen. Er nahm ein Feuerzeug zur Hand, und kurz darauf leckten die Flammen über das Papier. Kaplan hielt das Knäuel an einer Ecke in die Höhe, dann musste er loslassen. Als es auf den Metallboden im Laderaum des Lieferwagens fiel, war das Papier schon fast komplett verkohlt.

Kaplan trat mit dem Schuh darauf und zerrieb das Dokument mit der Sohle. Nur ein kleiner Rußfleck blieb auf dem Boden zurück.

Dann gab Kaplan einen Lagebericht nach Petah Tiqva durch. Dort sollten sie entscheiden, wie es weitergehen würde.

Drei Minuten nachdem Kaplan dem Mossad in Petah Tiqva über den Fund des Dokuments Bericht erstattet hatte, erhielt »Hirte« einen Anruf aus Israel.

Der Mossad beabsichtigte genau das zu tun, was »Hirte« befürchtet hatte: die Aktion beenden. Mit der Vernichtung des originalen Kaufvertrags war das Interesse der Israelis erloschen. Für K3 war das aber nur ein Nebenaspekt.

»Hirte« setzte sich mit seinem Team in Verbindung und gab die Informationen weiter, die er vom Mossad erhalten hatte. Israel hatte sein Ziel erreicht und würde nicht weitermachen, weshalb K3 nun mit eigenen Kräften vorgehen musste.

55

Hamid al-Huss blieb am Waldrand stehen, hundert Meter von dem geparkten, leeren Touristenbus entfernt. Dessen Vorderseite und die Räder waren völlig eingeschneit.

Jetzt, um drei Uhr nachts, brannte in keinem der Gebäude von *Nordic Safari* Licht. Vorsichtig ging Hamid weiter. Laut Rafiq hatte Stenlund keinen Hund, und es gab angeblich auch keine Alarmanlage, trotzdem war Hamid wachsam.

Er hatte den Ort schon an zwei Nächten zuvor trotz aller Risiken ausgekundschaftet.

Die Tasche in seiner Hand war unangenehm schwer, aber diese Last trug Hamid gern und mit Stolz. Er überquerte den Graben am Waldrand und ging langsam auf den Bus zu, der neben der Garage stand.

Die ganze Zeit hatte er Angst, in den Fenstern des Hauses könnten die Lichter angehen.

Tomi wälzte sich im Bett hin und her und wachte schließlich auf. Er hatte nicht gut geschlafen. Im Traum hatte er Erja und das Kind gesehen, und das deprimierte ihn.

Er seufzte tief, suchte nach einer kühleren Stelle auf dem Kopfkissen und schloss die Augen. Der Motorschlitten, der am Tag Sperenzchen gemacht hatte, kam ihm in den Sinn. Er wurde wütend, und das vertrieb nun endgültig seinen Schlaf, zumal es ihm weitere unangenehme Dinge in Erinnerung brachte.

Tomi hatte Durst. Er schaltete die Nachttischlampe an und ging in die Küche, um Wasser zu trinken. Als sein Blick auf den Gefrierschrank fiel, musste er an die Wilderei denken.

In Gedanken versunken warf er einen Blick aus dem Fenster. Es schneite in dicken Flocken.

Hervorragend. Wenigstens das Wetter meinte es gut mit ihm.

Hamid stand erstarrt hinter dem Bus und sah auf das Haus, wo in einem Fenster das Licht angegangen war. Er schaute auf seine Spuren im Schnee. Konnte es einen Grund für Stenlund geben, mitten in der Nacht das Haus zu verlassen?

Hamid überlegte sich, was er tun sollte, wenn die Haustür aufginge.

Er ärgerte sich, dass er mit dem Anbringen des Sprengsatzes bis zur letzten Nacht hatte warten müssen. Aber selbst wenn das Fahrzeug schon früher da gewesen wäre, hätte er den Sprengstoff nicht deponiert, denn er wollte jedes Risiko vermeiden. Schließlich hätte das Fahrzeug aus irgendeinem Grund in die Werkstatt kommen können, oder es hätte eine andere unerwartete Wendung eintreten können, durch die jemand den Gegenstand am Unterboden entdeckt hätte.

Das Licht im Fenster ging wieder aus.

Hamid stand mehrere Minuten auf der Stelle, bis er schließlich auf die dem Wald zugewandte Seite des Busses ging und den Rucksack absetzte. Er nahm die ausgeschaltete Taschenlampe zwischen die Zähne und kroch unter den Bus, etwa fünf Meter hinter der vorderen Stoßstange.

Er schob sich immer weiter vor und tastete mit den Fingern über den Unterboden. Als er in die Nähe der ins Auge gefassten Stelle kam, tastete er nach der Tasche, machte sie auf und zog die Bombe heraus.

Der *Semtex*-Sprengsatz war mit Hartplastik ummantelt, aber Hamid machte sich Sorgen – nicht wegen des Sprengstoffes, sondern wegen des Empfängers des Funkauslösers. Das war ein sensibles Gerät, mit dem man schon im trockenen, heißen Klima des Nahen Ostens vorsichtig sein musste, von der hiesigen Kälte, dem Schnee, dem Wasser und dem Matsch ganz zu schweigen. Wie dicht war die Armierung? Man hätte den Empfänger unter diesen Umständen testen müssen, aber dafür hatte es keine Möglichkeit mehr gegeben: Es gab nur ein Gerät.

Hamid legte den Sprengsatz auf die Tasche und robbte so weit an den Rand der Karosserie, dass er das Haus sehen konnte. Die Fenster waren dunkel, es rührte sich nichts.

Darauf setzte er seine Arbeit fort. Seine Finger waren klamm vor Kälte. Wie würde sich diese Kälte auf den Funkempfänger auswirken? Hamid schätzte, dass das Gerät mit einer Wahrscheinlichkeit von höchstens fünfzig Prozent funktionieren würde.

Zum Glück verfügte er über einen hundertprozentig sicheren Ersatzmechanismus.

Es durfte einfach nichts schief gehen. Nach den Anschlägen von Madrid und London wäre es von der Opferzahl her das größte Attentat in Europa – und was den Status der Opfer anbelangte, würde es alles übertreffen. *Texas Berkshire Corporation* war die größte US-Firma, die Dienstleistungen an die irakische Ölindustrie verkaufte. Aus Sicherheitsgründen hatte sie ihre Führungsriege, die früher ihren Sitz im Irak gehabt hatte, nach London verlegt. Ziel des Anschlags waren keine unschuldigen Zivilisten oder muslimische Brüder, die zur falschen Zeit mit der U-Bahn fuhren, sondern Männer, die ganz konkret dazu beitrugen, das Schwarze Gold aus der islamischen Erde zu rauben – für den uferlosen Verbrauch des Westens.

Der Anschlag wäre eine Demonstration der Stärke von Abu al-Mujahidin. Damit würden sie lange weltweit die Medien beherrschen und zugleich beweisen, dass es mit Intelligenz und Beharrlichkeit möglich war, das Gleiche oder gar mehr zu erreichen, als mit einer großen Anzahl von Kämpfern und mit viel Geld. Vor allem aber würde dieser Anschlag der Welt vor Augen führen, wohin das westliche Hegemoniestreben führte.

»Gehen wir«, sagte Karri mit erneutem Blick auf die Uhr.

Timo nickte. Seit dem Verschwinden des Irakers waren neun Minuten vergangen. Diese Zeit war Karri länger vorgekommen als sein ganzes Leben. Churchill hatte vorgeschlagen, dem Mann zu folgen, aber Karri und Timo hatten das strikt abgelehnt. Kein Risiko mehr in diesem Stadium.

Von den Israelis war nichts zu sehen und zu hören. Baron und Waters sahen sich gerade in der näheren Umgebung um. Ein dünner Wolkenschleier hatte sich vor den Mond geschoben, und aus der Wüste rund um Al-Ghirbati wehte der Wind nun kühler.

Baron kam hinter einer Hausecke hervor, daraufhin gingen alle vier zu Waters, der neben den Autos stand.

Timo stieg mit Karri in den Geländewagen, den Baron steuerte. Sie fuhren hinter Waters und Churchill her zu der wenige hundert Meter entfernten Stelle, die auf der Karte des Irakers markiert war. Sie befand sich vor einem verlassenen Gebäude außerhalb des Dorfs. Nur die Wände des Hauses standen noch. Dahinter breitete sich im Mondschein trockenes, feindselig wirkendes Gelände aus: lehmige Hügel und flache Stellen mit Steinen und Sand.

Timo hielt die Plastiktüte mit dem restlichen Geld in der Hand. Keiner der Männer brachte jenes Risiko zur Sprache, das Karri eingegangen war: Es gab keinen Beweis dafür, dass die Geisel lebte.

Karri fuhr zusammen. Auf der Straße näherten sich die Lichter eines Autos. Kurz blitzte in ihm die Angst vor den Israelis auf, aber dann schob sich ein rostiger, alter Mercedes-Kombi aus dem Dunkel und hielt zwanzig Meter vor ihrem Geländewagen an.

Er stand einfach dort, ohne dass sich etwas regte.

Karri und Baron stiegen aus dem Geländewagen. Timo blieb sitzen, wie sie es vereinbart hatten, die Waffe im Schoß. Churchill und Waters hielten sich im anderen Wagen bereit.

Ein Mann stieg aus dem Mercedes und wartete.

Baron, der von Timo das Geld bekommen hatte, ging auf den Kombi zu. Karri folgte ihm plangemäß.

Der ordentlich gekleidete Iraker grüßte und hob die Hand, um ihnen zu signalisieren, dass sie stehen bleiben sollten. »Das Geld«, sagte er auf Englisch.

»Wir wollen sie sehen«, entgegnete Baron.

Der Mann sagte etwas zu einem anderen Mann, der im Auto auf dem Rücksitz saß, und vor dem der Lauf einer Maschinenpistole aus dem Fenster ragte.

Der drehte sich um, und kurz darauf starrte Karri auf ein weißes Gesicht im hinteren Seitenfenster.

Saara.

Karri konnte nicht verhindern, dass ihm die Tränen in die Augen schossen. Saara schaute ihn durch die Scheibe ausdruckslos an, ein breites Klebeband verschloss ihren Mund.

Baron warf Karri einen Blick zu, Karri nickte.

Baron reichte dem Iraker das Geld. Der zählte die Dollarbündel, dann rief er seinem Kumpanen im Auto etwas zu.

Der Mann stieg aus, öffnete die Heckklappe und half der an Händen und Füßen gefesselten Saara heraus. Karri wollte zu ihr stürzen, aber der Iraker, der das Geld in Empfang genommen hatte, hob die Hand.

Karri blieb stehen und wartete ab, bis Saara im Sand lag. Anschließend stiegen die Männer ohne ein Wort in den Wagen, schlugen die Türen zu und rasten davon.

Karri eilte zu Saara, beugte sich über sie und löste vorsichtig das Klebeband von ihrem Mund. Timo fuhr mit dem Geländewagen direkt neben sie, gemeinsam hoben sie Saara sofort in den Kofferraum und legten sie dort auf die Seite. Churchill und Waters, die mit dem anderen Wagen herangefahren waren, standen mit dem Rücken zu ihnen, die Waffen in der Hand, die Umgebung beobachtend.

Karri setzte sich neben Saara, und das Auto fuhr los. Saara war wie betäubt, so wie es der Iraker gesagt hatte, mit glasigen Augen starrte sie vor sich hin.

Mit Timos *Leatherman* schnitt Karri die Fesseln an ihren Hand- und Fußgelenken durch.

»Sag doch etwas«, flüsterte er, aber sie lag in seinen Armen wie eine Puppe, die von den Bewegungen des Autos hin- und hergeschaukelt wurde.

Ein Schauer durchfuhr Karri. Würde Saara jemals wieder so sein wie früher?

56

Tomi rasierte sich sorgfältig und kämmte sich die Haare, die er sich am Tag zuvor hatte schneiden lassen.

Er warf einen Blick auf das Thermometer am Küchenfenster: zwei Grad minus. Im Schein des Hoflichts waren kleine Schneewehen zu erkennen. Es war 6.15 Uhr.

Tomi nahm ein kräftiges Frühstück zu sich, ging hinaus und griff zur Schneeschaufel. Für seine Kunden war der Schnee eine schöne Sache, aber ihm machte er vor allem Arbeit. Der Wind war stark, aber es schneite jetzt fast nicht mehr. Tomi schaufelte den Weg zum ehemaligen Stall frei, ging kurz hinein und machte Licht im Büro.

Anschließend schaufelte er den Schnee zwischen den Motorschlitten weg und machte die Schlitten selbst mit einem Besen sauber. Er ging zum Bus, schloss die Tür auf und stieg in das dunkle, kalte Fahrzeug. Nach kurzem Vorglühen sprang der Motor einwandfrei an. Tomi wollte ihn sicherheitshalber vorab schon mal anlassen, um Zeit zu haben, etwas zu unternehmen, falls er nicht ansprang.

Er drehte die Heizung auf, ließ den Motor laufen und stieg wieder aus, um den Bus mit einem langen Besen vom Schnee zu befreien. Das Blech war am Vortag gründlich gewachst worden, darum löste sich der Schnee leicht und flog im Wind davon.

Auf einmal hielt Tomi inne. Im frischen Schnee waren kleine Senken, als wäre jemand zu dem Bus gegangen, bevor der Schneefall nachgelassen hatte. Aber es waren wohl seine eigenen Spuren. Am Abend war er noch einmal gekommen, um Reinigungsmittel für die Wischanlage nachzufüllen.

Tomi bückte sich vor den Rädern und schlug die Eisränder von den Radkästen. Schließlich klopfte er die Schuhe ab und stieg in den Bus. Im matten Licht der Deckenbeleuchtung ging er den Gang entlang, um noch einmal zu überprüfen, ob auch wirklich alles sauber war.

Johanna setzte Marjatta Yli-Honkila in deren Wohnzimmer den Kopfhörer auf. Von draußen drang das Geräusch des Schneepflugs herein.

Erjas Tante schloss die Augen und sagte mit zitternder Stimme: »Das ist Erja … ›Lieder und Choräle Zions‹, Nummer 98. Eines von Erjas Lieblingsliedern.«

Johanna nahm ihr den Kopfhörer wieder ab. Marjattas Augen waren feucht geworden.

»Danke«, sagte Johanna leise. »So etwas ist nicht leicht.«

»Wo ist das aufgenommen worden?«

»Das kann ich Ihnen aus ermittlungstaktischen Gründen leider nicht sagen.«

Johanna formulierte stattdessen ein paar tröstende Worte und ging dann zurück zu ihrem Wagen. Kupiainen hatte die Mailbox-Aufnahme als Datei ans Labor geschickt, wo sie in allen Frequenzbereichen analysiert wurde. Sie würden dort unter anderem eine Vergleichsaufnahme von den Innengeräuschen und dem Blinkerrelais eines neuen Audi-Kombi machen.

Johanna hielt vor der *Oase* an, stieg aber gar nicht erst aus. An der Tür des Lokals hing derselbe Zettel wie am Vortag: wegen Krankheit geschlossen.

Im *Marriot*-Hotel am Flughafen Amman breitete Karri die Bettdecke über Saara. Ein paar Stunden würde sie schlafen können. Die gesamte Autofahrt nach Amman hatte sie völlig apathisch dagesessen, ohne auch nur eine einzige Frage nach Luuk oder Keith zu stellen. Karri hatte ihre Hand gehalten und gebetet, sie möge wieder werden wie früher. Timo hatte Saaras Arme untersucht, aber keine Einstichstellen gefunden.

Zunächst hatten sie überlegt, Saara in ein Krankenhaus zu bringen, aber nachdem sie mit einem Arzt der Uniklinik Oulu telefoniert hatten, beschlossen sie, am Morgen direkt nach Finnland zu fliegen.

Timo hatte das Zimmer nebenan, die Männer von *RiskManagement* waren direkt gegenüber untergebracht. Wenigstens im Hotel würden die Israelis wohl kaum etwas versuchen. Timo hatte dem Außenministerium der Niederlande Luuks Tod mitgeteilt, und sie hatten vereinbart, dass *RiskManagement* für die baldige Überführung via Amman sorgen würde. Auch um den Heimtransport von Keiths Leiche wollte sich die Firma kümmern.

Karri zog den Kreuzanhänger aus der Tasche und umklammerte ihn verzweifelt. Wann und wie würde er Saara vom Tod ihrer Freundinnen berichten können?

»Was heißt hier tot?«, brüllte Tomi im leeren Bus in sein Handy. Am anderen Ende der Leitung folgte eine beleidigte Erklärung.

»Vänttinen behauptet, mein Leithund hätte es zerfleischt. Und das Rentier wär sofort tot gewesen«, erläuterte der Mann, der die Husky-Gespanne an Tomi vermietete.

»Ich interessiere mich jetzt nicht für Rentiere, sondern für die Hunde. Kriegst du einen Ersatz? Und die Schlitten?«, wollte Tomi wissen. Nachdem der andere das bestätigte, beendete er das Gespräch.

Von der Straße her fiel das Licht von Autoscheinwerfern durch die getönten Scheiben des Busses. Tomi fluchte über die Dummheit des Husky-Züchters und verließ den Bus. Im selben Moment fuhr der Audi-Kombi der Karams vor, und Rafiq stieg aus.

»Gut«, rief Timo, während er dem Libanesen entgegenging. »Du bist früh dran«, fügte er mit energischem Lächeln hinzu.

»Ich wollte mich nicht verspäten«, sagte Rafiq.

Er sah blass aus.

»Ich dachte, Tuija würde kommen«, erwiderte Tomi.

»Sie ist schon mit dem Geschirr an der Feuerstelle und richtet alles her.« Rafiq öffnete die Heckklappe seines Wagens. »Wo soll das hin?«

»Warte, ich mache den Gepäckraum auf. Dort steht es kühl.« Tomi ging zum Bus, öffnete eine Klappe an der Seite und half Rafiq beim Tragen der Plastikkisten. Der Wind ergriff die Aluminiumfolie über dem obersten Behälter, aber Rafiq konnte verhindern, dass sie davonflog. Tomi sah kurz die kleinen Roggenbrothäppchen mit kalt geräuchertem Lachs. Die Bewirtung würde schon auf dem Weg vom Flughafen beginnen. Die eigentliche Mahlzeit gäbe es dann am Lagerfeuer, ungefähr acht Kilometer außerhalb von Pudasjärvi.

57

Die schneebedeckten Gipfel der Alpen sahen in Karris Augen unwirklich aus, nachdem er gerade noch in der heißen Wüste gewesen war. Die Japaner in der Sitzreihe auf der anderen Seite des Gangs drängten ans Fenster, um das Gebirge zu bewundern.

»Saara, sprich mit mir«, sagte Karri leise. »Hast du Schmerzen?«

Saara saß schweigend neben ihm. Sie hatten noch gut eine halbe Stunde bis Frankfurt. Noch immer waren Saaras Augen seltsam glasig.

»Ich kann noch nicht … Lass mich«, sagte sie leise.

»Aber ja. Schon dich – ich wollte einfach nur deine Stimme hören.«

Timo, der am Gang saß, beobachtete Saara interessiert. Noch vom Flughafen aus hatte er mit Johanna Vahtera telefoniert. Die wollte unbedingt, dass Karri Saara ausfragte. Aber Karri hatte sich geweigert – er wollte Saara nicht zusätzlich belasten. Am wichtigsten war, dass sie wieder in Ordnung kam. Die Aufklärung der Mordfälle hing nicht von Stunden ab, auch nicht von Tagen. In ihrem derzeitigen Zustand würde er Saara auch auf keinen Fall vom Tod ihrer Freundinnen erzählen.

Natürlich hätte auch er selbst sie am liebsten ausgefragt: über die Entführung, über Rafiq, die Israelis … Er hatte mit Timo über die israelische Bedrohung diskutiert, und sie waren sich einig: Die Israelis hatten versucht Saara zum Schweigen zu bringen, als sie noch nicht dazu gekommen war, mit jemandem zu sprechen. Jetzt war die Situation eine andere. Es war eher unwahrscheinlich, dass sie es noch einmal versuchen würden.

Timo berührte Karri leicht am Ellbogen.

Auch einen geringeren Hinweis hätte Karri verstanden. Er sah Saara an und fragte leise: »Kennst du Israelis, die an eurem Fund interessiert sein könnten?«

»Warum fragst du das?«, entgegnete Saara tonlos.

»Sie … Sie wollten bei deiner Befreiung helfen.«

»Helfen? Womit?«

»Das Lösegeld bezahlen. Aber dann … Ich habe es so verstanden, dass es ihnen schließlich egal war, ob ihr freikommt oder nicht.« Karri konnte die Wahrheit nicht sagen, er konnte nicht sagen, dass die Israelis versucht hatten, die Geiseln zu töten. Oder stimmte das etwa gar nicht? Luuk und Keith waren schon vorher gestorben.

»Weißt du etwas über die Israelis?«

»Ich habe doch schon gesagt, dass ich noch keine Kraft zum Reden habe.«

Saara legte den Kopf zurück und schloss die Augen.

Karri und Timo sahen sich besorgt an.

Johanna blickte im Schutz der Bäume auf das Grundstück, auf dem Tuija ab dem elften Lebensjahr ihre Kindheit verbracht hatte. Über dem See türmten sich dunkle Wolken. Der Wind war wieder stärker geworden. In der Nacht hatte er manche Stellen vom Schnee befreit, an anderen türmten sich dafür hohe Schneewehen.

Eeverts Haus sah trostlos und verlassen aus. Auch in der *Kaminstube* am Ufer war es dunkel, wie Johanna vermutet hatte. Am Freitagabend hatten sich dort vier Frauen getroffen, von denen jetzt drei nicht mehr lebten. Johanna konnte es kaum erwarten, mit Saara über die Ereignisse vom Freitagabend und über die Anrufe von Rafiq zu reden.

Etwas stimmte mit Rafiq und Tuija Karam nicht. Da waren

so viele Einzelheiten: unter anderem die bevorstehende Zwangsversteigerung, die sich irgendwie hätte bemerkbar machen müssen. Fälle, in denen Menschen mit unüberwindlichen finanziellen Schwierigkeiten so weitermachten, als wäre nichts, führten oft zum Aufprall am Ende der Sackgasse.

Die Karams hatten ihre Misere weitgehend selbst verschuldet. Warum musste man sich zum Beispiel auf Kredit ein teures Auto kaufen, wenn man auch ein billigeres hätte bekommen können?

Johanna ging über die Stellen, die der Wind schneefrei geblasen hatte, um Spuren im Schnee zu vermeiden. Sie war schon im Begriff, an dem Haus vorbeizugehen, beschloss aber, doch noch einen Blick hineinzuwerfen.

Sie blieb vor einem Fenster stehen und leuchtete mit der Taschenlampe hinein. Es sah aus, als hätte Eevert am Vortag erst das Haus verlassen und würde jeden Moment zurückkommen. Johanna richtete den Lichtkegel auf einen Stuhl, über dem Kleider hingen. In einer Ecke lagen Zeitungen auf einem Stapel. Die Atmosphäre der angehaltenen Zeit hatte etwas unbeschreiblich Trauriges.

Johanna ging zum nächsten Fenster und blickt in ein kleineres Zimmer, das offenbar Tuija gehört hatte. Das Licht der Taschenlampe fiel auf einen Stundenplan an der Wand.

Warum hatte Tuija alles so belassen, wie es war? Im Regal standen Bücher, und auf dem Bett lagen die Hosen eines Trainingsanzugs. Im nächsten Zimmer standen vier Kartons, die mit Klebeband verschlossen waren. Die machten einen zu neuen Eindruck, um aus Eeverts Zeiten zu stammen.

Johanna ging zum Eingang. Sie machte einen Satz über den Schnee auf der untersten Treppenstufe und stand direkt vor der Tür. Die Farbe hatte Risse, die Klinke war rostig. Johanna drückte sie nach unten, aber es war abgeschlossen.

Der Wind, der vom See her blies, ließ Johanna frösteln. Sie machte kehrt und wollte denselben Weg zurückgehen, als sie plötzlich innehielt.

Sie sah einen Abdruck auf der untersten Treppenstufe, einen Fußabdruck, in dem sich etwas Schnee abgelagert hatte. Jemand musste in der Nacht hier gewesen sein. Wäre die Person am Abend da gewesen, wäre die Spur vollkommen verdeckt gewesen. Wäre sie am Morgen gekommen, hätte kein Schnee darauf fallen können. Wie es aussah, war die Person aus dem Haus gekommen.

Neugierig ging Johanna zur Giebelseite und merkte, dass dort der Fensterrahmen etwas von der Zarge abstand. Sie schob den Finger unter das Fenster und bewegte es leicht.

Karri war erleichtert. Er entfernte den steifen Aluminiumdeckel vom Essensbehälter und beobachtete aus dem Augenwinkel, wie Saara neben ihm auf dem Fensterplatz das Gleiche tat. Timo saß links von Karri am Gang. Der Airbus der *Finnair* von Frankfurt nach Helsinki war zur Hälfte gefüllt, und keiner der Passagiere nahm von Karri und Saara Notiz. Dabei hatte Karri befürchtet, jemand könnte sie von den Zeitungsfotos her erkennen.

Beim Umsteigen hatte Saara zum ersten Mal von sich aus über belanglose Dinge gesprochen. Sie wirkte noch immer müde, aber sie hatte Karri angelächelt. Über die Entführung zu reden, war sie noch nicht bereit, und Karri hatte sein Bedürfnis, sie danach zu befragen, im Zaum gehalten.

Er warf einen Blick zu dem Passagier auf der anderen Seite des Ganges, der zum Essen die finnische Zeitung zusammenfaltete und beiseite legte, und nickte Timo bedeutungsvoll zu. Timo verstand, was er meinte. Saara durfte die Zeitung nicht in die Hände bekommen.

Aber lange würde man die Tragödie von Pudasjärvi nicht vor ihr verheimlichen können. Spätestens auf dem Flughafen Oulu würde sie ihr von den Schlagzeilen der Boulevardblätter ins Auge springen. Bis in die Frühmaschine von Frankfurt hatten es die Zeitungen nicht mehr geschafft, aber auf der Strecke Helsinki – Oulu würden schon die Titelseiten alles verraten. Also musste Karri es ihr vorher sagen, auch wenn er am liebsten erst zu Hause davon gesprochen hätte, in aller Ruhe.

»Ist der See schon zugefroren?«, fragte Saara, während sie ihr Brötchen in der Mitte durchbrach.

»Vielleicht. Am Dienstag war erst eine dünne Schicht am Ufer.«

Karri hätte gern über den Moment gesprochen, in dem die Beamtin des Außenministeriums ihn im Boot angerufen hatte. Er beschloss, der spröden Person später am Telefon die Meinung zu sagen. Schon von Amman aus hatte er der Dienst habenden Person im Ministerium mitgeteilt, dass Saara frei war.

»Es kommt mir vor, als wäre ich seit Wochen von zu Hause fort«, sagte Saara.

Karri antwortete nicht, sondern hoffte inständig, sie würde nun auch über die Entführung reden.

Aber Saara schwieg und konzentrierte sich auf ihre Mahlzeit.

Kurz darauf fragte Karri vorsichtig: »Hattest du etwas bei dir, das die Israelis haben wollten?«

»Was weißt du denn von den Israelis?«

»Wie gesagt, sie haben versucht, dich freizubekommen«, sagte Karri. »Sie haben sogar das Haus gestürmt, in dem man euch festgehalten hat.«

Saara blickte von ihrem Tablett auf. »Sie haben sich für ein Papier interessiert, das wir hatten.«

»Eine Schriftrolle?«

»Nein, für einen Kaufvertrag. Er ist bei den Entführern zurückgeblieben.«

»In dem Haus?«

»Wahrscheinlich. Die Entführer haben es furchtbar eilig verlassen und mich mitgenommen. Luuk und Keith sind dort geblieben. Keith war gleich am Anfang verletzt worden. Und Luuk ...«

»Was für ein Kaufvertrag?«

»Frag nicht … Ein Kaufvertrag in einem Aluminiumzylinder.«

Saara stützte die Hände auf den Rand des Tabletts ohne Messer und Gabel wegzulegen. Sie schien über ihre Antwort nachzudenken. Schließlich flüsterte sie: »Aber das Wichtigste haben wir. Die Schriftrolle ist in Sicherheit.«

»Die Schriftrolle?«

»Ich erkläre es dir später.«

Saara aß weiter. Und Karri gab vorläufig auf. Die Zeit für Fragen würde noch kommen. Was die Antworten betraf, gab es allerdings keine Gewissheit, so gut kannte er seine Frau.

Saara schaute auf die Rückenlehne vor sich. »Wie …«, fing sie leise an, es war kaum über das Fluggeräusch hinweg zu hören.

»Ja?«, fragte Karri ermutigend nach, aber ohne zu drängen.

Saara starrte weiter mit unbewegter Miene vor sich hin. »Wie hat Mutter das alles ertragen?«, fragte sie schließlich.

»Ich habe sie von Amman aus angerufen und ihr gesagt, dass du in Sicherheit bist.«

Karri hatte nicht gewollt, dass Saara mit ihrer Mutter sprach, er hatte nicht das Risiko eingehen wollen, dass die Mutter etwas von den Morden sagte.

Von dem Lösegeld wusste Saara nichts, und Karri wollte darüber auch nicht sprechen. Allerdings hätte er gern nach dem hohen Betrag gefragt, den sie abgehoben hatte.

Zum ersten Mal wandte Saara ihm jetzt das Gesicht zu, während sie sprach.

»Erja ist in der *Kaminstube* weinerlich und seltsam gewesen. Sie bat Anne-Kristiina darum, sie von ihren Sünden loszusprechen.«

Karris Herz fing an zu hämmern. Er richtete sich in seinem Sitz gerade auf. Wie sollte er seiner Frau je vom Tod ihrer Freundinnen erzählen können?

Saara seufzte schwer und schob sich ein Stück von dem Brötchen in den Mund.

»Ich habe Cornelia kennen gelernt, in Utrecht«, sagte Karri.

Saara erstarrte. »Weiß sie es schon?«

Karri nickte. »Timo hat den Behörden in Holland noch in der Nacht Bescheid gegeben.«

Saara aß ihr Brötchen, und Karri wagte es nicht, das Gespräch über Luuk fortzusetzen, obwohl er es gerne gewollt hätte.

58

Tuija nahm einige Bücher und ihre liebsten CDs aus dem Regal und legte sie in einen Karton. Die Fotoalben hatte sie schon früher eingepackt. Die Ordner rührte sie nicht an: die Buchhaltung des Lokals, die Steuerbescheide, Kontoauszüge, die ungeöffneten Briefe der Inkasso-Büros. Das waren Unterlagen, die sie hasste und fürchtete. Die konnten bleiben, wo sie waren. Sie hatten keine Bedeutung mehr.

Sie legte auch das gerahmte Foto aus Zahli in den Karton, aus Rafiqs Heimat in der Nähe der Bekaa-Hochebene im Libanon. Die Sonne ging gerade unter, Rafiqs Verwandte saßen beim Essen, Tuija unter ihnen. Geld gab es in Zahli nicht viel, aber die Lebenshaltungskosten waren dafür nicht hoch. Und es gab keinen überflüssigen Papierkrieg. Rafiqs Cousin war in England wegen Scheckbetrugs verurteilt worden, aber weder im Menschengewimmel der Basare und adressenlosen Straßen, noch in den Dörfern war ihm jemand auf die Spur gekommen. Kein Libanese verriet einen seiner eigenen Leute.

Tuija schloss den Karton. Wenn ein Außenstehender das Regal ansah, würde er nicht merken, dass etwas fehlte. Sie ging in die Küche zu Rafiq. Draußen war der Wind stärker geworden. Für den Nachmittag und den Abend war ein Schneesturm angesagt. Rafiq betrachtete seine Frau so zärtlich wie immer.

»Ich habe darüber noch nie mit jemandem geredet, aber jetzt will ich dir etwas erzählen«, sagte Tuija.

Rafiq sah sie fragend an.

»Du erinnerst dich doch an den Lehrer, der mich so schlecht behandelt hat …«

Rafiq nickte. Seit Jahren sprach Tuija von Alpo Yli-Honkila, und davon, wie er sie verfolgt hatte.

»Ich war mit Ilona am See, da sah ich jemanden schwimmen«, sagte Tuija leise. »Es dauerte eine Weile, bis ich erkannte, dass es der Lehrer war.«

Rafiq sah seine Frau schweigend und erwartungsvoll an.

»Gerade als ich weitergehen wollte, fiel mir etwas Sonderbares auf. Er schwamm ganz dicht am Ufer und gab dabei komische Laute von sich. Er röchelte und keuchte. Er versuchte um Hilfe zu rufen.«

Tuijas Blick wurde schärfer. »Ich blieb stehen. Er hatte wahrscheinlich einen Herzanfall. Ich hätte ins Wasser waten, zu ihm schwimmen und ihn ans Ufer ziehen können. Aber ich blieb einfach stehen. Er ging unter, kam aber wieder an die Oberfläche. Ich starrte ihn an. Und hoffte aus ganzem Herzen, er würde wieder untergehen. Und so war es dann auch. Er ging unter. Ich schaute eine Weile auf die Wasseroberfläche, die sich allmählich beruhigte. Dann ging ich weiter und sprach nie mehr ein Wort davon. Am Abend bekam ich Angst, dass er es doch an Land geschafft hatte und von jemandem zum Arzt gebracht worden war. Und dass er sich daran erinnerte, wie ich am Ufer gestanden hatte, ohne ihm zu helfen. Als ich am nächsten Tag an der Schule vorbeiging, war die Fahne auf Halbmast. Da war ich wahnsinnig erleichtert. Die Qual war zu Ende. Ich dachte, vielleicht gibt es doch einen Gott.«

Rafiq nahm Tuijas Hand. »Zerbrich dir über diese Dinge nicht mehr den Kopf. Du hättest ihn nicht retten können. Du warst ein Kind, du konntest das nicht besser verstehen.«

Tuija riss ihre Hand los. »Retten? Kapierst du denn überhaupt nichts?«, fauchte sie. »Ich wollte ihn nicht retten. Ich wollte ihn töten ... diese sadistische Bestie töten. Nie mehr habe ich jemanden so gehasst wie ihn.«

Tuijas Blick ging ins Leere. »Außer dem Mann, der mir Ilona nahm. Ich wünschte mir, Gott – falls er doch existierte – würde den Mann bestrafen. Aber nein ... Kohonen setzte sein erbärmliches Dasein fort. Einmal schlich ich auf sein Grundstück, als er mit der Kreissäge Holz machte. Ich überlegte, ob ich ihn irgendwie in die Klinge stoßen könnte, aber das Risiko wäre zu groß gewesen. Und die Strafe zu gering. Zu … kurz. Ich schaffte es einfach nicht. Schließlich begnügte ich mich damit, seinen alten Speicher anzuzünden.«

Rafiq sah Tuija ernst an. Der warme Blick, der sonst immer in seinen dunklen Augen lag, war verschwunden.

»Du frisst deinen Hass in dich hinein«, flüsterte er. »Das ist gefährlich. Das Böse bleibt in dir. Und wächst, bis es dich beherrscht. So ist es auch Hamid gegangen, er …«

»Nein. Das alles ist jetzt vorbei.« Tuija lächelte. »Ich bin rein. Mich belastet nichts mehr.«

Johanna sah sich die Buchrücken in Tuijas Zimmer an. Die meisten waren Schulbücher, aber ein paar alte Werke weckten ihre Aufmerksamkeit. Ein abgegriffenes Buch nahm sie in die Hand. V. T. Aaltonen: ›Warum ich kein Christ bin‹, Freidenkerverband, 1952.

Eevert hatte vorn mit Füller seinen Namen hineingeschrieben. Mit dem gleichen Themenkreis beschäftigten sich auch viele andere Werke.

Die Dämmerung schien früher als sonst einzusetzen. Durch die brüchigen Fensterrahmen drang der Wind ins Haus, und die nackten Birkenzweige peitschten die Holzverkleidung des Hauses. Innen roch es feucht und nach Schimmel.

Johanna sah sich die Kartons an, die in einem der Zimmer standen. Vorsichtig öffnete sie den ersten und nahm eine in Zeitungspapier eingewickelte kleine Vase heraus. Der Gravierung nach ein Hochzeitsgeschenk. Die Zeitung war neu, vom letzten Wochenende.

Johanna wurde wachsam. Sie öffnete den zweiten Karton. Dort waren sorgfältig Haushaltsgegenstände und persönliche Dinge der Karams eingepackt, unter anderem Sommerkleider. Warum? War es in ihrer Wohnung zu eng? Gewiss nicht, in dem Haus war fürstlich Platz für zwei Personen. Benutzte Tuija das Haus von Eevert als eine Art Lager? Warum waren die Sachen gerade jetzt eingepackt worden?

Johanna wühlte in dem Karton. Tief unten fand sie alte Klassenfotos und ein Fotoalbum. Sie sah sich eines der Klassenfotos an. Die Schülerin in der Mitte der unteren Reihe hielt ein Schild, auf dem stand: Valkeinen-Schule, 4. Klasse.

Johanna erkannte den Lehrer, es war Alpo Yli-Honkila. Sie führte die Lampe näher heran, um besser sehen zu können. Von dem Dutzend Schüler auf dem Bild erkannte Johanna drei: Erja, Anna-Kristiina und Lea. Über allen, auch über dem Lehrer, war mit Kugelschreiber ein Kreuz gemalt worden – so wie man es früher auf Fotos tat, wenn der abgebildete Mensch gestorben war.

Das Kreuz über dem Kopf des Lehrers war größer als die anderen, der Stift war so heftig hin und her gefahren, dass die Bildoberfläche beschädigt war.

Johanna grauste es, obwohl es aussah, als hätte der Stift schon vor langer Zeit seine Spuren hinterlassen. Hatte Tuija sich voodoomäßig den Tod all dieser Menschen gewünscht, oder hatte sie mit den Kreuzen die Gläubigen ihrer Klasse markiert? Oder beides?

Im selben Stapel mit dem Klassenfoto war ein Bild, das Tuija als etwa Dreizehnjährige mit einem Hund im Arm zeigte. Es war das einzige Bild, auf dem sie glücklich aussah. Die Finger des Mädchens kraulten das Fell des kümmerlich wirkenden Spitz-Mischlings.

Johanna nahm ein dünnes Album mit Kunststoffeinband, das mit dem Logo der Sparkasse versehen war, in die Hand. Es enthielt Fotos aus der frühen Kindheit. Tuija beim Heumachen, beim Schieben des Milchkarrens, beim Backen von Karelischen Piroggen. Es bestand keine Unklarheit darüber, wo sie das Arbeiten gelernt hatte. Auf einem Foto wusch sie zusammen mit ihrem kleinen Bruder einen orangefarbenen Skoda. War dies das Auto, in dem ihr die Familie genommen worden war?

Auf einem der letzten Bilder saß Tuija auf dem Schoß ihres Vaters – eines ernsten Mannes im Wollpullunder. Tuijas Miene war düster. Die häusliche Atmosphäre, die durch das Bild vermittelt wurde, hatte etwas Bedrückendes. Hatte die Familie in wirtschaftlichen Schwierigkeiten gesteckt? Oder war sie von einer Krankheit heimgesucht?

Das letzte Bild im Album ging Johanna an die Nieren. Tuija stand vor zwei großen Särgen und einem Kindersarg. Ein kleines Mädchen in schwarzen Kleidern. Allein.

Johanna klappte das Album zu, musste es aber sogleich wieder aufschlagen, um sich die letzte Aufnahme noch einmal anzusehen. Sie betrachtete das Mädchen mit dem unerforschlichen Blick, das nicht weinte.

Wieder klappte Johanna das Album zu. Die Atmosphäre der früheren Fotos in Kombination mit dem Wissen über den Tod der ganzen Familie bei einem Autounfall brachte Johanna fast zwangsläufig auf den Gedanken, der Unfall könnte womöglich beabsichtigt gewesen sein. Ein überraschend großer Teil aller Verkehrsunfälle waren Selbstmorde. Ob Tuija etwas geahnt hatte?

Johanna fand auf dem Boden des Kartons einen braunen Briefumschlag und zog alte Dokumente heraus. Zuoberst lag ein Protokollauszug von einer Versammlung des Vormundschaftsausschusses der Gemeinde Pudasjärvi. Es handelte sich um einen Durchschlag des Originals. Datiert im September 1985.

»Tuija Hyppönen, Vormund Eevert Rahkola …«

Johanna schob die Papiere in den Umschlag zurück, aber das gelang nicht, weil sich in dem Kuvert etwas sperrte: ein vergilbter Ausschnitt aus der Zeitung ›Karjalainen‹, die in Joensuu erschien.

Johanna sah sich die dreispaltige Meldung an und erschrak.
VAER TÖTET FRAU UND KIND.

Johanna blickte auf das Datum am oberen Rand. 15.5.1985. Um wen ging es in der Meldung, und warum hatte Tuija sie aufbewahrt? Johanna las den Text. Er berichtete von der erschütternden Gewalttat eines Kleinbauern aus Lieksa. Der Mann hatte zuerst seinen achtjährigen Sohn erschossen und danach seine Frau, die versucht hatte, dazwischenzugehen. Die zehnjährige Tochter hatte fliehen können, obwohl der Vater ihr ein kurzes Stück gefolgt war. Am Ende hatte der Vater sich selbst umgebracht.

»... ihr ein kurzes Stück gefolgt war«, las Johanna erneut.

Würden einem solchen Menschen die Sünden vergeben, wenn er darum bäte? Hätte ein solcher Mensch die Gnade verdient, die allen verheißen war?

Johanna drehte den Zeitungsausschnitt verwirrt zwischen den Fingern. In der Meldung wurden keine Namen genannt. Hatte Tuija den Artikel aufbewahren wollen, weil sie der Ansicht war, auch ihr Vater sei gar nicht aus Versehen in einen Unfall geraten, sondern habe seine Familie getötet und dann Selbstmord begangen?

Oder könnte es gar sein ...

Johanna griff nach ihrem Telefon und rief das Archiv der Zentralkripo an.

»Könntest du für mich die Einzelheiten einer Familientragödie überprüfen?«, fragte sie. »Lieksa, Mai 1985. Ein Vater hat eines seiner Kinder, seine Frau und sich selbst umgebracht.«

Der Kollege versprach zurückzurufen, sobald er die Informationen besorgt hatte.

Während sie wartete, ging Johanna in Tuijas Zimmer. Es wirkte noch unnatürlicher, als es von draußen ausgesehen hatte. Alles war so, wie am Tag zuvor zurückgelassen. In der Ecke stand eine alte Zinkwanne, in der für den Hund eine Wolldecke ausgebreitet war. An der Wand war mit Reißzwecken die Buntstiftzeichnung eines Kindes befestigt, die ein kleines Mädchen und einen Hund zeigte. Oberhalb des ziemlich kurzen Bettes hing an einem Nagel eine Fliegenklatsche auf der Blümchentapete.

Das Handy klingelte, und Johanna zog es aus der Tasche.

»Wegen des Familienmords in Lieksa. Was willst du wissen?«

»Zuerst die Namen.«

»Taisto Hyppönen. Die Frau hieß Marketta, geborene Rahkola, der Sohn Jari. Die überlebende Tochter Tuija. Was noch?«

Johanna starrte nach draußen. Von der Straße schienen die Lichter eines Autos herüber.

»Hast du gehört? Willst du noch etwas wissen?«

»Steht da etwas über diese Tuija?«, fragte Johanna, während sie rasch ans Fenster ging.

»Wurde in die Obhut ihres Onkels nach Pudasjärvi gegeben. Sonst nichts.«

»Alles klar. Danke.«

Johanna steckte das Handy ein und kletterte auf die Fensterbank. Sie war sich nicht sicher gewesen, ob Tuija notfalls lügen könnte, wenn es um Rafiq ging. Allmählich wurde deutlich, dass sie sehr wohl dazu fähig war.

Das Auto näherte sich dem Haus. Johanna sprang aus dem Fenster, drückte es zu und rannte in den Wald, wobei sie wieder die schneebedeckten Stellen mied.

Hinter einer Fichte blieb sie stehen und spähte zum Haus hinüber. Rafiq und Tuija stiegen aus dem Wagen.

Am Flughafen Helsinki-Vantaa verließ Karri die Maschine aus Frankfurt. Saara ging neben ihm, Timo vor ihnen. Der Flug nach Oulu startete in gut einer halben Stunde.

Vor der Glasfront des Terminals bot sich das Panorama eines bewölkten Tages. Der Kapitän hatte die Temperatur mit drei Grad minus angegeben und vor dem beißenden Nordwind gewarnt.

Karri wusste, dass er es nicht mehr lange aufschieben konnte, Saara von den Morden zu erzählen. In einem fort befürchtete er, irgendwo könne eine grelle Schlagzeile aufblitzen, in der es um die Todesfälle in Pudasjärvi ging.

Sie blieben stehen, um auf dem Monitor zu lesen, von welchem Gate die Maschine nach Oulu abging. Saara ging auf die Toilette.

»Es wäre besser, wenn sie es von uns erfährt statt durch die Zeitung«, meinte Timo müde und mürrisch.

»Ich sage es ihr, du brauchst nicht nervös zu werden.«

Auf der Sitzgruppe neben ihnen schlug eine Frau ›Iltalehti‹ auf. Auf der Titelseite stand: MÖRDER VON PUDASJÄRVI GEFASST.

Sofort ging Karri auf die Damentoilette zu.

Timo folgte ihm und brummte: »Was habe ich dir gesagt.«

Die Tür ging auf, und Saara trat heraus. An ihrer Stirn klebten einige Haare, sie hatte sich offenbar das Gesicht gewaschen.

Timo ging nun voran, und Karri lenkte Saara in weitem Bogen um die Zeitung lesende Frau herum.

»Lass uns einen Moment dort sitzen«, sagte er und deutete auf einige Sitzbänke an einer ruhigen Stelle.

»Die Maschine geht gleich, ich würde lieber zum Gate gehen.«

»Wir haben genug Zeit, komm.«

Sie setzten sich nebeneinander, und Karri nahm Saaras Hand.

»Ich habe dir etwas Trauriges zu sagen«, sagte er, ohne seiner Stimme den ruhigen Tonfall verleihen zu können, den er anstrebte. »Nachdem du abgereist bist, sind in Pudasjärvi entsetzliche Dinge geschehen.«

Saaras Gesichtsausdruck verhärtete sich.

Karri schluckte und umarmte seine Frau, die sich wieder in eine starre Holzpuppe verwandelt hatte. »Ich will auch nicht drum herumreden.« Er räusperte sich und holte tief Luft. »Erja und Anne-Kristiina sind ermordet aufgefunden worden«, sagte er laut und deutlich. »Und kurz darauf auch Lea.«

Zuerst glaubte Karri, Saara würde in Ohnmacht fallen. Aber sie blieb sitzen, stocksteif, wie ein Tier, das vom Fernlicht eines Autos erfasst wurde.

Langsam löste sie sich aus Karris Umarmung, hielt aber seine Hände umklammert, dass es wehtat. »Warum sagst du mir das erst jetzt?«

»Ich wollte dich nicht noch mehr erschüttern. Am liebsten hätte ich es dir erst zu Hause erzählt, in aller Ruhe. Aber die Zeitungen schreiben darüber.«

Saara schien nicht in der Lage zu sein, das Gehörte zu begreifen. Sie saß nur da und starrte vor sich hin, genau wie am Morgen in Amman. Karri hatte Angst, sie könnte erneut in diesen katatonischen Zustand verfallen. Er bereute es schon, ihr alles hier und jetzt erzählt zu haben, vielleicht hätte man ihr ein Beruhigungsmittel geben sollen oder wenigstens die Gelegenheit, sich zuerst von dem zu erholen, was sie zuvor hatte durchmachen müssen. Aber was hätte er tun sollen?

Erst jetzt bemerkte er Timo, der mit dem Telefon am Ohr vor der Glaswand stand.

»Wo hat man sie gefunden?«, flüsterte Saara.

»Erjas Leiche lag im Akka-Moor, an der Scheune«, sagte Karri, ohne ins Detail zu gehen. »Anne-Kristiina in der Nähe vom Ufer, auf dem Weg durch den Wald. Lea zu Hause.«

Timo hatte sein Gespräch beendet und war zu ihnen gekommen. »Wir müssen jetzt einsteigen.«

Saara stand unsicher auf, Karri musste sie massiv stützen.

»Ich bin früher von der *Kaminstube* weg«, sagte sie. »Erja, Anne-Kristiina und Lea sind noch geblieben …«

Kaum hielt Karri Saara im Arm, da brach sie in Tränen aus und war durch nichts mehr zu beruhigen.

59

Im Schutz der Bäume beobachtete Johanna, wie Rafiq den vierten und letzten Karton aus dem Haus trug und im Kofferraum des Kombis verstaute.

Johanna hatte das Haus im letzten Moment verlassen können. Sie spürte das Telefon in ihrer Tasche vibrieren, schon wieder, aber sie beachtete es nicht weiter, sondern schaute mit zusammengekniffenen Augen auf das Fenster, hinter dem sie Tuija sah. Was tat sie da? Die Windböen wirbelten immer wieder Schnee auf und beeinträchtigten so die Sicht.

Rafiq schob die Kartons hin und her, bis sie alle in den Wagen passten. Vorsichtig ging Johanna einige Schritte zwischen den Bäumen, um bessere Sicht zu haben. Im Wald war kaum Schnee liegen geblieben.

Plötzlich blieb sie stehen. In der Erde vor ihr steckte ein Kreuz.

Sie blickte zum Haus hinüber. Rafiq ging gerade wieder hinein.

Das Kreuz war einen halben Meter hoch und aus zwei gehobelten Brettern zusammengenagelt. Die Erde davor war gelockert, und es war ein Topf mit einer erfrorenen Blume darin eingelassen.

Johanna bückte sich. Mit viel Mühe war etwas in das Holz des Kreuzes geschnitzt worden.

Dort stand, was Johanna vermutet hatte:

ILONA.

Der Hund, den Kohonen getötet hatte. Noch immer wurden Blumen an sein Grab gebracht. War die herbe, erwachsene Tuija, die geschäftige Unternehmerin, tatsächlich so sentimental?

Johanna spürte, wie sich ihr Atem beschleunigte. Sie nahm den Blumentopf und stellte ihn zur Seite. Die Erde darunter war kalt und schwarz, sie war mit Nadeln vermischt, mit toten Blättern und Moos.

Johanna drehte sich zum Haus um. Die Karams waren drinnen. In der Erde waren keine frischen Grabespuren zu erkennen.

Johanna stellte den Blumentopf wieder zurück. Der erfrorene Blumenstängel war weich geworden, die Blätter waren abgefallen.

Der Topf war seltsam leicht. Mit dem Finger betastete Johanna die Blumenerde und stieß auf Plastik. In große Töpfe gab man als Erstes oft Styroporflocken oder eine ähnlich leichte Füllung hinein, aber bei einem so kleinen Blumentopf war das eher ungewöhnlich.

Vorsichtig entfernte Johanna den Erdklumpen. Darunter kam eine zusammengeknüllte Plastiktüte von *S-Markt* zum Vorschein.

Wieder warf Johanna einen Blick auf das Haus. Im Fenster war Bewegung zu erkennen. Was trieben die Karams dort?

Johanna nahm die offenbar neue, nur mit etwas Blumenerde beschmutzte Tüte aus dem Topf. Dem Gewicht nach war sie leer.

Trotzdem warf Johanna einen Blick hinein und stellte fest, dass sich darin eine weitere, gleichartige Tüte befand. Johanna zog sie heraus und schaute auch dort hinein. Sie enthielt etwas aus hellem Kunststoff.

Es war ein Kunststoffhandschuh, wie man sie in Supermärkten und Haushaltswarenläden verkaufte.

Ihr Herz fing an zu pochen. Sie fand einen zweiten Handschuh in der Tüte, nahm zwei Minigrip-Beutel aus ihrer Tasche und steckte in jeden davon einen Handschuh.

Auf einmal erschrak sie, weil sie ein Knacken hörte. Sie erstarrte auf der Stelle. Hatte sie sich das Geräusch nur eingebildet? Die Karams waren noch immer im Haus. Womöglich hatte eine Waldmaus oder ein anderes Tier das Geräusch verursacht.

Johanna knüllte auch die beiden Plastiktüten zu kleinen Knäueln zusammen und schob sie in Minigrip-Beutel, die sie anschließend sorgfältig verschloss. Das Labor konnte in den Handschuhen nach Hautpartikeln suchen. Ob sie in den Plastiktüten Fasern von den Strümpfen des Mörders finden würden? Oder an den Außenseiten der Tüten Fasern vom Futter der Schuhe, deren Spuren am Tatort des Mordes an Lea gefunden worden waren?

Johanna hätte fast wetten können, dass Rafiq Karam sich diese Tüten über die Strümpfe gezogen hatte, bevor er in Launo Kohonens Winterschuhe geschlüpft war.

Sie stand auf und schob die Minigrip-Beutel in die Tasche.

»*Don't move!*«, sagte eine Männerstimme unmittelbar hinter ihr.

Johanna fuhr zusammen. Die Stimme war kalt und drohend. Sie hatte einen Akzent, aber der Sprecher war nicht Rafiq.

»Die Hände in den Nacken und langsam umdrehen!«, befahl der Mann auf Englisch.

Johanna gehorchte, denn sie hatte keine Wahl.

Die Pistole in der Hand des Mannes war auf sie gerichtet. Sein Gesicht war im Halbdunkel kaum zu erkennen, zumal es ein dunkles Gesicht war, so dunkel wie das von Rafiq.

Mit effektiven, professionellen Griffen unterzog der Mann Johanna einer schnellen Leibesvisitation. Er griff nach ihrer Dienstwaffe und nahm Handy, Minigrip-Beutel und Autoschlüssel aus den Taschen.

»Geh zum Haus!«, befahl der Mann. Er strahlte eine Entschlossenheit aus, wie sie Johanna lange nicht mehr erlebt hatte und die ihr Angst machte.

Beim Gehen wäre sie fast über Wurzeln gestolpert. Dann wurde das Unterholz spärlicher, und sie traten aus dem Wald heraus auf die freie Fläche vor dem Haus, wo nach wie vor der Kombi stand.

Rafiq erschien an der Haustür und sah sie erschrocken an. Er sagte etwas auf Arabisch. Ein Wort konnte Johanna heraushören: *Hamid*.

Hamid al-Huss?

Hamid brummte eine Antwort, und Rafiq verschwand im Haus. Es bestand keine Unklarheit darüber, wer hier die Kommandos gab und wer zu gehorchen hatte.

Johanna ging die Treppe hinauf und trat ein. Hamid schloss die Tür hinter sich.

Tuija stand kreidebleich in der Wohnküche und starrte Johanna an.

»Das kann doch nicht wahr sein!«, entfuhr es ihr.

Johanna versuchte Kontakt zu ihr aufzunehmen, indem sie ihr in die Augen schaute, aber das gelang nicht.

Hamid legte Johannas Waffe und Handy auf den Tisch. Die Minigrip-Beutel hielt er in die Luft und sagte auf Englisch: »Schlechtes Versteck, Tuija.«

»Was ist das?«, fragte Rafiq.

Seine Frage, seine Stimme und sein Gesichtsausdruck überraschten Johanna. Rafiq wusste offenbar nicht, wovon Hamid und Tuija sprachen.

Johanna erinnerte sich an die Laboranalyse der Fußabdrücke vor Leas Haus: *Aufgrund der Schrittlänge hat ein mittelgroßer oder etwas größerer Mann die Schuhe getragen.*

Rafiq war klein und dünn. Hamid war größer.

Rafiq war nicht der Mörder. Hamid hatte die Morde begangen und Tuija dazu gebracht, die Handschuhe und die Tüten zu verstecken.

Tuija trat an den Tisch, schnappte sich die Minigrip-Beutel und steckte sie in ihre Jackentasche.

»Was ist das?«, fragte Rafiq erneut.

»Was machen wir jetzt?«, wandte Tuija sich an Hamid, ohne sich um die Verblüffung ihres Mannes zu kümmern.

Hamid sah auf die Uhr. »Wir machen planmäßig weiter. Die Maschine landet bald.«

Dieser Satz bohrte sich in Johannas Bewusstsein. *Die Maschine landet bald.*

Welche Maschine? Saara sollte gegen Abend mit ihrem Mann und mit Timo Nortamo in Oulu eintreffen – führte Hamid etwas gegen sie im Schilde?

Auf einmal schoss Johanna eine andere Variante in den Sinn. Stenlunds ausländische Reisegruppe kam heute an! Johanna versuchte sich ins Gedächtnis zu rufen, was Tomi von den Gästen gesagt hatte. Sie hatte ihm nicht zugehört, sie hatte seinen Geschäften keine Aufmerksamkeit geschenkt. Sie wusste nur noch, dass die Kunden aus England kamen, dass es anspruchsvolle Leute waren, die Führungsetage einer amerikanischen Firma. Motorschlittensafari, Hundegespann, Räuberbraten, über dem offenen Feuer gegrillter Lachs … Die Gruppe würde bald in Pudasjärvi sein – nicht in New York, nicht in Madrid, sondern im sicheren Skandinavien, in einer Idylle namens Suomi.

Hamid winkte Tuija zu sich und flüsterte ihr etwas zu, wobei er eine Kopfbewegung in Richtung Johanna machte. Tuija schüttelte den Kopf und antwortete ebenfalls flüsternd. Ihr Blick lag dabei auf Rafiq.

Johanna schaute Rafiq an. Er wirkte immer verwirrter. Die Machtverhältnisse des Trios verschoben sich vor Johannas Augen.

Hamid richtete wieder die Waffe auf Johanna: »Ins Auto!«

Johanna ging neben ihm aus dem Haus. Durch die Wolkendecke wollte es an diesem Vormittag nicht richtig hell werden. Der Wind, der vom See her blies, brachte immer mehr Schneeflocken mit, nadelspitze Kristalle, die fast wehtaten, wenn sie das Gesicht trafen. Johanna fror. Tuija verließ das Haus mit einer Wolldecke.

Hamid setzte sich neben Johanna auf den Rücksitz und flüsterte: »Eine falsche Bewegung, und es war deine letzte.«

Johanna befeuchtete ihre Lippen. »Meine Kollegen wissen …«

»Still!«, fuhr Hamid sie an. Wütend drehte er sich zu Tuija

um, die vor dem Wagen stehen geblieben war, und sagte: »Jetzt.«

»Später, nicht vor Rafiqs Augen«, flüsterte Tuija.

Die beiden sprechen darüber, wann sie mich umbringen, begriff Johanna.

Nun trat auch Rafiq hinzu.

»Was ist jetzt? Was sollen wir tun?«, fragte er verzweifelt.

»Wir machen normal weiter«, entgegnete Tuija barsch. »Setz dich ans Steuer!«

Rafiq nahm auf dem Fahrersitz Platz. Hamid gab Tuija die Waffe und kehrte ins Haus zurück.

»Mach dich klein«, zischte Tuija mit Blick auf Johanna.

Johanna legte sich mit angezogenen Knien auf den Sitz, und Tuija warf die Wolldecke über sie. Sofort versuchte Johanna, einen Sehschlitz offen zu lassen, aber Tuija riss den Rand der Decke ganz nach unten.

Nach wenigen Sekunden hob Johanna die Decke aber wieder an. Da war Tuijas Aufmerksamkeit woanders, denn sie reagierte nicht.

Durch den schmalen Schlitz von wenigen Millimetern sah Johanna einen kleinen Streifen von den Vordersitzen. Links war Rafiqs Ellbogen. In der Ablage der Mittelkonsole lagen ein zerknülltes Papiertaschentuch, eine CD-Hülle und eine ebenfalls zerknüllte kleine Saftverpackung.

Johanna hörte die Beifahrertür aufgehen, dann sah sie, wie ein großer Rucksack im Fußraum vor dem Beifahrersitz abgestellt wurde. Neben dem Rucksack erschien Hamids linkes Bein. Aus Hamids Griffen konnte man schließen, dass der Rucksack schwer war.

Die Tür schlug zu.

»*Let's go*«, sagte Hamid.

Rafiq ließ den Motor an und fuhr los.

Johanna starrte regungslos auf den Rucksack. Er war dunkelgrün, Marke *Halti*, und schien vollgepackt zu sein.

Die Boeing 737 der britischen Charterfluggesellschaft *Canary Air* machte sich zur Landung bereit.

»Hey, liegt hier überhaupt Schnee«, scherzte George Wells beim Blick aus dem Fenster ins bläuliche Dämmerlicht.

»Du kommst aus Orlando, du weißt doch nicht mal, wie Schnee aussieht«, sagte sein Nebenmann. »Bei uns in Maine ist der Winter genauso hart wie hier.« Er beugte sich näher zu seinem Sitznachbarn hinüber. »Offen gesagt verstehe ich nicht, warum du uns hierher bringst. Mir wäre Wärme lieber gewesen als Kälte.«

»Hast du in Bagdad nicht genug Wärme abgekriegt?«

»Doch. Aber dort kann man sie nicht genießen ... Da muss man ja die ganze Zeit um sein Leben fürchten.«

Die amerikanische Reisegruppe, die den vorderen Teil des Flugzeugs füllte, trug Freizeitkleidung, überwiegend Jeans und warme Flanellhemden.

»*Verehrte Fluggäste*«, sagte die Stewardess durch. »*Wir landen in zehn Minuten. Das Wetter in Oulu ist arktisch, die Temperatur liegt bei sechs Grad unter null, und es schneit. Wir wünschen Ihnen erholsame Urlaubstage.*«

60

Mit einem Ruck kam der Wagen zum Stehen. Johanna lag auf der Rückbank, eine Wange auf dem Sitzbezug, und sah durch den Spalt zwischen Wolldecke und Sitz, wie Hamid den schweren Rucksack aus dem Fußraum vor dem Beifahrersitz hob.

Hamid sagte etwas auf Arabisch zu Rafiq, der antwortete knapp.

Die Tür schlug zu. Es wurde still im Auto.

Johanna versuchte sich vorzustellen, wo sie sich befanden, aber das war schwierig.

»Tuija«, sagte Johanna unter der Decke. »Ich werde gesucht, meine Kollegen …«

»Halt's Maul!«

Tuijas gedämpfte Stimme war vollkommen gefühllos. In Johannas Mund machte sich der Geschmack von Metall breit. Was war in dem Rucksack? Sprengstoff etwa? War das womöglich der Rucksack eines Selbstmordattentäters?

Sie versuchte sich zu erinnern, was Stenlund über die Reisegruppe gesagt hatte. Es waren Amerikaner, und über ihre Ankunft wussten Rafiq und Hamid durch Stenlund Bescheid.

Johanna versuchte sich ein Bild über die Strecke zu machen, die sie gerade gefahren waren. Zuerst die kleine Straße von der *Kaminstube* bis fast ins Zentrum, dann ein Stück auf der Landstraße, aber höchstens zehn Kilometer. Über die Richtung war sie sich nicht im Klaren, im Prinzip hätte es sowohl die Richtung Taivalkoski und Kuusamo als auch die Richtung Oulu gewesen sein können.

Was hatte Stenlund über das Programm der Reisegruppe gesagt? Gegrillter Lachs am Lagerfeuer, Husky-Gespann, Motorschlittensafari, Räuberbraten … Wollte Hamid den Sprengstoff an der Station verstecken, die von den Amerikanern als Erstes aufgesucht wurde? Enthielt der Rucksack überhaupt Sprengstoff? Jedenfalls hatte er schwer ausgesehen.

»Gib mir mal das Feuerzeug«, sagte Tuija zu Rafiq.

»Warum?«

Im Gegensatz zu Tuijas Stimme war die von Rafiq angespannt und übernervös.

Eine Antwort kam nicht, aber nach Rafiqs Bewegungen zu schließen, zeigte Tuija ihm etwas.

»Was ist da drin?«, fragte Rafiq. »Was hat Hamid gemeint?«

Während Rafiq das Feuerzeug nach hinten reichte, drehte Johanna den Kopf unter der Decke so weit, dass sie mit einem Auge unter dem Rand hervorsehen konnte.

Tuijas Hand nahm das Feuerzeug entgegen. In der anderen Hand hielt sie Johannas Minigrip-Beutel.

Sie wollte die Beweise vernichten. Das überraschte Johanna nicht.

Was sie überraschte, waren Rafiqs Fragen. Begriff er nicht, dass die Beweise in den Beuteln steckten? Oder wusste Rafiq nicht, was für Beweise das überhaupt waren?

Beide Varianten boten eine Chance.

»Rafiq, Sie wissen bestimmt, was die Polizei an einem Tatort in Beutel verpackt«, sagte Johanna.

»Ich verstehe nicht …«

»Mund halten«, fuhr Tuija Johanna an.

»… wovon Sie reden«, führte Rafiq leise seinen Satz zu Ende.

Johanna konnte es nicht fassen. Wusste Rafiq überhaupt nichts?

Tuija machte die Tür auf. Kalter Wind wehte herein. Man hörte das Klicken des Feuerzeugs, dann entwickelte sich der Geruch von schmelzendem Kunststoff.

Die Beweise gingen in Rauch auf, aber das war jetzt Johannas geringste Sorge.

Die Tür schlug wieder zu.

»Tuija, hör mir zu«, fing Johanna an, erhielt als Antwort aber nur einen energischen Schlag auf den Kopf. Er kam überraschend, und Johanna stöhnte auf.

Der Rucksack war so schwer, dass Hamid alle Mühe hatte, aufrecht zu gehen. Zusätzlich machte ihm der harsche, kalte Wind zu schaffen. Er stapfte parallel zur Straße durch den Kiefernwald, aber so, dass man ihn von der Straße aus nicht sah.

Als er eine kleine Senke erreichte, setzte er schwer atmend den Rucksack ab. Zwischen den Bäumen hindurch sah er, dass die Landstraße nach einer langen Geraden eine Kurve machte. Am Straßenrand stand ein blaues Schild mit weißer Aufschrift: PUDASJÄRVI 8. Kurz danach kam eine Kreuzung. Dort würde der Reisebus in die Nebenstraße einbiegen, die zur Feuerstelle führte.

Am Ende der Geraden tauchten die Lichter eines Autos auf. Noch beeinträchtigte der Schneefall nicht die Sicht, aber wenn es stärker schneite, würde Hamid in Schwierigkeiten geraten. Er ging hinter einem Wacholderstrauch in Deckung und wartete, bis das Auto vorüber war. Er sah auf die Uhr. Nach all den intensiven Vorbereitungen näherte er sich von Minute zu Minute dem Höhepunkt.

An der Grenze zwischen Schweden und Finnland in Haaparanta wurden nur Stichproben gemacht, trotzdem war der Transport der Komponenten für die Bombe von Stockholm nach Pudasjärvi im Kofferraum verschiedener Pkws die riskanteste Phase des gesamten Vorhabens gewesen. Danach waren die Komponenten im Wald aufbewahrt worden, unweit der *Kaminstube*.

Das einzige ernsthafte Problem hatte sich aus einem menschlichen Irrtum ergeben. Hamid hatte Tuijas altes Zuhause für das Zusammensetzen der Bombe benutzt. Am Freitagabend hatte er eine Komponente des Sprengsatzes aus dem Versteck geholt, und da fiel sein Blick vor dem Haus auf drei Frauen. Sie waren aus der *Kaminstube* gekommen und stiegen gerade in ihr Auto.

Dieses Problem hatte eine radikale Lösung verlangt. Zwar waren die Frauen wohl kaum auf ihn aufmerksam geworden, aber die Situation hatte sich in eine Zeitbombe verwandelt, denn von da an hatte das Risiko bestanden, entdeckt zu werden.

Hamid legte sich auf den Bauch und nahm das Fernglas zur Hand. Tuijas und Rafiqs Auto stand nur hundert Meter entfernt. Er würde bald Tuija anrufen und sich versichern, dass alles in Ordnung war. Das Auftauchen der Polizistin hatte Hamid erschreckt. Zuerst hatte er sie auf der Stelle erschießen wollen, aber dann hatte er sich Tuijas Bitte gefügt, die Frau nicht vor Rafiqs Augen zum Schweigen zu bringen.

Auf der Straße näherte sich ein Lkw. Hamid blieb regungslos liegen. Der Laster donnerte in zehn Metern Entfernung an ihm vorbei.

Auf dem Flughafen Oulu verließ Karri über die Gangway das Flugzeug. Er war erleichtert, als seine Schuhe den Asphalt berührten.

Im zunehmenden Schneegestöber leuchteten die Scheinwerfer auf dem Rollfeld metallisch grell. Der Wind blies direkt aus dem Norden, und Karri zog den Kragen so weit nach oben, wie es nur ging. Keine hundert Meter weiter stand eine zweite Maschine, die bunt bemalte Boeing einer Charterfluggesellschaft. Etwas abseits parkte ein weißer Learjet, dessen Düsen mit Kunststoffhüllen abgedeckt waren. Karri zuckte zusammen, obwohl der Flieger nicht derselbe war, den Kaplan benutzt hatte. In Oulu boomte die IT-Branche, der Datenverkehr lief auf Hochtouren – offenbar beschäftigte das mittlerweile auch Firmen der Flugverkehrsbranche.

Saara ging neben Karri zum Terminal, hinter dessen rauchgrauer Glasfront eine Menge kleiner Halogenspots glühten. Darunter sah man die Silhouetten der Reisenden.

Timo betrat hinter den beiden die Ankunftshalle, wo eine Gruppe gut gelaunter Touristen gerade ihr Gepäck vom Band nahm. Die braun gebrannten Männer mit ihren Familien sahen aus wie Geschäftsleute, die nur kurz Anzug und dunklen Wollmantel gegen eine bunte Daunenjacke getauscht hatten. In breitestem Amerikanisch schwangen sie begeisterte Reden.

Karri ging nun hinter Saara und Timo zum Ausgang. Saara hatte den ganzen Weg von Helsinki nach Oulu über kein Wort gesagt, und Karri hatte sie in Ruhe gelassen. Zu Hause würden sie genug Zeit zum Reden haben.

Der Wind ließ die Schnüre an den Fahnenstangen klappern. Timo stellte sich am Taxistand an. Die Schlange war lang, dabei warteten die meisten Leute aus der Helsinki-Maschine noch auf ihr Gepäck.

»Warum kann man nicht dafür sorgen, dass es an einem Flughafen von der Größe genug Taxis gibt?«, ärgerte sich Timo.

Plötzlich erkannte Karri eine bekannte Gestalt am Eingang zum Terminal.

»Tomi«, rief er.

Tomi Stenlund ging mit großen Schritten zu einem Reisebus, der vor dem Eingang geparkt war und in den gerade die Touristen von eben einstiegen. Als er Karri sah, kam er kurz herüber.

»Ich habe die Charter-Gruppe gesehen, bin aber nicht auf die Idee gekommen, dass es deine Leute sein könnten«, sagte Karri.

»Doch, doch, das sind sie.« Tomi war außer Atem. Er blickte auf Saara. »Sie haben dich laufen lassen, Gott sei Dank.«

Saara nickte ernst und müde.

»Was steht ihr in der Taxischlange?«, fragte Tomi. »Springt in den Bus. Wir fahren in ein paar Minuten direkt nach Pudasjärvi.«

Karri warf einen fragenden Blick auf Timo. Der nickte. »Wenn du Platz hast.«

»Das sind nur zwanzig Leute, der Bus hat 46 Sitzplätze. Einen kleinen Imbiss kriegt ihr auch«, sagte Tomi und ging wieder zum Bus. »Bewirtung von Anfang an«, rief er mit einer heiteren Energie, die überhaupt nicht zur bedrückten Stimmung passte.

Johanna lag in unbequemer Haltung unter der Decke auf dem Rücksitz. Ihre Gliedmaßen waren eingeschlafen, aber Tuija erlaubte nicht, dass sie sich rührte. Die Atmosphäre im Auto wurde von Minute zu Minute angespannter.

Sie warteten auf etwas. Aber worauf? Auf Hamids Rückkehr? Er hatte gerade angerufen und kurz mit Tuija gesprochen.

Johanna hatte versucht, die Teilchen des Puzzles zusammenzusetzen. Die Umzugskisten im Kofferraum, Rafiqs Unwissenheit, Hamids schwerer Rucksack. Es hatte den Anschein, als warteten Rafiq und Tuija auf Hamid und würden danach nicht nach Hause fahren, sondern anderswohin.

Tuija war an diesem Morgen eher mit Hamid als mit Rafiq auf einer Wellenlänge. Hatte sie zusammen mit Hamid die Morde und die Inszenierung hinter Rafiqs Rücken durchgeführt?

Tuijas Unberechenbarkeit und ihr Potenzial, auch brutal zu handeln, waren vor Johannas Augen größer geworden. Sie dachte an den Zeitungsausschnitt über die Tragödie in Tuijas Familie, an Kohonens Geschichte vom Erschießen des Hundes und von der Brandstiftung, an Tuija, die als Kind in der Schule gequält worden war. Nicht nur von Mitschülern, sondern auch vom Lehrer. Für Johanna war Tuija zu einem tragischen, bemitleidenswerten Menschen geworden, der von allen Gefühlen gerade das Mitleid am meisten hasste.

Die neuen Erkenntnisse erklärten auch Tuijas Beziehung zu Rafiq. Sie ging mit Sicherheit davon aus, dass diese Verbindung ewig hielt. Rafiq verkörperte für sie in fast pathologischer Weise all das, was ihr versagt geblieben war. In dieses Bild passte auch Tuijas Arbeitswut, das Vertuschen der finanziellen Probleme, das Aufrechterhalten der Kulisse bis zum Schluss.

Mehrere Male hatte Johanna versucht, unter der Wolldecke zu sprechen, aber jedesmal war sie entschlossen und rücksichtslos zum Schweigen gebracht worden. Trotzdem musste sie es weiter versuchen.

»Rafiq, hast du nichts von den Mordbeweisen gewusst, die deine Frau am Grab ihres Hundes versteckt hatte?«, sagte sie schnell.

Sogleich versetzte ihr Tuija einen Schlag. Er traf sie schmerzhaft am Ohr.

»Mordbeweise?«, hörte sie Rafiq fragen.

Wusste er nicht einmal, dass seine Frau an drei Morden beteiligt war?

Rafiqs aufrichtig klingende Stimme, Tuijas persönlicher Hintergrund und ihr kaltblütiges Handeln verursachten Johanna plötzlich eine Gänsehaut.

Tuija war die Ratte!

Nicht Hamid, sondern Tuija.

61

Das Schneegestöber wurde mit jeder Windböe dichter, um sich dann wieder zu beruhigen. Hamid rieb die Handschuhe gegeneinander und wischte sich die Schneeflocken von den Schultern. Er saß mit dem Fernglas in der Senke hinter einem Wacholderstrauch und achtete darauf, dass der Schnee seine Sicht nicht allzu sehr beeinträchtigte.

Er nahm den Funkauslöser aus der Tasche und legte die Hand darüber. Der Sender war für diese Witterung ebenso wenig gemacht wie der Empfänger am Unterboden des Busses. Zwar waren Sprengsatz und Zünder exakt nach Anweisung zusammengebaut und jedes Kabel und jede Verbindung mehrfach überprüft worden, aber selbst bei günstigeren Verhältnissen bestand nach der Funkauslösung immer eine gewisse Unsicherheit. Wenn er sichergehen wollte, dass die Operation ein Erfolg wurde, musste er ein Ersatzverfahren parat haben.

Hamid setzte den Rucksack mit dem Sprengstoff auf und zog die Kabel des Auslösers hervor. Er schob sie in den Ärmel, um den Schalter in der Hand halten zu können.

Timo hatte sich im Bus in die vorderste Reihe gesetzt. Karri und Saara saßen schweigend auf der anderen Seite des Ganges. Die Amerikaner hinter ihnen unterhielten sich lebhaft und nahmen den ersten Imbiss zu sich, der auf den Tischen zwischen den Sitzgruppen serviert worden war.

Timos Blick glitt über die vorüberhuschende, unbewohnte Waldlandschaft. Am Straßenrand stand ein Schild: PUDASJÄRVI 22.

Timo nahm sein Handy aus der Tasche und versuchte noch einmal Johanna zu erreichen. Das Telefon klingelte, aber es sprang nur die Mailbox an.

Timo rief Kekkonen an und fragte ihn, ob er wisse, wo Johanna sei.

»Sie hat mir am Morgen eine Nachricht hinterlassen und gesagt, sie fahre zur *Kaminstube*«, antwortete Kekkonen.

»Ich frage mich, warum sie sich nicht meldet.«

Kekkonen murmelte etwas von Stress.

Timo steckte das Telefon wieder ein. Johanna interessierte sich eindeutig für diesen Rafiq Karam. Das war auch kein Wunder, angesichts der Kontakte von Rafiqs Bruder zu terroristischen Kreisen.

Timos Blick fiel auf den großen Spiegel über dem Fahrer. Durch diesen Spiegel warf der Busfahrer, der sich ihnen als Tomi Stenlund vorgestellt hatte, gerade einen Blick auf seine Kundschaft. Der Mann fuhr vorsichtig und routiniert, ohne das geringste Risiko. Die Straße war schneebedeckt und wurde zusehends glatter.

Auch Timo drehte sich um. Jetzt erst fiel ihm auf, dass die Mitglieder der Reisegruppe sichtlich wohlhabend waren. Man sah ihnen ihren sozialen Status an.

Plötzlich stand Timo von seinem Platz auf und ging die zwei Stufen zu Stenlund hinunter. Die riesige Windschutzscheibe glich einem Panoramafenster. Stenlund blickte in den Außenspiegel.

»Da ist so ein komischer Renault hinter uns«, sagte er. »Ich habe ihm schon dreimal ein Zeichen zum Überholen gegeben, aber er bleibt stur hinter uns.«

»Was sind das für Leute?«, fragte Timo mit einer Kopfbewegung nach hinten.

»Irgendwelche Bosse aus London. Von einer amerikanischen Firma.«

»Genauer. Von was für einer Firma?«

»*Texas Berkshire.*«

Timo kannte den Namen. Die größte US-Firma, die im Irak Dienstleistungen für die Ölindustrie anbot.

»Sie haben darum gebeten, das nicht an die große Glocke zu hängen«, sagte Stenlund. »Wollen inkognito bleiben.«

Kein Wunder, dachte Timo. Seine Gedanken machten rasche Sprünge. »Wenn ich mich richtig erinnere, hat Johanna Vahtera gesagt, dass Sie Rafiq Karam gut kennen.«

Stenlund hielt den Blick auf die Straße gerichtet. Im Schnee waren Spurrillen. »Nicht besonders gut. Ich kaufe gastronomische Serviceleistungen bei seiner Frau. Diesmal ist auch Rafiq mit dabei. Normalerweise ist er nicht gerade ein Held der Arbeit. Muss er wohl auch nicht, weil seine Frau …«

»Rafiq war diesmal besonders engagiert?«

Stenlund warf Timo einen kurzen Blick zu, schaute aber gleich wieder auf die Straße. »Keine Ahnung. Er hat sich eben rechtzeitig nach dem Programm erkundigt. Und vorgeschlagen, was es zu essen geben könnte. Aber wir können hier ja keine Gerichte aus dem Nahen Osten anbieten, bei uns muss es nordisch sein …«

»Hat er sich auch nach der Reisegruppe erkundigt?«

»Glaube schon.«

»Und Sie haben ihm gesagt, um was für eine Firma es sich handelt?«

»Natürlich. Die Karams mussten doch wissen, für was für Obermacker sie kochen. Damit sie kapieren, welche Qualität …«

»Wo essen sie das erste Mal etwas, das Rafiq zubereitet hat?«

»Hier im Bus.« Stenlund machte eine Kopfbewegung nach hinten und blickte in den Rückspiegel. »Scheint ihnen zu schmecken.«

Timo drehte sich um. Einige hatten einen Pappteller vor sich und darauf Lachsbrote. War es möglich, dass das Essen vergiftet war? Timo verwarf den Gedanken sofort wieder. Das schien ihm nun doch sehr weit hergeholt zu sein. Außerdem: Wenn Rafiq jemanden vergiften wollte, würde er dafür bestimmt ein

Gericht wählen, von dem mehr gegessen wurde. Und das möglichst viele mit Sicherheit zu sich nahmen.

Timo schaute durch die Windschutzscheibe auf die Landstraße. Jetzt fielen auch ihm die Lichter des Renault im Seitenspiegel auf.

»Was haben Sie gerade über das Auto da gesagt?«

»Ängstlicher Fahrer. Ich hab ihm per Blinker angeboten zu überholen, aber er klebt an meiner Stoßstange.«

Der Mann, der sich David nannte, blickte vom Beifahrersitz des in Oulu gemieteten Renault Laguna auf den Reisebus, der vor ihnen herfuhr.

»Du musst mehr Abstand halten«, sagte er zu dem Fahrer des Renault. Auf der Rückbank saß ein dritter Mann. Mit kleinerer Besetzung hätten sie nicht genügend Schlagkraft erreicht, und eine größere Gruppe hätte zu viel Aufmerksamkeit erregt.

Das machte David Sorgen. Er war nicht an Schnee und Kälte gewöhnt. Das Wetter machte ihn unsicher, und das war gefährlich.

Hamid sah auf die Uhr und korrigierte den Sitz des Rucksacks. Er hatte versucht, den Funkauslöser in seiner Hand mit einem Papiertaschentuch zu schützen, aber das Taschentuch war vom Schnee sofort durchweicht gewesen. Sein Finger lag neben dem Auslöseknopf, doch Hamid hütete sich, den Schalter zu berühren.

Auf einmal wurde er aufmerksam. In der Ferne tauchten aus der Kurve die Lichter eines Fahrzeugs auf. Eines großen Fahrzeugs.

Hamid richtete sich auf. Das Fahrzeug kam näher. Es war ein mit Baumstämmen beladener Lkw.

Hamid lehnte sich wieder an den Baum und schaute durchs Fernglas. Im Okular sah man das näher kommende Fahrzeug noch scharf, aber das schwache Tageslicht und der Schnee trübten zusehends die Sicht. Er hatte das Fernglas auf die gewünschte Entfernung eingestellt und mit Klebeband fixiert.

Rafiq und Tuija glaubten, er sei mit seiner Bombe an der Feuerstelle. Sie gingen davon aus, dass bei dem Anschlag nur wenige wichtige Amerikaner ums Leben kamen, nicht aber eine ganze Busladung voll. Hamid verachtete Rafiq, der weich war und Abu al-Mujahidin nur wegen des Geldes half. Rafiq hatte mit seinem Bruder ein Jahr in einem Ausbildungslager in Syrien verbracht, und dabei war deutlich geworden, dass nur aus Ibrahim ein Kämpfer werden würde. Das Einzige, was Rafiq gekonnt hatte, war schießen.

Hamid war auch misstrauisch gegenüber Rafiqs habgieriger Frau. Noch vorsichtiger war er geworden, nachdem er gesehen hatte, was sie mit den drei Frauen gemacht hatte, die zur falschen Zeit am falschen Ort gewesen waren. Zuerst hatte er geglaubt, sie habe es nur getan, damit der Anschlag von Abu al-Mujahidin nicht behindert würde und damit auch Rafiqs Belohnung nicht gefährdet war. Dann hatte Hamid begriffen, dass Rafiq für Tuija alles bedeutete. Wären die drei Frauen noch am Leben und wäre dadurch das geplante Attentat im Voraus ans Licht gekommen, hätte das Rafiq zwangsläufig wegen Beteiligung an einem Terrorakt ins Gefängnis gebracht. Und das wäre für Tuija das Ende gewesen – in jeder Hinsicht. Schließlich war Hamid aufgegangen, dass Tuija die Opfer gekannt hatte und sich bei den Bluttaten etwas weit Zurückliegendes und viel Tieferes entladen hatte.

All das hatte Hamid in Bezug auf Tuija auf der Hut sein lassen. Die Frau fühlte sich schnell in die Ecke getrieben und konnte jederzeit etwas Unberechenbares tun. Sie wollte vor der Polizei vertuschen, was sie getan hatte, aber mindestens ebenso sehr wollte sie ihre Taten vor Rafiq geheim halten, der trotz seines großen Talents im Umgang mit der Waffe wahrscheinlich nicht einmal fähig war, einen Hasen zu töten.

Hamid setzte das Fernglas ab und folgte dem Lkw mit bloßen Augen. Er näherte sich dem schräg stehenden Kiefernstumpf, den Hamid als Markierungspunkt ausgesucht hatte. Er legte den Finger neben den Knopf des Auslösers, ohne ihn zu berühren. Er kannte seine Reaktionszeit. Er hatte den Abstand zwischen Markierungspunkt und Sprengsatz entsprechend gewählt.

Der Lkw sauste am Markierungspunkt vorbei, und Hamid machte mit dem Finger eine kleine Testbewegung.

Die Semtex-Ladung am Unterboden des Busses würde das Fahrzeug sofort in Stücke reißen, und in der Erde bliebe ein Krater zurück.

Natürlich nur, wenn alles gut ging. Das Wetter, der Schnee, der von der Straße aufgewirbelt wurde, und die Feuchtigkeit konnten eine andere Lösung erzwingen. Daran aber wollte Hamid nicht denken.

Nur das Resultat war entscheidend.

Johanna ließ sich von Tuijas Schlag nicht einschüchtern, sondern sagte unter der Wolldecke heraus zu Rafiq: »Weißt du, dass deine Frau drei Menschen umgebracht hat?«

»Sie lügen«, sagte Rafiq unsicher.

Tuija schlug Johanna erneut, diesmal noch härter als zuvor.

»Halt dein verdammtes Maul!«, schrie sie.

Aber Johanna redete weiter: »Sie hat gerade die Handschuhe verbrannt, die sie trug, als sie mit dem Gewehr auf …«

Ein neuer Schlag.

»*Gib mir die Waffe!*«, zischte Tuija ihrem Mann zu.

»Tuija, sag mir, dass sie lügt«, verlangte Rafiq.

Johanna setzte sich auf und warf die Wolldecke von sich. Tuija sah aus wie zuvor, sie wirkte weder verwirrt noch zögernd. Aber ein Mensch kann auch unter dem Einfluss einer Psychose systematisch und plangemäß handeln.

»*Gib mir die Waffe!*«, rief Tuija ungeduldig.

Rafiq zielte mit der Pistole auf Johanna. Johanna sah ihm direkt in die Augen und redete möglichst schnell: »Deine Frau hat drei ehemalige Klassenkameradinnen erschossen und Kohonen die Schuld in die Schuhe geschoben …«

Tuija griff nach Rafiqs Hand und versuchte die Waffe an sich zu nehmen.

Rafiq zog die Hand zurück. »Beweise, was du sagst«, schrie er Johanna an.

»Mach dich nicht lächerlich«, entgegnete Johanna spöttisch. Sie musste mit allen Mitteln einen Keil zwischen Rafiq und Tuija treiben, das war ihre einzige Chance. »Benutz dein Gehirn, wenigstens dieses eine Mal. War Tuija deiner Meinung nach in letzter Zeit ausgeglichen? Warum hat sie die Schutzausrüstung, die beim Mord benutzt worden ist, am Grab ihres Hundes versteckt? Wo war sie zur Tatzeit der drei Morde?«

Tuija schlug Johanna mit der flachen Hand hart ins Gesicht.

»Rühr sie nicht an!«, brüllte Rafiq und richtete die Waffe auf Tuija. Sein schmaler Brustkorb hob und senkte sich so hektisch wie bei einem erschrockenen Vogel. Er sah seine Frau auf eine Weise an, die Johannas Herz schmerzlich schneller schlagen ließ. In diesem Blick lag eine Mischung aus abgrundtiefer Erschütterung, Enttäuschung und Hass.

Tuijas Miene war ruhig. Vollkommen kühl. »Hör nicht auf diese Schlampe …«

»Rafiq«, fiel ihr Johanna energisch ins Wort, »sag mir, warum du Kontakt zu Saara Vuorio hattest.«

Tuija schnaubte höhnisch. »Jetzt reicht's aber mit dieser Scheiße …«

»Sag mir, Rafiq, warum ein Dutzend Mal von deinem Anschluss aus Saara angerufen worden ist, und warum Saara dich angerufen hat!«

Johanna sah Tuija an, auf deren Gesicht nun zum ersten Mal Erschütterung zu erkennen war.

»Ich weiß, warum«, fuhr Johanna an Tuija gewandt fort. »Weil Rafiq und Saara hinter deinem Rücken ein Verhältnis hatten.«

Dieser Satz war ein Schuss ins Blaue gewesen, aber Tuijas schockierte, wütende Miene zeigte, dass sie damit ins Schwarze getroffen hatte.

62

»*Look, Daddy*«, rief ein zehnjähriges Mädchen im vorderen Teil des Busses seinem Vater zu. Eine Herde zottiger Rentiere mit prächtigen Geweihen stand am Straßenrand und zum Teil auf der Fahrbahn. Der Wind wirbelte den Schnee um sie herum auf. Im Bus brach lautstarke Begeisterung aus.

Timo blickte auf die Gäste, dann auf Stenlund, der die Geschwindigkeit drosselte.

»Diese Viecher«, sagte Stenlund. »Halten sich an keine Verkehrsregeln.«

Timo wählte die Nummer des Polizeireviers Pudasjärvi. Die Rentiere trotteten einige Meter zur Seite, und der Bus hielt an. Stenlund drückte auf die Hupe. Blitzlichter zuckten auf, weil die Fahrgäste die davontrottenden Rentiere fotografierten, begleitet von lebhaftem Stimmengewirr. Nach und nach bewegten sich die Tiere von der Straße

»Kann ich mit dem Polizeichef sprechen?«, fragte Timo.

»Sumilo ist in einer Besprechung …«

Timo nannte seinen Namen und sagte: »Ich muss mit ihm reden. Sofort.«

»Moment, ich leite das Gespräch auf sein Mobiltelefon um.«

Timo sah zu, wie schließlich auch das letzte Rentier die Straße verließ. Stenlund gab wieder Gas.

Hinter der Kurve tat sich eine lange Gerade auf. Stenlund beschleunigte sanft, denn die Straße war glatt, und die Fahrgäste hatten noch nicht zu Ende gegessen. Timo betrachtete die waldreiche Landschaft. In der Ferne sah man am Straßenrand ein blaues Schild mit weißer Aufschrift.

»Sumilo«, meldete sich der Polizeichef.

Timo stellte sich vor. »Ich bin auf dem Weg vom Flughafen Oulu nach Pudasjärvi, in einem Reisebus, mit einer Gruppe amerikanischer Touristen. Bis Pudasjärvi sind es noch …« Er kniff die Augen zusammen, um das Schild lesen zu können. »… acht Kilometer. Wir haben ernsthaften Grund zu der Annahme, dass eine terroristische Gruppierung, die mit Rafiq Karam in Verbindung steht, die Absicht hat, einen Anschlag gegen die Touristen …«

Stenlund hörte entsetzt zu. Sein Blick wanderte zum Außenspiegel. Auch der Renault hinter ihnen beschleunigte.

Hamid fixierte den Reisebus, der im Schneegestöber langsam näher kam. Mit dem Fernglas hatte er ihn schon am Beginn des geraden Straßenabschnitts erkannt. Aus irgendeinem Grund schien er ungewöhnlich langsam aus der Kurve gekommen zu sein, aber jetzt normalisierte sich das Tempo allmählich.

Hamids Daumen berührte den Knopf des Funkauslösers.

Der Bus erreichte die Stelle mit der schiefen Kiefer, aber Hamid wartete noch den Bruchteil einer Sekunde ab, um die geringe Geschwindigkeit des Busses zu kompensieren.

Dann drückte er den Knopf. Nichts geschah.

Hamid ließ den Knopf zurückschnellen und drückte ihn erneut bis zum Anschlag.

Nichts.

Stattdessen spürte Hamid einen Adrenalinstoß in seinem Körper. Er warf die Fernsteuerung auf die Erde und lief mit großen Schritten auf die Straße zu, dabei hielt er den Auslöser für den Sprengsatz im Rucksack mit der Faust umschlossen.

Der Ersatzmechanismus würde funktionieren.

»Wir brauchen Leute, die für die Sicherheit der Touristen sorgen«, sagte Timo zu Sumilo. Er saß neben Stenlund, hielt das Handy ans Ohr und schaute durch die Windschutzscheibe auf die Straße.

»Das klingt, offen gesagt, nach Notwehrüberschreitung«, meinte Sumilo. »Wir können nicht so mir nichts, dir nichts Männer abstellen ...«

»Ich rufe Sie nicht an, um mir die Zeit zu vertreiben.« Timo gab sich Mühe, ruhig zu bleiben. »Leiten Sie entsprechende Maßnahmen ein und schicken Sie Leute hierher. Ich melde mich gleich noch mal.«

Plötzlich trat Stenlund auf die Bremse. Im selben Moment erkannte Timo den Grund. Am Straßenrand ging ein Mann und schwenkte die Arme in weitem Bogen.

»Was soll das?«, brummte Stenlund und bremste immer stärker, denn der Mann war mittlerweile auf die Fahrbahn getreten, nicht weiter als hundert Meter vor ihnen.

Timos Blick haftete auf dem Mann. Er wirkte südländisch und trug einen Rucksack.

»Nicht anhalten!«, sagte Timo.

»Soll ich ihn überfahren?«, erwiderte Stenlund unwirsch und bremste weiter. Der Bus schlingerte leicht, aber Stenlund kam wieder in die Spur. Der Abstand verringerte sich rasch. Der Mann stand mitten auf der Fahrbahn und machte keine Anstalten auszuweichen.

Timos Puls beschleunigte sich.

Zehn Meter vor dem Mann kam der Bus zum Stehen. Sofort ging der Fremde auf das Fahrzeug zu.

»Was ist los?«, fragte Karri und trat neben Timo.

Hamid ging auf den Bus zu und beruhigte dabei seinen Atem. Er schob die Hand in die Tasche und griff nach dem Auslöser.

Hinter der Windschutzscheibe war Bewegung zu erkennen. Jemand stand neben dem Fahrer.

Hamid wusste, dass sein Gesichtsausdruck ruhig war, denn auch in seinem Innern herrschte Ruhe. Er wusste, es würde klappen. Nichts konnte ihn mehr aufhalten.

Er konnte den Sprengsatz jederzeit auslösen. Aber je näher

er an den Bus herankam, umso besser würde das Resultat ausfallen.

Etwa zweihundert Meter weiter weg, am Ende der Geraden, stand ein Renault. Warum hatte der ebenfalls angehalten?

Timos Blick wich nicht von dem Mann, der sich dem Bus näherte, er sah, dass der Mann außer Atem war und dass der Rucksack, den er trug, sehr schwer sein musste.

»Hamid«, sagte Saara plötzlich überraschend hinter ihm.

Timo blickte sich um und sah, wie Karri seine Frau entsetzt anstarrte.

»Wer?«, fragte Timo. »Wer ist das? Schnell!«

Er richtete den Blick wieder auf den Mann, der nun eine Hand zum Gruß hob. Die andere Hand steckte in der Tasche.

»Hamid al-Huss ...«

Stenlund legte die Hand auf den Knopf am Armaturenbrett, mit der sich die hydraulische Tür öffnen ließ.

»Fahren Sie!«, befahl Timo.

Stenlund sah ihn erstaunt an.

»*Fahren Sie los!* Treten Sie aufs Gas!«

Saara war inzwischen nach vorne gekommen. Sie stand neben Timo und taumelte, als sich der Bus in Bewegung setzte.

»Was ist los?«, fragte sie. »Warum ...«

»Gehen Sie auf Ihren Platz«, befahl Timo in einem Ton, der keinen Spielraum für Interpretationen ließ.

Der Mann auf der Straße wich nicht zurück, sondern versuchte dem Fahrer durch die Scheibe hindurch irgendetwas zuzurufen. Timo sah die Hand in der Tasche. Er konnte ein Stück des bloßen Handgelenks erkennen. Darüber lief so etwas wie eine Schnur. Oder eher ein dünnes Kabel.

Mit einem leichten Ruck blieb der Bus erneut stehen.

»Er geht nicht zur Seite«, stellte Stenlund erstaunt fest. »Sollen wir ihn nicht fragen, was er will?«

»Fahren Sie rückwärts!«, befahl Timo heiser. Sein Blick sprang zwischen dem Gesicht des Mannes, dem Rucksack und der Hand in der Tasche hin und her. Ihm schossen Sätze aus dem TERA-Dossier über Rafiqs Bruder durch den Kopf, und vor seinem inneren Auge sah er Bilder von Selbstmordattentätern mit Rucksäcken.

»Schnell!«

»Was …«

»Fahren Sie rückwärts! Sofort!«

Timo heftete den Blick auf die Lippen des Mannes, die sich bewegten, als würde er etwas vor sich hin murmeln. Der Bus fuhr nun langsam rückwärts. Die Hand in der Tasche des Mannes bewegte sich. Timo kniff die Augen zusammen.

Auf einmal ging ein heftiger Ruck durch den Körper des Mannes, dann sah man, wie ihm die linke Gesichtshälfte weggerissen wurde.

Timo starrte ihn an. Saara schrie. Jemand hatte dem Mann gezielt in den Kopf geschossen, und er sank mit seinem schweren Rucksack zu Boden. Da der Bus noch immer zurücksetzte, entfernten sie sich von der Szenerie, die immer kleiner wurde.

»Anhalten!«, rief Timo, den Blick fest auf die Gestalt gerichtet, die auf der schneebedeckten Fahrbahn lag.

Zwanzig Meter von der Leiche entfernt hielt der Bus an.

63

Johanna stand zwischen den Bäumen am Straßenrand und schaute abwechselnd auf die Leiche, die auf der Straße lag, und auf die Pistole in Rafiqs Hand.

»Geben Sie mir die Waffe«, sagte sie mit trockenen Lippen und streckte die Hand in Rafiqs Richtung aus.

Rafiq beugte sich nach vorn und erbrach sich.

Johanna ging zu ihm, hielt dabei aber Ausschau nach Tuija. Nachdem Rafiq von Tuijas Morden erfahren hatte, war er in panikartiger Raserei aus dem Wagen gestürzt. Tuija hingegen war im Auto zurückgeblieben, völlig fassungslos, nachdem sie von dem Kontakt zwischen Rafiq und Saara gehört hatte.

Rafiq richtete sich auf, am ganzen Leib schlotternd, wischte sich mit dem Ärmel den Mund ab und sah Johanna mit glasigen Augen an. Ursprünglich hatte er den Weg zur Feuerstelle einschlagen wollen, aber dann hatte er den Bus und Hamid auf der Straße gesehen.

Langsam streckte er nun den Arm aus und hielt Johanna die Pistole hin. Johanna nahm ihm die Waffe mit sanfter Entschlossenheit aus der Hand.

Sobald sie im Besitz der Pistole war, trat sie einen Schritt zurück. »Auf den Bauch! Die Hände in den Nacken!«

Während sie das sagte, hielt sie wieder nach Tuija Ausschau, die vorhin den Eindruck gemacht hatte, als hätte sie sich nicht mehr lange unter Kontrolle.

Von der Straße hörte man ein hydraulisches Zischen, als die Tür des Busses aufging.

Plötzlich sah Johanna Bewegung hinter den Kiefernstämmen. Tuija sprang über den Graben auf die Straße und rannte auf den Toten zu. Sofort setzte sich auch Johanna in Bewegung, aber sie begriff, dass sie es nicht mehr rechtzeitig schaffen würde.

»*Stehen bleiben!*«, rief die Frau, die neben dem Toten in die Hocke gegangen war.

Timo gehorchte. Er sah, wie die große, blonde Finnin eine Hand in die Tasche der blutenden Leiche schob.

»Machen Sie keine Dummheiten«, sagte er scharf. Alle seine Muskeln waren aufs Äußerste gespannt. Er versuchte Stenlund hinter sich ein Zeichen zu geben, damit er den Bus weiter zurücksetzte, merkte aber, dass er sich nicht verständlich machen konnte.

»Tuija, heb die Hände hoch und steh auf«, rief Johanna außer Atem vom Waldrand her.

Timo blickte in die Richtung, aus der die Stimme kam. Johannas schlanke Gestalt hob sich hell vor der dunklen Wand der Bäume ab. Die Spitzen der Fichten bildeten vor dem Himmel die Konturen scharfer Zähne. Johanna hielt eine Pistole auf die Frau gerichtet, die sie Tuija genannt hatte.

Tuija riss dem Toten die Tragegurte des Rucksacks von den Schultern, ohne auf das Kommando zu reagieren.

»*Hörst du?*«, rief Johanna.

Timo registrierte die Verzweiflung in Johannas Stimme.

Tuija zog etwas aus dem Ärmel des Toten heraus.

»Schieß!«, rief Timo Johanna zu.

»Ihr kommt zu spät«, sagte Tuija außer Atem und im Falsett. Sie hielt einen kleinen Schalter in der Hand. »Selbst wenn du schießt, kann ich vorher noch diesen Knopf hier drücken … und danach wird ein Haufen Leichen auf dieser Straße liegen.«

Während sie das sagte, nahm Tuija den Rucksack auf. Dabei hielt sie den Schalter sichtbar in der Hand.

Timo warf einen kurzen Blick auf den Bus hinter sich und schätzte die Entfernung ab. Die Frau hatte Recht.

»Das ist die letzte Warnung«, rief Johanna.

»Vergiss es«, sagte Timo. »Die Chance ist vorbei.«

Mit dem Rucksack auf dem Rücken richtete sich Tuija auf. Da bemerkte sie Rafiq, der jetzt am Waldrand neben Johanna stand.

»Ist das wahr?«, rief sie ihrem Mann zu, mit mühsam unterdrückter Fassungslosigkeit in der Stimme. »Hast du ein Verhältnis mit Saara?«

»Nein …«

»Du dreckiger Lügner.« Tuijas Stimme brach. »Mein kleiner, dreckiger …« Sie wandte sich ab und ging mitsamt dem Rucksack und dem Schalter in der Hand auf Timo und den Reisebus zu.

»Tuija hat die drei Frauen ermordet«, rief Johanna Timo zu.

Timo schaute Tuija an, die sich mit der freien Hand die Augen wischte.

»Was wollen Sie?«

Tuija hustete. Sie riss sich zusammen und antwortete mit eisiger Stimme: »Weg von hier.«

»Sie bekommen einen Pkw. Nennen Sie mir nur den Ort, wo wir ihn …«

»Halt die Fresse! Wir fahren mit dem Bus.«

Timo sah der Frau an, dass sie es ernst meinte. Sehr ernst.

Die gesamte Situation sprach dafür. Vor einigen Augenblicken noch hätte Tuija in den Wald fliehen können, aber sie hatte gewusst, dass es dann nur eine Frage der Zeit gewesen wäre, bis man sie gefunden hätte.

Langsam bewegte sich Timo rückwärts auf die Tür des Busses zu.

»Wir müssen reden«, sagte er.

»Geh aus dem Weg. Es gibt nichts zu reden.«

Timo näherte sich der Tür und blieb schließlich davor stehen. »Ich werde Sie nicht in diesen Bus einsteigen lassen …«

»Red keinen Scheiß, das kannst du dir nicht leisten.«

Sie streckte die Hand aus, sodass Timo den schwarzen Schalter sah, auf dem ein bleicher Finger lag.

»Ich habe nichts zu verlieren«, sagte Tuija mechanisch. »Eine Fingerbewegung, nur wenige Millimeter, ob ich sie hier mache oder im Bus – das Ergebnis ist dasselbe. *Geh aus dem Weg!*«

Timo warf einen Blick auf Johanna, die nicht mehr eingreifen konnte. Er machte einen Schritt auf die erste Türstufe.

»Du kommst nicht mit«, sagte Tuija.

»Doch, das tue ich«, erwiderte Timo ruhig. Er nahm die nächste Stufe.

»Komm da runter«, sagte Tuija noch schroffer.

»Sie bekommen eine Geisel mehr.«

Tuija antwortete nicht, sondern stieg ebenfalls die beiden Stufen hinauf in den Bus.

Stenlund starrte Timo an.

»Tu, was sie dir sagt«, sagte Timo zu ihm.

»Alle werfen ihre Handys hier vorne in den Gang und setzen sich danach auf die hinteren Sitze«, rief Tuija und wiederholte das Ganze auf Englisch.

Die Fahrgäste gehorchten schockiert. Ein Handy nach dem anderen fiel auf den Teppichboden, und die Besitzer drängten sich panisch in den hinteren Teil des Busses. Ein Mann, der die Rolle des Anführers übernommen hatte, wollte etwas zu seinen Landsleuten sagen, aber Tuija befahl ihm, den Mund zu halten.

Nur Saara und Karri blieben auf ihren Plätzen in der vorderen Reihe sitzen. Saara war kalkweiß.

»Tür zu, Tomi«, sagte Tuija. Die Tür schloss sich zischend, und der kalte Luftzug war abgeschnitten.

Tuija sah sich im Bus um. Timo erkannte an ihrem Gesicht, wie überrascht sie war, plötzlich Saara vor sich zu sehen. Aber schon im selben Moment verfinsterte sich ihr Blick wieder.

»Was tust du hier?«, fragte sie mit glasigen Augen. »Sie … haben dich laufen lassen?«

Saara nickte und leckte sich über die blassen Lippen. »Tomi hat uns vom Flughafen mitgenommen.« Ihre Stimme war so leise, dass man sie kaum hören konnte.

»Weißt du, dass deine Frau was mit Rafiq hat?«, richtete sich Tuija nun mit brennenden Augen an Karri.

Karri schwieg einen Moment. »Was meinst du damit?«

»Du scheinst nichts zu wissen. Ich auch nicht. Wir sind Schicksalsgenossen«, sagte Tuija mit einem verzerrten Lächeln auf den Lippen, aber dann brüllte sie plötzlich aggressiv: »Ihr auch, die Handys her und dann nach hinten!«

Saara stand auf und ging nach hinten. Karri sah seiner Frau verwundert hinterher und legte dann sein Telefon zu den anderen. Timo tat es ihm gleich, ohne zu begreifen, was Tuija gemeint hatte, als sie von Schicksalsgenossen gesprochen hatte.

Tuija richtete ihre Aufmerksamkeit wieder auf Stenlund. »Dreh um und fahr zurück.«

»Wohin?«

»Nach Oulu.«

»Tuija, Sie haben eine Waffe«, sagte Timo. »Das genügt. Lassen Sie den Rucksack am Straßenrand stehen.«

Tuija machte sich gar nicht erst die Mühe zu antworten.

Timo folgte Saara und Karri in die Mitte des Ganges. Stenlund fuhr rückwärts in einen Forstweg und dann in Richtung Oulu zurück. Timo sah, wie der Wind draußen zunahm und das Schneegestöber immer heftiger werden ließ. Im Bus wurde es allmählich wieder warm. Timos Blick fiel auf den roten Nothammer, der neben einem Fenster angebracht war. Der war gerade mal daumengroß, damit konnte er gegen Tuija nichts ausrichten. Die Amerikaner saßen erschüttert auf den hinteren Sitzen. Einige schluchzten leise vor sich hin.

»Sie hat die drei Frauen getötet«, flüsterte Timo Karri zu.

»Nicht flüstern!«, brüllte Tuija von vorn.

Karri und Saara setzten sich in eine Reihe in der Mitte des Busses, Timo nahm auf der anderen Seite des Ganges Platz. Saaras bleiches Gesicht war mittlerweile unnatürlich rot geworden. Es sah aus, als stünde sie in Flammen. Karri wirkte nach außen hin überraschend gefasst, aber seine Augen hatten einen fast wilden Blick.

Timo blickte aus dem Fenster nach unten. Die Blutlache unter der Leiche sah beinahe schwarz aus. Johanna war nirgendwo zu sehen, auch Rafiq nicht.

Timo fluchte innerlich. Der Bus müsste stehen. Wenn er fuhr, machte das die Situation für die Polizei wesentlich komplizierter.

Einen Moment später passierte der Bus einen am Straßenrand geparkten Renault. Timo sah, wie Tuija etwas zu Stenlund sagte. Dieser nickte und trat aufs Gas. Die Schneeflocken auf der Windschutzscheibe fingen an zu tanzen, aber die Scheibenwischer schoben sie an die Ränder und zerquetschten sie wie weiße Insekten. Die Heizungluft ließ den Angstschweißgeruch im Bus stärker werden. Auf den hinteren Bänken hörte man das Jammern eines Kindes und die tröstende Stimme seiner Mutter.

In dem Renault am Straßenrand legte David das Fernglas in den Schoß, als der Reisebus vorüberfuhr.

»Was machen wir?«, fragte der jüngere Mann am Steuer.

»Wir folgen dem Bus. Saara Vuorio sitzt da drin. Alles andere interessiert uns nicht.«

Der Fahrer setzte den Wagen in Bewegung. David warf einen kurzen Blick auf die Leiche. Ein toter Mensch weckte in ihm keinerlei Gefühle. Höchstens wichtige Fragen. Würde es sich auf das Gelingen ihrer Operation auswirken, dass hier unvermutet jemand erschossen worden war? Brachte die Leiche neue Variablen ins Spiel, die es ihnen schwer machen würde, ihren Auftrag zu erfüllen? Oder war die große, blonde Frau, die den Rucksack übernommen hatte, die entscheidende Variable? Was ging in dem Bus vor sich?

Johanna folgte Rafiq zum Auto der Karams. Sie hatte das Handy am Ohr und hielt in der anderen Hand noch immer die Pistole, obwohl Rafiq kaum versuchen würde zu fliehen, von allem anderen ganz zu schweigen. Allerdings konnte sich das ändern, sobald der Schock bei ihm nachließ.

»Wie kann ich Verbindung zu Sprengstoffexperten der Armee in Oulu bekommen?«, fragte sie den Polizeichef, dem sie zuvor in wenigen Sätzen die Lage geschildert hatte. »Über das Oberkommando?«

»Ich rufe von hier aus die Zentralkripo an, sollen die sich darum kümmern«, antwortete der Polizeichef.

Johanna blieb bei dem Audi stehen, beendete das Gespräch und wählte eine neue Nummer. »Die Experten brauchen zum Entschärfen so viele Informationen wie möglich«, sagte sie zu Rafiq. »Sagen Sie mir alles, was Sie über den Sprengstoff im Rucksack wissen.«

»Ich weiß nichts Genaues«, sagte Rafiq. Sein Akzent war stärker als sonst. »Darum hat sich Hamid gekümmert, ich wollte davon nichts wissen. »

»Woher kannten Sie Hamid?«

»Er ist ein Freund von Ibrahim ... von meinem Bruder.«

»Warum haben Sie dafür gesorgt, dass dieser Hamid hierher kommt?«

»Dafür habe ich nicht gesorgt. Saara hat das getan. Saara Vuorio.«

64

Timo behielt Tuija fest im Auge. Sie saß mit dem Rucksack auf dem Rücken schräg in der ersten Sitzreihe und ließ den Blick über die Insassen des Busses schweifen.

Timo hatte bemerkt, dass ihnen der mysteriöse Renault wieder folgte. Hatte er mit dem Anschlag der Terroristen zu tun? Oder waren das womöglich wieder Israelis …?

Timo legte sich eine Taktik zurecht. Jetzt konnte er sich kein vorsichtiges Abtasten mehr leisten. Er räusperte sich und sagte provozierend: »Tuija, sag Saara, was du mit Erja, Anne-Kristiina und Lea gemacht hast! Sie weiß es noch nicht.«

»Kann hier denn niemand den Mund halten«, fuhr ihn Tuija mit zornig funkelnden Augen an.

Saara warf einen verblüfften Blick auf Timo. Der begriff, dass Saara nicht in der Lage war, auf psychologische Tricks einzusteigen.

Aus dem Augenwinkel sah er ein Polizeiauto entgegenkommen. Es rauschte vorbei. Er hoffte, die Polizeistreife würde keine Dummheiten machen. Wahrscheinlich war sie auf dem Weg zu Johanna. Die Polizei würde kaum so idiotisch sein und sich ihnen sichtbar an die Fersen heften. Oder wollte Sumilo den Helden spielen?

Auf einmal hörte man aus dem hinteren Teil des Busses ein heftiges Schluchzen. Timo überlegte fieberhaft, wie mit hysterischen Geiseln umzugehen war. Würden diese Leute bis Oulu durchhalten? Aus ihrer Perspektive musste die Situation in der fremden Umgebung, mitten im finnischen Wald, extrem beängstigend sein.

»Warum hast du sie umgebracht?«, richtete sich Saara plötzlich mit unnatürlich alltäglicher Stimme an Tuija.

»Sie hatten Pech«, antwortete Tuija ruhig. »Sie haben bei der *Kaminstube* zu viel gesehen … Aber jetzt reden wir nicht von mir, sondern von dir. Du hast das doch schließlich alles in Gang gesetzt. Hast Rafiq um den Finger gewickelt …«

Saara schwieg. Neben ihr starrte Karri vor sich hin.

Tuija musterte Saara sonderbar lange und genau. »Und – was hast du mit deiner neuen Schriftrolle vor?«

Timo war erstaunt. Wie konnte Tuija davon wissen?

Saara wirkte mindestens ebenso verblüfft, bis sie schließlich etwas zu begreifen schien. »Du hast mit Erja gesprochen, bevor du sie umgebracht hast …«

»Wo ist sie, deine Schriftrolle?«

»Erja wusste nichts …«

»Hältst du Erja für dumm? Erja brauchte man nichts zweimal zu sagen, sie verstand sofort, worum es ging.«

»Ich weiß nicht, wovon du redest.«

»Du Scheißlügnerin«, sagte Tuija mit so eisiger Stimme, dass Timo ein kalter Schauer über den Rücken lief.

Johanna setzte sich auf die Rückbank des Polizeiautos, das neben der Leiche von Hamid al-Huss stand. Rafiq setzte sich neben sie. Fünfzig Meter weiter standen drei Autos, die Johanna angehalten hatte. Nur der Renault Laguna war dem Bus gefolgt, obwohl Johanna auch ihm mit Handzeichen bedeutet hatte, er solle stehen bleiben.

»Sumilo und weitere Leute sind mit Zivilfahrzeugen unterwegs«, sagte Kekkonen auf dem Beifahrersitz. Am Steuer saß Lopponen.

»Es wird ziemlich eng werden«, sagte Kekkonen angespannt.

»Das wird es.« Johanna seufzte tief. »Aber wir dürfen jetzt trotzdem nicht die Nerven verlieren.«

Lopponen warf ihr über den Rückspiegel einen Blick zu und nickte zustimmend.

»Habt ihr zufällig was zu essen dabei?«, fragte Johanna. »Schokolade oder so was?«

Lopponen zog eine Tafel Schokolade aus der Ablage in der Tür.

»Danke. Bleib du hier und leite den Verkehr um«, sagte Johanna. »Wir folgen dem Bus.«

Kekkonen stieg aus, ging um den Wagen herum und setzte sich ans Steuer. Johanna legte Rafiq sicherheitshalber Handschellen an. Sie wollte kein Risiko eingehen.

Kekkonen fuhr schnell. Johanna setzte sich möglichst bequem hin und hielt ihr Handy umklammert. Sie hatte sich von Rafiq Tuijas Nummer geben lassen und bereits eingetippt, aber die Schwelle zum Anruf war hoch. Wegen der Anzahl der Geiseln, der Menge des Sprengstoffs, vor allem aber wegen Tuijas psychischem Zustand musste die Situation sicher und mit äußerster Vorsicht aufgelöst werden. Johanna hatte beschlossen, in ihrer Verhandlungsstrategie die Kahn-Taktik anzuwenden, die sie seinerzeit im FBI-Kurs geübt hatten und die sich dadurch auszeichnete, dass sie gemäßigt und wenig riskant war. Die Frage war nur, ob man mit Tuija überhaupt verhandeln konnte. Johanna drehte das Telefon in den Händen hin und her. Die Eingreiftruppe »Bär« würde bald vor Ort sein, dazu weitere Führungskräfte von Polizeiorganen, aber Johanna wusste, dass sie die Schlüsselposition innehatte.

»Braucht Tuija Medikamente?«, fragte sie Rafiq und hielt den Blick dabei auf die Straße gerichtet. Sie durften nicht zu nahe an den Bus herankommen.

»Nein. In letzter Zeit nicht.«

»Aber früher mal?«

Rafiq seufzte.

»Ich weiß, das ist ein schwieriges Thema«, sagte Johanna möglichst empathisch. »Aber Sie sehen ja, wie die Lage ist. Sagen Sie mir alles, ganz offen. Absolut alles.«

»Nach einem Selbstmordversuch hat sie starke Antidepressiva bekommen.«

»Wann war das?«

»Im Jahr 2000. In Stockholm, vor dem Umzug hierher. Niemand weiß davon. Es war ein Grund, warum wir hergezogen sind. Neue Umgebung, neue Herausforderungen.«

»Aber sie hat auch später noch Medikamente genommen?«

Rafiq nickte schwach. »Ich glaube, ja. Sie hat nicht darüber gesprochen. Sie wollte mich nicht mit ihren Sorgen belasten. Alles ging gut.«

»Auch finanziell?«

»Nicht finanziell. Tuija hat sich um alles gekümmert. Mir ist die Wahrheit erst in diesem Herbst aufgegangen. Ich habe einen Brief von der Bank aufgemacht.«

Johanna drehte weiterhin nervös das Handy zwischen den Fingern. Weit vor ihnen waren Rücklichter aufgetaucht, aber die gehörten nicht zu dem Bus, sondern zu dem Renault, der vom Tatort davongefahren war.

»Und dann haben Sie beschlossen, noch einmal woanders neu anzufangen?«, fragte Johanna. »Wo?«

»Im Libanon. Abu al-Mujahidin … Hamids Gruppe zahlt mir ein Honorar.«

»Ein Honorar wofür?«

»Dafür, dass ich hier alles organisiert habe. Und für Informationen.«

»Wie viel haben Sie für alles bekommen?«

»Noch gar nichts. 120 000 Euro, wenn alles vorbei ist …«

»Ziemlich wenig Geld für einen Bus voller Menschenleben.«

In Rafiqs Augen blitzte Wut auf. »Ich habe nicht gewusst, dass er vorhat, einen Bus in die Luft zu sprengen. Er hat von ein paar Amerikanern gesprochen, die sich mit der Tragödie im Irak eine goldene Nase verdienen.«

»Und Tuija? Wusste sie mehr?«

»Ich weiß es nicht … nicht mehr …« Auf einmal sah er aus, als würde er jeden Moment zusammenbrechen. »Abu al-Mujahidin hat Geld, aber die Mitglieder bekommen nichts davon. Ich bin kein Mitglied. Hamid schon, er hat keinen Cent bekommen. Niemand bei Abu al-Mujahidin darf das wegen Geld machen. Aber Hamid hat sozusagen als Lebensversicherung Geld für seine Familie bei jemand anderem besorgt.«

»Bei wem?«

»Bei Saara Vuorio.«

65

Wirre Gedanken gingen Karri durch den Kopf. Er merkte, wie sich Tuijas Miene anspannte, weil Saara nicht bereit war, zu sprechen.

»Wo ist deine Schriftrolle?«, bohrte Tuija nach.

Saara schaute stur und ausdruckslos vor sich hin.

»Ist das so peinlich für dich?«, hakte Tuija noch erregter nach. Sie schien das Thema wesentlich nervöser zu machen als jeden anderen. »In der Schule waren solche religiösen Sachen nicht so schwer! Da konnte gar nicht laut genug davon geredet werden … Weißt du noch, wie du mir mal einen richtigen Brief geschickt hast, in dem du mich darüber aufgeklärt hast, wer von unserer Klasse in den Himmel kommt und wer ins Verderben stürzt?«

Karri war überrascht, als er auf Saaras Lippen so etwas wie ein Lächeln sah.

»So blöde war ich dann doch nicht«, sagte sie.

»Doch, das warst du. Fast genauso schlimm wie Erja. Rate mal, was sie getan hat, als sie am Samstag gemerkt hat, was ich vorhabe? Sie hat angefangen, fromme Lieder zu singen.« In Tuijas Stimme lag eine Mischung aus Spott, Ekel, aber auch einem gewissen Interesse. Glänzender Schweiß war ihr ins Gesicht getreten. »Das war eine dramatische Show … Und bald wird es noch schlimmer, wenn du mir nicht sagst, wo deine Schriftrolle ist!«

Tuija richtete die Waffe auf die Touristen und schloss die Augen. Sie öffnete sie sofort wieder, hielt die Waffe aber fest in die Richtung und sagte: »Ich zähle jetzt bis drei. Wenn du dann nicht den Mund aufmachst, schieße ich blind in diese Richtung. Eins …«

Karri stieß Saara in die Seite. Ihre Halsstarrigkeit wurde ihm unerträglich. Was war wichtiger? Eine theologische Prestigefrage oder Menschenleben?

»… zwei …«

Karri stieß Saara heftiger an, und Timo sagte auf der anderen Seite des Ganges beinahe rasend vor Wut: »Antworte ihr!«

»Am Piruvaara«, murmelte Saara leise. »Am Teufelsberg.«

Natürlich! Jetzt war Karri alles klar.

»Wir fahren über Piruvaara«, rief Tuija über die Schulter hinweg Tomi zu. Dann richtete sie ihre Aufmerksamkeit wieder auf Saara. »Nicht Rafiq hat dich interessiert, sondern die Schriftrolle«, zischte sie. »Rafiq gehört mir, aber du warst bereit, ihn mir wegzunehmen, um an die Rolle zu kommen …« Tuija musste schlucken. Ihre Sprechweise hatte einen beängstigenden, hämmernden Rhythmus angenommen. »Und jetzt nehme ich dir die Rolle weg. Die scheint dir nämlich wichtiger zu sein als alles andere. Wichtiger als dein Mann. Oder mein Mann. Was für eine Rolle ist das?«

Saara schwieg.

»Rede endlich!«, befahl Karri eisig. Er musste glauben, dass es Kontakt zwischen Saara und Rafiq gegeben hatte, aber an ein Verhältnis glaubte er nicht. Noch nicht. Nicht bevor er dazu gezwungen war.

»Das ist eine lange Geschichte«, sagte Saara mit einem Gesichtsausdruck, dem keine Spur von Unsicherheit oder Angst anzumerken war.

»Spuck es aus!«, brüllte Tuija. »Ich habe Zeit – eine Stunde bis zum Flughafen Oulu.«

Karri suchte Timos Blick auf der anderen Seite des Ganges. *Zum Flughafen.* Tuija hatte tatsächlich ernsthaft vor, einer Mordanklage zu entkommen. Der Teufelsberg lag einen knappen Kilometer nördlich der Straße nach Oulu, der Abstecher würde sie nur wenige Minuten aufhalten.

»Ich bin Rafiq einmal zufällig beim Einkaufen begegnet«, sagte Saara matt.

»Lauter!«

»Wir sprachen über meine zurückliegende Reise in den Nahen Osten. Rafiq klang so, als hätte er Heimweh. Und er war ehrlich an meiner Arbeit interessiert.«

Karri spürte einen Stich. Er selbst konnte sich nicht einmal daran erinnern, womit Saara sich zuletzt bei ihren Forschungen befasst hatte.

»Ich erzählte ihm, was wir im Sommer gefunden hatten. Rafiq sagte, er kenne einen Palästinenser, der behauptete, von seinem Großvater, einem Antiquitätenhändler aus Jerusalem, alte Schriftrollen geerbt zu haben. Ich hätte mich gern näher mit ihm darüber unterhalten, aber Rafiq hatte Angst, dass du es mitbekommst.«

In Tuijas Gesicht regte sich nichts. Tomi drosselte die Geschwindigkeit, um demnächst in die Straße einzubiegen, die zum Teufelsberg führte.

Saara sah Tuija fast trotzig an. »Die Angst, die Rafiq vor dir hatte, fand ich lachhaft. Aber er wusste, was du über mich denkst. Was er gesagt hatte, ließ mir jedenfalls keine Ruhe, denn bei vielen Textfunden hatten Antiquitätenhändler eine bedeutende Rolle gespielt. Ich rief Rafiq am nächsten Tag an, und wir vereinbarten ein Treffen vor der Bibliothek.«

Tuijas Gesicht verdüsterte sich. Karri rutschte unruhig auf seinem Sitz hin und her. Bei allem Druck war er überrascht und enttäuscht, als er hörte, dass sich Saara heimlich mit Rafiq getroffen hatte – wenn auch offenbar nur aus beruflichen Gründen.

»Rafiq fragte mich, ob ich die Schriftrollen von Qumran kenne«, sagte Saara. »Ich musste lachen und beschämte ihn dadurch.«

Der warme Ton, mit dem Saara von Rafiq sprach, ärgerte Karri. Zugleich bemerkte er, dass Tuijas Miene von Moment zu Moment eisiger wurde.

»Ich erklärte Rafiq, dass ich sogar ziemlich viel darüber wusste, schließlich handelte es sich um einen der bedeutendsten archäologischen Funde des 20. Jahrhunderts. Rafiq behauptete, eine Gruppe israelischer Wissenschaftler hätte alte Schriftrollen, die ursprünglich von Beduinen gefunden worden waren, in ihren Besitz bekommen. Und da es zur Ideologie der Selbstständigkeit Israels gepasst habe, sei beschlossen worden, den ›Fundort‹ jener Rollen nach Qumran zu verlegen. Ich wusste, worauf Rafiq hinauswollte, denn es gab Wissenschaftler, die die Meinung vertraten, dass die Schriftrollen von anderen Orten nach Qumran gebracht worden sind. Ich fand es bemerkenswert, dass ein Laie wie Rafiq so gut über die Auseinandersetzungen von Wissenschaftlern im Bilde war.«

Karri bemerkte, dass Timo über den Spiegel Blickkontakt mit Tomi Stenlund am Steuer des Busses aufgenommen hatte. Vorsichtig machte Timo mit der Hand ein Zeichen: *Tempo drosseln.*

In dem Moment klingelte Tuijas Handy. Sie zuckte leicht zusammen. Karri blickte zu Timo. Dieser richtete sich auf.

Tuija ließ es klingeln. »Erzähl weiter!«, befahl sie Saara.

»Die Beduinen, die die Rollen ursprünglich gefunden hatten, verkauften sie an einen Jerusalemer Antiquitätenhändler namens Abdul. Er war der Großvater jenes Bekannten von Rafiq. Abdul behielt einen Teil der Rollen und verkaufte den anderen Teil an einen jüdischen Archäologen namens Ariel Hasan.«

Karri erkannte den Namen. Darum also hatte Saara über Hasan recherchiert. Allmählich wurde die Konstellation klar.

»Hasan war mehr Politiker als Wissenschaftler. In den Schriftrollen sah er eine Gelegenheit zu zeigen, welche engen Bindungen Israel zu den arabischen Gebieten am Westufer des Toten Meeres hatte. Damit sollten zugleich die Ansprüche des neuen Staates auf diese Gebiete gefestigt werden. Also versteckte Hasan die Rollen in Höhlen nahe der zuvor entdeckten Ruinen von Qumran. Dadurch wurden die Schriftrollen später

Qumran-Rollen oder auch Schriftrollen des Toten Meeres genannt. Die bestmögliche Tarnung wurde Hasans Maßnahme dadurch zuteil, dass die Erforschung der Schriftrollen und der Ruinen von Qumran bevorzugt in katholische Hände geriet, nämlich an eine Gruppe von Wissenschaftlern unter der Leitung von Roland de Vaux. Allerdings existierte noch immer ein Beleg des Antiquitätenhändlers Abdul über den Verkauf der Rollen an Hasan. Diesen Beleg haben wir am Wochenende aus dem Irak geholt. Die ganze Sache ist für Israel äußerst unangenehm. Nach fünfzig Jahren würde die ›Wahrheit‹ über Qumran wie ein Kartenhaus in sich zusammenfallen.«

Karri begriff auf Anhieb das Interesse der Israelis an dem Thema.

»Es hat schon immer Leute gegeben, denen es ein zu großer Zufall zu sein schien, dass die Rollen von Qumran genau zur Zeit der Entstehung des Staates Israel entdeckt worden sind, und ausgerechnet am Westufer des Toten Meeres. Was Rafiq von seinem Bekannten gehört hat, erklärt diesen Aspekt lückenlos. Es hatte im Interesse der Israelis gelegen, die Rollen ausgerechnet in Qumran und gerade im Jahr 1947 zu ›finden‹. Die Rollen selbst sind echt, aber der Fundort ist ausgetauscht worden.«

Karri merkte, dass Timo seine Sitzposition änderte, um durch den Spiegel sehen zu können, was hinter dem Bus vor sich ging. Eine Windböe brauste von der Seite gegen das Fahrzeug. Der Schnee fiel immer dichter. Der Bus fuhr nun die schmale, unbefestigte Straße zum Teufelsberg hinauf. Entlang beiden Straßenrändern hatten sich Schneewehen gebildet, dazwischen blieb gerade genug Platz für ein Fahrzeug.

»Ariel Hasan konnte nicht behaupten, die Rollen bei den Ruinen von Qumran selbst entdeckt zu haben, das wäre zu durchsichtig gewesen. Er ließ sie darum von Beduinen finden und nach Jerusalem verkaufen. Aber ein Teil der Originalrollen blieb bei dem Antiquitätenhändler Abdul. Ariel Hasan hatte versucht, diesem auch die übrigen Rollen abzukaufen, aber Abdul hatte nicht verkaufen wollen. Dann brach 1948 der Krieg zwischen Israel und seinen arabischen Nachbarn aus, und Abdul al-Huss floh in den Irak. Er hatte einen Sohn, einen Sattler, der die Schriftrollen erbte. Diesem wiederum wurden in den sechziger Jahren zwei Söhne geboren, welche später im Libanon und in Syrien Mitglieder radikaler Organisationen wurden. Jetzt liegt einer von ihnen, Hamid al-Huss, tot auf einer finnischen Landstraße«, sagte Saara und wies mit der Hand in die Richtung, aus der sie gekommen waren.

Karri schloss die Augen und holte tief Luft.

»Du hast Hamid gekannt?«, fragte Tuija erschüttert.

»Ich habe ihn nicht gekannt, leider«, sagte Saara. »Ich glaubte, ihn zu kennen. Ich verließ mich auf das, was mir Rafiqs Bruder über seinen Freund Hamid sagte. Dass er ein ehemaliger Terrorist sei.«

Karri starrte Saara an. »Ein *ehemaliger* Terrorist? Du hast dich mit einem Mann eingelassen, von dem du wusstest, dass er Mitglied einer terroristischen Vereinigung war?«

Wieder klingelte Tuijas Handy, aber sie schenkte dem weiterhin keine Beachtung. Die Straße schien immer schmaler zu werden, der Bus fuhr durch einen Tunnel aus dunklen Fichten. Auf beiden Seiten kratzten vereiste Zweige an den Flanken des Fahrzeugs.

Tuija trat näher an Saara heran. »Du hast Rafiq belagert, um an Informationen zu kommen«, sagte sie mit unheilvoll klingender Stimme.

»Ich habe ihn nicht belagert. Er hat sich gern mit mir unterhalten. Aber er hatte Angst, dass du von unserem Kontakt erfährst. Und er wusste, dass du mich hasst.«

Karri schaute Saara an und fragte leise: »Warum musste das alles auch vor mir geheim gehalten werden?«

»Das war von Anfang an eine Bedingung von Rafiq und Hamid gewesen. Ich konnte das verstehen. Der Umgang mit einem ehemaligen Terroristen ist kein Spiel. Aber ich hatte keine Wahl mehr, nachdem ich das Stück einer Textrolle als

Muster erhalten hatte. Ich begriff, dass sich alles Mögliche in dem Material verbergen konnte.«

»Dein wissenschaftlicher Ehrgeiz ging über den gesunden Menschenverstand«, sagte Karri. »Auf schlimmste Weise. Sich mit einem Terroristen einlassen …«

»Mit einem ehemaligen Terroristen«, korrigierte Saara. »Ich wusste nichts von seinen Plänen hier. Ich wusste nicht einmal, dass Hamid nach Finnland kommen wollte.«

Karri lachte gezwungen. »Was hat dich denn zu dem Glauben veranlasst, Hamid sei nur ein ehemaliger Terrorist? Du hast geglaubt, was du glauben wolltest …«

»Still!«, befahl Tuija. »Bist du eigentlich total bescheuert?«, wandte sie sich spöttisch an Saara. »Natürlich bist du das. Auch Hamid hat das gemerkt. Sogar Rafiq … Du solltest von Hamid kostbare Schriftrollen bekommen und hast dich kein bisschen gewundert, warum sie die ausgerechnet dir geben wollten?«

Saara schwieg.

Erst da begriff Karri, was mit den 54000 Euro passiert war, die Saara abgehoben hatte.

Saara schien Karris Gedanken zu erraten. Ihre Blicke trafen sich.

»Verzeih mir«, sagte Saara leise. »Ich hätte dir alles erzählt.«

»Wusste Rafiq von dem Geld?«, flüsterte Karri.

»Natürlich …«

»Hört auf zu tuscheln«, fuhr Tuija sie an. »Antworte auf meine Frage!«

»Der Handel mit alten Schriftrollen ist nicht so einfach«, sagte Saara. »Es sind viele Fälschungen im Umlauf. Die Rollen werden ebenso genau überprüft wie die Leute, die sie anbieten. Für Hamid zu genau.«

Karri schaute Timo an, der sich nun in das Gespräch einschaltete.

»Hat sich dein Rafiq nicht die Mühe gemacht, dir mitzuteilen«, wandte er sich an Tuija, »dass Saara für die Rollen

54000 Euro bezahlt hat? Da fiel doch bestimmt auch für Rafiq eine kleine Vermittlungsgebühr ab.«

Tuija war einen Moment stumm, dann konterte sie: »Rafiq wollte mich überraschen. Er mag Überraschungen.«

Über ihr Gesicht huschte eine traurige Miene, aber die wischte sie auf der Stelle weg. »Du hast also bekommen, was du wolltest«, sagte sie zu Saara. »Ich meine die Rolle. Was hat es damit auf sich? Was steht drin?«

Karri merkte, wie Saara errötete.

»Wissenschaft ist ein langsames Geschäft«, sagte Saara.

»Du weißt ganz genau, was ungefähr in der Rolle steht! Du hättest dich gar nicht erst darauf eingelassen, wenn sie nicht etwas sehr Interessantes enthalten würde. Erja meint ...«

»Ich habe doch schon gesagt, dass Erja davon nichts gewusst hat.«

»Und ich habe gesagt, dass sie einen wohl begründeten Tipp abgeben konnte.«

Plötzlich richtete Tuija die Waffe genau auf Saara.

Saaras Gesicht und Hals waren feuerrot. »Ich habe Erja nichts gesagt. Das sind alles ihre eigenen Schlussfolgerungen.«

»Eben. Erja war gar nicht so dumm, wie ich dachte. Rate mal, ob sie in der Schule einen intelligenten Eindruck auf mich gemacht hat!«

Saara schwieg.

»Antworte!«

»Sie hat keinen intelligenten Eindruck gemacht.«

»Ich habe mich mit ihr unterhalten, als ich sie zur Schlachtbank fuhr, also zu der Scheune im Akka-Moor. Wir haben diskutiert wie damals im Gymnasium«, fuhr Tuija in bitterem Ton fort. »Auch das Thema war das gleiche. Und ihr habt über diese Dinge am Freitagabend in der *Kaminstube* geredet. Angeblich warst du dabei ziemlich seltsam, hat Erja gemeint. Wolltest dir tief schürfende Gedanken über die Sünde machen, aber nicht den Inhalt deines neuen Fundes verraten. Hast du geglaubt, Erja verarschen zu können? Sag's mir!«

»Über die Schriftrolle gibt es vorläufig nichts zu sagen«, wiederholte Saara strikt und kniff entschlossen die Lippen zusammen. »Wir brauchen …«

»Ich bin auch nicht blöd! Du warst auf der Suche nach konkreten Beweisen, die zeigen, dass der Kern der Bibel wahr ist. Aber stattdessen hast du etwas gefunden, was das Gegenteil beweist.«

Saara starrte vor sich hin. Ihre Lippen waren nur noch ein blasser Strich. »Das ist Erjas Interpretation«, flüsterte sie.

»Willst du nicht von der Rolle erzählen?«, fragte Tuija. Im selben Moment richtete sie die Waffe schräg nach oben und drückte ab. Die Kugel drang in die Deckenverkleidung ein.

»Was ist das für ein Text?«

»Rede!«, befahl auch Timo ungeduldig.

Saara räusperte sich. »Das Original des Thomasevangeliums.«

Auf Tuijas Gesicht machte sich aufrichtige Überraschung breit. »Dasjenige, das die Kirche vernichten wollte? In dem Jesus keine Wunder vollbringt und nicht von den Toten aufersteht?«

Saara nickte.

66

Kekkonen fuhr fast in Schrittgeschwindigkeit auf der schmalen Straße durch den Wald. Johanna hatte versucht, Tuija anzurufen, aber sie hatte sich nicht gemeldet.

Das war ein schlechtes Zeichen.

Ohnehin war die Situation äußerst miserabel: eine unberechenbare, gewaltbereite Frau hatte sich spontan zu einer Geiselnahme entschlossen.

»Haben Sie Tuija nie im Verdacht gehabt?«, wollte Johanna von Rafiq wissen, der neben ihr auf der Rückbank saß.

»Vielleicht ein bisschen«, sagte Rafiq leise. »Sie war am letzten Wochenende viel allein unterwegs.«

»Es verlangt schon einiges an Raffinesse, Launo Kohonen die Waffe zu entwenden und sie dann unbemerkt in dessen Schuppen zu bringen. Und auch noch die Halsketten im Haus zu verstecken.«

»Ich habe durch die Tür gehört, wie Tuija Lea anrief und ihr sagte, sie habe in der *Kaminstube* einen Schal gefunden. Sie wollte wissen, ob er Lea gehörte und wann sie ihn abholen würde. Sie haben sich eine Zeit lang unterhalten. Ich wusste nichts von einem Schal.«

»Haben Sie Tuija danach gefragt?«

»Nein. Ich wollte nicht verraten, dass ich ihrem Telefongespräch zugehört hatte.«

So hatte Tuija also dafür gesorgt, dass Lea nach Pudasjärvi kam.

Johanna wunderte sich immer mehr über den Renault, der vor ihnen herkroch und gebührenden Abstand zu dem Reisebus hielt. Über das Nummernschild hatten sie bereits erfahren, dass sich der Wagen im Besitz einer Autovermietung in Oulu befand. Kulha klärte gerade, wer das Auto gemietet hatte.

Johanna versuchte nicht auf den Wirbel der Schneeflocken im Scheinwerferlicht zu achten. Gerade war die Information gekommen, dass der Super Puma des Grenzschutzes, der die »Bär«-Eingreiftruppe transportierte, in Helsinki gestartet war. Der Vizechef der Zentralkripo hatte Johanna sehr besorgt angerufen und das Gespräch garantiert mit noch größerer Besorgnis beendet. Die Polizeiführung kam gerade zusammen und würde demnächst einen zweiten Helikopter besteigen.

»Erzähl mir noch genauer von Saara und Hamid al-Huss«, bat Johanna und sah Rafiq an.

»Saara war vor drei Wochen mit ihrem holländischen Kollegen in Syrien und traf dort Hamid und seinen Bruder. Saara und Luuk van Dijk bekamen eine Probe von einer Schriftrolle und sagten, sie würden eine Altersbestimmung vornehmen lassen.«

Johanna stellte fest, dass Rafiq überraschend genau über Saaras Vorhaben Bescheid wusste. Sie mussten sehr detailliert über all diese Dinge gesprochen haben.

»Saara war zufrieden, als sie in Syrien die Kopie des Kaufvertrages sah, der bewies, dass Ariel Hasan im Jahr 1947 Schriftrollen gekauft hatte, die an derselben Stelle gefunden worden waren. Der Kaufvertrag war angeblich der entscheidende Beweis in einer Kette, die zeigte, dass die Rollen nicht aus den Ruinen von Qumran stammten, sondern von einem anderen Ort. Aber der Originalkaufvertrag befand sich im alten Haus von Hamids Vater in Al-Ghirbati im Irak. Unter der neuen irakischen Führung hatten Hamid und sein Bruder aber im Irak nichts verloren. Darum beschloss Saara, mit ihrem Kollegen das Original des Kaufvertrages zu holen.«

»Hat auch die Entführung damit zu tun?«, wollte Johanna wissen. »Wussten die irakischen Entführer, wohinter Saara und Luuk her waren?«

»Hamid meinte, sie hätten es gewusst. Irgendeine Räuberbande roch Geld, als sie den Wink bekam, zwei Europäer mit Sicherheitsmann kämen nach Al-Ghirbati, um etwas zu holen. In der Hoffnung auf Lösegeld schlugen sie zu.«

»Und die eigentlichen Schriftrollen?«

»Die wurden zwei Wochen zuvor in Syrien in Aluminiumzylindern in eine Transportkiste eingeschlossen. Und Hamid legte ein eigenes Paket dazu, hinter dem Rücken von Saara und Luuk. Die Kiste wurde mit einem speziellen Aufkleber versehen und mit der Aufschrift ›Archäologisches Forschungsmaterial‹ verfrachtet. Es bestand praktisch keine Befürchtung, dass jemand die Kiste unterwegs aufmachen würde. Und so kam auch das Päckchen ans Ziel, das Hamid hineingeschmuggelt hatte.«

»Was war darin enthalten?«, fragte Johanna.

»Irgendwas für den Zündmechanismus des Sprengsatzes. Es anders zu transportieren wäre zu riskant gewesen.«

»Wo sind die Schriftrollen jetzt?«

»Ich weiß es nicht«, sagte Rafiq leise. »Wir haben die Flugfrachtkiste in Oulu ausgepackt, und Saara nahm die Rollen mit in ihren Geländewagen. Nur eine von ihnen war ihr besonders wichtig. Luuk sollte herkommen, um sie sich genau anzusehen. Sie wollten das gemeinsam in aller Ruhe tun, ohne die Neugier von Kollegen. Ich nahm Hamids Päckchen an mich.«

»Hat Saara das nicht gemerkt?«

»Doch. Ich sagte ihr, es seien Gewürze für das Restaurant.«

»Und sie hat es geglaubt?«

»Ich weiß nicht. Sie interessierte sich nur für die Rolle. Auch für mich hat sie sich nicht eigentlich interessiert, sie war nur hinter dieser Schriftrolle her«, sagte Rafiq bitter.

Der Renault vor ihnen hielt an. Der Bus war hinter einer Kurve verschwunden.

»Was sind das eigentlich für Typen?«, sagte Kekkonen, als er zehn Meter hinter dem Renault stoppte. »Könnten die was mit Hamid zu tun haben?«

»Leih mir kurz deine Waffe«, sagte Johanna. »Und teile den anderen mit, wo wir sind.«

Kekkonen gab ihr seine Dienstwaffe, Johanna stieg aus und ging im starken Wind zu dem Renault. Sie klopfte energisch an das Fenster der Fahrertür. Gleich darauf glitt die Scheibe nach unten.

Da sie auf ihre in finnischer Sprache gestellte Frage keine Antwort erhielt, wiederholte Johanna die Frage auf Englisch: »Who are you?«

Der Mann auf dem Beifahrersitz streckte den Kopf herüber. »Ich bin ein Mitarbeiter der Israelischen Botschaft. Die Insassen dieses Fahrzeugs genießen diplomatische Immunität. Als Repräsentanten des Staates Israel überwachen wir die Rückführung eines außer Landes geschmuggelten, archäologisch wertvollen Gegenstandes, der den israelischen Denkmalschutzverordnungen unterliegt.«

»Ich bin Kriminalkommissarin Vahtera. Dürfte ich Ihre Diplomatenpässe sehen?«

»Nein«, sagte der Mann, und das Fenster ging wieder zu.

Karri sah durch das Busfenster auf die Schneeflocken, die tanzend aus dem Dunkel auftauchten.

Das Original des Thomasevangeliums.

Diese Neuigkeit erklärte vollkommen Saaras Verhalten in der letzten Zeit. Es ärgerte Karri ungeheuer, dass er das alles von Tuija erfahren musste. Oder eigentlich von Erja, aus dem Grab heraus. Hatte Saara nicht genug Vertrauen zu ihm gehabt, um ihm von ihrem Fund zu erzählen?

Andererseits verstand er sie. Wenn das Thomasevangelium aufgrund einer wissenschaftlich akzeptablen Datierung das älteste und authentischste Evangelium war, würde das Neue Testament dadurch in ein völlig neues Licht gerückt. Das Thomasevangelium war nämlich nicht auf der Basis der anderen, ins Neue Testament aufgenommenen Evangelien geschrieben worden, sondern es war genau umgekehrt … Erst allmählich ging Karri auf, wie sensationell Saaras Fund tatsächlich war und welche Folgen er unter Umständen haben konnte.

»Warum stehen hier Autos?«, fragte Tuija. Der Bus hielt auf der Lichtung, die als Parkplatz des Teufelsberges fungierte. Dort standen mehrere Autos ordentlich in einer Reihe. Der Platz wurde von Birken eingefasst, deren kahle Äste heftig im Wind schwankten.

»Veranstalten die Frömmler schon wieder eine ihrer Waldmessen?«, sagte Tuija aggressiv. »Das wird ja immer besser.«

Sie strahlte nun einen neuen, fast zufriedenen Eifer aus.

Karri wurde kalt. Wenn es Menschen gab, mit denen Tuija kein Mitleid hatte, dann waren das die Laestadianer.

»Alle aufstehen und auf den Gang«, rief Tuija auf Englisch. »Ihr habt Glück. Ihr dürft die nordische Natur genießen. An eurer Stelle kommen die Choralsänger da drüben in den warmen Bus.«

Tuija hatte tatsächlich vor, die Geiseln auszutauschen. Hoffentlich würde die Polizei begreifen, dass das Leben der neuen Geiseln am seidenen Faden hing, dachte Karri.

Außer Atem stand Johanna im Schutz der geparkten Autos und der Bäume. Sie war von dem Renault zu Fuß zum Parkplatz gegangen und hatte über Funk die Informationen über die Israelis weitergegeben. Die »Bär«-Truppe würde erst in einer Stunde hier sein, außerdem konnte der Schneesturm den Helikopter unter Umständen zwingen, ein gutes Stück vom Teufelsberg entfernt zu landen.

Die Tür des Busses öffnete sich, und nacheinander stiegen Leute aus, darunter Timo, der Tuijas Anweisung gemäß laut rief: »Tuija weiß, dass die Polizei hier ist. Sie will die Geiseln austauschen. Die Amerikaner haben die Anweisung, in der Gruppe zu bleiben. Wenn versucht wird, gegen uns vorzugehen, wird Tuija schießen oder den Sprengsatz zünden. Sie meint es ernst. Es darf kein Risiko eingegangen werden!«

Die Gruppe ging dicht gedrängt im Pulk auf die Felsenkirche zu. Tuija ging in der Mitte, die anderen hielten ringsum zwei Meter Abstand von ihr.

Im Schutz der Bäume lief Johanna ebenfalls in Richtung der Felsenkirche, die sich im Schneegestöber abzeichnete. Das kegelförmige Felsgewölbe wurde nach oben hin schmäler. Auf den Seiten wuchsen graue Flechten und Moos. In dem mit Preiselbeersträuchern bewachsenen Hang befanden sich mindestens zwei Fensteröffnungen, die mit Sperrholzplatten abgedeckt waren. Laut den Informationen, die Lopponen besorgt hatte, wurden die Fensteröffnungen im Winter geschlossen, damit kein Schnee in die Kirche drang.

Langsam bewegte sich Tuija auf dem vereisten Pfad auf den bogenartigen Eingang zu. Johanna sah ihr einen Moment zu, dann kletterte sie den verschneiten Hang hinauf. Eine Böe erfasste sie, sie taumelte kurz. Ihre Beine brannten vor Anstrengung. Unter dem Preiselbeergestrüpp war stellenweise blanker, nasser Fels, auf dem die Füße immer wieder abrutschten.

An einer der mit Sperrholz und Brettern abgedeckten Fensteröffnungen blieb Johanna stehen und atmete kräftig durch, während sie ein morsches Brett am Rand löste. Darunter kam grauer Fels zum Vorschein. Sie entfernte ein zweites Brett, und darunter fiel der Felsrand steil nach unten ab. Zwischen dem Rand einer dicken Sperrholzplatte, die sich an die Bretter anschloss, und dem Fels konnte Johanna nach unten blicken in einen Raum, der von Kerzen erleuchtet war und wo die laute Stimme eines Predigers erscholl. Schräg unter ihr saßen die Gemeindemitglieder auf Bänken.

Johanna tastete nach ihrem Handy.

Mit forschen Schritten ging David vom Renault aus auf den Reisebus zu. Er mochte keinen Schnee und auch keinen Frost.

Seine beiden Kollegen folgten ihm in wenigen Metern Abstand. Die Lage war wesentlich komplizierter geworden, als K3 es eingeschätzt hatte. Es hätten unbedingt mehr Männer vor Ort sein müssen.

David knipste die Taschenlampe an, aber deren Lichtkegel drang nicht durch das dichte Schneegestöber.

67

Saaras Blick sprang zwischen Tuija, Timo und Karri hin und her. Tuija war blass, wirkte aber entschlossen, wie sie mit dem Rucksack auf dem Rücken dem Eingang zur Felsenkirche entgegenschritt.

Trotz allem war Saara erleichtert, die Wahrheit über ihren Fund gesagt zu haben, denn das bisherige Schweigen war eine schwere Prüfung für sie gewesen. Sie merkte, dass sie Erja gegenüber in der *Kaminstube* zu viele Andeutungen gemacht hatte. Auch die Experten im Rockefeller-Museum in Jerusalem, die die Datierung vorgenommen hatten, mussten zumindest ahnen, dass es um das Thomasevangelium ging. Und wahrscheinlich war aus dem Labor etwas an andere israelische Ohren gedrungen.

Fast wäre Saara in dem Pulk rund um Tuija ins Straucheln geraten, aber Karri packte sie an der Schulter und hielt sie fest. Saara spürte Karris Verwirrung und wunderte sich nicht darüber. Ihr Mann tat ihr Leid. Sie hatte ihn enttäuschen müssen, aber jetzt, da er von dem Fund wusste, hatte er sicherlich Verständnis. Neben diesem außergewöhnlichen Fund verlor alles andere an Bedeutung.

Ich bin das Licht, das alles beherrscht. Ich bin alles. Von mir ist alles ausgegangen, und zu mir ist alles zurückgekehrt. Spaltet einen Holzscheit, und ich bin da. Hebt einen Stein auf, und ihr werdet mich finden …

Nur durch die Kraft der Sätze Jesu, wie sie Thomas aufgeschrieben hatte, war es Saara überhaupt möglich gewesen, im Irak die Fassung zu bewahren. Und auch jetzt waren es diese

Sätze, die sie aufrecht hielten. Tuija durfte nicht alles kaputt machen. Eine verhärtete Atheistin hatte kein Recht, die unausweichliche Rückkehr des Christentums zur reinen, einfachen, kristallklaren Lehre Jesu, die von Pfarrern, Bischöfen und Kardinälen noch nicht angetastet worden war, zunichte zu machen. Zwar waren auch die Worte Jesu, die Thomas notiert hatte, übersetzt und in den verschiedenen Übersetzungsversionen variiert worden, da die Gnostiker sie auf ihre Weise interpretiert hatten. Aber der Text, den Saara und Luuk in die Hände bekommen hatten, war in der ursprünglichen Form geschrieben: auf Aramäisch. Aramäisch war die Sprache Jesu gewesen, weshalb niemand auf Übersetzungsfehler verweisen konnte.

Der Text glich einer Zeitkapsel, die direkt aus der Entstehungszeit des Christentums kam. Seine Datierung war unanfechtbar. Saara war von vollkommener Gewissheit erfüllt. Das Thomasevangelium war der älteste Text, und er war unberührt geblieben – im Gegensatz zu den Evangelien des Neuen Testaments, die unter der Ägide der Kirche vielfach bearbeitet worden waren.

Genau hierin lag einer der Gründe, warum die Kirche das Thomasevangelium nicht akzeptieren wollte: Die Worte Jesu, die darin geschrieben standen, betonten gerade, dass der Mensch seine geistliche Anleitung nicht in die Hände anderer legen durfte.

Durch allerlei Machtkämpfe blind geworden, hatte die Kirche sämtliche Bewegungen zerstört, die für das Thomasevangelium eingetreten waren. Jener Jesus, den Thomas schilderte, erlaubte es nicht, ein Lehrgebäude zu errichten, das der Verbreitung der Kirche dienlich war und mit dem ängstliche, des Lesens unkundige Menschen unterdrückt werden konnten. Der Jesus des Thomasevangeliums sagte kein Ende der Zeiten voraus und ermächtigte auch keine Nachfolger. Die Throne der Pfarrer, Bischöfe, Kardinäle und des Papstes wurden nicht durch die Worte Jesu gestützt, sie waren eigenmächtig errichtet worden.

Das Thomasevangelium enthüllte ein Geheimnis, das die Lehre anfocht, die von der Kirche seit zweitausend Jahren gepredigt wurde. Zweitausend Jahre hatten die Menschen das Reich Gottes an der falschen Stelle gesucht.

Dieses Reich lag nicht irgendwo im Himmel oder in der Zukunft, sondern im Hier und Jetzt, im Herzen jedes Einzelnen, und die Menschen sahen es nicht.

Saara spürte schwer die Müdigkeit in ihren Beinen, aber ihre Gedanken sprühten umso heller.

Eure Anführer mögen euch sagen: »Das Reich ist im Himmel«, aber dann werden es die Vögel des Himmels früher erlangen als ihr. Auch können sie sagen: »Es ist im Meer«, aber dann erlangen es die Fische vor euch. In Wahrheit ist das Reich sowohl in eurem Innern als auch außerhalb von euch.

Saara war bereit, alles zu tun, um ihren Fund zu retten, er durfte durch nichts gefährdet werden. Sie und Luuk hatten gemeint, in einer abgelegenen Gegend im peripheren Finnland den sichersten Platz zur Aufbewahrung gefunden zu haben, aber jetzt schien alles auf entsetzliche Weise schief zu gehen.

»Bleibt dicht zusammen«, befahl Tuija auf Englisch vor dem Eingang zur Felsenkirche. Ihre Stimme und ihre ganze Erscheinung strahlten puren Hass aus.

Beim Betreten des Kirchenraums warf Saara erneut einen Blick auf Tuija. Der schwere Rucksack schien sie zu drücken. Im vorderen Teil des Heiligtums brannte ein Lichtermeer aus Kerzen. Auf den Bänken saßen, mit dem Rücken zum Eingang, etwa ein Dutzend Menschen. Saara erkannte den Prediger Raimo Sinkko an der Stimme, obwohl sie seit Jahren nichts von ihm gehört hatte:

»... der jenen drei Kindern Gottes das Leben entrissen hat. Ein solcher Mensch ist im See des Verderbens versunken, und seinen bedauernswerten Hilferuf kann kein christliches Ohr mehr vernehmen ...«

In der vordersten Bank schluchzte Erjas Tante vor Rührung. Der Prediger verstummte abrupt, als er Saara eintreten sah und mit ihr die übrige Schar, samt Tuija mit der Waffe in der Hand.

Ein Raunen ging durch die Gemeinde. Eine schwarz gekleidete Frau sprang auf, um besser sehen zu können. Unter dem Metallgestell mit seinen hundert Kerzen, das von der Decke hing, füllte sich der Raum mit Getuschel. Die weißen, neugierigen Gesichter der allesamt dunkel gekleideten Gemeindemitglieder leuchteten im Kerzenschein.

»Gott zum Gruße … Saara …«, sagte der Prediger unsicher. »Was … wer …«

»Halt's Maul, du Fanatiker«, brüllte Tuija außer Atem. »Diese Ausländer bleiben hier, und ihr kommt mit.«

An Saara gewandt zischte sie: »Hol deine Rolle!«

Saara ging an der Felswand entlang um die Bänke herum. Die Wand war feucht und schwarz. Der Prediger sah immer verwunderter drein. Die Gemeinde ebenso.

»Bewegt euch!«, rief Tuija.

»Ich weiß nicht, was du meinst, was hier eigentlich …«

»Folgen Sie ihr«, sagte Timo ruhig. »Sie ist die Person, von der Sie gerade gepredigt haben.«

Es dauerte einen Moment, bis der Prediger begriff, was Timo meinte.

»Tuija Karam? Das kann nicht … Sie hat …? … Du hast …?«

»Kommt hierher, *jetzt sofort*!«, rief Tuija wütend. Dann gab sie den Touristen Anweisungen auf Englisch.

Saara blieb an einer Stelle stehen, wo die Felswand weniger steil aufragte. Sie hörte Timo zu den Gemeindemitgliedern sprechen, und dem aufgeregten Raunen zufolge hatten sie endlich den Ernst der Lage begriffen.

Saara entfernte ein großes Stück losen Putz an der Stelle, wo Wand und Boden aufeinander trafen. Konnte sie Tuija anlügen und behaupten, der Zylinder sei weg? Dann würde sie drohen, die Geiseln zu töten, und Saara müsste ihr doch die Schriftrolle übergeben.

»Tempo!«, rief Tuija ihr zu.

Saara entnahm mehrere Steine, bis sie auf den Transportzylinder aus Metall stieß. Erst als sie ihn sah, wurde sie von Panik erfasst. Was würde Tuija damit anstellen? Saara beruhigte sich mit dem Gedanken, dass Tuija auf keinen Fall entkommen würde.

Mit dem Zylinder in der Hand ging Saara zurück. Die Amerikaner aus dem Bus hatten auf den Bänken Platz genommen, und die Gemeindemitglieder standen nun aufgeregt um Tuija herum.

»Bring das Ding her«, sagte Tuija zu Saara. »Wir gehen.«

Saara drängte sich durch den Menschenpulk. Im flackernden Schein der Kerzen sah sie Karris aufgelöste Miene. Timo blickte ernst auf den Zylinder. Saara schob sich bis zu Tuija vor. Die hielt in einer Hand den Auslöser des Sprengsatzes und in der anderen die Waffe.

»Gib es mir«, sagte sie und hob leicht die Hand mit der Waffe. Damit bedeutete sie Saara, ihr den Zylinder unter den Arm zu schieben.

Saara blieb vor Tuija stehen und zeigte ihr den Metallbehälter. Auf Tuijas blassem Gesicht glühten rote Flecken.

Saara sah den schwarzen Schalter, den Tuija in der Hand hielt. Der Daumen ruhte auf dem Zeigefinger neben dem Auslöseknopf.

Auf einmal stieß Saara mit dem Zylinder Tuijas Waffe nach oben, griff mit der anderen Hand nach Tuijas Daumen und bog ihn so heftig um, dass der Schalter am Kabel lose aus dem Ärmel hing. Sofort warf sich Timo auf Tuija und brachte den Auslöseschalter in seiner Faust in Sicherheit. Im selben Moment löste sich ein Schuss.

»Karri, nimm ihr die Waffe ab …«, rief Timo.

Saara fiel zu Boden und schlang so fest sie konnte die Arme um Tuijas Beine. Karris Knie traf sie an der Schulter, als er Tuija die Waffe entwand.

»Lass los!«, brüllte Karri.

Tuija stöhnte und fluchte.

»Ich hab die Waffe«, keuchte Karri.

»Nehmt ihr den Rucksack ab, ich habe den Auslöser«, sagte Timo.

Saara richtete sich auf und zog Tuija den Tragegurt von der Schulter.

»Ich nehme den Rucksack.« Karri löste vorsichtig den anderen Gurt. »Halt ihn so lange fest …«

Saara hielt den Rucksack, bis Karri ihn richtig im Griff hatte.

»Gehen Sie zur Seite«, sagte eine Frauenstimme hinter den Touristen. »Timo, ich bin's, Johanna …«

Mit gezogener Waffe drängte sich Johanna neben Saara und sagte zu Tuija: »Auf den Bauch!«

Tuija fluchte wütend und außer Atem. Johanna drückte sie mit dem Knie auf den Steinboden.

Saara stand auf. Ihre Beine und Hände zitterten. »Wo ist der Zylinder?«, fragte sie panisch, aber niemand hörte inmitten des Chaos ihre Stimme.

Saara ging vor den Füßen der anderen Leute auf die Knie, sah aber keine Spur von dem Zylinder. Sie hörte die Stimmen von Karri und Timo und das immer lauter werdende Gemurmel der anderen, aber in ihrer Panik fühlte sie sich isoliert. Ihr Blick sprang über die Gesichter der Laestadianer, die sich im Halbdunkel abzeichneten und von denen sie die meisten kannte.

Plötzlich hielt sie bei einem Mann inne, der nicht aus Pudasjärvi kam. War er einer von den Amerikanern? Nein …

Der Mann löste sich von den anderen und ging auf den Ausgang zu. Er hielt etwas in der Hand.

Saara stürzte los, stieß Erjas Tante aus dem Weg und rannte dem Mann hinterher. Er trug in seiner Hand den Metallzylinder.

68

Timo erschrak, als ein lauter Schrei des Entsetzens das Stimmengewirr übertönte und das Blut in seinen Adern gefrieren ließ.

»Helft mir!«, schrie Saara.

Timo drehte sich zum Eingang um. Dort versuchte Saara einem Mann den Zylinder zu entreißen, aber der Mann stieß sie mit einer heftigen Bewegung zur Seite.

»Bleib, wo du bist«, sagte Timo zu Karri, der den Rucksack mit dem Sprengstoff festhielt. Dann beugte er sich zu Johanna herab, die Tuija zu Boden drückte. »Gib mir die Waffe.«

Johanna gab ihm ihre Dienstwaffe, und Timo rannte dem Mann mit dem Zylinder nach.

»*Freeze!*«, rief er und richtete die Waffe auf den Mann.

Der andere ging weiter auf den Ausgang zu.

»Lass ihn nicht entkommen!«, schrie Saara hysterisch.

»Stehen bleiben, oder ich schieße«, brüllte Timo, aber der andere tat so, als hörte er nichts.

Timo zielte mehrere Meter an dem Mann vorbei und drückte ab. Der Schuss hallte in dem gewölbeartigen Raum nach.

Der Mann blieb stehen und drehte sich um. »Mein Name ist David Rosenbaum ... Im Auftrag der israelischen Regierung bringe ich einen Gegenstand, der dem Staat Israel gehört und Paragraph acht unseres Denkmalschutzgesetzes unterliegt, in Sicherheit. Ich werde jetzt hinausgehen, und jeder Versuch, mich aufzuhalten, ist ein Fall von diplomatischer ...«

»*Ata israeli?*«, rief Saara in einer Sprache, die Timo nicht kannte, unmittelbar neben ihm.

Rosenbaum schaute Saara an.

»*Tedaber elai ... Ata lo mevin ma ani omered?*«, fuhr Saara voller Zorn fort.

Rosenbaum reagierte auf Saaras Rufe in keiner Weise, sondern drehte sich zum Eingang um.

»Antworte«, verlangte Saara auf Englisch. »Du kannst nicht antworten, weil du kein Hebräisch sprichst. Du bist kein Mossad-Agent und nicht mal ein Israeli ...«

Rosenbaum verließ mit eiskalter Ruhe den Kirchenraum. Den Zylinder hielt er in der Hand.

»Du musst ihn aufhalten«, rief Saara Timo zu.

»Wer ist das? In wessen Auftrag ist er hier?«

»Ich weiß es nicht. Er kann ein Profi sein, der nur seinen Auftrag ausführt.«

Timo und Saara folgten Rosenbaum hinaus. Es schneite immer mehr. Im Schutz der Bäume standen zwei weitere Männer. Rosenbaum gab einem von ihnen den Zylinder, und die beiden gingen auf ihr Auto zu.

»Lass sie nicht entkommen«, sagte Saara zu Timo.

Rosenbaum stellte sich Timo in den Weg.

»Reden wir«, sagte er.

Saara rannte den Männern mit dem Zylinder hinterher.

»Geh nicht«, befahl Timo barsch, aber Saara hörte nicht auf ihn. »Bleib stehen!«

»Sie haben die Rolle, ich bin ihnen jetzt egal!«

Eine heftige Windböe verwehte ihre Worte. Timo versuchte mit gezogener Waffe an Rosenbaum vorbeizukommen, aber der verbaute ihm entschlossen den Weg.

Mit der linken Faust schlug Timo dem Mann aufs Zwerchfell, der stöhnte auf. Mit einem Satz war Timo an ihm vorbei.

»Hirte« ging ungeduldig auf und ab. Er wartete auf Nachricht von David Rosenbaum aus Finnland. Und die Mitglieder von K3 warteten auf Nachricht von ihm, von »Hirte«.

Alles würde gut gehen, keine Frage. Rosenbaum war zuverlässig. Er war ein ehemaliger CIA-Beamter, der eine eigene Firma namens *Security Consultants International* gegründet hatte, als der Geheimdienstausschuss des Senats angefangen hatte, die Operationen der CIA unter die Lupe zu nehmen. Seitdem wurden sensible Projekte an Firmen vergeben, die nicht der Kontrolle des Senats unterlagen.

»Hirte« blieb am Fenster stehen. In den frühen Morgenstunden war es still im Executive Office Building in Washington. Die Straße vor dem Fenster lag verlassen im Schein der Straßenlampen. Am anderen Ende der gesperrten West Executive Avenue war der beleuchtete Westflügel des Weißen Hauses zu erkennen.

Und wenn es Rosenbaum nicht gelingen würde, die Schriftrolle zu vernichten? Aber das würde kaum passieren. Rosenbaum war ein Profi der ersten Kategorie. Aufgrund seiner jüdischen Herkunft übernahm er immer wieder Aufträge, die mit Israel zu tun hatten, und er kam bestens mit den eigensinnigen Mossad-Leuten aus. Als man über das Labor, das die Datierung vorgenommen hatte, sowie über die Mossad-CIA-Verbindung vom Fund der Schriftrolle erfahren hatte, war sofort Rosenbaums Team in Alarmbereitschaft versetzt worden.

Alles hatte auf Initiative Israels begonnen, als man dort merkte, dass van Dijk und Vuorio nahe daran waren, die alte Operation Qumran aufzudecken. Der einzige existierende Beweis war der Kaufvertrag gewesen. Den hatte der Mossad vernichtet. Die Amerikaner waren eingeschaltet worden, als sich herausgestellt hatte, dass van Dijk und Vuorio auch das Original des Thomasevangeliums gefunden hatten. Es war aber nicht im Interesse des Mossad, dieses an sich zu bringen und zu vernichten. Darum war dieser Auftrag in die Verantwortung von K3 gegeben worden.

Der Mossad tat nur, was aus israelischer Sicht notwendig war. Zwar wäre es für Israel extrem unangenehm gewesen – gerade angesichts der brisanten Lage im Nahen Osten –, wenn Ariel Hasans 1947 durchgeführte Deponierung der Schriftrollen in den Ruinen von Qumran ans Tageslicht gekommen wäre. Aber den bloßen Behauptungen von zwei Wissenschaftlern über die Existenz eines Kaufvertrages würde niemand Glauben schenken.

Das galt auch für den Text, der sich auf einer der Schriftrollen befand und als Thomasevangelium bezeichnet wurde. Solange lediglich Saara Vuorio dessen Existenz behauptete, würde es niemand glauben.

»Hirte« sprach verächtlich das Wort »Evangelium« aus, das in diesem Zusammenhang natürlich falsch und irreführend war. Wie konnte eine Wissenschaftlerin, die sich selbst für eine Christin hielt, den Text der Bibel, also Gottes heiliges Wort, in Zweifel ziehen?

Leider wurden diese Christen immer mehr, das wusste »Hirte«. Es waren Menschen, die eine mehr individuelle Verbindung zu Gott suchten. Die säkularisierten Medien würden nur allzu begierig nach einem häretischen Text wie dem so genannten Thomasevangelium greifen.

Dabei gehörten die Medien zu den wichtigsten Partnern von K3. Das hatte man wieder an der breiten Publizität gesehen, die dem neu gebauten Modernen Museum in Arkansas zuteil geworden war, für dessen Gründung K3 die Mittel koordiniert hatte. Dort wurde mit Hilfe von Dinosauriern und unter Anwendung neuester Technik nachgewiesen, dass die in der Bibel beschriebene Schöpfungsgeschichte richtig war und die Evolutionstheorie nur, wie es der Name schon sagte, bloße Theorie.

»Hirte« – mit bürgerlichem Namen Marcus Greenberg – schaute auf das gerahmte Foto auf seinem Schreibtisch, auf dem er neben Adam und Eva, die zeitgleich mit den Dinosauriern gelebt hatten, in dem funkelnagelneuen Museum stand.

Offiziell war Greenberg Chef des Nationalen Sicherheitsrates, der dem Präsidenten unterstellt war. K3 wiederum war ein lose organisiertes, jedoch sehr aktives Netzwerk, dem verantwortungsbewusste Christen aus allen Regierungsorganen angehörten, aus dem Nationalen Sicherheitsrat, dem Außenministerium, dem Pentagon, dem Justizministerium und aus den Sicherheitsbehörden. Die übrigen Mitglieder von K3 waren TV-Evangelisten, führende Kirchenmänner, die Köpfe der christlichen Medien sowie einige Vertreter der Öl- und Rüstungsindustrie, über die man den größten Teil der nötigen Finanzmittel bekam.

Greenberg war an Medienattacken gewöhnt. Die Gebetsstunden des Präsidenten im Weißen Haus versuchte man als »Besorgnis erregend« darzustellen, und der Kampf von K3 gegen die Evolutionstheorie und anderen, von der Wissenschaft erfundenen Müll war als lächerlich abgestempelt worden.

Aber K3 gewann langsam die Oberhand. Immer öfter endeten Auseinandersetzungen in den Aufsichtsgremien von Schulen damit, dass die Schöpfungsgeschichte der Bibel gelehrt wurde und nicht der Irrglaube der Evolutionstheorie.

Greenberg wollte nicht einmal daran denken, was für eine Schlagwaffe die Medien demokratischer Kreise in die Hand bekämen durch ein Thomasevangelium, das sich nach »wissenschaftlich« genauer Datierung als älter als das Neue Testament erwiese – eine »authentische Sammlung der Worte Jesu«. Und was für eine Sammlung …

Es wäre verantwortungslos gewesen, zuzulassen, dass ein solcher Text alles durcheinander bringt, was die Menschen über die von Gott diktierte Heilige Schrift denken.

Greenberg machte sich nicht nur Sorgen um die Seelen der Amerikaner, sondern um die ganze freie christliche Welt. Zum Glück hatte er das Weiße Haus fest im Griff und damit die mächtigste Propaganda- und Militärmaschinerie des Planeten. Und dazu den Präsidenten, der eine besondere Beziehung zum Allmächtigen pflegte.

»Stehen bleiben!«, hörte Saara Timo im Schneegestöber auf Englisch rufen.

Wenige Sekunden später fiel ein Schuss.

Saara erstarrte auf der Stelle. War auf Timo geschossen worden? Hatte er geschossen?

Saara hörte Schritte hinter sich. Karri kam angerannt.

»Warte«, rief er.

Saara wartete nicht, sondern stürzte weiter auf dem kurvenreichen Fußweg voran. Hinter einer Fichte mit dichtem Geäst verlief der Pfad gerade, aber es war kein Mensch zu sehen, nur Fußspuren im Schnee.

Am Rand des Parkplatzes blieb Saara stehen. Zwei Polizeiautos fuhren mit blinkendem Blaulicht im Schneegestöber heran. Auf der anderen Seite setzte ein drittes Auto zurück, ein Renault.

»Bleib stehen«, rief Karri außer Atem. Er hatte Saara eingeholt und packte sie am Arm. »Du bist in Gefahr, begreifst du das nicht …«

Ein weiterer Schuss fiel. Saara riss sich mit einer heftigen Bewegung los und rannte auf Timo zu, der versuchte, den Renault durch Schüsse in die Reifen aufzuhalten.

»Versperrt ihm den Weg!«, rief er dem Polizisten zu, der mit gezogener Pistole aus dem ersten Streifenwagen stieg.

Das Polizeiauto gab Gas und kam gerade noch rechtzeitig vor der Parkplatzausfahrt zum Stehen. Der Renault konnte nicht mehr bremsen und prallte gegen den Kotflügel des Streifenwagens.

Saara kam herbeigerannt, Karri folgte ihr auf den Fersen.

»*Raus aus dem Wagen!*«, rief Timo auf Englisch. Er baute sich breitbeinig neben dem Renault auf, die Waffe in der Hand, wie ein amerikanischer Cop.

Nichts geschah.

Saara ging weiter und starrte durch das Schneegestöber in den Renault, wo im Licht der Innenbeleuchtung die Umrisse von drei Männern zu erkennen waren.

»Nimm ihnen den Zylinder ab«, rief sie Timo aufgeregt zu.

»Geh zurück«, antwortete Timo.

Saara ging weiter auf den Renault zu.

»Tu, was ich dir sage!«, brüllte Timo.

Saara schaute durch das Seitenfenster in den Wagen und legte die Hand auf den Türgriff. Die Tür war verriegelt.

Saara trommelte gegen das Seitenfenster. Sie sah einen Mann im Wagen die Textrolle aus dem Zylinder ziehen: grob, hektisch, obwohl das Pergament brüchig war.

»Schieß das Fenster kaputt!«, schrie Saara außer sich und hämmerte mit beiden Fäusten gegen das Glas. Sie sah mit entsetzensgeweiteten Augen auf den Mann: Zwischen seinen Händen zerfiel die Schriftrolle in winzige Stücke, die kein Labor der Welt jemals wieder würde zusammensetzen können.

»Hörst du, tu etwas!« Saaras Stimme mündete in einen hysterischen Schrei. Sie trommelte so heftig gegen das Fenster, dass ihre Hände schmerzten.

Timo schlug mit dem Pistolengriff zu, und die Scheibe zersplitterte. Saara wollte die Hände nach dem Mann mit der Rolle ausstrecken, aber Timo stieß sie zur Seite.

»Raus aus dem Wagen«, befahl er mit vorgehaltener Waffe. Dann löste er mit einem Handgriff die Verriegelung und machte die Tür auf.

Saara starrte erschüttert auf den Schoß des Mannes, wo die Überreste der zerriebenen Schriftrolle zu erkennen waren.

Der Mann stieg ausdruckslos aus dem Wagen. Saara warf sich im Schnee auf die Knie, als der Pergamentstaub auf die Erde rieselte. Der größte Teil davon wurde von einer Windböe hinweggeweht, zwischen die Schneeflocken, in den schwarzen Himmel hinauf. Saara hörte die Männer reden, aber was sie sagten, verhallte bedeutungslos in der Ferne.

Sie ertastete ein kleines Stück der Schriftrolle. Der Schnee hatte das Pergament, das sich im trockenen Klima des Nahen Ostens zweitausend Jahre gehalten hatte, im Nu durchweicht.

Die Worte Jesu waren vor ihren Augen vernichtet worden. Saara kniete auf der Erde und sammelte so viele durchweichte Pergamentstücke ein, wie sie nur konnte, bevor der Wind alles hinwegfegte.

Saara legte den Kopf auf die Knie und blieb so in der Hocke. Sie spürte Karris Hand auf der Schulter, als er sich neben ihr niederließ.

Nur langsam fand sie die Fassung wieder. Das Original des Thomasevangeliums war vernichtet, aber die Botschaft, die es beinhaltete, würde leben.

Karri drückte ihr etwas in die Hand. Es war ein Anhänger. Ein Kreuz. Saara umklammerte es und merkte, wie ihre Augen feucht wurden.

Vier junge Mädchen hatten sich Jahre zuvor jene Worte Jesu in ihre Kreuzanhänger eingravieren lassen, die sowohl im Thomasevangelium als auch später in den Evangelien nach Matthäus, Lukas und Johannes vorkamen: *Suchet, so werdet ihr finden.*

EPILOG

Johanna klappte die Sonnenblende herunter. Das Licht der niedrig stehenden Sonne wurde vom frischen Schnee reflektiert, der bis zum Horizont die weite Landschaft überzog.

Kekkonen fuhr in Richtung Oulu, von wo Johanna kurz nach vier Uhr nach Helsinki fliegen würde. Das übrige Team aus Vantaa war schon am Vortag abgereist. Johanna hatte noch die Vuorios in deren Haus besucht. Sie war eingeladen gewesen, und die beiden schienen sich von der zurückliegenden Strapaze langsam zu erholen, jeder für sich und vielleicht auch gemeinsam.

Die Reisegruppe aus London war nach Hause zurückgekehrt. Es lag im Interesse von *Texas Berkshire*, den Zwischenfall nicht an die Öffentlichkeit dringen zu lassen, und das war den Leuten in Pudasjärvi nur recht, die von der Aufmerksamkeit der Medien ohnehin genug hatten. Johanna hatte die Art der Leute hier schätzen gelernt. Im Vergleich zu ihnen erschienen selbst die coolsten Großstadttypen wie nervöse Hektiker.

Am Morgen hatte Johanna den Staatsanwalt aus Kuusamo getroffen und ihm das Material der Vorermittlungen übergeben. Tuija würde lebenslänglich bekommen, falls ein psychiatrisches Gutachten nicht die Voraussetzungen änderte. Rafiq war ein komplizierterer Fall. Er hatte bei der Vorbereitung eines Terroraktes geholfen und am Ende einen Menschen getötet, um das Leben von vielen Menschen zu retten. Auch Launo Kohonen, Tomi Stenlund und Karri Vuorio würden vor Gericht landen – auf sie warteten Bußgelder wegen Wilderei.

Johanna hatte auch Karri zu schätzen gelernt. Er hatte unwahrscheinlich tapfer gehandelt, um seine Frau zu retten. Es war schade, dass für Saara in der Wissenschaft der Zweck die Mittel heiligte … Auch wenn zwischen ihr und Rafiq kein Verhältnis im eigentlichen Sinn bestanden hatte.

Dennoch hatte Johanna sogar Verständnis für Saara. Es gab sehr wenige Dinge, die für eine Bibelforscherin größere Bedeutung haben konnten, als die Begegnung mit authentischen Worten Jesu.

Der Wagen fuhr an der Abzweigung zum Teufelsberg vorbei. Eine dicke Schneedecke hüllte den Hügel ein. Kekkonen fuhr schweigend, als spürte er, in welch heikler Verfassung Johanna sich befand.

Vor allem Rafiqs Schicksal machte ihr zu schaffen. Vor Gericht würde das, was er getan hatte, auf juristischer Ebene behandelt werden, aber ihre Erfahrungen in Pudasjärvi ließen Johanna das Ganze auch aus der Perspektive der Gerechtigkeit, des Vergebens und der Gnade bedenken. Dennoch hätte sie nicht entscheiden können, welche Konsequenzen Rafiqs Taten haben sollten.

Für immer würde Johanna der Gesichtsausdruck Saaras in Erinnerung bleiben, als sie die nassen Stücke der Schriftrolle im Schnee einsammelte. Es war ein schwer erträglicher Gedanke, dass ein Text, der zweitausend Jahre Bestand gehabt hatte, innerhalb von wenigen Sekunden für immer zerstört war.

Aber zum Glück, hatte Saara im Schneehuhnnest zu Johanna gesagt, waren die Übersetzungen des Thomasevangeliums weiterhin für alle zugänglich, die sich dafür interessierten. Und am wichtigsten war, dass die Kernbotschaft des Textes, die Nächstenliebe, sich seit Jesu Zeiten trotz aller Wirrnisse als zentrale Lehre des Christentums erhalten hatte.

Johanna kniff die Augen vor dem Gleißen der Sonne im Schnee zusammen und war guten Mutes. Zum ersten Mal begriff sie, wie wesentlich befriedigender das Leben sein konnte, wenn man diese Lehre auch im eigenen, alltäglichen Leben wirklich befolgte – insbesondere dann, wenn möglichst viele andere es ebenso hielten.

Ein Lächeln ging über Johannas Lippen. Wurde sie allmählich alt? Oder woher kam es, dass sich ihr Zynismus in Luft aufzulösen schien?

NACHWORT

Dieser Roman spielt teilweise an einem Ort namens Pudasjärvi. Aber wer das reale Pudasjärvi im nördlichen Teil Finnlands kennt, wird merken, dass die Ortschaft, wie sie im Buch erscheint, abgesehen vom Namen, ein Produkt der Fantasie ist.

In der Geschichte, die ich in diesem Buch erzähle, knüpfe ich an ein Thema an, das ich bereits im vorhergegangenen Roman ›Das Hiroshima-Tor‹ gestreift habe: Es ist jederzeit möglich, dass erstaunliche Funde gemacht werden, die über die Geschichte der Menschheit Aufschluss geben.

In den vierziger Jahren des 20. Jahrhunderts ist dies zweimal innerhalb kürzester Zeit der Fall gewesen, als die Schriftrollen von Nag Hammadi und die Schriftrollen vom Toten Meer (bzw. von Qumran) entdeckt wurden.

Der bedeutendste Teil des Fundes von Nag Hammadi war eine koptische Version des Thomasevangeliums. Ausschnitte daraus werden in diesem Roman zitiert.

Viele der anderen Texte, die in Nag Hammadi gefunden wurden, spiegeln so genanntes gnostisches Denken wider. Die Tatsache, dass eine koptische Version des Thomasevangeliums unter solchen Schriften gefunden worden ist, macht das Thomasevangelium aber noch nicht zu einem gnostischen Text.

Eine aramäische Version des Thomasevangeliums ist nicht bekannt. In den Papyrus-Texten von Oxyrhynchos aber finden sich Fragmente einer griechischen Übersetzung.

Um die Bedeutung des Thomasevangeliums einschätzen zu können, wäre es entscheidend, zu erfahren, wann es niedergeschrieben wurde. Einige Wissenschaftler sind der Ansicht, es sei auf der Basis der vier Evangelien des Neuen Testaments entstanden, andere wiederum halten es für älter. Die Datierung ist also umstritten. Was aber würde es bedeuten, wenn die letztgenannte These stimmt? Diese Überlegung ist einer der Ausgangspunkte für die Geschichte, die ich in diesem Roman erzähle.

Der zweite Ausgangspunkt bezieht sich auf den Zusammenhang zwischen den Schriftrollen vom Toten Meer und den Ruinen von Qumran.

Die renommierten israelischen Archäologen Itzhak Magen und Yuval Peleg haben die gleich 1947 formulierte und später etablierte Ansicht von Roland de Vaux in Frage gestellt, derzufolge die ehemaligen Bewohner von Qumran die Texte geschrieben hatten, die in den Höhlen unweit der Ruinen versteckt waren. Mehrere Wissenschaftler haben die Auffassung vertreten, die Rollen seien vor der römischen Besatzung, etwa im Jahr 70, von Jerusalem in die Höhlen gebracht und dort versteckt worden.

Was aber hätte es zu bedeuten, wenn sie erst viel später in die Höhlen gebracht worden wären?

Ilkka Remes